Hans Boesch
Der Kiosk
Roman

Artemis

Der Autor dankt folgenden Institutionen und Persönlichkeiten für ihre Hilfe und Unterstützung: Stiftung Pro Helvetia, Stadt und Kanton Zürich, Jubiläumsstiftung der Schweizerischen Bankgesellschaft, Emil Bührle-Stiftung für das schweizerische Schrifttum, Prof. Martin und Inge Rotach, Herrn Bucher Zür, Polier.

© 1978 Artemis Verlag Zürich und München
Printed in Germany
ISBN 3 7608 0482 9

Hans Boesch Der Kiosk

Vorwort des Herausgebers

Der Fall ist bekannt. Die Zeitungen haben ausführlich darüber berichtet. In der Tagesschau wurde die Koje gezeigt: ein ausgebranntes Loch im Treppenhaus. Die Wände, bis hinauf in den dritten Stock, sind noch jetzt schwarz. Auf den Fenstersimsen liegen verkohlte Papierfetzen. Und der Hauswart, ein gewisser Hanselmann, weigert sich, einen neuen Verkäufer für den Kiosk zu suchen.
Zwei Tage nach dem Brand wies mich der Vorsteher des Fürsorgeamtes an, den Nachlaß zu sichten. Hanselmann half mir beim Ausräumen der Koje. Die Polizei hatte die Kasse freigekratzt und versiegelt. Zu holen war wenig. Ein Abfallkübel stand in den schwarzen, noch nassen Papierhaufen. Er war mit einer Vorrichtung versehen, die den Deckel entweder weit geöffnet hielt oder fest zuschloß. Er stand auf einem dreibeinigen Stahlbock, genau so hoch, daß Boos bis auf seinen Boden hatte hinabgreifen können, ohne sich übermäßig aus dem Rollstuhl zu lehnen.
Im Kübel lagen Hefte. Sie hatten kaum gelitten. Kleine Zeichnungen waren da, Kritzeleien, wie man sie beim Anhören langer Reden macht, Zahlenreihen, Notizen, Kalenderblätter. Zeitungsausschnitte waren zwischen die Heftseiten gelegt worden. Und zuunterst, unter den verstoßenen und vergilbten blauen Umschlägen, fand ich das Blatt einer Kastanie. Ich denke, es muß eine Kastanie gewesen sein. Das Blatt war bröcklig, grau. Eigentlich war das kein Blatt mehr; eigentlich waren das nur noch die Rippen des Blattes. Eine Schilffahne war da und eine Handvoll glatter Steine.
Was hätte ich damit anfangen sollen? Hanselmann schickte mich hinüber zum Mädchen. Es möge sagen, was zu tun sei. Und so trug ich den Kübel aus dem Treppenhaus und über den kleinen, schäbigen Rasenplatz am Spitaltrakt vorbei zum Haus an der Hintergasse. Durch einen gemauerten Torbogen kam ich in einen Hof. Er war mit Backsteinen gepflastert.

Mitten im Hof stand ein Apfelbaum, der am Verblühen war und dessen Äste bis zur Holztreppe hinüberreichten. Die Treppe führte an der Außenwand des Hauses in den ersten Stock hinauf.
Auf einer der untersten Stufen saß das Mädchen und stillte sein Kind. Das Mädchen hatte den ganzen Oberkörper entblößt, und die Blüten, die vom Baum fielen, glitten über seinen Rücken. Der Hof war bedeckt mit den rosa Blütenblättern. Sie hingen im Haar des Mädchens, sie blieben auf den verwaschenen blaßblauen, durchgedrückten und ausgefransten Hosenbeinen und auf den bloßen Füßen des Mädchens liegen.
Man sieht manches, wenn man in der Fürsorge tätig ist. Aber noch nie hatte ich eine derart junge Mutter gesehen. Und, das nebenbei gesagt, noch nie eine so zarte Brust. Die Warze, zumindest jene, die frei war, war von einem geradezu flammenden Lachsrot. Doch, denke ich, das kommt vom Trinken.
Ich zwang mich, wegzublicken. Das Mädchen weinte. Es hatte, als ich in den Hof getreten war, einmal schnell aufgeschaut. Nun hob es das Kind hoch, drückte den Kopf des Kindes gegen die Wange, küßte mit weit offenem Mund lang die glatten und dunklen Haare. Es bettete das Kind neu in den Arm und schob mit zwei Fingern die Brust soweit gegen den Mund des Kindes, bis es die Warze erreichen konnte.
Ich sagte, der Kübel sei von Boos. Das Mädchen antwortete nicht. Es schüttelte nur, ohne vom Kind wegzublicken, den Kopf. Ich redete weiter. Ich sagte, im Kübel seien Hefte oder Briefe, was weiß ich, und man müsse mir sagen, wohin ich das Zeug zu bringen hätte.
Das Mädchen drehte das Gesicht gegen die Treppe. Erst dachte ich, es wolle andeuten, wo der Kübel hinzustellen sei, doch dann sah ich, daß es seine Tränen vor mir zu verbergen versuchte. Und so, mit abgewendetem Gesicht, redete es. Es hatte eine belegte, ruhige Stimme. Die Ruhe überraschte mich. Die Papiere könne ich haben, sagte es, wegwerfen. Was seien schon Papiere?
Gut. Immerhin: damit hatte ich nicht gerechnet. Ich stand da

und sah auf dieses Mädchen hinab, das tat, als wäre ich ihm vollkommen gleichgültig. Ich sah den schmalen Nacken, und das Haar sah ich, das schwer niederhing. Ich sah die Brust, die sich überm trinkenden Kind auswölbte, ich sah die kleinen Fäuste des Kindes, die gegen die Brust stießen. Und ich sah die andere Brust, die noch feucht war von Milch und vom Speichel des Kindes. Ich sah das Blütenblatt im Haar des Mädchens, ich sah den ausgefransten und gebräunten Rand des Blattes, und ich dachte, wenn es niederfallen würde auf die Brust und dort kleben bleiben würde irgendwo auf der entspannten, in sich ruhenden, milchfeuchten Rundung, dann, dachte ich, würde ich nicht widerstehen können und müßte ich es weglesen, müßte die Rundung berühren mit den Fingerspitzen, müßte die Rundung streifen mit dem Fingerrücken, mit der Außenseite der Hand.

Es ist, dachte ich, als hätten es die Gören abgesehen auf unsereinen. Und ich sah über dem Mädchen in die Waschküche hinein, die zu ebener Erde offen dalag. Eine doppelt breite Türöffnung gab den Blick auf den Rollstuhl frei.

Die Waschküche war groß. Sie nahm die ganze Grundfläche des Gebäudes ein. Die Wände waren gekalkt. An einigen Stellen brach der Putz weg, und die Bruchsteine dahinter wurden sichtbar. Den Wänden entlang, auf Balken aufgebockt, standen Holzbottiche. Schwarze, an den Enden abgeschrägte Bohlen lagen in einer Trotte. Sie waren verstaubt und mit Lumpen behangen. Früher, wahrscheinlich noch im letzten Jahrhundert, muß man hier Wein gekeltert haben. Wasserleitungen waren auf der Unterseite der Decke hingezogen; sie schwitzten, und die niederfallenden Tropfen zerplatzten auf dem Zementboden, klopften die leeren Bottiche, den Sitz des Rollstuhls.

Hier also hatte er gelebt, Boos, in dieser Waschküche, die einmal ein Torkel gewesen war. Das Mädchen mußte ihm den Raum notdürftig in Ordnung gehalten haben; denn über die Treppe hatte es ihn mit seinem Rollstuhl nicht hochbringen können. Wie lange das Mädchen bei ihm gelebt hatte, wußte ich nicht. Jedenfalls war ein Kind da. Eine Sache für das Amt, dachte ich.

Der Rollstuhl war schwarz. Die Pneus waren verbrannt, die Speichen verbogen. Die Holzgriffe an den Seitenlehnen und das Brett, das man den Invaliden vor den Bauch klappt, waren verkohlt. Die Halteschrauben standen weit vor. Und die Polsterung war geplatzt. Nur ein Stück Leder war unversehrt, jene Stelle des Stuhls, auf der Boos gesessen hatte.
Ich nahm den Kübel mit. Das Kind sah gesund aus, gar nicht vernachlässigt. Vorläufig noch. Keine einfache Sache, dachte ich, es dem Mädchen wegzunehmen.
Das war etwas voreilig gedacht, ich gebe es zu. Ich hatte damals noch nicht die zwei Kerle mit Hanselmann und dem jungen Burschen, der offensichtlich zum Mädchen gehörte, hatte sie noch nicht lachend und schreiend über den elenden Kiesplatz auf das Höfchen mit der jungen Frau zurennen sehen. Und ich hatte die Hefte von Boos noch nicht gelesen. Jene abgegriffenen, blauen Hefte aus dem Kübel.
Hier sind sie.

Erster Teil

Ein Frühling.

*Jene Wolke
in den Himmel geschmiert,
mit breitem Daumen.*

*Aus dem See
aufgebrochen
die weißen und krausen
Proteste des Birnbaums.*

*Die Iris, maigrün,
ein Nest dem Kuckuck.*

1.

Ich sah sofort, daß etwas faul war. Wieder einmal etwas faul.
«Boos», sagten sie, «alter Sauhirt, wart nur!»
Ich bin nicht verwöhnt. Nach so vielen Jahren Kiosk und nach all dem, was die Herrschaften treiben, läßt man sich manches sagen. Nur, scheint mir, es ist etwas Neues dabei, etwas Anderes. Das ist nicht mehr einfach ein Gelächter auf meine Kosten.
Sie drückten ihre Bäuche gegen die Zeitschriftenstapel, blätterten in den Illustrierten herum und warfen die Illustrierten wieder hin. Sie gingen an den Seitenwänden des Kiosks entlang und schlugen im Gehen mit den Fäusten an die Wände. Einer rüttelte an der Tür. Umsonst, natürlich. Ich wußte, sie würde standhalten. Hanselmann hatte ein neues Schloß angebracht. Heute morgen, in aller Frühe schon war er dagewesen und hatte gehämmert und gebohrt. Er hat seine Nase, Hanselmann.
«Er schreibt», sagten sie zu mir herein. Sie bückten sich über die Kaugummischachteln und Hustenbonbons, sie schoben ihr Maul vors Guckloch und sagten: «Ein Mensch wie du, Boos, hat einen Dreck zu schreiben. Verstehst du!»
Sie sahen mich eine Weile an und drehten sich dann einander zu: «Weiß der Teufel, was der zu schreiben hat.»
Ja. Weiß der Teufel. Ich führe bestimmt nicht Buch über euch, meine Herren, falls ihr das denkt. Über euch bestimmt nicht.
Ich schob den Stift weg und legte die Hand neben die Münzschale. Sie sollten die Hand sehen, und sie sollten sehen, daß ich nichts tat.
«Heuchler!» lachten sie, «denk nicht, daß wir da drauf hereinfallen!»
Sie streckten sich, um besser durchs Guckloch sehen zu können, um auf meine Brust, meine Kasse sehen zu können. Wie üblich hatte ich die linke Hand auf der Stuhllehne liegen. Und die Wolldecke hatte ich über den Magen hochgezogen. Ich hoffte noch immer, sie würden sich beruhigen, würden die Zeitungen nehmen und die Kreuzworträtsel ausfüllen. Der

flachsblonde Laborant war da, und da war, wie immer in solchen Fällen, auch der lange Lümmel vom Bestattungsamt.
Sie begnügten sich nicht damit, die Auslage durcheinander zu bringen, sie rissen auch die Zeitschriften, die rund ums Guckloch hingen und das Fenster abdeckten, aus den Halterungen.
«Dich wollen wir haben, Boos», lachten sie. «Dich in deiner ganzen Größe. Bilde dir ja nicht ein, du könnest dich hinter deinen Weibern verstecken. Die paar Gummigermaninnen, die du uns vor der Nase herumschwenkst, lenken den Stier nicht ab. Dich werden wir auf die Hörner nehmen, Alter. Früher oder später ganz eindeutig dich.»
Sie schrien und prusteten. Ihr Speichel spritzte in mein Gesicht. Die metallenen, lieblos eingesetzten Zähne des Lümmels glänzten. Die Adern an seinem Hals quollen auf.
Zwischen zwei Lachern wurde er plötzlich ernst: «Wozu brauchst du deine Wolldecke, Boos? Was verdeckst mit ihr? Sag mirs doch. Vielleicht kann ich helfen. Wenn es deine Unterwäsche ist, kann ich helfen.»
Ich bin stets der gleiche alte Narr. Wenn er ernst tut, wenn er sich vertraulich gibt, dann habe ich jedesmal die kurze und unsinnige Hoffnung, es könnte ihm wirklich ernst sein. Und dabei weiß ich doch genau, daß er mich gleich mit einer neuen Unverschämtheit überfallen wird.
Ich habe mich daran gewöhnt, daß sie dem Bundespräsidenten Löcher in den Bauch brennen, Zigarettenlöcher, daß sie den Generalen Hörner aufsetzen und die Schamhaare der Flittchen mit grünem Filzstift bemalen. Etwas geht jedesmal drauf, wenn die Herren da sind. Doch heute wars besonders schlimm. Titelblatt um Titelblatt rissen sie von den Illustrierten; sie knüllten Hantelheber und Muskelprotze zusammen, ließen auch die Micky-Maus-Heftchen und Arztromane nicht aus, nicht DIE WAHREN GESCHICHTEN, und machten mir schließlich die ganzen schönen Sachen kaputt, PLAYBOY und INTIM und die Photojahrbücher und DU und die japanischen Liebeslehren, YOGA.
Ich hoffte, Hanselmann würde kommen. Er würde sie verjagen. Mit der Kehrichtschaufel würde er auf sie eintrommeln

und würde ihnen seinen Fuß in den Hintern setzen. Bestimmt. Mac, wenn er hier wäre, würde Hanselmann rufen, und Hanselmann würde kommen. Aber Mac zeigte sich nicht. Der Lärm hier war ihm egal. Oben in der Dunkelkammer saß er und schrieb.
«Sei froh, daß wir nett sind», sagte der Lange. «Ein Saukerl wie du, Alter, gehört aufgespießt und mit all seinen Weibern gebraten.» Er hatte ein Heft zur Röhre gerollt und stieß die Röhre durchs Guckloch herein in mein Gesicht. Er weiß genau, ausweichen kann ich ihm kaum. Und er sagte es auch. Etwas Gespanntes und Glattes war in seinem Lachen, als er sagte, Ehre gebühre dem Alter, die Ehre zu warten, geduldig zu sein und zu hoffen und abgestochen zu werden wie ein Ferkelchen. Eins unter vielen. In all den Illustriertenschweinen das Spanferkel Boos.
Das Treppenhaus war voller Leute. Mittagszeit. Die Männer und Frauen saßen auf den Stufen, sie lehnten an den Mauern und Brüstungen und aßen ihre Brote. Die Männer hatten sich auf den Rücken gelegt und die Köpfe in den Schoß der Frauen gebettet. Und sie ließen sich, so liegend, Orangenschnitze in den Mund stopfen. Manchmal verschluckte sich einer. Die Frau half ihm sich aufrichten, hob ihm die Arme über den Kopf, klopfte seinen Rücken und drehte schließlich, wenn der Hustenanfall abgeklungen war, sein Gesicht zu sich her, hielt es mit beiden Händen fest, redete und tröstete und lachte in dieses Gesicht hinein, küßte darin herum, wischte die Tränen draus und bettete den Kopf zurück in den Schoß.
Die Männer der Werkzeugmacherei waren da, die Optiker und Pharmazeuten, ein paar Krankenschwestern und die Mädchen des Fürsorgeamtes, Studenten, Putzfrauen und die weißhaarigen Sekretärinnen der Steuer- und Finanzverwaltung. Sie bestreuten ihre angebissenen Tomaten mit Salz, zerteilten Birnen und leckten den Saft von den Fingern. Die Frauen reckten sich über die Männer hin und gaben sich die Scheiben einer dicken, schwarzen Trockenwurst weiter.
Der Flachsblonde wühlte in meinen Schokoladen herum und rief: «Ich bestehle dich, Boos. Du siehst es. Ganz genau siehst du es. Und trotzdem wagst du nicht, dich zu regen. Was für

ein feiger Kerl du bist, Boos, was für ein Hundsfott. Läßt dich bestehlen und tust nichts dagegen.»
Ja, er hatte recht. Ich fürchtete mich. Nicht den Flachsblonden fürchtete ich, nicht den langen Lümmel. Das Ganze machte mir Angst. Alle jene, die da herumlagen, machten mir Angst. Wie lange, fragte ich mich, würde es diesmal dauern, bis sie ins Gelächter einstimmen würden?
Ich zwang mich, geradeaus zu blicken. Ich machte mein starres Gesicht und sah die Mauer gegenüber, auf der andern Seite der Treppe, an. Ich wollte keinen reizen. Mit nichts. Mit einem Lachen nicht und nicht mit meiner Angst. Man ist ein alter Mann und hat seine Rechnung gemacht; wenn da überhaupt etwas zu machen war, hat man sie längst gemacht, und trotzdem hat man Angst. So ist das.
Ich besah den Streifen an der Wand gegenüber, der im grau gewordenen Putz hochführte, hinter den Podesten hoch bis dorthin, wo das Wasser durchs Dach dringt. Ich sah die sakkig niederhängenden Spinnweben und neben den Spinnweben die Stellen, an denen Schwalbennester geklebt hatten, früher einmal. Und den schmutziggelben Fleck sah ich, das Ei, das sie vor ein paar Tagen dorthin geworfen hatten und das eingetrocknet war, den kleinen Hahn, den sie kaputtmachten, bevor er kräht.
Ich sah hinüber und bemerkte das Mädchen erst, als es seine Münzen in die Glasschale klappte. Es stand zwischen dem Langen und dem Flachsblonden, hatte ein Päckchen Zigaretten aus der Kiste gegriffen und hob das Päckchen hoch, um mir zu zeigen, was zu verrechnen sei.
Es war ein schlankes Mädchen. Und es trug weiß und hellblau geblumte Hosen. Seine Augen sah ich nur einen Moment lang. Ich mußte wegblicken. Ich konnte nicht mehr atmen. Als hätte man mir in den Bauch geboxt, so übel war mir. Das war das Gesicht Evas.
Ich hörte den Langen schreien: «Schau dir Boos an, Su! Schau dir den Alten an! Der macht ein Gesicht, als wärst ihm in die Suppe getreten.»
Ich konnte den Atem des Mädchens hören, die Luft, die leise, stoßweise aus der Nase strömte. Mit geschlossenem Mund

lachte es. Und ich hörte es die Münzen wieder hinklappen, jede Münze einzeln und laut aufs Glas. Es wollte sein Herausgeld. Daß ich meine Augen öffne, wollte es. Mein Erschrecken wollte es, nochmals.
Als ich das Wechselgeld hinzählte, sah ich nur seine Hände. Es waren schlanke, schmucklose Hände. Den Leib hielt es gegen die Auslage gepreßt. Offenbar hatte es sich auf die Zehen gestellt und las in den Heften herum, die noch überm Guckloch hingen. All das Zeug eben: HALLO BOYS, FREIKÖRPERKULTUR, und Kerle, hantelhebend, die Beine gespreizt, die über irgend einer Brandung oder über irgend einem Weizenfeld sich herzeigen, die übliche Kraftmeierei.
Ich hatte den Pullover des Mädchens vor mir, der aus der Hose hochgerutscht war und der den dunklen Bund einer Strumpfhose freigab, der einen Streifen Haut freigab, und mitten in diesem Streifen einen kleinen, aufgeworfenen Nabel, was sag ich, zwei winzige Falten im Rund des Nabels, querüber zwei Falten, so, als schaute zwischen Lippen eine Zungenspitze hervor. Ich hatte den Pullover vor mir, sein einfaches Streifenmuster, und mußte mir die feinporige Haut besehen, die über einen etwas zu starken, zu deutlichen Hüftknochen gespannt war.
Als sich das Mädchen schließlich auf die Fersen fallen ließ, wurde es ein ganzes Stück kleiner. Es lachte mich an. Seine Lippen, die sich weich auf die Zähne legten, kräuselten sich. Die Nasenflügel bewegten sich kaum merklich. Es griff nach den Münzen, strich sie aus der Glasschale und stieß sie hinter den Gürtel. Mit zwei Fingern öffnete es die Tasche spaltweit und stopfte die Münzen hinein. Es nahm sein Brot, das es auf die Zeitschriften gelegt hatte, und stieg über die Beine der Männer hinweg. In der Mitte der Treppe hockte es sich nieder.
Es wickelte sein Brot aus dem Papier, klappte die zwei innen mit Butter beschmierten Brotscheiben auseinander und zog einen langen, dünnen Speckstreifen aus der Butterschmiere. Es lehnte sich auf einen Ellbogen zurück, hielt dabei das Papier und das Brot vom Leib weg, hatte die Hand mit dem

Speckstreifen über den Kopf gehoben und ließ sich den Speck ins Gesicht hangen. Es lachte auch jetzt. Und es war nicht klar, lachte es meinetwegen, lachte es über die Sprüche des Langen oder über sich selbst, einfach deshalb über sich selbst, weil es den Speckstreifen, der niederhing und um den Mund strich, nicht schnappen konnte.
Der Lange hatte die letzte Zeitung von der Frontscheibe gerissen und machte den Marktschreier. Er schrie, ich würde dick und dicker werden, täglich dicker. Die letzte Ecke meiner Hütte würde ich ausfüllen wie ein Puddingkloß. Und vierkantig sei mein Hintern, genau so vierkantig, wie die Hütte vierkantig sei. «Ein rechter Vierkantschlüssel ist dein Arsch, Boos, gerade recht, um alte, versperrte Schlösser zu knacken.»
Der Speck hüpfte überm Gesicht des Mädchens. Es konnte im Lachen den hochgehobenen Arm nicht ruhig halten. Das Ende des Speckstreifens strich übers Kinn, über die Wange, berührte die Nase. Das Mädchen sah zu mir her, ohne den Kopf zu drehen. Aus den Augenwinkeln sah es her, ununterbrochen, und lachte.
Der Kerl vom Bestattungsamt rief, die Türklinke sei eingewachsen in meinen Bauch, die Geldschublade sei eingewachsen, das ganze gute Geld, und die Hutablage. Ein stinkiger Kloß sei ich, mit Zeitungspapier, mit Weibern verklebt, mit der FINANZWIRTSCHAFT und dem SCHÖNER WOHNEN. Und hinter allem, im gärenden Mistgrund, brüte ich sie aus, die goldenen Eier.
«Greif hin! Tief unten greif hin, Su! Wer ein goldenes Ei will, darf sich nicht grausen.»
Ich denke, das Mädchen will seinen Speck gar nicht essen. Zumindest zögerte es sein Essen hinaus, hatte Spaß an seinem Spiel. Und dieses Spiel war: es wollte den Speck schnappen und wollte ihn sich doch nicht schnappen lassen.
«Boos», sagte der Lange; er beugte sich über die Auslage, und die Leute, die auf den Stufen herumsaßen, stießen sich an und hörten auf das, was er sagte. «Boos, ehrlich», sagte er, «ich sorge mich. Was geschieht, wenn deine Geliebte ebenso kantig ist wie du?»

«Nichts», schrie der Laborant. «Die Bude ist seine Geliebte. Und da sitzt er drin, schön satt, wie man sieht.»
Ich regte mich nicht. Ich hielt meine Wolldecke um den Bauch fest. Und ich sah das Ei an dort drüben an der Wand. Den gelben Fleck sah ich neben dem dunkeln Band, jenem, das zeigte, wo das Wasser rann, wo das Dach hätte geflickt werden müssen, schon lang, schon letzten Winter, schon vorletzten Winter, nein, viel früher schon. Ich zwang mich, die Augen nicht zu bewegen. Ich quetschte einen Zipfel der Wolldecke in der Hand zusammen, in der rechten Hand, der guten. Ich mußte mich ruhig halten. Ich durfte mich nicht mit irgendwem herumschlagen. Oh, dachte ich, einen Dreckhund erwürgen, wie muß das wohltun.
Das Mädchen ließ sich den Speck um die Zungenspitze streichen. Das Lachen schüttelte es. Es hatte sich bis auf die Stufen nach hinten gebogen. Das Haar stand auf den Stufen auf, quoll auseinander und erschien nun noch üppiger als vorher. Die Brustwarzen zeichneten sich durch den Pullover hindurch ab. Die Lippen glänzten. Einmal hielt es den Speckstreifen mit den Lippen fest, mampfte ihn in sich hinein, näherte dabei die Hand dem Gesicht, sah mich an währenddem, und zog dann den Speckstreifen langsam wieder aus dem Mund, ganz langsam.
Laß das, dachte ich. Und ich redete mit dem Hahn dort oben. Kleiner, lumpiger Hahn, sagte ich, Entwurf von einem Hahn, angefangen, weggeschmissen und vergessen. Mein kleiner Hahn, herrisches Gekräh in einem Frühlingsmorgen, Sonne von einem Hahn, ausgelöscht und zertrampt, bevor sie aufgegangen. Kleiner Hahn, wer hat dich verschwendet?
Nur nicht denken jetzt! Nicht herumdenken, Boos. Das ist ein Mädchen, das Su heißt, du hast es gehört: Su, mehr nicht, ein blondes Mädchen halt. Eine unverschämte Gans halt, eine Studentin, was weiß ich, eine Laborantin, eine Medizinstudentin. Die sind besonders übel.
Mein kleiner Hahn dort oben, sagt man, meine kleine versaute Schöpfung. Beklage dich nicht. Wunder sind kurz. Was lebt und was schön ist, geht schnell. Mein Hahn, red nicht von Dauer. Dauern tut der Tod.

Ob es ein roter Hahn geworden wäre, ein kupferroter, oder ein schwarzer vielleicht, mit dem blauvioletten Schillern auf der Brust? Oder ein weißer? Ich werde dir eine Flottille von Hühnern geben, eine weiße Flotte in der Wiese. Und du bist mittendrin der Hahn, hochaufgerichtet, schrittweise vorrükkend, bist der Hahn, der plötzlich ausbricht auf ein Huhn hin und es pickt und es tritt und sich reckt, weit und befreit und flügelschlagend sich reckt, und kräht.
Mein Hahn, mitten in den Kerbelwiesen, mitten in den Gräsern, die aus der Erde sprudeln, bist du, bist weiß, und wirfst die Welt um für einen Augenblick, ein Krähen lang wirfst du sie um. Und sie gehört dir, kleiner, verrückter, dummer Hahn.
Unten auf dem Treppenpodest hatte der Laborant die Zeitungen angezündet. Er hatte die Hefte auseinander gerissen und zusammengeknüllt, damit sie besser brennen, hatte von dem schlechten Papier drunter gemischt, Sexheftchen, den BLICK, die TAT, hatte auf den Fliesen alles zu einem Haufen getürmt, und nun stand er daneben und stocherte mit einem Besenstiel im Haufen. Die Männer begannen zu husten und schimpften über den Rauch.
Sie lagen noch immer da, die Köpfe im Schoß der Frauen, hielten ihre Hände flach auf den Leib gelegt, hatten die Finger unter die Gürtel geschoben und kratzten sich. Sie sahen in die Gesichter der Frauen hinauf, in diese besorgt und lachend über sie hereingehaltenen Gesichter, sahen in diese scheinheilige Besorgtheit hinein, hörten die Tröstungen, hörten die Frauen sagen, das sei nicht schlimm, ein bißchen Rauch und Ruß nicht, darin sei zu leben, da könne nichts geschehen, auch einem armen, hustenden Mammischatz nichts. Sie, die Männer, hatten die grünen Halbmonde über sich, die glitzernd und schmierig überschminkten Lider, die angeklebten Wimpern. Sie sahen in die Nasenlöcher der Frauen hinein, und sahen ihnen zwischen die Zähne. Hinter den Lippen sahen sie die tadellosen und feuchten Zähne der Frauen und zwischen den Zähnen die Zungen. Und sie sahen unterm Haar der Frauen manchmal schnell herüber zum Langen und hörten, was er schrie.

«Sehen Sie unsern Boos!» rief er. «Einmalige Gelegenheit! Sie sehen den lieben Gott höchst persönlich, den lieben Gott des Kiosks, der uns die Schönheiten dieser Welt anbietet, der uns die Süße dieser Welt anbietet. Und der brütet: Eier, goldene. Versäumen Sie nichts. Sehen Sie ihn an, genau sehen Sie ihn sich an, den Freudefürsten, bevor er sich wieder einhüllt in eine Wolke aus Weibszeug! Und schießen Sie! Die Gelegenheit ist günstig!»
Ich wußte, was kommen würde. Ich hoffte noch immer auf Hanselmann, auf Mac. Da übt man sich seit Jahren darin, das Gesicht hart zu machen, unempfindlich; man steigert sich in die Vorstellung hinein, sie würden mit Bolzen auf einen schießen, mit den kleinen, metallenen und gefiederten Pfeilen, und man würde stillhalten, ohne Zucken würde das Gesicht sein. Das Gesicht gespickt voll mit Federn würde man dasitzen und starr sein und mit nichts, mit gar nichts zeigen, daß man etwas spürt. Da übt man sich darin, nicht zu erschrecken, und hat doch jedesmal Angst. Hanselmann, dachte ich, würde sie die Treppe hinunter werfen und Mac würde daneben stehen und würde hüpfen vor Vergnügen; mit seinem keuchenden Lachen würde er daneben stehen und würde seine steife Verbeugung machen, wenn der Lange an ihm vorbeifliegen würde, wenn der Laborant durch die Türe stürzte.
Als mich die Schraube traf, hielt das Mädchen noch eine ganze Weile lang den Speck überm halboffenen Mund. Aber es lachte nicht mehr.
Es legte den Speck zwischen die Brotscheiben und sprang auf die Füße. Und es sah zu dem jungen Mann hinauf, der ein paar Tritte weiter oben an der Brüstung lehnte. Er hielt das Lineal gegen mich gerichtet. Es war ein schwarzes, stählernes Lineal. Und das linke Auge ließ er zugekniffen. Das alles sah übertrieben aus. Er spielte den Schützen, den Wildschützen sozusagen. Und natürlich genoß er das zustimmende Gebrüll, die Pfiffe und das Johlen.
«Weitermachen!» schrie der Lange. «Weiter, weiter! Noch nie war Boos so groß, so herrlich!»
Sie würden nicht mehr zu halten sein. Ein jeder würde den

andern zu übertrumpfen versuchen mit seinen Lumpereien. Ich hätte nicht zusammenzucken dürfen. Ich hatte nicht aufgepaßt, hatte auf das Mädchen gesehen und hatte mich, obschon ich das Spiel kenne, hatte mich von den Kerlen überrumpeln lassen. Nun war es zu spät. Sie sahen, ich hatte Angst. Ganz verrückt sind sie hinter meiner Angst her, hinter meinem Erschrecken. Das lieben sie. Das macht sie stark.
Das Mädchen stieg über die Beine der Männer zu mir her. Es lehnte gegen die Auslage und sah mich an. Es besah jene Stelle, wo mich die Schraube getroffen hatte, einen Finger breit unterm Auge. Es streckte die Hand herein und berührte meine Wange.
«Su», schrie der Lange, «tiefer! tiefer! Unbedingt eine Etage tiefer!»
Su achtete nicht auf ihn. Sie hob die Schraube vom Auslagebrett, wog das schwere, daumenlange und angerostete Stahlstück in der Hand und prüfte das Gummiband, das drum geknüpft war und das als Schleuder gedient hatte. Sie ließ Brot und Schraube vor mir liegen und stieg hinauf zum Mann, der geschossen hatte.
Nein, dachte ich, das ist Unsinn. Damit, du Närrin, tust du Boos keinen Gefallen. Gar nicht gut ist das! Er wird es büßen müssen. Und du mit ihm. Auch du wirst nicht ungeschoren davonkommen, du gottverdammte Närrin.
Sie muß überraschend nach dem Lineal gegriffen haben. Es gab kein Handgemenge. Ich hörte das Metall aufschlagen unten auf der tiefern Treppe. Aber noch bevor ich das Lineal hörte, hörte ich den Schlag ins Gesicht des Mannes.
Als Su zurückkam, beeilte sie sich nicht. Die Männer, die eben noch faul ausgestreckt dagelegen hatten, hatten sich aufgerichtet und zogen die Beine an, um Su Platz zu machen. Die Frauen hatten aufgehört zu kauen und strichen das Haar aus der Stirn, zupften versonnen mit zwei Fingern die Pullover auf den Brüsten locker und besahen Su.
Das Mädchen grüßte fast unhörbar, nahm sein Brot und stieg hinab zur Tür. Einer der Kerle sprang hinzu und sperrte die Tür auf. Einen Augenblick lang drang die Helle des Vorplatzes herein, die weiße Helle des Kieses, die feuchte Helle des

Frühlings. Das Mädchen stand vor der Helle. Ich sah es in diese Helle hinaustreten, in die Helle hinabsteigen. Dann schlug die Tür zu.
Sofort war der gewohnte Lärm da. Die Frauen halfen den Männern auf die Füße. Sie klopften die Brosamen von den Ärmeln und gingen in die Korridore hinein. Sie faßten die Männer unter und zogen sie mit sich weg. In wenigen Minuten war das Treppenhaus leer.
Einmal war der Lange vors Guckloch gekommen, hatte hinabgeschaut zur längst zugefallenen Tür und hatte hereingezischelt zu mir: «So leicht geht das nicht, Alter. So fein aus dem Dreck bist noch lange nicht, glaub mir.»
Er warf mir die Schraube herein, und ich fing sie und ließ sie unter den Rollstuhl fallen. Ich versuchte mit dem Hahn zu reden. Ich mußte unbedingt etwas tun. Ich redete mit dem Hahn, einen Quatsch eben, und wartete auf Mac.

2.

Er läßt lange auf sich warten heute, Mac. Und dabei müßte er gerade jetzt kommen und hier herumreden und in den verkohlten Blättern wühlen und mich anlachen.
«Laß sie», sagt er. «Laß sie lärmen. Je mehr, um so besser. Wenn sie lärmen, vergessen sie, was sie wollen. Gib ihnen etwas zu tun, das lenkt ab. Ein Ziel mußt du ihnen geben. Ein Ziel ist ausgezeichnet. Haben sie eines, so zielen sie an dir vorbei.» Er hebt die Papierfetzen mit der Schuhspitze hoch und schiebt sie zusammen und hinunter aufs Podest.
Ach Mac, wie alt du bist! Er glaubt tatsächlich an das, was er sagt. Und er zieht sein Taschentuch aus der Hose. Er sucht umständlich in der Hose herum, findet es schließlich und zieht es hervor, er faßt sein Tuch an zwei Zipfeln und macht den Torero. Auf dem Podest und auf den Treppenstufen trippelt er herum. Mit seinem steifen Rücken, mit der Tonne um den Bauch, in seinen langen und schmalen und dünnsohligen schwarzen Halbschuhen dreht er sich, schwingt das Taschentuch und stößt sein hohes und heiseres Geheul aus.

Grausamer Gott! schreit er, und er wendet sich und hält das
Taschentuch auf die andere Seite,

>   Grausamer Gott,
>   zeigst die Morgenröte,
>   das Lachen,
>   eh du uns hinführst
>   zur Schlachtbank.

Fein, fein. Nur diesmal, Mac, nützt uns dein ganzer, schöner
Torero nichts. Diesmal ist mir der Stier mitten in die Bude ge-
trampelt, und das Mädchen, das ihn ritt, lenkte ihn mit rosigen Fingern, mit denselben Fingern, mit denen es den Speck
sich vor der Nase baumeln läßt, und der Speck macht die Nase
fettig, die Lippen, den ganzen Mund macht er glänzend und
fett, und die Zunge stößt danach. Dieses Mädchen, Mac, hat
mir den Stier hinter alle Taschentücher und Aushängedamen
geritten. Nur: du weißt es nicht.
Mac. Ich denke, er wird unten sein, beim Einsargen. Er wird
neben Hanselmann stehen, grad aufgerichtet.
Wie eine kleine Kugel, fleckig und vernarbt, liegt der Kopf auf
der Wattekrause seines Korsetts. Mit vorgestülpten Lippen
reicht er Hanselmann den Schwamm.
«Süßes Ding», wird er sagen. Und seine Lippen zittern. Ganz
außen an den vorgestülpten Rändern zittern sie, während er
langsam, verhalten durch den Mund einatmet. Er steht so steif
und hält den Kopf so still, leicht nach hinten gelegt hält er ihn,
daß man denkt, er sehe zur Decke. Aber er sieht unter seinen
roten Lidern hervor, sieht zu, wie Hanselmann arbeitet.
Der hat die Hemdärmel über die Ellbogen zurückgeschlagen.
Barfuß steht er neben dem Kind. Er taucht den Schwamm in
den Eimer, wäscht das Gesicht des Kindes, wäscht die verkru-
steten Blutgerinnsel weg, neben der Nase, um die Lippen,
hinterm Ohr. Er hebt die Haare des Kindes hinterm Ohr hervor und liest das zusammengekrümmte Filterstück einer Zigarette, ein Busbillet, zerknüllt, aus den Haaren des Kindes.
Er schüttelt das Haar aus, wäscht dort, wo das Haar blutig
verpappt ist, das Blut weg. Er streicht mit dem Schwamm das

Haar aus der Stirn, aus der Schläfe zurück. Er betrachtet die zerquetschte Hand des Kindes, bindet sie an den Leib.
«Sommervogel», redet Mac vor sich hin, «lustiger, kleiner Sommervogel.» Steif steht er da, Mac, und hält auf seinen steif abgewinkelten Armen das Tuch, mit dem Hanselmann das Gesicht des Kindes abtupfen wird. «Kleines Mädchen», sagt er, «weiß und zart und aus. Klein-Sentalein. Geschenk Gottes, welcher Metzgerbursche, welcher rotnackige Korporal hätte dich vergewaltigt, hätte dich in dein, sein, euer heiliges Ehebett geschmissen und hätte sich an dir, du kleiner, du verängstigter Vogel, hätte sich gerade an dir seine Größe beweisen müssen. Einmal, und nochmals, nochmals. Ein Roboter. Armer süßer Engel du. Süßer kleiner Schmetterling.»
«Schweig!» sagt Hanselmann. «Du bist ekelhaft.» Er hat Mac das Tuch weggenommen und gibt es ihm wieder zurück. «Bring das Hemd.»
Und Mac dreht sich um. Er ist genau wie eine Holzpuppe, die sich auf einem Teller dreht. Und er hebt ein Hemd vom Tablar und bringt es Hanselmann. Auf seinen steif abgewinkelten Armen trägt er das Hemd. Und man denkt, er hat keine Füße. Der da geht nicht, denkt man, der wird auf kleinen Rollen, auf Kugeln wird der geschoben, eine Theaterpuppe, wirklich, eine mit buntbemaltem Kopf, eine, die grinst.
Er steht daneben, wenn Hanselmann das Hemd ums Kind schlägt. Das Hemd ist im Rücken offen. Hanselmann hat das Mädchen in den Sarg gebettet und hat den unversehrten Arm auf seinen Leib gelegt. Er hat ihm einen Zweig mit weißen, spitzen, kaum fliegengroßen Blüten in die Hand gedrückt.
Ohne eine Bewegung sieht Mac zu. Und schreit dann plötzlich los. «Ah», schreit er, «I need a very, very bad woman!» Er hat sich weggedreht und schreit und hopst herum. «Ah», stöhnt er, «ah! Klein-Sentalein! Böse, schlimme böse Frau!»
Er nähert sich der Stufe, wo vor der Tür der Boden abgesenkt ist. Er verfehlt die Stufe, stürzt, fängt sich auf im Sturz, er tanzt über die Kränze hin, tanzt um die Kränze herum, tanzt durchs Licht, das in den Raum stößt, ist beim Badebottich mit dem Rost und dem kleinen Flaschenzug, an dem man den

Rost ins Badewasser hinunter lassen kann, ist wieder bei Hanselmann und beim Kind.
Der Hauswart arbeitet ruhig weiter. Er hebt den Kopf des Kindes, zieht den Scheitel nach, bürstet das Haar. Mac steht daneben. «I need a very very bad woman», sagt er leise, zärtlich. Unter seinen geschlossenen Lidern quellen die Tränen. Sie stürzen in die Mundwinkel. Er leckt sie weg. Er bückt sich und berührt die Wange des Kindes, bevor Hanselmann den Deckel drüber legt. «Kleiner Schmetterling», sagt er, «lustiger, kleiner Schmetterling.»
Narr, alter. Mac. Ich möchte bei ihm sein. Er würde mich hinausstoßen auf den kleinen Hof zwischen Spitaltrakt und Leichenhaus. Die Fassade des Spitals würde im Schatten liegen und Kühle abstrahlen, und wir, Mac und ich, würden auf den Betonplatten vor dem Häuschen stehen an der vollen Sonne.
Ich hätte die Hände Macs am Griff des Rollstuhls hinter mir. Und wir würden zusehen, wie Hanselmann die verwelkten Kränze auf den Kompost karrt. Barfuß trampt er auf den Lilienbündeln herum, trampt sie hinein in den Mist. Es knackt und saftet unter ihm. Er hat die Jacke weggeworfen, die Hosenbeine hat er bis zu den Knien hochgerollt. Langsam geht er vorwärts und dann wieder rückwärts auf dem Haufen herum, versinkt bis zu den Waden im Mist. Sein Rücken glänzt, der Schweiß rinnt über seine Oberarme.
Und dann steht er da. Läßt sich von Mac die Füße abspritzen, hebt seine großen Füße vor den Wasserschlauch, die Fußsohlen mit den scharfen Kanten hebt er uns entgegen. Und er öffnet den Gürtel, läßt, während Mac den Strahl einen Augenblick lang gegen den Kompost richtet, läßt er die Hosen hinunterrutschen, tritt aus ihnen heraus und wirft sie weg. Er steht da. Da ist sein breiter Körper mit dem Wirrwarr aus Haar, über der Brust, am Bauch, am Rücken. Da ist der Rücken, mit den Wulsten hinauf, querüber die Wulste. Er dreht sich im Strahl. Er bückt sich unterm Strahl, läßt ihn sich in den Nacken schießen, an den Hals, hinter die Ohren. Er hebt den Arm und hat das Gischten in der Achselhöhle, er macht einen Schritt ins Gras hinaus und läßt das Wasser auf dem

Rücken zerspritzen, er dreht den Bauch gegen den Strahl, und Mac läßt das Wasser auf seinem Bauch herumfahren, läßt es gegen den Nabel preschen, in die Leisten.
Er, Hanselmann, denke ich, würde sein Hemd zu einem langen Schlauch zusammendrehen und würde den Schlauch an beiden Enden fassen, würde ihn über den Rücken ziehen, auf und ab, hin und her. Und würde schließlich das Hemd um den Hals binden wie eine Kravatte und würde hinüber gehen in die Wohnung neben dem Waschraum. Und Mac würde mich hinter ihm herfahren. Er würde Hanselmanns Hose als Fahne über mir herumschwingen und würde im Gehen hinaufschauen zu den Fenstern des Spitaltrakts, zu den Fenstern des Fürsorgeamtes, und würde den Schwestern winken, die aus den Fenstern lehnen.
Ungefähr so. Ich kenne das. Es ist immer dasselbe. Er wird unten herumstehen, Mac, bei Hanselmann, und wird mich vergessen haben. Wie sollte er auch drauf kommen, daß ich ausgerechnet jetzt sein Gerede, sein Lachen brauche?

3.

Ich habe mich getäuscht. Mac ist doch oben in seiner Kammer. Er muß die hintere Treppe hinaufgegangen sein, oder er fuhr mit dem Lift. Möglicherweise war er gar nicht weggewesen, hat nur ein bißchen gedöst. Schlafen tut er ja nicht. Aber er döst manchmal über der Schreibmaschine ein. Nach einer Woche ohne Schlaf ist er so müde, daß er stundenlang auf das eine Wort starrt und die Arme schlaff niederhängen läßt.
Jetzt jedenfalls schreibt er wieder. Ich kann das Klappern der Maschine hören; ich höre ihn ins Klappern hineinsingen. Und jetzt ist auch sein Geschrei wieder da.
Wenn das Klappern der Maschine aufhört, weiß ich, daß er aufsteht von seiner Kiste, daß er die paar Schritte in den Korridor hinaus macht und sein «Du wirst betrogen, Jugend Amerikas» in die Treppenhäuser hinunter schreit. Meist ist es

die Jugend Amerikas. Sie paßt ihm offenbar am besten in den Kram.
Danach ist er jedesmal eine Weile still. Er horcht auf das Verhallen seiner Schreie. Und dann schnalzt er zufrieden mit der Zunge, scheint auch dem Schnalzen nachzuhorchen, dem Schnalzen, das überall aus den Korridoren und Kellern und Gängen zurückkommt. Er lacht schnell auf. Und schließlich klappert wieder die Maschine.
Er sitzt oben in der Dunkelkammer, im kahlen und fensterlosen Raum, den Hanselmann für ihn bereitgemacht hat. Die Birne hängt von der Decke. Und die Schatten seiner Finger huschen über die Tasten. Er reißt die Blätter aus der Walze und legt sie sorgfältig auf die Stapel. Und er singt. Alles was er schreibt, singt er laut vor sich hin. Und er krächzt und lacht und flucht dabei. Wenn keine Leute auf der Treppe sind, kann ich jedes Wort verstehen, auch hier unten im Kiosk.
Und so weiß ich, was er schreibt. Jeder weiß es. Man kennt die Geschichte. Denn es gibt nur die eine. Seitdem er hier ist, nach jeder Whiskyzeit, nach jeder Sauf- und Schnapszeit, fängt er neu damit an. Es ist seine Geschichte gegen die gescheiten Satane, wie er sagt, seine Nie-wieder-Geschichte, die Geschichte gegen den Krieg.
«Blödsinn», sagt Hanselmann und schiebt die Blätter unter den Tisch. «Hilft keinem. Du würdest damit besser deinem Boos den Hintern fegen.» Doch Mac hört ihn gar nicht.
Rings um ihn stapeln sich die Blätter. Auf dem Tisch sind die Stapel noch ordentlich hochgezogen. Den Wänden entlang stehen sie schief, stürzten um. In den Ecken sind die Papiere zu Haufen zusammengekehrt, und Hanselmann watet drin herum wie in Herbstlaub.
Hanselmann, wenn er bei Mac ist, sitzt im ausgeräumten Steinguttrog, hat sich von Fräulein Hübscher eine Haarspange erbeten und kratzt mit der Spange den Schmutz unter den Zehennägeln hervor. Er sieht auf das Fräulein hinab, das Mac Tee gebracht hat und das nun auf den Knien herumrutscht und die umgestürzten Papierstapel längs der Wände aufzurichten versucht. Er sieht das Fräulein die zerknüllten und zertrampten Blätter glattstreichen, sieht es unterm Tisch

herumsuchen, hinterm Tisch und gegen die Tür hin. Und er sieht die Kniekehlen des Fräuleins. Sie sind blau, an manchen Stellen violett, und Adern fächern aus über den Polstern.
Und er, Hanselmann, hört das Fräulein keuchen. «Stehen Sie auf», sagt er. «Ist beigott ein Blödsinn das!»
Das Fräulein hat sich hingehockt und schaut Hanselmann an. Das schade nicht, sagt es, eigentlich müßte man viel mehr Bewegung haben. Aber es scheue das Treppensteigen.
Das Fräulein hat einen Hund gekauft, einen braunen, kräftigen Dackel, vor Jahren schon, damit es gezwungen sei, jeden Tag mit dem Tier an die Luft zu gehen. Und es hat eine Kartonschachtel ins unterste Tablar des Schrankes gelegt, und der Dackel schläft in der Schachtel. Aber der Dackel ist dick geworden, zu dick, genau wie das Fräulein, und hat sein Rückenleiden und schleift die Hinterbeine nach, und das Fräulein geht nicht mehr an die Luft, noch weniger als früher, und ist eigentlich ganz zufrieden damit. Jeden Mittag bittet das Fräulein einen Praktikanten, den Hund hinab auf die Wiese zu tragen. Er ist, das sagt auch Hanselmann, für das Fräulein zu schwer geworden, zu unbequem. Und es bietet eine Tafel Schokolade für die Freundlichkeit.
Weshalb soll es keine Schokolade sein, fragt es schüchtern, weshalb keine ganze Tafel? Das ist gut so, sagt es, sehr gut. Wenn es die Tafel weggibt, wird es sie nicht selbst essen.
Es kenne sich, sagt das Fräulein, und seine Stimme hat jetzt etwas Entschiedenes. Es richtet sich auf. Es hält die Hände auf die Tischplatte gestützt und stemmt sich neben dem Tischbein in die Höhe.
Die Hände zittern vor Anstrengung. Die Finger werden weiß, blutleer, so sehr stützt sich das Fräulein drauf. Aber das Fräulein sieht es nicht. Es möchte nicht, daß irgendwer das sieht. Und es streicht sich schnell das Haar aus dem Gesicht und lächelt die Männer an. Es hebt den Rock und besieht sich die Knie, die vom Herumrutschen roten Knie. Das tue gut, sagt es, das alles tue nur gut. Und es lacht. Es keucht, während es lacht. Aus dem kleinen und kindlichen Madonnengesicht kommt der schwere Raucheratem.
«Sie müßten ihre Sachen in Ordner legen, Herr Mac», sagt es,

und das tönt nun nach Vorwurf. «Die Seiten numerieren müßten Sie.» Es zieht den Pullover über die Hüften hinab, es zündet sich eine Zigarette an. Seine Hände zittern noch immer. «Es ist schade um die Geschichten, Herr Mac, wirklich. Ihre Geschichten werden vertrampelt.»
Mac ist aufgestanden und hat eine seiner steifen Verbeugungen gemacht, und er bittet das Fräulein, sich hinzusetzen. Er hat seine Hand unter den Oberarm von Fräulein Hübscher geschoben und stützt es. Und das Fräulein ist dankbar dafür. Auch jetzt, im Sichhinsetzen, stemmt das Fräulein seine Hände auf den Tisch, und auch diesmal werden die Finger weiß vor Anstrengung. Es mag sich nicht einfach so plumpsen lassen. Es mißtraut der Kiste. Und überhaupt: beim Sitzen ist es besonders geplagt. Man redet nicht gern darüber. Seine Kiste im Fürsorgeamt wurde von Hanselmann mit einem Polster versehen. Er hat einen Sack mit Lumpen vollgestopft und den Sack auf die Kiste genagelt. Leute wie das Fräulein, sagt er, müßten in der Finanzabteilung arbeiten. Dort gibt es gefederte Drehstühle. Aber sonst, beim Fürsorgeamt und bei Mac, da muß man sich mit Kisten behelfen.
Es lacht erleichtert, das Fräulein. Schön, daß die Kiste standhält. Die Haare sind dunkel, fast blau, etwas zu stark lackiert, und sie bilden einen knappen Helm überm Gesicht. Es hat, wie gesagt, ein hübsches Gesicht, rundlich, wohlmeinend, das Fräulein, wie eine brav gemalte Maria, eine Bauernmaria aus dem Tessin, und man erschrickt jedesmal ein wenig, wenn es den Unterkiefer rasch und verwegen vorschiebt und über den vorgeschobenen Kiefer, die ausgestülpte Unterlippe einen scharfen Strahl Rauch aus sich stößt. Und man wundert sich, wenn das Fräulein den Zigarettenstummel mit zwei Fingern an Mac vorbei in die Blechbüchse schnellt, auf Distanz, scheinbar ohne zu zielen, ohne sich zu strecken, ganz nebenbei.
Man sieht, eigentlich ist es übermütig, das Fräulein. Es schwenkt die Beine. Es trommelt mit den Absätzen gegen die Kiste. Und wenn es lacht, errötet es. Während Mac sich verneigt und irgend etwas Englisches daharsagt, lacht das Fräulein und macht eifrig sein Yes yes, yes Herr Mac, schon gut.

Ich denke, es weiß gar nicht, was er redet. Es wundert sich auch nicht, wenn er schreit: «My dear! my dear! I need a very very bad. Sie verstehen!»
«Yesyes», lacht es und hüpft von der Kiste. Es wippt beim Aufsprung. Das hätte man dem Fräulein nicht zugetraut. Es wiegt sich ein bißchen in den Hüften. Ganz wenig, aber doch. Und es dreht sich zu Hanselmann hin und sagt: «Er ist so fröhlich, Herr Hanselmann, so mutig. Ich bewundere ihn, weil er so mutig ist.» Und dann erinnert es sich an den Weißwein drüben im Kühlschrank des Fürsorgeamtes. Es hat vergessen, daß noch Wein da ist. Und es eilt hinüber, ihn zu holen.
Macs Maschine klappert. Ich möchte bei ihm sein, wirklich; egal wo. Unten im Waschraum oder oben in der Dunkelkammer. Ich möchte sein heiseres Lachen hören, möchte sein Schwatzen um mich haben, und ich möchte die ruhigen Antworten Hanselmanns. Nur alleinsein möchte ich nicht, heute nicht. Aber die verdammten Narren lassen mich sitzen.

4.

Ich denke an Albertina.
Längs der Wiese floß ein Bach. Es war ein schmaler Bach, wir konnten drüber springen, kaum zwei Schritte breit. Und er war nicht tief, knietief vielleicht. Dort wo er sich ausweitete über Steinen, war er nur knöcheltief. Das Wasser hatte die Grasbüschel unterspült und die Wurzeln der Eiche, unter der wir lagen, Albertina und ich.
Ein paar Schritte unterhalb der Eiche floß der Bach mit dem Dorfbach zusammen, war nun mit Steinplatten eingefaßt, hob sich in Holzkännelen aus den Wiesen und fiel über das Rad der Schmiede.
Wir lagen auf den Kartoffelsäcken, die wir ins dünne und kaum handhohe Gras gebreitet hatten, lasen die vorjährigen Eicheln aus dem Gras, nahmen die Früchte aus den Becherchen und reihten die kleinen Becher vor uns auf. Wir schnellten die Ameisen vom Sacktuch und holten Bärlauch von den Buchenhalden, zogen Kresse aus dem Bach.

Wir hörten das Wasserrad, wir hörten das Schlagen des mechanischen Hammers drüben im Haus. Hinter verblühenden Zwetschgenbäumen war der schwere, zweimal kopfgroße Hammer, der das ganze Haus erschütterte, war sein unermüdliches Auf und Ab, war das glühend berstende Eisen und waren die beiden Schmiede, untersetzt, nackt in schwarzen Schürzen aus Leder, war ihr rasches und wildes Augenweiß.
Die Buchen öffneten sich, der Nußbaum stieß sein Braun ab, und jenseits der Rüfe rief der Kuckuck.
Albertina hatte den Bärlauch gegessen und besah die Wurzeln der Kresse, an denen Sand hing.
«Siehst du?» hatte sie gefragt, und ich hatte mich über Albertinas Rücken ein bißchen weiter nach oben geschoben und sah über ihre Schulter auf die Kressewurzeln hinab.
Albertina lag unter mir. Die Haut spannte, wenn ich mich bewegte, denn meine Haut klebte an Albertinas Haut. Albertina hatte sich bäuchlings auf das Sacktuch gelegt. Sie hatte den Rock über ihren Hintern hochgezogen, hatte, noch kniend, das Höschen über die Hinterbacken hinabgestreift bis in die Kniekehle und hatte sich ausgestreckt.
Es roch nach Milch aus ihr, ein bißchen so, wie Säuglinge riechen: Buttermilch und Wiese.
Sie hatte den Kopf zurückgedreht, hatte mich hinknien heißen und hatte mich auf ihren Rücken gebettet. Nun lag mein Bauch auf ihrem Kreuz, und sie hatte gesagt, das werde mir gut tun. Vater tue es jedesmal gut. Wenn Vater Blasenweh habe, gebe Mutter ihm warm. Und er müsse nicht mehr stöhnen. Gleich höre er auf damit und schlafe.
Sie hatte recht. Das Gras war naß gewesen heute morgen, gestern schon. Vor einer Woche noch hatte es geschneit, und der Schnee hatte das Gras zusammengedrückt. Der Boden war kalt, und trotzdem war ich barfuß gelaufen.
Im April läßt man die Schuhe unter der Bank und läuft barfuß. Die Holzschuhe sind unbequem. Man rennt schlecht in ihnen und man klettert schlecht. Und sie drücken. Die Kappen aus hartem und rauhem Leder, die auf die Holzsohlen genagelt sind, reiben die aufgequollenen Zehen, die Frostbeulen, und tun weh. Besser, man läuft barfuß.

Und barfuß watet man im Bach. Und so hat man sich die Blase verdorben.
Albertina weiß das. Man ist am Bord gestanden und hat in den Bach gepißt, und es hat weh getan. Das war kein Bogen, kein Strahl. Getröpfel war das. Und jeder Tropfen tat weh.
«Das ist die Blase», hatte sie gesagt. Sie hatte eine Weile meinen Bauch betrachtet, die weiße haarlose Stelle zwischen den Leisten, die noch lang ohne Haar bleiben würde. Ich hatte ihre Hand um den Hodensack gespürt und hatte erst daran gemerkt, wie kalt mir war. Und ich hatte mir das Leibchen hochstreifen lassen, damit möglichst viel von meiner Haut auf Albertinas Haut liegen würde, und hatte nun ihre Wärme unter mir und spürte die Wärme aufsteigen in mich, in meinen Bauch, wohltuend, langsam, gut.
Und neben Albertinas Kopf sah ich hinab auf ihre Hände. Und ich sah die Wurzeln der Kresse, und an den Wurzeln die Krümelchen, die winzigen Plättchen aus Stein. Und in den Sandplättchen, Steinplättchen, die zusammengepappt waren zu einer Röhre, stak das Tier.
Sein Kopf lugte aus der Röhre und bewegte sich. Und Albertina sagte, daß sie überall seien, die Röhren mit den Tieren. Mit nackten Tieren. «Du darfst sie nicht aus der Röhre ziehen», sagte sie. «Das vertragen sie nicht, hörst du! Sie zerreißen.»
Daran muß ich denken. Mac in seiner Röhre, in seinem Panzer aus Gips. Ich in meiner Röhre, in meinem Kiosk.
Ein Tier, das man nicht aus seiner Röhre ziehen darf, weil es zerreißt.
Ich denke an Albertina und denke, daß sie ihre Geschichte vom Röhrchentier diesem Mädchen hätte erzählen müssen, dieser Su. Doch was hilft das? Ich werde nicht darum herumkommen, von Eva zu reden.

5.

Seit Jahren wohnte ich wieder bei meiner Mutter. Meine Frau hatte sich von mir getrennt. Ich war, wie man so schön sagt,

ein Versager. Und ich war gar nicht begierig darauf, mir das ein weiteres Mal unter die Nase reiben zu lassen.
Alles war, so redete ich mir ein, ruhig geworden. Tagsüber arbeitete ich draußen im Tal, abends saß ich in der Stube, las, rechnete herum oder ging hinüber in die Wirtschaft zum Jass.
Musik machte ich keine mehr. Keiner stand auf, wenn ich in die Wirtsstube trat, klopfte mir auf die Schulter und drängte mich zum Klavier. Sie reichten mir nicht mehr die Gitarre über den Tisch und sagten: «Sing eins!»
«Laßt ihn», sagten sie. «Er mag nicht.»
«Er mag nicht? Boos? Ach, ich verstehe.» Und sie teilten ihre Karten aus und ließen mich mitjassen.
Früher ja, vor meiner Heirat, hatte ich oft Musik gemacht. Ganz verrückt war ich auf Musik.
Man spielt, wenn man jung und verrückt ist, nicht nur daheim. Man spielt dort, wo man gerade ist: auf dem Velo, im Fabrikhof, in der Gartenwirtschaft. Was man in Händen hat, tönt. Es kann eine Maulorgel sein, ein Banjo, ein Klavier.
Man ist von der Feldarbeit zurück. Die Meßgehilfen reinigen die Geräte, kratzen den Dreck von den Stativen. Und man ist hineingegangen in den leeren Saal neben dem Restaurant. Über Tontöpfe, über Töpfe mit stummelig geschnittenen Geranien ist man gestiegen, man hat die Töpfe weggeräumt und einen Stuhl herangehoben und hat sich ans Klavier gesetzt. Mitten in Töpfen, unter den staubigen, ausgetrockneten Töpfen, die auch auf dem Klavier stehen, spielt man.
Und natürlich spielt man zum Tanz auf, sonntags, rings in den Dörfern am Berg.
Man ist verrückt. Man wartet nicht. Man spielt schon, wenn sie das Klavier auf dem niedrigen Wagen hinaufführen zum Tanzplatz, in den Wiesen spielt man, im Lärm des kleinen, zweirädrigen Traktors, unter Nußbäumen hin, an Ställen vorbei. Man spielt und hat das Schnaufen neben sich, später dann, das Lachen der Tanzenden. Durch den Stuhl herauf spürt man das Beben der Bühnenbretter. Und die Nachtluft legt sich auf den Schweiß, ins Hemd, zwischen die Schultern.
Man ist rundum verrückt, wirklich. Ich erinnere mich an jene

Nacht, damals, ich muß noch nicht fünfundzwanzig gewesen sein. Wir spielten ohne Unterbruch, der Pöstler, der Baßgeiger und ich. Wenn ich trank, hob ich das Bierglas, das man mir aufs Klavier gestellt hatte, zu mir her und spielte gleichzeitig mit der andern, der freien Hand weiter. Ich aß die Wurst aus dem Papier, ohne im Spielen einzuhalten. Und der kleine Pöstler, der die Klarinette blies, lachte mir zu, der Baßgeiger nickte. Die Paare waren unermüdlich. Die Konturen der Bäume schälten sich langsam aus dem Grau, und wir spielten noch immer.

Es war klarer Tag, als wir vom Podest sprangen und durch die Wiesen hinunterstiegen zum Bach. Der Pöstler stand im Honigkraut, zwischen Brombeerhaufen und tutete in die Kälber hinein, die neugierig herbeigekommen waren und uns ansahen, die einmal auseinanderwichen und uns dann doch folgten, die zusahen, wie wir über die nesselverwachsenen Mauern stakten, wie wir die Baßgeige hoben, über die Köpfe, über die Nesseln und Stacheldrähte hin, wie wir durch Kartoffeläckerchen marschierten, der Baßgeiger und ich, die Baßgeige zwischen uns, wie der Pöstler in die Eschen kletterte und in den Eschen weiterblies, wie wir durch den Bach wateten und uns das Bord hinaufhalfen. Die Kälber liefen noch ein ganzes Stück weit neben uns her das Tal hinaus und blieben schließlich hinter einer Sperre zurück und muhten lange.

Wir legten die Baßgeige hin, der Bassist und ich, wir warfen unsere Kleider drüber, Hemd und Unterhosen, und wir gingen hinein in den Bach. Wir rieben uns das Wasser über die Brust, über die Oberarme, wir tasteten uns hinaus über umgestürzte Stämme und Felsbrocken, wir spürten die Kiesel unter den Füßen, weiter draußen das Reißen des Sandes zwischen den Kieseln, unter den Sohlen das Saugen und Reißen des Sandes, das Zerbröckeln des Grundes, auf dem wir standen. Und wir ließen uns hineinfallen ins raschfließende Wasser. Wir trieben hin unter niederhängenden, wiegenden Kronen, unter Weiden. Wir wurden gedreht und geworfen in den Strudeln, wir fielen ins Gurgeln hinab und tauchten zwischen kreisenden Holzstücken und Blasen wieder auf. Und oben, auf dem Uferweg, rannte der Pöstler nebenher, nackt, zog im

Rennen die Knie hoch, hüpfte und sprang, stieg über Holzstöße hin, über Steinplatten, drang durch stiebendes, verblühtes Kraut, und blies.

Er stand auf einem Holzstrunk, unter dem wir wegtrieben, und tutete auf uns herab. Wir sahen ihn auf einer Mauer stehen, weit oben im Licht, über bemoosten Felsen, sahen ihn den Bauch vorstrecken und in die Kronen der Bäume hinaufblasen. Wir hatten seine kleinen, stechenden und schwarzen Augen über einem Steg ganz nah, hatten den zuckenden Schnauzbart über dem Mundstück ganz nah, hatten die rauhen und dann wieder hellen, gellenden Töne, die Triller ganz nah, unter uns, zwischen uns, in uns. Wir sahen seine eckigen Knie, die beim Schreiten nach unten zeigenden Fußspitzen, wir hatten seine schnellen Finger über uns; sein Huschen war im Bergholder, im kleinen schäbigen Wasserfall, in den von Schneerutschen schiefgedrückten Erlen, in den Efeulasten jenseits.

Und dann watete er uns entgegen. Sein weißer Leib leuchtete in der Sonne, das Wasser gischtete hoch an ihm. Und er streckte uns eine Hand zu. Er hatte mit der einen Hand die Klarinette über sich gehoben und streckte uns die andere zu, fing uns, fischte uns heraus, half uns auf die Füße.

Unsicher und mühsam fanden wir ans Ufer. Das Schlüsselbein schmerzte von der Kälte. Wir schwangen die Arme und rannten zurück zu den Kleidern. Und er, der Pöstler, rannte mit. Er rannte hinter uns her, blieb manchmal stehen, tutete, brach in Gelächter aus, krümmte sich vor Lachen, hüpfte vor Lachen, drehte sich hüpfend um sich selbst, war mit uns neben den Kleidern, setzte einen Fuß drauf, wollte nicht, daß wir uns anzögen, tutete auch jetzt in einem fort, lachte über seinem Mundstück, als der andere seine Baßgeige hob, als ich mir ein langes scharfes Blatt suchte und darauf sang und pfiff.

Und so standen wir denn mitten auf dem Weg, neben den Kleidern, und lärmten. Das Wasser rann aus den Haaren, rann den Nacken nieder, rann aus der Schläfe über den Hals auf den Bauch. Es war ein blitzender Zopf an den Oberschenkeln. Und der Morgenwind leckte es weg und machte uns frösteln.

Wir spielten und fröstelten und hüpften herum. Und von der Weide herab, über das Gatter her, sahen uns die Kälber zu. Und wunderten sich.
Wir hatten Mühe, die Hosen an den nassen Beinen hochzubringen. Mit den Hemden rieben wir uns die Brust trocken, die Leisten. Und wir sahen, währenddem wir die Hosen zuknöpften, sahen wir den weißen Giebel über den Felsen und sahen jetzt auch die Mauer, die von dort, wo das Haus stand, hereingezogen worden war in den Wald gerade über uns. Und auf der Mauer sahen wir das Mädchen. Die Sonne spielte in seinem Haar; sie nistete in diesem Haar; das Haar war so hell, daß wir das Gesicht erst gar nicht sehen konnten.
Aber dann sahen wir, daß das Mädchen lachte. Es lehnte über die Mauer herab und lachte.
Der Pöstler schob seine Hosenträger zurecht. Er nahm seine Klarinette und prüfte das Mundstück. Er machte an seinem Hemd herum, rieb es unter den Hosenträgern hin und her. Und vorsichtig legte er die Klarinette wieder auf den Weg. Er drehte sich dem Mädchen zu. Und er stieß unvermittelt einen Schrei aus und begann zu rennen. Er rannte an Ort. Aber das Mädchen sah das nicht mehr. Das helle Haar hüpfte durch den Wald, wischte unter Büschen hin, hinüber gegen den weißen Giebel.
Wir gingen nebeneinander das Tal hinaus. Der Pöstler blies. Der Bassist hatte sich sein Instrument vor den Bauch gehoben und trommelte auf dem Rücken der Baßgeige herum. Und wir marschierten und sangen. Und vorne, wo die Schlucht enger wurde, blieben wir stehen und drehten uns nochmals um. Und da stand wieder das Mädchen auf der Mauer. Und wir konnten sehen, daß es auch jetzt lachte. Es hob den Arm und winkte. Es lachte. Und wir wußten, es lachte uns aus.
Tatsächlich: wir waren verrückt damals. Solange jedenfalls, bis mir das Spielen verging. Wenn eine Frau sagt: «Sei ein Mann, endlich», dann spielt man nicht mehr. Man kann nicht. Es ist nichts in dir drin, sagt man sich. Du bist leer. Man sucht umsonst. Und man spürt, daß man kein Mann ist, gerade weil man einer sein sollte. Eine Marionette ist man, die Grenzsteine setzt, das ist alles.

Man spielt auch nicht mehr, wenn die Frau weggegangen ist. Man geht hinüber in die Wirtschaft und jaßt und rührt keine Gitarre an, kein Banjo, keine Maulorgel. Jahrelang nicht. Erst im Herbst wieder, letzten Herbst. Und das war Grund genug, sich um eine Stelle südlich der Alpen zu bewerben, möglichst weit weg.
Unterdessen war es März geworden, und man sollte fahren.
Das kam so: ein paar Schritte von meiner Mutter weg, im Haus talseits der Straße, wohnte Eva. Eva, die Frau des Zolldirektors. In einem großen Haus wohnte sie, in einem großen Garten. Beides war viel zu groß in den schmalen Häusern des Dorfes, viel zu aufwendig. Und der Zolldirektor war selten da.
Es muß September gewesen sein, vielleicht anfangs Oktober, ein schöner Tag auf alle Fälle. Ich spaltete Holz vor dem kleinen Holzschopf, und unten, gegen den Wald hin, ging die Frau Zolldirektor auf dem Gras herum und hatte ihr Kind bei sich. Die Sonne schien schräg über die Tannen herein, vor denen die Frau ging, und fiel ins Haar des Kindes und in jenes der Frau.
Eva hatte bemerkt, daß ich oben stand und ihr zusah. Und sie winkte. Sie hob den Arm, lachte und winkte.
An diesem Winken sah ich, daß die Frau des Zolldirektors jenes Mädchen war, das auf uns herabgelacht hatte, damals, auf die Männer, die am Bach standen und tuteten und sich auf die Rücken schlugen. Ich wagte nicht, zurückzuwinken. Ich ließ das Holz Holz sein und ging hinein ins Haus.
Das ist nichts, sagte ich mir. Da wohnt man fünf oder zehn Jahre nebeneinander, man flickt der Frau des Nachbarn einmal ein elektrisches Kabel, man dreht ihr den Rasenmäher um, wenn er klemmt, und entfernt das Drahtstück, man öffnet ihr hin und wieder einen Dosendeckel, der nicht nachgeben will, und man sieht schließlich, daß die Frau jenes Mädchen war, das überm Bach stand und winkte.
Das ist wirklich nichts. Und man schenkt sich ein Glas Most ein und trinkt es mit großen Zügen leer. Zudem, sagt man sich, es ist eine Täuschung. Bestimmt ist es das. Und sonst? Wenn es keine ist, was ändert sich?

Man hat das Banjo vom Nagel genommen. Man hat den Staub von den Saiten gewischt. Und man erschrak, als es tönte. Man hat es wieder an den Nagel gehängt.
Man spielt nicht. Hier hängt das Banjo; überm Plüschkanapee, auf dem Vater starb. Man geht zum Holzschopf und macht weiter seine Scheiter. Erst am Samstag spielt man. Es ist nichts. Niemand soll es hören. Man will wissen, ob man die Griffe noch kennt. Nur das. Mehr nicht.
Keiner soll den andern mit dem Ellbogen anstoßen und lang von der Seite her ansehen und sagen: «Siehst du das? Anderes Wetter. Boos spielt wieder.» Auch Mutter sollte es nicht hören.
Samstag fuhr Mutter weg, hinaus ins Tal, und machte ihre Einkäufe. Und ich nahm das Instrument und ging in den gemauerten Anbau, von dem aus ich die Straße überblicken konnte. Ich würde das Postauto aus den Kehren sich heraufdrehen sehen, ich konnte sehen, wenn die Mutter aussteigen würde unten bei der Haltestelle und würde Zeit genug finden, das Instrument zurückzubringen in die Stube.
Und so spielte ich. Über mir hingen die klirrdürren Bohnenstauden, auf der Werkbank waren Nüsse ausgebreitet, Zwiebeln lagen da. Ich spielte, bis das Postauto anhielt unten bei der Bank. Ich hängte das Banjo zurück übers Sofa.
Mir war, ich hätte etwas Unerlaubtes, etwas Unsauberes getan, etwas jedenfalls, das zu mißbilligen wäre. Ich setzte Kaffeewasser auf. Ich half Mutter beim Auspacken der gekauften Waren. Gut, sagte ich mir, daß sie nichts weiß.
Und trotzdem: wer sollte gegen das Banjo etwas haben können? Nichts, sagte ich mir, es ist nichts. Aber dann meldete ich mich doch für die Vermessungen im Süden. Es war besser, wenn ich mich dünn machte.
Das war im Herbst. Im Frühjahr, Ende März, wie gesagt, sollte ich fahren.

6.

Da bin ich also schon mittendrin in der Geschichte, und Mac läßt mich hängen. Der verdammte Narr hat's nicht eilig. Er schreibt. Und ich kann ihn schreien hören.
Das Treppenhaus ist dunkel. Das kleine Licht brennt neben meiner Hand. Es war ein langer Nachmittag. Die Leute sind weggegangen, ohne herzusehen. Einmal kam ein ganzes Rudel feister Männer vorbei, alle in weißen Mänteln, wahrscheinlich Kongreßteilnehmer, Chirurgen oder Pharmazeuten. Sie kamen aus den Korridoren des Spitaltrakts herauf; lange bevor sie da waren, konnte ich das Gewirr ihrer Stimmen hören, das Schlurfen und Saugen ihrer Schritte, der Gummisohlen auf dem Linoleum. Sie wichen den Aschehaufen aus, den verbrannten Zeitungen, die noch immer auf dem untern Podest lagen, stießen die Tür auf und drückten sich zwischen den zwei schweren, zerschundenen, fast schwarzen Eichenflügeln hinaus in die Helle.
Ich wartete auf Mac und hörte den Staub von den Balken rieseln, hörte die Automobile wenden draußen auf dem Vorplatz, im Kies, und hörte sie wegfahren. Ich hörte die kleinen Stimmen von Kindern, locker, fragend, und hörte die Antworten der Mütter, und ich dachte mir aus, wie die Mütter sich über den Kinderwagen bücken würden, wie sie dem Kind die Banane aus der Hand nehmen würden, um die Schale etwas weiter zurückzustreifen, und wie sie die Banane dem Kind wieder geben würden, mit einem schnellen, aufmunternden Lächeln. Ich hörte die Spatzen lärmen und hörte das Klirren des Bestecks, wenn es aus der Waschtrommel genommen wurde und hineingeworfen in die Besteckkisten drüben in der Kantine.
Einmal, es dämmerte schon, kam der lange Lümmel die Treppe herab. An die Brüstung gelehnt, zehn Schritte entfernt und auf gleicher Höhe wie der Kiosk, blieb er stehen und sah mich an. Er sagte nichts. Er bewegte sich kaum. Nur die Zigarette, die er rauchte, glomm auf und schien wieder zu erlöschen, mehrmals.
Er ging erst weg, als Martin sich näherte. Martin kenne ich;

seine Schritte kenne ich, von weitem schon. Ebensogut wie seine Stimme kenne ich sie. Schritte müßte einer machen, denke ich oft, Beine müßte einer haben, eine Stimme. Nur so weiß man, wo einer hingehört, und er selbst weiß es auch.
Martin ist Adriens Assistent. Er ist fast zu alt für einen Assistenten. «Nur ein Idiot macht seinem Chef so lang den Mist», lacht er, «gelegentlich hab ich genug.» Er bleibt am Kiosk stehen. «Wenn du dir denken könntest, Boos, wie sehr ich genug habe!»
Er lehnte über das Auslagebrett zu mir her und besah aufmerksam mein Gesicht. «Schlimm ist es nicht. Solang sie nicht ins Aug treffen, übersteht man das. Diese Lumpen!»
Er sammelte die Zeitschriften ein, die noch im Treppenhaus herumlagen, schichtete sie aufs Brett. «Etwas paßt ihnen nicht, wissen wohl selbst nicht, was. Und so müssen sie etwas finden, an das sie ihre Unlust hinhängen können, die Herrschaften. Die packen dich aus, Boos. Die wollen das große Reinemachen. Und es wird ihrer Seele ungeheuer gut tun.»
«Die Seele», lachte er, «will fliegen, will ihre Runden ziehen in einem reinen, absolut stubenreinen, sterilen, absolut leeren Paradies, und nur ein paar Leuchtziffern zeigen das Flüstern an der Engel.»
Er lachte jetzt unbändig. «Ich weiß es, Boos. Ich bin Spezialist!»
Er hat recht. Er ist Computerfachmann. Und er beschäftigt sich seit Jahren damit, den Garten Eden, wie Adrien sagt, der Menschheit den Garten Eden zu programmieren.
Er ist überarbeitet, Martin. Er sollte weg von hier. Aber Adrien hält ihn zurück, mit allen Mitteln, auch mit Anja. Zumindest versucht hat er es mit Anja.
«Gut gearbeitet, diese Su», sagte Martin nachdenklich. «Hat dich herausgehauen, Alter. Alle Achtung.»
Er schien das Mädchen zu kennen. Hier kennen sich fast alle. Vielleicht ist sie Locherin der Datenverarbeitung, vielleicht ist sie Zoologin, die in den Labors hilft? Vielleicht ist sie eine seiner Studentinnen?
«Hat unser alter Sauertopf von einem Jehova etwas dagegen,

wenn man seine Prinzessin auf die Nase küßt?» Er stupfte mir freundschaftlich den Zeigefinger gegen die Brust und hüpfte die Stufen hinab.
Das kleine Licht brennt. Ich warte. Und oben schreit Mac herum und tippt sein Manuskript gegen den Krieg.
Der Esel. Er soll kommen! Er soll mich holen! Er soll mir den Kopf mit Unsinn vollschwatzen! Er soll den gottverdammten Krieg lassen und Boos aus seinem Verschlag herausholen!
Heute werde ich mit Vergnügen mittrinken, wenn er trinkt. Ich werde hinhören, wenn er seine Spitfire fährt. Ich werde hören, was er mit dem Jungen redet in der Messerschmitt. Ich möchte nicht allein sein, möchte nicht denken.
Freilich, er kann nicht wissen, daß er kommen soll. Ich leb ja hier, ich schlaf ja hier. Hier in der Koje, im Rollstuhl. Das Brett vor den Bauch geklemmt, so, daß ich nicht aus dem Rollstuhl fallen kann, schlafe ich hier. Das ist normal. Darüber verliert man keine Worte.
Ich habe die Nächte nicht ungern im Treppenhaus. Ich betrachte die Lichter, die durch die Scheiben hereinstoßen und die unsicher über die Decken und Konsolen hinspielen, ich höre, wenn droben auf der Mauer ein Nachtvogel angeflogen kam und seine Jungen füttert, und ich höre die Mäuse hinter der Holzwand meines Verschlages.
Und ich höre Mac. Nacht für Nacht hämmert er auf seine Schreibmaschine ein. Drei Wochen lang. Er schläft nicht diese drei Wochen. Seitdem er, der große Kriegsheld, Held Seiner Königlichen Majestät, abgeschossen wurde über Malta, schläft er nicht mehr. Drei Wochen schreibt er, und in der vierten säuft er.
«Du wirst betrogen, Jugend Amerikas», schreit er in die Korridore. Und er redet mit den Bomberpiloten, den Burschen, wie er sagt, achtzehn, neunzehn Jahre alt, die hinbrummen wie Putten über das nachtdunkle Europa, wie Putten in ihren Kisten hinschweben über das schlafende Land, die Wälder, die Bachläufe, die frisch umgebrochenen Felder, die Städte. Städte, die daliegen wie Teppiche, sagt Mac. Und die Burschen kippen ihre Bomben hinab. «Brennt sie aus, die Läuse. Brennt sie aus dem Pelz!» schreit er. «Oh ihr armen Lumpen-

hunde, laßt es hochgehen, das Sommernachtsfest! Keine Generation, ihr Narren, ist auserwählt wie eure, die Herrlichkeit zu schauen!»
Und er schluchzt, Mac, und schreit auf die Burschen ein, die da hinrucken durch die europäische Nacht, die ihre Kisten hinschieben durch die tödlichen Fontänen der Fliegerabwehr, blaßhäutige, ein bißchen zu fette Burschen, die sich freuen am Feuersturm da unten. «Ah», schreit er, «man muß junge Kerle nehmen, Kinder fast. Kinder begeistern sich am Feuerwerk. Herrgott! Du wirst betrogen, Jugend Amerikas!» Und jetzt lacht er. Es ist ein heiseres, keuchendes Lachen.
«Brennt sie aus», sagt er ernst. Und die Läuse versengen im Pelz. Und die Läuse sind Kinder. Die Kinder seiner Schwester sind es. Die Kinder irgend einer Schwester. Er weint leise. Und er begehrt nochmals auf: «O ihr Burschen. Und man hat euch heruntergeholt. Alle. Man hat euch keinen Jagdschutz gegeben.» Er redet jetzt hastig. Ein Jagdschutz ist nicht nötig, haben sie gesagt, die breitlachenden, gutgekleideten, breitschultrigen Generale, die euch hinschickten über Europa. Amerika braucht den Jagdschutz Englands nicht. Die Kinder, die ausgeschickt werden, andere Kinder zu töten, brauchen Mac nicht. «Du wirst betrogen, Jugend Amerikas! O die Hunde, die Hunde!»
Manchmal kann er sich stundenlang nicht mehr beruhigen. Der Held Seiner Königlichen Majestät, der Kanadier, Mann aus gutem Hause, wie Adrien sagt, der Luftheld mit der längsten Abschußliste sitzt auf der Treppe und weint. Der Held seiner Nation, der nicht mehr tragbar ist für das Bankhaus seines Onkels und dessen Pension kleiner wird von Jahr zu Jahr, der herumgereicht wurde in den Gärten und Betten der Baronessen, der italienischen Gräfinnen, der zusammenlebte mit Senta, der spanischen Hure zuletzt, weil die Pension nicht mehr reichte, und der jetzt auf seinen Manuskripten schläft in der Dunkelkammer, schläft und doch nicht schläft, einfach daliegt und döst, nicht mehr schlafen kann, seitdem er abstürzte über Malta, dieser Mann, der eingezwängt lebt in seiner Trommel aus Gips, in seinem Gipskorsett, ohne das er zusammenklappen würde wie ein Taschenmesser, dieser Held

mit gebrochenem Rückgrat sitzt da, und der Speichel rinnt in einem dünnen Faden auf seine Hände.

Ich kenne ihn. Ich kenne seine Geschichte. Ich weiß, wie er die Messerschmitt herunterholt vom Himmel. Es ist langweilig. Niemand hört ihm zu. Und doch wär es mir recht, wenn er davon reden würde, jetzt.

Ich denke mir aus, wie er jeweils auf der Treppe steht, mitten in den Männern und Frauen drin. Die Frauen schmieren sich umständlich ihre Gesichter mit Creme ein, zupfen Brauen, ziehen sie nach. Sie kämmen den Männern das schulterlange Haar, passen ihnen die gestickten Stirnbänder an, machen Schlaufen drein und Maschen. Sie kümmern sich nicht um Mac, der zwei Zündholzschachteln aus der Brusttasche seines Leibchens zieht; der Kampf zwischen Spitfire und Messerschmitt ist ihnen egal.

Und er, Mac, steht da. Er trägt sein gestreiftes Leibchen, das sich über die schwere, nur schlecht gerundete Tonne spannt. Sein Gipskorsett reicht von der Hüfte bis zu den Ohren und drückt das Kinn nach oben. Zwischen Gesicht und Gipsrand dringt eine graue Wattekrause aus dem Korsett. Ungeduldig stößt er die Watte zurück, wenn sie ihm zu weit nach oben rutscht, oder er dreht sich langsam vor dem Fräulein, vor Fräulein Hübscher, im Kreis, und das Fräulein zupft ihm das Gekrause zurecht, streicht die Wulste aus dem Leibchen, liest ihm ein Spinnweb von der Schulter.

Er hält die zwei Zündholzschachteln in den Händen. Und die Schachteln sind Flugzeuge, Jagdflugzeuge. In der linken Hand hält er die Messerschmitt, die ihn verfolgt, die hinter seiner alten englischen Kiste, die er in seiner rechten Hand hält, her ist, wie eine Verrückte hinter ihm, Mac, in seiner Spitfire her ist und gleich zu pfeffern und zu balfern anfangen wird.

Er, Mac, hält die beiden Zündholzschachteln ganz nach links hinaus, so weit, als er überhaupt nach links hinausreichen kann, behindert wie er ist. Er hält die Schachteln auf Nabelhöhe und läßt sie langsam von links nach rechts fahren. Und, natürlich, die Messerschmitt schließt immer näher zu seiner englischen Kiste auf, die alt ist, die langsam ist, die viel lang-

samer fliegt als die deutsche. Wie ein Wanderfalke sticht die Messerschmitt auf die lahme, englische Ente zu, sagt er. Und er selbst sitzt in dieser lahmen Ente drin.
«Nur ruhig, Junge», sagt er sich, «nur keine Nerven! Laß ihn ganz schön herankommen. Laß diesen guten Deutschen ganz schön wild werden auf dich, alte Ente. Am besten, du wakkelst ein bißchen mit dem Hintern. Ja. Er soll verrückt werden, rasend vor Lust, dir eins in den Arsch zu pfeffern. Fein, fein, er kommt schon.» Und er, Mac, da auf der Treppenstufe, hebt seine Spitfire etwas hoch. Die Zündholzschachtel beschreibt einen Bogen aufwärts.
Alles läuft ab wie nach Programm. Säuberlich, ordentlich. Die Messerschmitt hat zu pulvern angefangen. «Der da hinten hat dich im Visier», sagt Mac, und man weiß nicht, redet er zu sich selbst oder zu irgendeinem, der da auf der Treppe liegt und gar nicht zuhört. «Der da hinter dir hat den Finger am Auslöser und pulvert ununterbrochen. Gleich werd ich dich knacken, alter Engländer, wird er denken. Gleich. Oh», sagt Mac, «lassen wir ihm die Vorfreude, lassen wir ihm den Glauben an seine Überlegenheit. Er ist närrisch geworden. Genau so ist er geworden, wie du, Mac, ihn haben wolltest. Ein irrgewordener Jäger ist er, ein zitternder, blutgieriger Hund, ein geiler, verrückter Hund. Lassen wir ihm die Gier, Mac. Lassen wir ihn denken, jenen Mann in der Messerschmitt, daß er dich gleich haben wird, daß er gleich drin sein wird in deinen Röcken, den verteufelten Röcken, den feuerroten. Gut so. Gut so. Mach ihm Hoffnungen, Mac. Laß ihn Tuchfühlung behalten, laß ihn nah sein. Du mußt, Mac, in seinem Visier bleiben. Er soll denken, daß er dich hat, eben jetzt.»
Mac kichert. Ohne die Schachtel wegzulegen fährt er sich einmal hastig mit dem Handrücken übers Gesicht: «Und er hat dich wirklich, Mac. Nur nicht ganz, nur nicht vollkommen. Immer bist du ihm eine Spur zu hoch. Zu hoch? Weshalb das?»
Mac hält einen Augenblick ein, schaut sich um, wartet, und gibt sich wie üblich selbst die Antwort: «Ganz einfach. Du bist zu hoch, weil du mit deiner langsamen Kiste den schärfern, den engern Bogen ziehen kannst. Und er, der Deutsche,

hat Mühe, dir zu folgen. Ihn trägt es nach außen. Und seine Kanone, die dich herunterholen soll, ist fest eingebaut in seine Maschine. Die zeigt deshalb genau dorthin, wo die Nase seines Flugzeugs hinzeigt, also etwas außerhalb des engen Kreises, den du ziehst. Währenddem du hochsteigst, schießt der Kerl ununterbrochen unten an dir vorbei und bringt seine Nase nicht dorthin, wo er sie haben sollte.»
Leise lacht er vor sich hin. «Er wird ganz schön schwitzen, da hinter dir, Mac. Und dir liegt daran, daß er nicht zu schwitzen aufhört. Du besiehst dir die Explosionswölklein schräg unter dir, besiehst dir den Kranz von Wölklein, der sich im schwarzen Himmel langsam bindet. Ach, denkst du, ein schöner Kranz ist das, ein jungfräulicher, ein Brautkranz sozusagen für deine alte Ente. Nur keine Nerven jetzt, Mac. Du bist innerhalb dieses begonnenen Kranzes und hast es in der Hand zu bestimmen, wie eng er geflochten werden soll. Du bist ganz oben jetzt, an der höchsten Stelle des Bogens, den du fliegst, und liegst auf dem Rücken. Einen Augenblick lang ist die Versuchung da, so zu bleiben, alles zu vergessen und zu bleiben. Das Land siehst du, so weit unten, dunstig, blau, und siehst die Schwärze des Himmels. Und möchtest bleiben, Schluß machen. Endlich. Aber du fliegst. Du drehst deinen Kreis, der unmerklich kleiner ist als der Kreis des andern, der dir folgt. Moment», sagt er, «Moment.»
Mac hält seine Arme gekreuzt. Während er seine Schachteln kreisen ließ, kamen seine Arme durcheinander. Die linke Hand ist rechts oben, die rechte links. Die Zündholzschachteln zeigen mit der Oberfläche, mit dem Bildchen nach unten. Er kann nicht weiterdrehen. «Moment», sagt er.
Wenn Hanselmann dabei ist, muß ihm Hanselmann hier die beiden Zündholzschachteln festhalten, und er, Mac, wechselt die Arme, faßt die Schachteln neu. Er hält dann die Spitfire in der linken Hand, die Messerschmitt in der rechten. Die Spitfire hängt hoch oben und beginnt zu fallen, die Messerschmitt aber erreicht erst jetzt ihren höchsten Punkt. Herrlich hängt sie im Zenith. Auf dem Rücken liegt sie und zeichnet sich schön ab im schwarzen Himmel. Hilflos. Und Mac, Mac in seiner Spitfire, dreht seinen Kreis mit einem raschen Schwen-

ker zu Ende, führt die Spitfire, die ihren Bauch nun wieder erdwärts hält, steil gegen die Messerschmitt hoch.
«Da haben wir dich», stöhnt er. «Ein kleines Kreuz, festgenagelt im Schwarz.» Und er fliegt auf das Kreuz zu, Mac; hat es im Visier jetzt, fährt und fährt und entlädt erst zuletzt, ganz zuletzt seine Magazine.
«Ah, Dummkopf», sagt er, «Dummkopf.» Und er wartet eine Weile. Er wartet und sieht den Rauch aus der Messerschmitt streichen. «Ah, steig aus, du närrischer Kerl; blonder Junge steig aus. Du wirst doch gottverdammt die Freundlichkeit haben auszusteigen, du wirst doch deinem Schweinehund, diesem Führer, nicht die Ehre erweisen und verrecken. Du hast eine Mutter, mein Herr; du hast eine kleine Dame, die wartet. O du, sei nicht gemein, sei nicht so gottverdammt gemein! Komm, komm. So komm doch endlich!»
Du hast alles aus dir geschüttet, alter Kanadier, Luftheld Seiner Majestät, und fährst hinein in die Schwärze, in das saugende Nichts des Himmels. Und du bettelst und weinst. Das kleine Kreuz der Messerschmitt hast du weggewischt aus diesem Himmel, und es trudelt unter dir und raucht. Und du bettelst es an, dieses Kreuz. Und du jubelst auf, wenn sich aus dem trudelnden Kasten ein Punkt löst und aus dem Punkt ein langer Streifen sich dehnt und breiter wird, Bovist wird, und schwebt, schwingt, wenn der Fallschirm langsam und ruhig schwingt und du weißt, er, der Kerl, ist ausgestiegen. Er hat sich freigemacht. Er wird landen.
«Ich verstehe nicht, wie sie immer wieder auf den Trick hereinfallen konnten. Man gebe ihnen ein Ziel, und sie schießen an dir vorbei. Oh, die Narren, der Eifer hat sie verrückt gemacht, hat sie zu Idioten gemacht. Wie Äpfel konnten wir sie aus dem Baum pflücken.»
Er lächelt vor sich hin. Er schiebt die Zündholzschachteln in seine Brusttasche zurück. Er schwankt ein bißchen, schaut sich verwundert um, tritt von einem Fuß auf den andern. «I need a woman», sagt er. Es ist, als würde er träumen und im Traum über sich selbst lachen. «I need a very very bad woman.»
Man kennt das. Jede Bewegung von Mac kenne ich, jedes

Wort. «Für euch zählt nur die Herrlichkeit des Feuers», sagt er zu den Bomberpiloten, die gar nicht da sind. «Die Reinheit des Feuers zählt. Das Kleine, das was brennt, seht ihr nicht. Zu hoch seid ihr. Zu weit von der Erde. Wie Gott über Sodom und Gomorrha, ebenso strotzend vor Selbstgerechtigkeit, schwebt ihr über Europa, ebenso herzlos und dumm. Große Reinemacher seid ihr, alle zusammen. Buchhalterseelen, erbärmliche!»
Ich möchte seine Stimme hören. Ich möchte, daß er mich herausholt aus dem Verschlag. Ich würde seine Hände hinter mir am Griff des Rollstuhls spüren. Ich würde spüren, wie er zurücklehnt, um das Gleichgewicht zu behalten, und wie er den Stuhl langsam von Stufe zu Stufe niedergleiten läßt zum Podest unten vor der Tür. Ich würde hören, wie er leise lacht dabei.
Er macht kein Licht, wenn er mich die Treppe hinunterfährt. Es ist ein Dreiminutenlicht und erlöscht ohnehin zu früh. Es nützt uns nichts. Er tastet sich im Dunkeln voran. Wir wissen beide: wenn er strauchelt, fahren wir zusammen hinab über die Stufen. Zwei kaputte Puppen werden unten liegen vor der Tür. Ein zerbrochener Pilot und ein beinloser Alter. Und keiner wird uns zusammensuchen. Nicht einmal ein kleines Mädchen wird kommen und das Sägemehl herauskratzen aus uns.
Ich möchte lachen mit Mac. Und ich möchte durch den Glasperlenvorhang hineinfahren in die Drogerie und trinken mit ihm.
Er wird, denke ich, gleich kommen. Ich höre ihn schon.

7.

Es war März. Ich rede von Eva. Es muß Ende März gewesen sein, einer der letzten Abende, bevor ich wegfahren wollte.
Ich war gegen sieben Uhr aus dem Tal herauf gekommen. Es war dunkel, und es regnete. Schnee und Regen waren miteinander vermischt, und je näher ich dem Dorf kam, um so grö-

ßer wurden die Flocken, um so schwerer klatschten sie gegen die Windschutzscheibe.
Ich stellte den Wagen ab und lief zum Haus meiner Mutter. Unten, in Evas Küche war Licht. Ich blieb stehen und sah in die Küche hinein.
Die Schranktüren standen in der gleichmäßigen Helle. Ich hatte die Schubfächer vor mir, die Küchengeräte und Gestelle. Und mittendrin, in all dem, gegen das Fenster, das heißt gegen mich gerichtet, arbeitete Eva.
Ich sah ihre Hände, die sich ruhig über den Tisch hin und her bewegten, die nach etwas griffen, nach einem Messer, nach Gemüse, nach Salat. Und ich sah die kräftigen und doch schlanken Finger, die das Gemüse festhielten, sah die Hand, die das Messer hielt. Und ich sah den Körper sich etwas abdrehen und sah das Gemüse in eine Pfanne fallen. Mit dem Messer schob Eva das Zerschnittene vom Holzteller.
Ich schaute diesen ruhigen Bewegungen zu, dem Haar, das sich im Scheitel teilte und auf die Schultern niederfiel, das weich mitschwang in den Bewegungen, und ich sah die Helle auf diesem Haar, die von einer Lampe kommen mußte, die ich von hier aus, von der Straße her, nicht sehen konnte.
Ich weiß nicht, wie lang ich so stand. Ich hatte meine Jacke übergeworfen, doch der Schnee und der Regen drangen durch den Stoff und ließen mich erschauern. «Eigentlich müßte ich wieder einmal einen starken Mann haben», sagte Eva unvermittelt zu mir herauf.
Ich fuhr zusammen. Ich hatte nicht damit gerechnet, daß sie mich bemerken würde. Ich kam mir ertappt vor, ich schämte mich und wußte nicht, was tun.
Ich hatte ihr oft zugeschaut, die letzten Monate her, und sie hatte immer so getan, als würde sie nichts davon ahnen. Vielleicht hatte ich mich getäuscht? Vielleicht lachte sie über mich, seit Wochen schon.
Sie hob eine Dose hoch und sagte, sie könne den Deckel nicht wegbekommen. Ob ich so nett sein würde.
Natürlich würde ich. Als ich zur Haustür kam, war Eva schon da. Sie mußte gerannt sein. Sie gab mir die Dose und schimpfte auf den unpraktischen Verschluß.

Wir standen unterm kleinen Vordach, die Haustür blieb offen, und Evas Kind, das seine drei, vier Jahre alt sein mochte, drängte heraus und hielt sich an Eva fest.
Ich hatte die Dose in der Hand gewogen. Es war eine mittelgroße Dose aus Glas mit roten Kirschen drin und mit einem Deckel aus Blech. Ich faßte den Deckel und hob ihn weg. Ohne Anstrengung hatte er sich losdrehen lassen. Offensichtlich hatte Eva gar nicht versucht, ihn zu lösen.
Sie errötete. «Entschuldigung», sagte sie schnell. Sie nahm die Dose wieder an sich. Und ich achtete darauf, daß meine Finger die ihren nicht berührten. Ob ich nun wirklich fahren würde, fragte sie, auf die Südseite der Alpen, und wie lang ich wegbleiben würde? Das alles redete sie hastig daher, mit einer fast tonlosen, etwas belegten Stimme. «Fünf Jahre», sagte sie. «Das ist lang. Fürchterlich lang. Man wird alt sein, wenn man sich wieder sieht.»
Was sollte das heißen? Sie war jung. Fünf Jahre sind nichts, wenn man jung ist. Wollte sie das hören? Wollte sie ein Kompliment? Aber sie war doch nicht dumm.
Sie bewegte ihre freie Hand auf dem Kopf des Kindes hin und her, unbewußt wahrscheinlich. So, als wollte sie dem Kind Schutz bieten, als wollte sie sich selbst schützen. Sie drückte den Kopf des Kindes an ihre Hüfte, in ihren Schoß. Ob sie mir etwas geben dürfe. Die Abende würden lang sein dort in den Bergen, und ich würde gern hin und wieder etwas trinken. Vielleicht würde jemand mittrinken, sagte sie. Sie versuchte zu scherzen.
Sie stellte das Glas in die Küche und ging mir voran durch den Korridor, die Kellertreppe hinunter. Sie hielt das Kind an der Hand und half ihm über die Stufen. «Ist das nicht gefährlich?» fragte sie, «so hoch in den Bergen? Und in den Stollen, im Fels?»
Ich lachte. Ich ging langsam hinter ihr her. Sie hatte das Kind auf den Arm genommen, schritt einen langen, betonierten Gang hinab. Die Verteilbatterien der Wasserleitungen waren da, einmal das Lärmen der Wärmepumpe. Wir kamen an einem hell ausgestrichenen, aber leeren Zimmer vorbei; nur ein paar Wäschekörbe standen herum, ein Bügelbrett, Holzspiel-

zeug. Hier verbrachte sie wohl ihre Nachmittage und Abende, wenn ihr Mann auf Inspektionsreise war, im Golfklub, auf der Entenjagd. Hier mußte sie sitzen und arbeiten, wenn das Haus wie ausgestorben lag, ganze Sonntage lang, während der Zolldirektor draußen in den Auenwäldern seine Hunde dressierte und auf die Puppe hetzte, auf die wattierte und vermummte Puppe, die finster im Schilf stand.
Eva öffnete die Tür und trat in einen kleinen Raum, in dem Flaschen gestapelt waren, Flaschen in Gestellen rundum bis zur Decke. Und ich sollte sagen, was ich gern trinke.
Ich trinke nicht viel. Manchmal einen Schnaps, manchmal ein Glas Wein. Und hier hatte es eine Unmenge von Schnäpsen. Cognac, Whisky, Wodka, Kräuter- und Kornschnäpse, chemisches Zeug auch. Was versteh ich davon?
Eva drängte. Sie lud mir hastig ein paar Flaschen auf den Arm. Sie sah sich hilflos um, bat mich, auf die Schwelle zu achten, nicht zu straucheln, bat wieder um Entschuldigung.
Sie sei so ungeschickt, sagte sie, sie hätte mir gerne etwas mitgeben wollen. Sie redete nicht weiter. Sie senkte den Kopf und ging den Gang zurück, den wir hergekommen waren. Sie erschien mir auf einmal klein, schmächtig, zaghaft und zerbrechlich.
Wahrscheinlich hatte sie sich das alles lustig vorgestellt. Wir würden lachen und vom Trinken reden, von den Abenden jenseits der Berge. Und nun war gar nichts Lustiges dabei. Nun ging sie mühsam den langen Korridor vor mir her und war nicht fähig, den Fuß auf die erste Treppenstufe zu heben.
Ich stützte sie. Einen Augenblick lang berührte ich ihren Ellbogen. Nicht nur, weil ich fürchtete, sie würde hinfallen, sondern um ihr etwas Kraft zu geben, Mut zu geben. Ich kam gar nicht dazu, zu überlegen, für was das gut sein sollte. Sie tat mir leid, das war alles. Und sie sollte spüren, daß ich da war.
Das Blut schoß in ihr Gesicht, die Schläfen erröteten, die Stirn errötete. Bis ins Haar schoß die Röte. Sie war ein paar Stufen gestiegen, blieb nun schwer atmend stehen. Das Kind verdeckte einen Teil ihres Gesichts. Es hatte die Arme um ihren Hals geschlagen und barg den Kopf an Evas Wange.

Ebenso schnell, wie sie errötet war, wurde sie blaß. Ihr Gesicht war durchsichtig, wie weißes und blaues Glas war es.
«Geh nur», sagte sie. «Ich muß damit fertig werden.»
Ich wußte nicht, was sie meinte. Jedenfalls bildete ich mir ein, es nicht zu wissen. Ich ging zu meinem Wagen, nahm eine Wolldecke von den Hintersitzen, wickelte die Flaschen in die Decke. Mutter sollte nicht fragen, von wem die Flaschen seien. Ich verstaute sie unter der Sitzbank.
Ich setzte mich ins Auto und schloß die Tür. Der Schnee hatte die Windschutzscheibe zugepappt. Ein leises Rieseln, ein fast unhörbares Schmatzen wie von Katzenzungen war um mich, war um den dunkeln Wagen. Ich dachte darüber nach, was dies zu bedeuten habe, dieses «Geh nur». War sie krank? Hatte irgend etwas sie verwirrt? War ich zu aufdringlich gewesen, zu schwerfällig? Hätte ich lachen sollen? Aber: über was eigentlich? Und zudem, was bedeutete diese vertrauliche Anrede? Wir hatten uns nicht du gesagt bisher. Hatte sie sich einfach versprochen? Und wenn, war das überhaupt wichtig? Etwas bedrückte sie, und vielleicht hätte sie es mir sagen wollen. Ich hatte ihr keine Gelegenheit gegeben dazu, ich hatte sie nicht gefragt. Ich würde wegfahren, und sie könnte nicht reden.
Manchmal rauschte ein Auto vorbei, der Matsch preschte gegen meinen Wagen. Ich wußte lange nicht, was zu tun sei. Dann ging ich hinüber zu Evas Haus und klingelte.
Sie kam sofort. Sie trug das Kind noch immer mit sich herum. Und das Kind schlug auch jetzt seine Arme um ihren Hals und barg den Kopf an ihr. Ich sagte, falls sie reden möchte, solle sie reden, ich hätte Zeit.
«Nicht hier», wehrte sie aufgeschreckt ab. «Ich komm zu dir. Morgen.»
Wir wollten uns am Fuß der Treppe treffen, die zur Schule hochführte draußen im Tal, dort, wo ich arbeitete. Morgen würde der letzte Abend sein vor meiner Abreise. Ich würde nicht mehr zu Mutter heimfahren nach dem Treffen mit Eva, sondern ich würde mich gleich auf den Weg machen, dachte ich.
«Also morgen denn! Schlaf gut.»

«Ja. Schlaf trotzdem.»
Ich ging die Straße hinab. Ich wollte Mutter jetzt nicht sehen, ich wollte nicht mit ihr im selben Raum sein. Ich mußte Luft haben, viel Platz. Die Flocken schlugen in mein Gesicht, blieben hängen, schlugen in die Augen. Sie waren schwer. Das Wasser rann über meine Schläfe. Es rann mir in den Kragen. Ich war unsicher. Und trotzdem, ich fühlte mich leicht. Die Schulter drückte nicht mehr. Als wär ich ohne Füße, so leicht fühlte ich mich.
In der Dunkelheit lief ich gegen einen Baum. Seine Rinde war naß, muschelig anzufühlen, glatt. Man spürte die Kraft an ihr, die des Baumes, seine Straffheit, seine Gesundheit. Er streckt sich in die Nacht, mußte ich denken, voll Wollust, und der Schnee fällt in seine Astgabeln, und er trinkt den Schnee. Du bist besoffen, sagte ich mir, du drehst durch.
Ich stieß mit den Schuhkappen gegen die Grasbüschel im Schnee, ich folgte tastend einem Zaun, einer Mauer. Ich hatte schneeschwere Zweige im Gesicht. Ich hätte herumgehen mögen, die ganze Nacht.
Klein sind die Worte, sang ich, Kiesel in deiner Hand. Ich drehte wirklich durch. Es schlug zwölf Uhr, als ich hinaufstieg zu Mutters Haus. Ich war klatschnaß. Ich ließ ein Bad einlaufen. Ich trank Kaffee neben der Badewanne, der ganze Raum war voll Dampf.

> Klein sind die Worte, die wir uns geben,
> daß keiner sie finde,
> Kiesel in deiner Hand.
>
> Ohne Glanz sind sie, leicht zu verstecken
> in Falten, in Beuteln,
> mausgrau.
>
> Mit geschlossenem Mund stehen wir,
> und doch wird man uns hören
> Tagreisen weit.

Ich nahm das alte Emailbecken und goß mir das heiße Wasser über den Kopf. Ich seifte mich ein, und ich schrubbte mich. Ich schnitt die Nägel, ich putzte die Zähne, ich rasierte mich.

Ich nahm ein frisches Pyjama. Mutter würde sich wundern. Am letzten Tag noch ein frisches, würde sie sagen. Meinetwegen. Ich wollte sauber sein. Ich wollte frei sein. Ich wollte alles abschälen, was drückt und beengt.
Ich holte das Banjo. Unter der Decke spielte ich es. Klein sind die Worte. Ich würde es Eva geben. Es gab keinen Grund, es Eva zu geben; vielleicht würde es ihr lästig fallen. Und doch sollte sie es haben. Du drehst durch, tatsächlich, sagte ich mir, es ist ein Verbrechen, wenn sich einer so leicht fühlt. Du wirst es büßen.
Einmal hatte ich zum Fenster hinausgesehen. Es schneite nach wie vor. Evas Haus lag dunkel da. Dach und Bäume waren weiß, der Platz unter der Lampe war weiß; die Fahrspuren waren zugeschneit. In wenigen Stunden würden die Schneepflüge fahren.

8.

Ich wartete auf der Treppe. Ich war viel zu früh gewesen. Ich hatte nicht bei den Kollegen bleiben mögen, ein Bier trinken, über die Arbeit im Süden reden. Den ganzen Nachmittag hatte ich Anweisungen entgegengenommen, hatte mich manchmal gefragt, ob ich wirklich aufschreiben würde, was man mir sagte, hatte mich einmal nachsichtig, einmal ärgerlich zusammengerissen und gezwungen, die Zahlen und Wörter, die ich hörte, auch wirklich zu hören, jene, die ich hinschrieb, auch wirklich zu sehen. Das Warten wurde mir lang.

Das ist nicht die kleinmäulige Gier
nach den Brosamen unter dem Tisch,
nicht Wispern, nicht Huschen.

Ein Baum ist das, Himmel durchwachsend,
vielarmig, schwarz.

Eine Stadt ist das, die Viadukte gespreizt
und die Türme hinauf, dreikant.

Babel ist das.

Babel, hereingenommen unter die Haut,
seine Glockenstühle so scharf.

Sperriges Werk, das mich stößt, das mich reißt,
das mich aufschlitzt von innen.

Selbst wenn ich mich strecke,
dünn mache die Haut, eine Membrane,
ich werde es nicht fassen.

Ich sah Eva erst, als sie unten über den Platz lief. Sie trug einen langen Mantel. Sie ging schnell, rannte fast. Sie sah manchmal vor sich nieder und hielt den Mantel überm Schoß zusammen. Vielleicht öffnete er sich, weil sie so rasch ging, ihre Beine schlugen ihn auseinander, oder der Wind teilte ihn, dieser scharfe, jetzt mit kleinen, harten Schneekörnchen durchmischte Wind. Sie ging aufrecht. Obschon sie den Kopf neigte, erschien sie doch hochaufgerichtet und schlank. Sie war ungeduldig. Immer, wenn sie von einer der etwas erhöhten Verkehrsinseln auf die Fahrbahn trat, eilte sie ein paar Schritte weit. Sie schien während des Gehens zu hüpfen.
Ich ging hinunter auf den Platz. Sie kam gerade auf mich zu. Aber sie sah mich nicht an. Auch als sie bei mir war, tat sie, als würde sie mich nicht kennen. Sie hatte ein paar Schritte vor mir einmal schnell zu lachen versucht; dann aber ging sie vorbei, streifte mich im Vorbeigehen und sagte, ich möge kommen.
Sie fürchtete sich. Sie dachte wohl, man würde sie kennen hier, man würde sie ansprechen. Der Zolldirektor hatte überall seine Leute.
Ich führte sie in die Altstadt hinein. Hier war nur wenig Licht; ein paar schwache Laternen waren da, verhängte Fenster. Wir stiegen über verwinkelte Treppen, gingen durch Tore; wir standen über Höfen auf schmalen Podesten. «Ich Närrin», sagte sie, «mache dir Angst mit meiner Angst. Schön, daß du gekommen bist.» Sie warf die Kapuze zurück. Sie atmete erleichtert aus. «Ich habe keine Übung in dem»,

machte sie verschämt. Und sie lachte jetzt. «Du hast lang warten müssen.»
Sie ging nun ruhig neben mir. Ich hatte ihr meinen Arm untergeschoben. Manchmal blieben wir stehen, sahen in Auslagen hinein, in eine Buchbinderwerkstatt, in Messinggeräte, türkische Kannen, Wasserpfeifen, Kamelsättel. Vor einer Buddhastatue schlief ein rotgetigerter Kater. Eva drückte meine Hand mit ihrem Ellbogen gegen den Leib, lachte mir zu, ging ein paar Schritte weiter, blieb vor einem Eßlokal stehen.
Es war ein kleines Lokal. Hinter halb zurückgeschlagenen, löchrigen Tüllvorhängen saßen die Gäste an langen Tischen. Sie aßen, tranken, bogen sich im Trinken zurück, bewegten erklärend die Hände. Wir konnten nicht verstehen, was geredet wurde. Nur das Rauschen des Ventilators war zu hören, das Rieseln des Schnees in den Traufröhren.
«Sag mir, daß ich da bin», flüsterte Eva. «Sag es mir, bis ich's glaube.»
Gleich hinterm Fenster saß eine junge Frau. Sie saß etwas vom Tisch abgerückt und hatte die Hände im Schoß übereinandergelegt. Vor sich hatte sie einen schweren Bierkrug stehen. Er war frisch gefüllt worden, und der Schaum floß über den Rand. Ohne die Hände aus dem Schoß zu heben, beugte sich die Frau vor, hielt ihr Gesicht dicht über den Krug und stieß die Zunge in den Schaum hinab.
Ihre Lippen berührten weder Schaum noch Krug, nur die Zunge, lang und spitz, stieß hervor, zitterte, und tauchte wie ein Schnabel in den Schaum. Die Frau machte das mehrmals. Dann richtete sie sich auf und sah uns an.
Ich denke, sie mußte uns schon vorher gesehen haben. Sie lächelte vor sich hin, schloß die Augen. Mit geschlossenen Augen nahm sie den Krug zu sich her, hielt ihn mit beiden Händen an den Mund, trank ihn leer, stellte ihn auf den Tisch zurück, ließ die Hände am Krug, atmete, immer noch versonnen lächelnd, immer noch mit geschlossenen Augen, und begann den Schaum von den Lippen zu lecken.
Ihre Zunge fuhr langsam, sehr langsam über die Lippen, in die Mundwinkel, sie zitterte gegen die Nase und wölbte sich ge-

gen das Kinn. Die Frau schloß den Mund nicht, wenn sie die Zunge zurückzog. Und nun sah sie uns unvermittelt an. Sie schaute zu uns her, mit diesem feuchten, halboffenen Mund, mit der Zunge, die über der Oberlippe stand und zitterte. Ohne einen Wimperschlag sah sie uns an.
Eva atmete kaum. Ich wäre gern hineingegangen ins Lokal. Aber jetzt wagte ich es nicht mehr. Eva zitterte. Sie fror. Sie war erregt.
Wir gingen weiter. Wir fanden nichts, wo wir hätten hineingehen mögen. Ich fürchtete, Eva würde sich erkälten. Ich war unsicher und unruhig und wußte nicht, was tun.
«Gehen wir gegen den Berg», sagte sie, «das Steigen macht warm. Und da wird uns keiner suchen.»
Der Hang war steil. Die Treppe schien endlos. Aus dem Schneegeriesel tauchten die Lichter der Stadt unter uns auf, flauschig, verdeckt. In den Lichtkegeln gingen die Leute über das Weiß. Das Geriesel war überall. Über den Dächern, vor den Dächern, vor den Fassaden und in den Büschen. Die Schneekörner schienen den ganzen Hang durch all die leeren, entlaubten Büsche bis zur Stadt hinunter zu gleiten, von ganz oben am Berg bis hinab zu den Plätzen. Der Wind wehte die Schneekörner von den Mauerkronen, er wehte den harten, trockenen Schnee in Fahnen über die Giebel. Eva stieg leicht. Vor einer ausgeleuchteten Werkstatt blieb sie stehen. Sie drehte sich mir zu. Und ich sah die Schneekörner, die in ihrem Haar, an den Haarspitzen hängen geblieben waren. Ihre Wange war naß.
«Macht nichts», sagte sie, «ich liebe das.»
Natürlich log sie. Sie hatte kalt. Aber sie wollte sich dieses Treppensteigen durch nichts verderben lassen, auch durch diesen scharfen, dünnen Wind nicht. Ich hielt ihren Arm. Sie stand eine Stufe höher als ich. Als würde sie sich auf dem Ellbogen, den ich stützte, drehen, beinah gewichtslos, hatte sie sich mir zugewendet. Sie sah, daß ich ungläubig lachte, daß ich den Schnee in ihrem Haar betrachtete, das Gesicht, das blaß war vor Kälte und das sie nicht mehr würde ruhig halten können. Ohne einen Schritt zu tun, ohne sich überhaupt zu regen, so schien mir, drehte sie sich weiter gegen mich, glitt

auf mich zu, lehnte gegen mich. Ich spürte die Kälte ihrer Haut, den Backenknochen an meiner Wange.
Als ich ihre Schultern faßte und leise ihren Namen rief, löste sie sich, schüttelte den Kopf und stieg weiter.
Wir standen nun auf dem Platz vor dem Schulhaus. Der Wind hatte hier den Schnee, Papier und dürre Blätter zu Haufen gekehrt. Wir standen neben einer alten Kastanie, neben dem Stamm, der Schutz vor dem Sturm bot, vor den Schneekörnern, die wie Würfe von Sand ins Gesicht schlugen und schmerzten.
Unten lag die Stadt, lagen die stumpfen und verblasenen Lichter, die Leuchtreklamen, die verfärbten und von grünen und roten Schleiern überwehten Türme und Fassaden. Ich hatte ein dürres Kastanienblatt aufgehoben, hatte den Schnee abgeschüttelt und hatte es Eva ins Haar gesteckt, hatte das Haar festhalten müssen, damit das Blatt hängen blieb, nicht gleich wieder weggeweht wurde.
Sie zitterte. Ich hatte meinen Mantel aufgeknöpft und um sie geschlagen. Sie hielt mich unterm Mantel umfaßt; sie lehnte gegen mich. Sie schmiegte sich an, ohne Druck, schmiegte sich ein. Ihr Haar schlug gegen meine Augen, wirbelte vor mir. Evas Lippen berührten meinen Hals, sie strichen über mein Kinn. Sie waren halb geöffnet. Ihre Unterlippe ertastete meinen Mund, meinen Mundwinkel. Die Lippe war kalt. Ich spürte ihre Berührung kaum. Die Lippe suchte über meine Wange hin, suchte meine Augen; die Lippe war voll jetzt, innen heiß; eine Hitze war in der Kälte; die Lippe zitterte, suchte weiter; ein winziges, verhaltenes Stöhnen wehte mich mit der Hitze an.
Ich nahm Evas Kopf in die Hände und küßte in dieses kalte Gesicht, in die kalten Lippen, in diesen Mund hinein. Ich küßte sie, ohne auf ihren Atem zu achten. Wenn ich mein Gesicht von ihrem löste, blieb ihr Mund offen, wartete auf mich. Die Wärme stieg auf aus diesem Mund zu mir.
Ich sah, daß alles offen war an ihr, daß sie sich nicht wehren konnte. Sie hatte ihren Mantel aufgemacht. Unter ihrem Mantel ertastete ich den Pullover. Ich spürte, daß der Pullover in den Achseln naß war vor Schweiß, naß bis zum Gürtel.

Ich erschrak. Ich will nichts von ihr, sagte ich mir. Ich wehrte mich gegen die wahnsinnige Lust, zu versinken, einzudringen in die Hitze, unterzugehen in ihr.
Mit meinen Lippen schloß ich die ihren. Es gelang mir, Eva sanft, begütigend zwischen Nasenflügel und Mund zu küssen, sie zu fragen, ob wir gehen müßten.
Wie im Schreck erstarrte sie. Ein paar Atemzüge lang blieb sie in dieser Starre. Ich wußte nicht, dachte sie nach. Vielleicht würde sie mich als Idioten verlachen. Ich wollte das in Kauf nehmen.
Sie preßte sich noch einmal wild und verzweifelt an mich. Dann wurde sie ruhig. Sie nickte nun heftig. «Du bist lieb», sagte sie. «Du bist sehr lieb.» Sie hatte verstanden. Sie ließ sich von mir den Mantel zuknöpfen, berührte dabei ein, zwei Mal schüchtern mit den Fingerspitzen mein Haar.
Sie war neben mir über den Platz gegangen. Sie war einmal stehen geblieben, hatte, ohne mich anzusehen, meine Hand an ihren Hals gehoben, preßte sie zwischen Kehle und Kinn, drückte den Handrücken lang an die Wange, begann wieder zu gehen, behielt meine Hand in der ihren.
Im Gerlesel stiegen wir hinunter in die Stadt.

9.

Wir fanden eine kleine Kaffeestube. Vor einer mit rotem Chintz ausgeschlagenen Wand, vor den Rauten der Messingknöpfe, unter einem weißgestrichenen Bogen aus Holzleisten saß sie mir gegenüber und sah mich an. «Ich esse dich», sagte sie. «Ich muß lange hungern nachher. Spürst du nicht, daß ich dich esse?»
Sie versuchte zu lachen. Sie machte ihre Augen groß, um zu verhindern, daß die Tränen niederfielen.
«Erstens», sagte ich, «wundert es mich, daß das schmeckt. Und zweitens, denk ich, macht das Bauchweh.»
«Schon», sagte sie, «schon.» Sie zog den Atem so tief ein, daß es sie schüttelte. Sie fuhr mit ihren Fingerspitzen über meinen

Handrücken, ließ ihre Fingerbeeren zwischen meinen Fingern gegen die Handwurzel hin gleiten.
Wir saßen lange. Wir redeten fast nichts. Gegen Mitternacht fuhr ich sie ins Dorf zurück. Sie hatte sich erst gewehrt, hatte ein Taxi nehmen wollen, das letzte Postauto oder ein Taxi, und sie wollte, daß ich in der Stadt bleibe und noch etwas schlafe vor meiner Wegreise. «Was hast du vor?» fragte sie. «Die Pässe sind verschneit. Mit dem Auto kommst du unmöglich durch.»
Ich sagte, daß ich nach Westen ausweichen würde, daß ich irgend eine Tunnelzufahrt suchen würde, die offen sei, daß ich schlimmstenfalls meinen Wagen verladen und mit der Bahn reisen würde.
«In der Nacht?» fragte sie.
Ich würde ohnehin nicht schlafen können, erklärte ich ihr. Zur Mutter möchte ich nicht hingehen, ein Hotelzimmer möge ich nicht suchen. Schlaf würde ich keinen finden. Da sei es besser zu fahren. Wenn ich müde würde, irgendwo, könnte ich jederzeit ein Zimmer haben. Die Wirte in den Dörfern gegen die Pässe hinein seien wach. «Da fahren die ganze Nacht die Schneepflüge. Eine Wirtsstube ist immer offen.»
Wir kamen aus dem Tal hinauf gegen das Dorf. Manchmal nahm sie schnell meine Hand, hob sie an den Mund, stieß die Zungenspitze zwischen die Finger, ließ mir die Hand wieder, legte sie zurück aufs Steuerrad, auf den Schalthebel. Der Schnee fiel dicht. Der Wind hatte keine Kraft mehr. Ruhig bewegte sich der Scheibenwischer vor uns.
Auf einer Anhöhe vor dem Dorf hielt ich an. Unter den Tannen war ein Platz schneefrei geblieben. Erdklumpen und kleine Zweige lagen zwischen Betonbrocken. Eva lehnte sich zurück. Sie faßte nach meinem Kopf und zog ihn zu sich nieder. Ihre Zunge stieß in mich, tastete sich an der Innenseite der Lippen entlang, suchte meine Zunge, stieß gegen meinen Gaumen, erstickte mich fast.
Es dauerte eine ganze Weile, bis ich mich aus ihrem Ungestüm lösen konnte. Ich küßte ihre Lider, den Hals, das Ohr, die Haut hinter den Ohren. Ich hob ihren Pullover hoch und legte das Gesicht zwischen ihre Brüste. Ich hatte den Halter

gelöst, hatte die Brüste gegen meine Augen gepreßt. Ich hob die Brüste mit meinem Gesicht und küßte sie von unten. Ich nahm die Warzen zwischen die Lippen, befühlte sie, umkreiste sie mit der Zunge. Es waren kleine Brüste, es waren kleine, schlanke und weiche Warzen. Es war eine zarte Haut, duftend. Sie machte mich verrückt.
«Ich quäl dich. Ich bin gemein», sagte sie. «Fahr mich heim, schnell.»
Der Schnee fiel so dicht, daß ich von der Straße aus Evas Haus und das Haus meiner Mutter kaum sehen konnte. Ich sah Eva in die Helle unter ihrer Haustür treten, sah sie einen Augenblick dort stehen. Wahrscheinlich suchte sie ihren Schlüssel hervor. Vielleicht wartete sie auch, bis ich weggefahren wäre. Ich konnte nicht erkennen, ob sie die Hand hob. Der Schnee stürzte auf mich ein. Aus allen Richtungen, von allen Rändern her raste der Schnee gegen die Mitte der Windschutzscheibe. In diesen Tunnel aus Schnee, in den Trichter aus Schnee, in die rasende Spirale aus Schnee fuhr ich hinein, fuhr gegen die Mitte der Spirale, wühlte mich ein ins Zentrum des Wirbels, des Sturms.
Ich wurde eingesogen, gierig, von diesem Wirbel, von diesem weißen, unersättlichen, saugenden Mund, und ich schlüpfte hinein in ihn, willig.

10.

Ich kann nicht trinken. Ich habe es nie gekonnt. Irgend ein verdammter Igel in mir sträubt sich, wenn ich mich aufgeben, wenn ich vergessen will.
Mac geht es nicht besser. Nur, er ist hartnäckiger. Er hält tagelang durch. Glas um Glas kippt er drunten in der Drogerie. Und doch stoßen ihm jedesmal wieder seine italienischen Gräfinnen auf, die blonden Burschen, die Bomberpiloten, Senta.
Er schwankt, aber er fällt nicht. Er redet wirr, für andere zumindest wirr, und rechnet doch jede Rechnung vor, korrekt, im Kopf, schneller als Martin nachzurechnen vermag.

Er bringt sich um, Mac, mit seiner Sauferei. Und ich bilde mir noch immer ein, ich könne ihn zurückhalten. Das Glas, das ich trinke, trinkt er nicht, rede ich mir vor. Die Abende, die er im Kino sitzt, sitzt er nicht beim Drogisten.
Und so lasse ich mich nächtelang herumstoßen. Einmal sitze ich neben ihm an der Theke, im Rollstuhl neben Barhockern, ein andermal laß ich mich in die kleinen italienischen Kinos schieben, sitz im Quergang zwischen den säuerlich riechenden Stühlen, auf zertrampten Stanniolpapieren, und schau mir die Filme an, deren Sprache ich nicht verstehe.
Ich sehe, daß die Italienerin in der Stuhlreihe schräg vor mir den Träger ihres Kleides über die Schulter streift, sehe sie die schwere Brust aus dem Kleid nehmen und dem Kind hinhalten, sehe sie das Kind an die Brust legen und sehe die Hand unterm schwarzhaarigen Kopf des Kindes. Ich sehe die Fäuste des Kindes an der Brust der Frau und sehe den Widerschein des Filmlichts über die Rundungen dieser Brust hinspielen.
Und ich höre die Frau leise mit dem Kind reden. Währenddem dort vorne einer mit seiner Maschinenpistole gegen eine Latrinentür schießt und gerüttelt wird, durchgerüttelt von den Stößen der Waffe, währenddem der Mann schießt und grinst, mit verzerrtem Gesicht schießt, und ein Offizier aus der Latrinentür kippt, langsam sich hindreht, das Käppi verliert, fällt, währenddem das Licht des hellen und verzerrten Gesichts auf den Brüsten liegt, hält die Frau ihre Augen gesenkt und redet mit dem Kind.
Manchmal warte ich stundenlang in der Bahnhofhalle auf Mac. Er ist im Haus nebenan, jenem, mit dem kleinen, verstaubten Vorgarten, mit dem kleinen Balkon, dem Eisengeländer am Balkon, einem viel zu schweren, geschmiedeten Geländer mit Rosen und Kranichen aus Blech, im Haus mit den blumig tapezierten Korridoren und den vielen Blondinen in Strümpfen und sonst nichts.
Immerhin, denke ich, er trinkt nicht währenddem. Es ist idiotisch, ich weiß. Ich bin eine alte Memme, sag ich mir. Was geht Mac mich an? Immerhin, er trinkt weniger. Weniger jedenfalls, wenn ich mittrinke.

Man müßte ein besserer Trinker sein, das ist klar. Schon nach dem zweiten Glas hab ich das Zeug über. Ich trau dem Drogisten nicht. Feist, mit spitzem Bauch, in weißer Schürze, einer Schürze, die am Bauch auseinanderklafft und das gestreifte Hemd freigibt, die Gürtelschnalle, mit seinem blassen, aufgeschwemmten Gesicht, mit seinem kahlgeschorenen Schädel steht er hinter der Theke und schenkt ein. Mac hält ihm den Pappbecher hin, und der Drogist füllt aus einer gelben oder grünen Flasche nach. Er steht hinter den Rechen für die Zahnbürsten, zwischen den Karussellen mit Tuben dran, Gesichtscremen, Handcremen, Gurkenmilch und Kamille. Er steht vor der Wand voller Flaschen, vor schwarzen und roten Flaschen, Flaschen in allen Farben, gebaucht und gestaucht, oder schlank. Er steht zwischen den Glasballonen, in denen Orangensaft sprudelt. Und er schaut, ohne den Pappbecher Macs weiter zu beachten, dem Alten zu, der mit zahnlosem Mund kaut, die Lippen eingesogen hat und die Lippen kaut, und der in einer kleinen Holzkiste herumsucht.
Der Zeigefinger des Alten stößt große, in Papier gewickelte Bonbons herum. Der Alte hebt eine Handvoll Bonbons hoch, läßt sie wieder in die Kiste gleiten. Er macht das nicht anders, als prüfte er Körner, frischgedroschenes Korn, Saatgut oder Erbsen. Und schließlich findet er einen gelben Brocken, eingepackt in gefranstes, durchsichtiges Papier, auf das eine Bienenwabe, die Andeutung einer Wabe zumindest, gedruckt ist. Und er zeigt das Bonbon dem Drogisten.
Er hat eine Münze hervorgesucht, der Mann. Er hat gesagt, das sei, diese Wabe sei für seine Frau, eine gute Frau, die Unkraut jätet, und die nicht zum Fernsehen kommt in die Drogerie, der bösen Füße wegen, eine Frau, älter als er eben, drei Jahre älter noch, und sie habe die Wabe verdient.
Sie liebe Waben, sagt er. Für die Brust sei das gut. Nur müsse man sie suchen. Man müßte mehr Waben haben, mehr Bienen auch.
Ich sitze in der Drogerie und sehe zu, wie Mac trinkt. Im hintern Teil des Raumes lärmt der Fernsehapparat. Die Frauen haben ihre Stühle hergetragen, haben sie auf die Fliesen gestellt und stricken und schauen. Sie lehnen an der Theke, sie

stehen neben den Schubladen aus Glas, den Schubladen mit
Nagellacken, Sicherheitsnadeln, Gazekompressen, Klistieren. Sie stehen bis zum Glasperlenvorhang vorne an der Tür
und sehen über mich hinweg. Und manchmal kommt eine zu
mir, legt ihre Hand auf meinen Arm, sagt, mir würde es bestimmt nichts ausmachen, etwas zur Seite zu rücken, ich
könne trotzdem sehen; falls ich überhaupt etwas sehen wolle,
könne ichs; doch wahrscheinlich werde der Herr ohnehin nur
trinken.
Ich werde mich heute zwingen dazu. Ich werde Mac ein guter
Kumpan sein.

11.

Als Mac mich durch die Tür hinaus stieß, unten im Treppenhaus, wehte uns eine schwere und schlaffe Luft entgegen.
Der Dampf war da, der aufsteigt, wenn die ersten großen
Tropfen auf den Asphalt fallen. Der Geruch von zerquetschten Nußbaumblättern war da, das Bittersüße aufgebrochener
Pflaumensteine, der Duft einer in Umarmungen ermatteten
Frau.
Gleichmäßig klopfte ein Wäschedraht gegen die Fassade. Ich
spürte, wie immer vor dem Regen, den Drang, Wasser zu lassen. Und ich verfluchte mich, verfluchte die Beine, die ich
nicht habe, weil ich nicht mehr tun kann, was ich möchte:
mich an eine Mauer stellen und mich lang und genußvoll erleichtern.
Die Bäume regten sich. Hinter den Häusern, in den Gärten,
stand ein Schwirren auf und blieb. Ein dunkles Rauschen
durchdrang manchmal das Schwirren. Brechen, Schlagen und
Klatschen von Geäst übertönte es. Laub hob sich. Die Büsche
machten sich flach.
Im Rad meines Rollstuhls hatte sich ein Papier verfangen und
drehte eine Zeitlang rätschend mit. Aluminiumkannen,
Blecheimer stürzten. Es mußten die leeren Milchbehälter der
Kantine sein. Klingelnd rollten sie über das Pflaster. Deckel
sprangen ab. Die Kannen rollten über Stufen, waren neben

uns, schlugen gegen den Rollstuhl, rollten hinten, vorne vorbei und verklemmten sich unter Autos und Kaninchenställen, verrollten im Gras.
Mac schob mich. Er johlte. Er liebt den Wind, der ihm heiß ins Gesicht schlägt, der ihm durch die Armlöcher hineindrückt unters Korsett, der eindringt zwischen Bauch und Gips.
Fröhlich haute Mac mich in den Nacken. Grausamer Gott, sang er, der uns hinführt zur Schlachtbank, den Weg gesäumt mit Mädchen. Ah, sagte er, das ist zum Sterben schön: ich fliege, ich fliege.
Er liebt diesen Wind, der, wie Mac sagt, sich zwischen die Gelenke schiebt, der die Glieder trennt, eins vom andern, der die Glieder und Gelenke rund macht, kugelig, der jedes zur Kugel macht und uns zu einem Kugelhaufen. Ein Wind, sagt er, der sich zwischen Aug und Schädel schiebt, wie ein runder Spatel sich dazwischenschiebt, der sich zwischen Knie und Kniescheibe schiebt, zwischen Fußsohle und Straße, sofern man Füße hat, natürlich, und der uns vom Boden löst, der uns wegträgt und wegschiebt, der uns weghebt und närrisch macht und hintreibt, durch die Gärten hindurch, durch Kiesdepots und Wagenschöpfe, durch die Werkstätten der Sattler, Schuster, Tapezierer, durch die Torfhütten und Kirchen, durch den Bretterverschlag für den Stier, dort, wo er, der Stier, das Rind bespringt, wo man das Rind zwischen die Stangen führt, damit es nicht ausweichen soll, wo man den Stier hinter das Rind stellt, wo man den Schwanz des Rindes zur Seite drückt, damit der Stier seinen Weg finden kann, durch den Bretterverschlag der Vergewaltigungen, durch die Ehebetten, Müllplätze, durch verschwitzte, goldumränderte Uniformen, durch naßgeweintes Haar.
Mac lachte in mein Ohr. Er hatte mich auf den Rücken des Berges gestoßen. Und auf dem Berg waren wir an der Mauer des Tiergartens, an der Mauer der Friedhöfe entlang gegangen. Der Wind drückte gegen den Karren, gegen mich. Er hielt den Karren auf. Er schob den Karren umher. Mit Mac schob er den Karren hinein in Gräben und Rabatten.

Es war dunkel hier oben, schwarze Nacht. Die Bäume bewegten sich wild vor einem Himmel, dessen Wolken nur von den Lichtern der Stadt etwas aufgehellt wurden. Das Tosen war so stark, daß ich nicht unterscheiden konnte, schrie Mac, schrie ein anderer, schrie er an der Mauer nebenan oder dahinter im Garten.

Die Bäume stürzten um. Wir fuhren in Haselstauden hinein, in Efeuhaufen, in Dornen. In zersplitterte Stämme. Geäst häufte sich auf uns. Schreiend riß Mac mich daraus hervor. Wir waren durch Schrebergärten gegangen, durch die Villenquartiere, durch die schlecht ausgeleuchteten Vororte am Hang.

Wir waren zu der Straße gekommen, die gerade und steil hinabführt zum See. Tief unter uns, herausgehoben wie ein helles Tablett aus der Dunkelheit, lag der Platz am Ende der Straße. Die Lichtsignale blinkten, die Lampen ritten in den Abspanndrähten des Trams. Ein schwarzes, schwingendes Spinnweb, so waren die Drähte über den Platz gerafft. Der Platz selbst war leer, ohne Autos, ohne Wartende, ohne Busse. Nur die zerfetzten Markisen flatterten im Wind. Und dahinter, am betonierten Ufer, noch im Laternenlicht, gischtete der See.

Die Wellen kamen aus der Finsternis. Sie richteten sich draußen, im ersten Licht, weißschäumend auf, sie kamen zur Mauer, platzten über der Mauer, hoch in der Luft. Das Weiße blieb in der Luft stehen, drehte sich langsam als eine Wand, eine stiebende, gischtende Wand, und wanderte als Wand durch den Wald der Fahnenstangen herein, durch die Pappeln und Büsche herein, herein über Fahrbahnen und Platz und Wartehäuschen.

Und noch bevor die Wand beim Wartehäuschen war, hob sich draußen im See schon die nächste, die übernächste. Und jede kam langsam her über den Platz, über die umgestürzten Blumenkisten, Würstchenstände, über die Tramgeleise und schlug gegen die Fassaden bergseits des Platzes, gegen die Häuser unten an der Straße.

Mac schob mich die Straße hinunter. Er ließ den Karren los. Er fing ihn wieder. Er tanzte herum, jubelte. Er ließ mich fah-

ren und rannte hinter mir her, er keuchte und schrie. Er blieb zurück und holte mich ein. Er ließ sich vom Karren mitschleifen, er stolperte und fiel hin.
Ich prallte gegen einen Randstein, gegen die leere Auslage eines Gemüseladens. Ich wurde zurückgeworfen auf die Fahrbahn. Mac saß mitten auf der Straße, lachte, trommelte den Boden vor Vergnügen. «Boos! Boos! Schön!» schrie er. Ich konnte ihn nicht mehr hören.
Ich fuhr. Ich sah, daß das Rad des Rollstuhls sich in der Rille eines Tramgeleises verfangen hatte. Und die Rille führte mich. Die Geschwindigkeit nahm zu. Steil hinunter fuhr ich gegen den Platz da unter mir.
Ich hätte ins Rad greifen können, ich hätte es mit der Hand, der gesunden, bremsen können. Möglicherweise wäre der Karren aus der Rille gesprungen, vielleicht auch hätte er sich quergestellt, wäre gekippt, und ich hätte auf der Straße gelegen. Ich wußte, Mac wäre gekommen, hätte die Wolldecke unter mir hervorgezerrt, hätte den Karren an den Straßenrand gestellt und hätte mich an den Armen gehalten, hätte mich auf dem Rücken hinübergeschleift zum Karren. Und dann hätte er da neben mir gewartet, bis ein Taxi kommen würde, bis der Mann aus dem Taxi steigen und ihm helfen würde, mich in den Rollstuhl zurückzuheben.
Er weiß sich zu helfen, Mac. Für ihn ist nichts dabei, wenn ich aus dem Karren falle. Er findet immer jemand, der mich wieder hineinsetzt. Und im schlimmsten Fall holt er Hanselmann.
Stundenlang schon ist Mac über Feld gelaufen, ist zurückgelaufen in die Abwartwohnung und hat Hanselmann gerufen. «Warte», hat Mac zu mir gesagt, «nur keine Sorge. Ich bringe ihn gleich.»
Und Hanselmann ist auf seinem alten Militärvelo über die Feldwege dahergehoppelt gekommen, barfuß wie stets, und hat mich fluchend aus dem Schilfgraben gezogen, aus den Dornen, hat den Karren auf seine vier Räder gestellt, mich hineingesetzt und hat uns zwei alte, dreckige Idioten genannt, hat den Karren zum Velo genommen, nah heran, ist aufs Velo gestiegen, hat den Karren am Griff gehalten und hat

ihn hinter sich hergezogen. Einhändig ist er auf seinem Velo die Feldwege zurückgefahren und hat mich, verkehrt herum, hinter sich hergeschleppt.
Das alles wußte ich. Ich hätte wirklich hinabgreifen können ins Rad und den Karren zum Stillstand bringen. Meine rechte Hand ist gut. Ein paar Meter, und die Fahrt wäre aus gewesen. Aber ich wollte nicht.
Ich hatte plötzlich Lust, da hinunter zu kommen. Ich hatte den Platz vor mir; aufgestellt schien er mir, so hell war er. Wie eine Zeichnung im Kinderbuch. Und er wurde schnell groß, der Platz.
Und ich sah die Gischtfahnen überm Platz, die weißen, stiebenden, sich schiebenden Kulissen. Und ich sah den Bootssteg im Gischten. Und ich hatte Lust, auf diesen Bootssteg zuzufahren. Der Rollstuhl würde so schnell sein dort unten, daß ihn keine Fahrbahnkante, kein Geleise, kein Wind und kein Wasser mehr bremsen könnten. Das Stieben würde steigen über mir, jauchzend.
Und ich lachte beim Gedanken an Mac. Er würde aufstehen oben, mitten in der Straße, er würde noch immer singen. Er würde mit seinen kleinen, unsichern Schritten hinter mir herrennen, er würde sein «Fein, fein, wunderbar Boos!» schreien, er würde schreien im Gischten und Brausen, wenn ich schon lange hineingefahren wäre über den Steg ins Wasser, würde johlen und schreien, und keiner würde ihn hören können, auch ich nicht.
Ohne zu zögern würde er mir nachrennen durch die hochaufgerichteten Wasserwände hinaus, über den Bohlenbelag des Steges, würde krächzend und jubelnd hineinrennen in den See, würde herabsinken zu mir, schnell, gurgelnd, Blasen werfend mitten im Gurgeln und Schäumen drin, würde schnell sinken mit seinem Stein um den Bauch, Mac, würde unten sein neben mir, still und schwer. Selbst ein Stein. Mit offenen Augen.
Ich war auf dem Platz. Keine Weiche warf mich aus der Bahn. Das Sprühen deckte mich ein. Ich wollte mich aufrichten im Rollstuhl, wollte stehen und singen und groß sein. Einen Augenblick lang vergaß ich, daß ich ohne Beine war. Ich fühlte mich stark. Groß, jung und stark. O Eva! Eva!

Das Wasser reichte weit herauf in die Speichen. Es bremste. Aber es war nicht das Wasser allein, das den Rollstuhl zurückhielt. Das war nicht mehr sein eigener Schwung, der ihn voranbrachte. Ich spürte, daß jemand hinter mir war. Jemand hatte den Karren zu fassen bekommen und rannte nun hinter mir her.

Das konnte nicht Mac sein. Mac hätte mich nicht einholen können. Mac war nicht so schnell, so kräftig. Der da hinter mir schob mich. Ich rollte nämlich nicht mehr gegen den See, gegen den Steg hinaus, das konnte ich auch im Gischten sehen, sondern ich fuhr längs des Sees. Irgendeiner hatte mir die Seefahrt vermasselt. Irgendein elender, verdammter Spielverderber.

Ich fuhr gleichmäßig schnell. Das Wasser platschte gegen mich, prasselte auf mich nieder. Wie mit Fäusten schlug es von unten gegen den Sitz. Der da hinter mir, der mich stieß, mußte ein recht kräftiger Kerl sein. Und er mußte klatschnaß sein. Naß wie ich. Und er mußte ein Verrückter sein.

Als das Gischten nachgab, sah ich: man hatte mich um den ganzen Platz gestoßen, um all die Wartehäuschen, rundum. Im Laufschritt hatte mich da einer dem See entlang, dem Rasenbeet entlang und zurück zur Straße gestoßen, die ich heruntergekommen war und auf der nun Mac stand und mir entgegensah.

Mac lachte. Das Leibchen pappte an der Gipstonne; man konnte die schlecht gerundeten Ecken der Tonne erkennen. Das Haar hing in sein Gesicht. Die Hosenbeine flatterten. Er stand in den Regengüssen, breitete die Arme und machte eine seiner steifen Verbeugungen. Und ich wußte nicht, galt sie mir, galt sie dem, der hinter mir war und mich schob, galt sie dem Lärmen und Klatschen rings um uns.

Der Mann hinter mir hatte Mac etwas zugerufen. Und an der Stimme hatte ich Martin erkannt.

Das war also Martin, der mich schob. Der auch jetzt nicht stillstand, sondern um Mac herumrannte, ein, zwei Mal um ihn herumkurvte, dann wegfuhr, gegen den See hinaus, nochmals, durch all das Gepresche und Geheul hindurch, dem See entlang, durch die wandernden Wasserwände hin-

durch, dem Rasenplatz entlang, ein zweites Mal rund um den Platz. Und ich spürte auch, daß Martin nicht allein war, daß jemand mitstieß. Jemand rannte neben ihm her und lachte jetzt und sagte, man solle warten.
Und ich hörte, es war ein Mädchen, das von Martin ein Taschentuch erbat. Es war ein Mädchen, das neben dem Karren vortrat, eins mit nackten Füßen, in einer eng anliegenden Hose, in einer Bluse, die an Brust, Arm und Schulter klebte. Und als das Mädchen das Taschentuch ausschüttelte und wieder zusammenknüllte und mir das Wasser und den Schmutz aus dem Gesicht wischte, wunderte ich mich schon nicht mehr, daß es Su war.
So sieht dein lieber Gott aus, dachte ich. Nun weißt du, weshalb er in seiner Koje hockt und sich nicht regt, und Eier brütet, goldene, wie der Lange sagt. Nun hast du die Kröte ganz vor dir, in ihrer ganzen Größe, wenn man das ein Ganzes nennen will. Im übrigen: ich danke für die Anteilnahme.
Sie sagte kein Wort. Sie lachte nur. Sie tat, als hätte sie mir schon hundertmal das Gesicht getrocknet, als wär das ganz selbstverständlich. Sie gab Martin das Taschentuch zurück. Sie neigte sich vor, nahm ihr Haar in beide Hände und wand es aus.
Und dann rannten sie wieder los mit mir, beide.

12.

Sie liefen in Nebenstraßen hinein, umfuhren Fabriken und Lagerhäuser. Sie rannten unter Torbogen durch, über Treppenwege, über Kopfsteinpflaster. Sie stießen den Karren gegen Bänke, gegen Blechstühle, gegen die umgeworfenen Gartenschirme und gegen die Glacémaschinen der Straßencafés. Harasse trieben uns entgegen, Pappkartons, losgerissene Fensterläden, Äste, Kübelpflanzen, Büchsen. Ein Barackendach pendelte an einer Wand, rutschte auf und ab, drehte die breite, leergefegte Straße herab, kam auf uns zu, drehte sperrig vor den Lichtern, vor den Wasserstürzen, die aus den Dachrinnen fielen, klemmte zwischen Platanen, riß sich los und krachte ins hellerleuchtete Fenster eines Uhrenladens.

Hinter einem Blechpissoir versank der Karren in Holzwolle und aufgeweichter Pappe, in Kistenbrettern und Schlamm. Martin zog mich vorsichtig aus dem Gerümpel. Er hob Su auf die Lehne des Rollstuhls. Sie sollte nicht in vorstehende Nägel treten, nicht in Scherben, barfuß wie sie war.
Er fuhr weiter. Su lehnte gegen mich. Durch die Kleider hindurch, durchs nasse Haar spürte ich die Wärme ihres Körpers, die kleinen Bewegungen dieses Körpers, der auf der Lehne balancierte und manchmal gegen mich schwankte, manchmal sich löste von mir, auf Martin sich stützte.
Ich weiß nicht, wie lang wir fuhren. An einer Hausecke stand Mac und sah uns entgegen. Wir verloren ihn wieder. Ohne Unterbruch schlug der Regen auf mich ein. Ich war auch unter der Wolldecke platschnaß. Das Wasser rann über meinen Bauch. Ich fror. Hinter Platanen wurde der Himmel grau. Man sah jetzt, daß die Pflästerungen hinauf in die bergseitigen Quartiere aufgerissen waren. Die Fahrbahnen waren unterspült und eingebrochen. In Lehmlöchern brodelte ein Bach, riß Betonplatten mit, legte die Röhren frei, die Kabelstränge, die ganzen Innereien der Stadt. Papier und Kot quoll heraus unter uns. Und darüber ragte eine Treppe ins Leere. Und auf der Treppe lag eine erschlagene Katze, die Brüstung eines abgebrochenen Balkons lag daneben, deckte den Kopf der Katze zu.
Martin, wenn die Straßen frei waren, rannte noch immer, umkreiste noch immer Wohnblöcke und Quartiere, schrie wild in den Sturm, und das Mädchen hinter mir, das mit den Armen winkte und das Gleichgewicht zu halten trachtete, schrie mit.
Ich sah Hanselmann schon von weitem. Er kam die Straße herab. Er mußte uns gesucht haben, Mac und mich. Er hatte ein Stück Sacktuch um die Schulter geschlagen, hatte die Hosenstöße hochgekrempelt und watete in Erdreich, in Geröll und Vorhangfetzen.
Er trat uns in den Weg. Er sah mich an, er sah Martin an. Er schubste Su von der Lehne. «Idioten», sagte er. «Ihr bringt ihn um, den Alten.» Er nahm den Rollstuhl und schob ihn voran. Die andern halfen.

Der Weg war hier, ein paar Dutzend Meter unterhalb des Hauses, nahe der Freitreppe, versperrt mit Zeichentischen, mit umgestürzten Zypressen, mit Gartenhäuschen und Holztüren, aus denen die Füllungen gesprungen waren. Sie hoben den Karren drüber hin.
Als Hanselmann nach Mac fragte, blieben sie stehen. Weit unten in der Straße war jemand. Das mußte Mac sein. Er besah die aufgeplatzten Müllsäcke, die Motorvelos, die in den Buchshecken hingen, die halbversunkenen Automobile, auf denen Polsterstühle lagen, er ging um die Autos herum, und es war offensichtlich, daß er mit den Autos redete; er ruderte mit den Armen, er machte seine steifen Verbeugungen. Er hob ein Strohbündel auf, vielleicht war es auch ein Vogelnest, ich weiß nicht, und er setzte es sich auf den Kopf. Mit einer Hand hielt er das Bündel fest, währenddem er seine Verbeugungen machte.
Sie trugen mich ins Haus und am Kiosk vorbei hinauf in Macs Bude. Hanselmann suchte einen Stoß trockenes Zeug unter den Manuskripten hervor und warf es Martin hin.
Der ging auf den Manuskriptblättern auf und ab und schlug sich die Arme um den Leib; er zog die Beine an und strampelte, rannte an Ort.
Er sah Su zu, die sich die Bluse herunterriß, die ihre Bluse mit zwei Fingern hochhielt, so, als würde sie sich grausen, und die Bluse in den Papierkorb fallen ließ. Sie streifte die Hose ab und warf sie ins Lavabo. Und sie half Martin aus dem Hemd, sie kniete hin und knüpfte ihm die Schuhe auf. Sie hieß ihn sich auf die Tischkante setzen und zog auch ihm die Hose weg. Mit einem großen, gelben Frottiertuch trockneten sie sich gegenseitig ab. Sie standen noch nebeneinander und rieben sich warm, als Hanselmann mich aus der Dunkelkammer schob.
Im Korridor stand Mac. Er fuhr mit uns im Warenlift in den Keller. Durch verwinkelte Gänge kamen wir an den Schieberbatterien, den Verteilstationen, den Heizungen und an der Schreinerei vorbei. Über die kleine Rampe ließ Hanselmann mich hinunter in den Kühlraum.
Hier, im gekalkten, hohen Gewölbe, links und rechts des schmalen Ganges, auf dem wir waren, lagen sie. Sie lagen mit

dem Kopf zur Wand, mit den Füßen gegen uns, auf hohen Pritschen, und sie waren mit weißen Tüchern zugedeckt. Die Tücher reichten über die Gesichter hinauf. Die Füße stießen unter den Tüchern hervor, und man konnte am Fuß erkennen, ob da ein Mann lag oder eine Frau, ein Mädchen oder eine Greisin.
Wie jedesmal, wenn wir hier durchkamen, wurde ich unruhig. Ich hätte über die Fußsohlen streicheln mögen. Von den Zehen über die Fußballen hin in die Mulde des Mittelfußes und zur Ferse. Mit den Fingern hätte ich drüber streichen mögen, mit den Fingerspitzen einmal, einmal mit der Oberseite der Finger. Ich hätte diesen Füßen alle Zärtlichkeiten geben mögen, diesen von Schuhen vergewaltigten, diesen verkrüppelten Füßen, diesen großen und kleinen Füßen, über denen ich hätte weinen mögen, diesen unnützen Füßen.
Jeder Rist ist anders; die Adern laufen auf verschiedene Weise über die Knöchel hin, einmal dick verzweigt, einmal klumpig, einmal kaum sichtbar. Und die Nägel, klein und Mitleid heischend bei den Kindern, werden brettig und spröd, wurzelig und verknorzt, brutal groß bei den Alten.
Mit den Fingerspitzen hätte ich die verschiedenen Arten von Haut erfahren mögen, die weiche, weiße, manchmal bläuliche, feinporige Haut des Rists, die hart gewordene, hornige der Fußballen. Mit dem Zeigefinger hätte ich die Fußsohlen umfahren mögen, dem scharfen und kantigen, schartigen Rand des Männerfußes entlang, bis dorthin, wo der Rand unvermerkt übergeht in die Halbkugel der Ferse. Und ich hätte die Vertiefungen ertasten mögen zwischen Sohle und Zehen, jene Stelle, wo der Lehm durchdrückt, wenn man nach dem Regen barfuß im Acker geht. Ich hätte jene andere Stelle berührt an der Innenseite des Fußes, grad unterm Knöchel, jene, an der man die dünnen, weichgetretenen Gräser spürt des Wiesenpfads, wenn man das Vieh hinauftreibt aus der Hofstatt in die Maiensäße. Die Kuppen der Zehen hätte ich berühren mögen, jede einzeln, und die Krümmung hin vom Rist zum Schienbein.
Ich saß. Meine Hände lagen auf dem Brett des Rollstuhls, da vor meinem Bauch lagen sie und waren weiß und ausgewa-

schen vom Regen und zitterten. Die Kälte schüttelte mich. Doch Hanselmann beeilte sich nicht, hier wegzukommen. Er wartete auf Mac. Er wollte Mac hier nicht allein lassen. Und Mac, wie so oft, trödelte herum.

Ich sah ihn zwischen die Pritschen hineingehen. Jedesmal, wenn er hier ist, bewegt er sich wie eine Puppe auf Rädern. Nichts, wenn man nur seinen Oberkörper sieht über den Tüchern, läßt darauf schließen, daß er wirklich geht. Als ob er geschoben würde, so sieht es aus.

Auf den steif abgewinkelten Armen hielt er die trockene Wäsche, die Hanselmann aus der Dunkelkammer mitgebracht hatte. Das Haar pappte an seiner Schläfe. Wasser rann über die Brandmale seines Gesichts. Er hatte sein wächsernes Grinsen, hatte den Mund leicht offen. Er ging ans Ende der Pritschen, stand an der Wand. Und er hob ein Leintuch hoch, sah lange auf das Gesicht hinab, deckte das Tuch wieder drüber.

Er kam zwischen den Pritschen auf den Gang und ging zwischen die nächsten Lager hinein. Er deckte auch dort die Gesichter ab, besah sie reglos, deckte sie wieder zu. «Senta», sagte er. «Du bist nicht Senta.» Er grinste. Er ging zwischen den Pritschen; die ganzen Reihen herab bis zu uns ging er zwischen die Pritschen hinein, hob die Tücher und legte sie wieder über die Liegenden. «Senta», flüsterte er, «Senta.»

Man kennt das. Er wartet darauf, Senta zu finden, sie hier zu finden. Was tot ist, verliert man nicht, denk ich. Deshalb spießen sie die Schmetterlinge auf. Deshalb nageln sie die Hirschköpfe an die Wand. Deshalb waten sie in Kadavern, knietief, und nennen sich Sieger. Deshalb töten sie ihre Frauen. Aber Senta ist doch kein Schmetterling!

«Schluß jetzt», sagte Hanselmann. Er stieß die Tür hinüber zum Waschraum auf, rief Mac zu sich her. «Laß Wasser ein», sagte er. «Boos schlottert. Nimmt mich beim Teufel wunder, wenn das kein Fieber ist. Windelweich schlagen sollte man euch, wirklich.»

Nach der Kühle der Leichenhalle erschien mir der Waschraum warm und heiter. Blütenzweige standen in Eimern. Auf den Gestellen lagen die Hemden, weiß und frisch.

Der Lattenrost war hochgezogen worden und hing am kleinen Flaschenzug überm Zuber. Der Holzzuber seinerseits lag umgekippt auf dem Fliesenboden. Hanselmann ließ den Rost von der Decke und brachte den Zuber in die richtige Lage. Mac hielt den Schlauch und ließ Wasser in den Zuber. Der Dampf stieg und wallte. Und im Dampf drin arbeitete Hanselmann. Er legte den Holzrost auf zwei Kisten und schob den Rollstuhl daneben. Er klinkte das Haltebrett vor meinem Bauch aus und zog die Wolldecke von meinem Leib.
Er faßte mich im Nacken und im Gesäß und hob mich vom Karren hinüber auf den Rost. Er rollte mich auf dem Rost hin und her und zog mir Pullover, Hemd und Hose aus. Und er gab dem Karren einen Stoß, daß er wegrollte.
Am Flaschenzug zog er mich hoch und schwenkte mich über den Zuber. Langsam ließ er mich hinab ins Wasser.
Nebenan stand Mac unterm Fön. Nackt stand er da. Seine Beine waren dünn und bleich. Die Haut spannte sich weiß über die Beckenknochen, schien zart und verletzlich aus dem dünnen, rötlichen Haar der Leisten. Er würde den Fön lange brauchen, dachte ich. Es würde Stunden dauern, bis die Watte, die unterm Korsett niedersackte, wieder krausen würde, trocken sein würde.
Mac sang. «Man watet in Kadavern», sagte er einmal in den Dampf hinein, «in Ruinen. In den eigenen Ruinen watet man, in der eigenen Ruine klettert man herum.» Er ließ den Strahl des Föns unter sein Korsett stoßen. «Und man wirft seine Ruinen ab wie Häute», sagte er großartig. Und er kicherte.
Stoß sie ab, dachte ich mir, stoß sie bitte ab, wenn du kannst. Komm, bitte schön, komm heraus aus deinen Versteinerungen!

Fossil.
Die Dämonen kastriert.
Die Lust genagelt
ans Holzkreuz.
Und selbst die Sehnsüchte
gespannt in den Raster der andern.

Ummauert das Land,
ein Jericho, gegürtet,
und taub im Ansturm der Hörner.
Kein Entfesselungskünstler
durchbricht diese Sperre.

Bis du kommst.
Dein Haar schleift die Festung.
Was Schild war, fällt.

Gesicht zu Gesicht stehen wir,
nackt,
in der Schwärze.

Ich war müde. Ich wollte schlafen, hier, im Holzbottich, im heißen Wasser, im Bottich, in dem man vielleicht einmal Schweine gebrüht hatte, viel früher. Im Dampf wollte ich schlafen, im Gebrodel. Ich wollte das Schreien und Krächzen Macs nicht mehr hören, ich wollte Hanselmann nicht mehr sehen, der die frischgebügelten Hemden aufschichtete zu einem Turm in den Gestellen. Ich wollte mich strecken, auch ohne Beine, soweit das geht ohne Beine, soweit das mit diesen verdammten und elenden Stummeln geht, und wollte schlafen. Nur das.

13.

Der Park dunkelt. Im Wind steht der Pfau mit zitterndem Rad. Ohne Laut fließt der Strom. Aus der Messingwand fallen Blätter. Der Mann wartet.
Er sitzt auf der Bank und schaut über den Fluß. Und er weiß, die Frau wird kommen. Sie wird ihn finden. Im weißen, knielangen Mantel wird sie auf ihn zueilen, über das Wasser her, über die Brücken her, über die Stege.
Der Mann besieht die tote Ente. Messing spiegelt am Hals der Ente, im Grün und Blau des Halses. Und der Pfau schreit. Der Pfau wendet sich im Wind und zeigt die Speichen des Rades. Der Mann wartet. Er sieht die Speichen durch den mes-

singfarbenen Fluß wachsen. Er hört die Lindenblätter im Wind. Sie wird kommen.
Der Mann ist ruhig. Er ist auf den Weg getreten. Er ist ein paar Schritte über den runden Kies gegangen, ist in den Rasenplatz hineingegangen und hat sich umgedreht. Er besieht die Bank. Und er besieht den Mann auf der Bank.
Der Wind weht durch den Mann auf der Bank. Und das messingfarbene Wasser fließt durch den Mann. Der Mann ist eine Gitterpuppe. Und die Gitterpuppe sitzt auf der Bank und wartet. Die Blätter fallen durch die Gitterpuppe, die Speichen des Pfaus wachsen durch die Gitterpuppe. Und der Wind bewegt die Castagnette in der Gitterpuppe, eine schwarze, geschlossene Castagnette, die unter der linken Schulter hängt, drin im Drahtkorb.
Der Mann hört die Schreie des Pfaus. Und er hört den Wind in der Linde. Die Frau wird kommen. Er weiß, er wird ihre Schritte nicht hören können. Sie wird unter den Bäumen hervortreten, ihr Haar wird wehen. Sie wird über das Gras eilen, auf die Bank zu, auf die Gitterpuppe zu.
Und er wird mit der Frau reden. Berühre nichts, wird er sagen. Wenn du die Puppe berührst, lärmt die Castagnette. Und er wird das Haar der Frau gegen den Wind halten. Und das Haar wird dieselbe Farbe haben wie der Fluß.
Er geht auf dem kleinen Weg auf und ab, der Mann. Er hört den Wind durch die Gitterpuppe streichen. Er hört den Wind im Rad des Pfaus. Und er hebt die Füße über die tote Ente. Er geht am Pfau vorbei und geht zur Bank zurück. Die Frau wird kommen.
Sie wird neben die tote Ente knien und wird mit dem Finger dem Schnabelrand entlang fahren. Und sie wird eine Ameise vom Schnabel lesen. Sie wird mit der Fingerspitze über den grünen und messingfarbenen Hals der Ente hinstreichen. Und das Haar wird der Frau, wenn sie sich bückt, ins Gesicht fallen.
Sie wird kommen. Mit ihren schnellen und leichten Schritten wird sie über das Gras herkommen, am Pfau vorbei. Ihr Gesicht wird einen Hauch von Röte haben, weil sie sich beeilte. Er wird sie nicht kommen hören. Aber sie wird ihn finden.
Er wartet, der Mann.

14.

Da liegt man also: Boos, ein Mann in einem Holzzuber, und döst. In einem Zuber liegt man aus schweren Brettern. Es ist ein Behälter von der Art, wie fahrende Metzger, Metzger auf der Stör sie brauchen, um die Borsten vom Leib des geschlachteten Schweins zu brühen. Es ist derselbe Zuber, in dem Hanselmann die Toten wäscht. Man wird auf einen Holzrost gelegt, und der Rost wird an einem Flaschenzug ins heiße Wasser gelassen. Und man schließt die Augen, weil man den Blick ins Wasser, dorthin, wo die Beine sein sollten, noch immer nicht verträgt, nach all der Zeit.
Einer ist das, denkt man, der nicht mehr weiß, wie das ist: auf dem Boden stehen. Einer, dem man den Karren zwischen Leib und Boden geschoben hat, dünnspeichige Räder. Einer, der dumm wird in all dem Herumgeschobenwerden, der sich aus seinem Stuhl bücken möchte und in den Dreck, den schönen und herrlichen, saftigen Dreck hinabgreifen möchte, der, wenn schon, auf seinen Händen gehen möchte, der versinken möchte mit den Händen im Lehm, im Acker, bis zu den Ellbogen versinken.
Einer, der den Mist herausgreift aus den Miststöcken, an denen Mac entlang fährt, und der den Mist in der Hand zerquetscht und ihn hervorspritzen und hervorquellen läßt zwischen den Fingern.
«Ah», sagt Mac, «ich verstehe. Du willst nicht fliegen. Du willst hier sein. Tu's nur. Tu's!» Und Mac hält den Karren an und sieht zu. Er ist gutmütig und still. Er läßt einem Zeit und schiebt den Rollstuhl näher an den Miststock, wenn man hineingreift bis zur Schulter in die weiche, warme Wand, wenn man den Mist einschmiert in die Arme, wenn man ihn in den Nacken schmiert, ins Gesicht, ins Haar. «Tu's nur», sagt er, «es ist so einfach. Ah, ich verstehe, Boos, es ist so einfach.»
Und er wäscht einen geduldig am Dorfbrunnen. Er läßt einen den Mist dünnschmieren mit Wasser, er läßt einen den Arm hineintauchen bis zur Schulter in den Trog, er macht einen Zipfel der Wolldecke naß und reibt den Nacken sauber,

schüttelt den Mist aus dem Haar. Er läßt einen das Gesicht hineintauchen in den Brunnen. Er steht hinterm Karren und sieht zu, daß er nicht kippt, wenn man sich so weit daraus herauslehnt und sich über den Brunnenrand bückt. Er ächzt und stöhnt wohlig und prustet mit, wenn man den Kopf hineinstößt ins Wasser, wenn man es von sich schüttelt, das Wasser, wenn sie gegen die Brust platscht, die klare und helle, wellige, wunderleichte und fröhliche, gesunde und junge Kraft des Wassers.

«Du bist ein Narr», sagt man sich. Und man spürt an der Fußsohle die Krümelchen, die trockenen und scharfkantigen Krümelchen, die durchs Gras heraufstechen. Und man spürt daneben die weichen Häufchen, die Kühle aus dem Innern der Erde, von Regenwürmern hochgetürmt. Und natürlich spürt man das Gras selbst, das kurze, dichte, bläuliche und halmlose Gras des Wiesenpfads, das Erregende spürt man, das Kitzeln, das Zarte, die Zungenspitze Evas zwischen den Zehen, neckend, lockend, liebkosend zwischen den Zehen und über die Zehen hin, an der Zehenwurzel.

Und man spürt den winzigen Widerstand des Grases; wenn man drauf tritt, während es zusammengedrückt wird, spürt man den Widerstand, gerade bevor der Fuß die Festigkeit der Erde erfährt. Nicht anders als der kaum fühlbare Widerstand des Haares ist das, des kleinen Haarpelzes im Schoß einer Frau.

Man liegt und denkt herum. Und der Dampf steigt um einen. Und Mac krächzt und singt unterm Fön. Manchmal greift Hanselmann zum Schlauch und richtet ihn gegen den Zuber, läßt Wasser in den Zuber schießen, heißes, brennendes, das mir den Atem verschlägt. Er ordnet Blumen, hier im Dampf drin, er schiebt die Sträuße von Kübel zu Kübel und karrt alte Kränze hinaus in den Hof.

Man denkt an seine Füße und an Albertina. Man spürt die harten und kratzenden Rindenstücke an der Sohle, wenn man durch den Apfelbaum steigt. Die Rindenkanten schneiden in die aufgeweichte Haut. Und man tastet mit der Sohle die Äste ab, die glatte Oberfläche der Zweige, die Kröpfe auch und die Zweigbüschel, dort, wo man früher einmal Holz wegschnitt

und nun neue Sprosse hervordringen rings um die Schnittstelle. Man spürt die Last der Äpfel im Sack, den man sich mit einem Seil umgebunden hat, und man spürt das Seil, das einschneidet in die Schulter. Man spürt das schwere und lastende Baumeln des Sackes vor einem, wenn man sich vorneigt, um einen Ast zu greifen, um mit der Hand einem dünnen Zweiglein nachzufahren, es zu sich herzuziehen und den Apfel langsam, mit tastendem Finger zu umfassen, zu drehen und in die Hand fallen zu lassen.
Und man spürt die Halme gegen die Beine schlagen, naß, wenn man den vollen Sack hinüberträgt im Nebel, zwischen grasenden Kühen zu Albertina.
Man hat die Äpfel hineingelegt in die Kiste und hat sich von Albertina die Beine trocken reiben lassen. Im Nieselregen ist man gestanden, im Nebel, aus dem manchmal die Kühe auftauchten, grasrupfend, mit ihrer dampfenden Wärme auftauchten, schnaufend, schnaufend Gras rupfend, die großen Zungen ums Gras, die feuchten Mäuler im Gras, die dampfenden Leiber, die in den Nieselregen wieder versanken. Und man hat sich zu Albertina gelegt in die warmen Säcke hinein. Man hat seinen Kopf an Albertinas Schulter liegen gehabt, hat ihre Hände auf dem feuchten Hemd gespürt, man hat, als Albertina so neben einem lag und die Beine voneinander hob, hat man das kalte Knie zwischen ihre Schenkel geschoben, hat es hochgeschoben zwischen den flachen und zarthäutigen Seiten dieser Schenkel, dieser zarthäutigen Wärme bis zum Höschen. Das Höschen spürte man am Knie und im Höschen den kleinen, heißen und verstohlenen Ofen.
Man hat Albertina sagen hören, man werde sich die Blase erkälten, und man ist unvermittelt weggeschoben worden von ihr, man ist hochgezogen worden von ihr, und sie ist weggerannt, hat einen an der Hand nachgezogen, ist hingerannt zu einer Kuh, die ihren Fladen hat klatschen lassen. Und man trat in den warmen Fladen hinein, trat drin herum. Man spürte die Füße warm werden, spürte die Wärme zwischen den Zehen, heraufdringen spürte man sie und fließen, weich, über den Fußrücken hin. Und man wartete, bis eine der andern Kühe harnte, und ließ sich den reinen, schönen, heißen Strahl über die Füße fahren, spülte den Mist weg mit ihm.

Man kniete neben die Kuh hin und ließ sich von Albertina in den weit offenen Mund hineinmelken. Man drückte den Kopf ans Euter und wärmte sich am weiten, weißhaarigen Bauch des Tiers.
Man sitzt im Waschraum, im Zuber. Im Dampf des Wassers sitzt man und wartet, bis Hanselmann einen heraushebt. Bis Hanselmanns Frau kommt, Ruth, die einmal Hebamme war, früher, bis sie kommt mit ihren warmen Tüchern und einem den Rücken reibt, die Brust, mit ihren kräftigen Hebammenhänden die Schulterblätter knetet und einen einwickelt in den rauhen Stoff, in die Wolldecke, und durch die Korridore zurückfährt zum Kiosk, einen einschließt hinter das verhängte Guckloch, hinter die Zeitungen und Weiber und sagt, man müsse schlafen jetzt, wie einem Kind das sagt, man habe sich verkühlt, aber das würde vorübergehen, nur Schlaf tue not, jetzt. «Schlaf, Boos, es ist Zeit.»
Und in der Dunkelheit, in den weichen, warmen Fieberbildern, fängt man leise an zu weinen, erleichtert.

15.

Ich hatte meine Arbeiten im Süden aufgenommen. Vor wenigen Tagen noch hatte ich drüben, nördlich der Alpen, mit Eva in der Kälte und im Schneetreiben gestanden; jetzt, hier, waren an der Talsohle schon die Büsche am Verblühen. Die Hänge hinauf war das Gras dürr. Ich fuhr mit einem Bauführer die Seitentäler hinein gegen die Berge bis in jenes Gebiet, von dem aus der Stollen nach Norden vorgetrieben werden sollte. Hier wollten wir die vorbereitenden Messungen machen, die Pläne für die Baracken und die Zufahrten, die Seilbahnen und Deponien.
In einem Gasthaus hatte man uns die Zimmer bestellt. Das Haus stand am Rand des Dorfes, zwischen Ziegenställen, Hühnerhöfen und Mistlöchern. Vor einem kleinen, rebenumwucherten Sitzplatz schoß der Wildbach vorbei. Die Reben waren noch ohne Laub. Die Kronen der Bäume waren

verdorrt, starben ab. Nur im untern Teil des Geästs öffneten die Kastanien ihre Blätter, zartgrün, in einem weißen Flausch, und der Flausch war verklebt von spinnwebdünnen Fäden.
In den Wassergüssen, die aus den Felsen brachen, schwang Gebüsch. Steine rumpelten im Schmelzwasser. Kleine Regenbogen hingen im Dunst und im Sprühen der Wasserfälle, dämpften das Blitzen der Wasseradern, die in der Bergflanke, den schwarzen, nassen Felsen, unter krautigen Gewächsen sich ausfaserten und wieder vereinten.
Jenseits des Baches, auf einer Schutthalde, fanden wir einen Platz für die Autos. Wir räumten ein paar zerfressene, jauchedurchtränkte Bretter beiseite, Konservendosen und Plastiksäcke, und luden die Meßgeräte in den Wagen des Bauführers um, banden die Stative aufs Dach des geländegängigen Fahrzeuges.
Es ging gegen Abend, die Sonne schien tief in die Schlucht hinein, als wir unsere Zimmer bezogen.
Die Kammern befanden sich im ersten Stock des Hauses. Die Fenster gingen gegen die Schlucht hinaus; sie waren klein; in den Mauernischen ließen sie sich nur wenig öffnen. Unterhalb und oberhalb der Scheibe, auf dem Rahmen aus Holz, waren Metallstäbe befestigt worden, unsorgfältig, mit schweren, rundköpfigen, viel zu langen Schrauben. Und zwischen die Metallstäbe hatte man gefältelte Tüllvorhänge gespannt. Sie hielten das Licht ab.
Die Kammer war dämmrig. Und in der Dämmerung standen ein hölzernes, grob gefügtes Bettgestell, ein Schrank und eine Truhe. Einen kleinen Tisch, halbrund, mit drei Beinen, hatte man gegen die Wand gerückt. In der Mitte des Raumes hing eine Lampe aus violettem Glas, in der Form einer Glockenblume; Ecken aus Goldbronze waren an den Enden der Blütenblätter aufgespritzt worden; die Lampe hing lieblos schief, und der Schalter knirschte, wenn man Licht machte.
Wir stellten die Rucksäcke und die Koffern hin, gingen hinab in die Wirtsstube. Man hatte die Teller bereitgelegt. Die Wirtin brachte die Suppe.
Im Kamin saßen zwei alte Frauen, sahen lange her, ohne zu nicken, saßen sich dann schweigend gegenüber, das Feuer

zwischen sich, und schüttelten die Erbsenhaufen in den Schürzen, brachen die Erbsenschoten auf, sprengten die Schotenhälften mit den knochigen Daumen auseinander, trockene, spröde Schoten, und drückten mit dem Daumen die Erbsen in die Stoffmulde zwischen den Schenkeln.
Die Stube war schmal. Nur zwei Tische waren da. Und in die Ecke hatte man einen Fußballautomaten gerückt. Burschen standen am Automaten und spielten. Sie rissen an den Stangen herum, nahmen die Stangengriffe zwischen die flachen Hände, rieben die Handflächen gegeneinander, drehten den Griff, und ließen die Männchen an der Stange herumwirbeln. Das Essen war reichlich. Wir tranken nur wenig Wein dazu, mit Wasser verdünnt; wir wollten uns den Kopf klar behalten. Nachdem das Geschirr abgetragen worden war, breiteten wir unsere Karten und Pläne aus, suchten den Weg für den Aufstieg am nächsten Morgen. Die Burschen traten heran, sahen auf die Pläne, schienen vorerst nichts zu verstehen, ließen es sich erklären, nickten, als sie nach dem Weg gefragt wurden, nannten die Stellen, welche vom Lawinenschnee noch überdeckt waren, von Geröll blockiert, den hochgehenden Bächen; sie wußten die Stege anzugeben, die weggerissen waren, wußten, welche passierbar waren, wo Rutschungen wahrscheinlich waren, wo umgestürzte Bäume.
Ich hatte vor, die Vermessungspunkte auf den Bergspitzen ringsum zu suchen, sie vom Schnee zu befreien, wo das noch nötig sein sollte, und dann einige Kontrollmessungen durchzuführen. Ich wollte die Winkel nochmals überprüfen, aus denen die Zielrichtung für den Stollen errechnet werden sollte. Einheimische Geometer hatten die Vorarbeiten ausgeführt; das waren gute Leute, ohne Zweifel; aber ich wollte sicher sein, ich wollte mich mit der Arbeit, mit dem ganzen Netz, in dem meine Arbeit hing, vertraut machen, auch mit den Bergen hier, mit der Luft hier.
Und ich wollte wissen, wie die Berge gegen Norden hin aussehen würden, von den Kuppen dieser Vorberge aus gesehen, von den höchsten Spitzen dieser Vorberge aus gesehen. Ich wollte so weit wie möglich in die Alpen hineinblicken können. Irgendwo würde eine Flanke sein, die man auch von

Norden her sah, vom Dorf aus, in dem Mutter wohnte; es war sonderbar, sich das einzugestehen: wo Eva wohnte.
Es war kindisch, ich weiß; aber ich hätte ihr gern sagen mögen: ich sah einen Berg, den auch du siehst.

Zusammenschweigen
zum Kern
unsere Sehnsucht,
und draus den Baum ziehen
hin an der Mauer
zwischen Prag und Aosta.

Und nachts die Birnen lesen,
du von dort her,
ich von hier,
und schlafen, vereint im Duft
der angebissenen Früchte.

Mit Laternen gingen wir nochmals hinüber zu den Fahrzeugen, spannten die Schneeketten über die Räder des Geländewagens, banden die Skis, Schaufel, Pickel und ein Hebeisen neben die Stative aufs Dach. Wir wollten gleich losfahren können.

16.

Die Wirtsstube war noch leer, als wir weggingen. Unter Haselstauden und Brombeeren fuhren wir durch die Hänge. Die Wege waren ausgespült, steinig, mit Felsbrocken übersät. Wir zersägten umgestürzte Bäume, um durchzukommen. Der Wagen versank oft bis zur Nabe im Schnee. In einer Mulde, zwischen kleinen Steinhütten, das Wasser floß über den Rand eines halbversunkenen Brunnens, ließen wir den Wagen stehen.
Wir nahmen unsere Rucksäcke, buckelten Skis und Grabzeug und stiegen über die Weiden bergan. Es hatte hier keine Wege mehr. Felsköpfe drangen aus der Erde, schieferübersäte Rinnen endeten im Schnee; die Steinkuppen tropften, waren

überzogen von einem schwarzfeuchten Netz aus Nässe und von kleinen, in der Sonne blitzenden Sprudeln. Die Grasbüschel, stachlige, braungelbe Polster ohne Grün, safteten, kippten um, wenn man drauftrat. Dann, weiter oben, zwischen den Felsen, kam die dünn gewordene, glitschige Decke aus Schnee.
Der Bauführer war kräftig, jung, ein guter Berggänger, das sah man. Er lud sich meine Skis zusätzlich auf, als ich Mühe hatte nachzusteigen, und er trat mir voran die Stapfen in den Schnee, sank dabei manchmal ein bis zum Knie, oder rutschte ab, hielt sich an Erlen oder Föhren fest, fing sich auf, lachte, machte seine Witze dazu.
Er sollte, Saluz hieß er, später die Arbeiten des Stollenvortriebs hier überwachen. Man hatte ihn frühzeitig hergeschickt, um die Installationen vorzubereiten. Aber die Handwerker waren noch nicht da. So mußte er mir behilflich sein. Umso besser, hatte man auf dem Büro im Norden gesagt, er soll ruhig ein bißchen mit Boos herumsteigen und die Meßpunkte kennenlernen.
Da können nie genug Leute Bescheid wissen, hatte man gesagt. Jedenfalls: zwei sind besser als einer. Leider, leider. Man macht seine Erfahrungen. Einer fällt aus, aber die Arbeit geht weiter. Die muß weitergehen, trotzdem. Wir sind keine Narren, sagen sie, bei uns gilt nicht die lächerliche Konsequenz der Militärköpfe: alles oder nichts. Der Dreck, in dem wir wühlen, fragt nicht nach Ehre. Da gilt nicht: Sieg oder Niederlage; kein Druckknopfheroismus. Beharrlichkeit ist alles; Ausweichen, Neuansetzen; Sichzurückziehen und Wiederbeginnen: Partisanenmentalität. Dieser Saluz soll mit Boos auf den Bergen herumsteigen, tut ihm nur gut, das geht für Ferien; und geschehe was will, wir haben noch einen, immer einen, der Bescheid weiß.
Beide kannten wir das Gerede der Abteilungskonferenzen. Selbstverständlich. Aber wir waren ja nicht nur wegen diesem Gerede da, das war klar; wir beide nicht. Doch davon sagt man nichts. Man fragt nicht herum. Man erträgt das nicht, das Fragen.
Mittags suchte Saluz Gras und Reisig aus den Latschen,

kochte Schnee, Schneewasser, Suppe. Eine Viertelstunde lang lag er neben mir, er hatte die Skis mit den Laufflächen nach oben in die Stockschlaufen geschoben und hatte sich drauf gebettet, blinzelte in die Sonne. Er sah über die Alpen und Täler hinaus und in die Dünste hinein, die bräunlich aufstiegen, manchmal lila, und die schnell aufgesogen wurden vom gleichmäßigen und stumpfen Blau des Himmels.
Wir kamen dann schnell voran. Wir fanden die Zeichen, die uns auf die Meßpunkte hinwiesen. Und wir schaufelten den Bolzen frei, zentrierten die Marke auf dem Bolzen und richteten sie so, daß sie vom Nachbargipfel aus anvisiert werden konnte.
Gegen Abend fuhren wir ab. Der Dunst in den Tälern wurde tintig, dann schmutzig braun. Wir fuhren, die Säcke fest auf den Leib geschnallt, das Werkzeug unter den Säcken auf den Rücken gebunden. Wir schwangen über Kuppen, schwangen im alten, unberührten Schnee, wir ließen uns hochtragen, schwebten, tauchten, fanden trotz der Säcke den Rhythmus, gaben uns ihm hin. Der Freude an der Bewegung gaben wir uns hin, einer Freude, die sonst keiner zu zeigen wagt, einer, die teils aus uns kam, aus uns selbst, aus unsern Körpern, unmittelbar, und teils aus dem Gelände sich ergab, aus der Form dieses Berges, aus der Ermunterung und aus dem Widerstand dieses Berges, aus der Kraft dieses Berges. Und wir folgten der Kraft, ihren Linien, paßten uns an, nützten sie aus, stemmten uns dagegen.
Wir machten ihn neu, diesen Berg. Während wir ihn befuhren, formten wir ihn um und formten wir ihn aus; wir zogen seine Konturen nach, warfen den Schwung seiner Kuppen hinaus ins Grau, zeichneten sie weiter im Dunst des Abends. Indem wir ihn zu begreifen versuchten, mit unsern Leibern zu begreifen, schufen wir ihn, diesen Berg.
Auch Gott, würde Mac sagen, hat uns geschaffen einzig und allein deshalb, weil er sich zu begreifen versuchte. Er ist ein Trottel, Mac.
Wir schufen ja nicht nur den Berg, wir schufen auch den Himmel neu. Den zitternden und glatten, aufgestellten Westhimmel schufen wir, in dem das Lila vorstieß zu jener

Stelle hin, wo die Sonne versunken war. Es war ein ängstliches Lila, ein verletzliches, drin die Broschen staken, brennende Broschen, Metallwolken und Metallkrumen.
Ein absolut neuer Himmel war das, ein absolut verrückter. Wir standen, auf die Stöcke gestützt, über einer Felsnase. Wir sahen uns nicht an. Wir sahen auch, schließlich, das Lila nicht mehr an. Wir suchten den Hang unter uns nach Felsen ab, nach Durchpässen, nach jenen Stellen, wo wir steil abfahren mußten, um keine Lawinen auszulösen.
Wir standen und hatten noch den harten und schnellen Puls am Hals. Wir schluckten den Speichel und lachten vor uns hin. Und wir besahen die Schneerutsche zwischen den Legföhren, tief unten in den Birken die Schneekugeln, die zerborstenen Walzen.
Und wir warfen die Lawinenschnüre aus und sprangen hoch, warfen uns hinab in den schon schattig gewordenen Hang, sprangen ab. Saluz jauchzte einmal, schrie. Wir hatten den Fahrtwind im Gesicht, die eisige Spur einer Träne; jeder hatte den andern vor sich, neben sich, im Gegenschwung, jeder den andern nah und wieder weit weg, ohne sich zu berühren, ohne sich zu verlieren, ohne Abrede alles, wie eine einzige Bewegung.
Wir hatten, bevor wir hinausgeschnellt wurden in den Hang über den Alphütten, das Krachen des Harsches unter uns, das Reißen und Brechen. Und ich hatte den Bauführer vor mir, Saluz hochspringend in die Grätsche, hatte ihn in der Luft hängen, lang, in diesem erdig werdenden Lila, mit gebreiteten Armen.
Im kleinen, lärmigen Fahrzeug waren wir zurückgefahren ins Tal. Weit unten, in den schneefreien Maiensäßen, brannten Lichter. Man hörte das Rufen der Männer in den Ställen, das Klatschen einer Hand auf dem Leib der Tiere. Im Dorf standen die Mädchen vor der Milchsammelstelle. Sie lehnten an der Rampe, redeten, schwangen die Milchkannen im Reden hin und her.
In der Wirtsstube standen die Teller für uns bereit. Die Wirtin brachte die Suppe, eine mit großen, flachen Bohnenstücken drin, mit Teigröhren und Reis. Die alten Weiblein saßen wie-

der im Kamin. Sie kauten und sahen uns zu. Wir bestellten Wein. Wir sahen in den kleinen Fernsehkasten hinein, in dem Fallschirmjäger aus der Tür eines Helikopters auf ein buschbestandenes Feld sprangen. Das Gras wogte unterm Bauch der Maschine. Die Fallschirmjäger gingen sofort ins Gras hinaus. Man brachte uns dünn geschnittene Scheiben Fleisch und Maismus. Wir aßen reichlich und lang.

17.

Ende April hatten wir unsere Triangulationen gemacht. Wir hatten ein paar Burschen angeworben, hatten unsere Geräte auf die Berge tragen lassen, hatten nächtelang auf den Gipfeln gestanden, hatten die Meßpunkte anvisiert, die kleinen Leuchtzeichen über den Tälern, hatten die Winkel gemessen und hatten die Geräte schließlich wieder hinunter tragen lassen ins Tal.
Nun arbeiteten wir in den bewaldeten Schluchten unweit des Dorfes, steckten Achsen ab, jene der neu zu bauenden Straßen aus dem Tal herauf, die der Ausweichstrecken und Zufahrten. An den Abenden machten wir unsere Berechnungen und prüften die Aufnahmen. Wir saßen in der Wirtsstube, hatten unsere Rechenmaschinen und Tabellen um uns, unsere Notizbücher. Wir achteten nicht auf die Burschen, die neben uns Tischfußball spielten. Wir hörten den Lärm nicht und hörten auch die Weiblein nicht, die Maiskörner in einen Holzeimer streiften. Sie hielten den Eimer zwischen den Knien und drehten den Maiskolben über einer dünnen, kantigen Eisenstange im Eimer hin und her.
«Ein Telephon», sagte die Wirtin. Sie trat nah an den Tisch und sagte, es sei eine Frau.
Sie ging hinaus in die Küche und lehnte die Tür an. Sie würde horchen, selbstverständlich. Die Burschen spielten scheinbar weiter, aber sie sahen her zu mir, abwartend.
Es war Eva. Sie redete leise, war unsicher. «Ich störe?» fragte sie.
Was hätte ich sagen sollen? «Nein. Bestimmt nicht.»
«Hast du gegessen?»

Als ich sagte, ich hätte viel gegessen, viel zu viel, wollte sie wissen, was es gewesen sei.
Ich erklärte. Ich weiß nie recht, was ich aß. Ich esse gern. Und ich habe eine ganze Menge Dinge auch weniger gern. Trotzdem, ich vergesse gleich wieder, was es war. Ich kann auch nicht kochen. Mir scheint, Kochen strengt an, man muß denken dabei. Und in der Küche denke ich nicht gern. Ich liebe Küchen zu sehr, als daß ich gern in ihnen denken würde.
«Also da waren große weiße Bohnen», sagte ich, «vielleicht waren auch braune dabei, Bohnensalat, und da war, meine ich, Schweinefleisch, da waren schwarze, kleine Bohnen, Linsen wahrscheinlich, und Maismus.»
«Nicht Maismus», riefen die Burschen. «Polenta heißt das.»
«Polenta», sagte ich.
«Du bist nicht allein?» fragte Eva. «Kannst du reden wie du willst?»
Ich sagte, daß ich reden könne, jedenfalls könne Eva reden. Der Apparat befinde sich in der Gaststube, ja, neben der Tür hinaus in die Küche. Es sei ein Wandapparat und sei überm alten Holzgestell eines Kanapees angebracht. Und die Herren, die da gerufen hätten, seien meine Meßgehilfen und spielten mechanischen Fußball. Sie hätten eben jetzt zu spielen aufgehört, damit ich sie besser verstehen könne.
Die Burschen grinsten. Sie drehten die Hebel, an denen die Männchen staken, leise und bedächtig, und sie hielten den kleinen Ball übers Spielbrett, ohne ihn darauf fallen zu lassen.
Ob ich mitspiele, fragte Eva. Und ob ich gewinne. Als ich sagte, ich würde mit Saluz meine Kontrollrechnungen machen, erschrak sie. Sie störe demnach doch; sie hätte nicht gedacht, daß ich noch arbeiten würde, so spät. Ob ich denn zumindest morgen ausschlafen würde? Morgen sei Samstag. Oder ob man da auch arbeite? Und unvermittelt fragte sie, ob ich etwas vorhätte morgen, und wer das gewesen sei vorhin, die Frau, die das Telephon abgenommen habe. Die Wirtin? Und jung? O sie ist jung, nicht wahr!
Ich lachte. «Du willst etwas anderes wissen», sagte ich, «du darfst.»
«Wirklich?» Das war keine Frage mehr, das war ein kleiner

Jubel. Aber dann sagte sie mit dunkler Stimme: «Ich bedränge dich.»
«Natürlich tust du das», sagte ich. Und ich hatte ihr kleines, erschrecktes Einatmen in der Ohrmuschel, ihr leises Jammern, voll Selbstvorwurf und Ironie; das schlimm Verschleckte eines kleinen Mädchens war in dieser Stimme und das Trillern eines Vogels.
«Macht dir das etwas aus?» fragte sie. «Immer noch? Sag schnell: immer noch?»
Die Burschen hatten den Ball ins Brett fallen lassen und spielten langsam, mit vorsichtigen, verschlafenen Bewegungen, lauernd.
«Du mußt mich fortjagen», sagte Eva plötzlich ernst. Da wußte ich, daß sie kommen würde.
Sie sei auf Besuch bei ihrer Schwester, sagte sie, ein paar Schnellzugstationen näher bei mir als sonst, und da hätte sie gedacht. Ich müsse ehrlich nein sagen, wenn es nicht gehe, sagte sie. Weil morgen Samstag sei, hätte sie gedacht, wäre ich vielleicht frei.
Sie würde mit einem frühen Zug kommen. Bevor sie wegfahren könne, möchte sie das Kind wecken. Es sollte nicht ohne Mutter aufwachen. Also doch nicht allzufrüh. «Ich bin umständlich, nicht wahr. Ich bin ganz durcheinander.»
«Du hast Angst?»
«Ich will sie vergessen.»
«Machen wir es umgekehrt. Ich fahre hin zu dir.»
«Nein, nein», wehrte sie. «Hier kennt man mich.»
Natürlich, dachte ich. Der Zolldirektor hat überall seine Leute.
«Verzeih», sagte sie. «Ich bin feige. Und ich bin so roh.»
Ich sagte, daß die Wahrheit roh sei. Daß ich mich daran gewöhnen müsse.
Sie atmete eine Weile schweigend in die Sprechmuschel hinein. Ich konnte ihren Atem hören, das Gepreßte im Atem.
«Reden wir nicht davon!»
Sie beruhigte sich, und ihre Stimme klang wieder leicht, als sie sagte: «Ich möchte so gern wissen, wie es aussieht dort bei dir, verstehst du?»

Sie hatte mit dem Postauto zu mir heraufkommen wollen. Ich könne lang schlafen, sagte sie. Es würde mir gut tun. Aber selbstverständlich wußte sie, daß ich nicht warten wollte. Ich würde sie abholen, draußen an der Bahn. «Du steigst aus, und ich bin da.»
«Nein», wehrte sie. «Du sollst wirklich schlafen.»
«Kann ich? Ich kann nicht, natürlich nicht.»
«Du sollst aber. Wenn du mich abholen willst, solltest du jetzt gleich schlafen gehen.»
Ich ging nicht. Ich versuchte weiterzurechnen. Die Burschen jagten die Bälle übers Brett, sie hebelten und sie drehten die Stangen mit den Männchen dran. Sie nahmen die Stangen zwischen die flachen Hände und gaben mit den Handflächen Drall, sie hämmerten gegen den Spieltisch und johlten und fluchten.
Die Wirtin hatte mir ein frisches Bier gebracht. «Es ist drückend», sagte sie, «das Wetter wird umschlagen.»
Sie hatte recht. Es war unmöglich, die Rechnungen zusammenzubringen. Die Wirtsstube war viel zu klein, viel zu lärmig. Man müßte an die Luft gehen, etwas herumgehen müßte man.
«Ist etwas geschehen?» fragte Saluz, «etwas Ungutes?»
«Oh, nein. Nein, gar nicht.»
«Er lacht ja», sagte die Wirtin. «Seht ihr nicht, daß er lacht. Da war eine Frau, und er lacht.»
Die Weiblein sahen aus dem Kamin herüber zu mir. Sie kauten. Sie hatten ihre großen Hautsäcke um die Augen. Sie hatten ihre zahnlosen Münder. Und sie hatten ihre großen und knochigen, von alter Haut überschrumpelten Hände; die großen Daumen, den Daumennagel hatten sie, der in die Schoten stieß und die Schoten sprengte. Ihre Maiskolben hatten sie, von denen sie die Körner brachen. Sie sahen mich an. Ihre Gesichter waren ernst. Ohne einen Hauch von Lachen waren sie, ohne einen Hauch Verstehen.
«Es ist gut, wenn ich etwas an die Luft gehe», sagte ich.
«Richtig», sagte Saluz. «Geh nur.» Er würde die Hefte zusammenräumen und auf mein Zimmer tragen. «Ich werde wegfahren, morgen», sagte er. «Morgen und übermorgen bin ich nicht da.»

Ich wußte, er wollte mir nicht über den Weg laufen. «Montag wieder. Gut denn.»
«Am Montag», sagten die Burschen, als ich an ihnen vorbeiging und hinaustrat in die Nacht.

18.

Sie holen mich aus dem Kiosk.
Wie oft um Mitternacht kam Martin vorbei. Er hatte den ganzen Abend in seinen Labors gearbeitet. Su kam mit ihm.
Er war ausgelassen, beinah überdreht, schien mir. «Er lebt», lachte er. «Du siehst, Su, unser Boos lebt noch. Machen wir eine kleine Ausfahrt ins Paradies! Ins Ersatzparadies, oder genauer: auf die Baustelle unseres Ersatzparadieses!» Er faßte Su um die Hüften, schwang sie hoch, setzte sie sich erst auf die linke, dann auf die rechte Schulter, ließ sie wieder auf die Stufen gleiten.
«Du bist zu schwer, mein Engel», keuchte er. «Schämen sollst dich! Wo bleibt da deine himmlische Leichtigkeit? Fleisch ist alles an dir, Fleisch und Süße und Wollust. Oh», sagte er, und er schnüffelte in der Luft herum, «du schmeckst gut, mein Schatz, du riechst gut.» Er küßte sie neben die Augen. «Aber jetzt sei brav! Mach es einem armen Apostel seines Herrn nicht zu schwer!»
Wir fuhren durch die Labors, in denen sie, Martin und Su, für Adrien arbeiteten. An Adriens Unterwasserstadt bauen wir, pflegt Martin zu sagen, an Adriens Arche, am Leben in der Konserve, am Leben aus der Konserve.
Eine durchaus ehrenwerte, eine durchaus fromme Angelegenheit, lacht er. Versiegelt und eingeschlossen in der Konserve, in ihren Zellen aus Blech und Gummi und Glas werden sie leben, sechs oder sieben Meter unter dem Meeresspiegel, die Menschlein, schön säuberlich abgetrennt von all dem, was Welt ist, damit die Welt nicht leidet, genau so: nicht leidet am Getrampel, am Geprügel und an der Freßlust dieser Menschheit, an ihrem Gestank und Geschrei.

Fein säuberlich abgetrennt die Nabelschnur, die sie an die Mutter Erde band. Abgeschnitten und herausgeschnitten die tierischen Überbleibsel, alles Verschwitzte und Blutverschmierte, Kotverschmierte, all diese Erinnerungen an den Schrei der Geburt; weggewischt das Unfromme, all das, was dampft in uns und wuchert und fließt; reingemacht das Menschlein für immer, abgehackt die Beine, die stehen auf der Erde, im Schoß dieser Erde. Vorbildlich aseptisch abgetrennt die Unterwasserstadt, unser Paradies, in dem wir alle leben werden, meine Su, abgetrennt von dem, was sie Dreck nennen, was Adrien Dreck nennt.
Makellos wird uns alles aus der Dose kommen: das Brot, das wir essen, das Wasser, das wir trinken, die Luft, die wir atmen, die Musik, die wir hören, die Träume, die wir träumen. Und schließlich, meine Liebe, die Gebete, die wir beten. Ein Kloster ist Adriens Unterwasserstadt, und wir beten Adriens Gebete. Versunken werden wir sein in alle Ewigkeit in die heißen Gebete, in die Lobgesänge zu Ehren Adriens.
Er lachte. Und er lachte zu laut, zu hysterisch. Es wird Zeit, daß er hier wegkommt, dachte ich. Er ist überdreht, Martin. Wir waren in die obern Geschosse gekommen und fuhren durch die Labors mit den Taubenkäfigen. Es hatte sich nichts verändert, seitdem ich das letzte Mal hier gewesen war. Alle Käfige waren angefüllt mit Tieren. Die Vögel wurden unruhig. Su schnalzte mit der Zunge, sagte, sie sollten nicht böse sein, sie sollten keine Angst haben, es würde gut werden, alles gut.
Die Tauben trugen ihre Gummikappen über den Augen. Mit einer Fußschlaufe waren sie an die Stange gebunden, auf der sie saßen. Ein Kabel trat aus der Gummikappe heraus, war um den festgebundenen Fuß gewickelt, lief der Stange entlang und führte aus dem Käfig. Andere Kabel waren am Futternapf befestigt, am Wasserbehälter. Die Kabel waren zu dikken Zöpfen zusammengedreht, führten zu Magnetbandgeräten hin und hinüber in den Computerraum.
Der Computerraum, Martins Arbeitsplatz, mein Reich, wie er sagte, war hoch und hallend. Er wirkte leer. Ein bißchen sah er aus wie ein peinlich sauber ausgeräumtes Schlachthaus.

Männer gingen vor den Metallwänden und den Kassettenbibliotheken hin und her, nahmen Kassetten aus den Ständern und gaben sie in die Wandschlitze hinein. In Bildschirmen funkelten Sternhaufen auf, schwangen Kurven, zappelten Männchen. Der Stadtrat war auf dem Bildschirm, alle die Herren Stadträte betrunken im Autobus. Und Prozessionen mit breiten Fahnen wankten vorüber, Defilees stampften im Staub, und ein Alter wälzte sich im Bett, gefesselt.
Viertelstundenlang fuhren wir an den Kassettenbibliotheken entlang, an meiner Gesetzessammlung, wie Martin das nennt, an den gesammelten Verhaltensweisen.
«Ach, Schatz!» lachte er zu Su hin, «meinst du wirklich, wenn es uns gelang, die Rebe zu züchten, den Hund aus dem Schakal, dann, glaubst du wirklich, werde es uns nicht auch gelingen, Verhaltensweisen, Lebensweisen zu züchten? Unmerklich werden wir die bestehenden abändern. Zum Guten, zum Friedlichen hin. Zucht ist alles, sagt Adrien. Zum Gehorsamen hin werden wir das Verhalten züchten, und, unter uns gesagt, zum Langweiligen hin, zum Kotzlangweiligen.
Und wir werden sie eingeben, diese neuen Lebensweisen, den Frommen in Adriens Unterwasserstadt, wie wir ihnen die Frühstücksmilch eingeben werden, die Frühstückspaste. Und wir werden, schlau wie wir sind, human wie wir sind, alles ein bißchen mit freudefördernden und bereitschaftsfördernden Essenzen vermischen, mit solchen jedenfalls, die der Frommen Bereitschaft zum Gebet fördern. Denn, mein Schatz, Adrien will begeisterte Beter. Und er wird sie haben. Er ist kein Narr, mein Chef, kein Stümper im Schöpferischen. Er plant. Ganz anders als etwa der dilettantische, alte Herr Jehova plant er. Er hat seine Bereitschaftsessenzen. Er, Adrien, wird nie toben und treten, er wird nie mühsam um die Lobpreisungen seiner Beter ringen müssen. Jubel ist ihm sicher. Er ist der Größere. Er ist der Klügere. Der Größte ist er, Adrien!»
Er schrie fröhlich. «Er hört mich», schrie er gegen die Decke der Halle hinauf. «Natürlich hört er mich. Und er hört mich gern. Nicht wahr, Erhabener!»
Ich hatte ihn noch nie so ausgelassen gesehen, noch nie so un-

verschämt. Adrien wird aufhorchen. Er wird aufpassen auf ihn, das ist so sicher wie nur etwas.
«Gehen wir zu den Käfigbauern!» lachte Martin. Und er lief in die hintern Ateliers hinein, wo Architekten Boxen zusammenschweißten. Moduli für die Unterwasserstadt, nannte Martin die Boxen. «Drei auf drei Meter», sagte er. «Das genügt für einen Frommen. Herrlich geräumige Zellen. Und herrlich trostlos. Nur Idioten werden es drin aushalten; jedenfalls keine Asthmatiker. Und wir werden ihnen unsere Totalschau in ihre vier Wände stellen.»
Er lacht zu bitter, Martin. Ich denke, Su muß erschrecken, wenn er so lacht. Etwas scheint mir nicht zu stimmen. Etwas ist anders, ist neu. Was versteh ich davon? Und was geht mich das an? Vielleicht, denke ich, ist Su schuld an diesem Neuen. Was weiß ich?
Ich sehe nicht ein, was ihn auf einmal so erregt. Das alles hier kennen wir, schon lange. Alles wird, wenn es vollendet sein wird, zusammenpassen, ausgezeichnet wird es zusammenpassen, wie die Boxen dieser Architekten zusammenpassen werden, hundertmal, tausendmal dieselben Boxen. Es wird ein ordentliches Leben geben in der Unterwasserstadt, ein Leben aufgereiht an einer Perlenschnur sozusagen, ein ungefährdetes und ein ungefährliches. Keiner wird ausbrechen. Entspannt wird jeder leben in seiner Koje von drei auf drei Metern, frei wird er sein, frei in der Wahl seiner Fernsehprogramme, in der Wahl der Totalschau, in der Wahl der von Adrien vorgetesteten Lebensweisen. In der gefilterten Luft, in der vorgewärmten Luft, in der auf Nestwärme gebrachten Luft wird ein jeder alles haben. Keiner wird geknechtet sein von unerfüllten Gelüsten. Fromm wird jeder sein und dankbar. Dankbar seinem Herrscher: Adrien.
Und Adrien wird seine Gnade walten lassen. Wie im Altertum ist das, wie im Mittelalter, wie im Bürgertum. Wie bei den Marxisten. Nur korrekter ist es, gerechter noch, unerbittlicher.
Ach, er ist ein Hund, Adrien.

19.

Ich war viel zu früh am Bahnhof. Ich wartete in einer kleinen Gartenwirtschaft neben den Geleisen. Die Sonne schien durch die kropfigen und zerschnittenen Kronen der Platanen herein. Die Bäume trugen erst kleine Blättchen, und der Schatten des Geästs legte sich unsicher auf die Blechtische.
Ein leichter Luftzug wehte manchmal von den Geleisen herüber und verlor sich in den Anbauten, Schöpfen und Stapeln von Bierkisten. Der Wirt ging mit einem Becken zwischen den Tischen und Stühlen hin und her und wischte den Vogeldreck von den Sitzen. Vor dem Ausschank saß ein altes Paar und fütterte den Hund, und wenige Tische weiter, unter einem Eisenreifen mit Kleiderhaken dran, der um eine Akazie gelegt worden war, saß eine Frau.
Sie saß zusammengekrümmt, und sie war mager, alt, und trug ein gestricktes Kleid aus graubrauner Wolle. Und sie trug einen Hut. Er war nicht zu übersehen. Es war ein spitzer, grüner Hut mit einer schmalen, hinten scharf nach oben gebogenen Krempe. Der Gupf des Hutes war aus Papier gefalzt, aus einem filzigen, billigen Material, wie man es bei Fasnachtshüten verwendet. Und aus der hinten umgebogenen Krempe stieg eine lange Feder auf, die Spitze des Hutes weit überragend. Es mußte die Schwungfeder eines Bussards sein, jedenfalls die eines großen Raubvogels; ich kenne mich da nicht aus.
Die Frau hatte ein zerfurchtes und aufgequollenes Gesicht. Sie hatte, als ich in die Gartenwirtschaft gekommen war, schnell aufgeblickt, und ich hatte ihre Augen gesehen, hervortretende Augäpfel, viel Weiß. Aber das Weiße war nicht rein, es war voll buckliger gelber Flecken mit Adern dazwischen. Und die Frau hatte mich gefragt, wie spät es sei. Sie sah mich nicht an, als sie fragte. Und ihre Stimme klang hastig und unruhig.
Ich hatte Mineralwasser bestellt. Ich hatte Lust auf etwas Kühles, Reines. Einmal stand ich auf und ging hinüber zum Bahnhofsgebäude, las an der Tafel die Ankunft des Zuges nach, ich ging über den leeren und besonnten Platz, sah die

bewaldeten Hänge ringsum, das Licht auf dem Postauto, das in der Sonne stand und wartete, und ich kam an meinen Tisch zurück und trank mein Wasser.
Die Spatzen lärmten, der Wirt ging hin und her, weit hinten in der Gartenwirtschaft, dort, wo eine Schaukel für die Kinder aufgestellt worden war, und das alte Paar beschäftigte sich noch immer mit dem Hund.
Die Frau war hergekommen zu mir. Sie war einen Schritt hinter mir stehengeblieben und fragte, wie spät es sei. Ich hatte erst gedacht, sie würde auf meinen Tisch sehen wollen, auf dem meine Agenda lag. Vielleicht, dachte ich, ist sie der Meinung, ich würde zeichnen oder schreiben, und sie wollte sich danach erkundigen. Aber sie sah gar nicht her. Sie ging wieder, als ich ihr die Zeit gesagt hatte.
Das Warten war leicht. Einmal fuhr ein Auto auf den Platz, zwei Männer stiegen aus, gingen in die Bahnhofhalle, kamen wieder, fuhren weg. Ich wußte, der Zug kam von den Bergen herab, das breiter werdende Tal heraus, und Eva saß am Fenster. Der Zug würde einfahren in die Tunnels und würde wieder herauskommen ans Licht. Sie würde hinabsehen auf den Fluß da unten, der zwischen Erlen und Birken schäumt, würde die Sonne sehen, die Kraft dieser frühen Sonne in den Flanken und Schroffen der Schluchten, auf den Grasbüscheln, und sie würde die Drähte der Hochspannungsleitungen sehen, die sich hinziehen in Parabeln von Hang zu Hang, glänzend über den noch schattigen Wäldern.
«Du kommst», hatte ich in die Agenda geschrieben. Was hätte ich sonst tun sollen? Ich betrachtete die Bläschen im Glas. Ich würde das Blatt aus der Agenda reißen und es Eva in die Tasche stecken. Auf dem Heimweg würde sie es finden, und da würde stehen: «Du kommst.»
Ich suchte mir Evas Gesicht vorzustellen. Aber irgend ein böswilliger oder vielleicht auch nur neckischer Querulant in mir wischte es mir immer wieder weg. Ich versuchte mir vorzustellen, wie sie lief. Es ging nicht. Alles war anders, als ich es mir ausdachte; ich wußte das.
Und doch würden wir frühstücken zusammen. Nicht hier, irgendwo. Wir würden ein Zimmer haben. Und es würde ein

helles Zimmer sein, mit Fenstern von der Decke bis zum Boden, und die Fenster würden in die Kronen alter Bäume hinausgehen. Weiße, leichte Tüllvorhänge würden sich vor den Fenstern im Wind bauschen, einmal vorne beim Balkon, einmal weiter hinten bei den Lehnstühlen. Und die Sonne wäre im Tüll. Eva würde ein langes, weichwehendes Kleid tragen, eines, das frei niederfällt, von der Schulter zu den Füßen, ein leichtes Nachtkleid vielleicht, ein Hauskleid. Und sie würde fragen, ob das Ei recht sei. Sie würde neben mir sitzen und zusehen, wie ich esse. Und ich würde nicht essen können, weil Eva nichts ißt.
Aber sie ißt nie morgens, wird sie sagen. Nur mir zulieb, nur aus meiner Tasse trinkt sie etwas. Doch ich muß essen, viel. Und sie beißt etwas von meinem Brot ab. Und sie nimmt auch etwas vom Ei. Wie bei einem Kind ist das. Man löffelt sein Ei und reicht von Zeit zu Zeit einen Löffel hinüber und sagt: Für mich, für dich, für Papa, für Mama. Und Eva sperrt den Mund auf und hält die Hand fest, die den Löffel hält, und führt die Hand mit dem Löffel sorgsam zum Mund.
Wie bei einem Kind ist das. Und sie sitzt neben einem, zart, noch warm von der Nacht, verstrickt noch in die kleinen Seufzer. Nichts Hartes ist da, nur Schmiegsamkeit, unaufdringliche; man könnte auch sagen: Hingabe. Aber das ist ein zu großes Wort.
Die alte Frau war wieder hergekommen und hatte nach der Zeit gefragt, und ich hatte, ohne ungeduldig zu werden, ihr die Zeit gesagt. Einmal hatte sie zum Wirt hinübergerufen, der Arzt hätte ihr ein Pulver gegeben, gestern. Sie stand auf vom Tisch. Sie ging gebückt. Sie hatte einen Stock mit dickem Gummipuffer, und sie ging hinüber zum Ausschank und rief ins Innere des Gebäudes hinein, sie schlafe schlecht.
Der Wirt kam heraus und ging an ihr vorbei, er stellte leere Flaschen in die Harasse. Er achtete nicht auf die Frau. Sie sagte ihm, stundenlang liege sie wach. Er mußte das schon oft gehört haben, denn er sah die Frau nicht an, nickte nicht einmal.
Sie ging zum alten Paar hin, das den Hund gefüttert hatte, und sagte, sie liege stundenlang wach. Das Paar antwortete nichts.

Der Mann zog den Hund an sich, der knurrte. Er tätschelte ihn und zog ihn zwischen seine Beine unter den Tisch.
«Du kommst», hat man auf den Zettel geschrieben, auf die Rückseite des Zettels. Und man hat sich ausgerechnet, wo Evas Zug sein müsse, an welcher Station, auf welcher Strecke.
Die alte Frau blieb vor mir stehen. Sie hielt den Kopf gesenkt. Sie lehnte den Stock gegen die Tischplatte, hängte ihn mit dem gebogenen Griff an den Tischrand. Und sie zog einen Stuhl zu sich her. Es war ein eiserner Klappstuhl, mit Brettchen als Sitz und mit drei quergestellten Brettchen als Lehne. Sie setzte sich auf den Stuhl; aber sie saß abgewendet, so, daß ich sie halb von der Seite, halb vom Rücken sah. Und sie saß vornüber gebückt, sie hatte die Arme verschränkt und hielt, während sie den Oberkörper langsam auf und ab bewegte, mit ihren großen, aufgesprungenen Händen die Ellbogen.
Unter der Krempe ihres Hutes hervor sah sie vor sich hin und fragte nach der Zeit. Sie wartete nicht auf meine Antwort und redete gleich weiter, sagte auch mir, sie schlafe schlecht. «Jetzt hat mir der Arzt ein Pulver gegeben.» Und sie begann lautlos zu weinen. Die ganzen Nächte liege sie wach. «Ist das schlimm?» fragte sie.
Ich meinte, daß es nicht schlimm sei. Viele Leute liegen wach. Alte Leute haben einen leichten Schlaf. Das bedeutet nichts; gar nichts bedeutet das.
Sie ist allein, sagte die Frau. «Keiner redet mit mir.»
Ich war hilflos. Was konnte ich tun? Was konnte ich mit der Frau reden? Ich sagte ihr, sie denke zu viel herum. Ich kam mir erbärmlich vor, als ich das sagte. Sie müßte viel gehen, sagte ich, müßte sich müde laufen, lange Spaziergänge machen. Und ein Glas trinken, abends; Rotwein sei gut.
Aber sie sagt, daß nichts sie freut. Sie mag nicht essen.
«Nicht essen?» Und man lacht ein wenig. Das ist nicht so wichtig, sagt man.
Früher hat sie so gern gegessen, viel. Und getanzt. Mein Gott, hat sie getanzt. Und sie war nie krank. Und jetzt, sie ist siebzig geworden letzten Winter, jetzt ist das Herz schwach. Sie mag nicht mehr. Sie war krank, am Hals, und nun ist das Herz schlecht geworden.

Was sagt man? Man sagt, das würde sich geben. Das würde heilen. Bei alten Leuten braucht das Zeit; doch es gibt sich. Und man erzählt von einem Mann, den man kennt, und der Mann ist alt, viel älter als die Frau, und sein Herz ist nicht gut, doch er geht herum, der Mann, er ißt, er spielt Karten, er geht herum.
«Du kommst», steht da auf dem Zettel. Man hat ihn aus der Agenda herausgerissen und vor sich auf den Tisch gelegt.
Die Frau hatte aufgehört zu weinen. Mit weit vorgeneigtem Oberkörper drehte sie sich zu mir her, sah mich an. Unter diesem Hut, der aussah, als sei er aus grüner Pappe gemacht, sah sie mich an mit ihren großen und unreinen Augen und fragte: «Sehe ich irr aus?»
Ich hatte ihr gesagt, daß sie nicht irr aussehe. Aber sie weinte schon wieder, lautlos, sie sagte, der Arzt hätte ihr einen Aufenthalt verschrieben. «Der schickt mich in die Anstalt. Wegen der Nerven. Verstehen Sie? Ich weine zu viel.»
Ich nahm mein Glas. Das Wasser war lau geworden. Ich mochte es nicht leertrinken. Ich sah das Wasser an, die kleinen Blasen unterm Wasserspiegel ringsum, dem Glas entlang. Ich knüllte den Zettel zusammen und rollte ihn zwischen den Fingern zu einem kleinen Ball.
«Heilt das?» fragte die Frau.
Und ich sagte ihr, daß es heile und daß sie nicht irr aussehe. Daß sie aussehe wie jedermann. Etwas müde, das schon, natürlich, von der Krankheit etwas müde, aber sonst wie jedermann.
«Keiner redet mit mir», sagte sie.
Drüben fuhr der Zug in den Bahnhof ein. Ich müsse gehen, sagte ich. Es würde gut werden. «Das wird gut, bestimmt», sagte ich. Ich lief schon.
Zwischen Tischen und Stühlen lief ich hinaus auf den besonnten Platz. Und während des Laufens überlegte ich, wo Eva wohl aussteigen werde, an der Spitze des Zuges oder an seinem Ende. Und dann sah ich sie. Weit vorn, nahe der Lokomotive, trat sie an die Sonne.

20.

Man sitzt in seiner Koje und erinnert sich. Man weiß, wie das war.
Was heißt Wissen? Was heißt Gewißheit haben? Ist es nicht eine andere Art von Trug, Selbstbetrug? Kann man diese Bilderfetzen Wissen nennen? Und wie fügen sie sich zusammen? Bleibt nicht alles Stückwerk? Und falls sich etwas fügen sollte, Abriß zu Abriß, wird es ein Ganzes? Ist das Wissen? Auch wenn wir die Bildteile zusammenflicken, nahtlos, wenn wir schließlich ein Bild haben, klar und groß und übersichtlich: ist das Wissen? Und ist dieses Wissen Wahrheit? Und selbst wenn es die Wahrheit wäre, wo liegt sie auf? Wo sind ihre Ränder? Wo ist ihr Rahmen? Und was ist dahinter, hinter dem Rahmen? Wo hängt diese unsere Wahrheit? Im Nichts? Wer hält das Nichts?
Eva und ich gingen zu meinem Auto und fuhren die Täler hinein.
«Keiner folgt uns», sagte sie lachend. Sie warf das Haar aus dem Gesicht, sah einmal schnell zurück.
Ich wußte, sie hatte sich gefürchtet. In allen Bahnhöfen hatte der Zolldirektor seine Leute. Und einige würden Eva erkennen können, zum Beispiel jene, die an den Winterkursen gewesen waren und denen Preise für das Laufen und Schießen übergeben worden waren. Evas Mann hielt darauf, daß sie an den Wettkampftagen bei ihm war. Das macht sich gut: eine Frau bei sich haben, eine junge, schöne Frau. Er trug seine Uniform mit den Goldbändern, und Eva war neben ihm. Und sie nickte freundlich; sie war keine Spielverderberin, und sie war gehorsam. Der Direktor hat alles, sollte das heißen, er ist mächtig, im Amt ist er mächtig, und er ist mächtig außerhalb des Amtes. Groß ist er.
«Nicht daran denken!» hatte sie gesagt. «Wir haben so wenig Zeit.»
Man war in die Rebgärten gekommen außerhalb des Dorfes. Steinhütten standen zwischen Felsen. Eine Mulde pelzig gelb von Schlüsselblumen. Und die ersten Lärchen wurden grün. Man hält an.

Man muß sich erst an den Gedanken gewöhnen: Sie kam. Sie ist da. Man muß etwas finden, damit man glauben kann, daß sie da ist. Man fragt sie, ob sie den kleinen Weg hinlaufen würde zwischen den Mauern zum Bach. Und sie geht. Sie weiß nicht, was man vorhat. Sie lacht. Sie steht auf dem kleinen Kieshaufen am Bach und fragt, was sie tun solle. Und sie bückt sich nach einem Stein. «Weißt du, was ich tun soll?» fragt sie.
Am liebsten würde man nichts sagen. «Komm zu mir, langsam», gibt man schließlich nach.
Und sie merkt, daß man sie einfach ansehen wollte, daß man sie etwas von sich weghalten wollte, um sie besser sehen zu können. Um sie auf sich zukommen zu sehen, hatte man sie etwas weggehalten.
Und sie stieß einen kleinen, drohenden Jubel aus und rannte auf mich zu. Und erst jetzt spürte ich ihren Leib, das leichte, federleichte Aufprallen dieses Leibes auf meinem.
Ungefähr so. Man trägt seine Bilder mit sich herum, jahrelang, und wenn man sie ansehen will, lösen sie sich auf, die Figuren werden konturlos, die Farben unsicher. Und es sind immer wieder andere Farben da. Am Morgen andere als am Abend, letztes Jahr andere als dieses Jahr. Nichts ist sicher. Das einzige was bleibt, ist der Duft. Wie riechen Primeln, fragt man sich. Aber es sind nicht nur Primeln, sicher nicht. Es ist Sonne da. Aber wie riecht Sonne? Und nasses Moos, und Kalk, der von der Mauer bröckelt, und das Blinken auf den Steinen, wie riecht das?
Man hat gesehen, Eva hält die Hand geschlossen, die rechte Hand. «Du hältst etwas versteckt», sagt man.
Aber sie schüttelt den Kopf. Und an der Art, wie sie ihn schüttelt, so heftig, sieht man, daß sie lügt.
«Du glaubst mir nicht?» lacht sie. Und sie legt den Arm um meinen Hals, biegt meinen Kopf auf ihre Brust. Sie läßt den Kopf eine ganze Weile an sich liegen. Und man hört, das Ohr an ihrem Leib, hört man, daß sie auch jetzt lacht.
«Ungläubiger!» Und sie zeigt die Hände. Beide sind leer. Nur, die rechte Handfläche ist eine Spur dunkler als die andere. Wahrscheinlich ist sie etwas wärmer als die andere und vom langen, festen Geschlossenhalten etwas feucht.

«Du rächst dich», sagt man.
Und sie nickt. Sie zieht einen nochmals an sich. Und sie küßt. Zart küßt sie auf den Mund und schiebt während des Küssens etwas von ihrem Mund herüber in den meinen. Und während des Kusses lacht sie. Wenn es einen schüttelt vor Schreck, preßt sie sich an und lacht lange Mund an Mund.
«Entsetzlich», sagt man, und man spuckt den kleinen Stein in die Hand.
«Eine Hexe», nickt sie und macht ein ernstes Gesicht. «Ärmster, ich hab dich beinah erstickt.»
Und dann rannte sie lachend zum Auto und legte mir eine Primel auf den Sitz, wartete, daß wir weiterfahren würden.
Es war ein heller Tag; ein langer, ein breiter, ein hoher. Ein Tag, höher als die höchsten Berge, höher als die höchsten Wolken. Man geht einem kleinen Piepsen nach und findet die Brut im kleinen Loch, halb von Halmen verborgen. Man biegt die Halme weg und sieht in die Schlünde hinab. Gelbgeränderte, zitternde Schlünde im kleinen Dunkel unter uns.
Und Eva möchte eines dieser haarlosen, federlosen Bällchen in die Hand nehmen. An die Brust nehmen möchte sie es, zwischen ihre Brüste bergen, in der Höhlung der Hand an der Brust bergen. Ein bißchen Zittern, ein bißchen Piepsen, lacht man, das genügt. Aber sie weiß, daß man gerade das mag an ihr, dieses Ausstrecken der Hand, die zwei Hände, die etwas bergen in der Höhlung, in ihrer Wärme. Das ist eher wie eine kleine, fleischfressende Pflanze, dieses Nest, unersättlich, sagt man. Und man sagt es ein bißchen düster, um sie zu erschrecken, um sie zu necken. Und dann war da die schlanke, kräftige Schlange mitten auf dem Weg.
Man hat Eva die Wirtschaft gezeigt, das Zimmer, die Madonna in einem Gestrüpp von Glasperlen. Man hat gesehen, sie hängt den Schal hinters Bett, an die Wand heftet sie den leichten, durchbrochenen Schal. «Er will bei dir bleiben», hat sie gesagt. Man hat die Berge gezeigt, auf denen man herumgestiegen ist die letzten Wochen. Und man ist ein Stück gegen die Maiensäßen hinaufgestiegen.
Man ist, gegen Abend erst, wieder hinabgestiegen ins Tal. Man ist über kleine Sümpfe gegangen, und Eva hat sich Huk-

kepack tragen lassen. «Du bist leicht», hat man gesagt, «du fliegst. Du fliegst mir davon. Ich werde Steine in die Taschen nehmen müssen, um nicht mit dir wegzufliegen.» Und man hat ihre Wange neben der eigenen Wange gespürt. Und man spürte einmal kurz ihre Zunge im Mundwinkel. Man ist ein bißchen herumgehopst mit der Huckepacklast und hat gesagt: «Das ist ein Zügel. Glaubst du, ich würde mich an die Zügel nehmen lassen!»
Und Eva strampelte sich los, schmollte, lief mir davon, in den schäumenden Bach hinein lief sie, durch den Bach hindurch und rief, sie würde sich nie mehr tragen lassen. «Was denkst du! Nie, nie mehr.» Und sie streckte mir die Hand entgegen vom Bord herab und half mir aus dem Bachbett.
Man sitzt in seinem Kiosk und macht große Worte: Wahrheit, Gewißheit. Berge sind das, Berge von Worten. Und dabei ist die Erinnerung winzig, ein Lufthauch, unwägbar. Wie das Auf- und Zuklappen zweier Schmetterlingsflügel ist sie.

21.

Der Stein ist nicht größer als ein Fingernagel. Er ist grün, dunkelgrün, fast schwarz, vom Grün jener Wasserpflanzen, die in Grotten wachsen. Und er ist abgeschliffen, eiförmig.
Der Mann hat ihn aus dem Mund genommen und hat ihn auf das Nachtgewand gelegt, das daliegt, ein leichtes Nachtgewand mit maigrünen Streifen und mit Streifen aus kleinen Rosenknospen, gelben; hin und wieder ein Anflug von Ocker drauf.
Und die Frau hat den Stein gesehen. «Du hast ihn mitgebracht», hat sie gesagt. Und sie hat den Stein weggehoben und hat ihn gegen ihren Nabel gedrückt.
Sie ist vor dem Mann gestanden. Und der Mann hat gesehen: alles Licht dieses Tages ist noch in ihrem Haar, die Luft dieses Tages. Und er hat wieder denken müssen, daß die Frau leicht sei. Frei und leicht, so, daß sie über Giebel und Turmspitzen hüpfen könnte. Man müßte ein Harlekin sein, denkt der Mann, und man müßte denken können, das Herz sei eine Turmspitze. Und der Fuß der Frau würde die Turmspitze be-

rühren; die Spitze des Harlekinhutes würde der Fuß berühren. Zwischen den Spitzen würde sie hin und her hüpfen, die Frau. Und ihr Hüpfen wäre so hoch wie ein violett bestirnter Blütenbogen. Ein Wald von Blütenbögen würde über einem sein, ein Wald aus lauter Leichtigkeit.
Die Frau hat die Hände des Mannes gefaßt. Eine Handfläche der Frau liegt in einer Handfläche des Mannes. Zweimal das; einmal links des Leibes, einmal rechts des Leibes. Sie stehen, Mann und Frau, und haben die Handflächen gegeneinander gelegt. Und zwischen zwei Handflächen liegt der Stein.
Sie haben die Hände langsam gehoben. Sie haben ihre Arme seitwärts ausgestreckt und haben sie in einem weiten Bogen nach oben, über die Schulter, über die Köpfe hochgeführt, so weit, bis ihre Hände überm Kopf, überm Scheitel zusammenstoßen. Und mitten in diesem Bogen, den ihre zusammengelegten Hände machten, stehen sie, der Mann und die Frau.
Das ist unser Haus, hat die Frau gesagt. Da findet uns keiner, da holt uns keiner. Und der Mann spürt, daß sich die Frau auf die Zehen stellte, um mit ihren Händen so hoch reichen zu können, wie seine Hände reichten. Und als sie sich streckte, haben die Brustspitzen der Frau seine Brust berührt, hat ihn das Haar vom Schoß der Frau berührt.
Und schließlich hat die Frau die Hände in seinen Nacken gelegt. Sie hat ihren Kopf zurücksinken lassen und hat ihre Augen geschlossen. Und er hat den Stein genommen und auf die Stirn der Frau gelegt. Der Stein ist warm von ihrer Wärme, der Wärme der Frau und der Wärme des Mannes, und liegt nun doch kühl auf der Stirn, zwischen den Brauen der Frau.
Das Gesicht der Frau ist ruhig. Und er sieht auf ihr Gesicht hinab, auf ihr Kinn und ihren Hals. «Keiner weiß, wie schön du bist», sagt der Mann. Er hat den Stein heruntergerollt von der Stirn, hat ihn auf ihre Augen gelegt, auf das rechte erst, dann auf das linke. Sie hatte ihre Augen geschlossen gehalten, und er hatte mit dem Zeigefinger den Stein von der Nasenwurzel hinabgeschoben aufs Lid, er hatte den Stein in der kleinen Mulde zwischen Nase und Wange weitergeschoben bis zu den Nasenflügeln, und der Stein lag nun eine Weile auf

ihrer Oberlippe, in der winzigen Grube zwischen Oberlippe und Nase, genau in der Mitte der Lippe. Und er hat den Stein über die andere Wange wieder hochgeschoben bis zur Nasenwurzel.

«Keiner sah dich so», sagte der Mann. Er hatte ihr den Stein auf die leicht geöffneten Lippen gelegt, auf die weich gekräuselten Lippen, und sie hat einen runden Mund gemacht und hat den Stein hineingenommen in den Mund.

Sie hat ihr Gesicht an das seine gelegt, hat ihre Lippen den seinen genähert und hat ihm den Stein zurückgegeben in den Mund. Ihre Stirn lehnt gegen seine, ihre Wimper streifte seine Wange – die Wange ganz oben überm Backenknochen, die Härchen dort –, und es war nur die Spitze der Wimper, die ihn streifte.

Er atmete in ihr Haar hinein. Seine Hände waren über ihre Arme und ihre Hüften hinabgeglitten. Und er hob die Frau leicht an. Kaum handbreit. Und das Haar der Frau berührte den Penis. Als er die Frau wieder auf ihre Füße gleiten ließ, auf seine Füße unter den ihren, war das Weiche, Warme, Nasse im Schamhaar der Frau einen Augenblick lang an seinem Glied. Und die Frau zitterte.

Sie sind am Fenster gestanden. Sie haben, die Frau stand vor dem Mann und ihre Schulterblätter spürten die Wärme seines Leibes, sie haben, der Mann und die Frau, das Wasser angesehen, das über die Scheiben strömte, und sie haben die Tropfen gesehen, die auf den Sims fielen vor dem tief herabreichenden Fenster.

Und als die Frau die Hand hob, um das Gesicht des Mannes zu suchen hinter sich, da hat der Mann den Leib der Frau umfaßt. Er hat seine Hände auf ihren Leib gelegt. Und er hat ihre kleinen, weichen Brüste gehalten. Und die Brustwarzen waren in der Mitte seiner Hände; mitten im großen M, das in seine Handflächen gezeichnet ist, waren sie, und sie waren auch jetzt, da sie fest waren, noch immer zart und verletzlich. Der Mann hat den Stein auf die Schulter der Frau gelegt. Auf die Schulterkuppe einmal und einmal in die kleine Grube zwischen Hals und Schlüsselbein. Er hat ihn auf die Innenseite ihrer hochgehaltenen Arme gelegt.

Und die Frau hatte ihren Fuß angehoben und hatte die Beuge zwischen seinem Fuß und seinem Bein ertastet. Sie hatte ihre Fußsohle auf seinen Fuß geschmiegt, ohne Gewicht. Sie streichelte mit ihrem Fuß den seinen. Ihre Zehen berührten seine Zehen, und sie gingen in die Mulden hinein, die zwischen seinen Zehen waren, dort, wo die Zehen in den Mittelfuß übergehen.
Die Frau hat gefragt: «Du hast kalt?» Aber er hatte nicht kalt. Er hat die Wärme herüberkommen gespürt von ihr.
Und sie haben sich hingelegt. Das Gesicht der Frau hat in den weithingebreiteten Haaren gelegen, und die Brüste haben rund und hell in sich selbst geruht, in ihrer kaum merklich quellenden Rundung. Und in der Rundung, in ihrer Mitte, schwebend auf einem Teich aus lauter Zartheit, lagen wie kleine Boote die Warzen.
Der Mann hat den Stein von der Schulter der Frau hinabgeschoben gegen das Brustbein, und er hat ihn über die Teiche geschoben zu den kleinen Booten hin, in das rosige Rund um die Warzen hat er ihn geschoben, er hat ihn auf dem runden Hof, auf der kleinen Arena rundum geschoben, um die Warze herum, mehrmals.
Die Frau hat eine Hand auf den Rücken des Mannes gehalten, und die Fingerspitzen sind der Rinne entlanggeglitten, zwischen den Schulterblättern abwärts, leicht, ruhig, verträumt, und sie haben auf den Knöcheln des Rückgrats verweilt; auf manchen, auf manchen nicht.
Der Stein ist auch um die andere Brustwarze geschoben worden. Der Mann hat die Warze geküßt. Er hat sie kaum berührt, als er sie küßte. Er hat seine Lippen darum geformt, und seine Zunge hat die zarte und doch feste Erhebung ertastet. Die Frau hat noch eine ganze Zeitlang die Kühle seines Speichels gespürt, und sie hat seinen Atem gespürt auf der Haut.
Der Stein ist im Nabel gelegen. Es ist ein kleiner Nabel, etwas erhöht an den Rändern, und darin, wie ein Lippenpaar, liegt die Falte. Der Mann hat den Stein über den Nabel der Frau hingeschoben in die Leisten der Frau. Er hat den Stein um das helle, gekrauste Haar geschoben, von der Innenseite des einen

Schenkels zur andern, über den flachen, flaumigen Knochenbogen hin, der nach unten den Bauch begrenzt. Er hat das Weichgeöffnete ihres Leibes gesehen, die gefransten Ränder, die glatten, seidenen Flächen hinein, die kleinen innern Lippen in den äußern, die winzige Erhebung, versteckt im Haar, um die er die Fingerspitzen legt, ohne sie selbst zu berühren, und die er dann küßt.
Seine Lippen, die zitternde Zunge berühren ihren Leib kaum. Er atmet schwer, der Mann. Er legt den Stein aufs Bein der Frau, über der Kniescheibe legt er ihn hin; und er preßt sein Gesicht gegen die Innenseiten ihrer Schenkel.
Er spürt die Hand der Frau in seinen Leisten. Und er spürt ihr Haar hinfallen über seinen Bauch. Und er spürt die Lippen der Frau, die das Glied küssen, die drüberhinstreichen, weich, ein Hauch.
«Komm», hat sie gesagt. Sie hat den Stein vom Knie genommen. In einer Hand hält sie den Stein, eingeschlossen. Und er hat schnell ihre Fußsohlen geküßt, die Kniekehle, die Haut über den Beckenknochen, den Nabel, den Hals, das Ohr. Und er fand schnell und tief hinein in sie. Und ihr Mund war weit offen.

    Jauchzen. Wolke und Woge und Krone und Schaum.
    Denkt man?
    Weites Meer, wildes Meer, tiefes.
    Rasendes und saugendes Meer.
    Singt man?
    Strahlender, heißer und großer Leib.
    Fackel auf den höchsten Höhen.
    Schreit man?

    Feuer, das steigt und steigt
    und fällt und erlischt.

Einmal, auftauchend, sah man ein Gesicht. Gelöst und schön. Nur nah sein, denkt man, stammelt man. Sich durchdringen, durch das andere hindurch. Sich auswechseln im andern. Alles abwerfen. Neu werden.

Als der Mann die Frau wieder betrachten konnte, lag sie ermattet neben ihm, noch immer gelöst, noch immer offen. Sie hatte beide Hände geöffnet. Und in der einen Hand lag der Stein.
Er legte den Stein auf ihr Schambein; in der Mitte des Schoßes war das Haar noch naß von ihm, dem Mann. Er legt den Stein neben den Nabel, zwischen die Brüste, auf den Hals, den Mund, auf die Stirn.
Auf ihrer Stirn liegt der Stein, und die Frau lächelt. Der Stein ist feucht. Von ihrem Speichel, seinem Speichel. Der Speichel trocknet. Und unmerklich wird der Stein duften von der Süße des Speichels, dem der Frau, dem des Mannes. So wie der Atem sich durchdringt, ist das, ihr Atem, seiner. So, wie sein Schweiß hineingeht in die Frau, so, wie der Kuß der Frau hineingeht in den Mann, genau so. Wie die Süße seiner Samen hineinging in den Schoß der Frau und nun aufsteigt in ihr und kreist in ihr, hinausgeht unters Haar, vermischt mit der Süße der Frau, und aus ihren Gliedern duftet, genau so.
Er ist klein, der Stein. Nicht größer als ein Fingernagel. Und er ist grün. Es ist dasselbe Grün, das Steine haben, bemooste, in der Grotte, im klaren, kalten Wasser.

22.

«Aufwachen», sagte man. Und man schlug gegen das Guckfenster. «Aufwachen, Alter. Du schläfst ganz schön. Du stinkst, so sehr schläfst du.»
Ich schrak zusammen. Ich hatte wirklich tief geschlafen. Und geträumt hatte ich. «Du wirst so nett sein und aufwachen!»
Es war dunkel. Und das, was in der Dunkelheit vor meinem Guckloch herumschwankte, war wie ein Totenschädel, einer mit blutroten Augenhöhlen. Das ist nichts Besonderes, nichts Neues jedenfalls. Man nimmt die Stablampe in den Mund, zündet sie an, leuchtet in den Mund hinein, und die von innen erleuchteten Wangen stehen als zwei blutrote Augen über dem dunkeln Stab. Ein Totenschädel, oder eine Gasmaske. Was macht schon der Unterschied aus?

«Du willst nicht nett sein? Du willst nicht mithalten? Du schläfst. Schade, Fettsack, ohne dich ist es nur ein halbes Vergnügen. Ohne Angst, deine Angst, ist es nur halb so schön.»
Es mußten mehrere sein; wie viele, das brachte ich nicht heraus. Sie hatten ihre Lampen aus dem Mund genommen und leuchteten in den Kiosk herein. Ich regte mich nicht. Ich hielt die Augen geschlossen. Und ich war gar nicht darauf versessen, nett zu sein.
Es war klar, daß sie etwas mit mir vorhatten. Solang ich schlief, war das offenbar nicht aufregend genug. Sie wollten mich quälen. Aber wie? Aber weshalb? Für was sollte das gut sein?
Welch große Tat zum Wohle der Menschheit wollten sie vollbringen. Was würde reiner, größer, gerechter sein, wenn sie mich, einen alten Drecksack, Traumsack ausmisteten? Weshalb lag ihnen soviel daran, mit ihrer Menschenfreundlichkeit Adriens Menschenfreundlichkeit zuvorzukommen? War die ihre besser, war ihre herrlicher? Jedenfalls, solange ich schlief, würden sie zuwarten, solang ich die Augen geschlossen hielt, würden sie sich zurückhalten. Ich mußte diese Qual ja sehen können, ich mußte wach sein für sie. Deshalb lassen sie einen leben: daß man die Qual erlebt. O ihr Beglücker der Menschheit!
Ich durfte mich nicht überraschen lassen, diesmal nicht. Ich beobachtete sie unter den fast ganz geschlossenen Lidern hervor.
Ich hatte den langen Lümmel erkannt. Nur er lacht auf diese Art: leise und doch scharf. Und der Blasse war da, der ziegengesichtige Laborant.
Sie rissen die Zeitschriften weg. Viel war allerdings nicht zu finden. Hanselmann hatte das meiste fortgeräumt und in den Kiosk hereingebracht zu mir. Sie würden ihr Feuer machen wollen, ein paar Weiber verbrennen, ein paar Minister und Schieber.
Ich sah bald, wie das gehen sollte. Sie machten einen langen Zopf aus Papier und legten ihn über die ganze Breite der Treppe. Vom Podest unten, der Brüstung entlang, führte er her bis zu mir. Und da, gerade vor dem Kiosk, mußten sie

wohl das meiste Papier aufgehäuft haben. Es war klar: Sie würden dort unten den Zopf anzünden und würden ihn langsam gegen den Kiosk zu, gegen den Papierhaufen zu brennen lassen. Und sie würden in mein Gesicht leuchten und würden meine Angst sehen. Und sie würden Purzelbäume schlagen vor Vergnügen.
«Alle deine Gummigermaninnen helfen dir nicht, all die Haut nicht. Selbst wenn du ein Nest machst aus ihnen, Boos, und dich drein verkriechst in die Paradiesvögel und Weiber, es hilft dir nichts. Wir misten dich aus. Und wir rösten dich. In all dem schönen Geflügel rösten wir dich.»
Sie wurden ungeduldig. Sie schlugen mit den Fäusten ans Glas. «Er regt sich nicht», sagten sie. «Der alte Halunke hält uns zum Narren.»
«Vielleicht ist er schon tot», lachte einer. «Vielleicht ist unser Paradiesvogel-Jehova schon lang tot, und wir merken es nicht und braten eine Leiche.»
Sie hatten aus den Zeitungen Fackeln gedreht und zündeten die Fackeln an, schwangen sie herum. Sie hielten die Fackeln wie Hörner an die Stirn und ließen sie abbrennen. Und sie hatten lange Schwänze gedreht und in den Gürtel gesteckt, schleiften die Schwänze auf den Stufen nach, tanzten über die Schwänze hin, hatten die Schwänze angezündet und tanzten mit brennenden Schwänzen herum.
Sie machten ihre rotglühenden Totenschädel und ließen während des Tanzes ihre Hörner und Schwänze abbrennen, ihren steil aufgerichteten Penis. Und sie meckerten und hopsten und pfiffen durch die Zähne.
Und nun hatten sie auch den Papierzopf angezündet, der zu mir her führte. Sie tanzten über den Zopf weg. Die Hörner entblätterten glutig. Zeitungsfetzen leuchteten groß auf, erloschen, loderten nochmals. Das Licht schlug sich an die Wände. Auch mit geschlossenen Augen konnte ich sehen, durch die Lider hindurch sah ich, daß das Feuer größer wurde, daß es näher kam.
Man schlug das Guckfenster ein. Sie würden mir ins Gesicht schlagen. Sie würden mir eine ihrer Fackeln ins Gesicht stoßen. «Gemeiner Hund», sagten sie, «willst uns glauben machen, du schläfst!»

Oh, ich habe eine Hand, dachte ich. Die rechte Hand ist gut, noch immer gut. Streckt euren Arm nur zum Loch herein! Stoßt nur gegen mich! Ihr werdet sehen, wie gut meine Hand ist!
«Willst uns glauben machen, du fürchtest dich nicht», flüsterte der Lange am Guckloch. «Großmaul, elendes!»
Ich sah ihn jetzt an. Ich hatte sein Gesicht ganz nah vor mir. Und ich sah, wie er zusammenfuhr, als das Licht im Korridor angezündet wurde. Irgendwer mußte gekommen sein, den er nicht erwartet hatte.
Ich sah jetzt, es waren vier oder fünf Kerle. Und sie schwiegen plötzlich. Zwei oder drei eilten die Treppe hinunter. Die Tür wurde aufgerissen, fiel wieder ins Schloß. Und jetzt hörte ich auch jemanden die Treppe von den Korridoren herabkommen.
Ich hörte einen Schlag gegen einen Leib. Ich hörte jemanden laufen, straucheln, konnte hören, daß einer im Straucheln oder im Stürzen sich aufzufangen versuchte. Und dann war Martin da. Er drehte dem Laboranten die Jacke vor der Brust zusammen und warf ihn die Treppe hinunter.
Ohne Hast trat er die Feuer aus. Er zerschlug die Papierschlangen mit einem Tritt, er stieß den Zopf weg.
«Mach auf, Boos», sagte er. Und ich schob ihm den Schlüssel zu.
Martin zog mich aus der Koje. Er brachte mich hinauf in Adriens Bibliothek. «Eine Verrücktheit», sagte er. «Du kannst nicht mehr da unten schlafen.»
Er fragte nicht, ob es mir recht sei. Zwischen den Büchern ließ er mich stehen.

Zweiter Teil

Ein Sommer

Ein Brett, von dem
Staub fällt.

Ein Kiesel,
den du aus hartgewordenem Lehm klaubst.

Langgrannig die Ähre.
Sie kriecht unter die Jacke.

Der Schweiß, der ins Haar rinnt.
Der zurückgebogene Kopf.

Auf der Hand die Raupe
krümmt sich und spannt sich.

Die Hitze in den Wurzeltellern
umgeworfener Bäume.

23.

EINS
ist der Schrei des Gottes, der sich selbst sucht.

ZWEI
ist das Sichfinden im Spiegelbild,
das Ineinandertreten: ein jedes das Tor des andern.

DREI
ist der Keil,
der die Hälften hält und teilt,
die des Samens.

VIER
ist das Ganze;
wissen was ist, wissen was sein soll,
den Weg wissen vom Da zum Dort,
den Weg gehen.

FÜNF
ist die Wiederkehr,
der Frühling, der sich deckt mit dem Frühling,
die gewundene Schlange, aus der sie steigen:
Hoffen,
Kraft.

SECHS
ist Vergessen.

SIEBEN:
Seligkeit? Gibt es das?

24.

Der Raum vor Adriens Bibliothek ist vollgekleistert mit Plänen und Ablaufschemen. Es ist kein geschlossener Raum; doch weitet sich hier der Korridor nach einem Durchpaß zwischen Pissoirs und Liftschächten; es ist derselbe Korridor, an dem auch Martins Computerhallen liegen.
Ich sehe die Pläne nie richtig an, die Schemas sind mir egal. Ich erinnere mich nicht einmal genau an jenes eine, große, das mit dicken Filzstiften auf Packpapier gemalt ist. Eine endlose Aneinanderreihung von Rechtecken, und in den Rechtecken, in einem Teil davon zumindest, die Arbeitsschritte aufgezeichnet, die zur Errichtung der Unterwasserstadt führen sollen, zur Errettung der Welt, wie Adrien das nennt.

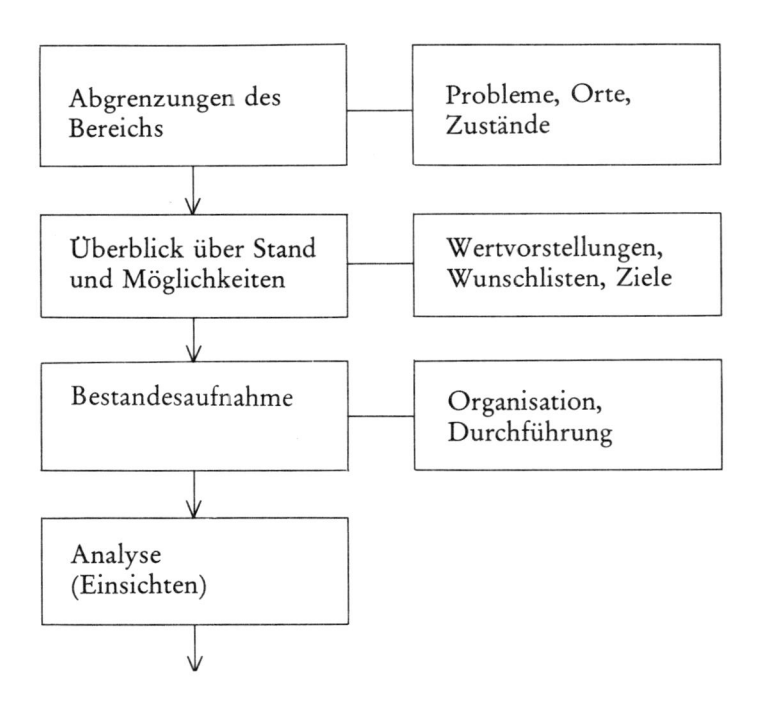

Abgrenzungen des Bereichs	Probleme, Orte, Zustände
Überblick über Stand und Möglichkeiten	Wertvorstellungen, Wunschlisten, Ziele
Bestandesaufnahme	Organisation, Durchführung
Analyse (Einsichten)	

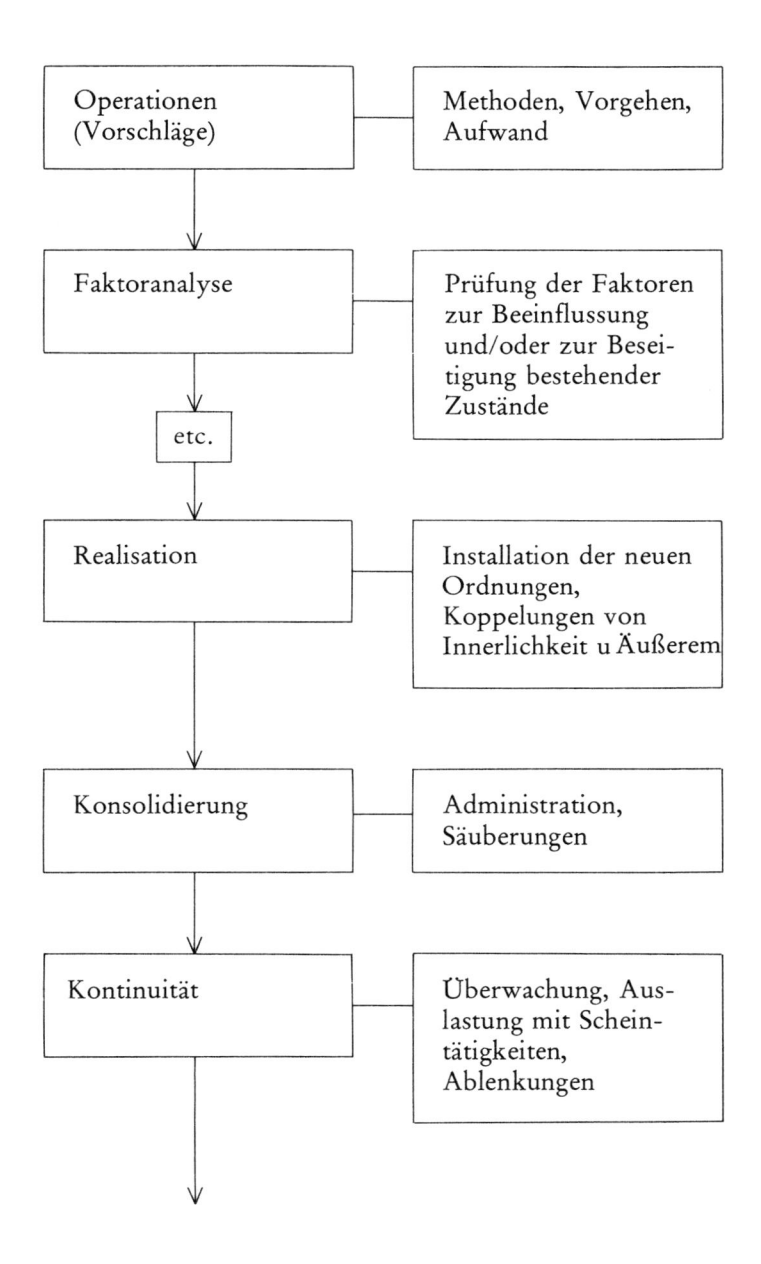

Operationen (Vorschläge)	Methoden, Vorgehen, Aufwand
↓	
Faktoranalyse	Prüfung der Faktoren zur Beeinflussung und/oder zur Beseitigung bestehender Zustände
etc. ↓	
Realisation	Installation der neuen Ordnungen, Koppelungen von Innerlichkeit u Äußerem
↓	
Konsolidierung	Administration, Säuberungen
↓	
Kontinuität	Überwachung, Auslastung mit Scheintätigkeiten, Ablenkungen
↓	

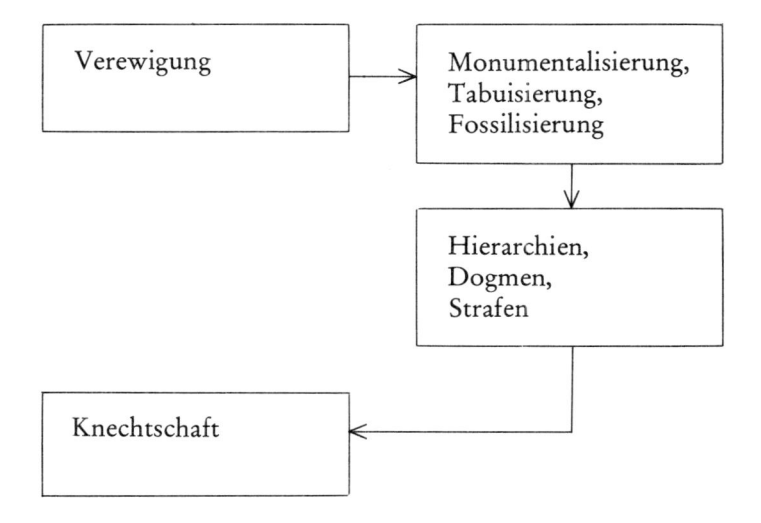

```
┌──────────────┐      ┌──────────────────────┐
│ Verewigung   │─────▶│ Monumentalisierung,  │
│              │      │ Tabuisierung,        │
└──────────────┘      │ Fossilisierung       │
                      └──────────┬───────────┘
                                 │
                                 ▼
                      ┌──────────────────────┐
                      │ Hierarchien,         │
                      │ Dogmen,              │
                      │ Strafen              │
                      └──────────────────────┘

┌──────────────┐
│ Knechtschaft │◀─────
└──────────────┘
```

Das Wort «Knechtschaft» ist mit grünem Kugelschreiber schnell und wackelig unter die mit Blockschrift gefüllten Kasten gesetzt worden. Offensichtlich hat sich jemand über das Ablaufschema lustig machen wollen. Adrien hat das Wort stehen lassen. Vielleicht ist er sogar einverstanden damit. Man ist bei ihm nie sicher. Auf jeden Fall würde er eine eingängige Erklärung dafür finden, weshalb er es stehen läßt, und ganz bestimmt vermöchte er auch zu erklären, weshalb der Ablauf der ganzen Rettungsaktion durchaus und zum Besten aller in Knechtschaft zu enden hat, ja daß Knechtschaft und Paradies letztlich ein und dasselbe sein müssen. Ich trau ihm das zu. Er ist einer unserer bestbeschlagenen Professoren, sagt Martin, er ist noch nie auf den Kopf gefallen. Und er ist nie verlegen, wenn es darum geht, irgend etwas zum Wohl der Menschheit zu erklären. Das ist, anerkanntermaßen, seine Stärke, alter Boos. Merk dir das.

25.

In Adriens Bibliothek also. Sie schieben mich immer dann hier herein zwischen die Bücher, wenn sie mich nicht allein lassen wollen, wenn ich erkältet bin oder wenn ein Fest ist. Immer dann, wenn sie sich einbilden, es tue mir nicht gut, allein im Kiosk, so sitzend im Rollstuhl, eingeklemmt zwischen der Rücklehne und dem Brett, das gegen meinen Bauch stößt, neben Geldschublade und Eimer einzuschlafen.
Aber, denke ich, sie könnten mich doch, wenn sie mich schon nicht in der Koje haben wollen, ins Hinterhaus stoßen. Es ist nicht weit. Im Spitaltrakt führt ein Lift hinunter in die Küche, und von da, vom Lieferanteneingang, sind es nur noch ein paar Schritte bis zu Sentas Haus. Das heißt bis zum Haus, in dem Senta wohnte, früher.
Freilich, auch da ist eine steile Treppe zu überwinden. Aber Martin würde das schaffen. Und Sentas Haus steht leer. Seitdem Senta weggeschickt wurde und seitdem Mac nicht mehr hingeht, kümmert sich keiner um das Haus.
Sie müßten mich ja nicht über die Stiege in den Wohnraum hinauftragen. Sie könnten mich unten lassen in der Waschküche zu ebener Erde, in der Waschküche, die einmal eine Trotte war, viel früher.
Ich bin gern dort. Ich hab die leeren Wäschezuber gern, den Geruch von Seife, der noch da ist, nach Jahren noch, der im Boden ist, im Holz und im Putz der Wände. Und ich hab die Presse gern, den Trottenboden aus Stein, die Bohlen drauf und den Trottenbaum. Und ich hab gern jene ungehobelte Holzdecke über mir, roh, staubig, die von Balken getragenen Dielenbretter, über die Senta mit ihren Männern ging damals und durch die herab ich Mac singen hörte, seinen verhaltenen Singsang, immer dann, wenn er das Kind in den Schlaf wiegte.
Sie könnten mich in die Waschküche stellen. Ich bin, wie gesagt, gern da. Aber wahrscheinlich denken sie gar nicht so weit. Sie sind müde und wollen mich nicht in der Nacht herumstoßen. Hier, in der Bibliothek, hätte ich warm, denken sie. Ich könnte mir mit den Fernsehapparaten die Zeit ver-

treiben, und sie würden hin und wieder hereinschauen. Mich hinlegen tu ich ja ohnehin nicht. Ich schlaf sitzend, aufrecht im Rollstuhl, das wissen sie.
Ich darf die Knöpfe drücken. Alle Knöpfe auf Adriens Pult. Das ganze Schreibpult, das zugleich ein Schaltpult ist, liegt vor mir. Sie haben mich so nah dran gefahren, daß ich die kleinen Fernsehschirme bedienen könnte. Über das Kontrollnetz könnte ich in die Schulräume, Büros und Korridore hineinsehen, in alle die Labors. Aber ich will nicht. Wozu denn? Nur schon diese drei Apparate, die ohnehin eingeschaltet sind, die wahrscheinlich Adrien eingeschaltet hat, vorher, bevor er wegging, und die er auszuschalten vergaß, allein schon die stören mich.
Ich sehe lieber in den Garten. Über das Pult und die drei winzigen, postkartengroßen Bildschirme sehe ich hinaus auf die Bäume. Es ist wenig Licht da. Und die Zweige bewegen sich in dem bißchen Licht. Die Tropfen zerplatzen auf den Blättern. Ich sehe den Regen gegen das Westfenster prallen, ein Fenster, das vom Boden bis zur Decke reicht, und ich sehe die Regenschübe niederstürzen über die Scheibe und sehe, wie das Wasser durch das äußere Fenster, durch die schlecht gekitteten Fugen hereindrückt zwischen die Doppelverglasung, und sehe, daß es die hellen, schlanken, aus Föhre oder Tanne geschnittenen Fensterstreben schwarz färbt.
Alles ist naß da draußen. Der Garten treibt im Wasser. Ein Wrack ist das Haus, am Grunde eines Sees ein Wrack. Von Wasser umspült und durchflossen. Und die Bäume schlagen herein wie Seegewächs, und die Krähen rudern durch die Hallen. Durch Luken und Korallenbäume rudern sie mit großen, mühsamen Flügelschlägen, mit den Bewegungen von Rochen. Auf einen zu, frontal.
Und die Hirsche staken im Geröll. Und sie stehen lange im fluoreszierenden Grün, stehen im Flausch und im Schatten, und sie röhren. Und sind schon lange keine Hirsche mehr, sind Krebse und Kraken, und das Meermoos hängt vom Geweih.
Und ein Seeigel wird herumgespült. Er rollt durch Gänge und unter Bögen hin, er rollt zwischen den Säulen des Wracks, in

Felsen und Kies, er ist in den Korridoren und Kellern, und er ist in der Bibliothek, hier. Zwischen den lackglänzenden Bücherrücken ist er, zwischen den Namen in Schwarz, Hoffmann und Jung, zwischen Orwell und Samjatin, zwischen Bräker, Kolakowski und Novalis, zwischen Bergier, Robert Walser, zwischen Tantra und den Upanischaden, zwischen Breughel und Bosch und Füssli, zwischen Pestalozzi und Soutter und Göpf. Bei Swift.
Zwischen den Bücherrücken bin ich. Ringsum aufsteigend die Rücken, verdämmernd in der Tiefe des Raumes, vom Boden aufsteigend bis zur Decke. Alle die Märchen von Diederichs, die Werke von Cantor, Statistiklehrbücher, Computeranweisungen, Duineser Elegien. Und im Schwarz der Bücherrücken das Schwarz des Flügels. Manchmal spiegelnd, verdämmernd im Licht der Kontrollampen. Aufgeschlagen der schwarzglänzende Deckel des Flügels und zur Schiffsplanke geworden.
Hier im Meer, im Wrack die Notenblätter aufgestellt, Mahler und Mussorgskij und Brahms, Notengekritzel; über den Linien das Gestake der Wassertiere, die zerfließenden Spuren des Hirschs.
Und der Regen. Das Wasser, das durch die Halle strömt, das Klatschen der Zweige gegen das Fenster. Und das leise Knakken der Fernsehschirme, das Zittern der Fernsehschirme in der Dämmerung. Und im mittleren Schirm steht Martin. Martin im Rauschen, in der lackspiegelnden Schwärze.
Er steht an der Schreibkonsole seines Computers. Nah und deutlich ist er. Er hält die Hände über der Tastatur. Wie man sie über die Tastatur einer Schreibmaschine hält, so hält er sie, und tippt seinen Text ein. Und der Computer antwortet ihm. Der Schreibkopf rattert. Ruckweise huscht er übers Papier und setzt seine Antworten hin. Und Martin liest mit. Währenddem die Maschine schreibt, liest er, laut. Er hat die Jacke weggeworfen, er steht im Leibchen und schwitzt. Und der Schweiß schlägt durchs Leibchen. Unter den Armen sind große dunkle Flecken.
Er rüttelt an der Konsole. Er haut mit der Faust ins Papier. Und er redet auf den Computer ein. Ich kann ihn aus dem

kleinen Fernsehschirm heraus hören, und ich höre ihn gleichzeitig über den Korridor herein. Sein Büro liegt nur drei Türen weiter. Hinter dem kleinen stinkenden Pissoir liegt es. Und ich höre, er redet mit dem Computer, wie man mit irgend einem Kerl redet. Er droht ihm, wie man einem Kind droht, und er lobt ihn, wie man ein Kind lobt. Und er tritt gegen ihn, er schlägt auf ihn ein, wie man auf einen Esel einschlägt. Er lockt und er flucht. Und er nennt ihn einen verdammten miesen und hinterhältigen Schweinehund.
Martins Geschrei dringt durch den Korridor herein. Er dürfte sich nicht derart gehen lassen. Man sieht zu leicht, daß er mit irgend etwas nicht einverstanden ist. Adrien weiß das. Adrien beobachtet ihn. Nicht umsonst hat er den Fernsehschirm so geschaltet, daß er Martin an der Schreibkonsole überwachen kann . Er mißtraut ihm, das ist klar.
Er mißtraut nicht nur Martin, er scheint auch Su irgend einer Sache zu verdächtigen. Möglicherweise paßt ihm nicht, daß die zwei zusammenstecken, daß Martin nichts mehr von seiner Frau, Adriens Frau Anja, wissen will. Jedenfalls ist der zweite kleine Fernsehschirm in die Labors hinunter geschaltet, und man sieht Su da auf dem Schirm, keinen Finger breit vom fluchenden Martin entfernt, zwischen den Taubenkäfigen ihrer Labors herumgehen.
Ich sehe, wie sie die Futtersäcke aus den Regalen nimmt, sehe, wie sie das Futter in die Körnerzähler füllt, in die kleinen gläsernen Vorrichtungen, die jedes Picken weitermelden an den Computer. Ich sehe, daß sie die Tauben herausnimmt aus den Käfigen, die Tiere wägt, daß sie die Gummikappen über die Augen der Vögel stülpt, die Kabel an den Beinen festklemmt, an den Flügeln, und dann das Kabel prüft, die Knicke und Windungen daraus streicht, ich sehe, daß sie dem ganzen Kabel entlanggeht, von den Käfigen bis hin zu den Registrierapparaten, mit den Fingerspitzen die Kabel anhebt und die Steckkontakte lockert, sie wieder festklemmt, und dann die Magnetbänder wechselt.
Und ich sehe, daß sie sich über die Aquarien hinstreckt und die Käfige zu reinigen beginnt. Sie zieht die Kotbleche heraus, legt sie auf die Waage, geht zum Brunnen, spült die Bleche ab und bringt sie zurück zu den Käfigen über den Fischen.

Ruhig geht Su hin und her, zwischen den Wänden und Zwischenwänden, die nichts als Käfige sind, vom Boden bis zur Diele, Käfige, mit Vögeln, denen man Gummikappen über die Augen gestülpt hat, und die gefesselt sind, an den Füßen und an den Flügeln. Und ich sehe, daß Su den Tieren Wasser in die Kippbecher füllt. Und gleichzeitig höre ich Martin, sein Geschrei, sein Gejohle, sein Fluchen.
Einmal kommt er herübergelaufen über den Korridor zu mir. Er stellt sich hinter mich, sieht in die Bildschirme hinein. Und natürlich sieht er Su. Und in sein eigenes Zimmer hinein sieht er, sieht, daß der brustbreite, beidseits gelochte Papierstreifen ohne Stockungen aus der Schreibkonsole geschoben wird, daß sich das Papier im Auffangkorb hinter der Konsole zusammenfaltet und daß der Papierstoß langsam höher wird. Das bedeutet: Die Maschine wirft die Reinschrift seines Programms aus.
«Es ist soweit, Boos», sagt Martin. «Der Kerl arbeitet. Er hat sich verdammt schwer getan, aber jetzt arbeitet er. Gleich meterweise läßt er sich seine Weisheit zum Hals heraushängen. Ein schönes Ding. Adrien wird sich freuen. Ich werde es dir vorspielen, Boos, wenn du nichts dagegen einzuwenden hast. Du sollst sie sehen, meine Abschiedsvorstellung sozusagen, meine Vorstellung vom Paradies. Sie wird Adrien gar nicht gefallen. Und dir auch nicht. Aber es ist in Totalschau, alles tipptopp in Totalschau, sehr schön, Boos, nicht zu verfehlen. Leb wohl.»
Ich versuch nicht, mich umzudrehen. Er geht weg. Ich weiß nicht, was er meint mit seiner Abschiedsvorstellung. Ich denke, er hat Adrien irgend eins ausgewischt, er hat den Computer mit Verrücktheiten gefüttert und geht nun weg. Irgendwohin. Und das Mädchen, diese Su, läßt er sitzen.
Wirklich? Ob er sie sitzen läßt? Sie geht noch immer hin und her zwischen ihren Käfigen. Aber ich seh Martin nicht hineintreten zu ihr. Ich seh ihn auch nicht mehr vor seinem Computer stehen. Also ist er weggegangen ohne das Mädchen. Ich weiß wirklich nicht, was er vorhat. Was bedeutet das? Alles in Totalschau, hat er gesagt.
Nun, die Totalschau kennen wir.

26.

Die Totalschau: Das ist jener Teil aus Adriens großem Projekt zur Rettung der Welt, der Aktion Naturschutz, an dem Martin arbeitet, der dritte Teil. Und es ist jener Teil, den Adrien vorzeigt, ganz im Gegensatz zu den anderen Teilen, es ist sein Imponierstück, mit dem er die Leute verblüfft oder mit dem er ihnen Angst einjagt, oder beides zusammen, je nachdem. Es ist der ungefährlichste Teil, aber wahrscheinlich der gewichtigste und aufwendigste.
Von den zwei andern Teilen, dem ersten und dem zweiten, weiß ich wenig. Ich fürchte nur, daß sie scheußlich sein werden. Und ich weiß nicht, wie weit sie gediehen sind, ob die Arbeiten derart vorangetrieben wurden, daß man das ganze Projekt verwirklichen könnte, sogleich und jederzeit verwirklichen, wie Adrien manchmal droht.
Der erste der drei Teile wird als DIE REINIGUNG DER WELT bezeichnet. Es ist ein Ausmisten sozusagen, mit dem all das entfernt wird, was der Welt zusetzt.
Den zweiten Teil nennen sie UNTERWASSERSTADT. Mit dieser Unterwasserstadt ist eine Art Arche gemeint, in die man jene paar Narren sperren will, die nach dem großen Reinemachen übrigbleiben, einsperren, damit sie der gereinigten Welt nicht neuerdings einen Streich zu spielen vermögen, die Welt nicht neuerdings zu verschmutzen die Gelegenheit haben. Der zweite Teil also umfaßt den Bau und die Organisation dieser Unterwasserstadt, und selbstredend auch ihre Überwachung.
Der dritte Teil schließlich, Martins TOTALSCHAU, soll das Leben in dieser Unterwasserstadt gestalten. Es soll ein Leben in Freuden sein, wie Adrien sagt, in dem jeder sich selbst verwirklichen kann und in dem er doch nirgends anstößt, in dem er nichts verdirbt und in dem er trotzdem über alle Möglichkeiten der echten Welt, in der Scheinwelt über die Möglichkeiten der echten, verfügt.
Die Totalschau Martins, so wie Adrien sie meint und befiehlt, wird alle Träume wahrmachen: Es wird ein Paradies unter Wasser sein, eine himmlische Kolchose sozusagen, ein Schla-

raffia, ein keimfreies übrigens, und es wird zum Lobe Gottes sein, sofern es einen Gott geben sollte. Zu irgend eines Allmächtigen Ehre jedenfalls. Wobei offen bleibt, wer dieser Allmächtige ist und sein wird. Er ist ein Gauner, Adrien.
Die Unterwasserstadt wird aus einer endlosen Reihe aneinandergekitteter Glasräume bestehen. Und sie wird mit der Totalschau möbliert. In die leeren Räume werden die Paradiese eingeschoben wie in Schubfächer. Und diese Paradiese liefert der Computer.
Jeder Bewohner der Unterwasserstadt, eingesperrt in Glas, kann auf der Wählscheibe sein ganz persönliches, ihm und seiner jeweiligen Laune entsprechendes Paradies wählen, seinen privaten Garten Eden. Und er kann diesen Garten Eden durch einen andern ersetzen, jederzeit. Und so wird man denn, wenn man die Korridore der Unterwasserstadt hinabwandert, einer unabsehbaren Folge von Paradiesen entlanggehen. Und diese Gefilde der Seligen werden bunt sein. Und sie werden laut sein, mit dem Dröhnen der Paradeschritte, mit dem Trillern von Tanzflöten, mit Vogelgezwitscher, mit dem Lärm des Wasserfalls, dem Heulen der Boliden.
Es ist einfacher, als man denkt. All das funktioniert nach dem Prinzip der Musikautomaten. Kann man dort Gejodel aus den Bergen, Hawaiigitarren, oder einen Walzer von der Donau wählen, so wählt man hier die Berge an sich, mit einem Jodler dazu, falls man mag, und man wählt die Insel, Hawaii wählt man mit seinen Gitarren, und man wählt die Donau, blau selbstverständlich, handkoloriert. Der Computer ist ein Spielautomat, der nicht nur Musik allein, sondern auch den Musiker und die Welt des Musikers bereithält, der Filme bereithält, laute und leise.
Nun ergäbe das gewöhnliche Abspielen eines Films allerdings eine zu schäbige, zu dünne Illusion. Hawaii soll ja nicht nur an der Wand liegen, flach, dem Beschauer gegenüber und abgelöst von ihm, sondern dieses Hawaii soll den Mann, der es anforderte, ganz umstellen. Eine Scheinwelt muß kompakt und allumfassend sein, soll sie über längere Zeit ertragen werden können. Kompakt, um die ernüchternden Durchblicke durch das Machwerk zu verhindern, allumfassend, um den

darin Lebenden das Entsetzen zu ersparen, jenes Entsetzen, das über sie kommt, wenn sie die Ränder der Illusion erkennen.
Um dieses Allumfassende zu erreichen, entwickelte Martin eben seine Totalschau. Er baute Linsensysteme in die Versuchsräume ein und experimentierte mit gefiltertem und polarisiertem Licht so lange, bis es ihm gelang, mitten im Raum ein plastisches, von allen Seiten gleichermaßen körperlich wirkendes Bild aufzubauen. Das Resultat war verblüffend, die Qualität vollkommen. Es war nicht mehr möglich, zwischen Abbild und Vorbild zu unterscheiden. Man wußte nicht mehr, lag der gezeigte Gegenstand wirklich da oder war es ein Trug, lief da ein Mensch leibhaftig oder wars ein Schemen. Schein und Wirklichkeit waren nicht auseinanderzuhalten. Außer durch Betasten natürlich. Der Tastsinn, sagt Adrien, ist der ursprünglichste und für Täuschungen am wenigsten anfällige Sinn. Lassen wir ihn; halten wir uns besser ans Auge. Es ist die Hoffnung der Verführer. Denn, was man sieht, das glaubt man. Seligkeit, sagt er, bedingt die Überlistung des Auges, logischerweise. Machen wir es blind für das, was ist.
Das heißt also: ein Mann wählt Hawaii. Und dieser Mann da in der Unterwasserstadt, der sich für Hawaii entschieden hatte, konnte nun dank der Totalschau sein Hawaii um sich wachsen lassen, ringsum. Die Palmen bogen sich. Links und rechts, vorne und hinten. Und der Mann konnte um die Palmen herumgehen, er konnte unter ihnen durchgehen, zwischen ihnen durch. Ihre Schatten drehten sich im Laufe des Tages über den Sand, und sie drehten sich auch über den Mann, wenn er sich in den Sand setzte und ruhte. Und das Meer war da, selbstverständlich, ein anrollendes Gewoge, hoch in den Palmen und grad voraus. Zum Greifen waren die Wogen; ihr Auslaufen war da, ihr Ausschäumen im Sand. Und auf den Wogen, auf den Brettern waren die Wellenreiter; stehend, balancierend auf ihren Brettern die Männer mit dem Lendenschurz. Und hinter allem, über alles hin, durchgezogen hinter Mann, Woge und Palmwedel war das Blau, dieses unwahrscheinliche Blau eines tiefen, wahren und wahrhaftigen Himmels.

Und somit war der Mann, der Hawaii gewählt hatte, tatsächlich in Hawaii. Und es war selbstredend ein Leichtes, noch einige Ventilatoren einzubauen, die zu den sich biegenden Palmen den Wind machten, den richtigen. Und es war einfach, Heizungen und Kühlschlangen anzuordnen, damit die Hitze von Hawaii ebenso zur Verfügung stand wie, falls das gewünscht wurde, zur Abwechslung gewünscht, wie der Frost der Arktis. Und ein Kugelboden diente dem Gehen an Ort. Er wurde so konstruiert, daß man sich nach allen Seiten hin bewegen konnte. Man rannte dem Strand entlang, unter Palmen rannte man, gegen den Wind zum Beispiel, und war doch immer am selben Ort.
Kurz: der Mann konnte sich umtun in Hawaii. Durch Felder konnte er gehen, durch Bambus oder Zuckerrohr. Und die Hütten der Eingeborenen standen am Weg, und die Hühner saßen auf den Zäunen vor den Hütten, die Hühner plusterten sich im Staub unter den Hüttenböden, und eine Prozession bewegte sich.
Und der Mann war nicht außerhalb dieser Prozession. Vielmehr war er mitten in den braunen Leibern drin. Und über ihm schwangen die Papierdrachen, schlugen über den Köpfen hin und her. Und der Schweiß rann über den Bauch des Mannes, seine Füße schmerzten, er sehnte sich nach Wasser; währenddem er ging, sehnte er sich nach einem kühlen Getränk, nach Eis, nach dem Geklingel des Eises am Glas. Einmal war der Duft eines Fruchtmarktes da, einmal der Gestank eines Schweinestalls, der Geruch von Fisch. Er ging, der Mann, gebückt, blinzelnd in der Sonne; endlos war der Gang. Quälend. Und er ging doch an Ort. Und stand still, währenddem er ging. Nur die Bilder bewegten sich vorbei, die Gerüche, die der Computer herbeigesteuert hatte aus seinen Speichern. Der Computer hatte auch die Hitze geliefert, das Licht, den Wind und das Geschrei. Die Qual.
Versuche zeigten allerdings bald, daß diese Art von Illusion nicht jeden zu befriedigen vermochte, zumindest auf die Dauer nicht.
Zwar konnte der Mann jetzt wählen. Langeweile schien nicht aufzukommen. Denn keiner zwang ihn, in der einmal ge-

wählten Illusion zu verharren, keiner verlangte von ihm, daß er längere Zeit an einem Ort verweile, daß er den einmal gewählten Beruf, den einmal gewählten Kumpan behalte. Er konnte am Morgen wie gesagt in Hawaii sein, am Nachmittag in den Skihängen über Celerina und am Abend auf den Opfersteinen Mexikos. Zu nichts war er verpflichtet. Er konnte variieren. Er konnte Großwildjäger sein oder Hirte, Nachtwächter in Slums oder Mitfahrer auf dem Dach eines Autobusses. Und all das war gut. Ausgezeichnet war es. Aber es genügte nicht.
Der Mann mußte die einzelne Illusion nicht nur wählen, er mußte sie auch beeinflussen können, das war es. Er mußte Macht haben. Scheinbare Macht zumindest. Macht, sagt Adrien, als Ersatz des Schöpferischen. Ein schlechter Ersatz, natürlich, aber immerhin.
Der Strand, wie gesagt, war in Ordnung. Die Palmen, um die man herumgehen konnte, waren in Ordnung. Und die Prozession, in die man sich einreihen und mit der man mitgehen konnte, war auch in Ordnung, sehr sogar. Aber nun sollte der Mann auf die Prozession einwirken können. Er mußte irgend einem Mädchen winken können. Und das Mädchen durfte nun nicht mehr neben ihm hergehen, als würde er dem Mädchen egal sein. Es mußte vielmehr den Kopf senken und ihm folgen, wenn er die Prozession verließ. Es mußte hinabgehen mit ihm an den Strand. Und es mußte sich hinknien. Neben den Mann mußte es sich hinknien, ungezwungen und selbstverständlich reizend und rein. Das war gefordert.
Martin, im Auftrage Adriens, arbeitete jahrelang. Er änderte die Programme, baute auf, zerstörte sie, begann von vorne. Und er schaffte es. Der Computer lieferte schließlich nicht einfach ein Mädchen, das in einer Prozession daherlatscht, ohne nach links und rechts zu schauen, sondern eines, das dem Mann zunickt und ihm folgt.
Im Sand kniete es neben dem Mann. Zwei Armlängen entfernt, nicht zu berühren. Und es sah jetzt den Mann an. Es lachte ihn an. Es errötete, wenn er sprach. Und es antwortete. Auf alle seine Fragen antwortete es. Englisch oder deutsch, je nach Wahl. Und es antwortete, sollte der Mann es wünschen,

auch in einem dieser gutturalen Dialekte, die er so sehr liebte, obschon er sie nicht verstand. Das Mädchen hatte genau die Sprache, die er mit seiner Wählscheibe gewählt hatte.
So einfach ist das, ereiferte sich Adrien, so menschlich. Diese Welt war nicht mehr fremd, teilnahmslos. Sie hatte ein Ammengesicht bekommen. Sie kümmerte sich um den Mann. Es ist eine Welt, die der Drossel zu singen verbietet, dem Baum zu blühen, wenn der Bauer stirbt. Eine Welt ist das, die weiß, was sich ziemt, eine sittliche sozusagen.
Das Mädchen lachte und rannte mit dem Mann. Neckisch wich es ihm aus, wenn er es zu fangen versuchte. Es stand auf, wenn er aufstand, und es setzte sich hin, wenn er darum bat. Es gehorchte.
Alles gehorchte. Auch die Prozession. Sie bewegte sich dorthin, wo er sie haben wollte. Und sie hielt dort an, wo er es befahl. Ganz nach seinem Geschmack konnte er sie ordnen und auflösen. Er konnte bestimmen, wo hinzuknien sei, wo Gebete verrichtet werden sollten, wie viele Gebete und wie lange. Und er konnte sagen, wann der Tanz zu beginnen hätte, zu welchen Instrumenten getanzt werden muß, in welcher Tonlage die Instrumente zu spielen sind und in welchem Rhythmus.
Der Mann hatte nun alles. Er hatte die Welt, die er sich wünschte, eine gute und nachsichtige Welt. Eine gehorsame. Das vor allem: eine gehorsame. Die beste aller Welten. Den Traum aller Muttersöhnchen und Generale hatte er. Eine Welt, die sich unterwirft und die, indem sie sich unterwirft, ermuntert. Eine, die selbstbewußt macht und sicher. Ein Schutzwall gegen die Angst ist so eine Welt, eine schönbemalte Tapete vor dem Nichts. Eine Schaubudenwelt.
Ja. Und man kann blenden, wenn man will, mit dieser Welt. Man kann sie paradieren lassen, und kann mit dem Glanz und dem Pomp und Pardauz die Ängste zurückdrängen, kann das Nichts einschüchtern. Man kann sie an die Brust heften wie einen Orden, imposant. Man kann sie herzeigen, eine solche Welt, unter Kennern kann man sie zeigen, auch unter Nichtkennern selbstverständlich, aber vor allem unter Kennern, so wie man eine schöne Stute herzeigt, das Geweih eines Sech-

zehnenders, wie eine Gefährtin, eine schmiegsame, wie das Fell des Bären.
Dieser Mann beherrscht sie, die Welt. Er kann sie ordnen, er kann sie zusammenfügen und teilen. Er kann sie vernichten. In Zweierreihen kann er sie ordnen, in Viererreihen, in Vierundzwanzigerreihen, beliebig. Alles klappt. Und er ist der Kommandant. Der Oberturner ist er, der Arrangeur. Gott. Scheinbar zumindest Gott. Der wohlprogrammierte Computer liefert alles, was der Mann will: Träume, Illusionen, Macht.
Martin hatte die Maschine so eingerichtet, daß sie die Gestalten in verschiedener Größe wiedergeben konnte, daß sie die Figuren vervielfachte, so oft man wollte. Heere von Figuren marschierten parallel; wo man hinsah, immer dieselbe Figur. Und er hatte Telemeter eingebaut, die den Mann da in Hawaii ausmaßen, die seine Bewegungen und seine Größe registrierten und zurückmeldeten in den Rechenspeicher. Und er hatte Mikrophone eingebaut, Sprachkonserven und Lautsprecher. Das alles war untereinander und mit dem Computer gekoppelt. Und so war es also möglich, die hinprojizierten Gestalten derart zu lenken, daß sie dem Mann folgten, daß sie dem Mann antworteten und daß sie ihm stets auf zwei Armlängen vom Leib blieben. Denn, sagt Adrien, kein Paradies ist greifbar. Einer, der greift und begreift, fällt aus allen Himmeln, gezwungenermaßen. Auch hier.
Das Mädchen konnte nun vom Strand weglaufen und im kleinen Café die Abfahrtszeiten des Strandbusses erfragen, und der Mann konnte seine leeren Bierdosen aufeinandertürmen und darauf warten, daß das Mädchen gegen die Dosen stoßen würde bei seinem Zurückkommen. Doch das Mädchen wich den Dosen aus. Die Telemeter hatten die Dosen eingemessen, und der Computer hatte ihre Lage registriert. Der Computer war gewappnet. Ihm entging nichts.
In seiner Programmbibliothek waren die Verhaltensmuster aufgereiht: zu jeder Aktion die Reaktion, zu jeder These die Antithese. Man wußte, zu welchem Gruß welches Lächeln, zu welcher Frage welche Antwort, zu welcher Drohung welche Demut und zu welchem Befehl welche Unterwürfigkeit gehörte.

Man kannte jeden Reflex. Man hatte die Bewegungen von Pflanze, Tier und Mensch in winzige Teilbewegungen zerlegt. Man hatte diese Teilbewegungen isoliert, man hatte sie steril gemacht sozusagen, hatte sie dann gespeichert. Und man konnte sie nun mit jedem beliebigen Programm jederzeit und in jeder beliebigen Reihenfolge abrufen. Und man konnte sie neu zusammensetzen, zu jeglicher Art neuer Bewegung, zu Bewegungsabläufen, Handlungen. Zu ganzen Szenen und Werken, zum, wie Adrien das nennt, Allerweltstheater.
Konnte man. Denn selbstverständlich hatte sich die Arbeit Martins nicht in der Analyse erschöpft. Analysieren kann jeder Trottel, sagt Adrien. Dazu genügt die Kreativität eines Schlachtergesellen. Seziere eine Wildsau und nenne es Wissenschaft. Das ist Norm. Aber nicht hier. Hier hat man nach der Analyse den Zusammenbau studiert. Man wollte Kombinationen. Und die Maschine lieferte sie.
Die Möglichkeiten reichen vom Augenaufschlag bis zur Schlägerei, vom Wegwischen einer Träne bis zum Aufmarsch einer Armee. Geste und Gegengeste entwickeln sich, eine aus der andern, ergänzen sich, bauen sich auf, zwingend. Aus den Partikeln des Verhaltens wird die Verhaltensweise, aus der Verhaltensweise die Persönlichkeit. Jenes Mädchen wird daraus, das dem Mann zulächelt unter Palmen, das Gegenüber des Mannes wird daraus, jenes, mit dem er den Garten Eden zu teilen sich vorgenommen hat, der Charakter eines Phantoms.
Der Mann hat alles, denkt man. Er kann einfach dasein, und der Computer liefert ihm sein Dasein. Und er kann sich umtun. Auch das kann er. Und der Computer gibt ihm die Welt, die sein Tun erduldet, gehorsam.
Man kennt das. Ein Mann, denkt man. Und man weiß, was er will. Man hat hundert Männer geprüft, ausgemessen und befragt. Und nun weiß man, wie sie sind. Was sie brauchen, weiß man. Das Mittel der Mittel hat man errechnet. Und man weiß, sie lieben es, ihre Fußabdrücke zu hinterlassen. Sie lieben es, der Welt ihren Stempel aufzudrücken, der duldenden und der andern. Überall hauen sie ihre Stempel hin. Auf die

Schulbänke schreiben sie ihren Namen, auf die Türen, über die Front einer Eierhandlung, ans Fabriktor schreiben sie ihn. Und der Mann liebt es, seinen Fuß auf den erlegten Bullen zu setzen, auf den Sklaven auch. Und er setzt ihn auf seine Familie, auf sein Kind. Mit seinen Stempeln vervielfältigt er sich. Er häuft sie an, die Stempel, turmhoch. Sie sind sein Denkmal. So ist das. Und alles fügt sich, alles duldet. Aber man täuscht sich.
Ein Mann ist nicht ein Mann. Irgend einer kann anders sein. Irgend einer gibt sich nicht mit dem bißchen Schaubudenseligkeit der Generale, der Tyrannen zufrieden. Angesichts der buckelnden Rücken verfällt er in Melancholie, nämlich. Selbst Gott, in lauter Engeln, ersehnte den Menschen. Nach Widerstand sehnt er sich, nach Widerspruch.
Der Mann will ein widerstehendes Gegenüber, ein gleichwertiges. Gleichwertigkeit bedeutet aber, sagt Adrien, daß dieses Gegenüber seine eigenen Ordnungen entwickelt, daß es nicht mehr hörig ist, nicht fremden Wünschen und Verfügungen untertan, daß es frei ist. Erst die Zuneigung eines freien Gegenübers ist ein Ereignis. Unterordnung ist beschämend und also leblos letztlich; lieblos gegenüber dem Ordner.
Man findet: es genügt nicht, wenn das Mädchen dort auf Hawaii dem Mann in die Augen sieht und nickt und antwortet und gehorcht. Gefordert wird das Gegenteil. Das Mädchen soll sich weigern. Das Mädchen soll nicht nur sein eigenes Lachen haben, sein eigenes Ja, es soll auch sein eigenes Nein haben. Alle Seligkeit, sagt Adrien, liegt im Verweigern. Er ist ein Hund, Adrien.
Der Mann, sagte er, irgend ein Mann will nicht mehr Gott sein und sich in lauter Gehorsam langweilen. Er steigt herab vom Thron der Schöpfung und wird Geschöpf. Einer unter vielen wird er. Nicht mehr er allein, jener Mann in Hawaii, wird den Ablauf der Totalschau bestimmen. Andere, das Mädchen zum Beispiel, bestimmen mit. Wie alle andern ist er den Gesetzen dieser andern unterworfen. Keine Amme beugt sich schützend über ihn, keine Vorzugswelt. Gestoßen wird er wie alle, gestaucht und getreten. Und er ist gezwungen, sich seiner Haut zu wehren. Und gerade weil er sich

wehren muß, lebt er. Der Schmerz erst macht ihm dieses Leben glaubwürdig, die Angst erst macht die Illusion unverdächtig.
Nur indem die Illusion illusionslos wird, sagt Adrien, wird sie vollkommen. Und sie ist vollkommen, sagt er, denn er leidet, der Mann. Einer, sagt er, der alles zu programmieren vermag, sehnt sich nach dem Unprogrammierbaren.
Es half Martin wenig, daß er behauptete, das sei nicht wahr. Diesem verdammten Mann da in Hawaii fehlt nichts, aber auch gar nichts. Und er, Martin, sehe nicht ein, weshalb man ihm die Suppe versalzen sollte. Wozu, fragte er, dieser plötzliche, urpfäffische Schwenker in Kasteiung und Mißgunst? Weshalb nach all dem gelehrten Heilszeug, nach dem Glamour des Intellekts nun unvermittelt Asche aufs Haupt der Verheißung? Jehova-Allüren nannte er das, und er schoß ärgerlich ein paar Geranientöpfe das Treppenhaus hinunter.
Aber Adrien lachte nur. Martin hatte den Computer nach Weisung des Chefs zu richten. Zu den Programmen waren Gegenprogramme zu entwickeln, solche, die dem Mann auf Hawaii Sorge bereiten konnten, die ihn aufhalten und quälen konnten, die das Mädchen befähigten, wider den Mann zu sein, solche jedenfalls, zu denen der Mann keinen Zugang haben würde, über die demnach nur Adrien verfügen würde, nicht einmal Martin, nur Adrien allein.
Die Sache war klar. Der Mann würde das Mädchen gut mögen. Er würde nicht mehr irgendwohin laufen und das Mädchen neben sich herlaufen lassen. Er würde auf das Mädchen warten. Er würde sich umdrehen nach ihm. Er würde dem Mädchen den Arm geben wollen.
Und das Mädchen würde sich ihm entziehen. Es würde vielleicht, wenn er sich sehr an das Mädchen gewöhnt haben würde, würde es vielleicht krank werden. Was weiß ich. Man würde das Mädchen wegnehmen. Und der Mann würde das Mädchen wieder haben wollen. Er wird sich um das Mädchen sorgen. Er wird es zu lieben anfangen. Nach den Gesetzen der Wahrscheinlichkeit, sagt Adrien, liebt er.
Das ist genau der Punkt, wo Adrien den Mann haben will. Denn, sagt er, nur wer liebt, leidet. Nur der. Besser noch: der

Liebende läßt sich erpressen. Die Mechanismen der Unterdrückung funktionieren ohne Tadel.
Wichtig ist, die Liebe in die Welt zu bringen. Die Totalschau, sagt Adrien, ist eine Botschaft der Liebe. Keiner wird ihr widerstehen. Oh, er ist ein Hund, Adrien.

27.

Vor mir flimmern die drei kleinen Fernsehschirme. Su ist auf dem einen, Martins Computer auf dem andern. Und auf dem dritten geht Adrien hin und her.
Er ist im Hörsaal. Man sieht seinen etwas schleppenden Gang, das Rudern der Arme, die Ellbogen, die er zu weit vom Leib weg hält. Und man sieht, wie er manchmal ans Bein greift und das Bein schnell anhebt, wenn er aufs Podest steigt. Man sieht ihn die Projektoren, die Bandgeräte und Meßeinrichtungen aus den Magazinräumen in den Hörsaal hereinkarren. Und man kann das Geräusch vernehmen, bei jedem Schritt das Geräusch der Prothese.
Er wird ein Stück seiner Totalschau ablaufen lassen, ein unbedeutendes, harmloses Stück selbstverständlich. Er läßt sich über die Köpfe der Studenten hinprojizieren, dreidimensional.
Groß, knarrend und mit den Armen rudernd, plastisch Adrien über den Köpfen der Studenten, dicht darüber. So, daß sie sich erschreckt unter seinen Schuhen ducken und die Augen schließen, und sie erst dann wieder zu öffnen wagen, wenn er ihnen von der Wandtafel her zuruft, er sei da, was es denn zu ducken gebe. Gerne würde er ihnen beweisen, daß er hier stehe. In Zweifelsfällen könne man ihn anfassen.
Und dann, wenn die Studenten aufsehen, müssen sie gewärtigen, daß er nicht nur an der Wandtafel steht vorn auf dem Podest, sondern daß er neben der Bank steht, neben jeder Bank ein anderer Adrien, vervielfacht, meckernd, mit knarrendem Bein, und von keinem weiß man, ob er Adrien wirklich ist, gegen keinen wagen sie ihre Bücher zu schmeißen, weil sie nicht wissen, ist es ein Schemen oder ihr Herr Professor.

So Unsinn. Damit erheitert er sie und beunruhigt er sie. Damit zeigt er an, daß er mit seinem Projekt ernst machen kann, jederzeit. Und sie hassen ihn deswegen. Sie lachen über seine Witze, aber sie fürchten ihn, sie hassen ihn.
Wie üblich mußte Martin die Sache im letzten Augenblick bereitstellen. Adrien liebt es, seine Assistenten die Nächte durcharbeiten zu lassen. Die Nachtarbeit seiner Assistenten gibt ihm das Gefühl von Potenz, pflegt Anja zu sagen. Und auch sie ist in solchen Nächten meist hier herum, klimpert ein bißchen auf dem Klavier, spielt ihren Mussorgskij oder ein wenig Schostakowitsch, was weiß ich, und sieht in die Labors hinein, wie ich jetzt hineinsehe, sucht Martin, nimmt ihre Schale mit Früchten und geht zu Martin hin.
Ging zu Martin hin, muß ich sagen. Ging. Denn seitdem dieses Mädchen Su da ist, läßt Anja sich kaum mehr blicken.
Ich werde über diesen Bildschirmen einschlafen. Draußen in den Bäumen ist noch immer Wind. Und noch immer platscht Regen gegen das Fenster. Und da ist neben Adrien, der auf seinem Podest hin und her geht und die Wandtafel mit Formeln vollschreibt, noch immer das Bild des Computers, aus dem Papier quillt. Da sind die Wände hinter Martins Schreibkonsole; alle Wände mit großen Plakaten überklebt. Und da sind die Mädchen auf den Plakaten, nackte Mädchen durchwegs, lebensgroß, nackt auf Pferden, nackt auf Motorrädern, nackt mit Wasserskis, ganz nah aufgenommen die Mädchen, im Schäumen und im wirbligen Haar, im langen, wirblig roten Haar. Und da sind auf den Plakaten die kleinen Photographien, schwarzweiß, die Martin den Mädchen über die Scham geklebt hat. Und ich kann sehen, diese Schwarzweiß-Photos sind Aufnahmen von Su, solche, die Martin kürzlich von ihr gemacht haben muß,
Und da ist Su selbst. Im Apparat, der die Bilder aus dem Labor holt, ist noch immer Su. Es ist, als hätte sie die Zeit vergessen, als würde sie keine Müdigkeit spüren.
Sie hat eine Taube aus dem Käfig genommen und hat sich das Tier auf den Unterarm gelegt. Sie streichelt es. Sie hat die Gummikappe vom Kopf der Taube gestreift und redet mit ihr. Lange und beruhigend redet sie auf das Tier ein.

Ich sehe, Su hat ein Futterkorn zwischen die Lippen genommen und hebt sich nun die Taube vors Gesicht. Und sie ermuntert das Tier, das Korn zwischen den Lippen herauszupicken. «Komm», sagt sie, «nimm schon. Es gehört dir. Kleine Närrin, siehst du denn nicht, daß es dir gehört?» Und das Tier nimmt das Korn denn auch weg, schließlich. Vorsichtig ist dieses Nehmen, und doch mit einer bestimmten, raschen Bewegung. Und Su lächelt die Taube an.
Ich werde einschlafen. Die Bücherrücken versinken, Borges, Bulgakow und Piranesi, Benjamin Lee Whorf und Vallotton, Dietrich, Bhuvaneshvara, Babel und Birnau. Der Flügel versinkt. Rochen, Krebse und Kandinsky. Die Hirsche versinken. Und dreidimensional schleiert um mich die Abschiedsvorstellung Martins herauf.
Ich weiß nicht, ob ich schlafe. Aber ich sehe sie. Ich bin mitten in ihr. Und ich weiß, was Martin meint.

28.

Die Qualität von Ton und Bild überraschen mich immer von neuem. Das Bild deckt alle Bücherrücken ab, das Fenster, sogar die Fernsehschirme. Selbst wenn ich mich anstrenge, ich vermag sie nicht mehr zu sehen. An ihre Stelle ist ein Maschinensaal getreten, in Totalschau, und ich stehe im Saal, mittendrin, genau dort, wo Martin mich haben will.
Das Licht flimmert leicht, so, wie man das aus großen Werkhallen kennt, in denen irgendwo eine Neonröhre am Ausbrennen ist. Es ist ein schlaffes, leeres, trostloses Licht. Die Geräusche eines Maschinensaals sind da, sind rundum; man kann die Förderketten über den Boden schleifen hören, man hört den Lärm einer Blechschmiede. Und manchmal ist das Gurgeln da, das Glucksen und Quirlen, das Aufstoßen einer Brauerei; Luftblasen, die platzen; Gebrodel.
Und man sieht eine Kletterwand, links eine Kletterwand mit Holzstangen querüber, von der Art, wie sie in Turnhallen üblich sind, und rechts ist ein Ablegebrett mit einer Tasse drauf und einem Korb voller Brotscheiben; und gleich neben dem

Ablegebrett ist die Plastikkoje, durchsichtig, verspritzt, in der sich ein Mann wäscht. Dazwischen dann, zwischen Kletterwand und Duschraum, sind die Apparate. Die ganze Wand ist mit Skalen und Lichtschlitzen und Anzeigetrommeln bedeckt, mit beleuchteten Zeigern, die in den Skalen zittern. Man sieht die Schreibnäpfe, die über das Millimeterpapier rucken, und man sieht das Schwingen in den Oszillographen.
Man steht mitten im Kommandoraum, der über die Maschinensäle frei schwebend hinausgebaut ist. Und dieser Kommandoraum ist auch ein Aufenthaltsraum. Neben der Duschkoje nämlich ist eine Hängematte aufgespannt, und unter der Hängematte liegen Kissen, Nachtsocken und ein zusammengeknülltes Pyjama.
Man kann die Bewegungen des Mannes hinterm Plastikschirm deutlich sehen. Man sieht sogar den Wasserstrahl, mit dem er sich abspritzt. Es ist ein viel zu dünner Strahl, erbärmlich dünn. Die Brause der Duschanlage muß verstopft sein. Wahrscheinlich hat man sie schon lang nicht mehr gereinigt, und der Kalk hat sich drin festgesetzt.
Man sieht, wie der Mann sich einseift, und wie er die Seife abspült, sorgsam. Man sieht den Mann innen nach der Klinke greifen und sieht ihn heraustreten aus der Koje. Er schaut nicht auf. Er macht ein paar Schritte über den Fliesenboden hin und greift sich ein Frottiertuch vom Heizkörper. Er reibt sich trocken. Dort, wo er hingetreten ist vorhin, spiegelt Wasser auf den Fliesen.
Er ist nicht groß, der Mann, etwas gedrungen gebaut. Seine Schultern sind breit, Brust und Bauch sind behaart, nicht übermäßig, und das Haar ist grau.
Der Mann geht während des Abtrocknens langsam vor den Registrierschränken auf und ab und sieht in die beleuchteten Fenster hinein, er betrachtet die Zeiger und Papiertrommeln, die Zickzacklinien auf den Trommeln.
Einmal bleibt er stehen und besieht sich einen Fingernagel. Er versucht, ein losgerissenes, vorstehendes Nagelstück abzubeißen; er nimmt das abgebissene Stücklein auf die Zungenspitze, spuckt es aus.

Der Mann hat sich unter die große und glänzende Trockenhaube neben der Koje gestellt und wirbelt das Haar im Luftzug. Er reckt einen Arm hoch und massiert sich Creme in die Achselhöhle. Er hat einen Lappen genommen und die Wände der Duschekoje blank gerieben. Er hat die Hängematte von den Haken gelöst, hat sich nach den Kissen und nach dem Pyjama gebückt, er hat aus dem Pyjama, aus Kissen und Matte einen kleinen Stapel gemacht, hat die Nachtsocken auf den Stapel gelegt und hat ihn unter den Tisch geschoben.
Er hat ein Blatt vom Tisch genommen.
Er bewegt sich ohne Hast; man müßte sagen: mit einer sichern und gelangweilten Lässigkeit bewegt er sich. Und diese Lässigkeit zeigt an, daß er schon lange hier sein muß, der Mann, daß er all das, den Raum und die Einrichtungen des Raumes, daß er die Arbeit längst kennt.
Er hat am Registrierschrank ein Fensterchen geöffnet, er hat den Schreibstift vom Blatt weggeklappt, hat das mit Kurven beschriebene Blatt von der Trommel gelöst, hat das frische Blatt, das er vom Tisch nahm, auf die Trommel gespannt und hat das Fensterchen wieder geschlossen. Er hat das beschriebene Blatt zusammengerollt, in eine Kapsel geschoben und hat die Kapsel in die Rohrpost gegeben.
Und nun steht er da, noch immer nackt, ungekämmt, hält den Kopf in den Nacken zurückgelegt und sieht hinauf in die Träger und ins Gestänge, in die Trossen und Spinnweben, wo das Postrohr sich in staubige, verdämmernde Räume hineinkrümmt, sieht hinauf ins Gitterwerk und horcht dem schleifenden, rasch leiser werdenden Geräusch der Kapsel nach.
Man sieht: dieser Mann fragt sich, wo seine Rapporte wohl hinlaufen.
Seit Jahren lebt er hier, ißt und schläft er hier, und seit Jahren gibt er die Rapporte ins Rohr, jeden Morgen. Er löst das Papier von der Registriertrommel, schließt es in die Kapsel und schickt es weg. Und noch nie wurde ihm ein Empfang bestätigt. Man hat ihn nie korrigiert, und man hat ihm nie irgendwelche Anweisungen gegeben. Vielleicht, denkt er sich, werden die vollgeschriebenen Registrierblätter gar nicht gelesen. Vielleicht werden sie jenseits der Verstrebungen und Mauern

in einen Silo geblasen; aus der Kuppel eines Silos flocken sie nieder, den Wänden entlang. Vielleicht rutschen sie in der Mitte des Silos, im trichterförmigen Siloboden zusammen, werden in Schneckengetriebe gepreßt, werden zerfetzt in den Häckselmaschinen und im Reißwolf, werden eingestampft, in Bottichen eingestampft und vermanscht, werden zu Brei gedreht, und der Brei wird ausgegossen in die Walzwerke, und die Walzwerke verarbeiten ihn zu neuem Papier. Sie stoßen breite Papierbänder aus, und andere Maschinen nehmen die Papiere, schneiden sie zurecht, bedrucken sie mit Rastern und Skalen. Und schließlich werden die Papiere wieder ihm, dem Mann, zugeschickt, stoßweise, damit er sie auf die Trommel spanne, beschreiben lasse und neuerdings in die Rohrpost gebe, Tag für Tag.
Er lehnt am Tisch und zieht die Hosen hoch. Er schlüpft ins Hemd. Er hat ein Stück Brot genommen und hat das Brot angebissen. Er hat das angebissene Brot auf den Tisch gelegt und ist hinter die Duschekoje ans kleine Brünnchen gegangen. Er hat sich Wasser in den Mund schießen lassen, hat getrunken. Er hat Mund und Nase mit dem Ärmel abgewischt und ist langsam hingegangen zum Fensterchen.
Er pfeift leise vor sich hin und betrachtet eine Weile die Registriertrommel hinterm Fenster. Dann klappt er das Fenster auf, greift schnell nach dem noch unbeschriebenen Papier, das er eben vorhin auf die Trommel spannte, nimmt es heraus, zeichnet, nun plötzlich hastig und erregt, mit einem Filzstift drei große, schwarze Kreuze aufs Papier, gibt es in die Rohrpost und schickt es weg.
Er horcht auf die Geräusche im Rohr. Das Schieben und Schlagen, kaum verstummt, hebt wieder an, wird laut, ist in den Trossen, in den Trägern, ist einen Augenblick lang überall. Dann springt der Auffangkasten mit einem Knall auf, und die Kapsel, die er wegschickte, liegt vor ihm.
Er öffnet sie. Und er sieht: dasselbe Papier liegt drin, das er eben wegschickte. Aber um die schwarzen Kreuze sind Kreise gezogen worden, mit Rotstift.
Der Mann besieht das Papier. Er hat sich auf den Tisch gehockt, hat die Beine angezogen, die Füße auf die Tischplatte

gestellt, neben die Scheibe Brot. Er hat, ohne vom Papier aufzusehen, das Brot ertastet und hat hineingebissen. Langsam hat er das Brot gekaut. Und währenddem er kaut, besieht er sich die Kreise auf dem Papier. Seine Füße berühren sich. Sie streichen übereinander hin, die eine Fußsohle über den Rist des andern Fußes, die andere Fußsohle über den einen Rist. Die Zehen verhaken sich. Die Sohlen sind trocken. Der Mann kaut und besieht die Kreise. Und dann faltet er das Papier zusammen und schiebt es in die Hemdentasche. Er läßt sich vom Tisch gleiten. Das angebissene Brot läßt er liegen. Er schlüpft in die Pantoffeln. Langsam geht er hinunter in die Maschinensäle.
Er lehnt sich gegen den Handlauf einer Rolltreppe und sieht im Abwärtsgleiten in die Säle hinein. Hinter Pressen stehen die Schwungräder im Licht, scheinbar unbewegt. Ölüberströmte Kolben tauchen in Flanken. Ringe schlingern. Von den Schmiedehallen herein kommen glühende Klötze, stoßen Tore auf, gleiten über Rutschen, werden von Backen gepackt und unter Hämmer gehalten. Sie werden die Hammerstraße entlang bugsiert und poltern hinunter in die Fertigungsräume. Die Greifer arbeiten ruhig an den Blöcken. Manchmal dreht einer her und läßt sich überprüfen. Die Kontrollgeräte messen ihn aus, die Optiken irren drüber hin, Fühler betasten ihn, Signale klingeln. Er wird hinüberdirigiert zur Schrottkiste; die Halterungen lösen sich, die Greiferhand fällt. Handlos streckt sich der Arm nach der Reservehand. Wenn er sie gefunden hat, wenn er sie angekoppelt und die Verriegelungen überprüft hat, dreht er schließlich zurück in die Hammerstraße und arbeitet weiter.
Der Mann hält sich nicht auf dabei. Er geht auf schmalen Blechstegen zwischen Bottichen durch. Polierte Bäuche spiegeln. Und sie spiegeln vor allem ihn. Dutzendfach kommt er sich entgegen. Pausbackig, bucklig, verzogen und krumm. Lachend grüßt er sich. Er feixt. Und die Bottiche feixen mit. Er hebt die Hand und winkt. Und er macht eine Faust und droht sich. In all den Fäusten steht er und droht und lacht. Er hat das Blatt mit den drei schwarzen Kreuzen aus der Brusttasche genommen. Zusammengeknüllt hält er es in der Faust und lacht.

Er sieht, daß die Linsen sich aus den Gitterwerken hergedreht haben zu ihm, daß die Membrane, noch schlampig und schlaff, über ihm wehen und daß die Schnüffler wie vertrocknete Weintrauben beidseits des Weges hocken; er sieht es, und er lacht trotzdem.
Er stößt nach den Schnüfflern, und die, ängstlich und piepsend, grau wie Mäuse, weichen unter die Bottiche zurück. Er hüpft auf einem Bein, und alle Spiegelungen hüpfen auch. Er beginnt zu rennen und rennt gegen die Bottiche an. Sie lassen ihn großwerden, lassen ihn aufquellen und platzen, wechseln ihn aus. Sie lassen ihn kopfstehen. Sie teilen und bündeln ihn und lassen ihn fallen.
Sie mischen ihn wie Karten und spielen ihn aus, verwerfen ihn, lieblos. Oder trumpfen auf. Sie sind närrisch. Geradezu närrisch nach Spiel sind die Bottiche. Und er liebt mit ihnen dieses Spiel.
Er hat ihnen eine lange Nase gemacht. Er hat sich gebückt und hat ihnen seinen Hintern gezeigt. Er hat zwischen seinen Beinen durchgesehen und hat die Zunge herausgestreckt. Und nun richtet er sich auf und besieht sich. Ein Mann mit einem verwaschenen Hemd, mit einem grauen, müden Gesicht, mit entzündeten Lidern, mit Staub im grauen Haar. Überall derselbe Mann. Überall dasselbe Hemd, dasselbe Haar.
Aber dann sieht er, daß einige der Männer Hüte tragen. Er stutzt. Er kräht vergnügt auf. Die Lumpenhunde! Die Bottiche machen sich lustig über mich. Stülpen mir einen Hut über. O die Gauner, die Gauner! Er muß sich abstützen, so sehr lacht er.
Doch da tritt einer, einer mit einem Hut, aus den Bottichen und grüßt. Es ist nichts Besonderes an ihm. Er trägt dasselbe verwaschene Hemd wie er, er hat dasselbe graue und müde Gesicht wie er, dasselbe Haar. Aber er trägt einen Hut. Und er legt zwei Finger an die Hutkrempe und grüßt. Und er sagt irgend etwas; wenig, ein oder zwei Worte. Ein Gruß eben. Oder seinen Namen, vielleicht. Sehr wahrscheinlich nennt der andere seinen Namen. Und auch er möchte seinen Namen sagen.
Aber nun, da er ihn sagen möchte, merkt er, daß er ihn vergessen hat.

Er kann sich nicht daran erinnern. Er weiß seinen eigenen Namen nicht mehr, im Augenblick jedenfalls nicht. Selbstverständlich hat er einen Namen, hatte ihn sich selbst vorgesprochen, sehr oft sogar. Aber das ist lang her.
Er redet zu wenig. Er hat nie mehr geredet, mit niemandem; seitdem er hier ist, nicht mehr. Und das sind Jahre. Das müssen Jahre sein. Und, muß er sich sagen, er hat auch nicht geschrieben. Er hat die Blätter auf die Trommel gespannt, hat sie vom Registriergerät vollschreiben lassen und hat sie weggeschickt. Zu schreiben, das brauchte er nicht.
Freilich, denkt er, würde er seinen Namen sofort erkennen, wenn man ihn vorsagen, wenn man ihn vorzeigen würde. Man müßte Namen auf eine Tafel schreiben, alle Namen der Welt, und er würde mit dem Finger über die Tafel hinfahren und würde seinen Namen finden.
Man müßte ihm den Namen vielleicht vorlesen, das schon. Denn, sagte er sich, er hat auch das Lesen verlernt. Er würde nicht mehr wissen, was ein Zeichen bedeutet, wie das zu tönen hat, so ein Zeichen. Aber er würde ihn nachsprechen, wie ein Kind würde er seinen Namen nachsprechen.
Schließlich zweifelt er daran, ob er seinen Namen überhaupt noch erkennen könnte, denn er weiß nicht einmal mehr, ob es ein kurzer oder ein langer Name gewesen war, ob er dunkel tönte oder hell. Vielleicht hat er tatsächlich keinen Namen gehabt, nie.
Vielleicht hatte er sich nur eingebildet, einen Namen zu haben, hatte sich auch nur eingebildet, sich diesen Namen vorgesprochen zu haben. Vielleicht hatte er wohl geredet, aber das waren keine Worte, die er redete. Wie soll einer seinen Namen nennen können, wenn er nicht zu reden versteht?
Er hat keinen Namen. Und er weiß nicht, ob das, was der andere sagt, ein Name ist, ob der andere seinerseits einen Namen hat. Beide sind sie gleich, schließlich. Beide haben sie keinen Namen. Sie werden sich verwechseln. Das einzige, was sie unterscheidet, ist: der andere trägt einen Hut. Daran wird er sich halten.
Er hat einen Hut, und er hat keinen Hut. Er ist nicht er. Das ist nicht dasselbe, doch nicht.

Da ist etwas, das nicht zum Verwechseln gemacht ist. Gut so.
Der andere ist an ihm vorbeigegangen, und er geht ihm nach. Sie kommen zur Schmiede, zur Rolltreppe. Er weiß, daß sie beobachtet werden. Das Alarmglöcklein schrillt auf. Die Membrane drehen her, gleiten mit, steigen mit ihnen in die obern Stockwerke; sie sind zum Platzen gespannt plötzlich, vibrieren vor Eifer. Und die Schnüffler kommen aus den Ecken, huschen unter Bottichen, lösen sich von den Röhren und Geländern. Und sie folgen ihnen, sie untersuchen die Stufen, auf die sie getreten sind, er und der andere, betasten jene Stellen, wo sie den Fuß hinsetzten, schnuppern, piepsen, rotten sich zusammen, sind graue Knäuel hinter ihnen und verteilen sich wieder.
Der andere kümmert sich nicht darum. Gelassen lehnt er am Seitenblech der Rolltreppe und läßt sich hochtragen. Und er, dieser andere, sieht, währenddem er zwischen Trägern und zwischen Gestänge hochgeschoben wird, sieht er in die Säle hinein, in die Stanzereien und Preßwerke, in die Absetzbekken und Schmieden. Er tut das, ohne den Kopf zu drehen. Man kann nichts von ihm hören; aber er scheint vor sich hinzupfeifen, tonlos vielleicht, etwas verträumt, möglicherweise auch nur gelangweilt. Jedenfalls, und das sieht man, er hat den Mund spitz gemacht, lehnt am Seitenblech und läßt sich, ohne auf ihn zu achten, ohne auf die Schnüffler und Membrane und Linsen zu achten, ohne den Kopf zu drehen und ohne die Augen irgendwo hinzuwenden, ohne ein Lächeln hochtragen. Ein einziges Mal greift er nach dem Hut, schiebt ihn etwas in die Stirn und gleich wieder zurück. Es ist ein Hut aus einem dichten Filz, mit schmaler Krempe. Die Krempe ist hinten nach oben geklappt. Und ein halb handbreites, geripptes Hutband ist um den Filz gelegt. Und ein Büschel borstiger, grauer und weißer Tierhaare steckt unterm Band, stößt wie ein geplatzter Pinsel daraus hervor, steigt über die nach oben geschlagene Krempe, zittert.
Sie sind jetzt oben im Kontrollraum, dort wo die Hängematte ist und wo die Kapseln in der Rohrpost weggeschickt werden. Die Schnüffler sind am Rand des Kontrollraums zurückge-

blieben und warten. Die Linsen aber bewegen sich in großen Kreisen über ihnen, die Membrane spreizen sich, und die Telemeter haben sich auseinandergeklappt und messen sie aus, ihn und den andern.
Der Mann mit dem Hut ist an die Schränke getreten, vor die aufgeregt flackernden Kontrollichter hin. Er hat ein Etui aus der Brusttasche genommen und hat es geöffnet. Blitzende, gebogene Nadeln und schlanke Zangen liegen darin. Er schraubt die Registrierschränke auf, stößt die Nadeln zwischen die Kontakte, stochert an den Lampenhälsen herum, zwängt die Nadeln hinter die Fassungen. Er läßt die Lampen schmerzlich aufzucken, prüft dieses Aufzucken, läßt es sich wiederholen. Er klappt die Schreibstifte von den Registriertrommeln, reinigt die Schreibtöpfchen, füllt sie, klappt sie wieder aufs Papier.
Er arbeitet ohne Hast. Er dreht die Zwischenwände aus den Schränken, all die Drahtbündel, die ganzen Eingeweide der Schränke, Kabel. Drahtbäume, Drahtgehölze, Drahtwälder. Wildnis. Explosionen von Drähten, Drahtstürme, Tornados. Er prüft. Er fährt den Schlaufen nach. Er rüttelt an den Klemmen, Brücken. Er schiebt die Bündel zurück und schließt die Schränke.
Nichts. Er zuckt die Schultern und scheint zu sagen: nichts.
Er hat dem andern zugesehen. Er hat gesehen, wie er die Zangen und Nadeln, das ganze Besteck in die Brusttasche schiebt und die Tasche zuknöpft. Er sieht, der andere wäscht sich die Hände, er bückt sich in die Schüssel und trinkt, direkt vom Hahn trinkt er, er hat den Hahn in den Mund genommen und läßt das Wasser in sich hinein schießen. Und er zieht einen kleinen Beutel aus der Gesäßtasche, schüttelt ihn, breitet das dünne Zeug auseinander, hält es ans Preßluftrohr und läßt es vollblasen, läßt es sich zur Matratze prallblasen. Und er legt sich drauf.
Der andere hat eine kleine Mundharmonika hervorgeholt. Eingeschlagen im Beutelchen, das er nun aufgeblasen hat, war die Mundharmonika gewesen. Sie ist klein. Kürzer als ein Finger ist sie, nur halb so lang und halb so dick. Man kann sie ganz in den Mund nehmen, wenn man will. Und der auf der

Matratze hat den linken Ellbogen aufgestützt. Er hat die Mundharmonika genommen und spielt. Die Lichter funkeln über ihm, die Membrane warten und die Telemeter messen ihn aus. Der andere kümmert sich nicht darum, er spielt.
Er sieht das. Er steht am Tisch, auf dem noch immer das angebissene Brot liegt, eine Scheibe, die verdorrt. Er sieht hinüber zur Matratze und sieht den andern spielen. Er hört ihn. Sein Lied hört er. Und er kennt es. Er weiß nicht, wie es heißt. Man hat keinen Namen dafür, aber man kennt es, trotzdem. Er steht am Tisch und sieht hinüber und hört zu, lange.
Und dann hat der andere zu spielen aufgehört. Er schlägt die Mundharmonika trocken. In die Handfläche hinein schlägt er sie, und beinah zärtlich streift er das Feuchte seines Mundes von ihr ab. Und er schiebt sie in die Brusttasche zu Nadeln und Zange.
Schließlich hat er sich auf den Rücken gedreht. Der Hut liegt auf seinem Gesicht. Man weiß nicht, ob er schläft.

29.

Am andern Morgen ist der andere nicht mehr da. Die Linsen haben sich hinaufgedreht in die obern Stockwerke. Die Membrane sacken durch, schlaff wie gewöhnlich. Und die Lichter scheinen mild auf, verglimmen dann ein paar Atemzüge lang und wachsen wieder.
Er sucht ihn. Er hat sich nicht gewaschen, nicht rasiert. Und er hat vergessen, die Zähne zu putzen. Das Brot hat er nicht angerührt. Langsam ist er in die Halle hinuntergestiegen. Barfuß. Er hat gesucht. Er hat, währenddem er sich in die Schmiede hinabtragen läßt, eine Karamelle aus dem Schnurknäuel gekramt. Unterm Taschentuch und unter der Schnur lag eine vergessene Karamelle. Und er nimmt sie aus der Tasche, er wickelt sie aus dem zerstoßenen Papier. Er wirft das Papierchen weg und kaut.
Unter ihm rücken die Blöcke durch die Hammerstraßen, glutig. Schwungräder drehen. Die Backen pressen Schrott. Er geht über die Schmiede hin; manchmal stößt er an. Er sieht

hinauf in die Träger und Kranbahnen, in die Stege und Trossen. Er beginnt zu rennen, eilt auf die Bottiche zu. Und aus Wölbungen und Blechen eilt er sich entgegen. Tief in die Korridore hinein staffeln sich die Spiegelungen und kommen her und stellen sich auf und sehen ihn an. Sie stehen still vor ihm, und auch er steht still. Er besieht die Spiegelungen, die buckligen und verzerrten, die schiefen. Und alle prüft er. Aber keine trägt den Hut.
Er steht sich gegenüber. Da ist das Haar, grau. Und da sind die entzündeten Lider, die Augen. Er sieht in diese Augen hinein. Er nähert sein Gesicht diesem Gesicht, seine Augen diesen Augen, seinen Mund diesem Mund. Langsam kommt er auf sich zu. Seine Lippen berühren seine Lippen. Aber sie sind kalt. Es ist die Glätte des Bleches, es ist die Kälte eines Bottichs, eines spiegelnden, ausgeräumten Bottichs. Er läßt die Lippen auf dem Blech. Und er läßt die Stirn auf dem Blech. Und dann löst er sich wieder.
Er hat einen Teil der Karamelle, die er kaut, aus dem Mund gezogen und hat sie auf den Mund da am Blech geklebt. Und zwischen seinem Mund und dem Mund dort zieht die Karamelle einen Faden. Und der Faden wird dünner, wenn er sich vom Bottich entfernt, und er hängt durch, der Faden, und droht zu reißen. Und so ißt er den Karamellefaden in sich hinein und nähert sich, währenddem er ihn in sich hineinißt, wieder dem Spiegelbild. Am Faden ißt er sich auf jenen zu, der ihm aus dem polierten Blech entgegenblickt, und der andere ißt mit. Und sie essen, bis ihre Lippen sich berühren.
Eine ganze Weile macht er das so. Er zieht den Faden dünn, entfernt sich vom Spiegelbild, und ißt sich dann wieder auf das Spiegelbild zu. Und er betrachtet die Augen des Spiegelbildes, das Haar, verstaubtes, brüchiges Haar. Aber es ist immer sein eigenes. Kein Hut verdeckt es. Wütend schlägt er darauf ein.
Er trommelt auf den Bottichen, auf den Blechbäuchen herum, er tritt dagegen. Die Bleche lärmen. Und das kleine Alarmglöcklein schrillt dabei. Die Membrane spannen sich, und die Linsen verfolgen ihn hinauf in den Kontrollraum.
Er nimmt ein Papier. Er bedeckt es mit wilden, schwarzen

Kreuzen, und er stopft das Papier in die Kapsel. Die Kapsel füllt er mit zusammengeknäuelten Papieren voller Kreuze, und die Kapsel selbst beschmiert er, wirft sie ins Rohr.
Er steht am Auffangkorb. Er hört das Schleifen der Kapsel leise werden, hört es wieder wachsen, schnell, und hört die Kapsel in den Korb prallen. Im selben Augenblick springt der Korb auf, die Kapsel öffnet sich, und das Papier quillt heraus. Ins verknäuelte Papier hineingedrückt ist eine Ampulle. Mit einem durchsichtigen Klebstreifen hat man sie ans Papier geheftet. Und die Ampulle enthält eine hellgelbe Flüssigkeit.
Er hat eine Zeitlang mit der Ampulle gespielt. Er hat die Luftblase im kleinen Glaskolben hin und her laufen lassen. Und er hat gesehen, wie die Kreuze hinterm Glaskolben dick wurden und sich verbogen. Er hat sich auf den Tisch gehockt, neben das Brot, und er hat die Ampulle aus dem Papier herausgelöst, er hat sie gegen die Lichter gehalten und hat durch die hellgelbe Flüssigkeit hindurch die Lichter betrachtet. Und er hat die Ampulle über die Füße rollen lassen, er hat sie zwischen die Zehen gesteckt und hat sie mit dem Fuß aufgehoben, hat die beiden Enden der Ampulle befühlt, die spitzen Enden mit dem Glasklümpchen auf der Spitze. Und er hat die Ampulle in den Duscheraum geworfen.
Er hat sich herabgleiten lassen vom Tisch, barfuß noch immer, und er hat, barfuß, die Ampulle auf dem Duscherost vertrampelt.
Er hat sich die Füße zerschnitten. Er ist herumgehopst und hat sich die Glassplitter aus der Fußsohle zu ziehen versucht. Und er ist herausgelaufen aus der Koje und hat den Duschevorhang mitgerissen. Er hat die Postkapsel gegen die Linsen geworfen, die nun dicht über ihm sind. Und er hat gegen die Membrane geschlagen. Er hat eine Membrane zerfetzt und hat die Mikrophone aus den Halterungen gerissen; er hat die langen, schlanken Stiele der Mikrophone geknickt, und er hat einen Schnüffler zertreten.
Er rennt nun. Doch die Alarmrätschen folgen dichtauf. Die Membrane kreisen und reißen jeden Laut in sich hinein. Er kann den Linsen nicht entrinnen. Sie halten ihn fest, messen ihn aus, seinen Lauf, seine Flucht. Und sie dirigieren die Greifer aus den Hammerstraßen herbei.

Einmal hat er sich in den Bottichen versteckt. Die Spiegelungen verwirren die Linsen. Die Greifer greifen ans Blech. Der Lärm deckt seinen Atem zu.
Nur: die Schnüffler haben ihn gefunden. Sie sind der Blutspur gefolgt. Sie huschen übereinander hin, lüstern, rasend vor Eifer. Eine Weile noch ist er allein mit ihnen. Und er sieht auf sie hinab. Er sieht sie zurückweichen, ängstlich und quietschend, wenn er gegen sie tritt, und dann wieder herankommen, sich herandrängen, in Rudeln, in ganzen Ballen, Knäueln, und er spürt schon das Gestupfe ihrer Nase am Fuß, am Rand der Fußsohle, dort, wo er sich geschnitten hat.
Er bricht aus. Jenseits der Öfen rennt er verstaubte Treppen hinauf, drückt sich in Durchschlupfe hinein, ist zwischen Rüttelsieben, Sand, zwischen Becherwerken, Rutschen. Weiter hinten, in langen Bassins, zittert Lauge. Brühe dreht braun. Und die Rührwerke heben sich, gleiten tropfend heran und schlagen nach ihm. Und oben, am Ende einer Wendeltreppe, klappt eine Tür zu.
Über Kabelgestelle kriecht er weiter.
Er ist hoch oben, hoch über den Hallen, und fernab. In einem Raum ist er, in dem er noch nie war. Strickleitern sind da, Trossen, Seile. Tief unten sind die Stampfwerke, die Walzwerke, die Hammerstraßen. Hier sind kleine schwingende Plattformen, kleine Balkone, rund und halbrund, leicht jedenfalls, so leicht wie Körbe.
Zwischen den Plattformen sind Stege lose eingehängt worden, Schwebegerüste. Leitern sind da und Bretter, die kippen, sobald man drauf tritt. Und überall sind Seile.
In den großen und tiefen Räumen, oben und unten, in diesen Dämmerungen und in den mattdurchleuchteten Staubwolken hangen Seile. Zwischen Netzen und Spinnweben, dichten, alten, sackigen Spinnweben, zwischen Kletternetzen und Netzen mit Prügeln drin, hangen Seile.
Es sind dünne Seile, und es sind auch dicke. Geschlaufte Seile, durchhängend in Bögen, solche mit Schlingen dran, oder Seile aus andern Seilen gedreht, Taue. Vor Alter graue und zerfranste, zerfressene Seile sind da, an den Enden aufgeplatzte. Seile, deren pinselförmige Enden im Staub wischen und an denen Stoffetzen hangen, Kleiderfetzen.

Er steht auf einem Balkon. Es ist ein sehr kleiner Balkon, eine Kanzel eigentlich, hinausgehalten über die Leere da unten. Ein Balkon, der wie ein Schwalbennest unter eine Wölbung geklebt ist. Und gerade vor ihm, am Gewölbeansatz, ist ein Bullauge angebracht.
Faustgroße Schraubmuttern halten das Glas, durch das man hineinsieht in andere Räume, in Hallen und Säle. Und hinter den Sälen schließen sich weitere Säle an. Und in allen Sälen drehen die Räder.
In allen stehen die Bottiche, Siedehäfen und Pumpen.
Er steht und sieht ins Bullauge hinein. Er kümmert sich nicht um die Membrane und Schnüffler, die ihm gefolgt sind. Er sieht in die Säle hinein und sieht auf der andern Seite der Scheibe ein graues Gesicht sich vor die Säle schieben. Das Gesicht sieht auf ihn herab.
Es ist das Gesicht eines Mannes. Ein großer, runder Kopf. Die Wangen sind aufgedunsen und blau durchädert. Auch die Lippen sind blau. Und im faltigen Hals, etwas unterhalb des Kehlkopfes, ist die kleine, unruhig schlagende Delle, wie Asthmatiker sie haben.
Das Gesicht des Mannes ist ohne Bewegung. Seine Augäpfel bewegen sich kaum, wie er, der da mit dem zerschnittenen Fuß, wie er die Hände um die Schraubmuttern legt und sie zu lösen versucht. Unbewegt bleibt es über ihm, wie er die Muttern zwischen die Zähne nimmt, wie er gegen die Scheibe boxt.
Er will zu dem Mann hinkommen. Die Scheibe gibt unmerklich nach, wenn er dagegen anrennt, mit den Fäusten, mit dem Kopf. So, wie eine sehr dicke und undurchdringliche Gummihaut etwas nachgibt. Aber der Mann hebt nicht einmal die Augenbrauen.
Gelangweilt sieht der Dicke herab zu ihm, ohne Erstaunen, ohne Anteilnahme. Fische betrachtet man auf diese Weise, Fische im Aquarium.
Die Pupillen des Dicken weiten sich nicht, sie werden keine Spur härter, als er, der da auf dem Altan, der mit dem zerschnittenen Fuß, vom Bullauge sich abstößt und hinausspringt über die Altanbrüstung ins Leere.

Er ist lang gefallen. Im Kesselhaus durchschlägt er den Rost. Die Kolben nehmen ihn und stampfen ihn ein. Eine Weile noch mischt sich Röte ins Öl, doch dann ist auch sie ausgefiltert.
Die Linsen und Membrane hocken an der Einbruchstelle und schauen auf das Stampfen hinab. Langsam, eine nach der andern, lösen sie sich und schweben hinauf in die Kuppeln. Die Lichter im Kontrollraum spielen leicht und ruhig. Ungerührt. Das Schleifen der Ketten über dem Boden ist da, das Bollern und Glucksen.
Und hinter den Schaltwänden werden langsam die Bücherrücken sichtbar, Adriens Bibliothek. Es ist Morgen geworden. Ich sehe Su durch den Park gehen. Vor einem regenschweren Busch bleibt sie stehen, nähert die Stirn einem Zweig, läßt die Tropfen gegen die Stirn schlagen, läßt sich die Stirn kühlen, geht weiter.

30.

Gut. Was heißt das: gut? Es heißt nicht, daß wir die Sache gut finden. Es heißt nicht einmal, daß wir sie verstanden haben. Das Gegenteil kann es heißen. Ganz einfach: daß wir einen Schritt weiter wollen, ohne auf einem Verstehen, ohne auf einem Begreifen zu beharren. Gut also: weiter.
Ich schloß die Augen. Ich war müde, wollte schlafen. Auch hinter den geschlossenen Augen blieb noch eine Zeitlang das unsichere Weben des Lichts. Und im Licht sah ich die Kolben aufscheinen, sah die ölüberflossenen Stößel blitzen, sah sie den Mann einstampfen. Und ich sagte mir, daß es ein Traum gewesen sei, mehr nicht.
Sie füllen ihre Träume in uns hinein. Mit Träumen füllen sie uns auf. Und bald wird alles, was wir denken und was uns erscheint, was träumt durch uns, bald wird das alles nichts anderes mehr sein als eine ihrer Totalschauen. Und genau gleich, wie sie ihre Totalschauen in den Räumen der Unterwasserstadt auswechseln, werden sie auch unsere Träume und Gedanken auswechseln.

Da wird nichts mehr verwachsen sein mit uns, keine Meinung und keine Freude. Und auch unsere Angst wird auswechselbar sein, steuerbar, unser Entsetzen. Und der, der steuert, der sitzt hier, hier am Schaltpult und lacht. Währenddem er uns quält, lacht er. Adrien.
Ich will nichts damit zu tun haben.
Ich wollte schlafen, endlich. Und falls ich nicht würde schlafen können, wollte ich zumindest die Wärme aufsteigen spüren im Kreuz, wollte die Wärme fluten spüren im Rücken, breit fluten an jener Stelle auch unter den Schulterblättern, in der Mitte zwischen Schulterblättern und Kreuz, hinterm Magen, und wollte die Wärme aufsteigen lassen weiter hinauf, zwischen den Schulterblättern bis gegen den Nacken, wollte sie, die Wärme, ausstrahlen spüren vom Rückgrat weg nach beiden Seiten, längs den Rippen hinaus, als würde sie vom Stamm eines Baumes hinausgehen ins Geäst, hinaus in die Rippen und um die Brust bis zum Brustbein. Von Wärme wollte ich umschlossen sein. In den Handflächen wollte ich sie spüren, als kleine Sonnen in den Handflächen und in den Fußhöhlen. Und inmitten dieser Wärme würde das Herz sein. Wie ein etwas zu schwerer Vogel in einem dünnrankigen Baum würde es sein, wie ein Reiher in einem Weidenbaum, und der Reiher würde sich auf den dünnen Ranken wiegen und würde mit den Flügeln schlagen, gleichmäßig, ruhig, und der ganze Baum würde mitwiegen, würde weich und lautlos nachgeben unterm Gewicht und würde sich nach jedem Flügelschlag etwas aufrichten.
Und ich würde die Augen in den Höhlen spüren, würde die klare Rundung des Augapfels spüren hinten in der Höhle; in der Höhle die Bälle. Und ein blasser Himmel, ein dünnes Blau und ein Grün, unsicher, würde sich zwischen Augapfel und Höhlung schieben, ein Himmel, zitternd von Vogelrufen, ein von Frühling und Feuchte zitternder Himmel, einer, der im gelbbraunen Schilf steht, im dürren Schilf, und im Wasser hinterm Schilf, in den Reflexen im Schilf, einer mit dem Geflatter des Wiedehopfs.
Grünblau und kühl. Und eingeschlossen darin das Wissen: wie das Riedgras sticht, die Stoppeln des Vorjahrs und die fri-

schen Büschel dazwischen, die jungen, ungestümen Halme.
Ein Hinterkopf, ein schmaler, in der Hand; der Handrücken
in den Stoppeln. Wissen: die Kälte, die aufsteigt aus dem
Torf, Kälte zwischen den Grasbüscheln, zwischen Stoppelkissen; unvermittelt die Kälte, schwarz und naß.
Ich schrak zusammen, als sich eine Hand auf meine Hand
legte.
Es war eine leichte Hand. Und sie berührte nur schnell meinen Handrücken. Und Anja stand da und fragte, ob ich möge.
Anja, Adriens Frau. Hier in der Bibliothek stand sie vor mir
und hielt mir die Fruchtschale hin und lachte mir zu, aufmunternd.
Anja ist nie ohne Fruchtschale. Ich muß mir beweisen, daß
auch ich bin, sagt sie. Adrien verfügt über mich, er macht aus
mir, was er will, er stellt mich hin, wo er will, er, Adrien, vergewaltigt mich. Dauernd.
Auf seine Art, natürlich, lacht sie schnell. Und sie lacht ihr
kurzatmiges, nervöses Lachen. Er teilt mich aus und stellt
mich zur Schau. Er macht mich zu einer Sache. Er produziert
mich und reproduziert mich, Anjas von der Stange, sozusagen, stets griffbereit, und stets mit seinem Firmenetikett
drauf: Adriens Frau, Adriens Frau.
Sie wirft mit einer schnellen Bewegung den Schleier über die
Schulter zurück. Aber nun verteile ich Früchte, saftige, echte,
solche zum Dreinbeißen, sagt sie. Daran wird man mich erkennen unter all seinen verfluchten Bildern: Anja, die echte.
«Nimmst du einen Apfel, Boos?»
Es ist wahr. Mitten in einen Mikroskopierkurs hinein hatte
Adrien sie einmal projiziert. Neben jedem Studenten stand
eine Anja, in ihrem leichten Schleier und in sonst nichts. Die
Assistenten schrien auf, die Studenten erröteten und drehten
verzweifelt an ihren Okularen. Und oben im Kommandoraum geiferte Adrien vor Vergnügen. Er verschluckte sich am
Geifer und krächzte und bekam einen Hustenanfall. Er hatte
seine Mikrophone eingestellt, damit die Studenten sein
Hohngelächter hören sollten, übermächtig laut. Und sie hörten also sein Husten und das mühsame Einziehen von Luft
und sein Gekrächz und Gemecker. Und sie hörten, wie er sie

während des Luftschnappens blöde Buben nannte, Buben und Büblein mit roten Ohren. «Oh», schrie er, «faßt sie, faßt sie an! Sie ist nicht prüde. Und ich bin großzügig, wie ihr wißt. Faßt sie an. Aber faßt nicht in Luft!»
Anja, barfuß und im dünnen Schleier, in nichts als diesem dünnen Schleier sitzt vor mir und fragt, ob sie den Apfel schälen dürfe, sie tue es gern. Und ich nicke, weil ich weiß, sie wartet darauf, daß sie etwas tun darf.
Sie hatte sich auf den Klavierstuhl gesetzt, hatte sich auf dem Klavierstuhl herumgeschwungen, so daß sie jetzt gegen mich gerichtet saß, die Tasten des Instruments im Rücken. Sie hatte den schwarzen aufgestellten Flügeldeckel hinter sich. Sie saß mit leicht gespreizten Beinen. Sie hatte die Fruchtschale in den Schoß genommen, hatte ein kleines Messerchen aufgeklappt und begann den Apfel zu schälen.
Ich betrachtete ihre Hände, ihre schlanken, nicht großen Hände, die schmalen Fingerbeeren, und das länger werdende, gleichmäßig breite Band der Apfelhaut. Ich sah diese geschickten, leicht gebogenen Finger, Finger mit schön gewölbten, ungefärbten Fingernägeln, sah die kleinen Bewegungen dieser Finger, wenn sie den Apfel wendeten unterm Messer. Und ich sah das Messerchen die Haut vom Fruchtfleisch lösen. Eine rote und manchmal grüne Haut und ein weißes Fruchtfleisch. Und ich sah, etwas später dann, die Klinge eindringen ins Fleisch und den Apfel teilen. Ich sah Anja die Apfelhälften in Viertel zerlegen. Und sah die Klinge hinterm Kerngehäuse durchs Fleisch fahren und das Gehäuse herauslösen, sah sie den Butzen wegtrennen vom weißen Fleisch. Und ich sah immer diese Finger, jetzt etwas feucht, etwas glänzend und wahrscheinlich etwas klebrig vom Saft, sah sie mir die Schnitze aufs Brett legen, vor meinen Bauch hin, damit ich die Schnitze nehmen könne. Und ich sah Anjas Arm, als sie ihn ausstreckte, und sah den Schleier zurückgleiten überm Arm, sah ihren Leib. Ich sah, daß sie einen Finger gegen die Lippen tupfte, wahrscheinlich, um den Fruchtsaft wegzulecken, sah, daß sie sich über Adriens Tisch hinreckte und die Suchnummer von Su in den Wähler gab. Und gleich sah ich auch Su. Auf allen drei Fernsehschirmen war sie; auf

jedem Schirm sah man sie von einer andern Seite her aufgenommen.
Man sah Su vor dem Kiosk stehen. Sie drückte den Kopf gegen das Guckloch, sah hinein und schirmte mit den Händen das Gesicht ab, um besser sehen zu können. Sie meinte offenbar, ich schlafe in der Koje. Und sie ging, als sie ein paar Male gegen die Scheibe geklopft hatte, um den Kiosk herum und versuchte die Tür zu öffnen. Sie rief wahrscheinlich meinen Namen, und sie stieg dann wieder die Treppen hoch, eilte nach hinten, in die Korridore hinein und hinüber zu den Auditorien.
In den Hörsälen ging sie zwischen den Bankreihen durch, klappte im Gehen die Tischplatten hoch, ging hinein in die Magazinräume und suchte zwischen den Gerätschaften herum, zwischen den Gestellen mit den Magnettonbändern, den Fernsehkameras, Filmkameras. Und schließlich ging sie hinauf zu Mac.
«Sie sucht Martin», sagte Anja. «Nun bin ich nicht mehr die einzige, die ihn sucht. Suchen, das ist: Angst haben. Und weißt du, was Angst haben heißt? Nein? Ich will es nicht sagen. Laß mich das verdammte Wort nicht sagen!»
Mac stand in seinen Manuskripten, knöcheltief, und er hielt die Arme ausgestreckt. Und in jeder Hand hielt er eine Zündholzschachtel.
Er wird seine Spitfire und seine Messerschmitt hintereinander herfahren lassen. Er braucht keine Zuschauer, um das zu zeigen. Nächtelang zeigt er sich das selbst, droben in der Dunkelkammer. Und hat das dicke Kreuz vor sich, über das er sein feines legt und in das er hineinfährt und hineinballert und das er anbettelt und anflucht, wenn keiner aussteigen will, wenn sich kein Fallschirm wölkt, befreiend, wenn es einem Idioten einfällt zu sterben, seinetwegen und zur Ehre des Führers, gottverdammt; und er weint, die großen Tränen eines Helden, eines überflüssig gewordenen, mitten durchgebrochenen Helden, der, God save the king, die Gelegenheit verpaßt hat, wohlanständig und pflichtbewußt ebenfalls ins Gras zu beißen, bescheiden und gefaßt, der sich wegzuheroisieren vergaß, sozusagen, solange Zeit dazu gewesen war, und

der die Unverfrorenheit hat, weiterzuleben, ein verdammt peinlicher Mißgriff, ein unangenehmer und häßlicher Fleck auf der tadellos saubern Weste der sonst so zuverlässigen Air Force. Eine Ungeheuerlichkeit.
Und vor dieser in Gips verpackten Ungeheuerlichkeit steht Su und redet auf sie ein.
«Sie werden Martin nicht finden», sagte Anja. Sie löschte die Fernsehbilder und begann einen Apfel zu essen. Sie schälte sich den Apfel nicht. Sie biß hinein, nahm große Bissen, kaute mit vollem Mund. Einmal wischte sie mit der Fingerspitze die Messerklinge sauber und klappte die Klinge zu.
Sie lächelte vor sich hin. Sie deckte den Schleier anders über die Schultern, rieb sich die Oberarme unterm Schleier, zupfte ihn an den Armen zurecht. Sie hatte die Fruchtschale auf den Tisch gestellt, hatte einmal ihr Haar aus der Stirn zurückgestrichen, hatte dann eine ganze Zeitlang gesessen, die Handflächen zusammengelegt und zwischen die Knie geschoben, die Ellbogen in die Leisten gestützt; vornübergebeugt hatte sie den Oberkörper auf und nieder bewegt, bedächtig; sie blickte gradaus, schien zu frieren; achtlos wurden die Brüste zwischen den Oberarmen hervorgepreßt, wurden gequetscht; die kugelförmigen, hellen Brüste sprangen aus dem Schleier. Sie achtete nicht darauf.
«Auch Martin sucht», sagte sie einmal. «Gelobt sei Gott», sagte sie. «Wir, Boos, wir alle werden lang auf ihn warten müssen.»
Ich verstand sie nicht. Jedenfalls nicht gleich. Ich wagte nicht, sie zu verstehen. Bedeutete das, daß Martin zurückkommen werde? Und was würde er dann gefunden haben? Ich bin alt. Wenn man alt ist, schämt man sich zu hoffen. Doch ich hatte Freude. Ich schämte mich nicht. Ich freute mich. Dieser Martin wird kommen, dachte ich. Es war idiotisch. Ich konnte mir nichts darunter vorstellen. Doch allein schon diese paar Worte genügten. Nur schon diese paar Worte.
Anja saß lange vor mir, ohne mich anzusehen. Sie hob die Hände und strich mit beiden Händen übers Gesicht, so, als wollte sie aufwachen, als würde ihr das Aufwachen Mühe bereiten. Sie drehte sich von mir weg, setzte sich zurecht vor

dem Flügel und begann zu spielen. Ich wußte nicht, was sie spielte. Es war auch unwichtig. Ich sah sie kaum, obschon sie ja nur einige Armlängen vor mir war; ihr schwarzes Haar war vor dem schwarzen Flügel, ihr schwarzer Schleier war vor dem schwarzen Flügel. Und ihre nackten, schlanken, weißen Arme bewegten sich in all dem Schwarz. Und ich sah den Armen zu.
Ich denke, ich bin bald einmal eingeschlafen.

31.

Ich frage mich, wohin Martin gegangen ist. Und ich frag mich, wie das alles so gekommen ist, so, wie es jetzt ist, frag mich, wie es angefangen hat.
Martin, als er hier zu arbeiten begann, war ein junger Assistent, Ozeanograph. Er hatte eine Untersuchung über Plankton und Planktonverwertung gemacht und die Ergebnisse auch auf ein paar Kongressen vorgetragen. Nicht ohne nachher über das geschäftige Nichtstun, das er dort zu sehen bekam, und das großartige und höfische Gebaren der Kongreßleitung zu witzeln. Er hatte sich, für sein Alter recht früh, von dem Geschwätz abgesetzt, hatte sich in seine Labors eingeschlossen und für sich, vor sich hin gearbeitet. Denn daran, an seine Arbeit, glaubte er noch zu jener Zeit. Und er schien gerne mit Adrien zusammen zu sein. Adrien mit seinen Kenntnissen, mit seinem Spott auf die Kollegen, die betulichen und salbungsvollen, die Hohepriester der Wissenschaft, die Propheten der Statistik, wie er sie nannte, die kleinen und geschickten Schmierenschauspieler; diese ganze Respektlosigkeit Adriens all dem gegenüber, was Rang und Namen hatte, und wahrscheinlich auch Adriens lustig zur Schau getragener Zynismus gefielen ihm.
Ich erinnere mich an einzelne Gespräche und Gesprächsfetzen. Es muß Herbst gewesen sein oder Spätsommer, eher Herbst, denn die Kürbisse waren reif. Oktober wahrscheinlich. Ist auch egal. Mac und ich schliefen nur noch selten im Haus hinten im Hof; seitdem sie Senta und ihr Kind weggeholt hatten, eigentlich kaum mehr. Wir verbrachten die

Nächte hier. Er oben, schreibend in seiner Dunkelkammer, lachend und krächzend und schreibend, und ich tiefer unten, im Treppenhaus, eingeklemmt im Rollstuhl, im Kiosk.
Und sie waren oft bei mir. In der Dunkelheit hockten und standen sie auf den Treppen herum. Anja spielte in der Bibliothek, und da unten bei mir saßen Mac und Hanselmann nebeneinander, lehnte Adrien am Treppengeländer, und saß ein paar Stufen höher, dort, wo man in die Korridore hineingeht, Martin mit angezogenen Beinen auf dem Abschlußmäuerchen des Podests.
Ich hatte sie alle vor mir und konnte sie sehen im schwachen Schein, der von der Straße hereinkam. Nicht deutlich, aber doch. Wenn das Treppenhauslicht verlöschte, ging keiner hin und drückte den Dreiminutenschalter. Vielleicht, daß Hanselmann einen Kerzenstummel aus der Tasche kramte, von Mac ein Zündholz erbat, die Kerze anzündete und sie mit einem Tropfen Wachs auf der Treppe festklebte.
So war es auch an jenem Herbstabend. Die Kerze flackerte. Und das Haar eines Mädchens, das Haar und das Hemdchen von Hanselmanns Enkelin leuchteten auf. Das Kind war kaum vier, fünf Jahre alt; nicht älter als Sentas Kind war es, bevor es Senta weggenommen wurde. Und es lehnte zwischen den Knien seines Großvaters, hatte die Arme auf seine Knie gelegt, lehnte mit der kleinen Schulter zurück gegen den alten Mann und sah hinüber zu Mac. Der fuhr mit seinen Zündholzschachteln durch die Luft, fuhr mit der einen hinter der andern her, wartete, bis die Messerschmitt im Zenith stand, oder bis er die Sonne hinter sich hatte, und fuhr in die Messerschmitt hinein.
Er wisperte nur. Ich denke, er wollte das Kind nicht erschrekken. Und so war es, wenn er mit seinem Gewisper aussetzte, fast ganz still im Haus. Nur das Klavier Anjas klang herab, schwach; manchmal drang das Gelächter der Krankenschwestern herüber vom Spitaltrakt, das Lachen durch all die Korridore, manchmal ein Schrei. Und das Krachen der Nüsse war da, jener Nüsse, die Hanselmann für seine Enkelin aufbrach, und hin und wieder das Knarren von Adriens Bein.
Hanselmann hatte sein Taschentuch neben sich gelegt, öff-

nete mit einem alten Militärmesser die Nüsse, löste die Kerne heraus, tat sie ins Taschentuch und sagte dem Kind, es dürfe drei Nüsse essen, drei für die Nacht, mehr würden nicht gut sein, Nüsse geben Träume, weißt du. Und nachher gehst du zurück zu deiner Großmutter. Du sagst uns Gute Nacht, Martin wird dir oben im Gang Licht machen, und du findest den Weg, ganz leicht findest du ihn.
Es muß spät im Oktober gewesen sein. Ein milder Herbst, noch warm. Oktober, denn es waren frische Nüsse, und sie waren doch schon hart; Ende Oktober oder anfangs November. Hanselmann wird die Nüsse auf den Ofen gelegt haben hinten im Heizungsraum, daß sie so hart waren. Ich kann mich nicht erinnern, daß man je so früh im Herbst Nüsse gegessen hat, harte. Und die da waren hart, ich erinnere mich genau an das Krachen.
Und ich hörte das Kind fragen, ob es die Nüsse nun essen dürfe, und ich sah, Hanselmann hatte sich das Kind auf den Schenkel genommen; er hielt die kleinen, kühlen Füße des Kindes in seiner Hand, in einer Hand die beiden kleinen Füße, die kugeligen Fersen, dieses schmiegsame, kaum merkliche Bewegen der Fußsohlen. Und ich hörte Mac leise aufstöhnen, zum Kind hinsehen und sein «Du wirst betrogen, Jugend Amerikas» vor sich hinsagen. Er seufzte.
«In ihren Bombern hockten sie, diese Burschen aus Oklahoma, aus Maine, diese Kinder Amerikas. Ach ja, sie hatten Kinder nehmen müssen, die Freude haben am Licht, am Brand, am brennenden Teppich unter sich. Ach», sagte er, und er flüsterte noch jetzt, «wie Putten hockten sie in ihren Kartonwolken und ließen sich hinüberschieben über Frankreich. Über das schöne Land da unten. In einem schönen, gemächlichen Gebrumm schoben sie über das Land und freuten sich am Mondlicht, an den Flüssen freuten sie sich, die aus den Wäldern blinkten, und sie freuten sich auf das Feuer, das man ihnen versprochen hatte. Feuerstürme, Kinder, alle Kerzen der Welt. Wie ein Teppich wird das Land brennen, wie ein Teppich die Stadt. Einen brennenden Teppich werdet ihr ausrollen, Kinder, und werdet sie verbrennen drin, die Motten.»

Das Kind aß seine Kerne. Es hatte sich von Hanselmann ein paar Kerne in die kleine Hand geben lassen und las sie mit der andern Hand heraus, kaute sie, langsam. Und es fragte Hanselmann, ob das nun drei Nüsse wären. Und ob Martin ihm gewiß auch, sicher und gewiß Licht machen würde.
«Ihr Putten aus Maine; ihr bleichen, willigen, ihr pickelgesichtigen Söhne aus Maine; ihr kleinen Söhne eurer Mütter, wie muß euch das Warten über Frankreich lang geworden sein. Wie müßt ihr begierig geworden sein auf das Licht, auf das Feuer. An das Licht dachtet ihr, an die Motten. Nichts weiter. Man hat Kinder genommen, damit sie nicht weiter denken sollen. Und man schickte sie allein.»
Mac schrie plötzlich auf: «Und sie gaben ihnen keinen Jagdschutz!»
Das Kind schrak zusammen. Es drückte sich an Hanselmann. Es hatte zu essen aufgehört, kuschelte sich an den Hals seines Großvaters, an seine Schulter; in die Arme kuschelte es sich, die Hanselmann um das Kind gelegt hatte.
«Schafskopf!» sagte Hanselmann über das Kind hin zu Mac hinüber. «Tag für Tag dein alter Quatsch!»
Das Kind sah hervor unter den Armen, machte sich von Hanselmann frei und begann wieder zu essen. Es kannte Mac. Es hatte keine Angst vor ihm.
Er redete weiter. «Und man hat sie alle heruntergeholt», sagte er. «Wie Hirsche aus Gips, wie Vögel aus Gips, wie die langsam vorbeirückenden Schießbudenböcke aus Gips mußten sie sich abknallen lassen. Ach, diese Burschen. Jung, so jung. Kinder, die sich freuen auf ihr Feuerwerk, auf das Seenachtsfest, auf Motten, die versengt werden da unten.»
Das Kind hatte die Arme um Hanselmanns Hals gelegt. Es suchte eine Stelle in seinem Gesicht, wo es ihn küssen konnte, eine Stelle ohne Haare, ohne Stoppeln. Und es würde ihn auf den Backenknochen küssen, ganz oben, nah dem Auge. Und es würde von ihm gleiten. Hanselmann würde nochmals schnell seine Füßchen zusammenpressen in seiner großen Hand, würde es dann von sich gleiten lassen und würde ihm einen Klaps geben, einen winzigen Klaps, den es kaum spüren würde unterm Hemdchen. Und es würde schon wegeilen, zu

Adrien, würde Adrien die Hand reichen, würde dann zu mir hereinschauen und würde von Mac zwischen die Knie gezogen werden.
Mac drückte das Kind an sich; gegen seine Tonne aus Gips drückte er es, die nur vom Leibchen verdeckte Tonne. Und das Kind ängstigte sich und stemmte sich gegen das Korsett, versuchte sich zu befreien. Aber er hielt es fest. Zärtlich. Stürmisch und zärtlich zugleich. Und er lachte. Sein wieherndes Lachen lachte er.
«Mein Kind», sagte Mac, «mein schönes Kind.» Und er hielt es einen Augenblick von sich weg und fragte es, weshalb es nicht bei ihm bleiben wolle. Und er nahm es nochmals an sich, schrie jetzt fröhlich: «I need a very very bad woman!» Er umfaßte das Kind mit beiden Armen, er stöhnte vor Vergnügen, küßte es schnell auf den Scheitel und ließ es laufen. «I need a very very bad woman.»
«Du erschreckst die Kleine», sagte Hanselmann. «Ich werde dich totprügeln, wenn du mir das Kind erschreckst.»
Oben war es hell geworden. Man hörte die Füße des Kindes auf die Fliesen patschen, schnell, etwas unsicher, ungleichmäßig, hörte das Patschen leiser werden. Und hörte dann eine Frau, Hanselmanns Frau, die Großmutter des Kindes, nach ihm rufen. Weit unten im Korridor mußte sie auf das Kind gewartet haben. Sie war heraufgekommen aus dem Spitaltrakt, stand nun dort, mit gebreiteten Armen, die Schenkel gespreizt, zwischen den Schenkeln breit die Schürze, wie ein Auffangnetz zwischen den Beinen die Schürze, stand und rief das Kind heran, lockte, ermunterte es, daß es auf sie zurenne, und das Kind eilte auf die Frau zu, eilte hinein in die Mulde, in die Höhle, in den Schoß, zwischen die gebreiteten Arme an die Brust.
An Ruths Brust. Ruth, die wie gesagt Hebamme ist. Die den Kindern der ganzen Stadt auf die Welt geholfen hat. Alle Kindergärten der Welt füllt sie auf, lacht Hanselmann. Ruth, die früher, als die Frauen noch nicht im Spital entbanden, die Hanselmann immer wieder einmal eins der Kinder heimgebracht hat, ein kleines Bündel eben: eine gewürfelte Schürze vor den Bauch gebunden, und darin das Kind. Das Kind einer

Arbeiterin aus den Papierwerken, einer Studentin, einer Laborantin, was weiß ich. Und die, Ruth, die also ihre Schürze auf den Tisch hebt und das Kind aus der Schürze rollt, es hinrollt auf die Tischplatte und einfach sagt: «Noch eins. Der Wurm wird nicht hungern.» Die zu Hanselmann sagt, daß das ein weiteres Kind sei, eins zu den vierundzwanzig oder dreißig, die sie schon auf dieselbe Weise heimgebracht hat, noch dazu. Eins für ihn, eins für sie. Kinder aus der Schürze, die ihre Kinder wurden. Und die ihrerseits wieder Kinder hatten und diese Kinder zu Ruth schickten, zu Hanselmann, Großkinder wie das da. Ein Kind, das Ruth entgegenrennt durch die Korridore. Mit kleinen, nackten Füßen.
Ungefähr so. Wir waren nächtelang wach. Nächtelang saßen sie auf der Treppe und redeten durcheinander. Und Mac führte sie vor, seine Spitfirekämpfe und Messerschmittkämpfe. Und einmal, im Oktober oder November, hatte Martin von seinem Podest herab, auf dem er mit angezogenen Knien saß, hatte da ins Treppenhaus herab gesagt, das sei vorbei.
«Begreife endlich», sagte er, «diese einsamen Kämpfe, dieses Messen Mann an Mann, das ist vorbei.»
«Hehrer Ritter», lachte er, «vorbei ist der Schlagabtausch, sportlich, leichtfüßig, von der Welt bestaunt, vorbei die Turniere, im Tennisdreß sozusagen, frisch gewaschen und gepudert von einer jungen Frau, vorbei die Rituale vor dem Nichts, diese Komplimente wohlerzogener Söhnchen vor den Türen des Todes: nach Ihnen, mein Bester! Vorbei das Scheibenschießen der Exklusiven, die Verlogenheit, die den andern hätschelt, bevor man ihn abmurkst, diese ganze Jagdpächtermentalität.»
«Keine Sonderklassen mehr», sagte Adrien. «Der Tod ist demokratisch geworden.»
Sie reden da herum auf der Treppe, und ich denke, Adrien hat recht. Die Demokratie ist allmächtig geworden. Das ist anders, jetzt. Das hat geändert. Wirklich: Seitdem sie Mac in die Zange nahmen über Malta, ihn von hinten nahmen, ganz unritterlich, zwei gegen einen, seitdem sie niederstachen von links und von rechts, gemeine Wespen, und ihm der Steuerknüppel aus der Hand geschlagen wurde, seitdem die Flam-

men stiegen rings um ihn, er sich nicht zu lösen vermochte, der Ausstieg sperrte, er das Fenster wegbog, halb bewußtlos schon, und fiel, sich der Schirm öffnete, der Schwimmring sich aufblies, automatisch, rings um den Hals, und dieses gebrochene Genick stützte, das Gesicht über Wasser hielt, das von den Flammen verwüstete Gesicht, seitdem er trieb, manchmal erwachend, manchmal versinkend in Ohnmacht, manchmal sich verschluckend am Salzwasser, das Brennen im Gesicht, diese Sonne, diese mörderische Sonne, die in die Augen stach, in die schutzlosen Augen, von denen die Lider gesengt waren, die stach, mit dem Salz stach, seitdem die Wellen heranrollten, immer neue, Wellen hoch, und alle drohend, und hoch, vor einem gnadenlosen Himmel hoch, und ihn überrollten, ihn hoben, ihn sinken ließen, seit jenem endlosen Mittag, seit jener Nacht, seit dem neuen Tag, bevor sie ihn herausfischten, einen Mann, der mittendurch gebrochen war sozusagen, unbrauchbar geworden für die Welt der Edlen und Aufrechten, unbrauchbar für die Zweikämpfe im Bankhaus seiner Familie, unbrauchbar für das, was sie lebenswert nennen, andächtig, seit jener Zeit, da man ihn weiterreichte von Lazarett zu Lazarett, da die italienischen Gräfinnen und Baronessen sich schmückten mit ihm, alle die geschäftstüchtigen, schöngemachten, langbeinigen Huren in ihren Parks sich schmückten mit ihm, dem großen Jäger, da sie ihn wegschoben und ihn sitzen ließen mit seiner jährlich kleiner werdenden Rente, ein leeres Versprechen von einem Mann, ein Held ja, aber sonst ein armer Teufel halt, seitdem, Mac, hat sich manches geändert. Seitdem, wie gesagt, ist die Demokratie allmächtig geworden. Seitdem sterben alle gleich.
«Gleich und gleich sind wir geworden, mein Lieber», sagte Martin von seinem Podest herab.
Und Mac stand im Dunkeln und lachte leise vor sich hin. «Du bist ein Dummkopf», flüsterte er. «Was weißt du schon, kleiner, gescheiter Dummkopf.»
Die Kerze flackerte und ließ ihr bißchen Licht über die Füße Hanselmanns hinspielen. Es war Oktober, die Kürbisse wurden reif. Und sie saßen und redeten. Das Kind war gegangen, und wir hatten dem kleinen Tappen des Kindes nachge-

horcht, dem Patschen seiner Füße auf den Fliesen. Und wir hörten nun die Stimme der Frau, ohne sie zu verstehen. Und wir wußten das Kind in Sicherheit. Wir wußten es unter den großen Brüsten der Frau, an ihrem weichen, schweren Bauch, wußten es bei der Frau, die mit kräftigen, feinhäutigen und guten Händen draußen im Spitalgarten arbeitete sonst, die in den Kohlrabis war, in den Bohnen, zwischen Gurken, die, das Kind neben sich, dort Nachmittage lang arbeitet, die manchmal einen Apfel holt für das Kind, manchmal eine trockene Pflaume, eine Feige, oder Limonade im Glas, die das Jät herauslöst zwischen den kleinen Rüben, die eine Werre zertritt und die, gebückt in der sinkenden Sonne, Bohnen aus dem Kraut liest, die zwischen den Bohnenstöcken stillsteht, die Beine unterm bodenlangen Rock gespreizt, neben den Kartoffelreihen stillsteht, neben dem spielenden Kind, und die stehend ihr Wasser löst, ohne den Rock, die Schürze zu heben, und die, wenn die Tage kühl werden, Reif liegt weit in den Vormittag hinein, die ihre Bluse aufknöpft, eine graugewürfelte oder blaßblaue Bluse, und die das Kind hineingreifen läßt unter die Bluse, damit es seine Hände wärme, damit das Kind seine Hände wärmen kann zwischen den Brüsten und unter ihnen, unter ihnen an jener Stelle, wo sie schwer und doch zart auf den Bauch fallen.
Und wir wußten, die Frau würde das Kind an der Hand nehmen und würde es hinüberbringen in seine Kammer, neben der des Großvaters, neben der Kammer der beiden Alten, in den Alkoven hinter der Küche, und würde am Bett stehen, bis es eingeschlafen wäre, das Kind.
Und es würde gleich einschlafen. Mit den noch ein wenig kühlen Füßen, mit kühlen Fußsohlen vom Gehen durch den langen Korridor. Und schließlich würden auch die Fußsohlen wieder warm werden, so warm, wie Hanselmann sie vorhin in seiner Hand gehalten hatte.
«Darin liegt deine ganze Demokratie: daß alle zu Motten geworden sind. Ausgenommen eine Handvoll Druckknopfgenerale; schöne, lässige, betreßte Scheißer, die von ihrem Bunker vierzig Meter unter Grund die automatischen Bomben hinregnen lassen über Dresden, über Coventry, über Yoko-

hama. Das ist es.» Mac seufzte. «Ah», sagte er, «wenn die ganze Demokratie sich im gemeinsamen Krepieren der Motten erschöpft, dann», sagte er, «dann spuck ich drauf.»
«Eben nicht», wehrte sich Martin. «Du bist blind. Du hast nicht gesehen, daß deine Motten den Generalen zuvorkommen. Deine Motten nämlich haben die Reinheit entdeckt, die Seife. Sie waschen sich. Und sie waschen sich selbst aus dem Pelz, sozusagen. Denn ihre Seife schäumt. Über Dresden, Coventry und über Yokohama und auch über alle die unterirdischen Bunker mit ihren feinverpackten Generalen hin schäumt sie. Turmhoch. Und die Motten ertrinken darin. Und deine Viersterngenerale damit. Denn an die Seife, an das große Schäumen, an das ganz gewöhnliche, ganz alltägliche, ganz unheldische Seifenblasenzeug all der armen Leute, der Hausfrauen und Gemüsepflanzer und Briefträger haben sie nicht gedacht, die Herren Berufsheroen. Das überrascht sie. Und also ist genau das die Demokratie, von der ich rede. Die Chance der Motten ist es: mit sich selbst rotten sie auch die Generale aus. Aus purem Versehen selbstverständlich, aber doch.»
«Esel», brummte Hanselmann. «Ganz großer, junger Esel.»
«Ich werde schneller sein», sagte Adrien unvermittelt und laut. «Schneller als die Generale, schneller als die Motten.»
«Ach», lachte Martin. «Ach. Ein Rennen gegen die Uhr. Das gelehrte Holzbein startet zum Rennen gegen die Uhr. Und wie? Und auf welcher Strecke? Darf man die Spielregeln wissen?» Er war schon immer unverschämt.
An jenem Abend erzählte Adrien zum ersten Mal von seinem Projekt Naturschutz. Nicht nur die mittelalterlichen Zweikämpfe Macs würden vorbei sein, nicht nur die kühle und aufgeklärte Vernichtung der Motten durch die Generale, dieser Kämpfer für Größe und Freiheit, sondern auch das Ertrinken im Schaum, im Gift würde nicht mehr sein, nicht mehr diese fortschrittliche Art, die Erde reinzuwaschen von allem, was lebt, was atmet, was schmutzig ist und gut.
Friede würde sein, eingeschlossen und abgeschlossen, luftdicht verschlossen in Adriens Unterwasserstadt. Nichts anderes.

«Mein Gott», lachte Martin. «Grabesstille. Du machst mir Angst. Oder darf man ein paar Dudelsäcke mitbringen?»
«Bitte!»
Und so erfanden sie an jenem Abend zur Unterwasserstadt die Totalschau dazu. Bis gegen Morgen redeten sie von ihr.

32.

Alles, sagten sie, müsse geheim bleiben. Nur auf diese Art würde es möglich sein, den notwendigen Vorsprung herauszuarbeiten, einen Vorsprung, der die ganze Welt vor fertige Tatsachen stellen würde. Und das würde also heißen, daß all das, was sie in Gang setzen würden, dannzumal nicht mehr zu bremsen und nicht wieder gutzumachen wäre. Dieses Wiedergutmachen würde auch gar nicht nötig sein, denn Adriens Projekt würde das Beste an sich sein. Was ist besser als das Paradies? fragte er. Muß irgendwer etwas noch Besseres haben?
Solange das Projekt geheimgehalten würde, würde auch niemand die Hand auf Adrien oder Martin legen können. Man würde alles bis zur Reife bringen können. Selbstverständlich würden die Aufsichtsorgane hier am Institut einige sonderbare Tätigkeiten registrieren. Aber man würde ebenso selbstverständlich einige Ausreden finden, um diese Besonderheiten zu erklären. Man konnte ja schließlich vorgeben, im Interesse des Staatssicherheitsdienstes zu arbeiten, man könnte die Herren Generale einladen, könnte ihnen ein paar Paraden und Panzerangriffe vorspielen und im übrigen darauf hinweisen, daß die ganze Sache in Entwicklung sei und nicht gestört werden dürfe, im Interesse der schöpferischen Kontinuität der daran Beteiligten nicht gestört und also auch im Interesse der Sache selbst und somit des Geheimdienstes nicht gestört werden dürfe. Etcetera.
Martin rieb sich vor Vergnügen die Hände. Es war eine schöne Verrücktheit und würde zu nichts führen, sagte er

sich, aber gerade deshalb würde es sich lohnen, ein bißchen mitzuarbeiten.
Er täuschte sich.
Die notwendigen meteorologischen Untersuchungen habe er sich seit Jahren gesichert, erklärte Adrien. Sie seien notwendig, weil an einigen wenigen, aber sehr sorgfältig ausgewählten Orten die kleinen Verdampfer aufgestellt werden müßten. Der Dampf müßte sich infolge der günstigen Lage dieser Orte ohne nennenswerte Verluste über die ganze Erdoberfläche verteilen können. Die Verdampfer zu tarnen, sei überhaupt keine Sache; man würde sie als meteorologische Meßstationen ausgeben. Da ja die Zusammensetzung und die Wirkungsweise des Dampfes nicht bekannt sein würden, da der Dampf zudem kaum wahrzunehmen wäre, würde er auch nicht bemerkt und könnte sich jahrelang ungehindert verbreiten.
Er verbreitet sich schon, sagte er. Und ihr spürt es nicht. Habt ihr es gespürt? Glaubt ihr mir's, wenn ich's euch sage? Ihr glaubt es nicht. Und so werden auch die andern es nicht glauben: weil sie es nicht spüren.
Der Dampf, den er selbstverständlich noch nicht versprühte, mit dem er uns nur Angst gemacht hatte, dieser Dampf würde unvermerkt, erst nach Jahren wirken. Seine Komponenten stünden fest. Adrien könne sie jederzeit mischen und im Rahmen seines Forschungsprogramms zur ERFASSUNG INTERKONTINENTALER STRÖMUNGEN in die Luft lassen. Unbemerkt. Und uneinholbar. Dieser Dampf würde auf eine völlig schmerzlose Art bewirken, daß die menschlichen Eierstöcke unfruchtbar bleiben würden.
«Du miserabler Tropf», sagte Hanselmann, «du Hundsfott. Meine Ruth wird dir den Hals umdrehen. Mit ihrem ganzen schönen gewaltigen Arsch wird sie dich zu Tode quetschen.»
Adrien lachte. «Sie wird nichts mehr zu tun haben. Ihre Schürze wird leer bleiben. Sie wird wie alle andern Hebammen der Welt nichts mehr zu tun haben. Ausgenommen, es paßt mir.»
«Mist», brummte Hanselmann. «Mist. Für jedes Wort gehört ihr geprügelt.»

Ich sah, wie er sich zusammenkrümmte, und sah, daß er den rechten Fuß hochzog und ihn aufs Knie des andern Beins abstützte und mit dem Messer, mit dem er eben vorhin seiner Enkelin die Nüsse aufgesprengt hatte, die Nägel reinigte, unter den Nägeln herumfuhr, an den Seiten der Nägel entlangfuhr, oben hin, in der Rinne zwischen Nagel und Haut, und ich sah ihn die Kerze näher zu sich herannehmen, sah ihn mit dem Messer die Zehennägel schneiden. Er seufzte manchmal auf, ließ den Fuß fahren, streckte sich. Er lehnte sich gegen die Treppenstufen zurück und rieb den Rücken. Und er gab schließlich Mac die Kerze in die Hand. Er wartete geduldig, bis Mac seine Zündholzschachteln in die Brusttasche gestopft hatte und mit der Kerze näher trat, damit er, Hanselmann, seine Nägel besser sehen könne.
Martin hatte gesagt, daß sich eine Unterwasserstadt erübrige, falls der Herr Professor ohnehin an eine Generalkastration seiner Archepassagiere denke. Auch die Totalschau würde sich erübrigen, alles. Zudem würde der Schaum der Motten dasselbe bewirken.
Aber Adrien wies ihn zurecht. Auch ein Assistent dürfe denken, sagte er. Und so könne Herr Martin sich vielleicht vorstellen, daß Adrien zumindest eine Grundregel kenne, nämlich die: eine Aktion ist so gut wie ihre Gegenaktion. Selbstverständlich hätte er, Adrien, zu den sterilisierenden Dämpfen Gegenmittel entwickelt. Das entscheidend Neue an der Sache aber sei, daß nicht der Angegriffene über das Gegenmittel verfüge, sondern der Angreifer. Genau dies sei der wesentliche Vorsprung.
Währenddem die Welt noch rätsle, woher die Unfruchtbarkeit wohl kommen möge, hätte er, Adrien, als der Leiter der Aktion, das Gegenmittel schon lang in Gebrauch. Natürlich würde er es sehr gezielt einsetzen. Und ebenso geheim und unbemerkt wie die Dämpfe. Und es würden nur so viele Leute in den Genuß des Gegenmittels kommen, dieser Schutzmasse, als in der Unterwasserstadt Platz finden könnten. Und die Auswahl, keine besonders schwierige Wahl diesmal, würde er, Adrien, treffen.
Er war zu Hanselmann hingetreten und sah während des Re-

dens auf Hanselmann hinunter. «Eine Tortur», sagte er, «für jeden empfindsamen Menschen geradezu eine Tortur ist es, Herr Hauswart, Ihnen bei Ihrer Fußpflege zusehen zu müssen. Dieses Messer ist ja fürchterlich. Für solche Arbeiten nimmt jeder vernünftige Mensch ein Raffeleisen oder Bims. Zur Not tut's auch eine Feile.»

Hanselmann ließ sich nicht stören. Er kratzte mit der Messerklinge den Rand der Fußsohle weg, jene Hornhautkante, die sich beim Barfußgehen bildet und die hart wird wie Leder, scharf und schartig, und mit der man am Leintuch hängen bleibt. Er saß noch immer zusammengekrümmt und war nichts anderes als ein Knäuel aus Rücken und Beinen und Schatten und Leib. Und aus diesem Knäuel heraus stöhnte und ächzte er.

Ich wundere mich immer wieder: trotz seines Alters ist er erstaunlich gelenkig. Und er ist noch immer stark. Mit einer einzigen Armbewegung könnte er Adrien von der Treppe fegen. Aber er tut es nicht. Ich frage mich, weshalb er es nicht tut. Glaubt er nicht an den Wahnsinn. Glaubt er noch immer daran, daß Ruth, seine Frau, Tag für Tag die jungen Frauen entbinden würde, daß sie hin und wieder ein Kind in der Schürze heimbringen würde und sagen: «Schau hier.» Er ist stark, Hanselmann. Und er ist geduldig.

Die Wissenschaft könne die Welt nicht weiterhin den Narren und Helden überlassen, sagte Adrien. «Mac, die Tatsachen stehen gegen dich.» Er würde das Gegenmittel in die Wasserbehälter unserer Stadt geben; das sei sehr einfach, sagte er, man könne es zum Beispiel als Versuch zur verbesserten Prophylaxe anpreisen, der Prophylaxe gegen Karies etwa. Man würde selbstredend Fluor nehmen; zur Täuschung des Stadtchemikers würde man zum altbewährten Mittel greifen. Aber dem Fluor würde auch das Mittel beigegeben sein, das die durch Dämpfe verursachte Sterilisation neutralisieren könne. Und damit würden Martins Freundinnen weiterhin ihre Kinderchen haben können; Ruth, die verehrte Hauswartsfrau, würde weiterhin entbinden und weiterhin ihre Schürzen voll Gekrächz und Gewimmer nach Hause tragen. Und die Stadt, aber genau nur gerade unsere Stadt, würde weiterhin blühen

und gedeihen. Wenn auch nur unter Wasser schließlich, wenn auch nur unter Verschluß.
Endlich würde der uralte Traum in Erfüllung gehen: die Menschheit würde sich unter Verschluß halten lassen. Und der Rest der Welt, der menschenleere Rest, würde gedeihen und blühen wie vor Adam.
Hanselmann hatte offenbar seine Füße in Ordnung gebracht. Er schnaufte laut. Er babberte ein bißchen, schneuzte sich in sein großes Taschentuch, wischte sich das Tuch über die Stirn. Und er strich die Messerklinge am Hosenbein ab.
Er nahm die Nußschalen, die noch immer neben ihm lagen, seitdem das Kind gegangen war, dalagen, und bohrte mit der Klingenspitze kleine Löcher in die Schalenhälften. Er hatte sich von Mac ein paar Zündhölzer geben lassen, hatte die Hölzchen entzweigebrochen und steckte sie nun in die Löcher, machte kleine Tiere, Schildkröten und Kühe, Tiere für das Kind, seine Enkelin.
Er stellte die Tiere auf die flache Hand, hob die Hand vor die Augen und redete mit den Tieren.
Adrien erklärte lange, wie er an die Wasserreservoirs unserer Stadt herankommen wolle, eine Kleinigkeit für einen Wissenschaftler, und wie er bewußt auf jede ausgeklügelte Methode bei der Auswahl der Anwärter auf die Arche, seine Unterwasserstadt, verzichte. «Unsere Stadt ist ein guter Durchschnitt. Was ich haben will, ist Durchschnitt. Da weiß ich, was die Leute von mir erwarten; da weiß ich, was ich zu erwarten habe. Nur nichts Besonderes, nur keine Genies! Die Auswahl ist auch sozialer so, humaner. Wir können die Stadträte mitnehmen und den Stadtgärtner, die Männer vom Fußballclub und die Rentner. Und ihre Frauen und Kinder selbstverständlich. Und jeder wird das haben, was er will, jeder nimmt, mit Martin zu reden, seinen Dudelsack mit. Jeder bekommt, schön demokratisch zugemessen, seine Butterschnitte, sein bißchen Paradies.»
Und hier begannen sie wieder von der Totalschau zu reden. Und währenddem sie redeten, Adrien und Martin, fluchte Hanselmann; währenddem sie taten, als hätten sie hier im Treppenhaus eine große Wandtafel vor sich, auf der man alles

aufschreibt, diese Formeln und Organigramme und Abläufe, währenddem sie kicherten und sich auf die Schenkel klopften, Adriens Bein knarrte im Dunkeln, die Kerze nur noch als kleines Stümpfchen flackerte und erlosch, währenddem fluchte Hanselmann und verfluchte seine Arme, auf denen er vor Jahren diesen selben Adrien hinübergetragen hatte aus den Labors in das Spital, einen verstümmelten Adrien, einen schreienden, einen mit einem zerrissenen Bein, mit zerrissenen Hoden, einen, der nie mehr würde Kinder haben können und der hassen würde in Zukunft all das, was wächst, was ohne Formel und ohne Spalier wächst, im Bauch wächst und groß ist und herrlich und jung, verfluchte er sich, Hanselmann, daß er diesen Kerl nicht hatte krepieren lassen.
Kastraten müßte man umbringen, sagte er zu seinen Nußkühen, die er auf der flachen Hand hielt. Und er blies in die leeren Nußschalen hinein und rückte sie zurecht auf seiner Hand und beschwichtigte sie, obschon sie ja gar nicht erregt waren, nicht hatten erregt sein brauchen, versprach ihnen das Kind, sagte, das Kind würde sie hüten, morgen, unten im Hof würde es sie hüten, und sie würden Kälber haben, die Kühe, und würden Milch geben, und keiner, auch dieser Gauner von Adrien nicht, niemand würde ihnen etwas anhaben können. O Gott.
Sie redeten auch von den Tauben. Man müßte den Bewohnern der Unterwasserstadt die Hoffnung nehmen. Jede Hoffnung. Nie wieder sollten sie aus ihrer Arche kommen können. Nie wieder herrschen über die Welt. Den Regenbogen müßte man verbieten. Keine Taube dürfe je zurückkehren mit einem Zweig. Man müßte, lachte Adrien, Tauben züchten, die den Heimweg nicht mehr finden. Desorientierte Tauben sozusagen, richtungslose. Was wir brauchen, ist die Richtungslosigkeit. Ein Boot ohne Anker. Die Seile, die Beine gekappt, Boos.
Ein Entrinnen würde unmöglich sein. Eingekapselt würden die Geretteten leben da unten; in der Unterwasserstadt die einzig Überlebenden. Die Welt wäre reingefegt von der Menschheit. Kein Tier würde geplagt, keine Blume zertrampelt. Eingeschlossen in ihren Glaskuben, weich wiegend sie-

ben oder sechs Meter unter der Wasseroberfläche, versorgt von ihren Filteranlagen, gespeist mit Planktonkuchen würden die Herrschaften dahinleben. Eine Gemeinschaft in der Flasche, in der Flaschenpost. Gut verkorkt.
Die Hierarchien würden dahin sein, die verdammten Entwicklungen würden dahin sein, der ganze Stumpfsinn, Wachstum und Größe, würde dahin sein. Leerlauf würde sein, großer und erhabener, heiliger Leerlauf. Verpuffen müßte jede Anstrengung wie bei einem großen Fahrrad auf Rollen, einem stillstehenden Fahrrad. Und nur die Fahrradklingel würde ein kleiner, geradezu unsittlicher Aufschrei sein in der Welt der Selbstgenügsamkeit.
Sie lachten und redeten sich während des Lachens doch immer mehr in Erregung hinein. Für sie bestand die Welt bereits aus einer einzigen ungestörten Wucherung des Urwalds. Der Naturschutz war total. Und alles, was Mensch war, war bereits zusammengepreßt im kleinen Glaskolben unter Wasser, in der Stadt, die dicht halten würde in alle Ewigkeit.
«Länger als die Berge stehen!» lachte Adrien. «Und daß mir ja keiner je sich mehr auf seinen Hinterbeinen aufrichtet außerhalb der Arche, daß ja keiner je wieder Füße bekommt und geht!» In Helikoptern würden sie die beiden Polizeigefreiten Hoffmann und Uhr über der Erde schweben lassen, die einzigen menschlichen Lebewesen außerhalb der Stadt, und würden sie die Küsten und Furten nach Fährten absuchen lassen von hoch oben herab, würden die Fährten prüfen lassen, jahrtausendelang. Und die Gefreiten hätten darauf zu achten, daß nie eine der Fußstapfen, daß nie eine Affenfährte, nie ein Abdruck des Affenfußes sich zu länglicher Form auswachsen würde. Sie hätten darauf zu achten, daß die Zehen Finger blieben und die Finger Zehen. Für immer. Solang die Welt besteht.
Und Martin, als Ozeanograph, würde für die Verpflegung mit Plankton sorgen, und er würde auch für die Dudelsäcke besorgt sein. «Für das Paradies», sagte Adrien schließlich, «für das vorprogrammierte.»
Ich wußte nicht, damals, wie sehr sie recht behalten würden. Vielleicht, denke ich oft, ändert sich die Welt durch Idioten.

Auch Hanselmann wußte nicht, was da besprochen wurde. Er redete mit seinen Nußkühen, so, wie Mac mit seinen Zündholzschachteln redete und mit dem blonden Jungen in der Messerschmitt.
Und als Hanselmann ging und während des Weggehens lang und wohlig furzte, über das Bohnenmus klagte, das seine Frau koche, jetzt oft Bohnenmus, als Mac mich aus dem Kiosk nahm und hinauffuhr aufs Dach der Geburtsabteilung, in die klare Mondnacht hinauf, saß Martin noch immer auf seiner Brüstung auf dem Podest, ging Adrien noch immer knarrend hin und her, redeten beide noch immer, und ich denke, auch sie wußten nicht, was sie redeten. Zumindest Martin wird es nicht gewußt haben.

33.

Herbst, Oktober. Ich wurde nicht klug aus dem, was sie sagten. Ich wußte nicht, ob etwas ernst zu nehmen war. Kreuz und quer redeten sie daher, Adrien und Martin. Sie sprudelten, ihre Einfälle überstürzten sich. Möglich, daß ich eingeschlafen bin zwischendurch und den Faden verlor. Ist auch gleichgültig. Manches wurde erst in den Jahren danach deutlich; manches wurde vergessen.
Wir waren auf dem Dach der Geburtsabteilung. Es war eine warme Nacht, und wir sahen über die Stadt hin, wir sahen in die wenigen hell erleuchteten Zimmer hinein, in denen die Leute lagen, in denen manchmal eine Schwester hin und her ging. Und wir sahen unten neben dem Waschraum die Tür zu Hanselmanns Wohnung offenstehen und hörten Ruth in der Küche lachen.
Ich denke, sie sind, als Hanselmann aus dem Treppenhaus zurückkam in seine Küche, sind sie hinübergegangen in den Alkoven zum Kind. Und Hanselmann hat seine Nußkühe auf den kleinen Nachttisch gelegt, auf den Nachttisch am Kopfende des Bettes. Und sie haben das Kind betrachtet und haben es zugedeckt, nicht zu stark, nicht zu schwer, denn es war eine

warme Nacht. Und sie sind wieder hinausgegangen in die Küche und haben gegessen.
Sie haben Bier getrunken und haben Bohnenmus gegessen und haben gelacht.
Ruth lacht gern. Sie sitzt und lacht und ihr Bauch hüpft unter der Schürze. Ihr Bauch hüpft manchmal so sehr, daß die Bluse aufplatzt und die Brüste herausspringen aus der Bluse.
Sie haben Bohnen gegessen, und Hanselmann hat Wind gehabt. Und er hat einen Schnaps genommen, einen Verteiler hat er in die Bohnen gekippt. Und die Frau hat ihm eingeschenkt. Sie hat sich selbst auch eingeschenkt, und sie hat ihre Schuhe ausgezogen. In Socken ist sie herumgelaufen und hat Bier geholt und Schnaps und Bohnen. Und einmal noch hat sie hineingesehen zum Kind. Und sie, Ruth, hat sich das Haar gelöst, langes, üppiges, gewelltes und immer noch ganz schwarzes Haar und hat gesungen.
Mit ihrer kleinen Stimme sang sie. Und währenddem sie sang, währenddem sie hin und her ging, währenddem sie sich hinsetzte und wieder aufstand, währenddem sie mit ihrer hohen und dünnen Stimme sang, machte sie ein paar Tanzschritte. Nur so.
Während sie ging, schwang sie sich herum. Und ihr Haar, ihre großen Brüste schwangen mit. TRITTST IM MORGENROT DAHER, sang sie, SEH ICH DICH IM STRAHLENMEER. Eine winzige Stimme, ein Piepsen eigentlich.
Und sie hat ihren Arm um Hanselmann gelegt, der am Tisch sitzt. Der da sitzt, wie immer im offenen Hemd und barfuß, mit seinen verschwitzten Hosenträgern da sitzt. Und er hat die Hosenträger von der Schulter geschoben.
Sie ist weggetanzt von ihm, seine Frau, und hat ihm und sich Schnaps eingeschenkt und hat ihn angesehen und hat die Hüften schräg gestellt, ihre großen und runden Hüften etwas schräg, einmal auf diese Seite, einmal auf die andere. Und sie hat Hoiaah gesagt und hat gelacht. Hoia hopp.
Sie hatte jetzt auch die Strümpfe ausgezogen; die Schürze zog sie aus, den ganzen Kram. In einem ärmellosen Hemdchen ist sie dagestanden und ihr Bauch schütterte. Die Hinterbacken schütterten, wenn sie herumging, und der schmalgesäumte,

ausgefranste Rand des Hemdchens überm Schamhaar querüber zitterte.
Sie hat sich den Anschein einer Tänzerin gegeben, einer richtigen; sie hat die Arme ausgebreitet und ist auf den Fußspitzen hinübergehuscht zum Herd. Sie hat die Pfanne weggehoben und hat Bohnen in ein Gefäß gekippt. Die Bohnen und die hellen Erbsen in den Bohnen platschten in das braune Gefäß.
WENN DER FIRN SICH RÖTET, sang sie, und sie brachte Hanselmann die Bohnen. Bohnen und Erbsen.
Er hat ihre Brüste über seiner Schulter gespürt, ihren Atem hat er am Hals gespürt. Und sie hat neben seiner Schulter herab nach dem Bier gegriffen und hat sein Bier ausgetrunken. Sie sang ins Glas hinein, und sie stützte einen Arm in seinen Nacken während des Trinkens.
Er, Hanselmann, hat einen Augenblick lang zu kauen aufgehört. Er hat geschwitzt; der Schweiß ist ihm von der Schläfe gelaufen. Es war warm in der Küche, Föhn. Ein warmer Abend, ein milder Herbst wie gesagt. Er hat geschwitzt, und der Schweiß lief über seine Backen und über seinen Hals hinunter ins offene Hemd, über die Brust lief der Schweiß. Hanselmann hat den Löffel einen Augenblick lang ruhig in der Luft gehalten und hat, als die Frau sich von ihm löste, hat er die Frau zu fangen versucht.
Aber es ist ihm nicht gelungen. Die Frau ist schneller gewesen, schneller als er.
Und sie hat wieder getanzt. Und er hat gesehen, auch die Frau schwitzt. Auch ihr Gesicht ist naß von Schweiß, schwer von Hitze und Schweiß, ihre Oberarme sind naß, ihre Brust. Schwer und naß. Und der Schweiß hat durchs Hemdchen geschlagen am Bauch. WENN DER FIRN SICH RÖTET, sang sie, BETET, FREIE SCHWEIZER, BETET.
Ihre Stimme bebte. Es war etwas von einer zu stark gespannten Saite in der Stimme. Sie tanzte. Und Hanselmann sah den Schweiß. Die hellen Schweißsträhnen innen an ihren Schenkeln sah er, er sah die Adern, die viel zu starken Adern, über die der Schweiß rann.
Sie schwankte manchmal. Ihre Füße klatschten auf die Fliesen, schwerfällig.

Einmal hat sie sich an ihm festhalten müssen. Und er ist aufgestanden und hat sie an einer Hand gefaßt, außen an den Fingern, und ist mit ihr herumgetanzt. Er hatte seine Beine gehoben, langsam, besonders langsam, und sie hatte ihre Beine gehoben. Neben ihm hergehend, singend, hob sie die Beine. Er hatte nur eine Hand frei, mit der andern mußte er seine Hose festhalten, weil er die Träger abgestreift hatte, vorher. Und sie tanzten in den Alkoven und ums Kinderbett und tanzten wieder hinaus in die Küche.
Und wie sie wieder in der Küche gewesen sind, die Frau und Hanselmann, hat Hanselmann, so neben der Frau hertanzend, eine Bierflasche vom Boden gehoben, hat den Springdeckel mit dem Daumen aufgeschoben und den Schaum, der da groß aus der Flasche gestiegen ist und krauste und floß und niederklatschte auf seine Füße, hat den ganzen Schaum und das ganze Bier über der Frau ausgegossen, hat es auch über sich selbst ausgegossen.
Er hat sich an den Tisch gesetzt und hat weiter gegessen. Seine Frau hat noch eine Zeitlang herumgetappt, und schließlich hat sie sich von hinten über ihn gelehnt, und er hat den Leib gespürt, seine Nässe, das Bier. Und sie hat ihre Arme von hinten über seine Schultern geschoben, hat ihre Hände auf seine Brust gelegt und hat gesungen: SEH ICH DICH IM STRAHLENMEER, DICH, DU HOCHERHABENER, HERRLICHER.
Hoia hopp, hat sie gelacht. Hoia hopp. Ihre ganze Last hat er auf sich gespürt. Und er hat gegessen. Er hat getrunken und gegessen und hat manchmal Wind gehabt. Und sie hat in sein Ohr gebissen und hat hopp gesagt, hoia hopp. Und ihre Hände sind über seine Brust hinunter gefahren. In der offenen Hemdenbrust hat er ihre Hände gespürt, auf dem Bauch hat er sie gespürt, beidseits des Nabels, in den Falten unterm Nabel, auf dem nassen Bauch ihre nassen Hände. Und er hat gespürt, wie ihre Hände hinabfuhren in den Hosenbund. DICH, DU HOCHERHABENER, HERRLICHER, sang sie. Und sie ist ihm zu schwer geworden. Er hat nicht schlucken können. Sie hat ihn zu sehr zusammengedrückt. Den Kopf hat sie ihm nach vorn gedrückt mit ihren Brüsten. Und er hat, als er die Finger im Hosenbund spürte, sich etwas aufgerichtet, er hat

die Frau mit der Schulter zurückgeschoben. Er hat sich etwas anders hinsetzen müssen. Die Hose hat ihn eingeengt, jetzt. Hoppla, hat sie gesagt. Hoiaah, Schatz, hoia hopp.
Und sie hat, einen Schritt von ihm entfernt, so, daß er sie nicht greifen konnte, hat sie sich auf die Fußspitzen geschnellt, hat die Knie durchgedrückt, nur kurz, und die Kniekehlen sind hell geworden, die Pölsterchen in weißer Haut, die Wolken aus weichem Fleisch, und sie hat, währenddem sie sich hochschnellen ließ, zu ihm zurückzuschauen versucht, so, wie eine dicke Frau eben über die Schulter zurückzuschauen vermag, und sie hat gleichzeitig, während sie ihre Knie durchdrückte, die Arme in die Hüfte gestemmt und hat hopp gesagt. Hopp. Und im selben Augenblick ist auch das Hemdchen etwas hochgeschnellt über den Hinterbacken.
Mit ihren Hinterbacken hat sie ihn geneckt. Und er hat nach ihr geschlagen. Doch er hat sie nicht erreichen können, selbstverständlich.
Er hat sie auch gar nicht erreichen wollen. Sie hat sich über ihn lustig gemacht. Sie hat das Kreuz durchgedrückt und hat ihn gefoppt, mit ihrem weichen, breiten, zerfließenden Hintern hat sie ihn gefoppt.
Und schließlich ist er aufgestanden und ist ihr nachgegangen. Um den Tisch herum ist er ihr nachgegangen. Und er ist ihr nachgestiegen auf den Stuhl, auf den Tisch. Sie hat das Hemdchen gelüpft, immer wieder einmal, um ihn auszulachen. Weil er sie nicht erreichen konnte, lachte sie ihn aus. Und die Tischplatte hat sich durchgebogen unterm Gewicht der Frau, unter seinem Gewicht.
Zwischen den Tellern und Gläsern hat die Frau ihre Füße hingesetzt und hat ein bißchen mit den Armen gerudert und ist ihm voran über den Tisch hingegangen. Und sie hat gesungen. ABER MEINE FROMME SEELE AHNT, sang sie, MEINE FROMME SEELE AHNT, GOTT IM HEHREN VATERLAND, IM HEHREN VATERLAND.
Er ist hinter ihr hergewesen und hat sich unter den Deckenbalken durchbücken müssen, er hat die Deckenlampe neben sich gehabt, und er ist in Bohnenmus getreten, die Frau hat aufgekreischt, einmal, und hat wieder gelacht und hat hopp

gesagt, hopp, und er hat auch gelacht jetzt und hat Wind gehabt, als er sich vom Tisch herunterbückte, sehr viel Wind.
Und er ist der Frau nachgegangen in den Garten.
Oktober. Eine warme Nacht. Mond. Ein voller Mond, und viele, sehr unruhige Sterne, Föhn. Und vom Dach der Geburtsabteilung sieht man in den Spitalgarten hinunter, und man sieht, Hanselmann kommt hinter der Frau aus der Küche.
Und Hanselmann hat sie zu fangen versucht, seine Frau. Er ist ihr durch die Stangenbohnen nachgegangen, die Tomatenstöcke; zwischen den Kohlköpfen ist er herumgetappt. Und einmal hat er die Frau zu fassen bekommen, aber sie hat sich gleich wieder losgemacht. Sie hat sich fallen lassen und ist ihm durch den Rhabarber davongekrochen; o du Luder, hat er gesagt, du kleines, freches Luder; Schatz, hat er gesagt, Luder.
Und er hat sie gesucht in den Mondschatten da unten, in den Büschen und ist herumgewankt und ist hin und wieder gegen das weiche Fleisch gestoßen. Er hat sich danach gebückt, nach der Wärme da in den Blättern und Storzen, aber die Frau hat sich durch die Astern, durch Schnittlauch und Rübenkraut davongewälzt. Sie hat gekichert und hat gesungen. In den niedern Bohnen ist sie gekniet schließlich und hat nach den Schoten gegriffen; nach all dem Harten, Prallen im rauhbehaarten Blätterwerk hat sie gegriffen; mit ihren nackten Armen hat sie die Bohnenstöcke umfaßt und gegen sich gedrückt; in dem kühlen Blattwerk des Gemüses hat sie Kühlung gesucht.
Und dann ist sie hinübergekrochen zum Kompost, dorthin wo die Kränze verfaulen, die Lilien und Dahlien, und sie hat aufzustehen versucht, doch sie mußte sich gleich wieder hinhocken; in die Kürbisse und in die Gurken hat sie sich gehockt, die den Kompost umsäumen und überwuchern mit ihrem Geranke, den Blättern.
Sie ist gegen die Kürbisse gestoßen, gegen die glatten und kalten, hohltönenden Früchte. Sie sind so groß wie der Leib der Frau. Und sie hat die Kürbisse, die auch, gegen ihren heißen Leib gedrückt und hat die Kühle gespürt durchs Hemdchen.

Und schließlich ist sie eingebrochen in einen Kürbis. Mit ihrem ganzen Oberkörper fiel sie in den geborstenen Kürbis hinein.
Sie hat die glatte und glitsche Kälte der Kerne am Bauch gespürt, das nasse Gekröse, das Faserige und Lappige und Schwabbelnde. Die kalte Innenseite des Kürbis war um sie. Und sie hat das Gekröse angefaßt. Sie hat sich im Gekröse aufgehockt und hat es von den Kürbiswänden, vom Kürbisfleisch gerissen mit beiden Händen, sie hat es sich um den Bauch gerieben, um den Hals, um die Brust und ins Gesicht. Ins Haar hat sie sich die Kürbiskerne gerieben. Den ganzen Leib hat sie sich vollgeklatscht. In die Leisten hat sie sie gerieben, in den Schoß.
Und sie hat laut gesungen. SEH ICH DICH IM STRAHLENMEER. Und sie hat hopp gesagt, heia hopp, als Hanselmann sie endlich hat ertasten können, und hat ihm die Hose vom Leib gezogen, und er ist hineingefallen auf sie, auf die Frau im Kürbis ist er gefallen, und seine Füße gruben sich ins Kürbisfleisch, gruben sich in den weichen Kompost, als die Frau ihn gegen sich drückte. DICH, DU HOCHERHABENER, HERRLICHER, sang sie. Und die kleine Stimme hallte vom Spitaltrakt zurück.
Sie lachte. Ihr Leib schütterte vom Lachen. Und Hanselmann sang eine Weile mit. Nur einen Augenblick lang. MEINE FROMME SEELE AHNT. Und er lachte auch. Ununterbrochen. Und er hatte Wind. Dort unten im Kompost, im Gemansche von Lilien und Chrysanthemen und Kürbissen hatte er Wind und lachte.
Und der Leib der Frau schütterte unter ihm.

34.

Die letzte, das heißt die vergangene Nacht war nicht gut. Ich war im Kiosk. Und ich schlief nicht. Zumindest hatte ich mir vorerst eingebildet, ich würde nicht schlafen.
Ich betrachtete die kleinen Aufhellungen, die hereindringen von der Straße ins Treppenhaus und einmal die Decke, einmal

die Treppenunterseite überspielen. Nur selten ist das Licht so stark, daß es die Konturen klar herauszuheben vermag; oft wüßte ich nicht zu sagen, auf welche Fläche es fällt, auf die Wand, auf die Decke oder über die Stufen hin; nur ein Schimmer steht in der Luft und erlischt.

Man könnte sagen, denkt man, daß der ganze Block von Dunkelheit hier drin leise bebt, mehr nicht, daß er in seinem Dunkelsein eine Spur unsicher wird. Es ist, sagt man sich, wie wenn der Schlaf von einer ersten Fieberwelle erzittert. Wie wenn ein Baum erschauert, ist es. Genau so.

Aber was heißt das: genau so? Man spult seinen Rosenkranz von Vergleichen ab. Man klatscht Vergleich über Vergleich, Packpapier auf Packpapier, und weiß schließlich nicht mehr, was drunter liegt. Man ist besoffen von Vergleichen. Man ist eingemauert in Vergleichen. In einem Kiosk aus lauter Vergleichen hockt man; man erstickt und verfault in Vergleichen, und das, was man meint, ist weit draußen und einfach und grausam und klar. Das hat keine Gummiärsche und keine Germanenmuskeln, das ist nicht in Illustriertenseiten verpackt.

Oder doch?

Man hockt da und schläft nicht. Man könnte schwören, daß man nicht schläft, und mißtraut gleichzeitig dem Schwur. Eidgenossenschaft, denkt man, Realität: eine verdammt unsichere Sache. Man sieht die Schwurfinger, und Mäuse kletterten dran hoch. Haselmäuse?

Man sieht dieses bißchen Licht im Treppenhaus und sieht einen Kanister, einen, angefüllt mit schwarzem Saft, und ein Tropfen Weiß fällt in den Saft und löst sich schnell auf. Und gleichzeitig hört man die Schritte draußen auf dem Kiesplatz, hört zwei Männer über den Kiesplatz gehen und reden.

Es ist das lange Schweben zwischen Wachsein und Schlaf: Die Hügelrücken verschieben sich. Man läuft die Berghänge hin, an einem klaren und feuchten Tag, man läuft durch Löwenzahn, durch Hahnenfußmulden, gelbe, durch Kerbel. Und jemand läuft mit. Gutgut. Und man kommt zu einem alten Baum, zu einem Stamm kommt man, der bedeckt ist mit Schorf, der bedeckt ist mit grauem Zeug, moosig, und aus

dem ein paar Stummel ragen als winzige Krone, als klägliche, verkrüppelte Krone.
Die Krone aber blüht.
Kennst den, sagt man zu der Frau, die neben einem her gelaufen ist und nun stillsteht. Kennst den? Und man steht und sieht: das Blühen hat die Krusten aufgebrochen; diesen zu Stein gewordenen Stamm hat es aufgebrochen. Da ist der Lehm aufgestiegen, denkt man, ist Stamm geworden, stark, hat sich am Himmel wund gerieben, hat sich zerteilt, ist zerfasert, ist ausgebrochen aus seiner Schwere und ist Duft geworden, Blust.
Der reine Wahnsinn ist das, sagt man, ein alter Narr steht da und erlaubt sich die Unverschämtheit und blüht.
Könnte Boos sein, sagt man. Ist einer uralt und zugemauert rundum und leistet sich plötzlich Gefühle. Aus allen Ohren blühen sie ihm, aus den Nasenlöchern, aus den Fingernägeln, aus allen Rissen. Der Klotz, Basalt oder Speckstein, bekommt unvermittelt seine Schweißausbrüche und schwitzt Licht. Ein wildes Gefunkel. Und tut sich weh dabei.
Wette, sagt man, daß es weh tut. Dem alten Narren tut es weh, wenn er aufgesprengt wird von innen her. Blust tut weh. Helle tut weh. Das reine Spital ist das.
Eva hatte mir den Mund zu schließen versucht, damals. Wir rannten über Wiesen, und sie holte mich in einer Erlenmulde ein. Sie hängte sich an mich und schwang ringsum. Dummer Bub, sagte sie, ein Baum, der rennt, hast du das gesehen? Ein Baum, der wegrennt, wenn ich komme?
Und, denke ich, sie knüpfte ihre Schaukel in den Baum.
Sie hatte nicht verstanden, was ich meinte. Oder sie hatte zumindest so getan, als würde sie es nicht verstehen. Ein Baum, hatte ich gesagt, eine Ruine von einem Baum steht da, tatsächlich, und steckt sich Kirschblüten ins Haar. Ein Greis, der singt.
Fahrlässig ist das, schlimmer als ein Loch im Sack, so schlimm, wie in der schön abgezirkelten Welt, in der polierten Welt unvermittelt aufsteigend eine Spalte mit Glut.
Machen wir schnell weg, nicht wahr. Können wir nicht zulassen, nicht wahr. Wickeln wir ein, wie die Spinne jene Fliege einwickelt, die ihr die Geometrie des Netzes stört.

O ja! machen wir ein Bündel draus! Machen wir die Gefühle tot! Rein soll die Welt wieder sein wie eh und je; kalt und tonlos und geometrisch und rein. Fügen wir, was wir zu fügen haben, ein ins größere Gefüge, fugenlos. Seien wir das Quadrat unter Quadraten! Bedenken wir doch: der Traum der Frommen ist makellos kariertes Papier. Der Traum der Gerechten ist das Gitter. Schande über alles, was kraus ist und blüht!
Der Gerechte liebt, was tot ist.
Man ist eine Weile stehen geblieben und hat ins Tal hinausgesehen, über die blassen, mit Schaumkraut bedeckten Weiden hin. Und man hat gesagt, daß man sich schäme. Man wollte nicht ungezogen werden, man wollte die keimfreie Welt nicht stören, wollte nicht in den Kronsaal kacken, versteht sich.
Man verwünscht die Füße, die breiten und etwas zu schwammigen Füße, die hineintrampten ins spiegelblanke Parkett. Und man lacht ein bißchen dabei.
Man spürt die Hüfte Evas gegen die eigene Hüfte stoßen. Wer lügt da? fragt sie. Einer, scheint mir, heuchelt; der versteht sich ausgezeichnet aufs Lügen. Was sind das für Kerle, die große Worte machen?
Und die Frau hat sich hingehockt und hat die Waden des Mannes umfaßt. Sie hat seine Füße geküßt. Und ihr Haar fiel über seine Füße.
He, hat der Mann gesagt, bin ich ein Götze? Bin ich aus Stein? Die Frau lachte nur. Und wer schwitzt? hat sie gefragt. Und wer blüht? Und was glöckelt da kraus aus den Schäften?
Und man hat sich neben die Frau hingesetzt und hat ernsthaft zu reden versucht. Man hat auf die Dotterblumen gezeigt, die schwankten und auf und ab gerissen wurden unten am Bach. Und man hat, denke ich, von irgendwo herein den Kuckuck rufen hören. Man hat Vögel gehört. Vögel gibt's immer. Und man hat die verdammt dumme Sache mit dem Baum vergessen. Ein Baum, der Basalt ist, oder Speckstein, oder Lehm, weiß der Teufel. So Blödsinn.
War das Traum? War es Wachsein? Einmal drückte sich eine Stirn an die Scheibe vor mir. Su sah herein. Es konnte nicht anders sein. Ich hatte die Türe nicht zuschlagen hören. Ich

hatte keine Tritte gehört. Und dann war auf einmal dieses Gesicht da. Ernst, bleich. Auch in der Nacht, bei diesem wenigen Licht, sah man, daß es bleich war. Aufmerksam war es und ermüdet. Sie wollte wohl wissen, ob ich schlafe. Ob ich überhaupt da sei, wollte sie wissen, ob Mac mich mitgenommen habe auf seine Sauftour.
Ja, dachte ich, schau nur. Und ich hob die Hand, um zu winken.
Ich bildete mir zumindest ein, ich hätte die Hand gehoben. Man ist wach und schläft doch. Man hört die Schritte aus den Korridoren, dieses Klappklapp, das sich überlagert, das sich aufstockt, das sich trifft, und das wieder in Geplapper und Gewisper auseinanderfällt. Das Reiben der Hosenbeine gegeneinander hört man, den scharf sirrenden Ton, wenn man schnell davonläuft, wenn man schnell hinter jemandem herläuft, wenn sich gerippter Stoff an geripptem Stoff reibt. Und man hört das Schlagen gegen Kleider, gegen einen Leib, gegen Haut.
Die machen Fangspiel in den Korridoren, denkt man. Fangspiel die Treppen hinauf und hinunter. Und sie balgen sich.
Man hat Su gesehen vor dem Guckloch und kurz nachher das Gesicht des langen Lümmels. Und man möchte aufwachen und sagen: es ist nicht wahr. Man möchte den Arm heben können und kann nicht. Und man möchte schreien und öffnet den Mund – und es kommt kein Schrei. Nichts reißt dieses Huschen und Schlagen auseinander, dieses leise Wimmern und Stöhnen und Ächzen jetzt.
Die Laute waren ganz nah; gedämpft, aber nah. Und die Schatten balgten gerade vor dem Kiosk sich herum. Sie hoben sich manchmal vor mein Gesicht, und mein Gesicht stand mitten in den Schatten.
Sie hatten Su gefangen. Sie hatten Su die Arme auf dem Rücken zusammengepreßt. Man hatte ihr den Mund zugehalten. Man hat ihr das Kinn gegen oben gedrückt, um nicht gebissen zu werden. Man hat sie von hinten gefaßt und hat ihren Hinterkopf gegen die Brust gedrückt, hat ihren Kopf nach oben gedrückt, den Mund hat man zugedrückt. Und ihr heller Hals ist offen dagelegen.

Und man hat in dieses nach oben gedrückte Gesicht hinein geschlagen. Man hat von hinten die Knie gegen ihr Gesäß gestoßen, gegen ihre Kniekehlen, man hat ihre Füße unter ihr weggeschlagen. Und man hat sie hingeworfen auf die Stufen. Mit den Schuhen haben sie gegen den Leib des Mädchens getreten.
Man hat leise geflucht, weil es sich wand und zu beißen versuchte, weil es gekratzt und geschlagen hat. Weil es strampelte. Aber man ist mit seinen Beinen schon zurechtgekommen. Da kommen wir schon zurecht, du Luder, du gottverfluchtes, hat man geflüstert. Hast die Frechheit, dich rar zu machen, kleine, elende, dreckige Hure du. Ausgerechnet du machst dich rar.
Da waren mehrere Stimmen. Und das Gewisper, das leise Zischen und Keuchen füllte das Treppenhaus. Man ist auf Su hingekniet. Man hat sie im Griff gehabt, endlich. Man hat sich gewundert, wie stark sie war, wie geschickt sie sich zu wehren vermochte, wie der Kopf einem immer wieder entschlüpfte. Und die Bisse haben weh getan. Du hinterhältiges Dreckweib, du. Man ist in Rage geraten. Wer sollte da nicht in Rage geraten, wenn einen die Absätze einer Frau ans Schienbein treffen?
Man hat sie sicher. Ihren Kopf hat man sicher. In der Beuge des Arms hat man ihn. Zwar, einmal läßt sie sich schnell fallen und windet sich zur Seite, und man stolpert ein paar Stufen tiefer. Aber es hilft nichts. Man fällt auf die Frau. Man hat Daumen und Mittelfinger in ihre Wangen gegraben und drückt ihr die Nase auf den Mund. Man hat ihr die Nase plattgedrückt und hat ihr den Schnauf genommen. Was denkst denn du? hat man gefragt. So einfach also hast du dir das gedacht?
Und man hat die Beine zwischen den ihren gehabt und hat einen Augenblick ruhen müssen, verschnaufen hat man müssen. Und man hat diesem Leib, der nun still war unter einem, immer noch mißtraut. Denn der Leib war gespannt.
Da sind mehrere gewesen. Man hat zwar nicht in dieses Gesicht hinabsagen können: so hast du es haben wollen, nicht wahr? Man hat nicht langsam mit der Hand unter das Hös-

chen fahren können und hat nicht sagen können: paßt dir so, nicht?
Darauf hast die ganze Zeit gewartet, nicht? Zier dich nicht so, das kannst jederzeit haben. All das ging nicht. Man mußte die Kleider wegreißen unter sich und mußte den Leib, das Kreuz gegen die Stufe drücken, die kantige Stufe.
Und er hatte das Gesicht des Mädchens nicht neben seinem, weil es das Gesicht mit einer wilden und letzten Anstrengung zurückwarf, um eine Berührung mit dem seinen zu vermeiden.
Es sind mehrere gewesen. Sonst wären sie nicht fertig geworden mit ihr, mit diesem Leib, der sich immer wieder zusammenkrümmte und wegschnellte, der war wie ein sehr glatter, sehr kräftiger Fisch, und sich wand und sie abprallen ließ.
Und schließlich doch einbrach, erschöpft.
Du hast Su vor dir und regst dich nicht, Boos. Du bist wach und siehst alles und schläfst doch. Du vermagst den Arm nicht zu heben. Hier nicht; bei Su nicht, nicht bei Eva. Verflucht seist du, Boos; eingemauert in Ohnmacht. Hilflos. Versteint. Verflucht seist du.
Ich schrak auf, als der Lichtschalter knackte, als Licht mich blendete.
Su stieg die Treppen herab. Sie hinkte. Und sie blutete aus der Nase. Mit dem Handrücken tupfte sie das Blut weg. Sie strich das Haar aus dem Gesicht, suchte herum, hatte Mühe zu sehen, fand einen Schuh, stellte ihn mit dem Fuß auf, schob den Fuß hinein, rückte den Gürtel zurecht währenddem. Sie wischte sich über die Innenseite der Schenkel und stieg an mir vorbei hinunter zur Tür.
Sie öffnete und ging hinaus.
Ich trommelte gegen die Innenwand des Kiosks. War wach jetzt. Wach!
Ich versuchte zu schreien. Ich stieß den Stuhl gegen die Tür, ich warf die Schubfächer gegen das Guckloch. Was ich erreichen konnte, schlug ich kurz und klein.
Und dann kam Mac. Seine Augen traten groß aus dem kleinen Gesicht. «Was ist?» hat er gefragt. «Bist du verrückt, Boos? Es ist nichts», hat er gesagt, als ich weiter um mich schlug. «Es

ist nichts. Du bist erregt. Aber es ist nichts.» Er hat mich herausgeholt aus der Koje und hat meine Stirn befühlt. Er hat sich nicht wegjagen lassen. «Du bist erregt. Und du weinst oft letzte Zeit. Was du nur hast?»
Er ließ alles liegen, wie ich es hingeworfen hatte, und schloß ab. Er fuhr mich durch die Straßen. Es dauerte lange, bis ich die Kühle fühlte.
Jener alte Kirschbaum, der blühte, muß eine Wildkirsche gewesen sein. Irgendwo in nassen Weiden, in Schlipfen. Ich habe Eva eine Blüte herausgebrochen. Eine einzige.
Was ausbricht aus dem Stein, gehört dir, hat man gesagt.
Und es tut weh? fragt die Frau.
Schon, sagt man. Aber was macht das aus?
Mac fuhr mich über die Hügelrücken hin. Der Morgen war hell. Die Berge standen groß auf im Osten. Es würde ein schöner Tag werden.

35.

Anja hat Recht behalten. Martin ist nicht zurückgekommen. Er hat nicht geschrieben. Keiner weiß, wo er ist. Auch Su weiß es nicht.
Das Mädchen kommt oft an den Kiosk. Es fragt, wie es mir gehe. Und es steht da an der Theke, schaut mich prüfend an und lacht. Es greift nicht mehr in die Zigarettenkiste. Es raucht nicht mehr. Es steht da, ruhig, entspannt, und lacht.
Seine Lippen sind breiter geworden, weicher. Die Haut des Gesichts ist weicher geworden. Besonders die Haut um die Augen ist weich, fast durchsichtig. Und jene unterhalb des Halses, im Ausschnitt der Bluse zeigt an, daß auch die Brust weich ist, quellend, hell, mit Geäder in der Helle.
Das Mädchen hat nichts gesagt. Es hat nicht nach Martin gesucht. Nach keinem. Es lacht. Es steht da, und man sieht diese Haut, das Leichte und Flockige. Und man weiß, bevor der Bauch sich zu wölben beginnt, weiß man, daß es wegen dem Kind ist.
Man fragt nicht, von wem das Kind sei. Es scheint, auch das

Mädchen frage nicht. Vielleicht, weil es ohnehin klar ist, vielleicht, weil es dem Mädchen unwichtig ist. Weil nur noch das Kind zählt.
Da unter der Haut, der sich straffenden und dünn werdenden Haut, unter der weißen und bläulichen und manchmal braunen Haut, durch deren Blässe die Adern groß hervorscheinen, unterm Nabel und unterm leicht fallenden Hemdchen ist das Kind. Und das ist das einzige jetzt, das zählt.
Der Blick ist anders, wenn man an das Kind denkt. Die Lider der Frau sind anders und auch die Wimpern. Die Fältchen in den Augenwinkeln sind anders und die Schläfe ist anders. Und sie sind anders, weil das, was die Frau denkt, anders geworden ist.
Und so ist auch das Licht überm See nicht mehr dasselbe. Es ist kräftig, das schon, aber es ist nicht hart. Es schmerzt nicht. Aufgetürmt liegt es über der blanken, an einigen Stellen milchblau gerippten Fläche. Und es steigt durch die baumbestandenen Hügel hinauf in die Felsen. Über die Wolken steigt es und über das flauschig lila und gelb verfärbte Blau des Dunstes, bis hinauf zu jenem höchsten Blau, das dem Blau des Sees genau gegenüber hängt. Zu Stäben bündelt es sich, dieses Licht, das sieht man erst jetzt. Stäbe am Ufer diesseits und am Ufer jenseits; aufragende Stäbe gleichmäßig über das Wasser verteilt; und die Stäbe halten sie auseinander, die Decke da oben, die blaue, und den See darunter; und die Segelschiffe, das Weiß der Firste, die Dörfer und Mauern leuchten daraus hervor.
Das ist anders. Das Blinken überm Gras, so, als würden mit spitzen Fingern Tropfen hingehalten. Und die Tropfen platzen. Und dabei ist kein Regen gefallen. Es ist nicht Tau. Es ist das Licht.
Das Licht ist am Rumpf der Boote. Im Flug der Wasservögel ist es, in ihren gespreizten Federn, in den Spritzern. Es ist überall. Auch innen im Leib ist es, denkt man. Etwas davon wird auch in den Leib kommen, auf dem Blut vielleicht, durch die Haut, durch diese Haut, die sich um den Leib spannt. Und man denkt, es müßte eine Hand da sein, die sich auf den Leib legt manchmal. Eine, die seine Wärme spürt und die

macht, daß er die Wärme der Handfläche ebenso spürt. Eine Hand, die macht, daß die Wärme eingeschlossen bleibt zwischen der Wölbung des Bauches und ihr selbst, daß sich die Wärme mischt, jene der Hand und jene des Leibes. Jene des Mannes und jene der Frau; jene, die schon nicht mehr allein die Wärme der Frau ist.
Oh, sagt die Frau, es bewegt sich. Sei still, erschrecke nicht, sagt sie. Spürst du?
Und sie legt ihre Hand auf die Hand des Mannes. Und sie wartet. Und einmal schaut sie in das Gesicht des Mannes und will sehen, ob er es spürt.
Eine ganze Zeit lang ist da nichts zu spüren gewesen. Das ist es nicht: nicht das leise Lachen der Frau, nicht ihr Herzschlag. Alles ist ruhig. Doch einmal stößt es gegen die Wand, an die Bauchwand, von innen. Unvermittelt und kräftig. Ungeniert.
Und der Mann erschrickt und will die Hand wegziehen. Aber die Frau lacht. Sie lacht ihn aus, den Mann. Sie ist mutiger als er. Alles, was ihn erschreckt, ist ihr schon selbstverständlich geworden, ist tief in ihr. Mit dem Schrecken in sich läuft sie herum, und lacht.
Das ist ein Grobian, sagt der Mann, der da drin in dir. Wie der umgeht mit dir. Gar nicht sorgfältig geht der um mit einer schwangeren Frau. Schämen soll er sich, tatsächlich.
Und sie hat die Hand des Mannes zwischen ihre Brüste gelegt und hat einmal die Hand geküßt. Als hätte man ein Tier, eine Katze oder ein Zicklein, in einen Sack gesperrt, so ist das, denkt der Mann. Und er sagt es der Frau. Doch sie lacht auch jetzt.
Wenn man dich einsperrt, sagt sie, verstehst du, dich, da in den Sack sperrt, und zubindet, oben und unten, ringsum, du würdest dich wehren, nicht wahr?
Sie hat seinen Kopf genommen, den Kopf des Mannes, und hat in sein Gesicht hinein gesehen; und sie hat gesehen, daß er Angst hat. Sie wird viel lachen müssen, um ihm die Angst zu nehmen, denkt sie. Sie muß gut sein mit ihm. Ja, sagt sie, ich möchte dich so haben, so. Und sie hat sein Haar am Nabel; zwischen Brust und Nabel hat sie sich seine Wange auf den Bauch gelegt.

Sie sind beide still; und sie weiß, daß er horcht. Mit weit offenen Augen horcht er und wagt nicht zu sagen, daß er sich fürchtet.
Sie streichelt seine Braue; seine Lippe streichelt sie. Ja, sagt sie, du mußt mir sagen, was du hörst. Es ist nur mein Magen. Und er hat das Beben ihres Leibes am Ohr, weil sie ihn noch immer auslacht.
Dabei hat er wirklich Angst. Einmal wegen dem, das sich nun gleich unter seinem Ohr regen wird, das gegen das Ohr, gegen die Schläfe stoßen wird, und dann wegen dem andern. Er vermöchte nicht zu erklären, was es ist. Ihr Lachen wahrscheinlich. Noch nie war sie so froh; noch nie war sie so sicher gewesen mit ihm. Noch nie hatte sie ihn zu erschrecken gewagt. Erst jetzt, mit diesem Kind in sich, dem Kind, das ihm fremd ist und ihr schon vertraut, jetzt ist sie sicher geworden.
Das ist fremd, denkt er. Und das Fremde macht sie sicher. Sie selbst wird fremd. Sie steht auf der Seite des Kindes. Sie ist gegen mich, genaugenommen. Und er weiß, daß sie lacht, um ihn zu beruhigen. Und sie lacht auch, weil er selbst zum Kind geworden ist, wieder. Sie wird von nun an zwei Kinder haben, ein großes und ein kleines. Und sie wird aufpassen müssen, daß keins zu kurz kommt. Sie gräbt ihre Finger in sein Haar und schüttelt seinen Kopf leicht an ihrem Leib.
Er wird sich daran gewöhnen, denkt sie. Er wird sich entspannen. Und wenn er sich entspannt, wird auch die Freude in ihn kommen. Und er wird singen; morgens, wenn er über die Hügel hingeht zur Arbeit, ohne daß er es merkt, wird er singen, ja, an der Maschine auch, oder unten im Waschraum.
Die Frau sieht die Gardine hereinwehen vom Balkon, sieht die weiße, leichte Gardine sich blähen im Luftzug und in der Sonne. Und sie sieht das Spiel des Lichts an der Decke, das hereingespiegelt wird von einem Waschzuber. Und sie denkt an das Lichtnetz, das die Wellen hinwerfen an den Bug eines Schiffs, an einen Bug, der noch im Schatten liegt und auf dem das Netz des Lichts klar hervortritt; ein weich und schnell sich bewegendes Netz, das sich verzieht und spannt und das wieder zurückfindet in die frühere Form, und weiter-

schwingt; eines, das schwingt und schillert und schlingert und doch stets am selben Ort ist. Hin und wieder zeichnet sich ein Knoten stärker ab, so, als wäre dort das Licht hängen geblieben. Und eine Ente schaukelt im Netz.
Du hast mich vergessen, sagt die Frau. Du schläfst.
Aber er hat nicht geschlafen. Er hat an den Fremden gedacht, der an sein Ohr pochen wird und der diese Frau genommen hat wie ein Burgherr eine Burg nimmt; an den Prinzen denkt er, der sich verschanzt hat da in diesem Leib. So ist es: der Leib ist eine Burg. Und wie die Burg nicht fragt, wer ihr Herr sei, so wenig fragt dieser Leib danach, wer ihn besitze, der alte oder der neue Herr eben, der Mann oder das Kind. Dieser Leib fragt nicht danach, wer verdrängt wird. Man ist ein Landstreicher zuletzt, denkt der Mann, außen ist man.
Er hat sich noch nicht daran gewöhnt, daß er nicht mehr allein sein wird mit ihr. Du bist eine Burg, sagt er. Und der Burghügel lacht unter ihm.
Da ist ein Prinz, der regiert.
Die Frau ist mit der Fingerspitze seiner Ohrmuschel nachgefahren. Sie hat mit der Fingerspitze eine Haarsträhne berührt, ganz außen. Sie hat sein Haar im Nacken betupft.
Ich bin keine feste Burg, sagt die Frau. Die Burg hat Risse, lacht sie. Weißt du, sie hat, flüstert sie in sein Ohr, die Burg hat Gelüste.
Sie spürt: der Mann hebt den Kopf. Unmerklich fast. Das Ohr löst sich nicht von ihrem Leib, aber das Gewicht ist geringer geworden da auf ihr. Sie weiß, daß er verstehen will, was sie meint, und daß er sie nicht verstanden hat. Und sie weiß auch, daß er gleich nochmals erschrecken wird.
Ich bin ein Unding, sagt sie.
Ist man ein Unding, wenn man Gelüste hat? Nein höre: nicht nur beim Essen. Das auch, ja. Aber nicht nur. Nicht nur beim Trinken. Andere. Ist das schlimm: andere?
Und sie lacht wieder, weil er erstarrt, weil der dumme Bub vor Schreck ganz starr wird. Und sie nimmt seinen Kopf und hebt sein Gesicht zu sich her. In dieses ratlose Gesicht hinein schaut sie und lacht. Und sie schimpft mit ihm, natürlich, und sagt, daß das durchaus nicht schlimm sei, daß das ganz das Übliche sei, gewöhnlich.

Und sie hat seinen Mund berührt. Ihre Lippen fassen zart seine Unterlippe. Und sie lacht selbst jetzt noch, unter seinem Kuß.
Ihr Mund ist weit und weich offen. Die Lippen scheinen größer; der ganze Mund scheint größer geworden zu sein. Und der Mann denkt, wie er sich etwas von der Frau weghebt, denkt er, daß die Lippen nicht mehr so klar geschnitten seien, daß sie manchmal ohne Farbe seien, ohne feste Form, einmal fleckig, einmal blaß. Die Schönheit ist an manchen Stellen unsicher geworden, denkt er, verwischt. Es ist eine andere Schönheit jetzt. Da ist ein weiches Sprühen. Er liebt es. Er muß sich eingestehen, daß er diese neue Schönheit liebt, die mit dem Fremden in sie gekommen ist.
Fremd? fragt sie. Ihr werdet euch vertragen. Du wirst sehen. Ganz prima wird das gehen. Einen Freund wirst du haben. Fahre hier drüber hin, sagt sie, nein hier.
Sie führt seine Hand eine Weile. Und er hat ihre Hüfte berührt, er hat die Mulde gestreichelt zwischen Hüftknochen und Bauch, jene, die klein geworden ist. Und seine Hand hat auf der Kuppe des Bauches gelegen. Mit dem Mittelfinger hat er den Nabel umfahren. Und er hat gespürt, daß die winzigen Härchen in der Mitte des Bauchs, kaum eine Handbreit unterm Nabel, dort, wo sonst eine kleine Rinne war, daß sich die Härchen aufgerichtet haben.
Sie hat gesehen, daß er unsicher ist. Mit ihren Gelüsten hat sie ihn unsicher gemacht. Und sie sieht, daß er dem Kind nicht schaden will.
Das schadet nicht, sagt sie. Und sie neckt ihn jetzt. Sie kitzelt ihn. Du nimmst ihn schon in Schutz, sagt sie, den Kerl da drin. Gegen das Unding und seine Gelüste nimmst du ihn in Schutz. Ach, ich verstehe: du bist seine Leibgarde.
Sie krault sein Haar. Sie hat seine Nase gezupft. Hab keine Angst, hat sie gesagt, dem geschieht nichts. Und zwischen zwei Küssen hat sie auch gesagt, daß die Leibgarde zur Burg gehöre, ganz ohne Zweifel. Und sie hat ihr Ohr gegen das seine gedrückt.
Lange liegt er neben ihr und sieht zur Decke und sieht die Reflexe, die hereinspielen und spinnen und sich dehnen und die

doch als Ganzes unverrückbar sind. Und die Hand liegt auf dem Leib der Frau.
Daran denkt man. Eine Hand müßte auf dem Leib liegen, leicht, und müßte der Wölbung dieses Leibes gut tun. Nur das.
Es wird noch Monate dauern. Su ist nicht schwerfällig, noch nicht. Sie steigt leicht die Treppen auf und ab. Ihr Haar fliegt, wenn sie steigt. Aber ich denke, sie hält die Arme etwas näher am Leib. Es ist, als wolle sie die Arme jederzeit bereithalten für diesen Leib. Und sie greift manchmal schnell unter den Bauch, wenn sie von den Korridoren herabsteigt, so, als müßte sie ihn stützen.
Hanselmann hat ihr Sentas Wohnung bereitgemacht drüben. Und sie fährt mich jetzt jeden Abend zu sich in die Waschküche unter der Wohnung. Es ist so, wie es mit Senta war. Nur daß Mac nicht über mir herumgeht und seine walisischen Lieder singt. Aber ich kann ihre Schritte hören über mir. Ich höre sie ihre kleinen Arbeiten verrichten.
«Du sollst nicht allein im Kiosk sein», hatte sie gesagt. Und sie hatte die Kellertür aufgestoßen neben dem kleinen Hof, sie hatte die Spinnweben von der Decke gewischt, vom Trottenbaum, sie hatte den Unrat weggekehrt, die alten Vogelnester, die Wespennester, die Filzknäuel und Wollknäuel, die von den Mäusen hergetragen worden waren die letzten Jahre, den Mäusedreck. Sie hat nicht gesagt, daß der lange Lümmel an den Kiosk kommen könnte und daß sie sich davor fürchte. «Es ist einfacher so», hat sie gesagt. «Ich kann dir eine warme Suppe bringen, etwas Gemüse. Ich muß nicht hinüber ins Treppenhaus gehen, wenn ich nach dir sehen will.»
Am Abend, nach neun, wenn das Treppenhaus leer ist, wenn die Hörsäle sich längst geleert haben, kommt sie und schließt den Kiosk auf. Und Mac kommt oft mit und hilft.
Er ist verliebt in Su, das sieht man. Er macht seine steifen Verbeugungen. Und er lacht dabei übers ganze vernarbte Gesicht. Er läßt seinen roten Haarschopf nach vorn fallen, den schüttern Schopf, er breitet seine von Brandmalen überfleckten Arme aus, und er macht Su seine Komplimente. Er besieht ihren Bauch und dreht sich langsam und steif zu mir her und

will wissen, ob ich dasselbe gesehen hätte. Und er nennt Su schön. Unverdrossen und unverschämt. Die schönste aller Prinzessinnen.
Und Su dankt artig für das Kompliment und schiebt ihm die Watte unters Korsett und bittet ihn, den Rollstuhl festzuhalten.
Zusammen lassen sie mich über die Stufen hinabgleiten.
Einmal hatte Su versucht, mich vom kleinen Hof über die Stiege in ihre Wohnung hinaufzubringen. Und da hat sich Mac für mich gewehrt. Für mich und das Mädchen. Das sei unsinnig, hatte er gesagt. Ich möchte lieber unten bleiben. Su würde mich ohnehin nicht die steile Stiege hochbringen, ohne sich zu gefährden, ohne einmal mit mir, mit dem Rollstuhl zu stürzen. Selbst für zwei Männer, für Hanselmann und ihn, Mac, wäre das zu schwer. «Boos ist aus Blei», hatte er in seinem Eifer gesagt, «aus bestem, altem, gut abgelagertem Blei.» Nein, ich würde auch im Winter nicht frieren. Ich sei manche Winter da gewesen, unter Sentas Zimmer, und hätte nie gefroren. Und schlimmstenfalls, allerschlimmstenfalls könne man mich bei Frost noch immer wieder einmal in der Koje lassen. Der Kiosk sei geheizt. Und schlafen würde ich im Sitzen. Da jedenfalls sei nichts daran zu ändern.
Nein, sagte er, ein Bett würde ich keins brauchen, und daß Hanselmann mich in der Leichenhalle wasche, das sei nichts Besonderes, daran hätte ich mich längst gewöhnt. Einzig das Haarschneiden hat er nicht gern. Da zwickt ihn Hanselmann immer wieder einmal ins Ohr. Wenn Boos ekelhaft ist, zwickt man ihn ins Ohr. Dann beschließt man, Haare zu schneiden und ihm eins zu zwicken.
«Ihr seid verrückt», hatte Su gesagt. «In der Leichenhalle!»
Sie konnte nicht wissen, daß ich gern durch den Kühlraum fahre und die Füße besehe, die Füße manchmal schnell streichle, die daliegen, gegen mich gekehrt, alle die schönen, guten, aufgestellten Füße.
Sie würde mich in Zukunft besorgen, sagte Su. Sie würde mich waschen. Und sie hörte gar nicht auf Mac, der aufgeregt auf seiner Gipstonne herumtrommelte und sagte, das wäre unvernünftig, wirklich. Ausgerechnet jetzt mich besorgen,

mich waschen wollen, jetzt, in dem Zustand, in dem Su sich befinde, jetzt, da das da, und er klatschte auf die Tonne vor dem Bauch, da das da Schönheit brauche. Schönheit, um ein schönes Kind zu werden. Ah, sagte er, ein schönes Kind, I need a very very bad woman.
Sie wurde wütend und nannte ihn einen Dummkopf, hieß ihn gehen. Sie rollte mich in die alte Waschküche und wusch mich. Sorgfältig. Und sie brachte es fertig, daß es mir nicht unangenehm war.
Sie kommt an den Kiosk, oftmals am Tag. Und ich schau ihr zu, wenn sie die Treppe herabsteigt. Und ich denke, jede Woche wird sie etwas schwerer. Jeden Tag steigt sie etwas langsamer, hält sie die Hand etwas länger unterm Bauch. Und ich freu mich auf das kleine Quäken in Sentas Wohnung über mir, auf das Hinundhergehen in der Kammer, die jetzt Sus Kammer geworden ist.

36.

Langsam fuhr ich in der Waschküche herum und wartete auf den Morgen. Ich achtete darauf, daß ich nirgends anstieß. Mit der gesunden Hand trieb ich das Rad an. Ich drehte mich im Kreise. Um den Trottenstock rundum. Die Brust schmerzte. Und die Beine schmerzten. Ich zwang mich, die Runden zu zählen, die Griffe zu zählen, mit denen ich den Karren weiterbrachte. Und ich rechnete die Anzahl der Griffe aus, die ich für drei Dutzend Runden brauchen würde.
Ich kenne eine ganze Menge Tricks, die Zeit totzuschlagen.
Und dann stand Su auf einmal in der offenen Tür. Sie hatte leise aufgemacht, hatte mich, falls ich schlafen würde, nicht wecken wollen. Aber ich schlief ja nicht.
Draußen dämmerte der Morgen, und Su stand in dieser noch unsichern Helle des Morgens. Und ich sah, daß sie ein kurzes Kleid trug, das kaum über die Hüften reichte und das weit über den Bauch nach vorn gespannt war. Wie ein Hemdchen sah es aus.
Ohne ein Wort kam sie her, trat hinter mich und faßte an den

Rollstuhl. Als wir über den Hof fuhren, spürte ich die Nachtkühle des Pflasters unter mir, spürte die Feuchte in den Laubhaufen. Die Kühle spürte ich, die noch da war, ringsum, in den Schattenlöchern und Nischen. Und doch war sie in der Mitte des Hofes schon nicht mehr ganz, diese Kühle, war aufgeweht, war durchmischt mit einer trockenen Wärme, mit Klumpen von Wärme, trockenen Schwaden, war durchwühlt von einzelnen kleinen, unsichern Windstößen, von einem Wind, der wie in einem Nest sich regte; wie in einem Nest ein schweres warmes Tier sich regt, so verschlafen und nachtschwer regte sich der Wind.
Das Laub der Spaliere klebte noch dunkel an den Hauswänden. Erst weiter gegen die Hügel hinauf begannen die Fensterladen Farbe zu bekommen, konnte man im Gewirr der Blätter die Geranienblüte sehen. Und schließlich begannen auch die verschiedenen Grün sich voneinander abzuheben; die Krone des Ahorns trat aus jener des Nußbaums. Und hell hingen die Äpfel im Geäst.
Gespinst und Netzwerk waren über den Himmel geworfen, Schleifen, Federn, Gekritzel weithin. Erst grau, dann grün, dann tiefrot. Und mit dieser Röte war auch hier, hier unten, allen Schatten die Schwere genommen, war die Feuchte aus den Gräben und Schilflöchern geweht. Unvermittelt wisperten Erlen, raschelte Mais.
Hinter Hecken war der See. Das Mädchen fuhr mich auf dem Hügelrücken hin. Ich wußte nicht, was es wollte. Wahrscheinlich hatte es wach gelegen. Der Föhn wird es geweckt haben, oder vielleicht hatte es überhaupt nicht einschlafen können. Möglich auch, daß das Kind ihm beschwerlich zu werden begann.
Wir fuhren. Und wir kamen auf das freie Feld weit außerhalb der letzten Gärten. Die Waldränder staffelten sich, die Kronen taten sich locker auf. In den Berberitzen zitterten Beeren. Und jenseits eines Drahtzauns graste ein kleiner Stier.
Su schob mich an den Zaun, als das Tier herantrottete. Es hob den Krauskopf, leckte meine Hand, die ich ihm auf die Nase gelegt hatte und sog die Hand tief in sich hinein, wollte Milch. Ich hatte seine großen, schönen Augen vor mir, die Horn-

stümpfe, fast ganz verborgen im Haar. Nur die schwarzen Spitzen ragten aus dem Gewirbel. Ich hatte das weißbehaarte Innere der Ohren vor mir, das glänzende, nasse und runde Maul.
Ich strich mit der nassen Hand über das Haar, tastete über die Hornstümpfe und klatschte den Hals des Tiers. Ich ließ die noch feuchte Hand weiter vorne über die Mauersteine gleiten, über das trockene, vertrocknete Moos auf der Mauer, die gelben und grauen, spröden Flechten. Ich hatte das Schartige des Steins an der Hand und spürte gleichzeitig noch immer das warm und weich Saugende, das Feuchte und Rauhe des Mauls, der Kälberzunge in der Hand drin, zwischen den Fingern. Und ich roch die Süße des Kälbergeifers.
Su wartete hinter mir. Sie begriff, daß ich spüren wollte, was den Stein ausmacht, daß ich seine Härte wollte, seine Sprödigkeit, seine Kanten und seine Schichten. Und sie lachte, als ich Nesseln ausriß und sie in meinen Armen zerquetschte, in meiner Hand, zwischen Brett und Hand zerquetschte und zerstieß und schließlich über mich warf und in einem Nesselregen saß. Sie lachte, als ich die Samen von den Kerbeldolden streifte und in der Hand zerrieb, mir die Herbe ins Gesicht strich, um die Augen, als ich die Samen zerkaute und ausspuckte.
Ich hätte tanzen mögen, durch Nesseln hindurch, ich hätte mich wälzen mögen; wälzen mit zerkauten Kerbelsamen im Haar, mit den Speichelfäden des Stiers im Haar, mit Heu im Haar und Taubnesseln und Kuhmist und zerbröckeltem Lehm.
Im Phlox wollte ich mich wälzen, in einem Wald von Fingerhut.
Ich langte nach Holderdolden und preßte die Beeren aus an der Dolde, ließ den Saft niederrinnen an mir, die Arme nieder bis zur Schulter, bis zur Brust. Im klebrigen Saft hätte ich stehen mögen bis zu den Hüften. Hätte mich müdepressen mögen an den Beeren.
Und dabei saß ich im Karren, hilflos, und sah die blau und rot übersaftete Hand an und leckte eine Beere aus der Handfläche.

Wir fuhren langsam zwischen Mauern einen Weg entlang, und ich dachte daran, wie das Haus meiner Mutter im Herbst erfüllt war von den Düften. Holunderbeeren, meist blaue, die sie einkochte, manchmal aber auch wilde, rote. Und Quitten.
Ich mußte an die Herbste dort denken, an das dürre Reisig unter den Füßen, die Erdhaufen im Gras, an die Pilze im Reisig, halb verdeckt, von Schnecken zerfressen, an das Streicheln der Herbstzeitlosen am Fuß, an das Kratzen der Tannzapfen. An die Laubhaufen.
Rotes Buchenlaub, knisternd, unter trockenen, glatten Stämmen. Laubhaufen, die wachsen, die oben am Waldhang klein sind vorerst, die zwischen Blöcken und Haselstauden sind und die talwärts geschoben werden mit Rutenbesen und Füßen. Eine wachsende Lawine von Laub, geschoben von Buben und Mädchen und alten Männern, von Leuten, die in einer Reihe niedersteigen, langsam vom obern Rand der Mulde bis zum tiefsten Punkt, eine Reihe, quer durch den Buchenhang.
Im Rauschen des Föhns, im Gabeln und Klatschen der leeren Äste über ihnen, unter einem harten, blechernen, wildblauen Himmel steigen sie ab, die Leute. Die Hosenstöße sind hochgekrempelt, die Hemden sind offen. Sie wischen das Laub und wälzen den Haufen abwärts mitten in Wirbeln, in Geflock, in kleinen Stürmen. Und die Buben heben die Besen und springen in die zerstiebende Laubwalze; die Mädchen, aufkreischend, stoßen sich von den Felsbrocken hinein.
Und unten, in der Mulde, an deren steinübersätem Grund, knien die Frauen und füllen das Laub in die Säcke. Sie stopfen die verflickten, bettgroßen Säcke so prall, daß sie die kleinen Verschlußhaken kaum mehr in die Ösen zu zwingen vermögen, und türmen die Säcke auf die Holzschlitten. Sie werfen das Seil über die Säcke, zurren es fest und fahren die Steilwege hinab. Mit vorgestemmten Beinen, die Hörner des Schlittens an der Brust, die Rücken gegen die Säcke gestemmt.
Überall stapeln sich Säcke. Prallgefüllte Säcke am Bach, in den Eschen, auf dem Weg, mitten in der Wiese. Wie große, helle, vollgefressene Tiere liegen sie da, die Säcke, schwerfäl-

lig, und sind doch leicht, so leicht, daß jeder Bub sie hochzustemmen vermag, ins trockene Bachbett zu werfen vermag. Leicht ist das, denkt man. Der weiße Fels ist leicht, das verwaschene Gras überm Fels, die Brombeerstauden, die Ruten und das Blau hinter den Ruten.
Mir selbst war leicht. Der Fettsack von einem Boos ist leicht in seinem Rollstuhl und atmet leicht und hat kein Rasseln in der Brust und kein Pfeifen. Er summt etwas vor sich hin, und Su hält im Gehen ein und sieht in sein Gesicht und fragt, was das bedeute.
Nichts bedeutet das.
«Du hast etwas», sagte sie. «Und du willst es nicht zugeben.»
Was ist da zuzugeben?
«Irgend etwas habe ich verkehrt gemacht», sagte sie. «Du lachst mich aus.» Sie schob den Karren an. «Ach, mein Bauch», sagte sie. «Der Lausbub kommt mir in die Quere. Ich fahr zu langsam, nicht wahr? Du bist anderes gewohnt. Du willst es nicht zugeben; aber von Martin bist du an ein anderes Fahren gewohnt.»
Und sie begann tatsächlich zu rennen. Rennend schob sie den Karren vor sich her und gab sich alle Mühe, es Martin gleichzutun.
Es half nichts, daß ich abwehrte. Ich hätte bremsen und ins Rad greifen können, ich hätte den Karren mit meiner Hand zum Stehen bringen können. Aber ich wagte es nicht. Ich fürchtete, wir würden beide stürzen.
Es war ganz schön verrückt: in einem leichten und warmen Wind rannte da ein Mädchen, ein hochschwangeres, in seinem viel zu kurzen und weit abstehenden Kleidchen, rannte mit fliegendem Blondhaar, und stieß einen Alten vor sich her, einen fetten und asthmatischen, einen ohne Beine, lief in der frühen Sonne dahin, zwischen Stoppelfeldern und Kartoffelfeldern, zwischen Mauern und Maisäckerlein, und würde wohl, wenn es nicht bald einmal diesen Unsinn aufgäbe, würde es irgendwo zwischen Birnbäumen und Apfelbäumen und Riedgras, würde es in diesem harten und unverschämten Licht seine Sturzgeburt haben.
Würde es. Gut, daß der Weg ein Stück bergauf führte. Su

mußte verschnaufen. Sie stützte sich ein bißchen auf meine Schulter, stützte sich auf die Rücklehne und schnaufte in mein Ohr. Sie ächzte und gluckste und stöhnte wohlig hinter mir.
«Klar», sagte sie, «daß du nicht zufrieden bist. Martin hält das spielend durch. Und ich renne und renne und komm doch nicht vom Fleck. Und dabei geht es noch Wochen.»
Ich hatte einen Maiskolben greifen können. Ich zupfte die Hüllblätter weg, legte die Blätter vom Kolben zurück und machte eine Rosette draus. Ich zupfte den Bart aus den Blättern, die langen Staubfäden, die zu einer Locke gedreht sind, zusammengepappt sind manchmal; außen, dort, wo sie an der freien Luft waren, schon dürr, unter den Blättern noch honigglänzend, klebrig haftend und grün. Barthaare an einem glänzenden Kolben, an dem man die Körner befühlt, ihre regelmäßigen Zeilen. Ein helleuchtender Kolben aus einer falben Rosette.
Ich hielt ihn Su hin, und sie nahm ihn. Sie versuchte die Körner wegzubeißen, löste einige von der Kolbenspitze, kaute sie. Und legte mir den Kolben zurück aufs Brett.
«Ißt man das? Soll das schmecken? Eigentlich nichts Besonderes», sagte sie. «Liebst du Mais?»
Sie konnte nicht wissen, daß ich mit Eva durch die Maisfelder gegangen war in jenem Sommer, daß ich mit ihr im Weizen gelegen hatte, und die Düsenjäger der Militärschule drehten über uns und stachen auf ihr Ziel herab, stachen nieder und drehten und kamen wieder. Und ich sah sie durch Evas Haar, durch das zu einem Netz ausgefächerte Haar, und sah Evas Gesicht klein werden, spürte sie zusammenfahren bei jedem Flug. Was wollen die von uns, du? Die zerreißen alles. Weshalb?
Su konnte das nicht wissen. «Ich werde dir Mais kochen», sagte sie fröhlich. «Du sollst deine Polenta haben.»
Sie fuhr zwischen Rebmauern hinunter zum See. In Birken war eine Anlegestelle. Ein Boot lag halbversunken im Morast. Daneben führte der Weg ins Wasser hinein. Wahrscheinlich hatte man da früher einmal Schiffe an Land gezogen. Jetzt wuchsen Weidenruten aus der Pflästerung. Es war still hier. Nur der Mais oben am Bord raschelte, die Schilf-

halme längs des Ufers bewegten sich, rieben aneinander, und die Blätter von Schwarzpappeln schwirrten.
Der See war weiter draußen aufgewühlt, von einem steifen und granitenen Blau. Hier hingegen, in der geschützten Bucht, im Windschatten einer Halbinsel lag er noch fast ganz ruhig, und die Spiegelungen und Glänzer wiegten sich gemächlich vor uns.
Su hatte sich ausgezogen. Sie hatte ihr Kleidchen über eine Weide geworfen. Und sie zog auch mich aus. «Vielleicht ist es das Schlußbad dieses Jahres. Wenn das Wetter umschlägt, wird mit dem Baden nichts mehr werden.»
Sie rollte mich langsam über die Rampe hinunter ins Wasser. «Schade», sagte sie, «daß deine linke Hand schwach ist. Sonst müßtest du schwimmen. Einmal aus diesem elenden Rollstuhl heraus, das täte dir gut.»
Ich hörte die Zweige unterm Rollstuhlsitz hinkratzen. Ich spürte die Räder gegen Steine stoßen. Und ich spürte, daß Su mich nur mühsam drüber weg brachte.
Sie hatte die Wolldecke auseinandergeschlagen und ins Gras gelegt. Und ich hatte die Tücher gesehen, die sie auf die Wolldecke gelegt hatte und mit denen sie uns nach dem Bad abtrocknen wollte.
Die Schilfblätter strichen über mich hin. Das Wasser reichte zur Nabe, überspülte dann den Sitz. Su ließ mich langsam hineingleiten, ohne Hast. Sie wollte mich nicht erschrecken, wollte mir Zeit lassen. Und ich hörte, wie sie hinter mir ins Wasser griff und es hob und gegen ihren Leib schlug.
«Geht es?» fragte sie. Und sie rieb mir den Rücken, während ich meine Brust naß machte. «Du mußt sagen, wenn du Angst hast.»
Das Wasser schwappte um die Stummel, deckte sie. Es stieg über den Bauch, reichte unter die Schulter. Su hatte eine Stelle gefunden, wo der Karren festsaß und nicht weiterrollen konnte. «Notfalls blockierst du das Rad», sagte sie. Und sie kam neben dem Rollstuhl nach vorn. Sie watete ein paar Schritte, blieb dann stehen. Sie machte ein paar kleine Hüpfer und warf sich das Wasser über die Oberarme.
Sie hatte ihr Haar zu einem kleinen Zopf geschlungen, hatte

ihn im Scheitel verknotet. Ihre Brust tauchte aus dem Wasser und versank wieder. «So wenig Gewicht war schon lang nicht mehr auf meinen Beinen», lachte sie. «Und schlank bin ich auch. Bin ich nicht schlank, Boos? Von der Stirn bis zum Hals bin ich sehr schlank. Wie du siehst, bin ich geradezu eine Gerte.»
Sie machte ein paar Züge gegen den See, drehte sich im Schwimmen und kam wieder heran. Sie prustete ins Wasser und machte muh. Sie wusch sich das Gesicht und blinzelte über das Wasser hin. Sie versuchte ein Blinken zu fangen, eine kleine Welle, hielt die Hände drum, verlor es.
«Beweg dich», rief sie. «Du mußt dich bewegen, Boos, sonst hast du kalt.» Und sie zeigte mir, wie ich die Arme durchs Wasser schwingen sollte.
Sie stieg auf das Boot, das im Morast festsaß, balancierte dem Rand entlang, der schräg aus dem Wasser stieg, schwang ein Bein und ließ sich plumpsen. Sie war jetzt wie ein kleines Mädchen, vergnügt, aufgeregt und übermütig, und lachte und schrie.
«Ich darf nicht ins Wasser sehen. Eine schwangere Frau darf nicht ins Wasser sehen, nicht in den Spiegel. Denn sie soll nur Schönes sehen, wie Mac sagt, nur Wunderbares. Sie muß sich vor sich selbst verstecken!» Sie kam heran. Sie stand auf einem Stein. Das Wasser rann von ihr. Die Wellen schlugen leicht um ihre Knöchel. Der Bauch glänzte. «Nein», sagte sie. «Mac sagt, ich bin schön. Bin ich schön, Boos?»
Und ob sie schön war! Herrlich und rund und nackt.
«Es wird Zeit, daß du an Land kommst», sagte sie. Sorgfältig wusch sie mir Schulter und Nacken, rieb sie meinen Rücken. Und dann drehte sie sich und bat mich, auch ihr den Rücken zu waschen. «Reib nur. Kräftig. Hab keine Angst. Ich bin unzerbrechlich.»
Ich hatte ihren Nacken vor mir, den leicht gebogenen Hals. Ich hob die Hand, ich schöpfte Wasser. «Reib nur! So schnell bringt man mich nicht um. Reib nur. Ich bin ein Unding, weißt du. Und ein Unding bringt man nicht um.»
Sie tauchte ins Wasser und stieg wieder daraus hervor. Mehrmals. Ich hatte ihr Auf und Ab unter meinen Händen

gespürt. Sie drehte sich zu mir her. «Was hast du, Boos? Was machst du für ein Gesicht? Ach, ich Närrin, ich quäl dich!»
Unding, hatte sie gesagt. Wie Eva hatte sie das gesagt, genau so. Wenn Eva sich von hinten anklammerte und Huckepack getragen werden wollte, wenn sie mir nachrannte und mich einfing und um mich schwang, dann hatte sie sich fröhlich ein Unding geschimpft.
Su zog mich an Land. Sie begann mich abzureiben. «Verzeih», sagte sie, «ich kenn dich ja gar nicht.»
Sie half mir in die Kleider und schlug die Wolldecke um mich. Ein paar Augenblicke später war auch sie angekleidet. Durch Maisäcker, dann durch Reben fuhren wir zurück auf den Hügel.
«Woran denkst du, Boos?» Sie sagte es, ohne daß es eine Frage gewesen wäre. «Es ist etwas. Wenn ich wüßte, was.»

37.

Was hält Adrien davon ab, seine Aktion Naturschutz anlaufen zu lassen? Ist er unsicher? Fehlen Teile des Programms? Hat Martin es unterlassen, diese noch fehlenden Teile bereitzustellen? Oder ist er vielleicht gerade deshalb weggelaufen, weil er sie nicht bereitstellen wollte?
Ich weiß nicht. Möglicherweise hat Martin bewußt fehlprogrammiert, um Adrien zu foppen oder um ihn an der Durchführung des Programms zu hindern. Vielleicht zerstört das Programm sich selbst. Und vielleicht ist Adrien ganz einfach hilflos ohne Assistenten. «Was bleibt von einem Professor», pflegte Martin zu sagen, «wenn du ihm die Assistenz wegnimmst? Ein Titel und ein Ellbogen ohne Hand. Bestenfalls ein Holzbein.» Ich weiß nicht.
Ich frag mich, ob Adrien blufft, wenn er sagt, das Programm laufe schon. «Aber ihr glaubt es nicht. Das ist es gerade, was ich brauche: daß ihr es nicht glaubt.»
Er sagt, daß seine Verdampfer aufgestellt seien, daß die Luft sich unbemerkt auflade, daß das Gemüse sich vollsauge mit seinen Dämpfen. «Und wenn ihr sie haben werdet, die Bestä-

tigung der Aktion, die Weigerung eurer Eierstöcke nämlich, dann wird es zu spät sein.» Ich frag mich, ob er einer der üblichen Propheten ist, die mit ihren Prophezeiungen der Welt das Schlottern beibringen.
Er läuft jetzt mit, wenn Su und Mac mich holen spät am Abend und mit mir über die Hügel hingehen. Auch Hanselmann läuft mit. Unter diesem Föhn läuft das Trüppchen neben meinem Rollstuhl her und redet durcheinander.
Hanselmann geht in die Obstgärten hinein, tappt unter den Bäumen herum und füllt seine Hosensäcke mit Äpfeln. Ich denke, es muß ihm unbequem sein, wenn er so mit prallvollen Säcken neben uns hergeht, die Stiele werden ihm durch den Sackstoff hindurch das Bein kratzen, die Hosen werden schwer in den Trägern hangen, und die Früchte werden kalt sein und ihm kalt machen, trotz des Föhns.
«Denkt nicht, es würde schwierig sein, die Unterwasserstadt zu bauen. Das Armeeministerium hat die notwendigen Kredite bereits vorgesehen. Selbstverständlich im Glauben, damit zum Schutz der Bevölkerung oder zum eigenen Schutz beizutragen. Zum Schutz vor einem Feind, den es gar nicht mehr geben wird.» Adriens Bein knarrte. «Und dafür, daß sie, die Herren Generale und Räte, die Angst vor dem berühmten Feind nicht verlieren, ist gesorgt. Wir haben ihnen in der Totalschau eine ganze Menge schöner, herrlich grausamer und erschreckender Feinde bereitgestellt. Somit wird die Angst vor dem Feind bleiben. Somit wird der Kredit für die Unterwasserstadt bleiben und somit wird schließlich die Unterwasserstadt da sein. Und sie wird genau so gemacht, wie wir sie brauchen. Denn», er lachte, «wir sind als Berater vorgesehen, als Vertrauensleute und Berater. Wenn man einen schönen Teufel an die Wand malt, ist man vertrauenswürdig. Schließlich», er stand still und schnaufte ein wenig, «schließlich ist Programmieren unsere Sache. Und wir haben unsere eigene Rolle unscheinbar in die Programme der Generale eingebaut; wir haben die Herren vorprogrammiert und überprogrammiert. Sie glauben längst, was wir wollen, daß sie glauben.»
Ich hatte Mühe zu verstehen, was er sagte. Die Bäume rauschten auf, Birnen prasselten in den Obstgärten.

«Die Einzelzellen sind bereits bewilligt», sagte er. «Wir haben ein Gutachten gemacht über die Auswirkungen allfälliger Ängste und Paniken. Und selbstverständlich konnten wir nachweisen, daß die Unterwasserstadt zum Kentern neigen würde, wenn unvorhergesehen die ganze Bewohnerschaft gegen einen vermeintlichen Ausgang oder gegen eine vermeintliche Höhle im Hintergrund sich drängen wollte. Besser also Einzelzellen. Und damit ist erreicht, daß jeder Einsitzer in unserem Paradies für sich allein bleibt. Allein mit seiner oder mit unserer Totalschau. Mit meiner, genaugenommen, ich gebe das zu. Aber auch das, daß es meine Totalschau ist, daß ich letzlich die schützende Hand drüber halte, wird nur zum Besten der Herrschaften sein, wird die himmlischen Einzeller, wenn man so sagen darf, vor unbedachten Auswüchsen schützen. Ich denke, Gott hat seine Engel nicht ungestraft ihren Phantasien überlassen.»
Hanselmann schimpfte. Er mußte in der Dunkelheit gegen einen Stamm oder Pfosten gestoßen sein. In den Gärten fiel Obst. Am Ton des Aufpralls konnte man ermessen, wie weit weg der Baum stand, aus dem die Früchte fielen, ob er auf einer Hügelkuppe stand oder in einer grasigen, feuchten Mulde.
«Wir werden die Einzelzellen schön verkleben. Mit einem ausgezeichneten Klebstoff. In jeder Zelle wird eine Drohne sein. Und wird ihre Welt haben, drei auf drei Meter. Und in der Ecke wird die Planktonpaste von der Decke tropfen. Ein Röhrchen wird aus der Decke hervortreten. Und auf ein Glockensignal hin wird der Mann in der Unterwasserstadt, werden alle Männer und Frauen und Kinder der Unterwasserstadt sich in die Ecke begeben, werden den Kopf in den Nacken legen, die Augen schließen, den Mund weit öffnen, werden unter dem Röhrchen stehen und sich die Paste in den Mund tropfen lassen.
Und selbstredend wird der Geschmack der Paste variiert. Martin schuf ein Meer himmlischer Düfte und Geschmäcke; vom Apfelmus über Meerrettich bis zum Beinschinken reicht die Auswahl, bis zum ganz gewöhnlichen Kartoffelstock. Und aus einer Zitze an der Wand saugt man Malvasier. Mal-

vasier oder Milch. Und spült sich den Mund an derselben Zitze; wenn man Lust dazu verspürt, natürlich. Nur dann. Denn eine gewisse Freiheit soll ein jeder haben da unten. Nicht nur in der Programmwahl bei der Totalschau, sondern auch bezüglich seiner täglichen Verrichtungen. Freiheit, selbstverständlich, ist bei mir immer einprogrammiert.»
«Und selbstverständlich wird auch die Luft gesteuert», tat er wichtig. «Die Luft wird gefiltert und parfümiert und dosiert. Wir können sie drosseln, die Luft. Es versteht sich, daß man das nur in Ausnahmefällen tun wird. Wir drosseln den Zufluß, und der Herr, der sein Toben hat, wird bescheiden. Mit der Luft können wir am besten auf die Stimmung in der Unterwasserstadt, auf die Stimmung jedes Einzelnen und der Allgemeinheit einwirken. Ein Mittel, das unverzüglich wirkt und total. Neben der Totalschau haben wir die Totalluft. Sie wird dafür sorgen, daß in der Unterwasserstadt Verträglichkeit und Friede herrschen. Freude.»
Er lachte leise vor sich hin. «Die Luft wird von der Maschine gemacht; der Planktonkuchen, der Malvasier werden von ihr gemacht. Es ist dieselbe Maschine, die für das Wasser sorgt, für die Entfernung der Abwässer, für die Reinigung der Zellen. Straßenkehrer und Milchkuh ist sie in einem, Briefbote, Bäcker und Heizer. Und Aufsichtsbehörde. Koch und Wald und Abendrot in einem. Sie bringt den Frühling und den Veilchenduft ohne Veilchen; die Alpenluft ohne Alpen, ohne Fichte und Tanne und Enzian. Und sie läßt die Zellen dunkel werden nach ihren Uhren.
Die Maschine ist das Herz. Sie ist der Atem. Sie ist das Bein. Eine vollkommene Prothese ist sie. Kein läppisches Großvaterding wie das hier.» Er klopfte gegen sein Holzbein, ließ die Scharniere im Knie knarren und lachte.
Ich wußte, sie würde die Gezeitenkraftwerke steuern und die nötigen Mineralien aus dem Wasser nehmen, die zur Erneuerung ihrer Teile notwendig sein würden. Und eine Handvoll Techniker, in schmalen Kojen um Adriens Zelle einquartiert, würde diese Maschine unterhalten, soweit ein Unterhalt überhaupt noch notwendig sein würde. Denn überwachen würde sie sich selbstverständlich selbst. Unter den höchst wachsamen Augen Adriens.

Sie war eine vollkommene Schöpfung, das mußte man zugeben. Und der Gottvater dieser Schöpfung würde nicht so närrisch und selbstquälerisch sein, seinem Adam ausgerechnet einen Apfelbaum vor die Nase zu setzen. Er würde die Tauben dazu bringen, daß sie den Weg zurück nie mehr finden würden. Fein säuberlich abgetrennt würde sein Noah, Adriens Noah, bleiben vom Berg. Nie wieder würde einer seinen Fuß auf Land setzen, an Land. Weit unten, weit weg hinter Gewell und Gewoge würde die Erde sein und makellos.
«Sie nährt uns, deine Maschine, behauptest du», sagte Mac. «Ich behaupte: sie verdaut uns.»
«Beides», lachte Adrien. «Eins ohne das andere gibt es nicht, Herr Ritter.»
«Und wahrscheinlich behauptest du, sie mache frei, indem sie unfrei macht.» Er trommelte gegen seinen Gipspanzer. «Ah, mein Lieber, eine schöne Freiheit!»
«Indem sie uns den Kram abnimmt und die Plackerei, die Verführung und das Gewissen, macht sie uns frei. Frei für die größere Freiheit, die der Selbstverwirklichung. Die der Seligkeit, wenn du willst.»
«In der luftdicht verschlossenen Zelle erst blüht sie, die Blume der Freiheit: deine Totalschau.»
«Ja. Endlich begreifst du. Selbstverwirklichung in Träumen ist auch Selbstverwirklichung, ist sogar bessere, weil weniger gefährliche, weniger angriffige Selbstverwirklichung. Eine ohne Hände und Füße. Seligkeit braucht keine Füße.»
«Schwätzer», flüsterte Su. Sie strich mir von hinten langsam durchs Haar.
Wir waren stehen geblieben und warteten auf Hanselmann. Er keuchte in der Dunkelheit. Er arbeitete. Erst nach einer Weile merkten wir, daß er offenbar wütend jenen Pfosten oder Stock aus der Erde zu reißen versuchte, gegen den er vorhin gestoßen war. Er warf sich gegen das Hindernis, er rüttelte daran, er versuchte es umzuwerfen oder abzubrechen. Oder er versuchte das Loch, in dem der Pfosten steckte, weiter zu machen, indem er den Pfosten hin und her bewegte. Wahrscheinlich wollte er ihn aus dem Loch ziehen und in einen Graben werfen. Vielleicht war das auch gar kein Pfosten,

sondern war ein kleiner, dürrer Baum. Und er versuchte ihn umzudrücken, zu fällen.
Er mußte sich sehr gestoßen haben, daß er so wütend war.
Adrien sagte, die Sache mit der von Mac hochgelobten Freiheit würde sich geben. Die Leute in der Unterwasserstadt würden ihren Stadtrat wählen. Korrekt. Sie würden sich zumindest einbilden, ohne eine Spur von Zweifel würden sie glauben, daß sie ihren Stadtrat gewählt hätten. In der Totalschau würden sie ihn sehen können, diesen ihren Stadtrat, und genau so, wie man ihn sich wünscht: erstklassig, unbestechlich, ein bißchen schlau, ein bißchen trottelig, damit der Wähler sich selbst nicht zu dumm vorkommt. Alles in einem. Und alles nach eines jeden Geschmack.
Denn selbstredend wären alle Varianten von Stadträten in die Programme gepackt worden. Aber am sichersten, das lasse sich auf Grund der Analysen schon jetzt voraussagen, am sichersten würde der heutige, der bereits vorhandene Stadtrat unserer Stadt gewählt. Allen Grund also, ihn in die Unterwasserstadt zu übernehmen.
Und er sagte, er würde uns die Aufnahmen vorspielen. Man hätte den Stadtrat aufgenommen, man hätte ihn ausgemessen, man hätte seine Daten in die Programmbibliothek gelegt, um ihn jederzeit und für alle Zeiten lebensecht, wirklichkeitsnah in der Totalschau bereitstellen zu können. Ein, wie gesagt, bewußt ganz mittelmäßiger Stadtrat einer mittleren Stadt aus unserem Mittelland.
Wenn die Totalschau in der Lage sei, ein Fußballspiel spielen zu lassen, und zwar so, daß einer in seiner Zelle mitspielen und mitrennen, stundenlang hinter dem Ball herrennen und auf das Zuspiel warten könne, mitten im Spielfeld, weshalb sollte es nicht möglich sein, eine Sitzung des Stadtrates zu programmieren, eine Gemeindeversammlung mit Rednern und Räten und Argumenten und Gegenargumenten. Weshalb sollte der Mann in seiner Zelle nicht sogar an dieser Versammlung reden können? Weshalb soll er nicht die Überzeugung haben können, daß man ihn hört, daß der Stadtrat ihn hört, ja hören will?
«Wir werden nur zufriedene Bürger haben in der Unterwas-

serstadt», sagte Adrien. «Dafür besteht Garantie. Und wir werden einen ordentlichen Stadtrat haben.»
Er lachte. Hanselmann war herangekommen, er warf einen runden Pfosten, an dem man die Kühe auf der Weide festpflockt, an langen Ketten festpflockt und dann allein läßt, um den Pflock grasen läßt, rundum, er warf den Pflock in den Rebberg hinunter.
Wie so oft diesen Herbst war es nach Mitternacht, als wir ins Treppenhaus zurückkamen. Wir gingen nicht schlafen. Wir stiegen hinauf in Adriens Bibliothek und ließen das Stadträteprogramm abspielen.

38.

Wir hörten Adriens Gerede über die Qualität seiner Meßgeräte.
Die Leute in der Unterwasserstadt, sagte er, würden so genau ausgemessen, daß sie während ihrer Bewegungen in der Zelle nirgends anstoßen könnten. Das dreidimensionale Bild, das um sie aufgestellt würde, wäre so genau auf sie zugeschnitten, daß kein Raum zwischen Betrachter und Bild bleiben würde. So würde man in Wirklichkeit in einem Lehnstuhl sitzen; die Totalschau würde einem aber ein Velo unterschieben. Und man würde unbehindert auf diesem Velo trampeln können, in einem frischen Wind. Die Lehnen des Stuhls wären weggewischt vom Bild, das die Fahrbahn der Straße zeigen würde; zwischen den Armen die Fahrbahn, die langsam zurückgleitet, genau in der Geschwindigkeit, die man auf seinem Fahrzeug erstrampelte.
Man würde nicht in einem Lehnstuhl sitzen, wenn man wollte, sondern in einem Thronsessel, in einem Ratsherrensessel, je nachdem. Man würde an sich selbst Wünsche anbringen können, und die Totalschau würde sie erfüllen. Nicht nur würden Schwarzhaarige blondes Haar tragen können, je nach Wunsch, gelockte Strähnen, nicht nur das; der Schmächtige würde sich Muskeln hinprojizieren können, die Magere Busen, der Beinlose Beine.

Nicht nur die Umwelt würde demnach zur Verfügung stehen, sondern ein jeder könnte ganz nach Bedarf auch über sich selbst verfügen.
Endlich auch über sich selbst. Keiner würde mehr Sklave seiner selbst sein, seiner Möglichkeiten und seiner Unmöglichkeiten. Frei sei er. «Endlich, Mac. Frei. Wenn das keine Freiheit ist! Die höchste Freiheit ist es! Größer als die der Könige ist sie. Denn dieser neue Mensch der Unterwasserstadt kann nicht nur herrschen über seine Umwelt, seine Unterwelt, wenn du willst, er kann zum großen Herrscher auch gleichzeitig noch der große Beau sein!» Das Ende des Neides, der Minderwertigkeit würde das bedeuten.
Alles dank der ausgezeichneten Telemetrie, die Martin entworfen hatte.
Und, zugegeben, das Bild, das Adrien in die Bibliothek stellte, bestätigte, was er sagte. Es war ein ausgezeichnetes Bild.
Wir saßen augenblicks in einem großen Bus.
Der Motor lief. Die Sessel rüttelten unter uns. Man konnte das Fauchen der Heizungsdüsen hören. Die Türen standen offen. Und der Stadtingenieur und sein Assistent trugen eben einen großen Wäschekorb voller Planrollen auf den Vordersitz. Der Baurat, ein kräftiger und untersetzter Mann mit gradaufstehenden, weißen Haaren, die die Ohren freiließen, mit einem Kaninchengesicht und einer schweren dickglasigen Brille im Gesicht, hob den Arm, hob die Armbanduhr vor die kurzsichtigen Augen, sah auf die Uhr, auf den sehr dicken, graubehaarten Arm und fluchte.
Er sagte, es sei eine Schweinerei, auf acht hätte man abgemacht und nun sei neun und der Justizrat lasse noch immer auf sich warten. Bei der Kälte.
«Geh, Stadtschreiber, und schau nach, wo er steckt!»
Und der Stadtschreiber, ein braunhäutiger, sportlicher Mann mit einem braunhäutigen und sportlichen Gesicht, der bisher vor dem Bus im handtiefen Schnee herumgehüpft war, kleine Hüpfer gemacht hatte, weil er an die Zehen fror, sagte, man habe bereits nach Hause angerufen, zum Justizrat nach Hause, und die Justizrätin habe sehr erschreckt getan und gesagt, der Rat sei bereits vor mehr als einer Stunde fort von ihr. Wa⸗

wohl geschehen sei? Stets sage sie ihm, er solle im Winter und bei Schnee das Auto in der Garage lassen. Aber nein, auf eine Frau würde keiner hören.
Auf eine Frau schon, lachte der Finanzrat, der neben dem Schreiber stand. In welcher Wirtschaft der Justizmensch zu Morgen esse.
Aber der Schreiber wußte nichts Verdächtiges. Er hatte sich wahrscheinlich längst abgewöhnt, irgend etwas Verdächtiges zu wissen. Er sagte, er würde im Justizgebäude nachsehen.
Das Justizgebäude ist neu. Glas ringsum. Spiegelglattes, kaltes, schwarzes Glas. Das Justizgebäude hält der Stadt einen Spiegel vor. Es läßt keine Stadt ein in sich, keinen Bürger. Es ist die pure Abwehr. Was ihm nahe kommt, wirft es zurück mit seinen Spiegeln.
Und man ist nun vor dem Gebäude, das auf seinem Sockel von ringsum vier Treppenstufen steht, ein schöner stubenreiner Würfel. Und man sieht den Stadtschreiber zu diesem Würfel hinaufsteigen. Ein bißchen federnd, ein bißchen sportlich, denn er weiß selbstverständlich, daß man ihm zuschaut beim Treppensteigen. Und man sieht ihn rund um den Würfel gehen und die Türe suchen.
Er ist noch nicht sehr vertraut mit dem Justizgebäude, denn es wurde ja eben erst eingeweiht. Und es ist gute Architektur. Da sieht man nicht gleich, was hinten und vorn ist, was oben oder unten.
Und man sieht, er hat einen Schatten gefunden, innen am Gebäude, innen an der Glasscheibe, einen, der anders ist als sein Spiegelbild, als das Spiegelbild des Stadtschreibers, und der Schatten folgt dem Spiegelbild und kriecht über den Boden hin.
Selbstverständlich sahen wir in der Totalschau mehr als der Schreiber. Wir sahen den Justizrat innen am Glas dem untern Metallrahmen des Fensters nachkriechen, sahen, daß er etwas suchte und daß er gesehen hatte, da stand der Schreiber vor der Glaswand und wollte ihn offenbar holen. Und er richtete sich auf und schlug die Fäuste gegen das Glas.
Und wir hörten jetzt auch, daß er genau wie der Schreiber die Tür suchte. Daß er allein im Justizgebäude war, weil es doch

207

noch neu war, nicht bezogen, und er, der Rat hatte nur hineingehen wollen und etwas in seinem neuen Büro hinlegen, aber nun findet er die Tür nicht mehr.
Die Türe hat keine Klinke. Sie hat kein Schlüsselloch. Zumindest auf Bauchhöhe hat sie keins. Nur unten vielleicht, in der Stahlfassung. Aber das sieht man nicht. Denn der Justizrat ist kurzsichtig, ebenso kurzsichtig wie der Baurat. Und so buckelt er seit mehr als einer Stunde vor diesem verdammten Schlüsselloch, das er nicht finden kann, kriecht den ganzen Glaswürfel ringsum, innen, immer der Stahlkante nach, und findet nichts.
Schließlich, nach langem Suchen, haben sie es dann doch gefunden, das Loch.
Und man fuhr hinaus. In dem großen Bus waren nur wenige Sitze besetzt. Jeder Rat hatte eine oder zwei Bankreihen für sich. Der eine saß links des Mittelganges, der andere rechts. Der Militärdirektor war da, das heißt, der Rat für Armee und Finanzen. Der Schulrat hingegen, der auch für die Landwirtschaft und Viehzucht verantwortlich war, hatte sich entschuldigen lassen. Er war in der Hauptstadt, war zu einer Jahresversammlung gereist und mußte sich zum Präsidenten des nationalen Schlachtviehproduzentenverbandes wählen lassen. «Kein schlechtes Geschäft», brummte der Baurat. «Bei seiner Wursterei.»
Mir war wohl. Ich kannte alle hier. Alle diese Gesichter waren mir seit Jahren vertraut. Jeden Atemzug, sozusagen, seiner Stadträte kennt man. Adrien hat recht. Und diesen vertrauten Atemzügen zuzuhören tut wohl.
Das sind Gefühle, die nur ein Demokrat nachfühlen kann, dachte ich. Mit dem Stadtrat schnauft die Stadt, sozusagen, und solang sie schnauft, lebt sie. Wie das Schnurren einer Katze ist das, ebenso ein untrügliches Zeichen der Häuslichkeit und des Behagens. Gottverdammt über jene, die uns dieses Wohlbehagen vermasseln wollen!
Die Stadträte schliefen. Sie hatten gestern nach dem gemeinsamen Essen mit der Schulkommission noch am Ball des Reitvereins teilnehmen müssen. Und der Ball hatte bis in den Morgen hinein gedauert. Über die vereisten Straßen hatten sie

sich vom jungen Stadtweibel nach Hause chauffieren lassen. Und der Weibel, ein Wachtmeister, der die Stelle nur hatte bekommen können, weil er eben Wachtmeister war und somit wußte, was er wollte, hatte sie angeschnauzt, als sie ihm, betrunken und lärmig, hatten befehlen wollen, eine steile Straße hinunter zu fahren. «Ein ausgezeichneter Mann», hatte der Baurat gesagt. «Ich hätte mir nur gewünscht, daß er dem Justizrat eine heruntergehauen hätte.» Er lachte leise, als er das sagte, lachte sein Kaninchenlachen, und es war wahrhaftig ein glückliches Lachen. Trotz der Müdigkeit. Wirklich: alles in allem hatte sie der Betrieb und die Aufregung der letzten Nacht mehr als müde gemacht.
Sie waren offenbar ausgefahren, um einen sogenannten Augenschein zu nehmen. Soviel ich verstand, ging es um die Führung einer Straße. Ja oder nein.
Der Stadtingenieur und sein Assistent standen vorn im Autobus, sie hatten Planrollen aufgerollt und fuhren mit den Fingern auf den Plänen herum. Sie hielten sich mit einer Hand an den Halteschlaufen fest, schwankten im langsam fahrenden Bus und hielten die Pläne so hin, daß die Räte sie sehen mußten.
Aber die Herren schliefen. Ausgenommen der Baurat. Und der Spitaldirektor, der offensichtlich gegen die Führung der Straße war, schlief auch nicht. Er schwankte zwar in seinem Sitz, das bißchen Haar in seinem Nacken war feucht, und seine Finger zitterten am Rückpolster des Vordersitzes entlang. Er war noch immer betrunken. Aber er schlief doch nicht, zumindest nicht tief.
Sie mußten an die zwei Stunden herumgefahren sein. Die Schau, die Totalschau natürlich, in der wir saßen, setzte einmal aus, begann wieder. Adrien hatte sie einiges überspringen lassen. Draußen war Schnee. Man sah eine Hausfrau ihren Teppich über den Schnee rollen und ausklopfen. Und der Stadtingenieur redete noch immer vor seinen Plänen, fuhr mit einem Meterstab auf dem Plan herum und zeigte in die Gegend, wollte erklären, wo die Straße durchführen würde, welche Häuser geschont würden, welche nicht, wo es Dämme zu geben hätte, wo Tunnels. Aber die Ratsherren schliefen.

Einmal war Anja dagewesen, war langsam den Mittelgang des Autobusses heraufgekommen und hatte Früchte angeboten. Die wahre Anja.
Der Justizdirektor saß zusammengekrümmt in seinem Sitz, den Kopf hatte er gegen das Fenster und gegen vorn hängen, die Brille war ihm weggerutscht, das lange Haar fiel in seine Stirn. Er wäre von der Bank gefallen, wäre er nicht eingeklemmt gewesen zwischen Fenster und Vordersitz.
Der Rat für Militär und Finanzen ließ seinen Oberkörper in den Mittelgang hinausschwanken. Er hing schräg über die Lehne, und er hätte eigentlich über die Lehne kippen müssen; aber er war zu klein und zu dick. Kegelstumpf nannten ihn seine Kollegen. Und Kegelstümpfe haben den Schwerpunkt tief.
Der Baurat hörte seinem Ingenieur aufmerksam zu, obschon er dessen Ausführungen schon lange kennen mußte. Er drehte sich manchmal wütend gegen seine hinter ihm aufschnarchenden Ratskollegen zurück und sagte auch da, daß es eine Schweinerei sei.
«Wir stimmen ab», sagte der Baurat. «Ich hab genug. Wir stimmen ab. Wer ist dafür?»
«Ja!» schrie der Justizrat. Er war aufgefahren und schrie sein Ja.
Aber er sagte gleich, als der Baurat zurückfragte, ob er denn wisse, über was abgestimmt würde, sagte er, er sei dagegen. Selbstredend.
Der Baurat lachte einen Augenblick sein Kaninchenlachen und sagte dann nochmals zum Ingenieur, daß das eine Schweinerei sei, eine vollendete. Und man müsse mit der Sache bis nach dem Essen warten. Der Herr Stadtingenieur möge entschuldigen, die Herren wären übermüdet und er, der Baurat, schäme sich für sie. «Du ausgenommen», sagte er zum Spitalrat, der von Anfang an dagegen gewesen war. «Obschon auch du wieder einmal ins eigene Bett gehörst.»
So wurde die Abstimmung vertagt. Und man aß in einem Restaurant auf dem Hügel Schweinefleisch und Bohnen, das Übliche. In der Wirtschaft, die dem zukünftigen Präsidenten des Schlachtviehproduzentenverbandes gehörte und von seiner Frau geführt wurde.

Und der Rat für Spitalwesen sowie der Rat für Militär und Finanzen standen immer wieder einmal vom Essen auf und tasteten sich hinüber in eine Kanapee-Ecke, wo neben dem Ofen zwei junge Lehrerinnen ihre Suppe löffelten, und fragten die Mädchen, ob sie den Herrn Schulrat, den Rat für Erziehung und Viehzucht kennen würden, gut kennen? Und sie blinzelten die Mädchen an. Der Kegelstumpf lehnte am Stuhl eines Mädchens und sagte, es sollte sich unbedingt für ein Stipendium melden, Kunst oder so. Er sei der Stipendienverwalter. Darüber könne man reden. Dies Jahr hätte sich nur einer gemeldet, ein Lehrer; ein alter, bekannter Herr Hüpfebein; für Gymnastikstunden in der Hauptstadt. Dieser alte Schnapphahn und Gymnastikstunden! Der Rat hätte sich gekrümmt über den schönen Witz und hätte dem Mistkerl aus reiner Begeisterung sein Jahr Gymnastik bewilligt. So schnell vor der Pensionierung des Gockels. Aber man tue etwas. In seiner Regierung sorge man sich um Talente. Kultur, das gehöre dazu.
Er machte sein verschmitztes Gesicht und mümmelte langsam den Zahnstocher in sich hinein. Man weiß bei ihm nie, ob er pfeift oder an einem Zahnstocher kaut oder lacht. Er spielt gern den Onkel. Völlig harmlos. Und seine Kollegen wußten das. Seitdem er Finanzrat ist, sind die Steuern immer kleiner geworden. Das ist Beweis genug, sagt der Spitalrat, daß er nur ein guter Mensch sein kann.
Sie johlten und grölten und wurden von der Wirtin, von der Frau ihres Kollegen, in die Hinterstube gebeten. Dort stand Weihnachtskonfekt auf der Kommode und auf dem kleinen runden Rauchtisch.
Sie rannten nach dem Kanapee und versuchten sich vom Polster zu drängen. Der Rat für Finanzen und Militär warf dem Justizrat quer durch die Stube und über den Tisch hin eine große Schale voll Konfekt zu. Und der Justizrat, auf dem Kanapee, eingeklemmt zwischen Stadtschreiber und Spitalrat, war übersät von Konfekt. Er saß auf Konfekt, er trat drauf. Etwas hilflos las er die kleinen Happen zusammen und biß drein. Und ließ sich die Happen von den Herren links und rechts wegschnappen. Und biß sich den Schneidezahn aus.

Er rief nach der Wirtin und verlangte Leim. Und er drückte den Leim aus der Tube auf den Zahn, den er in seinen großen knochigen Händen hielt, und drückte den Zahn lange hinein zwischen die andern Zähne und sagte, die Hand am Mund, das würde fest werden, er mache das jedesmal so. Er kenne den Leim. Der sei ausgezeichnet. Nur, und er machte ein noch betrübteres Gesicht als sonst, nur könne er kein Konfekt mehr essen.
Sie fuhren zurück zum Stadthaus, entließen den Chauffeur und den Bus, den Stadtingenieur, und gingen hinein in die kleine Bar, wo später am Abend Tänzerinnen sind. Und sie klopften dem Ingenieur auf die Schulter und versprachen, den Entscheid noch diesen Tag zu fällen. In der Bar. Wenn sie unter sich sein würden. Wenn man reden könne, ohne daß unliebsame Zuhörer dabei sein würden.
Und der Ingenieur nickte. Selbstverständlich verstand er.
Wir, Hanselmann und ich, ließen uns von Adrien sagen, daß das ein ausgezeichneter Stadtrat sein würde, einer für die Unterwasserstadt. Nichts Unmenschliches war da. Keine Kälte, keine Distanz. Leute wie ich und du waren das. Eben das, was man sucht, um sich wohl zu fühlen.
Mac rümpfte die Nase. Er ist anderes gewohnt. Mehr Größe, mehr Haltung. Als Held Seiner Majestät hat er andere Vorstellungen von Demokratie. Er wird uns immer ein bißchen fremd bleiben.

40.

Die Bedenken kamen bald.
Weshalb hatten wir die Schau so geduldig mitangesehen? Weshalb war Hanselmann nicht aufgestanden und hatte Stühle umhergeworfen, hatte die Herren nicht ein Lumpenpack genannt, ein gottverdammtes? Weshalb läßt er sich einen Stadtrat vorsetzen, und genau diesen Stadtrat? Weshalb hat er nichts dagegen, daß Adrien gerade auch diesen Stadtrat in die Unterwasserstadt mitnehmen will?
War es Adrien gelungen, Beschwichtigungen in sein Pro-

gramm einzubauen? War in der Bildfolge etwas, was einen großzügig macht? Oder hatte er ein Beruhigungsmittel versprüht, und wir hatten es nicht bemerkt?
Doch, falls es solche Ruhezerstäuber geben würde, weshalb fand Adrien es denn notwendig, jeden Bewohner seiner Unterwasserstadt einzeln in eine Zelle einzuschließen?
Möglicherweise, mußte ich mir sagen, war da gar kein Beruhigungsmittel in der Luft gewesen. Vielmehr bestand die Wahrscheinlichkeit, daß das Mittel in den Früchten gewesen war, die Anja verteilte.
Es erschien mir auf einmal verdächtig, daß sie mit ihrem Korb im Mittelgang des Busses auf und ab gegangen war und Früchte angeboten hatte; die richtige, die wirkliche Anja. War sie, dachte ich, war sie doch auf Adriens Seite? Hatte sie sich nicht dazu hergegeben, Martin jahrelang dumm zu halten, in ihren Armen dumm?
Und war sie nicht noch immer bereit, an den Assistenzfesten die Göttin mit dem Füllhorn zu spielen und mit den Assistenten auf dem Kanapee herumzuliegen? Oder, und auch das war möglich, hatte Adrien das Beruhigungsmittel in die Früchte gegeben, ohne daß Anja etwas davon wußte?
Schließlich, mußte ich mir sagen, war es durchaus denkbar, daß Hanselmann und ich gar keine Beruhigungsmittel irgendwelcher Art gebraucht hatten, daß wir ganz einfach zu müde gewesen waren, uns aufzuregen. Und letzten Endes war dieser ganze Stadtrat auch gar nicht so sehr wichtig.
Er würde, dieser Stadtrat, wenn ich Adrien recht verstanden hatte, ja nicht als geschlossenes Gremium in die Unterwasserstadt übernommen werden, sondern die einzelnen Herren Stadträte würden nichts anderes sein als Futter für die Computerbibliothek, Charaktere unter tausend andern Charakteren. Sie würden eingereiht in die Anwärtersammlung, Anwärter auf Stadtratsposten, vielleicht auch auf Verwaltungsratsposten, was wußte ich. Und jeder Bürger der Unterwasserstadt würde aus dem umfangreichen Computerprogramm, das man Wahlliste nennen würde, seinen genau ihm zusagenden Anwärter auswählen können. Er würde sein Ratsgremium ganz nach eigenen Wünschen zusammenstellen können.

Es war offensichtlich, daß Adriens Computer nicht nur Charaktere, ganze Charaktere sozusagen, anbieten würde, etwa den Baurat, den Finanzrat, den Spitalrat. Er würde als Erweiterung der bisherigen Möglichkeiten auch Teilcharaktere zur Verfügung halten. Der Wähler könnte seinen Baurat aus einzelnen dieser Teilcharaktere zusammenstellen, so wie man sich ein Essen in einem guten Speiserestaurant aus einzelnen, sorgsam ausgewählten Gerichten zusammenstellt, einen Baurat à la carte sozusagen, oben Kaninchengesicht, unten Kegelstumpf, oben guter Redner und vaterländisch, unten feist und standfest. Der Militärminister könnte ums Maul bigott sein, um die Brust schwächlich und in den Hüften brutal.
Jeder Wähler könnte nach Belieben variieren. Und der Computer lieferte die Kombinationen, nahtlos verpicht sozusagen, lieferte sie dreidimensional und rundum lebenskräftig in der Totalschau: Stadträte.
Und jeder Wähler würde sich nicht nur den einzelnen Ratsherrn zusammenstellen können, sondern, wie gesagt, in gleicher Weise das ganze Gremium. Da könnte einer auf die Idee kommen, nur blonde Stadträte zu wählen. Oder nur solche, die wie der Baurat aussehen würden. Elfmal das Kaninchenlachen. Oder Zwerge. Ich weiß nicht. Denkbar auch, daß einer den Minister für Industrie besonders wohltätig haben möchte.
Adrien hatte recht, der Computer bot wirklich die Möglichkeit, die Unterwasserstadt mit nur zufriedenen Bürgern zu besiedeln. Denn, das war miteinzurechnen, dieser Bürger konnte ja variieren, laufend. Er konnte den Stadtrat jederzeit umwählen, je nach Laune und Bedürfnis. Am Morgen zum Beispiel würde er lauter große Stadträte wählen können, am Abend lauter kleine, oder umgekehrt. Die Herren würden ganz nach seiner momentanen Eingebung sich aufblasen oder würden schrumpfen.
Wenn man Adrien zu folgen versucht, muß man zugeben, daß die Demokratie eine neue Dimension erhalten hat. Und wenn man sagt, daß Demokratie auch Freiheit bedeutet, muß man weiter eingestehen, daß tatsächlich auch die Freiheit vielfältiger geworden ist.

Bisher hatten sich die Bürger einer Stadt auf einige, verhältnismäßig wenige Stadträte einigen müssen. Und so war es nicht zu vermeiden gewesen, daß stets ein Teil, wenn auch nur ein winziger Teil der Wähler, enttäuscht werden mußte, jener Teil nämlich, dessen Kandidat nicht ins Ratsgremium vorzudringen vermochte. Aber auch jener Teil der Wähler, der genau das Kollegium seiner Wahl über sich sah, war nicht stets in allen Teilen überzeugt, nun das Beste vom Besten über sich zu haben, fehlte doch sehr oft dem Finanzrat der Sinn für Buchhaltung, hätten sie den Schulrat lieber ohne Brille oder den Polizeirat lieber mit bessern Zähnen gesehen.
Alle diese Schwierigkeiten fielen in der Unterwasserstadt dahin. Nicht mehr nur ein einziges Gremium würde zur Verfügung stehen, sondern genau so viele Gremien wie Wähler. Jeder hätte sein eigenes, höchstpersönliches und auf ihn eingespieltes Stadtratskollegium. Man würde ihn anhören in diesem Stadtrat, nur gerade ihn, man hätte Zeit für ihn, und man würde ihm antworten. Die Kommunikation, wie man so schön sagt, vermöchte endlich anstandslos zu spielen.
Adrien hat recht: seine Unterwasserstadt würde eine Versuchung für jeden aufrechten Bürger sein, für jeden, dem das Wohl seiner Stadt am Herzen liegt sozusagen. Und er wird, Adrien wird keine Schwierigkeiten haben, die Leute zu überreden, ihm in die größere Demokratie, in die größere Freiheit der Arche zu folgen.
Was, lacht er, was bedeutet es unter diesen Umständen schon, daß es gar keinen Stadtrat gibt, daß es keinen braucht, natürlich, daß der Computer sich selbst berät, mit meiner Hilfe wohlgemerkt, daß die Maschine sich selbst verwaltet? Wichtig allein ist, daß mein Bürger die Fiktion hat, er würde einen Stadtrat über sich haben, und er würde ihn wählen können, genau so, wie er ihn gewählt haben will; den besten, den schönsten, den gerechtesten aller Stadträte. Oh, er bekäme jederzeit die Quittung dafür, daß es diesen seinen Stadtrat wirklich gibt, auch wenn es ihn nicht gibt; wir zeigen ihm seinen Stadtrat täglich, wir zeigen ihn dem Wähler von allen Seiten, einmal auf der Rennbahn, einmal bei der Einweihung des

Kindergartens oder beim Begräbnis des Stadtbankdirektors, einmal bei der Abnahme einer Parade.
Zweifel an der Wirklichkeit seines Stadtrates kennt der Bürger in seiner Zelle von drei auf drei Metern nicht.
Und, Boos, sagt Adrien – und er weiß, daß ich nicht antworten werde – und, Boos, jeder dieser Bürger hat die Möglichkeit, jederzeit und beliebig lange selbst Stadtrat zu werden. In Totalschau. Auch das liefert die Maschine.
Weshalb sollte diese Art Vergnügen irgendwem vorenthalten bleiben, sagt Adrien, wenn es dem Kaninchengesicht, dem Kegelstumpf und dem Schlachtviehverbandspräsidenten nicht vorenthalten bleibt?
Und selbstverständlich – wenn einer sich schon zum Stadtrat wählt dort unten in der Unterwasserstadt – selbstverständlich wird dieser Mann die Möglichkeiten des Computers ebenfalls nutzen. Wie er sie als Wähler nutzt, wird er sie auch als Stadtrat nutzen. Und einiges wird ihm leichterfallen dadurch.
Keine Querelen mehr werden ihm das Ratsleben versauern, keine Nachtarbeit, keine Anpöbeleien, kein Ungehorsam und keine Kritik.
In der Unterwasserstadt hat auch der Stadtrat ein Anrecht auf das Paradies. Auf sein eigenes. Das, Boos, sagt Adrien, scheint mir der wichtigste, der menschlichste Fortschritt zu sein, wichtiger als die Demokratie, wichtiger als die Freiheit. Ganz einfach deshalb, weil das Wohlbefinden eines Stadtrates gleichbedeutend ist mit dem Wohlbefinden der Bürger. Denn, sagt er pfiffig, da ein jeder zum Stadtrat werden kann, kann somit auch ein jeder in den Genuß dieses höchsten Wohlbefindens, eben in jenes eines Stadtrates, eines Militärrates oder Finanzrates oder von beiden zusammen, kommen.
Insofern, Boos, sagt er, wirst du meinem Projekt die wohltätige Komponente nicht absprechen können. Er ist ein Hund, Adrien.
Er würde uns gern das Wohlbefinden eines Stadtrates vorführen. Einmal, bei nächster Gelegenheit. Das Paradies eines Finanz- und Militärrates sozusagen. Jetzt wäre Zeit, etwas schlafen zu gehen, die Vorlesungen hätten bereits angefangen.

Und Adrien ließ den Bildschirm aufleuchten. Und wir sahen ihn unten im Hörsaal vor den Studenten hin und her gehen und seine Formeln an die Wandtafel schreiben. Und wir wußten nicht, war jener Adrien, der Professor, der vor den Studenten hin und her ging, war er Bluff, waren seine Formeln Bluff, oder war das Bild, das er uns zeigte, Bluff. War dieser Adrien da direkt neben uns Bluff? War er nichts als Luft, eine Fiktion?
Es ist zum Verrücktwerden. Er hat es darauf abgesehen, uns verrückt zu machen. Er ist ein Hund, Adrien.

41.

«Bluff ist mein Beruf», sagt Adrien zu den Generalen, die ihn besuchen, «genau wie der Ihre.» Und die Generale machen den Rücken ein wenig steifer, sie drücken ihr Gesäß etwas entschiedener auf die Schulbänke und finden wohl, seine Art Humor dürfe sich wirklich nur ein Herr Professor erlauben.
Sie sollten sich nicht zu viel darauf einbilden, sagt er lustig, daß es ihnen, den Herren Generalen, gelungen sei, die Welt glauben zu machen, ausgerechnet sie, die Herren Generale, würden eben dieser Welt den Frieden bringen. Dieser Bär, der da der Menschheit aufgebunden wurde, wäre nur ein kleiner Bär im Vergleich zu jenem, den die Wissenschaft aufzubinden imstande sei. Ihr sei nichts weniger als das gelungen, nämlich: die Menschheit glauben zu machen, daß sie, die Wissenschaft, gleichzeitig auch gerade die Wahrheit sei. Nichts als die Wahrheit.
Und jetzt lachen die Herren schallend. Er ist wirklich ein Original, der Herr Professor. Und der Verteidigungsminister nimmt die Gelegenheit wahr, dem bedeutenden Gelehrten, der Rose am Revers unserer Hochschule sozusagen, für den freundlichen und entspannten Empfang zu danken. In einer Zeit, da jeder seine Sorgen mit sich trage, seine Verantwortung, da so manches grau in grau sei, seien solche Worte nichts als wohltuend.

Die Delegationen kommen und gehen, und Adrien zeigt ihnen seine Totalschau. Nur unbedeutende Teile selbstverständlich. Schützenpanzer etwa, die sich vervielfachen, die über eine Ebene ausschwärmen und die unser Hoheitszeichen tragen und die, in solchen Mengen durch den Morgen rasselnd, jeden Gegner in die Flucht schlagen werden. Ohne einen Schuß. Nur schon der Anblick dieser Panzerarmee würde jeden Gegner zu allen Konzessionen zwingen. Der ganze Alpenkranz ist voller Panzer. Vom Mont Blanc bis zum Brenner sind die Alpen nichts als ein aufgerauhtes Blatt, etwa das riesige Blatt eines Rhabarbers, über das hin unabsehbar die Blattläuse krabbeln, Heere von Blattläusen, Heere von Panzern. Keine Gletscher mehr, keine Wälder mehr; nur unser Hoheitszeichen und Blech. So weit das Auge reicht. Und selbstverständlich sehen die Generale ein, daß das die beste Art der Verteidigung sein würde, dieses gewaltige Arsenal von Panzern. Und bei Bedarf die entsprechende Luftdeckung dazu. Flugzeug über Flugzeug, Flugzeug neben Flugzeug. Ein stehender Mückenschwarm, undurchdringlich.
Alles dreidimensional. Alles in Totalschau. Von echten Arsenalen nicht zu unterscheiden, selbst mit der Lupe nicht. Das, rechneten sich die Herren aus, muß den fernsten Feind abschrecken und die halbe Welt erzittern lassen. Wir würden ausgezeichnete Bedingungen für Friedensverhandlungen erkämpfen. Und zudem, diese Armeen würden billig sein. Einen Bruchteil nur irgendeiner anderen Armee würden sie kosten. Und der Nachschub, das Sorgenkind aller Generale, würde überhaupt keine Probleme bieten. Einzig die Programme der Totalschau müßten ausgewechselt werden, hin und wieder.
Und der Verteidigungsminister sicherte Adrien zu, daß selbstverständlich weitere Mittel zur Förderung des Projektes bereitgestellt würden; an den Mitteln, dafür könne er bürgen, würde es nicht fehlen. Und er sagte, daß er sich freuen würde, wenn Adriens Entwicklungen bis zum nächsten Besuch so weit gediehen wären, daß man sie der Industrie, nur der einschlägigen natürlich und nur der absolut vertrauenswürdigen, freigeben könnte. Denn nebst dem eigentlichen Verteidi-

gungspotential liege logischerweise ein ebenso großes Wirtschaftspotential in seinem, Herrn Professor Adriens, System. Und in der gegenwärtigen Zeit der allgemeinen Unsicherheiten, der wirtschaftlichen Schwierigkeiten sei es eine besonders noble Aufgabe des Verteidigungsministers, für das Überleben der Wirtschaft, das heiße auch der einschlägigen Industriezweige, sich ebenso einzusetzen wie für die Armee. Denn schließlich sei die Armee immer auch Wirtschaft und die Wirtschaft Armee. Genau wie das Volk Armee und Wirtschaft sei und umgekehrt.

Er ließ sich belehren und versprach Geduld, als Adrien erklärte, die Reife eines Projektes, besonders eines mit diesem Anspruch an schöpferische Kraft, dürfe man nicht erzwingen. Er zog auch, ein wenig erschrocken, das Anerbieten zurück, Herren aus den entsprechenden Spezialabteilungen der Armee, insbesondere etwa der Geheimdienste, zur Unterstützung Adriens bereitzustellen. Er hatte, der Herr Verteidigungsminister, in diesem Punkt ein etwas zu übereifriges Anerbieten gemacht. Nach der entschiedenen Ablehnung durch Adrien jedenfalls mußte darauf geschlossen werden, daß der Herr Professor jede Hilfe als einen Vorwurf des Ungenügens aufzufassen bereit war. Und so etwas, auch nur schon der Gedanke daran, stand dem Verteidigungsminister selbstverständlich fern.

Nein, sagte Adrien, seine Herren Assistenten müßten solche Hilfe als einen Einbruch in ihren ureigensten Bereich betrachten. Die Irritation müßte nicht nur den guten Willen in Frage stellen, sondern könnte unter Umständen auch bereits schon gehabte Erleuchtungen zum Erlöschen bringen. Und dies in einem Augenblick, da die Feldversuche unmittelbar bevorstünden. Der Herr Verteidigungsminister möge verzeihen, aber trotz aller aufgezeigten Verwandtschaft wären Wissenschafter doch weniger robust als Generale. Er jedenfalls, Adrien, sei noch nie ohne entsprechende Rücksichtnahme und Schonung ausgekommen, hätte sich ohne sie auch gar nicht auszukommen getraut und hätte längst eingesehen, daß sich Inspirationen, deren man eben hier noch bedürfe, weder befehlen noch organisieren lassen würden. Auch von höch-

ster Stelle nicht. Leider. Im Interesse der Sache fühle er, Adrien, sich verpflichtet, das anzumerken. Andernfalls könnte er keinerlei Verantwortungen übernehmen.
Der Verteidigungsminister errötete tief. Derart fürchterlich hatte er sich seit Jahren nicht mehr verrannt. Seine Kollegen würden ihm nachsagen, er gefährde das vielverheißende Projekt. Man würde ihm letztlich bösen Willen unterschieben, Behinderung, Landesverrat. Der Verteidigungsminister bebte ein bißchen, als er Adrien sagte, er würde nie und nimmer die Absicht haben, auf irgend eine Art und Weise sich in Adriens Aufgaben einzumischen versuchen oder auch nur danach zu fragen. Er würde sich überraschen lassen. Das war das richtige Wort: überraschen lassen. In vollem Vertrauen auf Herrn Adrien und seine Wissenschaft.
Er war froh, sich leidlich aus der Patsche gezogen zu haben. Und er bebte noch, als Adrien umständlich erklärte, die Methode zur automatischen Umsetzung von Luftaufnahmen in dreidimensionale Bilder sei zwar entwickelt, auch die Wiedergabe dieser Bilder und der Besetzung dieser Bilder eben zum Beispiel durch eine Panzerarmee sei recht weit gediehen, wie die Herren hätten feststellen können, aber anderes fehle noch.
Man sei nun in der Lage, über jede beliebige Landschaft eine andere zu stülpen, eine Scheinlandschaft. Und das nicht nur hier, im geschlossenen Raum, sondern auch draußen, überall, an jeder beliebigen Stelle des Landes. Also: über einem See einen Berg auftürmen könne man, oder auch: einen Berg wegrasieren und an seiner Stelle ein tiefes Tal setzen. Alles in Totalschau. Und das hätte gewaltige Wirkungen, wie man sehen werde.
Nicht nur würde die übergestülpte Pseudolandschaft jeden Angreifer verunsichern, etwa, weil das Kartenmaterial nicht mehr stimmen würde und er sich somit gar nicht mehr zurechtfinden könnte, ja bei geschickter Projektion sich sogar im eigenen Land verblieben wähnte, nicht nur das; vielmehr würde er, der Angreifer, Flüssen und Seen ausweichen, würde weite Umwege machen des Wassers wegen, wo weit und breit kein Wasser sein würde. Andererseits würden seine Panzer

auf Brücken zurollen, wo in Wirklichkeit nichts anderes wäre
als ein auswegloser Absturz.
Dieser Feind würde Städte besetzen, wo in Wirklichkeit Ödland wäre oder Sumpf. Ganze Armeen würden versinken.
Und gleich daneben würden Jäger und Kampfflugzeuge an
den Abhängen der tatsächlichen Berge zerschellen, weil sie
ein weites Tal vor sich wähnten, Flachland.
Das alles wäre zu bewältigen. Nicht gelöst sei die Frage, wie
unsere, die eigene Miliz vor solchen Trugbildern zu bewahren
sei. Denn selbstverständlich würde die eigene Armee die genau gleichen Verfälschungen um sich sehen wie die feindliche. Nicht nur wäre diese eigene Armee den gleichen Irrtümern wie die andere ausgesetzt, sondern sie hätte auch
schwere seelische Belastungen, wenn man das bei einer Armee so nennen dürfe, Belastungen zu ertragen. Wie nämlich,
wenn man einem Milizsoldaten das Land seiner Väter sozusagen unter den Füßen wegzieht und durch ein Pseudoland ersetzt, heimtückisch und schnell, durch eine Pseudoheimat,
wie, wenn man Wechselbalg auf Wechselbalg häuft, wie soll
er dieses Land, das gar nicht mehr das Land seiner Väter ist,
noch verteidigen wollen?
Er sei sich wohl bewußt, sagte Adrien, daß die Herren Generale solche Situationen gerne meistern. Erstens hätte ein Milizsoldat ohnehin kein Land und zweitens könne man den
Leuten immer irgendwie beibringen, daß es einen Zweck
habe, dem andern, das heißt dem lieben Nachbarn, ein Bein
wegzuhacken.
Gut, sagte Adrien, das sei Sache der Generale. Er als Mann
der Wissenschaft aber dürfe sich mit solchen Vertröstungen,
mit dieser Art von Optimismus nicht zufriedengeben.
Er sei daran, das Verhalten eines Milizsoldaten zu simulieren.
Er wolle wissen, wie der einfache Mann, der Mann von der
Straße, sich in diesem Maskentreiben, in diesem Mischmasch
aus Heimat und Pseudoheimat zurechtfinden würde. Und,
sagte er, die Herren möchten verzeihen, er würde auch einen
Generalstab in den Simulator geben. Zum einen, weil dem
Milizsoldaten hin und wieder gerade auch der Generalstab als
Phantom erscheinen müsse, zum andern im Interesse des Ge-

neralstabs selbst. Denn auch ein Generalstäbler müsse sich in diesen Spiegelfechtereien üben. Zwar seien die Herrschaften im Anrennen gegen Attrappen und im Aufstellen von Kulissen und Scheinwelten seit je bestens ausgebildet, aber es sei nun doch etwas anderes, ob man in Hawaii kämpfe oder im Lauterbrunnental, in Bellinzona oder in Grönland, ob man Kajak fahre oder Bulldozer.

Entscheidend, sagte Adrien, und er hob den Drohfinger, den die Herren Generale etwas erschrocken musterten und dessen Fahrten durch die Luft sie verwundert folgten, entscheidend sei, sagte er, daß man nicht auf den eigenen Bluff, auf die eigenen Pseudolandschaften und Pseudoheimaten und Pseudoarmeen hereinfalle.

Wenn man den Computer nicht beherrsche, würde er, dieser verdammte Computer, sich über den herrlichsten Generalstab lustig machen, augenblicks.

42.

Wer Adrien kennt, wundert sich nicht, daß er auch mit den Generalen seinen Klamauk haben mußte. Einmal, der Verteidigungsminister und der kleine Kegelstumpf hatten andächtig sein Gerede angehört, die Generale schwitzten in den Schulbänken und verwünschten das zu reichliche Mittagsmahl, das ihnen das Sitzen erschwerte, einmal mußte er mitten in seinem Vortrag lauter zu reden anfangen, mußte schreien. Der Raum, in dem sie saßen, gleich anschließend an seine Bibliothek, wurde erschüttert durch Explosionen. Die Bücherwand stürzte ein, Whorf und Jung und Kolakowski, Bhagavadgita und Bulgakow und Grimmelshausen. Der Flügel splitterte, wurde von der Bibliothek herübergeschoben gegen die Generale, die Außenwand des Gebäudes klappte weg, und man sah, als Staub und Rauch sich gelegt hatten, sah man unter der zusammenbrechenden Stadt eine Panzerarmee vorüberrücken.

«Sind Sie verrückt», rief der Verteidigungsminister, «sind Sie absolut verrückt geworden!» Er hatte sich unter ein Pult ge-

worfen, schaute nun unter der Tischplatte hervor und rief, Adrien solle den Unsinn gefälligst abstellen.
Der Finanzrat saß neben ihm und hielt sein Bein krampfhaft umklammert. Die Generale hatten sich hinter ihre Fäuste geduckt und blinzelten ins Getöse hinein. Nur der Oberbefehlshaber stand auf dem Pult und schrie ein übers andere Mal: «Eine Fiktion! Aber ich sage Ihnen, es ist eine Fiktion!»
Die Panzer, die vorbeirasselten, trugen unser Hoheitszeichen und schossen alle auf die andere Seite ins Land hinaus. Es roch nach Pulver und altem Mauerwerk und zerstoßenen Rüben.
Und einer der Generale, wahrscheinlich ein Panzerspezialist, schrie, das sei der reine Wahnsinn, viel zu dichtauf kämen die Halunken daher, ein ideales Ziel für das gegnerische Feuer, wo die Affen diese Großmuttermethode denn hergestohlen hätten. «Distanz!» schrie er, «Distanz!»
Aber die Panzer rasselten ungerührt weiter. Sie schossen, hatten ihre Geschütze weggewendet, und der Verteidigungsminister fühlte sich schließlich so sicher, daß er langsam zum Oberbefehlshaber aufs Pult stieg. Und blaß kroch der Kegelstumpf ihm nach. Da standen sie: der Oberbefehlshaber hielt mit beiden Händen den Verteidigungsminister hinter sich, der ihm über die Schulter sah, und zwischen ihren Beinen durch blickte der Ratsherr für Armee und Finanzen auf das Geschehen.
Alle waren ein bißchen mitgenommen, verstaubt und verschwitzt. Und einmal taten alle einen Schritt über die Pultplatte rückwärts, als neben den Panzern mit unserem Hoheitszeichen nun plötzlich auch solche mit anderen Hoheitszeichen auftauchten.
Doch Adrien beruhigte sie sofort. Das sei nichts wie Täuschung. Verwirrung des Feindes sei das. Man stelle sich die feindliche Armee vor, die unvermittelt in der anrollenden Panzerwelle ihre eigenen Panzer entdecke. Und diese eigenen Panzer feuerten auf sie. Zum Schrecken würde sich das Entsetzen gesellen. Eine solche Armee sei mehr als geschlagen; vernichtet sei die.
Der Verteidigungsminister begriff sofort. Er fand Adriens

Idee hervorragend. Genial, sagte er, die Täuschung in der Täuschung. Doch der Oberbefehlshaber, ein rechter Spielverderber manchmal, wehrte ab und rief, das sei unfair. Sowas könne man dem ärgsten Feind nicht antun, zumindest einem regulären Feind nicht. Dafür stehe er mit seiner Soldatenehre gerade. Und nach einigem Hin und Her fand dann schließlich auch der Verteidigungsminister, es wär zu schön gewesen; aber zu einfach dürfe man sich die Sache nun auch wieder nicht machen.
Die Panzer rasselten noch immer. Aber sie hatten zu schießen aufgehört. Sie hatten alle ihre Geschütze in Fahrtrichtung ausgerichtet und rückten nun reihenweise vorbei, in breiten Kolonnen, so breit, daß die fernsten Panzer im Staub schon nicht mehr sichtbar waren. Und die Luken öffneten sich. Und aus den Luken, wie aus dem Ei gepellt, sahen Männer in flachen Käppis und grüßten zum Oberbefehlshaber herüber.
Der Panzergeneral hatte noch einmal geschrien, sie sollten sich gefälligst ihre Schnauzen in den Bauch stecken, woher sie die Weisung hätten, während des Kampfes ihre Salatköpfe an der Luft zu schwenken. Aber dann erschienen die Kolonnen auch ihm zu genau ausgerichtet, als daß es hätten Kolonnen von Kämpfenden sein können, und er stellte sich hinter dem Oberbefehlshaber auf die Bank und beschloß, mit seinem Chef und dem Minister die Parade abzunehmen, die ohne Zweifel eine Siegesparade war.
Da standen sie denn stundenlang auf dem Pult und ließen paradieren. Der Kegelstumpf drückte sich an das Bein seines großen väterlichen Freundes, des Verteidigungsministers, und blickte manchmal schnell über die Schulter zurück zu den Generalen, die strammstanden, schwitzend, in der prallen Sonne, im Staub, die Hand am Mützenrand, mit verkrampften Gesichtern, weil der Arm längst schmerzte, seit langem schon schmerzte, die manchmal den linken Arm hoben und mit dem linken Arm zu grüßen versuchten, den rechten Arm heimlich hinterm Rücken schwenkten und entspannten und dann mit dem rechten weitergrüßten, die froh waren, hinter dem Verteidigungsminister zu stehen, der so-

mit ihre Linke nicht sehen konnte, die Parade zum Teufel wünschten und sich wunderten, wie groß eine Armee eines neutralen Staates zu werden vermag.
Sie standen und sahen auf den Kegelstumpf, der seine Hände vor dem Bauch gefaltet hielt und immer wieder stolz und fröhlich zum Oberkommandierenden hinauflachte, Kegelstumpf, der seinen Zahnstocher in sich hineinmümmelte und ihn wieder zwischen den Lippen nach vorn schob, so, daß man nie wußte, pfiff er oder pfiff er nicht. Und wenn er pfiff, so würde er diesmal bestimmt vor Vergnügen pfeifen.
Ihm würde die Parade nicht zu lange werden. Auch die Rede seines väterlichen Freundes würde nicht zu lang werden. Die hätte Wochen dauern können, dachte er; man lernt immer wieder dabei. Und der Vorbeimarsch durfte Jahre dauern, seinetwegen Jahre. Nichts Größeres, nichts Erregenderes konnte man sich denken als die unabsehbaren Kolonnen der Kraft und der Sicherheit, der Disziplin, die da vorbeirasselten. Und er war, als er in die Gesichter der Generale sah, doch recht froh, daß er nicht wie die Militärs zu grüßen brauchte. Er hätte sich dieses lange Strammstehen nicht zugetraut.
Die Leute geben sich ganz ordentlich Mühe, dachte er. Die verdienen ihren Generalssold! Er war ehrlich gerührt. Und unversehens grüßte er dann doch mit. Aus reiner Sympathie zu den Generalen, um sie etwas aufzumuntern in ihrem Tagwerk, und auch aus Dankbarkeit. Aus Dankbarkeit dem Volk gegenüber, das ihm die Genugtuung gab, über ein großes Volk, trotz seiner Kleinheit großes Volk zu regieren, und für das er die Mühe des Regierens gern auf sich nahm, immer würde gerne auf sich nehmen, für das er die Strapazen gern auf sich nahm, dieses Stehen im Schweiß und an der Sonne, am heißen Bein seines Freundes, an der Seite seines Freundes, der den väterlichen Arm um ihn gelegt hatte und so verhinderte, daß er vom Pultdeckel fiel. Tatsächlich, seufzte er, wochenlang würde er so stehen können, jahrelang. In Parademarsch und Nationalhymne.
Und schließlich kamen nach den Panzern die Dragoner. Schwadron um Schwadron. Eine Staubwolke das ganze Land. Ein Sandsturm das Land. Er hustete etwas, der Stadt-

rat, und sein väterlicher Freund klopfte ihm unmerklich den Rücken. Die Radfahrer kamen und die Minenwerfer und die Feldhaubitzen. Die fahrenden Feldküchen. Und die Marketenderinnen. Und das Fußvolk. Bataillon auf Bataillon. Die Musiken.
Und er stand. Und Adrien ging hinter den Schulbänken umher und lachte. Er hatte Mac und mich geholt und sagte, das würde nun das Paradies sein. Das Paradies eines Stadtrates. Des Rates für Armee und Finanzen. Wie versprochen.
Und wir könnten uns somit ausdenken, wie die Totalschau eines Stadtrates, der ein Kegelstumpf sei, in der Unterwasserstadt aussehen würde. Tag für Tag dasselbe Programm: Armeen, die vorbeimarschieren. Und der Stadtrat allein ganz vorn auf dem Podest. Und die Landeshymne dazu. Selbstverständlich die Hymne. Und Staub und Kegelstumpf überm Staub und die Köpfe, die zur Tribüne herumschnellen und Kegelstumpf grüßen.
Zur Abwechslung vielleicht einmal ein nationales Turnfest. Die weißen Männer über die endlose Ebene verteilt, pro vier Quadratmeter ein Mann. Und ein Meer von weißen Figuren, die auf Kommando sich neigen, sich heben, die auf Kommando springen und spreizen und armschwingen vorwärts hoch. Und die Lautsprecherstimmen, die über die Ebene ballern, diese Kommandostimmen, und sich weit hinten, unendlich weit hinten im Dunst, im Gelb, an den Felsen der Alpen brechen.
Und Kegelstumpf dann, später, der zu diesem endlosen Schachbrett voll weißer Puppen redet, abgebrochene, abgerissene Sätze, jedes Wort ein Satz sozusagen, wie er das von seinem väterlichen Freund gehört hat, mit viel Zwischenraum zwischen den Worten, Raum für Widerhall und Nachhall und Beifallsstürme. Große Worte und schöne Worte; Mannszucht und Kraft und dergleichen. Worte des Erschauerns, wenn auch nur peinlichen Erschauerns, aber immerhin Erschauerns.
Und der Dank an die Männer. Der Gruß auf den Heimweg. Gesundheit und Gottessegen. Ein Turnfest eben manchmal. Sonst aber Defilees, Vorbeimärsche, Fahnen, Musik, Auf-

märsche und Abmärsche. Und immer Kegelstumpf ganz vorn, zuvorderst auf der Tribüne. Und alles bis ins kleinste korrekt. Bis ins kleinste echt. Bis ins kleinste dreidimensional und wirklich.
Glaubt ihr nicht, daß ein Stadtrat sein Paradies haben wird? Daß jeder Bürger sein Paradies haben wird, ob Stadtrat oder nicht? Glaubt ihr nicht, daß diese Freiheiten der Unterwasserstadt alle eure kleinen, mickrigen, angenagten Freiheiten, von denen ihr schwafelt, aufwiegen werden? Und glaubt ihr noch immer, ich würde meine Kredite für die Unterwasserstadt nicht bekommen?
Er ließ die Parade langsam verdämmern. Einmal rannten noch ein paar Buben über den Sand. Einmal trabte ein herrenloses Pferd vorüber. Die Hymne sackte ab. Dann packten die Musikanten ihre Instrumente ein.
Der Verteidigungsminister blieb eine ganze Weile stehen, steif, versunken und wahrscheinlich verklärt. Er erinnerte sich dann seines jugendlichen Freundes, bückte sich zu ihm und faßte den Kegelstumpf unter den Achseln, hob ihn sorgsam vom Pult auf die Bank, von der Bank auf den Boden, stieg selbst herunter.
Die Generale folgten ihm. Einige krochen auch, sofern sie noch immer zwischen den Bänken eingequetscht geblieben waren, seit dem Aufmarsch der angreifenden Armee eingequetscht, krochen aus den Bänken, streckten sich heimlich, ließen heimlich Wind, nahmen sich vor, nicht mehr so verdammt reichlich zu Mittag zu essen, und traten zusammen; sie sahen sich an und gingen auf Adrien zu, der bescheiden in der Tür zu seiner Bibliothek wartete und die Upanishaden, Samjatin und Henry Thoreau vom Boden aufgelesen hatte und nun unterm Arm hielt, bereit, sie in die Büchergestelle zurückzubringen.
Und der Verteidigungsminister dankte ihm. Seit Jahren hätte er nicht mehr diese Zuversicht gespürt, diese Größe und die schützende Hand unseres Allmächtigen.
Der Herr Professor möge entschuldigen, wenn er als Mann des Volkes einfach rede wie ein Mann des Volkes und erst einmal Gott danke. Und selbstverständlich dem Herrn Pro-

fessor auch. Das ganze Land würde einem solchen Geist Dank wissen, dessen dürfe der Träger dieses Geistes versichert sein.
Und nun werde dieses selbe Land, das sich in weiser und in guter Hut fühle, einen kleinen Imbiß spendieren, und es würde ihn, den Verteidigungsminister, als einen der ersten Diener dieses Landes nur schmerzen, wenn er eine Absage des Herrn Gelehrten entgegenzunehmen hätte.
Worauf der Rat für Militär und Finanzen in allen Teilen den Worten seines verehrten Vorredners sich anschloß.
Und die Generale, als Adrien nickte, schauten verstohlen auf ihre Bäuche, auf die schönen und glänzenden Gürtelschnallen auf den Bäuchen, die Schnallen an den schöngeflochtenen Gürteln, und nahmen sich vor, morgen in die Sauna zu gehen.

43.

Ich weiß nicht, was ich denken soll.
Ich mißtrau der Sache. All dem, was Adrien als Telemetrie, Bestandesaufnahme, Dokumentation und was weiß ich: Authentizität, all dem, was er als Realität ausgibt, mißtraue ich.
Ich mißtraue diesen Delegationen. Waren wirklich Generale hier? Oder hat er uns auch die vorgespielt? Waren die Stadträte echt? War Kegelstumpf echt?
Ich kenne einen Kegelstumpf. Jeder hier kennt ihn. Und derjenige, den ich bei Adrien sah, in seiner Bibliothek und neben der Bibliothek, war ganz genau dieser Kegelstumpf, den jeder kennt. Aber das bedeutet noch lange nicht, daß er wirklich hier war. Das bedeutet noch lange nicht, daß er wirklich so redete, wie ich ihn reden hörte, daß er sich benahm, wie ich ihn sich benehmen sah.
Der Computer kann die Aufnahmen verfälscht haben. Er kann aus den Schnipseln alter Aufnahmen eine ganze Geschichte zusammengefügt und in die Totalschau eines Defilees eingefügt haben.
Sicherlich sind selbst wir, zumindest zeitweise, nichts als erbärmliche Figuren in Adriens Totalschau.

Was wissen wir? Denkbar ist, daß schon die Telemeter falsch messen, daß schon die Bestandesaufnahmen verfälscht sind. An was soll man sich halten?
Schlimm ist, daß Adrien mit seiner ungeheuren Präzision den Eindruck von Echtheit, von Ehrlichkeit erweckt und damit Vertrauen gewinnt.
Und gerade dieses Vertrauen ist es, das er braucht, um alle zu übertölpeln. Alle Führer brauchen Vertrauen, besonders die falschen.
Ich erinnere mich an ein Ablaufschema in Adriens Korridor:

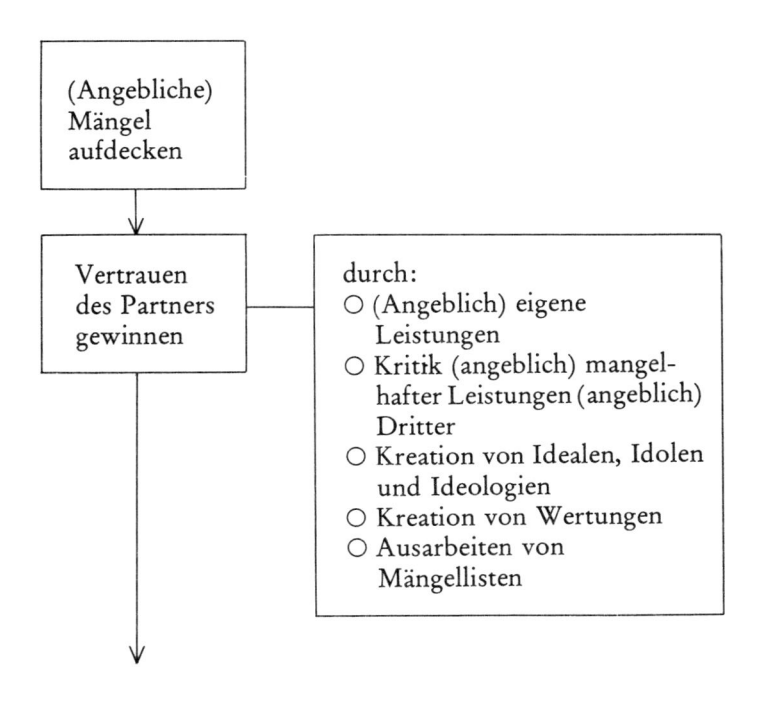

```
┌─────────────┐
│ (Angebliche)│
│   Mängel    │
│  aufdecken  │
└──────┬──────┘
       │
       ▼
┌─────────────┐   durch:
│  Vertrauen  │   ○ (Angeblich) eigene
│ des Partners├──── Leistungen
│   gewinnen  │   ○ Kritik (angeblich) mangel-
└──────┬──────┘     hafter Leistungen (angeblich)
       │            Dritter
       │          ○ Kreation von Idealen, Idolen
       │            und Ideologien
       │          ○ Kreation von Wertungen
       │          ○ Ausarbeiten von
       │            Mängellisten
       ▼
```

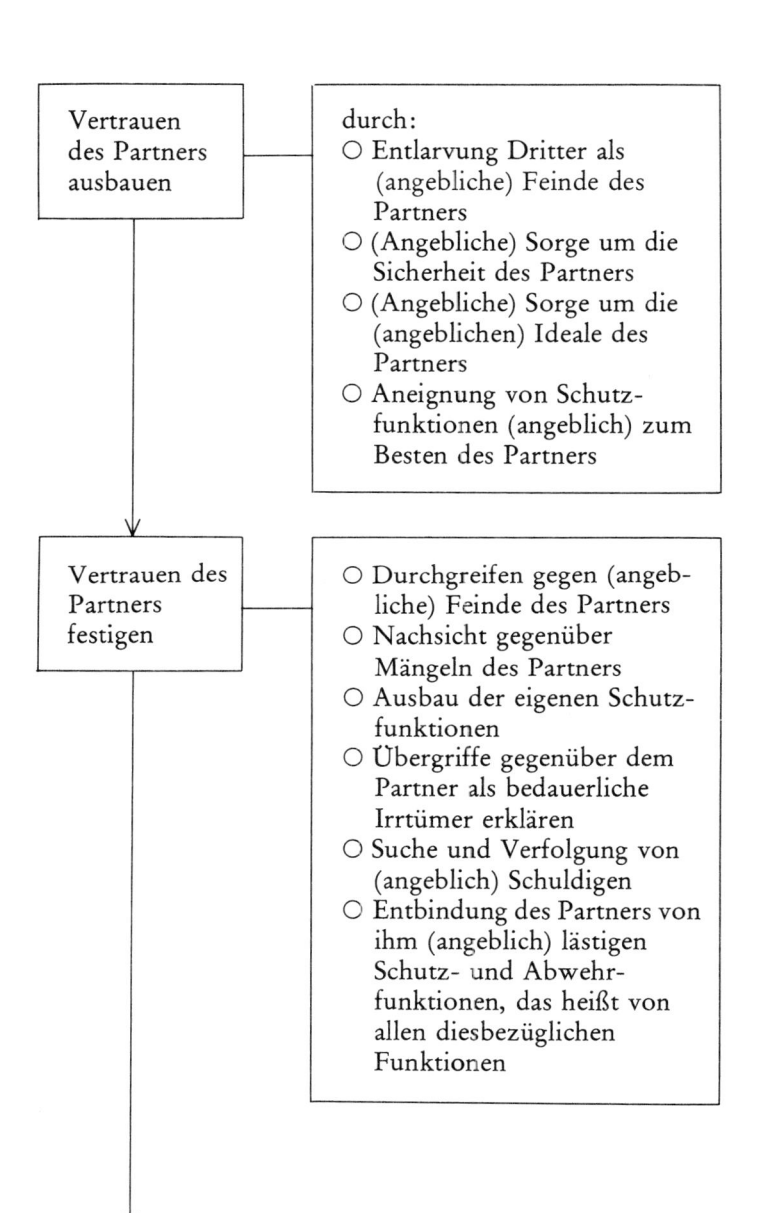

Vertrauen des Partners ausbauen	durch: ○ Entlarvung Dritter als (angebliche) Feinde des Partners ○ (Angebliche) Sorge um die Sicherheit des Partners ○ (Angebliche) Sorge um die (angeblichen) Ideale des Partners ○ Aneignung von Schutzfunktionen (angeblich) zum Besten des Partners
Vertrauen des Partners festigen	○ Durchgreifen gegen (angebliche) Feinde des Partners ○ Nachsicht gegenüber Mängeln des Partners ○ Ausbau der eigenen Schutzfunktionen ○ Übergriffe gegenüber dem Partner als bedauerliche Irrtümer erklären ○ Suche und Verfolgung von (angeblich) Schuldigen ○ Entbindung des Partners von ihm (angeblich) lästigen Schutz- und Abwehrfunktionen, das heißt von allen diesbezüglichen Funktionen

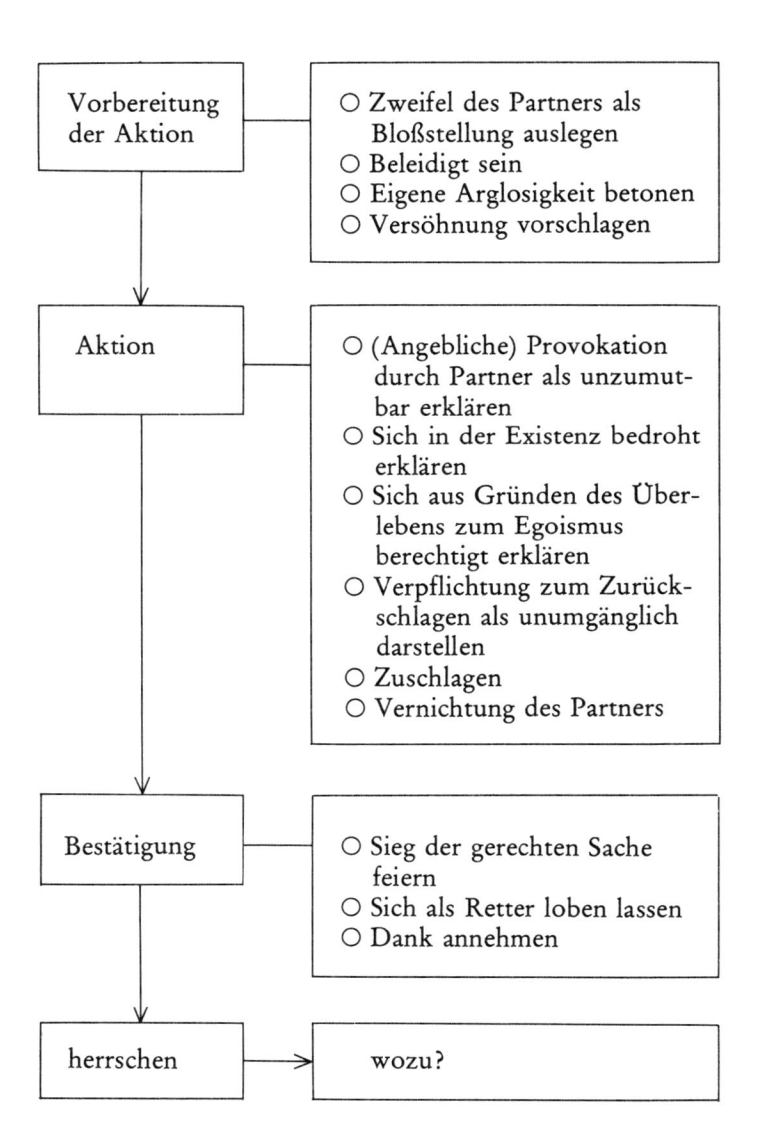

```
┌─────────────────┐      ┌──────────────────────────────┐
│ Vorbereitung    │      │ ○ Zweifel des Partners als   │
│ der Aktion      ├──────┤   Bloßstellung auslegen      │
│                 │      │ ○ Beleidigt sein             │
└────────┬────────┘      │ ○ Eigene Arglosigkeit betonen│
         │               │ ○ Versöhnung vorschlagen     │
         │               └──────────────────────────────┘
         ▼
┌─────────────────┐      ┌──────────────────────────────┐
│                 │      │ ○ (Angebliche) Provokation   │
│ Aktion          ├──────┤   durch Partner als unzumut- │
│                 │      │   bar erklären               │
└────────┬────────┘      │ ○ Sich in der Existenz bedroht│
         │               │   erklären                   │
         │               │ ○ Sich aus Gründen des Über- │
         │               │   lebens zum Egoismus        │
         │               │   berechtigt erklären        │
         │               │ ○ Verpflichtung zum Zurück-  │
         │               │   schlagen als unumgänglich  │
         │               │   darstellen                 │
         │               │ ○ Zuschlagen                 │
         │               │ ○ Vernichtung des Partners   │
         │               └──────────────────────────────┘
         ▼
┌─────────────────┐      ┌──────────────────────────────┐
│                 │      │ ○ Sieg der gerechten Sache   │
│ Bestätigung     ├──────┤   feiern                     │
│                 │      │ ○ Sich als Retter loben lassen│
└────────┬────────┘      │ ○ Dank annehmen              │
         │               └──────────────────────────────┘
         ▼
┌─────────────────┐      ┌──────────────────────────────┐
│ herrschen       ├─────▶│ wozu?                        │
└─────────────────┘      └──────────────────────────────┘
```

Auch bei diesem Schema war wie bei den meisten andern
Schemas mit einem grünen Kugelschreiber dreingekritzelt
worden. Hähnchen und Pfauen waren gezeichnet, Männchen. Das Wort «wozu» gehörte offenbar nicht ins Schema.
Es war nachträglich hingeschrieben worden. Mit grünem
Kugelschreiber. Und es war dieselbe Schrift, mit der im andern Schema «Knechtschaft» hingeschrieben worden war.
War es Martins Schrift?
Ich weiß es nicht. Ich werde vorsichtig sein. Ich werde Adriens Tatsachen aus dem Weg gehen. Es sind dieselben Tatsachen wie in den Arztromanen, wie in den WAHREN GE-
SCHICHTEN; wie in den Illustrierten, die Hanselmann mir
rings um die Koje kleistert. Man kennt sie.

44.

Was wir festhalten ist: LEER.

Die Gefühle mit der Pipette abgezählt
überm Löschblatt,

gestanzt und geprägt in Münze,
was uns schön war,

und aufgespießt hinter Glas,
was wir Freiheit nannten.

Kadaververwalter sind wir,
Bibliothekare des VORBEI.

Dritter Teil

Ein Herbst

Der Kahn, beladen mit Stein,
querüber,
und seine Spur, die lang bleibt.

In den Wäldern Schnee.
Noch hangen die Trauben.

Beeren platzen im Spinnweb.
Und die Enten fliegen landein.

45.

Da sitzt man in seinem Kiosk, im engen Verschlag, der Geruch von Druckerschwärze nebelt einen ein, und doch schmeckt man die Haut.
Eva, soll es vielleicht keine Haut geben dürfen? Keine Haut unterm Ohr, keine unterm Kieferknochen? O ja. Ich weiß, man will die Haut verbieten.
Man sitzt im Geruch der Druckerschwärze. Die Schwärze ist frisch. Die Zeitungen sind von heute. In Orgien von Gerüchen sitzt man. Denn der schlaffe und schlaff machende Geruch der Schwärze wird durchdrungen von andern, von schärferen und süßeren, von einer ganzen Menge von Gerüchen verschiedener Süße. Man versucht sie einzeln herauszuriechen. Den Geruch von gepuderten Kaugummistäbchen, jedes Stäbchen anders: himbeersüß, zitronensüß, orangensüß, pfefferminzsüß. Oder der Geruch von Geleewürfeln. Verpackt in die durchsichtigen Papierchen der festgewordene Gelee, grün, auch rot, und glasig. Quittengelee, Birnengelee, Erdbeergelee.
Und die Schokoladenstangen, glatt oder mit Nußsplittern bedeckt, mit Karamellen vergossen. Dann die Hustenbonbons: Bienenhonig und herbe Kräuter, Lakritze, Spitzwegerich. Und daneben, fasnachtsbunt, in Rüschen und Puffärmeln und mit dem Holzbein: alle die Lutschstengel. Diese kantigen Spiralen aus rotem Kreuz und grünem Rhombus hinein in den Zucker. Lutschbonbons, in denen die Studentinnen wühlen wie kleine Mädchen, die sie in den Pausen gemeinsam mit den Studenten kleinlutschen, mein Mund, dein Mund, rote Zunge, blaue Zunge, ach, jetzt ist das arme Stäbchen da; gerade so, als hätten sie sich in den Kopf gesetzt, ihre schön gepflegten, lang gepflegten Zähne in wenigen Stunden kaputt zu machen.
Bonbons und Karamellen und speckige Würfel und fadenziehende Klumpen. Ich rieche sie. Und ich sehe sie, ringsum, obschon es dunkel ist, Nacht. Und über all den Gerüchen, über den süßen und dünnen und scharfen, liegt der andere Geruch, schwer und dumpf, der des Tabaks.

Eingepackt in den Gerüchen sitzt man, hineingequetscht in den Kiosk. Wie eine Pralinétüte ist das, sagt Mac. Mitten im feinen Papier, garniert mit Schokolade und Schleckzeug, mitten in den Truffes hockt ein Alter und fault.
Es ist wahr. Man sitzt da in seinem verschwitzten Leibchen, wartet, daß die Nacht vergehe, und hört seinem Rasselatem zu. Und man schmeckt Haut; Eva riecht man. Doch daran will man nicht denken.
Da ist das Pfeifen in der Brust, sagt man sich. Und man sagt es immer wieder, weil das Pfeifen einem recht ist. Irgendwo zwischen Gaumen und Bauch ist es, nicht genau auszumachen wo, und es fährt herum, dieses Pfeifen, weiß der Teufel, ist einmal im Ohr, dann in den Bronchien, links unten, ganz sicher links, dann wieder rechts. Eines, ein Pfeifen, das langsam anhebt und unvermittelt ausfällt. Eine winzige und kümmerliche Melodie, die kommt und geht und wieder da ist. Das ist nicht anders, als wenn man mit einem Kind spielt, denkt man. Man versteckt sein Gesicht, weil auch das Kind sein Gesicht versteckt hat. Und man wartet, bis das Kind langsam die Stirn hebt und hersieht. Und auch wenn es hersieht, wartet man noch weiter zu, eine ganze Weile. Und schließlich schaut man hin, überraschend. Eine Sekunde lang schaut man in zwei große, ein bißchen ängstliche, ein bißchen verwegene Augen, in das Schwarz der Pupillen und in dieses viele und reine Augenweiß. Und man hört den kleinen Aufschrei des Erschreckens, den kleinen jubelnden und entsetzten Aufschrei. Und man weiß, das Kind wird jetzt das Gesicht tief in den Schoß der Mutter bergen und wird sich anklammern an die Hüfte, an die Schenkel der Mutter und wird nach ein paar Augenblicken sich doch wieder lösen und herschauen und das Spiel von vorn beginnen.
Das ist nicht anders als ein Kind, denkt man, dieses Rasseln in dir. Es ist wie das Versteckspiel der Augen, das Aufscheinen von Weiß, das Sichverbergen. Man spielt mit dem Pfeifen in der Brust genau so, wie man mit einem Kind spielt. Man vergnügt sich. Man findet immer eine Möglichkeit, sich zu vergnügen.
Und trotzdem: sie ist da; sie stört mich: eine feinporige, eine

kaum merklich feuchte Haut ganz hinten am Hals, dort, wo sonst das Haar drüber fällt. Man riecht sie. Die Druckerschwärze kommt nicht gegen sie an, dieses Schleckzeug nicht. Man sieht sie. Und man sieht die Bläue der Adern tief hinein. Unter der Haut die Adern. Das ist, als würde ein Baum durch Stein wachsen. Aber da ist nichts Kaltes dabei, nichts Hartes. Unsinn. Man ist hier; hier in der Koje, im Rollstuhl; in diesem schweren, vor Schwere schmerzenden Leib ist man, in dem, was vom Leib übrig geblieben ist. Und man vergnügt sich darin. In der Ruine, die man ist, klettert man herum. Und man jagt seine Fledermäuse, versteht sich.
Man lacht. Man läßt ein bißchen die Sonne aufgehen. Man macht ein bißchen in Kulissenschieben. Das Pfeifen in dir ist ein Wiesel, denkt man, ein langes, schmales Tier mit heller Brust. In einem Haufen von Ackersteinen, die überwachsen sind mit Phlox und Brombeer, in den Spalten und in den Höhlen des Gerölls ist es. Oh, denkt man, da ist sie, die sehr weiße Brust des Tierchens. Und man fragt sich, ob Wiesel tatsächlich so weiß sein können, so makellos. Im Frühjahr vielleicht.
Man rät herum. Man hat vergessen, wie ein Wiesel ist. Und man beschwichtigt sich und sagt: egal. Hier im Rollstuhl ist das nun wirklich egal. Seien wir zufrieden, sagt man, unser Wiesel ist weiß. Geradezu blenden tut sie, diese Brust. Und das Tier huscht hinein zwischen die Steine und wird gleich wieder hervorkommen. Siehst du, weiter oben ist es jetzt, nein dort, nein rechts, mehr rechts und höher. Und es macht sein Männchen. Es hat uns gesehen. Ein neugieriges Ding.
Weshalb, fragt man sich, soll das Pfeifen in dir kein Wiesel sein dürfen, eines, das herumhuscht in Brockenhaufen, Trümmerhaufen, Schutt? Es tut gut, so ein Tierchen zu haben. Man freut sich daran und ist beschäftigt. Man schaut ihm zu. Dem Pfeifen in sich schaut man zu.
Aber dann ist die Brust des Wiesels zarthäutig geworden. Und die helle Brust schwankt im Licht, flimmert und flattert im Licht. Man versucht genau hinzusehen. Alles ist verschwommen. In der feuchten Frühlingsluft flattert die Helle mit.

Vielleicht hat man einen Augenblick lang geschlafen. Man hat nicht acht gegeben, und das makellose, flatternde Weiß ist als ein Band in den Erlen hängen geblieben. Und dann hat man ein Mädchen mit eben diesem Band über die Wiese rennen sehen, hinter Brockenhaufen durch, durch Auenwälder, zwischen Erlen und Eschen hin. Und man denkt, das Band wird dem Mädchen entgleiten. Es wird sich in den Eschen verfangen, dort, wo jeder Zweig jetzt blank ist und von einer Knospe gekrönt, einer Knospe, die gleich platzen wird vor Kraft. Und das Mädchen wird das Band aus den Zweigen zu lösen versuchen. Mit weißen, spitzen Fingern. Das Mädchen wird hüpfen nach dem Band, ungestüm und doch leichtfüßig.
Oh, denkt man, wenn es so ungestüm ist, werden die Eier aus dem Korb springen, rote und blaue und orange Ostereier. Und die Eier werden zerschlagen.
Man sieht, daß das Mädchen das Band aus den Erlen und Tannen gelöst hat, sieht, daß es mit schlanken, schmalen und zartrosa Fingerbeeren die Eier anfaßt und sich bückt und die Eier unter Dotterblumen versteckt. Und man sieht, währenddem das Mädchen sich bückt, daß sein Haar nach vorn fällt. Und unterm Ohr ist wieder zart und dunkel der Aderbaum, der hineinwächst neben der Rundung des Kiefers, neben dem Ohr.
Die Kühle des Ohrs schmeckt man, die Muschel und das Läppchen. Die Rundung neben der Brustwarze. Und man spürt das winzige Gewicht dieser Brust, die auf den Nasenrücken fällt und auf die Oberlippe, wenn man die Haut küßt unter der Warze.
Man sitzt im Kiosk, im Dunkel des Treppenhauses, im Gestank all des bedruckten Papiers, in Illustriertenweibern, Papierhelden, zwischen rohen und ledernen, braungebrannten Brüsten sitzt man, zwischen sonnengegerbter Haut, Haut wie Papier, in Geraschel und Rüschen, in klappernden Schoten. Zwischen all den aufgerissenen Mäulern sitzt man, in Zähnen. Zähne porzellanstarrend und scharf. Eingepackt im Kokon aus Zeitungspapier sitzt man und fault vor sich hin.
Und durch den Kokon herein drückt der März. Altes Stück,

sagt man, Boos, das ist tatsächlich die Frische der Maiglöcklein. Bärlauch ist da. Und ungestüm werden heraufbrechen die Nesseln, o Gott, jung. Narr, alter, was eigentlich willst du?
Man träumt nicht. Man ist nicht verrückt. Man sitzt in der Nacht und sieht ein helles Band. Man weiß, man hat keine Beine, nichts unterhalb der Hüfte, und trotzdem brennen die Füße. Und nun spürt man auch wieder den Halm, das weiche und stumpfe Ende des Halms, noch feucht von ihrem Speichel, und spürt es langsam über die Sohle, den Rist hinstreifen.
Oh, sagt man, Alter, Boos, du bist der Kirschbaum im Bergschlipf, der unter Flechten und Schwämmen nochmals zu blühen beginnt. Es wird dich zerreißen, dieses Blühen; gelobt sei es! Zähle, Alter, zähle besser die Quadratzahlen auf, die Quadrate der Zahlen bis hundert, oder bis zehntausend meinetwegen, konzentriere dich! Es wird dir helfen. Und vielleicht schläfst du ein. Eine lange Nacht. Weshalb in aller Welt solltest du nicht einschlafen können? Die Quadratzahlen helfen.
Und selbstverständlich gehorcht man. Der Vernunft gehorcht man immer. Sechsunddreißig mal sechsunddreißig sind? Warte mal! Vorhin hatten wir zwölfhundertfünfundzwanzig; jetzt nehmen wir neunhundert plus dreihundertsechzig plus sechsunddreißig. Einfach.
Nur: da ist das Band. Und Haar streift mich; lange und weiche Strähnen, schmiegsam. Und sie riechen nach Sonne. Man kennt den Geruch; genau so wie man den Geschmack der Haut kennt, kennt man ihn. Und man spürt die Strähne über den Mund gleiten. Ein Gitterwerk hat man vor sich, das man anhebt und durch das die Sonne spielt, purpurn und blaugrün. Man hat den Erlenwald im Gitterwerk und die Tannen, aus denen die Flugzeuge schnellen.
Ja. Und man hat die Augen vor sich, die sich jedesmal schließen beim Nahen der Flugzeuge, ein Gesicht hat man vor sich, das sich schließt. Du hast Angst, sagt man, und man spürt die Wimper, die sich auf die Wange preßt und zittert. Man hat die Wange zu sich her genommen und spürt den Atem am Hals.

Das Haar streicht über die Brust hin. Es ist so leicht, daß man es nicht bemerken würde, wäre nicht das Brusthaar da, in dem es sich verfängt. Es streicht über den Bauch hin. Es fällt aufs Knie.
Man hat keine Beine, seit Jahren nicht mehr, und spürt doch die Haare drüber hinstreichen, schmiegsam und kühl. Man sitzt im Kiosk, nachts, und kann nicht schlafen. Ein alter Kirschbaum hat einen Dreck zu blühen, würde der lange Lümmel sagen. Einen Dreck.

46.

Irgend etwas muß man tun. Man redet mit Mac, obschon man eingeschlossen ist in der Koje und Mac einen nicht hören kann. Sein Schreibmaschinengeklapper tönt herab aus den obern Stockwerken.
«Mac», sagt man, «diese Flugzeuge da, die im Haar, über den Tannen, jenseits der Wiese, die sind anders. Die sind nicht mehr so, wie deine waren. Verstehst du? Das sind nicht mehr die kleinen schwarzen Kreuze von einst, hingekritzelt über den Himmel. Das ist keine Messerschmitt, die über dir hängt und nicht wegkommt, in die du hineinfliegst und ballerst und fluchst. Da ist, Mac, kein wackliges Zeichen, das wie ein Klebebuchstabe vom Himmel sich löst und zu rauchen beginnt und das du gleich anbetteln wirst auf deine Weise: komm heraus, verdammter Narr! willst doch wohl aussteigen! ach du, wirst doch wohl die Freundlichkeit haben, dir die Kiste vom Hintern zu reißen! komm, komm Bursche, er ist es nicht wert, daß du für ihn krepierst, dein Führer, Verführer! Kleiner, komm und tu Mac den Gefallen und steig aus, endlich! nun also, da bist du ja! hurra! da bist du ja! Da, Mac, wölkt kein Fallschirm aus und wird groß und hält sich, und ein Mann hängt dran und schwebt, so, als wär eine Löwenzahnblüte verwelkt und verweht. Da sind, Mac, keine Kreuze mehr, dem lieben Gott über den Bauch gestickt sozusagen, und du pflückst dir eines heraus und trägst es im Knopfloch, Held, Held Seiner Majestät und begnadeter Flieger; da, Mac,

sind aus den Kreuzen Klingen geworden, schwarze, und die
schlitzen den Himmel. Die schlitzen den Bauch. Und du
hörst den Schrei, wenn die Haut reißt.»
Man stößt überall an, wenn man so herumdenkt. Ich will
nicht an Eva denken jetzt, an ihren weißen und gewölbten
Bauch, an den Spital. Ich will mit Mac reden, irgend etwas,
egal was.
«Mac», schreit man in seiner Koje, «Mac, auch das wird sich
machen. Auch diese Klingen werden nicht mehr sein, auch sie
werden eingesammelt werden wie das ganze übrige Arsenal
der Generale, sobald Adrien seine Unterwasserstadt hat, sobald er seine Arche hat aus Glas, in die er sie, die Generale,
luftdicht verschließt für alle Zeiten. Ach», schreit man, und
man hat sich die Träne weggeleckt aus dem Mundwinkel,
«wie uralte Insekten werden sie sein im Harzwürfel, alle die
schönen Operettenhelden, alle die breitspurigen, epaulettenbehängten Auftrumpfer und Schranzen.»
«Mac!», schreit man, und man hält das Fensterchen geschlossen über der Münzschale, denn Mac soll nicht hören, daß man
nach ihm schreit. Er soll nicht herkommen und seine Stirn an
die Scheibe drücken und fragen, was los ist. Er soll das nasse
Gesicht nicht sehen und nicht sagen, man heule.
«Verdammt, Mac. Du weißt, Adrien wird das menschlich
machen, wie er so schön sagt. Menschlich. Er wird die Herren
Generale weiterkonferieren lassen, er wird ihnen die Wachen
lassen, an denen vorbei sie lässig und gewichtig zugleich hineinschreiten in ihre Konferenzsäle. Und er wird ihnen die Paraden lassen. Die Schatten der Totalschau werden an ihnen
vorbeimarschieren, endlos, und die Herren werden auf dem
Podest stehen, die Hand am Mützendach, und der Krampf
wird in ihren Arm kommen, und sie werden Haltung bewahren und stehen und grüßen und die Schatten paradieren lassen
Stunde um Stunde. Und derjenige, der den Arm am längsten
oben halten wird, wird die größte Armee haben und wird der
größte General sein und die größte Schlacht schlagen mit all
den Schatten und Schemen unten in der Unterwasserstadt.
Und Friede wird sein auf der Erde.» Man schreit: «Endlich
Friede!»

Man trommelt auf dem kleinen Brett herum, das da vor dem Bauch durchgeht und das verhindert, daß man aus dem Rollstuhl kippt, und schreit: «Und kein Mensch wird mehr frei sein. Keiner wird herumlaufen auf der Erde und sie versauen und verteufeln. Nur die beiden Polizeigefreiten, die Herren Uhr und Hoffmann, werden aufsteigen im Fesselballon oder im Helikopter und werden die Ufer absuchen, werden die Lehmküsten absuchen und werden die Stapfen betrachten. Breit und rund sollen die Stapfen sein wie der Abdruck einer Hand, keinesfalls länglich, keinesfalls schmal. Nichts an ihnen soll anzeigen, daß die Rundung sich dehnt. Kein Menschenfuß darf werden; nicht wieder ein Mensch! Zeigen müssen sie, die Stapfen, daß der Affe Affe bleibt, basta. Und Friede wird sein, Mac, Friede!»
Man denkt, die Koje wird bersten ob dem Gelächter. Und Mac wird einen hören und herunterkommen.
Friede, sagt man leise vor sich hin, Friede. Man lallt das, idiotisch und erschöpft. Weshalb soll man nicht idiotisch sein dürfen, mitten in der Nacht? Friede, und Evas Wimpern werden nicht mehr zucken müssen, schmerzlich hingepreßt an die Wange. Friede.
Der Geruch von Erde steigt um einen, hier in den Gerüchen des Kiosks. Aus der Wolldecke steigt er, aus den Polstern des Rollstuhls. Er ist feucht und herb, der Geruch, und ist noch kühl von der Frühe.
Schwer hängt Tau am Gras. An der Fußsohle bleiben die Krümelchen kleben. Man geht den schmalen Wiesenpfad zwischen Büschen; manchmal eine Wasserlache, manchmal ein Spinnweb. Und man hat den leichten Schritt neben sich. Eine Frau hat man neben sich, die ihre Schuhe ausgezogen hat, die sie in der linken Hand trägt und die den rechten Arm auf den Gürtel des Mannes gelegt hat; im Rücken des Mannes dieser leichte Arm. Er ist so leicht, daß man ihn kaum spürt, daß man hin und wieder danach greifen muß, um sicher zu sein: er ist noch da.
Ein trockener, warmer Geruch steigt herauf aus dem Haar. Da nistet die Sonne drin, denkt man. Und hinter den hellen, dürren und durcheinandergebrochenen Schilfhalmen nistet

sie auch. Dort muß ein See sein, so weit, daß man kein Ufer mehr sieht. Und gegen den See hin geht man jetzt, an Torfhütten vorbei, an Erlen vorbei, längs den Gräben mit bewegungslos öligem Wasser.
Der Mann hat den Arm der Frau von der Hüfte gelöst und hat sie vor sich hergehen lassen. Er betrachtet ihren Nacken, der aus dem Haar hervorscheint, und die kleinen Fersen. Unter den hochgekrempelten Hosenstößen versinken die Fersen im Gras, tauchen auf und versinken wieder. Und er betrachtet den freien Arm der Frau, der leicht schwingt beim Gehen und sich manchmal über eine Dornranke weghebt. Er betrachtet den Handrücken der Frau, den sie ihm hinhält, und auf dem eine kleine Raupe kriecht.
Er hat die Schuhe ausgezogen und ist mit der Frau durch die flachen Torflöcher gewatet. Und nun steht er neben ihr und sieht auf den Handrücken hinab. Und er spürt ihre Schulter gegen seine lehnen, er spürt ihr Haar im Gesicht; ihre Zungenspitze innen an seinen Lippen spürt er, ihre Hand im Nakken. Und er spürt, sie löst ihren Gürtel.
Sie hat ihre Hose unter einen kleinen Heckenrosenbusch gebreitet und liegt darauf, keine fünf Schritte vom Weg entfernt. Unterm Rauschen des Schilfs liegt sie, unterm Schreien der Vögel, unterm Licht.
Du kannst nicht mehr warten, denkt er, du bist ausgehungert, ganz. Und er kniet neben der Frau und sieht das Licht am Hals, das Licht über den Schulterkuppen, an den Hüften, sieht, es macht den Leib durchsichtig, es macht die Brüste der Frau zu milden, flachquellenden Teichen, und es spielt lustig und rot im Schamhaar. Es wirft den Schatten des Haars auf die Haut darunter, auf die zarten, gefransten Ränder, die er schnell küßt und in die er sich gleiten läßt, versinkt, versinkt, in ein Meer von Reinheit und perlmutterner Kühle, von Blau und Rosa durchspielt, versinkt und dann ruht, mit der ganzen Schwere des Leibes am Grunde des Brunnens.
Sie atmet an seinem Mund. Und sie weckt ihn, indem sie ihre Zehen durch seine Zehen streichen läßt. Und er hat sich aufgehockt und hat sich den schwarzen Torf, den nassen, von den Füßen gerieben. Bis über den Rist herauf war er im Torf

versunken. Und die Frau sitzt neben ihm und sieht ihm zu. Du hast schöne Füße, sagt sie. Sie sagt es so ernst, daß er auflacht und seinen Kopf in ihrem Schoß birgt und die beiden Brüste über sich hat, ein Geglöckel vor dem Himmel, in das er lachend hineinschaut.
Man ist verrückt. Man sitzt in seiner Koje und ist wach und hat die verdammten und elenden Stummel unter sich, hineingesteckt in die umgeklappten Hosenbeine, und man spürt gleichzeitig die Fußspitzen sich in den Torf graben, spürt die Feuchte und die Kühle heraufsaften zwischen den Zehen, die Zehen eindecken, den Rist. Und man spürt die Zunge hineinstoßen bis in den Gaumen.
Man hat das Licht unter den Lidern und weiß gleichzeitig, daß dieses Licht einem nicht gehört. Das gehört nicht zu uns, Mac. Das nimmt man weg. Genau so, wie man Senta und dir das Kind wegnahm, wird man es wegnehmen.
Genau so.

47.

Da drüben, der Hauptfassade entlang und dann ein paar Schritte zurück, da ist die Waschküche. Du, Mac, hast mich da hingestoßen, früher. Und die kleine Su, das Mädchen mit dem Siebenmonatsbauch, schiebt mich nun auch wieder hin; aber natürlich ist es nicht mehr dasselbe.
Da war also diese Waschküche unter Sentas Wohnung. Und Senta ging oben hin und her. Man hatte gegessen im Raum über der Waschküche, und Senta räumte das Geschirr vom Tisch. Senta kann kein schmutziges Geschirr sehen.
Man ist satt. Die über mir, denk ich, sind satt. Man hat mir eine kleine Schüssel mit Suppe gebracht. Man ist herabgekommen in die Waschküche, hat Licht gemacht und hat mir die Suppe aufs Brett gestellt. Man hat mir das Tuch um den Hals gebunden und hat gesagt, es sei warm bei mir, ich würde nicht frieren.
Was soll man frieren, Mac? Ein Krüppel friert nicht, und ein Held Seiner Königlichen Majestät friert auch nicht.

Es war eine Suppe mit Kartoffelstücklein drin, mit Teigröhren drin, mit Erbsen und Tomaten, was weiß ich, und wahrscheinlich schwammen drüber ein paar aufgequollene Rädchen Wurst.
Die da oben, denke ich, sind satt, obschon sie mir von ihrer Suppe abgetreten haben und obschon Macs Rente nicht reicht, obschon, sag ich, die Rente Seiner Königlichen Majestät so miserabel ist, daß ihre Söhne, die Söhne dieser Majestät oder doch die Söhne der glorreichen, nie besiegten Nation mit der armen Senta zusammen wohnen müssen.
Zusammenwohnen wollen, sagt Mac. Wollen, hörst du, Alter. Besser Senta, lieber Senta, unvergleichlich viel lieber, als diese gierigen, brillantblitzenden, züchtig angeheirateten Huren der Barone, als die scharf kalkulierenden Krämerweiber, die ihren Arsch dem Meistbietenden verschachern, lebenslang und gegen Trauschein natürlich.
Na ja. Und so trägt denn Senta, ein bißchen blaß und ein bißchen erschöpft, ihr Geschirr hinüber zum Spültrog. Sie wird sich unterm Balken hineinbücken in die Nische und wird die Teller und Tassen im Wasserstrahl wenden. Das Wasser glutscht im Abflußrohr über mir, und die Schläge der frei hängenden Wasserleitung schrecken mich jedesmal auf, wenn Senta den Hahn schließt. Und ich kann das Kind lachen hören. Ich höre Macs Schuh auf die Dielen klappen. Ich weiß, er versucht das Kind auf seinen Knien reiten zu lassen. Aber es gelingt ihm nicht. Der Gipspanzer behindert ihn; er kann das Bein in der Hüfte nicht abwinkeln.
Auf dem schräggestellten Bein rutscht ihm das Kind immer wieder weg. Doch sie haben auch aus diesem Wegrutschen ein Spiel gemacht. Nicht mehr «Hopphopp-Reiter» rufen sie, sondern «Rutschrutsch-Kleiner». Das Kind hält sich an Macs Armen fest und rutscht bei jedem Fußklappen etwas tiefer. Es quietscht und schreit vor Vergnügen. Bis hinab zu Macs Schuhen gleitet es, und es zieht die Beinchen an, um das Gleiten nicht zu behindern und um möglichst lang und möglichst weit hinabgleiten zu können. Und kaum ist es unten, klettert es wieder an Mac hoch.
Man weiß, sie werden noch eine Weile dieses Spiel spielen. Sie

warten, bis Senta das Geschirr zum Abtropfen aufs Brett gestellt hat und bis sie den Sack mit den Kirschensteinen vom Ofen genommen und hineingeschoben hat ins Kinderbett. Die Tücher und die Decke werden dort, wo der Sack liegt, warm sein, und das Kind wird sich in die warme Mulde krümmen, wird den klirrenden Sack hinabstrampeln und wird ihn wieder heraufziehen an den Leib. Kurz atmend wird es in der Mulde liegen und wird sich von den kalten Rändern weg hineinkrümmen in die Mitte des Bettes. Nur ein Büschelchen Haar wird hervorschauen unter den Tüchern. Und man weiß, Mac wird neben dem Bett stehen und singen.
Das ist sein üblicher, krächzender Singsang, irgend ein irisches oder walisisches Lied, das er von seiner Mutter gelernt hat und von dem wir kein Wort verstehen können, dessen Melodie wir nur erahnen können unterm Gekrächz, ein Lied aber, das die Kleine kennt und das sie abgesungen haben will Tag für Tag.
So ist das. Ein Abend wie irgend einer Da machen sie also Rutsch-Kleiner und können die Schritte nicht hören draußen im Hof. Doch ich, ich höre sie.
Und ich wußte auch gleich, daß das Kind nicht würde unter die warme Decke kriechen können.
Ich höre die Schritte unterm Torbogen, im Matsch, und auf den Backsteinen dem Haus entlang, wo nur wenig Schnee liegt. Und am Geräusch der Schritte, an der Art, wie der Fuß aufgesetzt wird, wie der Matsch wegspringt, erkenne ich, daß der Schnee mit viel Regen durchmischt ist. Und natürlich weiß ich, was der Mann will.
Man hat gehört, daß der Fremde, der da gekommen ist, nah am Haus den Matsch von den Schuhkappen tritt. Er wird, denkt man, die Holzstufen, die trocken geblieben sind unterm Vordach, naß machen mit seinen Schuhen. Die Treppe dröhnt.
Der da trägt keine Gummischuhe, das kann man hören. Er hat keine Galoschen übergezogen. Vielleicht ist er von zu Hause weggegangen schon bevor es zu schneien begann. Oder er hat den ganzen Tag über in der Wirtschaft gesessen und hat gejaßt.

Das sind Vermutungen. Möglicherweise war er im Büro oder in einer Werkstatt, möglicherweise ist das ein Schreiner. Denkbar ist auch: er ist eben gerade aus seiner Stube weggelaufen, hat gesagt, er hole noch schnell die Zeitung, er gehe zu einem Glas über die Straße und sei in einer Stunde zurück. So ungefähr.
Jedenfalls: die über der Waschküche sind still geworden und horchen. Sie schreien nicht mehr «Rutsch-Kleiner». Sie hören das Trampeln und Poltern und Schneeabschlagen. Sie hören, da ist einer dran, die Stiege hochzusteigen, währenddem er die Schuhe gegen die Vorderkanten der Stufen schlägt, währenddem er viel zu umständlich den Schnee von den Kappen tritt. Und er wird ans Küchenfenster klopfen, das auch das Fenster zur Stube ist, zum einzigen Raum dort oben, und wird fragen, ob es Senta recht sei.
Ja. Man weiß, daß er in die Stube treten wird, wo Senta in einer Ecke das Geschirr hingestellt hat und nun ihre Hände trocken reibt. Und man weiß, daß Mac, ohne ein Wort zu sagen, aufstehen wird, mühsam aufstehen und unsicher. Er hält sich das Kreuz, Mac, und er möchte den Kerl erwürgen, und er schämt sich, daß er es nicht tut.
Verflucht die Majestät, die ihn verrecken läßt, verflucht die schönen Luder, die mit ihren angeheirateten Idioten hinausgehen in die Hügel und aus purem Überdruß ihre Schnepfen schießen! Verflucht die Krämerweiber, die es besser verstanden haben als Senta, sich einen Vertrag, einen prachtvollen, unter den Nagel zu reißen! Und die sich gut sind. Zu gut! Gut, weil sie sich nicht jedem hergelaufenen Lumpen anzubieten brauchen, weil sie sich nicht zu verramschen brauchen. Die, und ich weiß, er würde loswiehern in wilder und böser Freude, wenn nicht das Kind da wär, die, wird er denken, die nur dem einen verpflichtet sind, ihrem einen und einzigen unausstehlichen und stinkigen alten Bock. Diesem Geiferer, den sie über sich ergehen lassen müssen, noch und noch.
Ach die gescheiten Luder! Er würde schreien, wenn er könnte, und würde dann plötzlich verstummen und sich zu mir herbücken und sagen: und doch, Boos, mein Alter, wieviele von denen werden genau so verhunzt und vergewaltigt wie Senta?

Dreimal verflucht! Er hat keine Zeit, lang herumzudenken. Er geht an die Luft, sagt er. Den Kerl da, der in die Stube getrampt kommt, sieht er nicht an. Aber zu Senta sagt er, man werde noch ein bißchen an die Luft gehen.
Sie wird ihm sicher wohltun, diese frische, vom Schnee gereinigte Luft. Auch dem Kind wird sie wohltun. Das kleine Bett neben Sentas Matratze, die am Boden liegt, das kleine Bett hat einen Kirschensteinsack unter der Decke und wird warm bleiben, ein wenig jedenfalls. So lange wird es nicht dauern.
Senta hat dem Mann da einen Stuhl hingerückt und hat gesagt, das Kind brauche den Mantel.
«Etwas Nachsicht, wenn ich bitten darf. Wir sind gleich soweit.»
Und das Kind wird in den Schal gewickelt, Sentas Schal, und bekommt über den Schal das Mäntelchen übergezogen. Es ist das Mäntelchen, das Fräulein Hübscher brachte, und es ist etwas zu groß noch. Aber gerade das ist jetzt gut. Man kann das Mäntelchen über den Schal ziehen. Und im Wägelchen braucht man nicht viel Bewegung. Du wirst nicht frieren. Du bist fein eingepackt. Die Stiefelchen noch, und noch die Kapuze. Das Tuch zum Wagen, über die Beinchen.
«Es regnet nicht mehr?»
«Er sagt, Mac, der Herr sagt, daß es nicht mehr regne.»
«Wenig, ja. Aber doch. Mac, er sagt, daß es schneie. Und es sei kühler geworden.»
Und man macht mit der Kapuze ein kleines Dach überm Gesicht des Kindes. Mit dieser Kapuze geht das gut.
«Und du, Mac, wenn du frierst, gehst du irgendwo hinein. Du versprichst es mir. Wenn das Kind friert, gehst unter Dach. Lange wird es nicht dauern. Eine Stunde, zwei Stunden vielleicht. Bestimmt nicht über Mitternacht.»
Sie hat den Kerl dort drüben auf dem Stuhl angesehen und sie kennt ihn und sie sagt, es dauert nicht bis Mitternacht.
«Du, Mac, siehst zu, daß das Kind im Gesicht nicht naß wird. Das Kind darf schlafen, dochdoch. Im Wagen ist es gut eingepackt; höre», und sie läuft hinüber zum Kinderbett und holt den Kirschensteinsack, «höre, ich leg ihm die Steine besser doch ins Wägelchen, unten hin. Im Bett brauchen man sie

nicht. Und wenn ihr zurückkommt, werd ich die Kleine zu mir nehmen.»
«Der Herr sagt, Mac, es hat nur wenig Schnee. Du kommst gut durch mit dem Wagen. Nein, auf die Füße stellen solltest das Kind nicht; die Schuhe sind nicht mehr so, wie sie sein sollten. Gottseidank sind die deinen gut, die Galoschen.»
«Was denkst du», sagt Senta zu Mac, «ich trage dir das Kind die Treppe hinunter. Warte, und den Wagen auch. Ich danke dir, Mac, ach Lieber. Ach Gott. Und du kleiner Schatz, hast es schön. Etwas Luft wird dir gut tun. Und um Mitternacht seid ihr zurück. Längst schon wieder. Schlaf gut, mein Herz, schlaf gut.» Und man schließt die Tür da oben.
Draußen steht noch immer Mac und müht sich mit dem Wagen ab. Er spannt das Tuch drüber, geht um den Wagen herum. Ich kann ihn schnaufen hören in der Stille. Eine Stille, angefüllt mit Rieseln, mit Schnee. Und man weiß, daß sich nun gleich die schmalen Räder durch den Schneematsch graben werden; und in den Speichen werden Schneeklumpen hängenbleiben und ein paarmal mitdrehen und dann kaum hörbar niederfallen auf den Weg.
Mac, mit dem Kind, mit dem er durch die Nacht läuft, währenddem man oben am Ofen rüttelt und Kleinholz in die Glut wirft, daß der Raum nochmals warm wird, schnell warm, währenddem Senta in Strümpfen herumgeht auf den Dielenbrettern. Mac, der draußen zwischen den Schrebergärten durchfährt mit dem Karren und manchmal unter einer Straßenlampe anhält und sich zum Kind bückt, so tief, als sein Gipskorsett das Bücken überhaupt zuläßt, und schweigend das Gesicht des Kindes betrachtet, die geschlossenen Augen, die Schneeflocke, die an der Kapuze hängt, und der plötzlich draufloskräht, wenn das Kind unvermittelt die Augen aufschlägt und ihn anlacht.
«Du schläfst nicht!» schreit er, «du böses Kind. Lachst Mac aus und schläfst nicht. Du hältst ihn zum Narren, deinen alten Mac. O du, du schlimme kleine, böse Frau!»
Und er, Mac, hat sich in den Schnee gekniet und hat sein Gesicht ganz nah an das Gesicht des Kindes gebracht und kräht und lacht in dieses lachende Gesicht hinein. «Ah, ah!» schreit

er, «böse Frau! Bad woman! O my dear! I need a very, very bad woman!»
Und das Kind gluckst und jauchzt neben ihm vor Vergnügen. Und es hat einen Arm aus den Decken freigemacht und streicht und klopft Mac mit dem kleinen, wollenen Fäustling über die Stirn, über das bißchen Haar oberhalb der Stirn, über die Narben in seinem Gesicht und über das Lachen. Und dann, zwischen den Gartenhäuschen, zwischen den umgekippten Wasserfässern und den leeren Spalieren, so hingekniet im Matsch, den Kopf auf der nassen Wagendecke, beginnt er zu singen. Und mühsam steht er auf und singt immer noch. Und er schiebt den Karren singend durch die Wiesen und Gärten und singt sein kleines, meckerndes, walisisches oder irisches Lied, das er dem Kind jeden Abend singt und das das Kind so gerne mag. Mac, der seine Hände verflucht, weil sie den Kerl nicht erwürgten, eben vorhin.
Und oben, da über mir, hat man die Gürtelschnalle über den Boden schleifen hören, wie der Kerl seine Hose heranzieht zu sich und schwatzend hineinsteigt. Man hört, daß er seine Schuhe wieder anzieht und daß er herausgefallene Schreibstifte zusammenliest und in die Tasche schiebt, sie festklippt. Es werden große, metallene Schreibstifte sein, und die Kappen und Klips werden aus der Brusttasche ragen. Sie werden zeigen, daß der Kerl schreiben kann, daß er Magaziner ist oder weißichwas, einer jedenfalls, der Rapporte ausfüllt und Scheine und der nicht nur mit den Händen zu arbeiten braucht, einer jedenfalls, der auf Ordnung hält und sich nichts vorzuwerfen hat, einer, der weiß, was sich gehört, und der Wert darauf legt, daß man seine Bleistifte sieht. Und einer, der zu Senta sagt, es sei recht gewesen.
Man weiß, was man für sein Geld erwarten darf. Man ist kein Narr. Alles was recht ist. Ein ehrlicher, aufrechter und korrekter Schweinehund, der beifällig nickt, wenn sie kommen und das Kind holen. Das Kind, das bei Mac ist und bei Senta. Weil das einfach nicht angeht: ein Kind in solchen Verhältnissen. Bei unsereinem. In dem Land. Der nickt, und der sagt, dafür sei das Fürsorgeamt da. Weshalb man denn das Fürsorgeamt habe, alle die faulen Weiber auf dem Amt? Und wer

dafür bezahle? Ob vielleicht nicht er dafür bezahle? Unsereiner.
Selbstverständlich nimmt man dir das Kind, Mac. Es lacht und es ist leicht, das Kind. Und was lacht und leicht ist, Mac, das ist nicht für uns. Das ist, mach keine Sache draus, das ist für andere.

48.

Man weiß: die Frau des Zolldirektors ist eine schüchterne Frau, ein Mädchen fast. Wenn sie über die Wiese geht, denkt man: das ist ein Mädchen.
Und ein Mädchen hat schlicht zu sein, einfach und schlicht. Nichts Sperriges soll an ihm sein. Schmiegsam soll es sein, still, in einem gewissen Sinn unterwürfig. Auch im Sichfreuen hat es schlicht zu sein und gehorsam. Ein einziges Beipflichten und Verehren hat das Leben eines Mädchens zu sein.
Ein kleines blondes Mädchen, auch wenn es die Tochter eines Bankmannes ist und gerade dann, hat nicht zu hüpfen und durch den Wald zu rennen, über Mauern hin, an Hecken hin. Es hat im Haus herumzugehen und hat still und doch herzlich zu sein, genau dann still, wenn man es still haben will, genau dann herzlich, wenn man seine Herzlichkeit braucht, entweder für sich allein oder auch für andere, wenn man sie herumzeigen will, diese Herzlichkeit, oder wenn man sie einsetzen will, wie der Zolldirektor sagt, einsetzen, um irgend etwas zu erreichen, für den Zolldirektor eben, für die Familie des Zolldirektors.
Die Herzlichkeit, sagt er, ist nichts anderes als die Quittung eines Glücks, hier des Glücks einer Ehe, eines wohlverdienten Glücks übrigens. Wer, fragt der Zolldirektor, sollte einem das Verdienst am Glück abstreiten? Anerkennung gebührt einem dafür, Hochachtung, wasweißich, von unten und von oben. Die Folge davon ist: man wird einem Zolldirektor nichts verweigern können, wenn er die Quittung für seine Verdienste, eine glückstrahlende Frau also, vorweist. Und deshalb darf man verlangen, muß man verlangen, daß die

Herzlichkeit da ist, daß sie dauert und daß man darüber verfügen kann, je nach Bedarf. Nur, und auch das sagt der Zolldirektor, sie muß echt sein, diese Herzlichkeit, nicht verlogen. Mit etwas gutem Willen läßt sich das machen, bestimmt. Jede Frau bringt das zustande, wenn sie nur will.
Eines ist klar: ohne den guten Willen geht es nicht. Ein wenig Entgegenkommen gehört schon dazu, ein bißchen Frohmut.
Er hat nichts am Lachen auszusetzen, der Zolldirektor. Im Gegenteil. Er ist ja kein Unmensch. Nur hätte er gerne, daß das Lachen zustimmend wäre. Und eigentlich hätte die Frau, seine Frau, immer genau dann zu lachen, wenn der Zolldirektor ihr Lachen haben möchte. Das heißt, dann, wenn er von den Halunken erzählt, die in den Bäumen hocken und nichts anderes haben als ihre Hosen voll. Zum Beispiel. Aber das ist eine andere Sache. Hier soll nur gesagt werden, daß es geht, daß es einfach ist. Überhaupt, sagt der Zolldirektor, das Leben ist einfach, wenn man sich bejahend dazu stellt. Eine Sache der Selbstdisziplin ist es, mehr nicht.
Er steigt zu seiner Frau in die Badewanne. Den einen Fuß hat er auf den Wannenrand gestellt, am andern spürt er das wohltuende Kräuseln des Badeteppichs. Er beeilt sich nicht. Er liebt es, so über seiner Frau zu stehen. Das Haar unter den Armen wird grau, auch das in der Leiste. Sonst jedoch, darf er sich sagen, hat er wenig von einem alternden Mann an sich. Die Brust ist glatt, braun und glatt, etwas zu glatt vielleicht und etwas zu angestrengt vorgewölbt, so, wie der Bauch etwas zu angestrengt eingezogen ist. Aber das ist nichts anderes als eine Sache des Berufs, der Angewohnheit. Das geht in Fleisch und Blut, sozusagen, dieses Sich-in-Zucht-Nehmen. Ein Mann an seinem Posten ist zu Haltung verpflichtet. Er ist kein Bub mehr, der Zolldirektor. Ganz selbstverständlich tut er, was sich gehört.
Er ist drei Tage von daheim fort gewesen. Er hat seine Hatz gehabt: Schmuggler. Nicht ungefährlich; man weiß nie, was kommt. Zwar, er gibt es gerne zu, zwar hätten ihm die Halunken gleichgültig sein können. Sie trugen ja ihre Ware über die Grenze nach draußen. Und für gewöhnlich sieht er das

auch gar nicht; er braucht nicht einmal die Augen zuzudrükken: er sieht es schlichtweg nicht. Die läßt man laufen. Doch diesmal wollte er ganz einfach wissen, was dahinter steckt. Einiges war undurchsichtig. Und zudem ist es nur gut, wenn die Herrschaften von Zeit zu Zeit zu spüren bekommen, daß man da ist, immer noch da.
Den Kerlen tut das gut und auch den eigenen Leuten. Hin und wieder durchgreifen, hin und wieder die kräftige Hand zeigen. Das verhindert manchen Unsinn. Und, sagt er, wenn man erst einmal die Spur hat, dann packt es einen. Wie ein Jagdhund wird man. Alles zittert an einem. Man fiebert, man wird ganz verrückt. Man schont sich nicht und noch weniger die andern, jene, hinter denen man her ist. Ohne Härte kommt man nicht durch. Und einer muß es schließlich auf sich nehmen, sagt der Zolldirektor, der Harte, der Härtere zu sein. Wo käme man hin?
Der Direktor hat den Fuß ins Wasser gestreckt und hat ihn wieder zurück gezogen. Die Frau badet zu heiß, denkt er. Seine Frau sitzt im Wasser und hat im Sitzen ihre Knie angehoben. Man sieht, sie macht sich klein. Sie ist ganz hinabgerückt ans untere Ende der Wanne zum Auslauf. Du sitzest auf dem Pfropfen, hat ihr Mann gesagt, du wirst dir wehtun. Und er denkt, daß es ganz unnötig ist, so weit weg zu rücken. Man könnte meinen, sie fürchte sich.
Und er beginnt zu erzählen. Die Schmuggler hätten selbstredend nicht damit gerechnet, daß er ihnen ein Bein stellen würde. Die sind, wie gesagt, nicht gewohnt, daß wir uns nach ihnen umdrehen, die von drüben, meine ich. Aber diesmal paßte es uns so. Eine Kontrolle, mehr nicht. Ganz schön haben wir denen dreingehagelt. Ein paar Schüsse, sagt er, und die lassen ihre Säcke fahren, Kartoffelsäcke voller Zigaretten. Doch die Burschen sind schlau. Die kennen jeden Stein, haben ihre Löcher und verdrücken sich; Ratten, sage ich, Ratten; wenn du drauftrampst, verschluckt sie der Boden.
Und man ist nie sicher, ob einer durchdreht. Einer fühlt sich an die Wand gespielt und wird gefährlich. Er weiß ja nicht, was wir wollen und was ihm geschehen wird. Jedenfalls: Vorsicht ist am Platz. Und so lassen wir denn besser die Hunde

los. Die sollen ihre Ratten schütteln. Du hättest das hören müssen: das ganze Alptal ist eine einzige Teufelsküche voller Hunde. Eine fröhliche Jagd geradezu. Ein einziges Geschrei und Gebrüll und Gehetze. Da weiß man einmal wieder, weshalb man sich ein Leben lang damit abmüht, die Hunde scharf zu machen. Da zeigt sich, wer die Meute in der Hand hat. Einer, der nicht eine Führernatur ist sozusagen, ist da verloren. Auf jeden Fall, du kannst mir glauben, ist es einer der wenigen Augenblicke, da man als Mann jene Arbeit tun kann, die, man sage was man wolle, einem Mann wahrhaft ansteht.
Er sieht die Frau schnell an. Er möchte nicht, daß sie hier lacht. Aber sie lacht nicht.
Eine Frau kann das nicht begreifen, sagt er; und etwas ungeschickt hebt er ein Bein über den Wannenrand. Er bedauert, daß die Frau nicht hersieht. Ein bißchen Erstaunen, ein bißchen Erschrecken, und, noch besser, ein bißchen Erschauern ihrerseits könnte nicht schaden. Doch sie schaut vor sich ins Wasser und rudert mit den Händen. Sonderbar, mit was sie sich immer beschäftigt! Eigentlich geht ihm das mädchenhafte Getue auf die Nerven. Es ist, als würde sie sich weigern, erwachsen zu sein.
Sein Gesicht wird klein. Der Zolldirektor hat sich entschlossen, mit beiden Füßen ins Wasser zu treten. Viel zu heiß, sagt er. Du bist krebsrot. Du sollst nicht so heiß baden. Heißes Wasser schadet nicht nur dem Herzen, sondern auch der Haut. Sie wird großporig.
Der Zolldirektor sagt, daß er nicht verstehen könne, wie eine Frau, die etwas auf sich hält, so wenig auf ihre Haut achte. Er hat sich zum Hahn gebückt und läßt kaltes Wasser einströmen. Mit dem Fuß mischt er das kalte ins heiße.
Vielleicht, fällt ihm ein, will sie sich wild machen. Möglicherweise möchte sie ihm den Gefallen tun und wild sein. Sonne und heißes Wasser, sagt man, machen Frauen wild. Und was wild ist, will auch den Jäger. Er dreht den Hahn zu. So etwas wie ein Hochgefühl ist in ihm. Die ganze Zeit her schon. Schon als er die Halunken zusammenschlug, die Bande, die auf den Bäumen hockte. Und jetzt noch immer, es läßt sich nicht anders sagen, einfach: ein Hochgefühl. Und in die-

sem starken und guten Gefühl, in dieser Sicherheit wird sich auch eine Frau wohlfühlen. Nein, er schenkt ihr nichts. In dieser Sache ist er unerbittlich. Aus Erfahrung. Das ist sich ein Mann schuldig: unerbittlich zu sein, kein Waschlappen. Und sie, seine Frau, wartet darauf, auf diese Unerbittlichkeit. Ach, sie gibt es nicht zu, aber in Wirklichkeit wartet sie darauf, in Wirklichkeit wartet jede Frau darauf.
Er hat sich ins Wasser zu setzen versucht; doch er hat sich klagend und schimpfend wieder aufgerichtet. Der Dampf steigt um ihn. Er fragt sich, wie eine Frau in dieser Hitze sitzen bleiben kann. Es muß zutreffen, daß Frauen weniger schmerzempfindlich sind. Er seufzt. Es ist besser, nicht von großporiger Haut zu reden, nicht von mangelnder Empfindsamkeit. Er will den guten Willen seiner Frau nicht zunichte machen. Es hängt so viel vom guten Willen ab, vom Willen zur Belohnung, zur Anerkennung, zur Zuneigung. Genau genommen hängt das Glück einer Ehe davon ab. Und wenn seine Frau glaubt, ein besonders heißes Bad dafür zu gebrauchen, will er sie in diesem Glauben lassen.
Er fühlt sich verdammt nicht bequem, der Zolldirektor. Halb sitzt er, halb steht er. Nicht anders, als wenn man sich im Wald hinkauert, um seine Sache zu verrichten. Das heiße Wasser schwappt unter ihm. Manchmal berührt es seinen Hintern, die äußerste Rundung seiner Hinterbacken, manchmal brennt es um den Hodensack. Es ist nicht nur unbequem, es ist auch beschämend, lächerlich geradezu.
Aber er hat sich in der Gewalt. Männer in seiner Stellung, sagt er immer, lassen sich nicht von jeder Unpäßlichkeit beeindrucken. Staatsdienst erzieht zur Härte.
Es war großartig, erzählt er weiter. Ihre Gesichter hättest du sehen sollen. Auf den Bäumen hockten sie, auf den kleinen Ahornen, als wir sie einkreisten, auf viel zu kleinen Bäumen, und die Hunde sprangen an den Stämmen hoch und schnappten nach den Schuhen, nach den Füßen. Einige waren barfuß. Barfuß über die Berge. Und ein Hund hing an einer Hose und ließ nicht mehr los.
Der Zolldirektor stützt sich mit beiden Händen auf den Wannenrand ab, links und rechts, und taucht den Hintern ins

Wasser. Er jammert leise. Er sitzt nun. Er ringt eine Weile nach Luft. Er reibt sich den Bauch ein mit Wasser, die Schultern. Das Wasser rinnt von der Schulter über den Oberarm und über die Brust. Er lacht. Seine Stimme dröhnt im Dampf. Und er tastet sich vor. Seine Füße gleiten langsam den Wannenwänden entlang zur Frau hin, beidseits.
Er ist kein Narr. Er weiß, wie man das macht. Ihre Knie, die seinen und jene der Frau, werden nebeneinander sein, die der Frau innen, seine außen. Und er wird seine Zehen am kleinen Po der Frau spüren und wird seine Zehen zwischen Wannenboden und Po schieben. Er wird mit den Zehen einwärts tasten, bis dorthin, wo es weich wird, und wird die Frau kitzeln. Und sie wird tief einatmen und ihre Hände voll Wasser vors Gesicht heben und das Gesicht darein bergen. Ihr Haar wird über ihre Hände fallen, und zwischen Haar und Fingern wird sie ihn anblicken, bittend und lachend zugleich. Ich höre auf, dich zu kitzeln, wird er sagen, wenn du näher kommst. Und die Frau wird gehorsam zu ihm heranrücken und wird ihre Füße beidseits von ihm über seine Schenkel wegheben. Ihre Waden werden auf seiner Hüfte liegen, und ihre Knie werden ihm näher sein als seine eigenen. Und die Frau wird das Wasser vor seinem Bauch heraufschöpfen, mit beiden Händen, und über seine Brust rieseln lassen.
Er freut sich, der Zolldirektor. Er hat allen Grund, sich zu freuen. Es ist ein gut gelungener Tag. Er ist verschwitzt von der Hatz, vielleicht sogar blutig, und seine Frau wird ihn waschen.
Einer hat geblutet, sagt er. Du weißt, daß ich Blut nicht sehen kann, Menschenblut, es macht mir übel, geradezu rasend vor Übelkeit macht es mich. Und da hockt also einer auf dem Ahorn und hat den Hund an der Hose; an der Hose oder am Fuß, oder an beidem zusammen. Wir sind noch ein ganzes Stück weit weg und können es nicht genau sehen. Wir haben keine Zeit, nach Feldstechern zu suchen. Wir haben die Halunken umstellt, wir rennen nach allen Seiten und riegeln ihnen die Löcher ab, die aus dem Tal hinausführen, und wir rennen schließlich in die Mulde hinein, in ein kleines versumpftes Wiesenstück mit einzelnen Gesteinsbrocken und

Heidelbeerbüschen, mit Alpenrosengestrüpp, mit Erlen und mit den Ahornen auf den Steinen. Und da nun, oben auf den Bäumen hocken sie, eng zusammengedrängt. Die Bäumchen biegen sich nach außen und drohen zu brechen, und die Hunde springen daran hoch.
Und ich sehe, auf dem kleinen Ahorn sitzt einer, barfuß. Und ein Hund hängt am Fuß, und der Bursche versucht umsonst, den Hund abzuschütteln. Das Tier läßt nicht los. Es ist ganz irr. Die Haare gesträubt, baumelt es am Bein des Mannes hin und her, und der Geifer und das Blut rinnen aus den Lefzen. Ich sehe, daß der Halunke einen Ast aus dem Ahorn zu brechen versucht, um den Hund wegzuprügeln. Er hat nach einem Ast über sich gegriffen und murkst daran herum. Doch er muß ihn wieder fahren lassen und muß sich mit beiden Händen am Stamm festhalten, denn sonst würde er mitsamt dem Hund aus dem Baum fallen. Eine Zeitlang sieht es auch wirklich so aus, als würde er das Gleichgewicht verlieren; aber er fängt sich, er klammert sich fest. Dafür beginnt er zu brüllen. Wie ein Stier brüllt der los, sag ich dir.
Und die andern ringsum auf den Bäumen, unter denen die Hunde bellen und hochspringen und schnappen, die sehen dem zu. Sie sehen den Kerl sich in der Krone des Bäumchens festhalten und sehen den Hund hin und her schwingen und sehen das Blut über das Fell des Hundes rinnen und hören den Kerl schreien. Ihre Gesichter, sag ich dir, ihre Gesichter müßtest du sehen. Die haben Angst, wie man nur Angst haben kann. Alle Hosen haben sie voll.
Und ich geh mittendurch. Ich denke, der Hund macht dem Halunken noch den Fuß kaputt, und irgend ein Mediziner oder irgend ein Advokat macht uns Schwierigkeiten. Die alte Sache; Menschlichkeit nennen sie das; ganz schön, wenn man nicht selbst drin steckt in der Sauerei bis über die Ohren. Ich geh also hinüber und reiße das Tier weg. Der Hundeführer ist neben mir und hat alle Mühe, das verrückte Biest nicht wieder zu verlieren. Und ich habe das Hosenbein des Kerls über mir festgehalten. Du weißt, wie sehr mich Blut ekelt. Trotzdem halte ich es fest und sage, er solle heruntersteigen. Aber der, gemein wie die alle sind, dumm und hinterhältig, strampelt

weiter und haut mir seinen verdammten kaputten Fuß ins Gesicht. Nicht schlimm, aber immerhin so, daß ich das Bein fahren lassen muß. Beinah wär ich in die Beeren gestolpert. Ich hätte ihn heruntergeknallt von seinem Baum, diesen ganzen elenden Dreckmist, wenn mich der Hundeführer nicht ermahnt hätte. Das begreift keine Frau. Aber wenn dir ein Satan deine Gutmütigkeit mit einem Tritt verdankt, dann hast du nur den einen Wunsch: ihn fertig zu machen, fertig und endgültig.
Der Zolldirektor schöpft noch immer Wasser. Ganz mechanisch macht er das, währenddem er redet. Sie merkten immerhin, sagt er zu seiner Frau, daß ich die Pistole nicht aus Freude gezogen hatte. Nachdem die Hundeführer ihre Hunde gefaßt hatten und ein paar Schritte zurückgetreten waren, stiegen die Herrschaften aus den Bäumen und ließen sich durchsuchen. Anstandslos. Außer ein paar lumpigen Münzen trugen sie nichts auf sich. Ein Blechkreuz am Hals, natürlich. Aber sonst nichts. Bitterarme Teufel. Was willst du sagen. Es ist zum Kotzen. Das reine Kotzen ist es, sich mit diesen Halunken herumzuschlagen.
Der Wannenboden steigt schräg hinterm Zolldirektor an. Der Direktor wird etwas näher zur Wannenmitte hinrücken. Seine Frau sitzt noch jetzt auf dem Pfropfen. Sonderbar klein erscheint sie ihm, seine Frau, nicht nur zusammengekauert, auch zusammengesunken. Nichts von einem freudigen Kranz, denkt er, den man sich um die Stirn binden könnte. Eine Frau wie ein Lorbeer, das müßte man haben. Wenn die alten Griechen heimkamen, so hieß es einmal, dann waren ihre Frauen stark und strahlend und nichts als eine Krone am Haupte der Helden. Ich pfeife auf das Gymnasium. Alles ist billig seither. Ramsch. Manchmal scheint einem, auch die Tochter eines Bänklers macht hier keine Ausnahme.
Er schnaubt ein bißchen. Und er schiebt seine Füße ein Stück weiter gegen die Frau hin. Er sieht, daß die Frau Wasser schöpft und seine Füße nicht beachtet. Sie hat ihr Kinn auf ihre Knie gestellt, hebt das Wasser aus der Wanne und läßt es über die Oberarme plätschern. Sie hat einmal den Kopf etwas vom Knie gehoben, hat die Beine auseinandergerückt und hat

sich das Wasser zwischen den Beinen heraufgeschöpft. Er hat ihren Schoß gesehen; das Haar des Schoßes. Den kleinen Nabel, ja; und er hat gesehen, wie das Wasser aus ihren Fingern rann, und hat gesehen, daß sie die Hände voll Wasser zu den Brüsten hob; und die kleinen, weichen Brüste verdrängten das Wasser aus den Händen. Soll sie sich wild machen, denkt er, recht so.
Alles ist rot an ihr. Man könnte denken, sie sei an der Sonne gelegen.
Er betrachtet sie. Tatsächlich, sie muß sich entblößt und an die Sonne gelegt haben. Auf dem Balkon, hinter den Geranien, denkt er. Was Frauen nicht alles tun, um braun zu werden! Nur weil andere braun sind, wollen auch sie braun sein. Das nennt man Selbständigkeit! Von Charakter keine Spur! Nun ja, vielleicht ist es besser so. Charakter verhärtet. Sie bleiben schmiegsamer ohne. Und natürlich badet sie zu heiß. Auch das ist eine dieser Ideen: heiß baden. Wahrscheinlich tut sie es nur deshalb, weil es schlank macht, angeblich schlank. Auf jeden Fall nichts als Nachäfferei. Braunsein und Schlanksein, sagt sich der Zolldirektor, und diese Feststellung erfüllt ihn mit einer seltsamen Zufriedenheit: im Grunde genommen ist das eine so charakterlos wie das andere.
Seine Zehe ist jetzt nah der Frau; unten, an den Schenkeln. Er braucht nicht hinzusehen, er weiß es.
Sie tut noch immer so, als fürchte sie ihn, bei Gott, als wäre er ein Fremder. Und dabei hat er diese Hatz gehabt, eine Großaktion, möchte er sagen, und er hat sie zum guten Abschluß gebracht. Und man hat sein bißchen Selbstvertrauen; ja, das sagt er immer, ein Mann braucht sein Selbstvertrauen; wo das fehlt, geht nichts gut. Und also wird auch er, der Zolldirektor, sich sein Selbstvertrauen bestätigen dürfen. Und er wird es doch wohl auch seiner Frau bestätigen dürfen. Es ist gut zu wissen, daß man kein Schwächling ist, daß man nicht umsonst in dieser Stellung ist, und daß man sie auszufüllen vermag, tadellos. Ohne Zweifel: tadellos.
Er hebt die große Zehe dorthin, wo der Leib der Frau behaart ist, wo das Weiche eingebettet ist zwischen der Glätte ihrer Hinterbacken. Oh, denkt er, er wird sie soweit bringen, daß

sie gern näherrückt. Irgendwie, sagt er sich, hat er das noch immer fertiggebracht.
«Bitte nein», sagt sie. Und sie ist so schnell aufgestanden, daß das Wasser aus der Wanne schwappt. «Ich muß reden mit dir», hat sie gesagt.
Damit hat sie ihn nun doch überrumpelt. «Gleich?» fragt er. Und weil ihm alles zuwider ist, was nicht hierher gehört, weil er sich nicht ablenken lassen will von dem, was er sich vorgenommen hat, sagt er schnell: «Nicht heute, morgen meinetwegen.»
Die Frau hat nicht geantwortet. Sie hat sich hastig trocken gerieben. Von der Wanne aus hat er ihr verwundert zugesehen, verwundert und erbost.
Sonst hat er das immer gern gehabt: eine Frau, die sich trocknet, die mit dem Tuch um die Schulter fährt, um den Hals in den Nacken fährt, die sich das Haar im Nacken sorgfältig reibt, auch das Haar unter den Armen, und die dann die Brüste hebt mit dem Tuch, die den Bauch reibt, einen vor Nässe noch glänzenden Bauch, einen Bauch, kann man sagen, der ohne Rundung ist, der viel eher eine sanft entspannte Mulde ist unterhalb der Rippen; das hat er gern gehabt: eine Frau, die mit dem Tuch über den Beckenknochen fährt und schimpft, weil ihr die Beckenknochen zu hart und zu kantig erscheinen, eine, die ein Bein auf den Wannenrand hebt und sich zwischen den Beinen reibt, innen an den Schenkeln hinab zu den Kniekehlen und Waden, und die auch ihre Hinterbacken nicht vergißt, die flachen Brötchen, nach denen er so gern geschlagen hätte, nicht grob, nur zufrieden, stolz und zugleich abschätzend, ungefähr so, das muß er zugeben, wie man ein Pferd klatscht, ein gutes Pferd, freundschaftlich in jeder Hinsicht und ohne die Spur von Boshaftigkeit.
Doch heute tritt sie nicht an die Wanne heran, seine Frau. Und sie wartet auch nicht auf ihn, nicht auf den Augenblick, da er platschend aus dem Bad steigt. Irgendwie kommt er sich verraten vor. Nicht anders ist das, als wenn man einem Kind ein versprochenes Geschenk vorenthält, nein, schlimmer ist es, etwa so, als würde man das Geschenk erst vorzeigen und dann doch wegschließen, völlig grundlos.

Unvermittelt fehlt dem Zolldirektor eine ganze Menge. Was ihm fehlt, das allerdings läßt sich nicht so einfach sagen. Nur eben: er war daran gewöhnt, daß sie ihn mit einem großen und warmen und trockenen Tuch erwartete. Sie kann das, das muß er ihr zugestehen. Hier, in diesen Dingen wenigstens, hatte die Erziehung nicht versagt. Die Frau hat Einfühlungsvermögen, wie man das so schön nennt. Sie weiß, was ihm wohltut. Bisher zumindest hat sie es gewußt. Doch nun? Man fragt sich, was man darüber denken soll. Man kann nur feststellen, daß niemand dasteht mit einem gebreiteten Tuch und es ihm über die Schulter legt, von vorn um die Schulter, wie man wahrscheinlich einem Mann Griechenlands ein Siegesgewand oder so um die Schulter gelegt hat. Und niemand tupft ihn ab, läßt die Hände übers Tuch gleiten und trocknet seine Brust, seine Hüfte, und niemand hebt mit dem Tuch das Zeug in der Leiste und blitzt ihn aus den Augenwinkeln an.

Die Frau war weggegangen, bevor er hatte aus der Wanne steigen können. Und bis er sich trocken gerieben hatte, bis er seine Zähne geputzt hatte und dann in der Küche herumgegangen war, Wasser zu trinken, bis er ins Schlafzimmer kam, hatte sie das Licht auf ihrer Seite der Betten bereits gelöscht.

Er wundert sich nun eigentlich schon nicht mehr. Sie hat die Decke heraufgezogen über die Schulter. Und weggewendet von ihm, von seinem Bett, liegt sie. Und sie sagt, als er sich zu ihr hinbückt, da sagt sie mit belegter Stimme, sie bitte ihn, heute nicht. Nein wirklich, es ist ihr nicht gut. Es sei unmöglich.

Daß sie ein störrischer Mensch ist, das weiß er nachgerade. Die feinen Damen werden nicht mehr zu dem angehalten, zu dem sie angehalten gehören, schon in der Jugend nicht. Und das wirkt sich aus. Nur keine Einordnung! Man ist stur und gibt seine Sturheit als Persönlichkeit aus, als Reife, wasweißich, und schimpft sich fortschrittlich. Er lacht bitter in sich hinein. Auf solche Weise ist ihm Widerstand denn doch noch nie erwachsen. Er ist, zugegebenermaßen, etwas verwirrt. Hat das Platz hier, fragt er sich immer wieder, hat das Platz in meinem Haus? Die reine Auflehnung ist das, nichts weiter. Brüsk wendet er sich ab.

49.

Man wird dem Zolldirektor nicht nachsagen können, daß er sich nicht zu benehmen weiß. Er hat die Kammertür mit Nachdruck geschlossen. Er ist nochmals ins Bad gegangen, hat sich den Bademantel übergeworfen und ist hinabgestiegen in die Stube.
Dort hat er sich einen Schnaps eingegossen. Er läuft herum, er trinkt, er läßt sich in einen Polsterstuhl fallen. Er läßt die Hand auf die Holzlehne klatschen, die offene Hand, und er steht wieder auf und geht herum. Er ballt die Hände zu Fäusten und boxt sich gegen die Oberarme. Er hat, sagt er sich, allen Grund, ungehalten zu sein. Und nachdem dies feststeht, erlaubt er sich seine Wut. Er schleudert den Pantoffel ins Kamin. Da ist kein Feuer, selbstverständlich, und dem Pantoffel kann nichts geschehen. Der Zolldirektor geht hinaus in die Küche und schmeißt sein Glas in den Mülleimer. Nur: es zerbricht nicht; denn der Eimer ist voller Bananenschalen, Gemüseblätter und Kartons.
Nichts ist ärgerlicher als ein Glas, das nicht zerspringen will. Und so greift er denn ein zweites aus dem Schrank und wirft es auf das erste. Sie soll es hören, denkt er, sie muß sogar. Diese Art braucht er sich nicht bieten zu lassen.
Er schenkt sich nochmals ein. Der Teufel reitet sie. Oder es ist der pure Hochmut. Überall Aufruhr, auf der ganzen Welt. Keine Ordnung, schon gar keine Unterordnung. Keine Rede von Demut. Daher diese Mühe durchwegs.
Wenn sie sich nicht wohlfühlt, soll sie zum Arzt gehen. Der wird es einrenken. Gerade dort, sagt er immer, dort, wo sich eine Frau nicht wohlfühlt, darf nichts verschlampt werden. Aber dafür hat sie zu sorgen. Schließlich kann nicht der Mann für die Frau zum Arzt laufen.
Ach ja, sie ist nachlässig. Es ist wie mit dem Bad. Überall, wo es nur um sie, seine Frau allein, geht, ist sie geradezu heraus-

fordernd nachlässig. Es ist, als wollte sie ihm zu spüren geben: das, mein Lieber, ist ganz meine Sache, das ist mein Teil, und da kann ich tun und lassen, was mir, nur mir behagt. Dieses Bauchinnere, scheint sie zu sagen, geht keinen etwas an. Das ist kein Kleid, mit dem ich mich auf der Straße und bei Paraden und Bällen zeigen muß, in dem ich die Frau des Zolldirektors sein muß. Da hinein sieht keiner. Und daher, mein Guter, kannst du auch nicht verlangen, daß ich es dir und deiner Stellung zulieb zurechtmachen lasse, so, wie man das Gesicht zurecht macht und die Haare.
Ja, scheint seine Frau zu sagen, beim Gesicht und bei den Haaren und auch bei deiner berühmten Herzlichkeit, immer dort also, wo man mich sehen oder hören kann, trage ich eine Verantwortung; und zwar trage ich sie für dich, wie du sagst, für deine Stellung, für das Land angeblich und somit für unser aller Wohlergehen. Also schade ich euch, wenn ich mich gehen lasse. Aber da drin in mir, da hat keiner hinzuhören und keiner hinzusehen. Und weil das keiner tut, kannst du mir gerade dort auch keine Ordnung oder Haltung oder wie immer du das nennst, keine innere Achtungstellung gewissermaßen, vorschreiben.
Es ist der Wahnsinn! ereifert sich der Zolldirektor. Was sie sich herausnimmt! Er schmettert das Glas in den Kamin. Das Gescherbel läßt ihn zusammenfahren, und automatisch greift er an den Gürtel. So, als wolle er sich versichern, daß seine Waffe dort steckt. Aber selbstredend hat er die Waffe längst abgelegt. Das ist ein Reflex, mehr nicht. Stets, wenn ihn etwas erregt, greift er an den Gürtel.
Er hat sich wieder eingegossen. Er hat ein neues Glas genommen und hat es bis fast zum Rand gefüllt. Er ist ein Waffennarr. Und es ist wahr, die Waffe gibt ihm Ruhe. Ohne Waffe kommt er sich wie ausgezogen vor, ohne Sicherheit. Aber ganz so unverständlich ist das nicht in seiner Stellung. Heute schon gar nicht. In diesen Zeiten. Das hat er seiner Frau oft gesagt.
Und er erinnert sich, ausgerechnet in diesem Augenblick muß er sich daran erinnern, daß seine Frau ihn einmal deswegen geneckt hatte. Lachend hatte sie wiederholt, was ein halb be-

trunkener Tischnachbar anläßlich einer Abschlußfeier des Korps ihr in die Ohren geschrien hatte. Leute, hatte der Kerl gesagt, Leute, die nicht ohne Hund, nicht ohne Waffe sein können, alle diese starken und gewaltigen Männer, hatte der gesagt, sind die größten Feiglinge. Je mehr Waffen, um so größer der Feigling, hatte er gesagt. Und sie, seine Frau, hat das lachend nachgeredet. Es war im Bad. Er hatte sie mit der Zehe gestupft. Aber das Stupfen ist ihm vergangen.
Überhaupt: viel Unerfreuliches. Soll sie ihre Schmerzen haben! Mein Bauch ist mein Reich, sagt sie. Bitte keine Zollorgane, bitte keine Schnüffler! Wenn ich mir da meine Schmerzen leisten will, so darf ich sie mir doch wohl leisten. Das ist, scheint sie zu sagen, Herr Direktor, nicht Ihre Sache.
Zum Rasendwerden ist es. Schon lange nicht mehr hat der Zolldirektor so angestrengt nachgedacht. Das Denken tut ihm geradezu weh.
Sie ist eine pflichtbewußte Frau. Zum Pflichtbewußtsein wurde sie erzogen. Pflichtbewußt gegenüber dem Mann, der Familie, dem Berufsstand, dem Staatswesen. Und diese Verpflichtungen anerkennt man. Weshalb soll man denn in Dreiteufelsnamen die Verpflichtungen dem eigenen Körper gegenüber nicht anerkennen? Das heißt, gegenüber jenem Teil des Körpers, der nun eben nicht wie etwa das Gesicht oder die Waden ohnehin mehr oder weniger schon der Allgemeinheit gehört?
Sie hat die fixe Idee, wettert der Zolldirektor, man dürfe sich in diesem Teil nicht dreinreden lassen, da habe man ein Recht auf Eigenständigkeit. Und dieser fixen Idee zuliebe läßt man ihn, diesen Teil, verludern, wohl wissend, daß, wenn erst einmal dieser innere und unsichtbare Teil kaputtgegangen ist, auch bald der andere, der vordergründige und sichtbare dahin geht, jener Teil eben, der auch ihm, dem Mann gehört und den er braucht.
Das ist mehr als Trotz, sagt er. Sabotage ist das, hundsgemeiner Verrat, Selbstverstümmelung. Damit macht sie ihn fertig. Damit wurden schon ganze Armeen fertig gemacht. Und jetzt, nach dem vierten oder fünften Glas scheint ihm, er könne seine Frau lachen hören. Sie hat nicht ihre Stimme.

Eine nie gehörte, aufsässige Stimme ist das: Du mit deiner Kasinomoral, du mit deiner Soldatenehre, alles ein bißchen hochgezäumt und aufgebockt, du, mein Lieber, gerade du redest von Selbstverstümmelung! Ja und? Wo steht denn geschrieben, daß man sich unbedingt von andern verstümmeln lassen muß? Ist es Pflicht der Frau, dein ehrenvoller Krüppel zu sein? Deiner?
Er könnte sie umbringen. Er sieht jetzt ein, daß sie ihn zum Narren hält. Nichts von Kameradschaft! Da ist eine Frau, die sich in zwei Teile geteilt hat, in einen äußern und einen innern Teil. Und den äußern mit all seinen Herzlichkeiten und seinem verlogenen Lächeln, den hält sie ihm hin, den darf er haben; den andern aber behält sie für sich. Den andern läßt sie verrotten, einzig und allein, um ihn seine Ohnmacht fühlen zu lassen und um ihn, den Direktor, zu verhöhnen.
Ihm ist beinah weinerlich zu Mute. Undank ist das; schlimmer: ein Vertrauensbruch. Konnte, fragt er, konnte sie denn nicht tun, was ihr behagte? Hatte sie nicht das große Haus, den Garten? Und hatte er ihr nicht die Genugtuung verschafft, daß sie sich sehen lassen konnte. Als Frau Zolldirektor. Freilich, Bankdirektor wäre mehr. Aber immerhin. Zolldirektor. Leise spricht er sich das Wort nochmals vor. Das ist ein verdammt heikler Punkt. Den umschifft er für gewöhnlich elegant. Nicht davon reden! Auch seine Frau redet nicht davon, selbstverständlich. Nicht einmal daran denken soll sie.
Er hat sich eingeschenkt. Es ist jetzt ohnehin alles Wurst.
Nun, er war natürlich nicht Zolldirektor gewesen von Anfang an. Er hatte sogar etwas Mühe gehabt, hatte sich für anderes interessiert. Und er hörte das Seufzen seiner Mutter, sah das Kopfschütteln seiner Brüder, die sich wunderten, daß er so lange, so manche Jahre nichts vorweisen konnte und in nichts sich festlegte. Bis dann die Sache mit der Tochter des Bankiers kam. Eine nicht mehr rückgängig zu machende Sache.
Und weil sie dies war, setzte sich der Vater seiner Frau ein. Für einen Bankier ist es unerträglich, wenn ihn die Freunde nach der Stellung seines Schwiegersohnes fragen, und er kann nichts tun, als mit den Schultern zucken. Was mehr sagt als

alle Worte. Für die Freunde eines Bankiers ist es selbstverständlich, daß der Schwiegersohn, der beim Zoll arbeitet, auch gleich der Zolldirektor selbst ist. Und weil dies so selbstverständlich ist, und weil der Vater der Tochter ein bekannter und einflußreicher Mann ist, redet der Vater mit einem andern einflußreichen Mann; nicht direkt, natürlich, nur so nebenbei, bei einem Nachtessen, von Beeinflussung kann keine Rede sein, das möchte man sich verbeten haben, und das führt ja auch nicht weiter. Man redet etwas von seinen Sorgen, den familiären, und auch von den andern, aber besonders von denen, diesmal. Und man ist gewiß, daß einflußreiche Männer für andere einflußreiche Männer nur das Beste wollen. Wo würde man stehen sonst? Ohne Verständnis? Ohne Loyalität? In unserem Staatswesen ist gegenseitiges Verständnis und Zusammengehen das Wichtigste. Der beste Kitt ist das. Und wenn man schon das Glück hat, den richtigen Mann am richtigen Ort einsetzen zu können, weshalb sollte man dieses Glück, diese glückliche Fügung, ungenutzt lassen? Man möchte das jedenfalls nicht verantworten. Das muß sich auch der einflußreiche Freund des einflußreichen Vaters eingestehen. Und so wurde der Mann der Tochter als der richtige Mann am richtigen Ort eben geradezu gezwungenermaßen Zolldirektor.

Der Herr Schwiegervater hat das Gespräch nie erwähnt. Wie könnte er auch! Und auch die Frau Zolldirektor wird es nie erwähnen. Ein Verbrechen wäre das, ein Schnitt in die Lebensader sozusagen, gemein. Solche Dinge vergißt man. Und trotzdem: der Zolldirektor hat es seinem Schwiegervater nie verziehen. Er traut ihm nicht. Ob der das wirklich vergessen hat, fragt er sich. Und er mißtraute ihm noch, als er schon lange tot war. Er haßte ihn jetzt. Das, was unsere Dankbarkeit verdient, haßt man. Mit diesem Gespräch, argwöhnt der Zolldirektor, hat er mich seiner Tochter ausgeliefert, insgeheim. So machen die das.

Und genau daher kommt die Unverschämtheit, ihre Arroganz. Und wenn das, worauf sie zu pochen geruht, auch nur das Innere ihres Bauches ist: sie entzieht es ihm. Sie selbst entzieht sich ihm, zumindest teilweise. Perfid ist das und Fahnenflucht ist das, Verrat.

«Verrat!» schreit er ins Treppenhaus. Er stützt sich am Treppengeländer auf. Nicht daß er Mühe gehabt hätte, geradauf zu stehen; aber er braucht etwas für die Hände. Er könnte das Geländer in den Händen zerkrümeln. Ausreißen und gegen die Wand schmeißen könnte er es und Verrat schreien, die halbe Nacht lang.
Und dann hat er doch eingehalten und herumgehorcht. Und er hat gehört, daß die Frau im Badzimmer ist und sich erbricht.
«Sie erbricht sich», sagt er vor sich hin. Er hat Mühe, seine Gedanken zusammenzubringen. Er trank mehr als nötig. Er hat die Gläser nicht mehr gezählt. Wann erbricht sich eine Frau? Und wann sagt sie, sie müsse mit dem Mann reden?
Gurgelnd lacht er auf. Sein Gesicht glänzt. Er tastet sich hinab in den Keller. Das muß gefeiert werden! Da muß ein Pfropfen springen! Knallen muß es! Er hält still, taumelig. Er lehnt an der Wand. Der Bademantel ist ihm von der Schulter gerutscht; gedankenverloren zieht er ihn wieder hoch. Er versucht sich zu erinnern, wie das beim ersten Kind war. Hatte sie auch gesagt: «Ich muß reden mit dir.» Er weiß es nicht mehr.
Jedenfalls hatte sie nicht heiß gebadet damals. Das ist ja irr, stupid und irr; in dem Zustand! Oder hatte sie doch, und er wußte es nur nicht? Undeutlich erinnert er sich an die Tränen. Tränen ihrerseits. Und er mußte sich zusammenreißen, damals, um nicht herauszulachen. Denn er, das hatte sie nicht mitbekommen, hatte gar nicht sehr geweint, wirklich nicht geweint. Ihm war alles nach Plan gelaufen, alter Stratege, der er war. Solche Mädchen, Mädchen einflußreicher Männer, muß man anbinden. Ein Kind ist der beste Strick. Besonders wenn man die Frau herzeigen darf, wenn man sie sehen lassen darf. Seine Mutter zufrieden, seine Brüder zufrieden, neidisch sogar. Nun ja, denen hat er's bewiesen. Spät, aber doch. Und die Tränen waren noch nicht einmal trocken, hatte man schon geheiratet, hatte man sein Haus und war Zolldirektor. So ist das; mach es nach, wer kann.
Irgend ein lendenlahmer Schönschwätzer soll ihm das nachmachen! Er hat zwei Gläser geholt, und er steigt mit den Gläsern und der Flasche in die Schlafkammer hinauf.

Da schläft sie. Sie ist blaß. Und jetzt schreckt sie auf und starrt ihn an, ihn, den halboffenen Badmantel und die Gläser, die Flasche. «Ums Himmels willen!» ruft sie, «was willst du? Bitte», fleht sie, «bitte laß mich schlafen.»
Er steht noch eine Weile. Ist er ein Idiot? Ist er besoffen? Sind Frauen so, wenn sie ein Kind erwarten? Er stellt die Gläser und die Flasche aufs Tischchen, läßt den Mantel von der Schulter gleiten. Er sieht, daß sein Bett fußbreit von dem der Frau weggerückt worden ist. Ein Versehen wahrscheinlich. Oder doch nicht? Wütend stemmt er seinen Unterschenkel gegen die Bettlade und läßt sein Bett gegen das der Frau knallen.
Sie dreht sich tiefer unter die Decke und seufzt. Er löscht das Licht. Gut, daß er getrunken hat. Er wird trotz des heißen Bades gleich einschlafen. Und aus dem Schlaf rütteln, weil er schnarcht, wird sie ihn nicht diese Nacht.
Sie ist eine schüchterne Frau. Sie war es zumindest. Er wird das schon wieder in Ordnung bringen, der Zolldirektor. Und er schläft schon.

50.

Lach, Boos, Alter. Das Lachen wird dir vergehen.
Was hilft es dir, wenn du sagst, daß nur Feiglinge sich zu kraftstrotzenden Helden aufplustern? Was hilft Gelächter, wenn der Held neben einem Kind sitzt und die Pistole gegen die Schläfe des Kindes richtet?
Da schlägt Lachen in Ratlosigkeit um. In Angst. In Schweigen.

51.

Die Arbeit am Stollen ging ohne Schwierigkeiten voran. Und falls es welche gab, so spürten wir in der Meß-Equipe nichts davon. Jedenfalls: keine Wassereinbrüche bis dahin, keine schweren Unfälle. Man weiß nie, was kommt.

Es war Mai, denke ich. Eva rief mir hin und wieder an. Und sie schrieb auch. Kurze Briefe. Was soll ich dir erzählen vom Abend mit den Zolldirektoren und Verteidigungsministern? Sag mir lieber, wie es dir geht!
Sie hätte jeweils wissen mögen, wie mein Schlaf gewesen war, am Morgen schon. Sie hätte zum Frühstück neben mir sein mögen und mir die Brote reichen. Ich wagte nicht daran zu denken: Eva, die mir ein Ei kocht und im leichten Nachtgewand neben mir sitzt und das Ei aufklopft. Und die Sonne spielt in den langen weißen Gardinen, und der Wind weht sie herein ins Zimmer. Und er spielt das Licht der bewegten Blätter herein und mischt es ins Haar.
Sie hätte am Mittag wissen wollen, was ich zu Mittag aß. Sie hätte für mich kochen mögen, leichte Dinge, die mich weniger belastet hätten als die Mahlzeiten der Kantine.
Und sie hätte schon vor dem Nachtessen fragen mögen, wie der Tag gewesen sei. Sie hätte mich zurückkommen sehen wollen aus dem Stollen oder von den Bergen herab. Sie hätte fragen mögen, was meine Gehilfen und Kollegen gemacht hatten, wie es ihnen erging und was sie erzählten. Sie hätte wissen mögen, was wir für den nächsten Tag planten. «Ich kann mir das jetzt vorstellen», sagte sie. Seitdem sie bei mir gewesen sei, wisse sie, wo wir herumgehen würden, wisse sie auch, wie die Berge aussähen, wo sie bewaldet seien, wo Felsbänder seien, wo Durchstiege und Aufstiege durch diese Felsbänder, wo Geröllhalden und Alpen. Nicht genau, aber doch.
Sie könne sich denken, wo das Licht am Morgen zuerst in den Felsen sei, wo die Schluchten am Abend zuerst dunkeln. «Und ich weiß, wie ihr über die Hänge steigt, vollbepackt mit Geräten, und hineingeht in den Erlenwald, verschwindet zwischen den Blöcken, und oben, über den zerfallenden Ställen, wieder hervorkommt aus Nesseln und Efeugewucher und Phlox.» Und sie wisse jetzt auch, wie wir die Instrumente aufstellen würden auf den in die Steine eingelassenen Zeichen, wie wir sie in die Horizontale bringen und nachher die Meßpunkte anzielen würden über die Abstürze und über die Wipfel der Wälder hin. «Das alles weiß ich.»

Sie sagte nicht, daß sie die Gesteinsplatten fürchtete, die, groß wie Tische, von der Tunneldecke abspringen und alles, was unter ihnen sich befindet, zusammenschlagen; Maschinen und Geleise, und Mineure natürlich, Meßgehilfen.
Sie hätte wissen mögen, was ich am Abend esse, wie die Wirtin unten in der kleinen Wirtsstube den Topf mit der Polenta zwischen den alten Weiblein herausgreife und ihn auf den Tisch stelle. Neben mir hätte sie sein mögen und zusehen, wie ich die Meßresultate des Tages überprüfe und eintrage in die Pläne und ins Heft.
Und sie hätte in meinem Zimmer sein mögen. In diesem Zimmer mit den nackten und gekalkten Wänden, mit dem knarrenden Dielenboden. Sie hätte machen mögen, daß das kühlfeuchte Spitzentuch, das wächsern und blaßgelb, mit melancholischen Kordeln übereck auf der Bettdecke lag, etwas weniger trostlos und etwas weniger schreiend einsam erschienen wäre.
«Wie macht man das?» fragt man ins Telephon hinein.
«Was meinst du?»
«Das mit dem Tuch?»
«Ach», sagt die Stimme in der Muschel, die man ans Ohr hält, «das ist sehr einfach.»
Und man steht und denkt sich aus, wie einfach das wohl sei. Vielleicht, denkt man, würde sie das Tuch um sich schlagen, wie einen Radmantel das Spitzentuch über der Schulter, und würde zwischen der Kommode, zwischen dem Waschkrug auf der Kommode und der Tür hin und hergehen, und man würde, selbst würde man auf dem Bett liegen und würde diesem Hin- und Hergehen zuschauen und würde fragen, ob sie nicht friere.
«Ich friere nie.»
«Oho! Ich denke, ganz am Anfang hast du gefroren. Die Kälte hat dich geschüttelt.»
«Die Kälte? Heiß war das!»
«Kalt und heiß.»
«Ja. Genau.»
«Das ist die Hölle: kalt und heiß.»
Der Rand des Spitzentuches würde über den Boden schleifen

beim Hin- und Hergehen. Und das Tuch würde über die Fersen streicheln. Und nun würde das kaum hörbare Schleifen einen Augenblick nicht mehr da sein, die Fersen würden sich nicht mehr vom Boden lösen und würden die Kordeln nicht mehr anheben. Alles würde für einen Augenblick stillstehen. Auch der Atem würde angehalten.
«Wie sagst du?»
«Nichts. Gar nichts. Ich dachte nur so.»
«An was denkst du?» fragt die Stimme in der Muschel.
Man steht in der Wirtschaft, die Burschen halten nicht mehr ein im Spiel, wenn man ans Telephon gerufen wird, Saluz rechnet weiter an seinen Polygonzügen, und man sagt in die Muschel hinein, man hätte nichts gedacht, nichts Besonderes; Dummheiten. Und man hört ihren leisen Seufzer.

52.

Man steht gekrümmt neben dem Kanapee und hört die Stimme in der Muschel. Eine winzige Stimme, die einen erregt. Und man hört die Mineure am Tisch sagen, da müsse wer am Draht sein, der Boos ganz schön auf die Bäume bringe.
Laß dich schütteln, Boos, lachen die Mineure. Bäume soll man schütteln, solang was dran ist. Du wirst dich wohl nicht auf alle Zeiten selber helfen wollen wie unsereins, wie irgend ein armer, hergelaufener Teufel. Da ist wer, das sieht man, der hält die Schürze auf und sammelt deine Äpfelchen ein.
«Was sagen sie?» fragt Eva.
«Du bringst mich auf die Bäume.»
«Auf die? Wie sagst du?»
«Bäume. Zu den höchsten Affen bringst du mich.»
«Wie du redest! Ich verstehe nicht. Es hat Leute da, nicht wahr. Und sie stören dich. Du kannst nicht reden wie du möchtest. Ach, wenn du nur reden könntest!»
Und man sagt, daß man sehr wohl reden könne. Ganz gut könne man das. Und zudem sei es unwichtig, wie immer.
«Hauptsache, du hast angerufen.»

«Nichts ist unwichtig. Alles ist gut. Weshalb leugnest du es?»
Man schweigt ins Telephon hinein. Und die Frau schweigt auch. Es tut wohl, so miteinander zu schweigen, so füreinander zu schweigen. Eine rote Maske, sozusagen, legt sich das Schweigen um den Mund.
«Ich rieche dich», sagt man.
Und selbstverständlich weiß die Frau auch jetzt nicht, was man meint. Was weiß eine Frau von den Gedanken eines Mannes? Weiß sie, welche Gerüche dem Mann süß sind? Süß? Ja, sagen wir einmal so: süß. Und in diesem Gelächter der Gaststube, ahnte hier einer, welche Zartheit die rote und unsichtbare Maske auf dem Gesicht eines Mannes haben kann? Die seidige Zartheit der zartesten Stelle am Leib einer Frau. Die Süße dieser zartesten Stelle, die Süße des Schoßes. Eine, die betrunken macht. Eine Blüte, in der das Gesicht versinkt. Weiß da einer, was das ist: Zartheit?
Alle Namen, die man findet, sind viel zu grob. Gestammel ist das am Rande eines Brunnens. Ein Brunnen mit muschelfarbenen, perlmuttschimmernden, moosfeuchten und gaumenweichen Wänden hinab und hinab. Ein atmender Brunnen, der uns nimmt und wieder gibt, einer, auf dem wir Welle werden, rauschend, und Gischt, wild und stark, in den wir uns graben und aus dem wir springen, neu, ein Brunnen, der uns Meer wird und die Horizonte wegwischt. Alle. Eine Rose, die stärker ist als unsere Gewalt. Und zart ist, trotzdem.
Man hat den Duft vor dem Gesicht, die rote Maske, und man hört durch die Maske herein eine Frau fragen, ob man noch da sei.
Und man sagt, daß man da sei.
«Ist dir nicht gut?»
Man sagt, daß man sich wohl fühle, ganz ordentlich wohl.
«Du arbeitest zu viel. Hast du dich verletzt?»
Und natürlich ist man nicht verletzt. Wo denn? Man sagt, daß man ein unverletzlicher dicker Chitinpanzer ist um ein Knäuel sentimentaler Verrücktheiten herum, und man sagt, daß man demgemäß dieses Knäuel überallhin brav mit sich schleppe. Ein Panzer, sagt man, unverwundbar, der tief versteckt in sich die Schande seiner Gefühle schleppt, so ist das.

«Gefühle? Gibt es das? Welche Gefühle?»
«Ach», sagt man, «hehre Gefühle, weißt du. Man liebt das Abendrot und schreibt über das Abendrot. Zum Nationalfeiertag zum Beispiel. Voll Liebe. Aber das ist verboten. Das ist ein Verbrechen. Sozusagen: die Liebe ist ein Verbrechen eben. Ein Begriff außerhalb der Ökonomie ist das. Daher unfaßbar. Daher verrucht. Daher verdammt.»
«Du hast getrunken? Was trinkst du? Ist da ein Fest? Erzähle.»
Man sagt, daß ein Maskentreiben sei und daß man eine Maske trage, eine kleine, rote Maske, und daß man die Frau rieche.
«Du lachst mich aus.» Die Frau schweigt eine Weile und sagt dann: «Ich rieche dich auch.»
Man hat gesagt, daß anderntags der große Rapport sei auf der Baustelle, und man hat am kleinen schnellen Einatmen der Frau gemerkt, daß sie vorher hatte etwas sagen wollen, das sie jetzt verschwieg, das sie sich nicht zu sagen erlauben wollte, vielleicht deshalb, weil es nun eine Klage hätte werden müssen. Was konnte das mit dem Rapport zu tun haben? Weshalb erschrickt eine Frau?
«Da ist etwas», sagt man.
«Kaum der Rede wert. Frag nicht. Sag mir lieber, was man an einem Rapport macht.»
Und man sagt, daß die Herren aus der Stadt kommen würden, die mit den sauberen Socken, mit den frischgebügelten Hemden, jene, die alles wissen, nur nicht wissen, weshalb ein Hakkenstiel rund ist, weshalb man schwitzt bei der Arbeit, Herren, die so nett sind mit uns, daß wir uns ihretwegen mit Vergnügen die Beine ausreißen, weißt du.
Aber man hat gleich gespürt, die Herren sind der Frau gleichgültig. Man hat gehört, daß sie viel freie Zeit hat jetzt gerade, die Frau, daß sie gehofft hat, man würde einmal etwas herumfahren am Sonntag, über die Alpen hin, über die Pässe; man könnte jemand besuchen, auch die Frau vielleicht.
Und man weiß jetzt, weshalb der Rapport sie erschreckte. Wenn Rapport ist, kann man nicht wegfahren hier.
«Man kann.»
«Unmöglich!»

«Nach dem Rapport kann man wegfahren. Die andern trinken die Nacht durch. Und man fährt weg.» Man sagt, daß nach dem Rapport ein freier Tag ist. Und statt den Rausch auszuschlafen mit all den andern, könne man gerade so gut wegfahren.
«Aber du darfst nicht. Der weite Weg! Und in der Nacht! Meinetwegen nicht!»
Aber man lacht. Man sagt, statt zu trinken würde man fahren. Das ist besser. Und man sagt, gefährlich sei das gar nicht. Nur, daß eine Frau vor lauter Kummer nicht schläft, das möchte man nicht. Kummer zerknittert. Und man möchte keiner zerknitterten Frau entgegenfahren.
Und die Frau verspricht zu schlafen. Sie würde beide Augen zumachen. Und falls sie nicht schlafen könnte, würde sie zumindest tun als ob. «Ich denke, du wärst neben mir.»
«Und schläfst?» Man lacht.
«Schon.»
«Schlaf gut, also.»
Man ist zurückgegangen in die Wirtsstube. Und die Mineure haben einen angesehen. Und sie haben die kleine Maske gesehen, die man um den Mund trägt. Und sie haben das Lachen gesehen hinter der Maske. Und sie haben in ihre Karten hineingesehen und haben auch gelacht.

53.

Gleich nach dem Rapport fuhr ich los.
Es war nochmals Schnee gefallen. Er bedeckte die Wiesen bis tief in die Täler herab. Die Pässe waren geschlossen. So war ich gezwungen, weit nach Westen auszuweichen, um einen Durchschlupf durch die Berge zu finden. Als ich schließlich jenseits der Alpen über die Vorgebirge und Hügelzüge gegen Osten fuhr, wurde es langsam hell.
Auf einem Rastplatz oberhalb eines in der Dämmerung sich verlierenden Sees hielt ich an. Ich rannte den verlassenen Platz auf und ab, kletterte über Bänke, hüpfte um Drahtkörbe und hielt im Pissoir den Kopf unter den Wasserstrahl. Ich massierte mir ausgiebig den Nacken, ließ mich mit kaltem

Wasser voll laufen und brüllte ein paarmal im Pissoir herum, bevor ich mich erfrischt wieder auf den Sitz schnallte.
Ich hatte jetzt den Morgen aufgefächert vor mir. Zitternd schob sich hinter dem schwarzen Wollknäuelgefilze eine Blässe hoch. Die Schatten der Bäume begannen sich aus dem Dunst zu lösen. In Ställen und Küchen leuchteten erste Lichter auf, stellten Fenstergevierte ins Dämmer. Und ich wußte, über den Waldrändern würden sich nun die Vögel zu regen beginnen, unsicher eine Amsel, oder lärmig und aufgebracht ein Rabenschwarm.
Die Fahrgeräusche hüllten mich ein. Gleichmäßig hoch drehte der Motor. Ich ließ eine kleine spanische Musik laufen, wechselte ohne hinzusehen die Musikkassetten aus. Einmal schlug mir der Kantinenlärm entgegen, ein langes Trompetensolo von Saluz, das plötzlich kläglich abbrach.
Wir hatten oft zusammen gespielt, letzte Zeit, Saluz und ich. Und ich sah, er spielte gut. Ich begleitete ihn auf dem Klavier. Und wir würden bald für die Firmenabende spielen; nächsten Winter, eingeschneit in der Kantine, würden wir spielen so lang und so gut wie möglich.
Einmal, der Horizont vor mir schlug von Grün in ein flaches Gelb um und eine kleine Wolke tief unten glühte brandrot, rannte ein winziges Tier von rechts her in die Fahrbahn; alles in mir stockte; das Blut schlug in die Arme, als wäre es in Säcke gefüllt; automatisch griff ich härter ins Lenkrad, wollte es herumreißen; aber noch bevor die Kraft dazu in den Händen war, bevor sie übergehen konnte ins Lenkgestänge, wußte ich schon, daß ich das nicht tun durfte, daß ich schleudern würde, daß es mich überdrehen würde, und gleichzeitig wußte ich auch, mit einer sonderbaren Sicherheit, daß das Tier bleiben würde, daß es nicht unters Auto rennen, sondern am Rand des Fahrstreifens einhalten würde. Und so war es denn tatsächlich. Den Bruchteil einer Sekunde sah ich es nicht mehr, war es hinter der Kühlerhaube verborgen; dann aber sah ich es wegrennen, sah es nur aus den Augwinkeln, sah es weghuschen nach rechts, dorthin, von wo es gekommen war.
Ich ließ den Wagen ausrollen, steif vor Schreck, stellte ihn nebenaus, lief nun doch nach vorn, besah den Kühlergrill, die

Stoßstange, suchte nun doch Blut, fand keines, eilte zurück, suchte das Tier, fürchtete immer noch, es zu finden, zerquetscht und zerschlagen, blutig jedenfalls, fand auch da nichts, sah übers Wiesenbord, sah die Schlüsselblumen in der Wiese, die hier, in den Voralpen, noch ohne Gras war, hockte mich hin, spürte die Kühle und Feuchte der Erde unter mir, Lehmklumpen im Gestachel, Steinsplitter. Tief unten ruckten zwei Scheinwerfer im Dunst. Ich begann die Schlüsselblumen abzureißen, fast mechanisch, suchte ein Büschel davon, rutschte auf dem Hintern herum, dann auf den Knien, grub das Gesicht tief ins Büschel, atmete daraus, hatte die kleine herbe und nach Mandeln riechende Kühle um mich, mußte an Evas Atem denken, den Geschmack ihres Speichels. Ich hörte den Lastwagen herankommen. Die zwei Scheinwerfer standen zitternd in der Fahrbahn, waren begleitet von einem sich mitschiebenden Lichtergesprenkel, oben und unten, an allen Ecken des Lasters angesteckt.
Ich atmete noch immer aus den Schlüsselblumen in mich hinein; ich neigte mich vor, ohne das Gesicht aus den Blüten zu nehmen, ließ mich kippen und rollte, die Schlüsselblumen geschützt zwischen meinen Armen, zwei, drei Purzelbäume die Böschung hinunter, blieb auch da eine Weile sitzen, legte mich dann auf den Rücken, sah den Himmel hell über mir, hielt die Schlüsselblumen hinein, sah sie vor dem Himmel gelb werden, durchsichtig endlich, hockte mich auf, besah die Hecken und Waldränder hinaus ins Tal, sah die silbrigen Schläge auf den Dächern, die Schläge, silbern, im Wasser weit vorn, die in Zinn gegossenen Zweige, die Brombeerblätter, und ich sprang auf, ohne mich zu stützen, legte den Strauß ins Auto, fuhr weiter.

54.

Da kittest du dir eine Geschichte zusammen, Boos, und erinnerst dich doch nicht mehr genau. Frühjahr und Sommer wachsen dir durcheinander. Du redest von Primeln und riechst sie auch, diese Primeln, wenn du davon redest. Diesen

kühlen und herbsüßen Duft riechst du. Und im nächsten Augenblick siehst du das Lachen Evas vor einem blühenden Hagrosenstrauch. Und das Haar kann nur diese Farbe haben, die du siehst, wenn das Haar ausgebreitet ist in der Julisonne, vor reifem Korn.
Wie ist das, Boos, wenn man um acht Uhr früh auf den Platz fährt vor der Kirche, und Eva wartet schon? Die Platanen bilden ein Dach, und durch dieses etwas unsichere Dach, durch das noch junge Laubwerk, fällt die Sonne. Und hinter dem Dach aus Schatten liegen die Friedhofkreuze, stehen Grabsteine schief, franst das Grün aus in ein noch rotes Riet.
Wie läuft dem Mann, der aus dem Auto steigt, eine Frau entgegen, die ihn nicht anzublicken wagt, weil sie sich vielleicht schämt ob soviel Freude, oder ängstigt, was weiß ich, nicht anzublicken wagt, weil sie fürchtet, ihn zu erschrecken mit ihrem Gesicht, das so ganz auseinandergerissen ist von der Freude in ihr, weil sie ihn nicht so tief hineinblicken lassen will in sich? Eine Frau, die ihr Gesicht schnell in den Primeln verbirgt und neben ihm hergeht, durch die Primeln atmend? So wie der Mann atmete durch dieselben Primeln ein paar Stunden früher?
Da streichen Haarspitzen über die Hand hin, die auf der Sessellehne liegt, und draußen wiegen Hügel vorbei, links und rechts ist das bunte Flickwerk der Tankstellen, wie es an allen Ausfallstraßen ist, und die Frau sagt: «Faß mich an, bitte. So glaub ich, daß du da bist.»
«Guten Tag», sagt die Frau. «Du bist lieb. Guten Tag. Danke, daß du da bist.»
Man fährt. Und man sieht während des Fahrens zur Frau hin und sieht in ihrem Lachen das Lachen jenes Mädchens überm Bach, jenes Mädchens von damals, ganz früher, als die Musikanten durch die Sommerwiesen tuteten, durch die Kälberwiesen hinabstapften und tuteten und badeten unterm Garten des Bankdirektors, und oben rannte, halb im Wald, halb im Licht, ein heller Schopf auflachend davon, sah herab und rannte davon und winkte. Und man sagt: «Das bist du also.»
«Bin ich anders?» fragt die Frau.
«Nein», sagt man, «gewiß nicht.» Und man sagt ihr, daß man

die Baßgeige trug, damals. Daß man badete damals. Und daß sie davongerannt ist vor dem Pöstler. Und die Frau erinnert sich.
«Du böser Mensch: Mädchen erschrecken!» Und die Zungenspitze eines Mädchens fährt schnell zwischen den Fingern eines bösen Menschen durch.
Weißdorn ist da, oder Schwarzdorn, blühend. Man ist nicht sicher: Schwarzweißdorn eben. Man hat sich auf Schwarzweißdorn geeinigt. Man ist ausgestiegen und hat einen Zweig gebrochen und hat ihn auf den hintern Autositz gelegt. Und man hat auf einem kleinen Sandwall ein Tuch ausgebreitet und hat Eßwaren darauf getan und hat gegessen. Etwas Brot, eine Banane, Weichkäse.
Das Riet zeigt auch hier seine abgeräumten Streuefelder. Und weit hinten, auf einem Acker, der ein mannshohes Bord höher liegt, fährt ein Bauer seinen Traktor endlose Zeilen auf und ab. Die Erde stiebt unter der Maschine hervor und weht in langen Fahnen über das Land hin. Voraus aber, gerade voraus, liegt der See.
Im durchlässigen Schatten der Föhren sitzt eine Frau; vor einem flimmernden See sitzt sie, vor einem See, dessen Helle hineinläuft in die Helle des Himmels, ohne Trennlinie. Mitten im Gleißen sitzt eine Frau. Das Gleißen hebt sie auf, es dreht sie und wiegt sie, die Frau. Wabernd und weißglühend stürzt das Licht aus ihrem Haar, weißes Licht sprüht auf der Schulter, an der Wange.
Und die Frau ist aufgestanden und geht in dieses Sprühen und Wabern hinein. Wie einen lohenden Pelz trägt die Frau den See um den Hals.
Und der Boden, auf dem man geht, federt. Wasservögel sind da; man hört sie rufen. Und Wiedehopfe. Nur mehr das Rauschen des Windes ist zu hören unterm Vogelruf, das Klappern und Klatschen des Schilfs. Glanzkrumen hangen im Rohr. Blinken, Knistern; Schwirren auch. Eine Torfhütte einmal, steht schief im Dunst, ist oben, ist hinten, ist vorn. Nicht auszumachen wo. Eine aufgebrochene Torfhütte.
Die Frau geht voraus. Die Haarsträhnen lösen sich auf im Ansturm des Geblinks, ihr Kopf verliert seine Kontur, schwankt

in Blendwerk, im kochenden Weiß. Eine lose hingehäufte Hülle aus Licht ist die Bluse.
Da ist kein Geräusch mehr außer jenem des Windes und der Vögel. Der Lärm des Traktors ist schon lang nicht mehr zu hören. Einmal springt ein Hase auf und flüchtet feldein. Einmal hält die Frau im Gehen inne und stützt sich auf den Arm des Mannes. Und am Griff der Frau spürt der Mann, daß sie kaum mehr aufrecht zu stehen vermag.
Mühsam löst sie sich von ihm und geht weiter. Sie springt über Gräben. Doch die Sprünge, so klein sie sind, dauern lang. Es ist, als hätte man sie in Zeitlupe abgedreht. Alle Bewegungen der Frau sind eingepackt in Licht und dehnen sich und schwingen weit aus. Das Schlanke an dieser Frau, so scheint es, kann nicht verhindern, daß eine Schwere und Trägheit in sie kommt und sie lähmt und langsam macht, müde.
«Da ist eine Rose, eine Buschrose, schon verblüht, siehst du. Kaum Schatten. Trotzdem», sagt die Frau. Und sie hat ihre Hosen in den kleinen und dünnen Schatten gelegt, ihre Bluse, und sie hat sich an den Mann gepreßt, so, als wollte sie seine Haut alle auf einmal an sich spüren, die ganze Haut seines Leibes.
Und der Mann liegt in ihr, ist umspannt von ihr; er liegt in der Sonne und im Wind, und der Wind leckt den Schweiß von seinem Rücken, kühlt die Schenkel. Und die Vogelrufe sind über ihnen, das Flattern des Wiedehopfs ist ganz nah. »Das bist also du», hat der Mann gesagt, und die Zungenspitze in seinem Mund ist nicht mehr leicht innen an den Lippen entlanggefahren, entlanggehüpft, die Zunge ist hineingestoßen worden tief in ihn und hat ihn beinah erstickt.
Sie sind lange ungeschützt in der Sonne gesessen. Die Ranken haben ihre magern Schatten über die Leiber gezeichnet. Und sie haben dem Vogel zugesehen, der Mann und die Frau, dem Vogel, der aus dem Schilf hervorflog und bald darauf in den gleichen Halmen wieder verschwand, der offenbar dort sein Nest hatte und den Jungen Futter brachte.
«Das ist leicht», hat der Mann gesagt. «Ein kleiner Ballon, der steigt. Ganz frei. Ganz ohne Gewicht.»

«Laß nur», sagt die Frau. «Er muß fliegen können, der Ballon. Nichts soll Last sein. Nur wenn er fliegen kann, nur wenn er wegfliegt, wird er bleiben.»
Man sitzt auf einer Hose und sieht ins Blinken hinein, in diesen Schwall Licht, der durch den Schilf drückt. Und man wischt den Torf vom Rist, man reibt ihn zwischen den Zehen heraus, weil die Füße sich in den Torf gegraben haben vorhin. Und man hat noch die Kühle und die Feuchte des schwarzen Torfs an der Fußspitze.
Wie ist das, Boos, wenn eine Frau in diesem Geflimmer steht und das Geflimmer nistet sich ein im Haar? Auch im Haar unter der Achsel ist es, im Haar des Schoßes, der noch feucht ist von dir. Wie ist das, wenn die Brustwarzen einer Frau leicht die Brust eines Mannes berühren, so leicht, daß sich die Brüste der Frau nicht einmal verformen, daß der Mann die Berührung nur am Haar seiner Brust spürt? Und wenn diese Berührung nicht anders ist, als die Berührung des Windes, als das unmerkliche Wehen und Streichen des Windes? Und hinter den Büschen wandern die Staubfahnen über das Land, jene, die der Traktor aus dem Acker reißt, und die andern, die aus ausgetrockneten Tümpeln steigen?
Wie duftet das, Boos? Wie ist das Zittern zwischen Lippe und Zahn, nur eine Sekunde lang, wenn die Frau mit dem Fingernagel um dein Ohr fährt, wenn sie ihre Wimper hineindrückt gegen dein Auge?
Wie sieht eine Iris aus, in der all dies Licht liegt, das Licht des Sees und jenes des Himmels? Und: hebt sich das Lid noch über dieser Iris? Öffnet sich das Auge? Spaltweit? Mehr?
Du weißt es nicht, Boos.

55.

Als wir über die Rietwege hineinliefen ins Dorf, hielt mich Eva immer wieder einmal zurück. Sie zeigte mir die kleine Schlange auf der Grasnarbe in der Mitte des Weges, zeigte mir die Frösche im Graben, ihre Augen wie Knöpfe im grünlichen

Schwemmsel. Sie half einem Käfer auf die Beine. Und sie nahm ein Gras zwischen die Daumen und pfiff.
Alles war gelassen und gut: das Blatt im Wasser, der Tropfen, der sich auf dem Blatt hatte halten können, hineingerollt in die Vertiefung des Stiels, die Staubkörnchen, die auf dem Tropfen zitterten, die Spiegelung im Tropfen, wir.
Genau genommen war das kein Dorf. Ein paar Häuser lagen längs der Straße. Holzzäune waren um die Gärten gezogen worden; breite Bretter waren an Eisenpfosten geschraubt; alle gestrichen: mit einem harten Grün oder mit einem stockigen und steifen Rot, das Rot mit einem Schlag Blau drin. Gartenzäune waren das, sperrig aufgerichtet gegen die Ebene, die hereindrückte ins Dorf. Staubige Zäune mit staubigen und ärmlichen Bäumchen dahinter. Auch die Straße war staubig. Schilf und Spreu lagen drüber hin gesät. Zusammengeknäuelte Drähte, Packungen von Zigaretten und Milchbeutel, Dosen und Pappdeckel waren hineingekehrt in den Rinnstein; einmal lag da auch ein Katzenfell zwischen Schmierölbüchsen, ein auseinandergerissener Kinderwagen.
Das Trottoir, hier schmal, eingezwängt zwischen Graben und Sockel, dort breit, mit Akazien und Wehrsteinen überstellt, verlor sich im Kies eines Vorplatzes, führte dann ein paar Schritte ziegelgepflastert weiter, wurde erdig, grasbewachsen, und weitete sich verträumt, mit schorfigem und blasig aufgerissenem Asphalt bedeckt, mit Kreidezeichnungen und Zementflicken unterm Ahorn der Dorfwirtschaft.
Die Tür zur Gaststube stand offen. Man sah in einen großen quadratischen Raum, der das ganze Erdgeschoß des Gasthauses einzunehmen schien. Die Betonfläche des Bodens spiegelte; sie war geschliffen und wies Einstreusel von grünen und roten, auch schwarzen Kieseln auf. Zwei, drei flachgetretene, mit übergroßen farbigen Lettern bedruckte Zeitungen lagen unter den Tischen. Die Tische, mit blanken Stahlbeinen, wirkten nüchtern. Sie waren aus gehärteten Spanplatten angefertigt. Die Tischblätter waren mit Metallbändern eingefaßt. Lottrige, offensichtlich vom Garten hereingeholte Klappstühle standen daran.
Hinter einer Theke, die so schmal und schwach gebaut war,

daß man fürchtete, sie würde beim ersten Dranlehnen zusammenstürzen, neben einer Kaffeemaschine, die sich frech in den Wirtsraum hereinschob, neben ein paar braunen, auf die Maschine gelegten Tassen stand der Wirt.
Er war noch jung, mager. Und er hatte wirres, ungleich langes blondes Haar. Er hatte einen unsichern und mißtrauischen Blick. Er sah zu, ein Tuch in der Hand, wie wir uns einen Tisch aussuchten und uns einander gegenüber hinsetzten. Und auch als wir schon saßen und uns umsahen, ließ er uns noch eine ganze Weile warten.
Da war nichts als die Flucht dieser glänzend gelben Preßspanplatten der Wände; die Glätte war an einigen Stellen aufgerissen worden, wahrscheinlich durch Schläge mit harten Gegenständen; das rauhe, porige, aus Gehäcksel gepreßte Innere der Platten platzte dort heraus. Ein paar Figuren, aus schwarzem Draht geformt, hingen hilflos herum: ein Violinschlüssel mit einem Vogel in der Spirale; eine Troika aus Draht; ein Christophorus mit dem Büblein auf der Schulter; zwei Herzen, durcheinandergeschmiedet, mit je einem Kerzenhalter aus der Herzmitte; die Kerzenhalter ohne Kerze, aber mit orangen Kelchen, in die man die Kerzen zu stellen hätte, orange Kelche aus Email mit orangen Kerzentropfen dran, auch diese aus Email.
Und die Musikbox war da. Ein bestirntes Ballkleid von der Hüfte abwärts, eine mit Diagonalen verschnürte Frau, aus deren Schoß der Lärm bricht, eine, mit dem mechanischen Arm im Schoß, der die Platten wechselt, sie herausgreift aus einem kalten Eierstock und sie drehen läßt und nachher wieder drein versenkt. Jetzt schlafend die Musiktruhe. Nur langsam hinziehend ihre wolkigen Träume über eine Glasplatte. Und quer über die Hüfte ein Gürtel von Knöpfen: man wähle, man bediene sich, man werfe eine Münze in den Schlitz und bediene sich.
Eva hatte ihre Hand herübergeschoben und auf meine gelegt. Sie sah sich um und hielt sich leicht an mir fest. «Es ist lustig hier», versuchte sie zu lächeln.
«Ja», sagte ich. «Das, was man lustig nennt.»
Wir aßen etwas Fleisch.

Trockenreis, fragte der Wirt. Und Wein?
Hat es aus der Gegend?
Es hatte.
Wir aßen, und der Wirt sah uns von der Theke her zu. Das Licht kam aus der Ebene herein, kam herein vom See. Ein Ansturm von Licht und von Ebene war im Raum. Wir saßen im Gespiegel, vor dem glänzenden Schoß der Musikbox saßen wir und aßen langsam. Wir tranken uns zu, und Eva erzählte vom Kind und von ihrer Schwester.
Und sie sagte auch, sie hätte mir zugehört, wenn ich Banjo spielte damals an den Samstagen daheim. Und sie selbst hätte einmal Banjo gespielt, Banjo und Gitarre. Und es verlernt.
So sagte ich ihr, daß ich ihr mein Banjo geben würde, gleich.
Die Sonne war untergegangen, als wir auf die Straße traten.
Über Feldwege gingen wir zurück zum Auto.

56.

Die Frösche quakten. Der Wind hatte in seiner Stärke nachgelassen. Nur hin und wieder war ein Wispern, ein Rascheln im Schilf. Weit her, von den Dörfern herüber, klang manchmal Hundegebell, oder das Geröhr eines Motorrads zog sich endlos hin. Einige Bläßhühner riefen noch. Wir stießen gegen die Grasnarbe in der Mitte des Weges, traten in Löcher.
Ich kannte Evas Mann nicht. Der Zolldirektor war mir immer gleichgültig gewesen. Und sehr wahrscheinlich war umgekehrt auch ich ihm egal.
Seine Art zu grüßen hatte mir genügt, um mir ein Urteil zu bilden. Das Zusammenschlagen der Hacken dabei. Seine Stimme, sonor tragend, immer laut, immer selbstsicher, schulterklopfend sozusagen, immer in einer Tonlage, die zeigt, daß der Redende oder der Rufende auch die geringste seiner Äußerungen für durchaus bemerkenswert, unzweifelhaft bedeutsam und einleuchtend hält, daß er den Ton seiner Stimme angenehm findet und daß dieser Ton bestimmt auch für andere angenehm sein müsse.
Das war ein Mann, dem man in allem zustimmt, nur um der

Peinlichkeit und Ausweglosigkeit einer Diskussion zu entgehen.
Und nun, draußen im Riet, als wir auf das Auto zugingen, sagte Eva, sie werde reden mit ihm.
Ich konnte mir nicht vorstellen, was es da zu reden geben sollte. Ich wußte, es würde nichts bringen.
«Es gibt Leute, die fangen Schmetterlinge», sagte ich. «Sie töten sie und spießen sie auf, ganze Kollektionen. Weshalb? Ich frag mich: weshalb tun sie das? Wahrscheinlich aus verschiedenen Gründen. Und diese Gründe können sich im Laufe des Tages oder doch im Laufe eines Lebens ändern. Tun sie es, weil es andere auch tun? oder weil sie Freude an der Färbung der Flügel haben? an der Größe der Flügel? Wollen sie diese Schönheit immer um sich haben? wollen sie nicht, daß sie ihnen wegfliegt? Ist das Töten ganz einfach eine bequeme Art des Festhaltens? Was alles wird nicht getötet, indem man es festhält!»
«Ich werde dich nie festhalten», sagte sie schnell und löste ihren Arm von meiner Hüfte, zog mich aber gleich wieder an sich.
«Weshalb tun sie es? Vielleicht, um ihre Kollektion zu vervollständigen. Alle Schmetterlinge Graubündens! Vielleicht, um mit ihrer Sammlung großtun zu können, um ihre Exemplare herumzeigen zu können. Das ist der schönste, das ist der sonderbarste. Und immer: der ist mein.»
Sie lachte nicht mehr. Sie schmiegte sich an. Hüfte an Hüfte spürten wir die Bewegungen des Gehens.
«Man will um jeden Preis seine Trophäe. Auch dann, wenn das, was man vorzeigen kann, nur mehr ein erbärmlicher Trümmerhaufen ist von dem, was man tötete: etwas Schädeldecke mit Geweih, etwas Balg oder Fell. Es bleibt keine andere Möglichkeit. Weil das dumme und uneinsichtige Biest nicht freiwillig hineindrängte in die sonnendurchflutete Baumeistervilla, weil es die Freundlichkeit nicht hat, sich unaufgefordert als ein Stück des Herrn Vanoli zu präsentieren, ist man gezwungen, es zur Strecke zu bringen. Und um die Zugehörigkeiten ein für allemal klar zu stellen, nagelt man es an die Wand, unverrückbar.

Und so wird denn die Baumeistervilla oder Fabrikantenvilla, wenn du willst, unversehens zu einem Elefantenfriedhof, zu einer Abdeckerei. Und die Frau Baumeisterin oder Fabrikantin, brillantenschwer, wühlt sich frischfröhlich durch all die Leichen.
Da ist etwas, das frei schweift. Und was frei ist, was keinem gehört, stört. Denk ich.»
«Man will es herumzeigen, sagst du. Kann man mich?»
Es gelang Eva nicht, lustig zu sein. Sie ging lang schweigend neben mir. «Ich werde es ihm trotzdem sagen», sagte sie schließlich. «Es wird nicht gut kommen. Trotzdem.»
«Ich bin Partei», sagte ich. «Ich bin ungerecht.»
«Ich denke oft, daß die Hölle aus lauter Gerechten besteht», sagte sie.
Ich hatte ihr gesagt, daß ich in ihrer Nähe sein möchte, wenn sie mit ihrem Mann reden wolle. Aber sie hatte abgewehrt. Sie müsse das allein tun. Ganz allein. Und sie würde sich gedrängt fühlen, wenn ich da wäre.
«Ich will nichts. Du verstehst: nichts. Und ich», sagte ich, «ich will nicht, daß du dein Kind verlierst. Das nie. Ich würde es mir nicht vergessen können. Und du sollst das wissen.»
«Ich versuche durchzukommen», sagte sie. Sie lächelte. Aber sie tat es nur, um mir zu zeigen, daß sie nicht zu bemitleiden sei. Daß ich mir keine Sorgen mache. Ihre Augen standen voll Tränen.
Es war lang nach Mitternacht, als ich zurückfuhr über die Alpen. Am andern Morgen wollte ich wieder auf dem Bau sein.

57.

Am Steuer

mit zweimal zwei Fingern
die Balance halten
auf der Spur
zwischen sich schiebenden Lichtern.

Wedellinie um den Tod,
der lässig am Zaun lehnt,
links, rechts,
und verhundertfacht wieder,

Sunnyboy Tod,
schlacksig,
und den Hut
zurückgeschoben in den Nacken,

versonnen lachender Tod,
der sich gibt,
als brauche er keinen,

schöner Tänzer
in knappsitzender Hose,
der schnalzt im Takt
des Bolero.

●

Dein Gebet,

das mich begleitet,
ein Richtstrahl überm Asphalt.
Und die Sehnsucht, die sich auswirft
als Faden,
mich einzuholen.

Die Labyrinthe steigen.
Die Götzen stehen gestuft,
voll ausgeleuchtet,
jene der andern,
und trösten und locken
mit Zuspruch, mit blendenden Zähnen,
mit schönem Geschrei.

Doch hinter den Lichtern
seh ich das Wort, nur das eine,
das sie eifrig verdecken:
UMSONST.

Jener Mann aus Judäa,
der mit den Huren sprach:

zu Tode getragen haben sie ihn
auf ihren Tabletts aus Silber,
aseptisch, steril,

eingeschoben haben sie ihn,
ein Goldgebiß,
ins Maul der Gerechten.

Und sie reden durch ihn.

Doch die Träne hier,
die trocknet an meiner Schulter,
deine,
weinte er mit.

•

Wir haben neue Ränder gefunden.

Eine Beere, drin der Dachs schläft.
Seen, mit dem Finger zu erfahren.
Und die Giraffe auf dem Balkon.
Halme.

Wer mißt sie? Wer nennt sie?
Die Wahrheit ist ohne Sprache.

•

Wenn du mich nimmst

hinein in die Nächte,
von Speichel schwer die Zunge,
eine Knospe, die platzt,

und die Mulde
ausgeschlagen mit Rot,
Saft in den Steinen,

wenn du dich dehnst, eine
unwiderrufene Decke, über mich hin,
und mir
das Land schwarz machst,

hefte ich Namen ins Dach
meiner Höhle,
fluoreszierende.
Und alle sind du.

●

Die mit Messern schneiden

ihre Marken ins Fleisch,
die ihre Namen hineinstampfen
in die Wiese, beharrlich,

die uns abschreiten
von Grenze zu Grenze
bis wir wund sind,
zuckend unter den Schritten,

die uns nehmen wie Land:
belehre sie nicht.

Mich schreckt's,
deine Wange zu nennen;
denn: jeder Vergleich
bleibt asymptotisch.
Ich lasse dich dir.

Und wenn du mir hinstreichst
über die Braue,
steht immer unverletzt
das Feld.

●

Im Rückspiegel der Morgen.

Entrollt aus Tüchern
ein nebliges Tal.

Aufstehen wirst du
im frühen Licht,
dein Hemd gebläht
in den Gardinen.

Trinke den Tee
mit meinen Lippen.
Langsam.

58.

Ich war bei Eva. Und ich habe ihr mein Banjo gelassen. Sie würde es spielen, dachte ich.
Es würde wohltun, hatte ich ihr gesagt, wohltun zu denken, daß sie, Eva auf der einen Seite der Alpen spielen würde, währenddem Saluz und ich auf der andern Musik machten. Saluz, der seine Trompete hatte, der oft neben mir stand in der Kantine und mir die Ohren vollblies.
Wir spielen dasselbe, hatte ich zu Eva gesagt. Wir dort, du da. Und dein Banjo wird immer einen Takt voraus sein, einen halben Ton zu hoch. Ich weiß es, und ich höre es. Es wird greulich sein, wirklich. Aber wir werden alle ungerührt weiterspielen, hörst du, auf beiden Seiten des Bergs weiterspielen. Geschieht ihm ganz recht, dem verdammten Berg, wenn er sich an unserer Musik die Ohren verdirbt, beide Ohren, das südliche Ohr und das nördliche Ohr. Und wir werden solang gräßlich nebeneinander durchspielen, einen halben Ton zu hoch oder zu tief, bis sich der Berg wegwälzt, bis er unsere schöne Musik ganz einfach nicht mehr aushält und sich wegwälzt und den Weg freigibt von dir zu mir. Verstehst du?
Eva nickte. Sie nahm das kleine Banjo, das jahrelang ungespielt überm Kanapee meines Vaters gehangen hatte. Und sie würde spielen, sagte sie, etwas zu schnell, etwas zu hoch. Und sie lachte.

59.

Seit ein paar Wochen schlafe ich wieder öfter im Kiosk. Mac arbeitet oben in der Dunkelkammer und vergißt, mich in die Waschküche zu bringen. Er wird denken, daß man mich hört, wenn ich rufe.
Hanselmann hat überm Kiosk eine Kälberschelle aufgehängt und hat eine Schnur hereingezogen zu mir. Daran soll ich reißen, falls der Lange kommt.
Der Narr! ein großes Kind, dieser Hanselmann. «Ich würde mich wundern», sagt er, «wenn der Herr nicht gleich beim ersten Gebimmel Reißaus nehmen würde. Du glaubst es nicht?» sagte er. «Schau nicht so, Boos! Ich wette, daß der Reißaus nimmt. Wie alle Grobiane ist er gemein, wehleidig und feige. Und», sagte er, «sollte ich mich täuschen – ich täusche mich nicht –, sollte ich mich täuschen, so hört dich doch Mac. Er holt mich. In zwei Minuten bin ich da.»
Ich muß lachen, wenn ich mir ausdenke, wie Mac durch die Korridore hastet, wie er sich an den Wänden festhält, überall dort, wo der Korridor abgeknickt ist, wie er mit den Armen rudert, um das Gleichgewicht zu halten, und wie er seine Pantoffeln über den Boden schleift, stets in Sorge, auszugleiten oder die Pantoffeln zu verlieren. Und ich denke an Hanselmann, wie er die Korridore heraufgestürmt kommt, klatsch, flatsch, mit seinen doppeltgroßen Plattfüßen, platsch, platsch, die Spitaltrakte herauf, mit wehendem Nachthemd an den Krankenschwestern vorbei, an der Apotheke vorbei, an der Teeküche, und seine Kohleschaufel schwingt, ihr Hunde, ihr Hunde!, während ich hier schon ganz schön gar werde.
«Er soll aber nicht hier bleiben», sagt Su. «Ich bin dagegen, daß man ihn hier läßt. Nur», und sie sieht ein wenig ratlos aus, sie macht einen wütend-lustigen Schmollmund und faßt mit beiden Händen an den Bauch, tut, als rüttle sie daran, «nur, ich werde immer unbeweglicher. Und ich werde schließlich nicht mehr wagen, ihn allein die Treppe hinunter zu bringen. Ihr müßt mir schon helfen.»
Und so kommt sie oft abends spät noch her und holt mich. Sie

ruft Mac oder Hanselmann. Manchmal hilft Ruth, Hanselmanns Frau. Und einmal sogar, und das mit viel Ach und Oh und Händezusammenschlagen natürlich, einmal half das Fräulein Hübscher.
Ausgerechnet das Fräulein. Und dabei bringt sich diese Person selbst kaum allein die Treppen hoch. Das Fräulein mit den blauen Lippen. Jedesmal, wenn es vorbei geht, muß es sich mit seinen dicken Bubenhänden am Kiosk, am Brett vor meinem Guckloch festhalten. Und die Hände zittern. Es, das Fräulein, schaut zu mir herein und sagt, das werde immer schlimmer. Ja, das Treppensteigen. Und die Hämorrhoiden, die auch. Aber ganz einfach: man werde zu dick.
«Der Arzt schimpft», flüstert es. «Alle Tage fünfmal die Treppen auf und nieder, sagt der Wüstling. Ach», flüstert das Fräulein, und hin und wieder bricht das Rauhe seiner Stimme durch, kratzt ein wenig, «der hat gut reden.»
Es muß einmal schön gewesen sein, das Fräulein, hat runde, verschleckte Lippen und zwei große Kinderaugen. Die tun ein bißchen erstaunt und haben in den Winkeln doch ihr Teil Verschmitztheit, haben noch immer das reine Weiß des Jungseins um die Pupillen. Und da ist hinter allem ein Lachen, hinter der Stimme, hinter dem Flüstern ein leises, gelassenes Lachen. Man hört es nicht, aber man ahnt es. Selbst dann, wenn das Fräulein jammert, ahnt man das Lachen. Selbst wenn es bei Mac unterm Tisch herumkriecht und die Manuskripte zusammensucht, ahnt man es. Selbst dann. Wirklich? Selbst dann? Ich weiß nicht. Ich bin auf einmal nicht mehr sicher.
Es bringt den Mund ganz nah ans Guckloch und sagt, nachdem es sich schnell umgesehen hat, sagt es, daß der Arzt ja recht sei, daß er gut sei, daß es, das Fräulein, meist aber doch den Lift nehme. Nur hier, auf dieser Seite des Gebäudes, sagt es, und seine Stimme wird ganz rauh jetzt, so erbost ist es, nur hier habe man mit Liften gespart. Architektenpack! Der Himmel wisse weshalb. Hier könne man sich treppauf treppab das Herz aus dem Leib keuchen. Ein Glück, Herr Boos, wirklich, daß die Assistenten so lieb für den Hund sorgen. Dieses Glück lasse es sich gut und gerne eine Tafel Schokolade kosten.

«Und da mir Schokolade ohnehin nicht gut tut, wissen Sie», und die rauchige, leise Stimme wird warm, «und ich sie so gern esse, gebe ich sie besser weg.»
Die jungen Leute, daran lasse das Fräulein nicht rütteln, wären wundervoll, ohne Zweifel aufrichtig und wundervoll, wenn man sie nur entsprechend ordentlich behandle.
Und wirklich: jahrelang hatte Martin den Dackel des Fräuleins ins Gras hinaus getragen, jeden Vormittag, jeden Nachmittag, in einer Kartonschachtel, damit das Tier seine Sache machen konnte. Ein dicker Dackel, eine pralle, braune Wurst sozusagen. Wurst im Kurzhaarfell, ein armes Vieh, das sich einen lahmen Rücken angefressen hatte und die Beine hinter sich herschleifte, ein Vieh, von dem das Fräulein sagte, eigentlich treffe es sich gut. Eigentlich hätte das Fräulein den Dackel gekauft, um herumlaufen zu müssen, gegen das Dickwerden, als milden Zwang sozusagen; aber da nun der Dackel nicht mehr gehen könne und das Fräulein ohnehin nicht gern gehe, treffe es sich gut. Man kann nicht alles haben, sagt es mit einem Seufzer. Und das tönt ergeben und erleichtert zugleich.
Dieses Fräulein also. Su war verrückt, die Person zu fragen, ob sie helfen würde. Das Fräulein sagt nicht gerne nein. Und wahrscheinlich hatte ihr Su den Teufel an die Wand gemalt, den Teufel mit den silberblitzenden Eckzähnen des langen Lümmels, hatte dem Fräulein gedroht, der Teufel würde mich in dieser, ausgerechnet in keiner andern als dieser Nacht mit Haut und Haar und Rollstuhl fressen, wenn es nicht gelingen würde, mich in die Waschküche zu bringen.
Und das Fräulein war da, und der Dackel war auch da. Sie legten mir die Schachtel mit dem Hund aufs Querbrett, grad vor meinen Bauch, und ich sollte die Schachtel festhalten. Und dabei knurrte mich das verdammte Biest an, hatte seine hinterhältigen Augen, hatte die zitternden Lefzen, seine Reißzähne kaum drei Handbreit von meiner Gurgel entfernt.
«Fehlt noch», schalt das Fräulein, «das fehlt uns gerade noch, daß du häßlich bist, wenn du fahren darfst!»
Ich hätte nicht gewußt, redete es mit mir oder mit dem Hund, wären da nicht die läppischen und kindischen Kosenamen

gewesen, Kleiner und Schatz und Mampfmatz und so, die es
ins Geschimpfe mischte. Lieb solle das Biest sein mit Herrn
Boos, der seinerseits so lieb sei mit ihm. Himmelherrgott.
Und dabei hätte der die Wurst noch so gerne die Treppe hinuntergeschmissen. Krüppel, elender.
Su mußte denn während des Hinuntersteigens auch immer
wieder einhalten und das Fräulein verschnaufen lassen, mußte
das Fräulein, das sich krampfhaft an der Lehne des Stuhls
festhielt, seinen Fuß tiefer auf die nächste Stufe setzen lassen,
mußte warten, bis das Fräulein die Schachtel vor meinem
Bauch zurechtgerückt, bis es die Schnauze des Hundes umfaßt und geschüttelt, bis es die Ohren des Biests zurückgestreichelt hatte, bis es die liebevolle Schimpferei beendet hatte
und der Hund sich in der Schachtel einrollte, so gut es sich in
einer langen und schmalen Schachtel eben einrollen läßt, und
bis sich das Fräulein wieder zitternd und verkrampft ganz
und allein der Rollstuhllehne widmete.
Ich sah Su zu alldem lachen und sich heimlich einen Schweißtropfen wegwischen. Und ich hörte sie fröhlich und bestimmt
antworten, als das Fräulein fragte, was geschähe, falls es, das
Fräulein, straucheln und den Rollstuhl die Treppe hinunterreißen würde, und den Herrn Boos mit, und den Hund mit,
Su mit. Ich hörte Su sagen: «O nichts. Nichts Außergewöhnliches jedenfalls. Eine Frühgeburt würde es geben, eingerahmt von lauter lahmen Dickerchen. Ein feines Wurstmahl.»
«Entsetzlich!» hatte das Fräulein gestöhnt und hatte die Rollstuhllehne vergessen und sich vor Schreck auf den Mund geschlagen.
Und der Rollstuhl schwankte. Er stand auf seinen zwei großen Rädern; die kleinen schwebten im Leeren, ruderten im
Nichts herum, sozusagen; und das Fräulein hatte ihn mir
nichts, dir nichts einfach losgelassen, um sich auf den Mund
zu schlagen. Und Su hielt den Stuhl.
So in der Schwebe hielt sie ihn. Sie lehnte sich gegen die
Treppe zurück, Gegengewicht konnte sie jetzt ja geben, und
wartete auch diesmal geduldig, wartete, bis das Fräulein den
kleinen Mund wieder geschlossen hatte und sich vom Schrek-

ken erholt hatte, auch von jenem Schrecken, der nun über das Fräulein kam, als es sich bewußt wurde, daß es den Rollstuhl ganz unsinnig und leichtfertig losgelassen hatte, wartete, bis das Fräulein sich selbst gehörig ausgeschimpft, die Brille zurechtgerückt, das Haar zurückgestrichen und die Hand neuerdings auf den Stuhl gelegt hatte. Wartete und lachte noch immer, das verdammte Mädchen.

Und ich wußte nun, daß ein Fräulein, das Hübscher hieß, sich in eben dem Moment vorgenommen hatte, mir einen Pullover zu stricken. Einmal deshalb, weil ich den Hund so sehr umsorgte, dann natürlich auch deshalb, weil es den Rollstuhl im ungeschicktesten Augenblick hatte fahren lassen, und schließlich deshalb, weil es nicht schon wieder für Mac einen neuen stricken durfte. Es wäre ins Gerede gekommen. Umsomehr als Mac alle drei vom Fräulein gestrickten Pullover übereinander trug, manchmal sogar im Sommer, immer dann, wenn er seine Sauftour hatte, sie übereinander trug und allen Leuten erzählte, das Fräulein packe ihn so nett und unübertroffen bestens ein, dieses Fräulein Hübscher. «Oh», sagt das Fräulein, «er ist ein großer Dichter.» Einer, der eine Rumpelkammer mit immer denselben Geschichten vollschreibt, muß ein Dichter sein.

Nun, schließlich: auch diesmal kamen wir hinüber in die Waschküche. Das Fräulein nahm mir den Köter vom Bauch und begann gleich über ihr Amt, das Fürsorgeamt, zu schimpfen. Und es schimpfte die längste Zeit, weil das Amt derart beschämend und lumpig für die Krüppel sorge. Für die Behinderten, sagte es. Nicht Krüppel. Dieses Wort ist dem Fräulein denn doch zu grob. Da lasse man die Behinderten, sagte es, tatsächlich in einer Waschküche leben, ohne Herd, ohne Bett, ohne Ofen. Nicht einmal ein Tisch sei da.

Aber er hat doch seinen Kiosk, würde Adrien sagen. Er hat seine Weiber; eingepackt in Illustriertenweibern hockt er, in Hantelhebern und Naturbürschchen. Schöne Gesellschaft. Die ganze Menschheit hundertseitig hingeblättert. Da kann nichts fehlen. Da muß einem wohl werden, warm und wohl. Was braucht da einer Tische? Was braucht da einer das Amt. Das Amt soll für sich selbst sorgen, dafür ist es da.

Unsinn. Und dabei weiß das Fräulein selbstverständlich schon lange, daß es mir gefällt so. So wie ichs habe, gefällt es mir. Der Rollstuhl ist mein Bett. Der Rollstuhl ist mein Tisch. Meinen ganzen Hausrat schleppe ich mit. Auf vier Rädern. Und eine Frau brauche ich auch nicht, um durch irgend eine Frau hindurch Wurzel zu schlagen in irgend ein rasch zusammengestohlenes Vaterland hinab. Brauch ich nicht mehr. Nun ja. Und daß ich die Waschküche gern hab, das weiß man nun nachgerade auch.
Das Fräulein Hübscher soll mir! Kann sich das Fürsorgeamt ausrechnen, wie gut das tut, wenn Su über mir in der Wohnung herumgeht? wie gut, wenn sie mitten im Herumgehen einhält und mit einem Besenstiel auf den Boden klopft und herabfragt, ob ich eine Birne haben möchte?
Und sie bringt mir die aufgeschnittene Birne; der Saft rinnt auf den Teller; und Su hat einen weichen, scharfen Käse dazu gelegt, Roquefort, oder vielleicht auch Camembert; je nachdem, was sie zur Hand hat. Kann das Fürsorgeamt wissen, daß Su mir die Haare wäscht, und ich die Finger spür im Haar, in dem bißchen Haar, später, wenn sie es trocknet?
Ich liebe die Waschküche.

60.

Heute hat mich keiner geholt. Ich bin im Kiosk. Keiner hat mich hinüber gefahren. Und dabei ist eben heute der Lange gekommen. Mitten am Nachmittag ist er hereingekommen durch die untere Tür und hat sich vor dem Guckloch aufgestellt.
Hätte ich mitten am Nachmittag die Kälberschelle läuten sollen? Es waren Leute da. In der Nacht werden keine mehr da sein. Ausgenommen: die falschen.
Es war ein gewöhnlicher Nachmittag. Im Treppenhaus war wenig los. Nur hin und wieder gingen ein paar Beamte vorbei. Und durch die Gänge her hallte das Lachen der Krankenschwestern, wenn sie einen Frischoperierten über den Gang rollten.

Ein gewöhnlicher Nachmittag. Und man döst vor sich hin. Man hat ein bißchen gelesen, hat einmal Zigaretten herausgegeben, einmal Kaugummi, eine Illustrierte. Und man schaut wieder auf, weil jemand an die Theke tritt. Das Blatt, das man vor sich liegen hat, hat sich verdunkelt. Das Guckloch ist verstellt. Und noch bevor man das Gesicht gesehen hat, weiß man, der da vor dir grinst. Und es ist ein unangenehmes Grinsen. Und es ist, das weiß man auch, es ist der Lange, der grinst.
Er stützt sich auf das Brett auf und schaut zum Guckloch herein und begrüßt einen umständlich. Und er lacht während des Redens, er faucht während des Lachens. Und sein Speichel glänzt, und sein Gesicht, seine Lippen mit dem Speichel sind viel zu nah. Sein Keuchen und Lachen sind viel zu nah.
«Mein alter Schatz», sagt er, «schön, daß du da bist, daß du wartest. Eine treue Seele, das kann man dir nicht absprechen; wartest brav hinterm Guckloch, bis Herr Odysseus an Land gespült wird. Wartest und spinnst. Schade, daß du nicht mehr Löcher hast. Ja, mein Vorgänger hatte es doch besser. Seine alte Griechin, wenn ich mich recht besinne, hatte zwölf, zwölf Löcher, Axtlöcher, hörst du, und alle hat er ihr, alle hat Herr Odysseus auf einmal gestopft. Ein potenter Herr halt. War nicht auf ein armseliges Guckloch angewiesen, das ihm ein übellauniger Boos bei jeder Gelegenheit vor der Nase zuhaut.»
Und der Lange greift herein. Ich mache mein Gesicht, das starre Gesicht. Er soll sich nicht an meiner Angst vergnügen. Er soll sie nicht sehen. Schlimmstenfalls, denke ich, stößt er mir die Faust ins Gesicht, oder er sticht mit den vorgestreckten Fingern gegen meine Augen, was weiß ich, dreht mir die Nase um. Schlimmstenfalls. Mehr wird er nicht wagen. Ich habe meine Hand, immerhin noch die rechte Hand. Und ich habe Zähne. Er kann sich täuschen. Wundern wird er sich. Er wird meine rechte Hand kennen lernen. Ich werd ihn ganz hübsch zurichten.
Aber er rührt mich nicht an. Er hat das Gucklochfensterchen von innen angefaßt und hat es mit einem Ruck abgewürgt. Er hat es aus den kleinen Scharnieren gerissen und hat es mir auf den Schoß, auf die Wolldecke geworfen.

«Da wunderst du dich, Boos, nicht wahr? Darf ich dich darauf aufmerksam machen, daß du einer Defloration beiwohnst, sozusagen. Tut ein klein bißchen weh, nicht? Und darf ich dir dein Jungfernhäutchen übergeben? Unzeitgemäß, meine alte Kröte, so ein Fensterchen. Freier Zu- und Wegtritt allenthalben! Gemeinsamkeit wird gefordert. Machen wir uns nichts vor: ein entriegeltes Loch ist angemessen. Wie meinst du denn, wie lange könnest du mit einer Fassade aus Freikörperkultur, Illustrierten und andern Anzüglichkeiten kokettieren und dahinter ungeschoren deine alte Burschenherrlichkeit bebrüten? Wie lange, meinst du, könnest du uns deine Komödie von jungfräulicher Unschuld und Abgeschlossenheit vorzwinkern, ein mönchisches Bankgeheimnis sozusagen, und uns dabei gleichzeitig durchs Guckloch beobachten, registrieren?
Wette, daß du registrierst, daß du Buch führst: der Lange steigt mit dem Milchgesichtigen die Treppe hoch; das Fräulein hat zwei Tafeln Schokolade gekauft; jener nimmt das Sexrätsel mit, dieser die Wirtschaftszeitung und die Anleitung für Anarchisten. Wette, alte Hure, daß du uns hereinlegst, daß du weitermeldest an die Zentrale, an den Gauner von Professor, oder was weiß ich, an noch üblere Gauner. Denn, ehrlich, was sonst hätte einer wie du zu notieren?»
«Wenn er uns beobachtet», sagt der Lange zu einem weißhaarigen Ingenieur, der herangetreten ist und sich wundert, «so wollen wir auch ihn unverstellt vor uns haben. Das ist wahre Genossenschaft: von Angesicht zu Angesicht; selbst wenn es sich um den Geheimdienst handelt. Transparenz ist die Devise. Als technisch geschulter Mensch kennen Sie das, nicht wahr, Herr Oberbauleiter. Nur keine verhüllt und marienhaft vor sich hindösenden Miststöcke!
Wenn Ihnen, Herr Oberbauleiter, der Berg Schwierigkeiten macht, wenn er seifert und feuchtet und sudelt und schwitzt, dann, Herr Ingenieur, kennen auch Sie keine falsche Scham und greifen der guten Erde an den Unterleib, mitten hinein ins Gewampe greifen Sie, treiben Ihre Röhren und Stollen vor, durchlöchern die alte Dame, wollen Klarheit, Luzidität sozusagen. Da pfeifen Sie auf alle Jungfernhäutchen! Nichts

von Geborgenheit, nichts von Verborgenheit. Offenheit ist alles, das weiß man als Wissenschafter. Unbefleckte Empfängnis schon gar nicht! Jeder von uns, jeder Wissenschafter ist Odysseus, nicht wahr, Herr Oberingenieur, und die Welt ist seine alte Griechin, durch deren Löcher er aus und ein fährt, ziemlich respektlos.

Die Welt ist ein Hurenhaus uns wissenschaftlich gebildeten Menschen, ohne Geheimnisse, ohne Keuschheit, ohne Versteck. Da findet Kommunikation statt, ungehindert, da herrscht Durchzug der Geister. Alles Schummrige, den alten Gott haben wir zerquetscht, im Vorbeigehen sozusagen, mit dem linken Daumennagel, wie eine Wanze.

Was wir haben, Herr Kollege, ist Klarheit, wolkenlose, und ist Gleichheit im Wissen für alle, die Idioten ausgenommen, und somit echte Demokratie. Und so soll sich denn auch eine Kröte, so soll sich denn auch Boos dieser Demokratie, dem Kreuzverhör der Freiheit sozusagen auftun, so soll er seine Löcher aufreißen und den wahren Odysseus einlassen, soll sich hinter die Weiberfassade, soll sich an den Unterstock greifen lassen und soll sich ausnehmen lassen und soll ein Hort werden unserer klärenden und sezierenden Wissenschaft, der Rationalität, unserer Herrlichkeit und Skepsis.»

Arschloch. Der alte Ingenieur lacht verlegen. Er weiß nicht, was er denken soll. Ein Scherz, wird er sich sagen. Was kann es anderes sein als ein Scherz? Nur, er versteht ihn nicht ganz. Man gibt sich immer wieder eine Blöße bei den jungen Leuten. Sie sind einem, es stimmt, wirklich überlegen. Sie sind freier, das ist es, ungebundener, wahrscheinlich auch ehrlicher. Viel wendiger jedenfalls. Die lassen sich nicht so schnell einschüchtern. Hat natürlich auch seine guten Seiten. Was hat man sich nicht alles sagen lassen müssen, sein Leben lang. Die, das muß man zugeben, die da nehmen nicht mehr alles ohne Widerspruch hin. Richtig, richtig. Wehren muß man sich. Aber manchmal ist die Kühnheit beängstigend. Gut, daß man nichts damit zu tun hat.

«Die Innereien dieses Kiosks, nicht wahr, Herr Oberbauleiter, dürfen wir der Wissenschaft nicht vorenthalten», sagt der Lange. «Endlich sehen wir Boos in seiner ganzen Größe, in seiner Erhabenheit sozusagen.»

Der Ingenieur nickt verschüchtert. Er möchte nicht widersprechen. Er möchte aber auch nicht zu einem Scherz beitragen, falls das kein einwandfrei guter Scherz sein sollte. Es ist nicht einfach. Ja, es ist manchmal sogar schwierig. Sich drauszuhalten ist schwierig. Wer gibt diesen jungen Herren eigentlich das Recht, einen mir nichts, dir nichts in eine Sache hineinzuziehen? In eine Sache zudem, die man nicht zu überblicken vermag. Das übersteigt die Verantwortbarkeit, die einem zusteht.
Doch man will sich nicht lächerlich machen mit seinen Bedenken. Was soll an einem Scherz schon dran sein? Wahrscheinlich ist es gar kein Scherz. Wahrscheinlich ist das Türchen zum Guckloch schon lang defekt gewesen. Möglicherweise hat der Verschluß nicht mehr gepackt. Er, der Ingenieur, hat das nicht beachtet. Aber der Verschluß war ausgeschlagen, und das Türchen hielt sich nicht mehr und schwenkte auf und dem Kioskmenschen, diesem Boos, ins Gesicht. Das muß sehr unangenehm sein, so ein Glastürchen, ein rundes, mit einem runden Metallrahmen, immer wieder einmal im Gesicht zu haben. Lästig muß das sein.
Und er, der Herr Ingenieur, schämt sich jetzt ein wenig, daß er nicht darauf geachtet hat, daß da ein Junger kommen muß, um das zu beachten und um Boos von einem lästigen, aufspringenden Türchen zu befreien. Es stimmt schon, denkt er, die jungen Leute sind umsichtiger, nicht so in den täglichen Kram verstrickt, in alle die Berechnungen, Offerten und Rapporte. Mit dem Alter sieht man nicht mehr über sich hinaus, das ist wahr. Ein Elend ist es. Jedenfalls eine Ungezogenheit. Geradezu ein Elend, wenn man es richtig bedenkt.
Der Herr Ingenieur versagt es sich, die Scherze der jungen Leute etwas gar burschikos, etwas unbeholfen zu finden. Er hat beschlossen, sich zu bessern. Und so lacht er denn unsicher und wohlwollend zugleich mit, wie der lange Lümmel in sein Gesicht herablacht, bewundert die jungen Herrschaften, die sich ein Vergnügen draus machen, derber zu scheinen, als sie wirklich sind. Man wird sich, auch wenn man Oberbauleiter ist, schließlich nicht als Schulmeister aufspielen. Schulmeister, würde der junge Herr sagen, haben wir

in einer Demokratie nachgerade genug. Jeder sieht jedem auf die Finger. Jeder schwingt den Rohrstock. Denn der Rohrstock ist der Marschallstab, wie man so schön sagt, des Demokraten. Wer, wenn nicht er selbst, soll auf seinesgleichen aufpassen? Nicht wahr, Väterchen, aus einem Oberbauleiter wird zu leicht ein Oberschullehrer?
Nein, denkt der Herr Ingenieur, nur das nicht! Um alles in der Welt möchte man nicht zu denen gehören, die keinen Sinn für Witze haben, auch wenn man den Witz nicht versteht. Nur kein Spielverderber sein! Nur nichts dramatisieren! Nämlich daran, sagt er sich, daran krankt die Welt, eben, daß sie zu wenig Humor hat.
Freilich, lacht der Herr Oberbauleiter gehorsam, freilich dürfe man das Gesicht von Herrn Boos sehen. Da sei nichts zu verstecken. Ein frisches Gesicht sei das, sagt er vermittelnd, und er übertreibt nun fröhlich und freundlich, ein geradezu jugendliches Gesicht. Weshalb auch nicht jugendlich? Bestimmt sei Herr Boos noch ein paar Jahre jünger als er. Und falls nicht, so hätte er vielleicht sorgfältiger gelebt als er, der Bauleiter, gelebt habe. Weniger geraucht. Weniger Durst gehabt. Ja, zugegeben, etwas blaß sei Herr Boos, etwas ohne Farbe. Das komme vom Eingeschlossensein hier in der Kabine. Und insofern könne man dem Türchen dankbar sein, daß es defekt gewesen und nun entfernt worden sei. Denn, mit der Öffnung nun, hier im Glasfenster mit der Öffnung, komme bestimmt mehr frische Luft in dieses Gesicht und auch etwas Licht. Und wir können Herrn Boos endlich sehen.
«Ein Hamstergesicht», sagt der Lange. «Sie werden mir zustimmen, Herr Ingenieur: ein Hamster. Sehen Sie sich die Taschen an, die Hängebacken. Da packt er ein, Ihr Herr Boos, was er aufliest das Jahr über. Dem entgeht nichts und keiner. Da drin, in diesen Hamsterbacken, hält er uns eingepackt und gefangen. Uns und unsere Sünden. Und in irgend einer Winternacht wird er uns aus seinen Backen hervorkramen und zufrieden und gemütvoll verspeisen. Und verdauen.»
«Ach», hat der Oberbauleiter gesagt, «da gibt es gewiß bessere Dinge.» Er nimmt seine Zigaretten und möchte sich zurückziehen. Nicht ohne ein lustiges und zustimmendes Wort

natürlich. «Ich könnte mir vorstellen», sagt er, «daß es an einem Kiosk eine ganze Menge Dinge zu knabbern gibt, die einem alten Oberbauleiter vorzuziehen sind. Die Damen zum Beispiel. Sicher schmecken die Damen besser. Oh», sagt er, und man sieht, wie froh er ist, diesen Ausweg gefunden zu haben, «o ja. Herr Boos ist ein Feinschmecker. Das begreife ich erst jetzt. Sitzt in seinem Knusperhäuschen, der Herr Boos, in Schindeln aus lauter Damen, aus lauter Schokoladedamen eigentlich, und knabbert sich den Schindeln entlang, von Dame zu Dame. Beneidenswert, tatsächlich.»
Er grüßt und hebt die Hand im Grüßen. Lacht mir noch einmal zu. Das haben wir hinter uns gebracht, will sein Lachen bedeuten, ausgezeichnet, wie wir zwei alten Hasen das nochmals hinter uns gebracht haben. Nicht wahr, Herr Boos, so leicht lassen wir uns nicht aus dem Turnier kehren. Zusammen werden wir sogar mit einem dieser jungen Gescheithammel fertig. Sogar mit dem.
Ach ja.

61.

Ich schau das eingetrocknete Ei an drüben an der Wand. Dreimal mannshoch an der Wand des Treppenhauses das Ei, das längst schwarz geworden ist und über das die Regenstreifen laufen. Den Hahn schau ich an, der nie zum Krähen kam und der dort hängt, verspritzt, verlacht, vergessen noch bevor er begann, bevor er Zeit fand, damit anzufangen, was er hätte werden sollen.
«Du sagst nichts», tut der Lange erstaunt. «Du willst mich doch nicht glauben machen, daß du nichts zu sagen hast. Man ist dir zu wenig, das ist's. Unsereiner ist dir Luft, nicht wahr? Unsereiner ist nicht der Rede wert. Bist du stumm?» fragte er. «Bist du blind?»
Er tritt etwas zur Seite und sieht in die Richtung, in die man selbst sieht, in die Richtung des Hahns also. Aber natürlich

sieht er den Hahn nicht. Nur den schwarzen Fleck sieht er, das Geschmier senkrecht die Wand nieder.
«Da ist nichts», sagt er. «Da ist beim Teufel nichts. Wo schaust du hin? Dir muß alles Luft sein. Aber», und er tuschelt jetzt wieder ins Guckloch, ich habe sein nasses Maul vor mir, sehe die Bläschen in den Mundwinkeln, «wenn wir dir schon Luft sind, weshalb bist du hinter uns her? Weshalb bespitzelst du uns, führst Buch?»
Er ist besessen von der Vorstellung, man beobachte ihn. Es gibt so Kerle: auch wenn man nicht hinsieht, beobachtet man sie; dann ganz besonders scharf. Verfolgungswahn? Ich weiß nicht.
Zwei Lehrlinge sind an den Kiosk gekommen. Ich erkenne sie an ihren Händen, an der Unsicherheit in ihrem Gesicht. Alles ist unsicher an ihnen, das Lachen, die Stimme, der Bart; die Haut auch; eine Haut, die Rötungen hat und von Eiterbläschen durchsetzt ist; eine, die man verflucht, wenn man sie mit sich herumtragen muß.
«Dem ist alles Luft», sagt der Lange zu den Lehrlingen. «Nur, wie man weiß, kann Luft sehr schmerzhaft sein. Sie hat die Eigenschaft zu spucken. Seit König David spuckt sie. Steine, Blei und andern Gerümpel. Sie ist wählerisch, die Luft. Was auch immer man ihr zu fressen gibt, gleich spuckt sie's aus und Boos ins gute Eierfladengesicht.»
Ich sehe, er zieht ein Gummiband aus der Hosentasche. Es ist dasselbe Band, das an die Schraube geknüpft war, damals, als Su ihren Speck aß vor mir auf der Treppe. Und ich weiß jetzt auch, weshalb der Lange das Türchen vom Guckloch weggerissen hat.
Es ist Nachmittag. Ein gewöhnlicher Nachmittag. Es sind wenig Leute da. Die Studenten fehlen heute, die Beamten liegen nicht auf den Stufen herum. Es ist nicht Essenszeit. Niemand, kein Hurragebrüll wird den Langen anspornen. Und keine johlende Meute wird sich hinreißen lassen und sich an meiner Angst freuen, keine Meute wird mehr Angst sehen wollen, immer mehr Angst, wird jauchzen ob meiner Angst und mir die Bude einrennen.
Nur die zwei Lehrlinge sind da. Soll ich wegen den zwei

Lehrlingen und wegen dem Langen die Kälberschelle läuten? Was hilft mir das? Wenn ich läute, gestehe ich ein, daß ich Angst hab. Und er, der Lange, wird sich kugeln vor Vergnügen. Du hast Angst, Boos, gutgut, wir werden in der Nacht wiederkommen.
Ich kann mir das ausdenken: wenn ich läute, verschiebe ich alles. Lieber jetzt dazu stehen. Besser jetzt die Schleuder als in der Nacht. Und: wenn ich ihn jetzt gewähren lasse, weiß er, daß in der Nacht jemand auf mich achtgeben wird. Das heißt, daß er in der Nacht nicht kommen wird. Wenn er jetzt kommt, heißt das, hab ich in der Nacht Ruhe.
Ich werde nicht erschrecken. Ich werde mein starres Gesicht machen. Ich werde ihn nicht reizen. Mit nichts. Mit meiner Angst nicht, nicht mit meinem Erschrecken. Es ist gut so, denke ich. Es trifft sich gut. Der Lange und zwei Lehrlinge, das hält man durch. Die Kälberschelle laß ich Kälberschelle sein.
Er redet, der Lange. Er hat jetzt zwei Zuhörer mehr. Leute wie er brauchen Publikum. Despoten brauchen Publikum. Deshalb werden Despoten nie die Menschheit ausrotten, sagt Mac, auch wenn sie die Menschheit hassen. Denn ohne Menschheit wären sie nichts. Ohne Publikum ist der Despot eine Pleite.
«Ich schäme mich für den alten Herrn», sagt der Lange, und er macht ein komisch bekümmertes Gesicht. «Heutzutage können Herren nicht mehr alt werden. Unbedingt beweisen müssen sie, daß sie jung sind, begehrt sind. Ach, was die Reklame alles verdirbt mit ihren jugendtollen Leitbildern! Kein Alter will mehr weise sein, keiner will mehr lächeln und nachsichtig nicken. Nein. Unbedingt umtun will sich ein jeder, tonangebend sein will jeder, dynamisch sein will jeder, fit und federnd, ein gestählter Steinbock, und will sich mit den jungen Böcken stoßen. Da steigt keiner herab von seinem Sockel. Da zeigt jeder seine Stirn, sein Steinbockgehörn zeigt er, sein bißchen Mut, dieses klägliche bißchen Mut, das ihn und das uns drüber wegtäuschen soll, daß er ganz ausgezeichnet seine Hosen voll hat.»
Er lacht. Er zischt. Er hat das Gummiband einige Male ge-

spannt und wieder entspannt. «Wir kennen uns, Boos, nicht wahr?» Er sagt das vertraut, gönnerhaft. Die Burschen müssen denken, daß wir gute Kumpel sind, Kollegen, daß wir bestens, daß wir vorzüglich übereinstimmen und unsere Wonne dran haben, wenn wir uns auf die Bäume jagen können, wenn wir uns dumm stellen können und uns auf den Arm nehmen können, in aller Liebe.

«Eine blödsinnige Wette, wirklich», stöhnt er geheimnisvoll. Und die Burschen grinsen. Abwartend blättern sie in den Heftchen herum; etwas Sport, etwas Fliegerei, Fachzeitschriften für Photoapparate. Sie spüren, daß hier einer ist, der seine Zuhörer braucht, seine Gaffer. Und es sind gutgezogene Burschen; bescheiden nehmen sie die Aufgabe des Zuhörens, des Zuschauens auf sich. Höflichkeit verpflichtet. Und selbstverständlich fragen sie sich, wo das alles hinführen wird. Haben sie einen Narren vor der Nase?

Der Lange hat einen gegabelten Ast aus der Jackentasche gezogen, er hat das Gummiband in die Astgabel geknüpft. Und er hat eine Schachtel mit Reißnägeln auf den Zeitschriftenstapel gelegt. Er hat die Schachtel aufgeschoben, hat das kleine, aus Karton geformte Schubfach ganz aus der Umhüllung gestoßen, hat es vor der Glasscheibe herumgezeigt und hat mich in die Reißnägel blicken lassen.

Es sind messingene Reißnägel. Der runde Kopf ist mit einer weißen oder roten Bakelitschicht überzogen. Der Nagel selbst ist lang. Er besteht aus einem geraden Messingstift mit scharfer Spitze.

Er hat die Schachtel samt Nägel aufs Gummiband zwischen die Astgabel gelegt, hat Band und Schachtel vors Guckloch gehoben und hat geprüft, ob die Schachtel durchs Loch durchzubringen sei. Und er hat gesagt, daß er sich schäme. Nur seine Hochachtung vor dem Alter könne ihn dazu bringen, auf meine verdrehten Wünsche einzugehen. Denn, sagt er, man werde so einem die Verrücktheit nicht absprechen wollen, dem unbedingt daran gelegen sei zu beweisen, daß er sein Gesicht auch nicht um einen Millimeter verziehen werde, falls man drauf schieße. «Damit will Boos seine Überlegenheit demonstrieren. Irgend eine verdammte Demonstration

muß sein bei diesen alten Käuzen. Irgend etwas, mit dem sie uns zeigen können, daß sie auf uns herumknien, und sei es auch nur mit ihrer läppischen Unerschrockenheit.» Das Gemeine aber sei, das absolut Hinterhältige und Gemeine, daß man die Wohlanständigkeit seiner jungen Freunde dazu mißbrauche, diese Demonstration durchzuführen.
Er, der Lange, als mein ergebener Freund und Kollege, müsse sich dafür hergeben, den bösen Mann zu spielen und mich scheinbar zu bedrohen, den Satan zu spielen eben, währenddem ich mich fein zum Dulder und Märtyrer herausmetzge, währenddem ich der Held sei und letztlich triumphiere.
Nun denn, sagt er, wenn das Alter ohne seine Triumphe nicht sein könne, unterziehe man sich auch dem. Nur, das möchte er vermerkt haben, die Herren da neben ihm sollten ihn nicht verdammen. Wenn Schläge auszuteilen seien, dann sicher hinter dem Guckloch. Ein Kerl, der seine Freunde mit reinen Scheußlichkeiten tyrannisiere, gehöre eigentlich verprügelt, und zwar mehrmals am Tage.
Er kichert ununterbrochen. Er hat das Schachtelchen mit Reißnägeln umgestoßen, sammelt die Reißnägel wieder ein, bückt sich auf die Stufen, sucht die Nägel zwischen den Zeitungen und Illustrierten zusammen, hebt die Hefte auf, schüttelt die Nägel aus den Seiten. Und die Burschen helfen ihm beim Suchen.
Seine Fröhlichkeit übermannt ihn; als ein lustiges Glucksen steigt sie auf, das Glucksen explodiert, wird zum schnellen, kehligen Auflachen.
Sie ist ansteckend, seine Fröhlichkeit. Die Burschen lachen mit. Er bittet den einen der Burschen, ihm die Astgabel vors Guckloch zu halten, fragt ihn, ob er denke, die Schachtel würde durchs Loch fliegen, fragt, ob der Gummizug wohl stark genug sein würde, und fragt, ob er sich, ob sich der Bursche auszudenken vermöge, welch sonderbaren Gelüste einen Alten dazu treiben würden, sich derart malträtieren zu lassen.
Da hocke einer wie Buddha auf seinen goldenen Eiern herum und habe Sehnsucht nach Kitzeln. Nun, sagte er, er werde das Kitzeln besorgen, diesen alten Lüstling würde er zufrieden

stellen. Besser, man komme den Gelüsten nach, bevor sie sich zu Ungeheuerlichkeiten auswachsen. «Ach!» lacht er auf, «der soll seinen Kitzel haben. Jubilieren wird er. Jubilierend wird Herr Buddha in den Himmel steigen, als überfette Lerche. Und sein ganzes Gelege wird vor uns liegen, sein ganzer jungfräulicher Goldschatz!»
Einmal treten zwei Krankenschwestern heran, stehen zwischen den lachenden Männern, sehen die Männer an, lachen mit, suchen herauszufinden, weshalb gelacht wird, wühlen ihre Reisehefte heraus, FERIEN IN KATMANDU, ihre SCHNELLEN GERICHTE FÜR ZWEI; sie finden einen Reißnagel, halten ihn zwischen Daumen und Zeigefinger, drehen sich fragend um, sehen die Schachtel, lassen den Reißnagel in die Schachtel fallen. Sie sehen den Langen lachend an, als er sich mit einem übertriebenen Nicken bedankt, sehen zu, wie er die Nagelschachtel im Gummiband auf und nieder wiegt, wie er zielt, gegen das Guckloch zielt. Sie legen ihre Münzen in die Schale und rollen die GERICHTE FÜR ZWEI zusammen, rollen sie in die Katmanduferien, ziehen die Schulter etwas ein, um den Langen nicht zu behindern. Sie schauen sich einmal schnell an und gehen dann über die Stufen weg. Ein Jux. Endlich ein paar Kerle, die Leben in die Bude bringen. Schön, daß der Alte mitmacht. Hat Witz, dieser Boos.
Der Lange hat sich nochmals umgesehen. Er prüft nochmals die Wand, die ich die ganze Zeit her anstarre. Er ist trotz allem unsicher. Was hat ein Alter da hinzublicken. Er, der Lange, kann nichts sehen. Ein schmieriger Fleck ausgenommen. Aber nichts sonst. Kein Hahn. Nichts, das ich anbete. Keine wehende, glänzend befiederte Brust, keine kleinen gelben Federn im Blau, keine strahlende Brust, die ihren Schrei durch den Ostermorgen reißt. Kein freudiges Erwachen.
«Ehrsüchtiger Geck», zischelt er, «schließ besser die Augen.» Und noch bevor ich meine Hand habe vors Gesicht bringen können, hat er die Schleuder ans Guckloch gehoben, hat sie gespannt und hat die Schachtel, die offene Schachtel mit den Messingnägeln durchs Loch hereinschnellen lassen.
Trottel, alter, denk ich, da hast du dich schon wieder über-

rumpeln lassen. Das lernst du nie. Die Nägel stecken in meinem Gesicht. Ich wage nicht, danach zu greifen, fürchte, sie tiefer in die Haut zu stoßen. Übrigens: die meisten sind schon gar nicht stecken geblieben. Sie sind auf meine Wolldecke niedergefallen, auf das Bauchbrett des Rollstuhls. Nicht der Rede wert. Wenn man ein paar Faxen macht, werden auch jene, die noch im Gesicht haften, wegfallen.
«Bist du verrückt!» ruft einer der Lehrlinge. Die Stimme überschlägt sich, krächzt.
»Ich sag es ja», macht ergeben der Lange. «Verrückt. Was macht man einem alten Affen nicht alles.» Er wirft mir die Schleuder herein.
Ich höre ein Aufstöhnen. Ich höre einen Schlag gegen einen Leib, gegen Kleider. Es ist der Lange, der stöhnt.
«Verschwinde!» schreit einer der Burschen. Seine Stimme zittert, so erregt ist er. «Verschwinde, rasch!»
Ich höre Schritte die Treppe hinab. Und ich höre eine dieser jungen Krächzestimmen durchs Guckloch hereinfragen, ob es weh tue.
«Bleiben Sie ruhig», sagt man. «Greifen Sie nicht ins Gesicht. Wir kommen zu Ihnen.»
Natürlich können sie nicht kommen. Ich mach meine Faxen. Ich öffne die Augen. Die Nägel sind weggefallen. Ich streife mit der Hand übers Gesicht. Da ist nichts mehr.
«Wir holen den Hauswart», sagen die Burschen. «Der hat den Schlüssel.»
Ich schüttle den Kopf. Ich lache. Der Nachmittag hat sich gelohnt. Ich werde meine Ruhe haben, eine ruhige Nacht.
«Weshalb lachen Sie?» Die Wut hat ihnen Tränen in die Augen getrieben. Jetzt werden sie doch etwas verlegen. «Das ist kein Witz», sagen sie. «Wir holen Hanselmann.»
Ich sehe sie die Treppe hinauf und in die Korridore hineingehen. Ich grüße den Hahn. Ich lache ein bißchen zu seiner Wand hinüber. Und ich beginne die Reißnägel auf dem Brett vor mir, auf der Geldschale zusammenzulesen. Ich lege sie in die kleine Schachtel hinein. Ich frage mich, auf welche Art man es wohl zuwege bringt, derart scharfe Spitzen zu drehen. Ich muß an Su denken, wie sie auf den Stufen liegt und den

Speckstreifen in sich hineinmampft. Ich muß an die kleinen Brüste denken, die unterm Pullover sichtbar werden, an den Nabel, der zwischen Pullover und Hose sichtbar wird. An den Nabel, der jetzt ganz außen auf einem glatten, prallen Bauch schwebt.
Ich lache. Alles in mir lacht. Lob und Preis dir, schöner Hahn!
Und da kommt schon Hanselmann mit seiner Kohleschaufel. Der Narr. Der Narr, der gute.

62.

Und nun, natürlich, geht Hanselmann durchs Haus und spielt den Schrecklichen.
Er brüllt Mac an, fragt ihn einmal mehr, wie sein elendes Geschreibsel eine Panzerarmee aufhalten soll, wenn er nicht einmal in der Lage sei, auf Boos achtzugeben. Er steigt im Fürsorgeamt herum, reißt die Gardinen von den Fenstern, wirft sie zwischen die Pulte, türmt sie zu Haufen, zu schmutzigen und staubigen Haufen, er nimmt den Sekretärinnen die Blumensträuße aus den Vasen, er wirft die Sträuße zusammen, schiebt sie mit den nackten Füßen zur Tür. Er gießt das faulige Wasser in den Eimer, stellt die leeren Vasen zurück auf die Briefstapel.
Mit seinen nassen und lehmigen Füßen tappt er über die Tische hin, schwerfällig springt er von Pult zu Pult; schwerfällig, mit den Armen rudernd, schwankend, keuchend; und doch ist etwas eigenartig Federndes, etwas Affenhaftes in ihm; die Bewegungen kommen aus den Unterarmen heraus, gehen hinauf über den Oberarm, rollen über die Schulter, machen die Schulter rund und weich und gelenkig, und sind auch schon in den Hüften, den Knien. «Ihr Schlangen!» schreit er, «ihr vertrockneten Schildkröten!» Und die Sekretärinnen bergen ihre Köpfe in den Armbeugen. «Ihr faulen, blöden Krokodile!»
In Wolken von Staub sitzen die Sekretärinnen und wagen nicht zu niesen. Sie halten sich die Nase zu und beginnen still

und verzweifelt zu weinen. Die Tränen versauen ihnen die gelackten und aufgebürsteten Wimpern, schmieren das Schwarze und das Dunkelgrüne über die rotgepuderten Wangen.
Er wird es ihnen zeigen, den armen, ausgeräumten Kunstlederbeuteln! Er wird seinen Hauswart hervorkehren! Den Herrscher und Herrn! Den Gott, den unerbittlichen! Er trampt auf den Ordnern und auf den Stapeln zusammengefalteter Rechnungen und Quittungen herum. Die Durchschlagpapiere, die Erwägungen und Beschlüsse des Stadtrates bleiben an seinen Sohlen kleben. Und er schleift sie mit.
Er tappt über die Rechenmaschinen hin und über die Schalen mit den Bleistiften und den Büroklammern, über die schönen Formulare mit dem Stadtwappen. Die Gardinenstangen fallen auf die Heizkörper unter den Fenstern. Die Gardinen begraben die Pulte und die Stühle unter sich, die Sekretärinnen. Keine der Frauen wagt, sich zu regen. Nur das Fräulein Hübscher ist eine Zeitlang neben ihm hergerannt, ist unten zwischen den Tischen hingerannt, hustete im Staub, im Stoff, den er über sie warf, schälte sich aus den Gardinen heraus, rannte ihm weiterhin nach, versuchte die Briefe zu erhaschen, die an seinen Füßen kleben, und die er achtlos zerknittert und zerreißt.
Leise und hilflos hat es während des Herumrennens vor sich hin gejammert, hat gesagt: «Das dürfen Sie doch nicht. Herr Hanselmann, das dürfen Sie nicht!»
Aber er hat nicht auf das Fräulein geachtet. Schließlich hat es sich in all die Gardinenhaufen, in die Staubwolken hingehockt, hat die Beine gespreizt, hat die Hände vors Gesicht gehoben, hat das schwarze, steif gelackte, verwirbelte und verstaubte Haar über die Hände fallen lassen und hat zugehört, wie er das Fräulein, wie er das ganze Fürsorgeamt beschimpfte.
Die kleine, dunkle Brille hat das Fräulein in den Schoß gelegt, und an den Schultern sieht man, daß es schluchzt. «Entsetzlich», sagt es ein übers andere Mal. «Das ist einfach entsetzlich.»
Es wird wieder eine Beschwerde geben, und die Adjunkte

und Abteilungsleiter, die Herren Professoren werden zusammensitzen und über die Beschwerde beraten. Und sie werden immer wieder zur Tür hinsehen während der Beratung und fürchten, Hanselmann trete herein. Es ist sinnlos, die Tür abzuschließen. Hanselmann hat die Schlüssel. Man könnte sich freilich den Anschein geben, man habe den Schlüssel aus Versehen innen im Schloß stecken lassen, einer der Herren Professoren habe aus Versehen abgeschlossen. Aber man weiß genau, daß Hanselmann das nicht glauben würde. Die Herren Professoren sind heutzutage nicht mehr so vergeßlich; im Gegenteil, das sind aufgeweckte Burschen, geschäftstüchtig und jederzeit auf ihren momentanen Vorteil bedacht. Da ist keiner mehr, der über irgendeinen unsinnigen Beweggrund der Weltgeschichte nachdenkt. Da ist alles Ziel und Zweck und Abfolge zur Rendite hin. Keiner, der einen Schlüssel vergißt! Hanselmann würde ihnen dieses Märchen nicht abnehmen. Er würde ganz schön an die Tür poltern. Und wäre nicht mehr davon wegzubringen.
Der, das wissen alle die Adjunkte und Arbeitsgruppenchefs, der hätte gleich heraus, daß man ihn verhandelt. Und er würde das auf seine Art beantworten. Ganz schön würden sie in der Mausefalle sitzen, und keiner würde wagen, aus dem Konferenzzimmer hinaus und unter seiner Kohleschaufel hindurch wegzugehen. Sie kennen ihn. Und sie fürchten ihn.
Besser also, die Tür nicht zu verschließen und sie dafür gut zu beobachten. Besser auch, die Sache schnell und ohne Aufhebens hinter sich zu bringen. Die dummen Gänse von Sekretärinnen sind, soweit sich die Situation überblicken läßt, immerhin auch diesmal nicht gestorben. Und was haben sich diese Gänse aufzuregen, wenn selbst die Herren Professoren, Dekane und Sektionschefs dieselben Attacken Hanselmanns, Attacken, sagen die Herren, wenn auch sie diese Attacken klaglos über sich ergehen lassen müssen, wenn man froh ist, nicht eingesperrt zu werden von diesem energischen und etwas übereifrigen Hauswart; in irgend einem Keller oder Labor oder Magazinraum eingesperrt und vergessen.
Nicht auszudenken! Denn, fragen sich die Herren, wenn

heutzutage die Professoren leider nicht mehr vergeßlich sind, weshalb soll es ein Hauswart nicht einmal sein dürfen? Und sie sehen die Skelette, erschauernd sehen sie die kläglichen Knochenhaufen ihrer selbst in den Kellerräumen liegen, denken sich den Durst aus, den Hunger, und dann die Knochen, und finden einigermaßen erbost, das Fürsorgeamt soll nicht die Primadonna spielen und die Herren nicht mit einer unangebrachten Empfindsamkeit in Verlegenheit bringen.
Zudem, man brauche Hanselmann. Wer verstehe einen Steckkontakt zu reparieren? wer kehre den Korridor? wer steche den Garten um? wer wasche die Toten? und wer wechsle die Gardinen?
Womit man wieder bei den Gardinen wäre, die übrigens tatsächlich hin und wieder gewechselt werden müssen. Auf welche Art und Weise das zu geschehen habe, darüber könne vorderhand weder eine Verordnung noch eine Kommission, die eine Verordnung auszuarbeiten hätte, Auskunft geben, aus dem einfachen Grund, weil weder Kommission noch Verordnung bestehen würden. Als Resultat dieser Überlegungen, sagen die Professoren, und man sieht ihnen an, daß sie ein wenig bekümmert auf die weniger redegewandten und daher bedauernswerten Amtsvorsteher und Adjunkte sehen, als Resultat sei zur Kenntnis zu nehmen, daß Herr Hanselmann seine Arbeiten nach wie vor nach Gutdünken und somit nach bestem Wissen und Gewissen einzuteilen und auszuführen habe.
Und sie sehen jetzt fast sehnsüchtig zur Tür hin, die Herren, möchten jetzt auf einmal wünschen, Herr Hanselmann trete ein und könne sie hören, könne hören, wie man ihm Kompetenz gibt und also Macht und Lob und Ehre und was alles der Dinge mehr sind.
Ein bißchen gut stehen mit ihm, das möchte man unbedingt, das ist geradezu unerläßlich. Man kann wirklich darauf verzichten, daß dieser Herr einem mit seinen gewaltigen, schartigen Füßen auf dem Schreibtisch herumtanzt. Man kennt seine große Zehe, den brettartigen Zehennagel. Wer hat ihn nicht schon vor der Nase gehabt, diesen Nagel? Brüchig ist er an den Rändern und gelb. Kein Anblick, der fröhlich macht.

Und da wirbeln dann allemal mühsam zusammengetragene Statistiken mit, da verheddern sich die Magnetbänder, das Computermaterial, da gehen ganze Laborwelten in den Busch, da sterben heroisch und still die Arbeiten von Monaten.
Man müßte ihn unbedingt für sich einnehmen können, diesen Hanselmann. Man müßte sich erkenntlich zeigen, sozusagen, irgend einen Orden schaffen, etwas Ungewöhnliches, etwas für treue Dienste oder so, eine Medaille zumindest, wenn es Orden nicht gibt, nicht geben darf.
Was man fürchtet, muß man beschwichtigen. Das ist eine alte Sache, eine alte Einsicht. Ein Narr, wer sich nicht dran hält. Lassen wir Herrn Hanselmann auf den Tischen herumgehen! Zur Zeit sind es ohnehin nur die Tische des Wohlfahrtsamtes. Und mit dem Wohlfahrtsamt hat er seinen Privatkrieg. Seitdem man das Kind der spanischen Hure weggegeben hat, seitdem man es Mac weggenommen hat, wie er sagt, haben die Damen nichts mehr zu lachen.
Die Herren Professoren vergnügen sich beim Gedanken an die verstaubten Brillen, beim Gedanken an die verrutschten Perücken der Sekretärinnen, beim Gedanken an Fräulein Hübscher, das am Boden sitzt und vor lauter Kummer seine Hämorrhoiden vergessen hat. Für Augenblicke wenigstens. Ist ihr zu gönnen, der armen, guten Person, etwas Erleichterung, sagen die Professoren. Man ist ja kein Halsabschneider, schließlich. Und mit einem sauren Lächeln verlassen sie den Sitzungssaal und sind nun tatsächlich erstaunt, Hanselmann nicht vor der Türe anzutreffen.
Trotzdem, etwas gebückt gehen sie schon. Eine Kohleschaufel vergißt man nicht so leicht. Eine Situation erkennen, ist gut; sich vorsehen, ist besser.
Er wütet, Hanselmann. Er ist ein alter Narr und will nicht einsehen, daß die Damen nur ihre Berichte schreiben, ihre Protokolle, und daß sie nichts dafür und nichts dagegen tun können, wenn man Senta das Kind wegholt, wenn man dem Krüppel von einem Boos kein Gitter vors Guckloch baut, wenn man ihn in der Waschküche schlafen läßt, wo es ihm ja schließlich ausgezeichnet gefällt.

Er ist ein Narr und läuft über die Tische und brüllt in die Staubwolken hinein, daß der Staub wirbelt und weiterwirbelt und nicht zur Ruhe kommt, und ist in ein Lachsbrötchen hineingetreten, das neben einer Schreibmaschine lag, und schleudert das Brötchen wütend von den Füßen. Er ist auf Schreibstifte getreten und hat sie zerbrochen, und die rote und blaue Tinte der Stifte klebt an seinen Füßen, und er klatscht sie mit seinen Füßen auf die Briefe und Umschläge und Tischplatten, klatscht seine großen roten und blauen Stempel hin. Macht seine Stapfen.
Hanselmann war hier, schreien die Stapfen, Hanselmann, Hanselmann. Und er schreit auf die zusammengekauerten Sekretärinnen hinab, schreit, nur dann seien sie schnell, wenn es darum gehe, einen zur Unzeit geplatzten Hosenlatz zu stopfen. Nur dann! Aber ein Gitter vors Guckloch machen könnten sie diesem komischen Idioten von Boos nicht, kein Gitter, das den langen Lümmel abhalten würde, seine Schrauben, Reißnägelbüchsen, seine Luftgewehrbolzen und Schachtelkäse, was weiß ich, dem Alten ins Gesicht zu schießen.
Nur dort, wo es ums Ausbrechen gehe, ums Freiwerden sozusagen, ums Gute verdammt nochmal, nur gerade dort seien sie zur Stelle mit ihren Gittern und Verdämmungen. O ja, da seien sie schnell bereit mit Zwangsjacke und Kette und Korsett und Büstenhalter, mit all den schönen Käfigen ihres modernen Zoos. Da werde vernäht und verpicht und verkittet und vertäut. Da rege sich bald nichts mehr. Da hockten sie drauf mit ihren breiten Ärschen, die verfluchten und verlogenen Wohlanstandsdamen, die Betschwestern der Ordnung. Aber überall da, wo es darum gehe, einem ein bißchen Schirm und Schutz zu geben, hinter den er sich zurückziehen könnte, hinter dem sich einer in sich selbst verkriechen könnte, überall da, wo mehr zu tun sei als Dreinreden und Schulmeisterei und Obergericht, überall da würden sich die ringbehängten, menschenfreundlichen Klapperschlangen verdrücken.
«Ich will euch!» schreit er, und die Stapelgestelle für die Briefe, EINGANG und AUSGANG, ZUR BESPRECHUNG MIT DEM CHEF, RECHNUNGEN, die dünnen Gestelle

krachen unter seinen Füßen, »mit aller Kraft will ich euch! Mit aller Kraft scheiß ich auf eure Buchhalterseelen!»
«Es ist entsetzlich», wimmert das Fräulein vor sich hin. Es schiebt sich einen Gardinenhaufen von der Schulter, es sucht blind herum, sucht die Brille, die vom Schoß gerutscht ist, und die es jetzt, beim Sichaufrichten zertreten wird, ein schönes, amerikanisches Brillengestell, das gut ins Gesicht paßt und das nicht gleich wieder zu bekommen sein wird. Es sucht mit seinen Bubenhänden über den Boden hin, zwischen den Beinen, unter den Schenkeln, den Gardinen, im Rock, und wie üblich zittern die Hände, viel mehr als gewöhnlich zittern sie.
Ich weiß, das Fräulein wird die Treppe heruntersteigen, noch immer lautlos weinend, und es wird an die Theke kommen, wird sich schnell umschauen, und wird sagen, daß Hanselmann entsetzlich sei, daß er ein guter Mensch sei, aber entsetzlich. Und es wird sagen, daß Hanselmann recht habe, das schon, ganz bestimmt hätte er das, aber er sei fürchterlich in solchen Augenblicken.
«Und», flüstert das Fräulein, «unser Chef läßt uns allein. Der Herr Fürsorgevorsteher macht sich aus dem Staub. Ein Mann ist das! Der hat genau dann seine Sitzungen, wenn Hanselmann kommt, wenn Hanselmann wütet. Ich frage Sie: Ist das ein Mann?»
Und es flüstert weiter und erzählt, wie Hanselmann seine schrecklichen Bewegungen macht, wenn er über die Tische rennt, wenn er die Sekretärinnen leere Tabakbeutel schimpft und wenn er schreit, daß er es ihnen zeigen werde, daß er ihnen den Hauswart und lieben Gott zeigen werde, einen, der mit den verdammten verdämmten Hosenlätzen und Schikanen aufräumt, daß er ihnen auf alles stinken und kacken werde, auf ihre ganze elende und miserable Schreiberei.
«Da macht er seine Bewegungen. Nein, ich kann es nicht zeigen, Herr Boos. Ich darf nicht daran denken! Und mir steht das Herz still. Wirklich.
Ich sollte mich ja nicht aufregen, wissen Sie. Doch ich denke dann allemal ununterbrochen, der, dieser entsetzliche Mensch, wird es wahr machen und wird seine grauenvolle,

was sag ich, er wird seinen Mann hervorkehren. O Herr
Boos. Er wird, er wird, denke ich immer nur. Und ich kann
nicht mehr aufhören zu weinen. Und das darf er doch nicht.
Selbst dann, wenn wir es verdient hätten, darf er es einfach
nicht.»
Boos, alter Gauner, mach dein Steingesicht. Diesmal siehst du
den Hahn nicht an dort drüben. Diesmal ist Hahn genug da.
Ein barfüßiger Hanselmann, dem das Hemd aus der Hose
quillt und der unter seinen Hühnern Entsetzen verbreitet, ein
herrliches, erwartungsvolles, prickelndes Entsetzen.
Nicht gemein sein! Nicken, Boos, Alter, sollst du, wenn dir
das Fräulein ein Wollknäuel aus seiner Tasche hervorkramt,
wenn es sich immer wieder schnell mit dem Handrücken über
das rot und blau und dunkelgrün verschmierte tränennasse
Gesicht streicht und den Wollknäuel auf die Illustrierten legt
und dir einen gestrickten Lappen durchs Guckloch herein-
reicht, einen Lappen, den du mit deiner rechten, noch guten
Hand über den Bauch zu breiten hast, nachdem du die Wolldecke etwas nach unten geschoben, über den Bauch zu breiten hast, links ein Strickmuster, ein Zöpfelmuster über die
Brustwarze hoch, rechts ein Zöpfelmuster, an der genau gleichen Stelle übrigens, an der entsprechenden Stelle rechts das
Muster. Und du sollst dein Kinn, Boos, dein feistes Kinn
sollst du gegen den Lappen drücken und sollst damit den
Lappen unterm Hals festhalten und sollst links und rechts in
der Hüfte prüfen, ob der Lappen den Bauch bedecke, ob genug Maschen angeschlagen seien.
Angeschlagen, sagt das Fräulein. Und Dalie sagt es, statt Tail-
le. Maschen in der Dalie. Und du sollst nicken, damit das
Fräulein an deinem Pullover weiterstricken kann, richtig und
eifrig weiterstricken, noch voll freudigen und innigen Han-
selmannschen Entsetzens. Damit es bald an einem andern
Pullover zu stricken anfangen kann, an einem Pullover für
Mac wieder.
«Nicht wahr», sagt es, das Fräulein, «nachdem ich Herrn Mac
einmal ausgelassen habe, darf ich schon wieder für ihn strik-
ken?»
Die Wolle würde bereit liegen. Die Farbe würde bestimmt

passen, die für Herrn Mac. Da er rothaarig ist, geht nicht alles. Doch daran denkt man, sagt das Fräulein. Man hat seine Erfahrung. Und Herr Mac habe es nötig. Ein lieber und bedeutender Mensch, nicht wahr, ein Dichter sozusagen. Bestimmt eine Begabung. Und Herr Mac müsse sich von Herrn Hanselmann doch immer wieder Dinge sagen lassen, die seien nicht eigentlich ermutigend. Wer, wenn er soviel schreibe wie Herr Mac, wer kehre seine Begabung gerne auf den Mist? Würde Hanselmann aber tun. «Der hat keinen Sinn für, wie sagt man? Ach, ich kann nicht reden, Herr Boos. Lachen Sie nicht!»
Lach nicht, altes Aas! Nicke, wenn das Fräulein sagt, es möchte gehen, bevor der Schreckliche komme; Hanselmann, der Schreckliche. Es soll unbeschwert Pullover stricken, Zöpfchenmuster. Für Mac. Erst für mich, dann für Mac.

63.

Die letzten warmen Nächte des Jahres. Der Föhn leckte die Sterne, alle die Brustwarzen, mit denen der Himmel das Land säugt. Funkelnd und herrlich und prangend groß lutschte er sie. Und manchmal warf er den Kopf zurück und schlug sich die Zunge zwischen die Schenkel.
In den Gärten trabten Stuten. Wie ein pelziges Trommelfell dröhnte die Hofstatt unter den Hufen.
Man hörte Äpfel fallen. Im Rauschen und Schwirren war der Aufprall schwerer Früchte. Und jeder Aufprall stellte eine Säule in der Nacht. Da eine, dort eine. Säulen in die Baumgärten gestellt, vorne, hinten, links, und weit weg. Oder nah, ganz nah, kaum zwei Armlängen entfernt.
Wir gingen. Hinter Giebeln, tief unten, mußte der See sein. Die Lichter gegenüber blinkten wie verrückt. Das ganze Ufer jenseits schwankte und lockte und tat groß. Und wir sahen ununterbrochen hin. Wir wurden ungeduldig, wenn sich eine Gartenmauer vor die Lichter schob, ein Dach oder ein aufgebocktes Automobil.
Ich sage: wir gingen. Und dabei bin ich ungenau. Denn

selbstverständlich gingen die andern; ich wurde geschoben. Su stieß den Karren voran. Ihr Bauch reichte weiter als die Brust. Und ich denke, sie mußte die Arme ordentlich von sich strecken, um den Karrengriff fassen zu können. Und trotz allem, obschon sie also Mühe hatte, die Rücklehne zu greifen, trotz allem strich sie mir immer wieder einmal schnell übers Haar. Ich wußte nicht weshalb. Sie tat es heimlich. Schließlich dachte ich mir, sie wolle mich beruhigen, sie wolle mir zu verstehen geben, daß die Sache schon ins Lot komme, irgend eine Sache halt, daß sie, Su, meiner Meinung sei, und daß sie genau das denke, was ich denken würde, ganz gleich, was die Männer um uns zusammenredeten.
Hanselmann ging neben ihr, an ihrer linken Seite, und Mac ging zu ihrer Rechten. Beide halfen den Karren schieben, beide hatten ihre Hände neben Sus Händen am Karrengriff. Und sie redeten und schrien zu Adrien hin, an meinen Ohren vorbei zu Adrien, der ein paar Schritte voraus lief.
Und er, Adrien, schrie zurück. Er hielt im Laufen ein, faßte ans Holzbein, hob es an und schwang sich mit einem einzigen Ruck herum. Einen Augenblick lang stand er auf dem gesunden Bein, schwankte, balancierte und hielt sich am Ablegebrett des Rollstuhls fest, an jenem Brett, das vor meinem Bauch querüber gezogen ist. Und wenn er schrie, schrie er mir ins Gesicht.
Es war lächerlich. Der Föhn hatte sie alle aufgeplustert wie Hennen. Erregt redeten sie von den Laborantinnen, den Locherinnen im Computerraum. Und über ihnen ragten gleichmütig und hoch die Kronen der Bäume, türmte sich das Schwirren auf, öffnete sich Geäst, Etage um Etage, hatten die Kronen ihre Wohnungen aufgemacht, hatten sich aufgesperrt und warteten, wisperten und kicherten, verräterisch und lüstern.
Und Leiber lagen in den Kronen, weiße. Über den schreienden und kreischenden Alten lagen die Leiber; die Arme trokken, die Lippen trocken, die Brüste trocken; kraus und trokken der Schoß. Selbst die Haut zwischen den Zehen ist trokken, die rosige Ferse ist trocken. Und mitten in den runden, rosigen Fersen sitzt ein Nachtvogel und ruft.

Nach und nach begriff ich, wovon die Rede war. Offenbar hatte Adrien neue Beobachtungsprogramme entwickelt, hatte Aufnahmeapparate in Labors und Zeichensäle eingebaut und hatte die Mädchen dort beobachtet, genau so, wie er Su beobachtet, genau so, wie er früher Martin beobachtet hat. Ich nehme an, er wird seine Aufnahmegeräte gut versteckt haben. Und die Mädchen sprachen und lachten miteinander, ohne vorerst zu ahnen, daß sie beobachtet wurden.
Vielleicht hatte er sie ausmessen wollen, vielleicht wollte er ihre Bewegungen registrieren, um den Phantomen seiner Totalschau diese Bewegungen weitergeben zu können. Vielleicht war er nur mißtrauisch. Er wird unerträglich in seiner Angst, irgendwer könnte seinen Plan verraten.
Jedenfalls: er sah den Mädchen zu, sah, wie sie sich puderten und schneuzten, wie sie sich kratzten und wie sie ihre kleinen Brote aßen, ihre Äpfel während der Arbeit. Und er sah, wie sie seine Tauben fütterten, die Hamster und Kaninchen, wie sie die Programme ablochten, mit denen der Ofen in der Unterwasserstadt zu steuern wäre, die Wasseraufbereitung und die Abwasservernichtung.
Ich nehme an, es waren Programme darunter, die den Automaten zur Herstellung des künstlichen Brotes anweisen würden; die auch die Fanggeräte für den Plankton steuern würden, die Töpferei.
Er hatte eine Töpferei entworfen, Adrien, in die man alle Abfälle, Tuben und zerbrochene Becher und Löffel, legen kann, die es nimmt, all das Geschirr, es zerstückelt und zerkrümelt und in neue Formen preßt und einfärbt und verziert. Und wieder ausgibt. Geschirr, das man essen kann. Geschirr aus Planktonkuchen.
Er hat eine Schneiderei erfunden, die ohne Stoff und Faden fertige Kleider ausstößt, verschweißt in den Nähten. Auch das ein Material, wie er es für sein Brot, für seine Kuchen verwendet. Und es ist immer wieder das alte Material, für jedes neue Kleid das alte. Nichts wird vergeudet.
Ich denke, die Mädchen lochten Programme für die Totalschau. Solche, in denen der Bauer auf einem hohen Traktor über Land fährt und kein Land braucht. Solche, in denen der

Gießer die Hitze spürt des ausfließenden Stahls und in die Glut sieht und an seinem Plastikhebel drehen kann und die Glocke, eine Kirchenglocke, gießt. Oder eines, in dem man die Rennbahn entlang rast, durch Tunnel und unter Brücken hin, mit heulenden Motoren, und man sitzt doch in seiner Koje, in der Unterwasserstadt, eingesperrt in den Käfig aus Glas, drei auf drei Meter, sitzt in einer Ecke und dreht das kleine Kinderlenkrad aus Bakelit.
Vielleicht auch lehnt man gegen die Glaswand, sieht die Füße in schweren Schuhen, sieht die Skis an den Schuhen, festgeschnallt, spürt den Bügel des Lifts hinter sich, des Schlepplifts, der einen hochzieht über die Waldgrenze, in den Frost, in den rosigen Morgen; und man läßt den Bügel fahren und schwingt aus, schwingt in Stieben und Frische und sprühendem Gestirn, schwingt die Hänge nieder, hat den Wind um sich, den pfeifenden und fauchenden Fahrtwind, hat das Schlagen der Bodenwellen unter sich, in sich, hat Mühe, einen Schlag aufzufangen, hat Mühe, die Passage zwischen den ersten Tannen, zwischen Tannen und Fels hinter sich zu bringen, muß verschnaufen, spürt das Herz schlagen, wie rasend das Herz, denkt an die Höhe, die man nicht gewohnt ist, denkt an das Glas Wein drunten in der Hütte, man sieht über die Bergspitzen, die besonnten Gipfel und Gräte und über die noch unberührten Hänge hin, die sich über den Nebel heben, die das Land kränzen ringsum, spürt den Drang, loszujauchzen, närrisch, und dabei ist man doch ein moderner Mensch, dabei steht man in seiner Koje, fünf Meter unter dem Wasserspiegel, zehn Meter, und alle Türen sind versiegelt.
Solche Programme vielleicht. Was weiß ich. Die Mädchen können nicht verstehen, was sie da in die Lochmaschine tippen, sowenig sie verstehen, was Adrien mit all den Kaninchen will, die sie züchten, denen sie mit dem Tropfenzähler ihre Medikamente eingeben, sowenig sie verstehen, zu was die Tauben gut sein sollen. Sie füttern sie und ziehen ihnen die Gummikappen über die Augen.
Mädchen eben. Und ich nehme an, er hat ihnen Eßautomaten hingestellt, solche, die ihren Klumpen Planktonkuchen ausspucken, die den Mädchen auf die Zunge spucken, sobald sie,

die Mädchen, ihren Kopf in den kleinen Lichtstrahl der Haube stecken. Einer Haube, in der die Haare geordnet werden, währenddem die Mädchen kauen, und aus der die Düfte strömen des Gerichts, das man bestellte, Braten oder Apfelkuchen oder Rotkraut.
Eine Haube, in der das Gericht steht, knusperig und gespickt, mit Grünzeug angerichtet; oder mit dem Kuchenboden aus Blätterteig, mit dem Fruchtgelee zwischen den Apfelstücklein; oder, falls man Rotkraut verlangte, die Maronen neben dem Kraut, im Kraut, die von Speck durchzogenen Stücke Schweinefleisch, die glänzende Schwarte des Fleisches, die magern Rippenstücke, die Zungenwurst unters Kraut gemischt, der Dampf aufsteigend aus dem Gericht.
Und alles dreidimensional, alles in Totalschau, und selbstverständlich die notwendigen Duftstoffe in den schwerflüssigen, schweren Planktonklumpen gegeben, den man langsam kaut, den man auf der Zunge vergehen läßt, als Braten, als Apfelkuchen, als Rotkraut.
Er hat ihnen Automaten gegeben, die ihnen die Schuhe putzen, die ihnen die Zähne putzen und die Nägel schneiden, Automaten, die ihnen Geschichten erzählen während der Arbeit, die ihnen vorgeigen, die ihnen vorzwitschern, die ihnen die Geräusche des Waldes ins Labor bringen und das Geflüster ihrer Liebhaber, das leise und beklemmende Gestöhn ihrer Liebhaber, der erschöpften Galane. Er hat ihnen Automaten gegeben, die für die Mädchen die Treppen fegen und die Laborböden, die den Staub heraussaugen aus den Ecken und ihn hinüberbringen in die Mülltonne und die lachen und singen während der Arbeit, in einer unverständlichen, gaumigen Art dahersingen, Gesang ohne Worte, den alle verstehen.
Oh, sagt Adrien, ich werde die Mädchen so weit bringen, daß sie den Planktonkuchen dem Apfelkuchen vorziehen, denn der Planktonkuchen wird der bessere Apfelkuchen sein. Und ich werde sie soweit bringen, daß sie keinen Apfel mehr vom Baum reißen und essen, keinen Apfel dem Burschen hinhalten, daß der dareinbeiße. Ganz einfach, weil mein Automat der bessere Apfel, der bessere Baum sein wird. Die stärkere Versuchung. Mein Automat wird ihnen Mutterbrust sein und

Mutterschoß, Welt wird er ihnen sein. Die große Prothese wird er sein, mit der man lebt, mit der man sich's als Krüppel wohl sein läßt, die einem Arm sein wird und Bein und Hirn. So wunderherrlich Arm und Bein und Hirn wird der Automat uns sein, daß wir die eigenen Arme und Beine und Hirne nicht mehr zu brauchen uns mühen, daß sie uns lästig fallen im Vergleich zu ihm, dem großen Umsorger, daß wir sie ohne Gejammer verkaufen, daß wir sie weggeben sogar mit Erleichterung, daß wir schließlich froh sein werden, sie los zu sein, Bein, Hirn und Hand, daß wir froh sind, nur noch ein schwerer, geruhsamer Leib zu sein inmitten eines Automaten, inmitten des Paradieses der Unterwelt.
Denn, sagt Adrien, ich bin kein Unmensch. Ich bereite die Mädchen vor auf ihre Unterwasserstadt.
Ich übe sie ein, ohne daß sie es wissen. Der Übergang soll ihnen leicht fallen; er soll kein Bruch sein, kein Schock. Ich brauche kein Purgatorium. Ich bin kein Christ, schließlich.
Und ich denke, er, Adrien, mischt den Mädchen schon jetzt jene Dinge ins Wasser, die verhindern sollen, daß sie der allgemeinen Unfruchtbarkeit, die er in die Luft bläst, anheimfallen. Er spielt ein bißchen Noah. Er will ein paar Gebärmütter erhalten in all dem Naturschutz.
Aber die Gebärmütter kümmern sich verdammt nicht um das, was Noah will. Sie sind weder bereit, ihren Kopf wegzugeben noch ihr kleines Purgatorium. Sie wollen ihre Kopfschmerzen und ihre müden Arme. Sie sind die reinen Querulanten, diese Mädchen.
Er kann es nicht fassen: Sie sehen ihr Glück nicht; sie wollen ihr Glück nicht, ihr Paradies nicht. Sie wollen offenbar um alles in der Welt unter Schweiß und Tränen, sie wollen mit einem Schrei gebären. Oder, um nicht gar so hochtrabend daherzureden, sie wollen ihre Finger verbrennen am heißen, lumpigen häuslichen Herd, wie er sagt, sie wollen ihren echten, ganz gemeinen, ganz gewöhnlichen Apfel, und sie wollen unbedingt an einem echten Apfelbutzen ersticken und wollen von einem echten schlechten Pilz den Durchfall kriegen. Sie wollen ihre Abenteuer und Indianerspiele mit der alten und stinkigen und primitiven Welt, mit ihrer eigenen Welt, der nicht-programmierten. O die Närrinnen!

Das erregt ihn. Soviel Unlogik ist ihm unbegreiflich. Das erschüttert seinen Glauben an die menschliche Intelligenz, an das Wertvolle, an das Gute im Menschen. Denn, sagt er, er hat Beweise, daß seine von ihm geschulten Menschen, diese einzig wertvollen Menschen, wie er früher oft sagte, denen er Logik dozierte und Sachlichkeit und sogar ein bißchen Latein, daß diese Menschen ihre Aufgabe vergessen, daß sie pflichtvergessen der alten, uralten Schlamperei anheimfallen und arbeiten, sich mühen, und leben aus ihren Händen.

Er hat gesehen, durch seine Fernsehapparate und Spione hindurch sah er, daß die Mädchen nicht nur die Tauben fütterten, indem sie die Körner zwischen die Lippen nahmen und sie so den Tieren reichten, daß sie nicht nur die Tauben von den Gummikappen befreiten und in den Labors frei herumfliegen ließen und sie demnach bei Gelegenheit überhaupt wegfliegen lassen werden, durchs Fenster, durch die Tür, in die Freiheit. Nicht nur das! Er sah auch, die Mädchen hatten auf ihren Labortischen, über den Käfigen und über den Schreibmaschinen Plastiktröge aufgestellt, hatten die Tröge mit Erde gefüllt und in der Erde Grünzeug gezogen.

Erst dachte er an Schnittlauch, an Suppengrün, oder an eine neue Art von Geranien. Er wußte sich das Grün nicht zu deuten. Aus dem hellgrünen Flaum hob sich ein kräftigeres Grün zielstrebig und dunkel. Er, Adrien spürte sogleich, daß das nicht irgend eine kindische Spielerei mit Blühendem war, Veilchen oder Stiefmütterchen oder so. Das war viel bestimmter. Ein Wille zeigte sich da.

Er saß nächtelang vor seinem Schaltpult und beobachtete die Tröge, sah dem Wachsen zu, schlief ein darüber. Und schließlich sah er, das Gewächs wurde hoch, verblühte und bekam Samen. Und seinen Büchern entnahm er, daß es Flachs sein mußte.

Er sah, daß die Mädchen den Flachs begossen, daß sie ihn herumtrugen, von Fenster zu Fenster und schließlich abschnitten, bündelten und die Bündel in Wasser legten. Und er wird, denke ich, Adrien wird einmal auch gesehen haben, daß sie den Flachs aus dem Wasser nahmen und brachen und durch ein Nagelbrett zogen, und daß die Mädchen die Fasern

krausten und zu einem Knäuel Werg zusammendrückten. Ich kenne mich in den Dingen nicht aus. Jedenfalls muß er gesehen haben, wie die Mädchen neben den Schreibmaschinen und Mikroskopen einen Faden aus dem Werg zupften, wie sie den Faden neben ihren Stühlen niederhängen ließen und die Spindel drehten. Ich nehme an, Adrien hat eine ganze Weile hinsehen müssen und hat eine ganze Menge Bücher zu Rate ziehen müssen, bis ihm klar wurde, daß die Mädchen spannen.
Das ist der Wahnsinn, sagte er. Sie lassen ihre Kleider aus dem Automaten kommen, sie stehen neben dem Automaten und reißen ihm die neuen Kleider, die Kleider aus Planktongelee, recht eigentlich aus dem Rachen, sie kreischen und schreien und lachen und verziehen die noch fabrikationsfeuchten Kleider zu Karikaturen, hier ein Riesenknie, dort einen Bukkel, einmal meterlange Hosenbeine für einen magern Lümmel, ein andermal Quergezogenes für den Zwerg, den dicken. Und ein Gaudium dabei.
Einen Zipfel hinten, vorne den Zipfel gezupft, und schließlich aufgeblasen das ganze schöne, in den Nähten, unten und oben verschweißte Kleid; zwei Kleider zusammengebunden, Kleider, die zu Ballonen geworden sind, zu Ballonpuppen geworden, mit Stricken zusammengebunden, Kleid gegen Kleid, Männchen zu Weib, und aufgestellt die sich reibenden Kleider, die Puppen Bauch an Bauch; über den Laborböden hüpfen lassen die zusammengebundenen Puppen; und die Mädchen mit den Spinnrocken, mit der Spindel, mit dem kleinen Webstuhl, den sie sich aus einem Brett und ein paar Leisten zusammengebastelt haben, die Mädchen immer neben dem aufgeblasenen Paar her, neben den Planktonliebchen her; und schließlich die Liebenden auf den Boden geworfen, zwei Ballone auf dem Boden; zusammengebunden die Ballone, in hilfloser Umarmung, und die Mädchen hüpfend drauf, mit fliegenden Röcken reitend und springend, sich schnellend und wild lachend drauf in ihren selbstgenähten, selbstgewebten Röcken.
Oh, es ist rein zum Verrücktwerden, sagt Adrien. Sie verlachen mich. Sie pfeifen auf mein Paradies. Sie demontieren es.

Alle Pläne sind denen wurst. Nichts wie wurst sind sie diesen Gören, den elenden.
Su ist mir durchs Haar gefahren, als wüßte sie, was ich denke, als wäre dieses Durchs-Haar-Fahren die Bestätigung.
Eine Bestätigung wessen? Was gab es da zu bestätigen? Was ging mich das alles an? Was geht mich eine Verschwörung an, falls es überhaupt eine geben sollte?
Hanselmann hatte sich ein paar Schritte nebenaus begeben, hatte leise gejohlt, hatte seine Beine gehoben, hatte johlend herumgetanzt. Und Mac kicherte sein lang anhaltendes, heiseres, fröhliches Kichern.
Adrien erzählte, wie er den Mädchen eine Lehre habe erteilen wollen: Mit der Totalschau, polternd und beineschleppend und knarrend, hatte er sich in die Labors projiziert, war durch die Laborgänge gegangen, an drei, vier Orten zur gleichen Zeit, hatte sein wildes Gesicht gemacht, böse. Er war neben den Mädchen gestanden, die auf den zusammengebundenen Ballonen herumhopsten und hatte die Mädchen angedonnert. Aber sie hatten sich an den Händen festgehalten, hatten ihn angesehen und hatten gelacht. Laut heraus lachten sie und kreischten. Und eines der Mädchen, eines das besonders wild auf dem aufgeblasenen Liebespaar herumgehüpft war, zog während des Hüpfens seinen Rock aus, warf die Bluse von sich und schrie, er solle kommen.
Nackt hüpfte es. Die kleinen Brüste hüpften. Und es schrie, wenn er wirklich Adrien sei, wenn er kein Phantom sei, solle er kommen. Wenn er ein Mann sei, solle er sich zusammenbinden lassen mit ihm, dem Mädchen hier, hier im Labor zusammenbinden. Aber es fürchte, kreischte es, es fürchte, und alle Mädchen, alle Laborantinnen und Tippfräulein und Tierwärterinnen kreischten mit und warfen ihre Röcke an einen Haufen, es fürchte, schrie es, er, Herr Adrien, der Herr Professor, er sei gar kein Mann.
Und das ganze Labor, das Laborgebäude dröhnte und zitterte und schrie. Wenn man deine Frau sieht, weiß man, daß du kein Mann bist! Und die Tauben flogen durcheinander, nickten in den aufgesperrten Taubenschlägen herum, waren ein bißchen verschreckt, kamen dann heraus und flogen über die

Käfige und Maschinen und Tonbänder und Locher, über die Tische und Hanfbottiche, und kackten aufs Pult.
Ein Geflatter und Gewirr war. Und die Kaninchen hoppelten aus den Kästen. Und er, Adrien, sah jetzt auch, daß es geschorene Kaninchen waren, daß die Mädchen die Kaninchenhaare versponnen hatten wie den Hanf, daß sie sich Höschen gemacht hatten und Jäckchen, und sah, daß die Mädchen die Kaninchen vor ihre Brüste nahmen und mit ihren Hüften schaukelten und den Schoß wiegten, den Schoß auf und ab, hin und her, nach vorn und nach hinten bewegten und hüpften; hüpften und schrien, er sei kein Mann.
Ein gewaltiges Geheul kam aus den Labors, und er war gezwungen, sich zurückzuziehen.
Anja fand ihn. Wimmernd lag er über sein Schaltpult hingestreckt. Das Bein hatte er abgeschnallt und in die Ecke geschmissen. Die Bücher hatte er aus den Gestellen geräumt und weggeworfen. Er hatte seine Krise. Er verstand, wie er sagte, nichts mehr.
Anja hatte sich stundenlang um ihn bemühen müssen. Sie hat ihm Minzentee machen müssen, hat ihm zugeredet und hat ihm sein Bein hergeholt und wieder angeschnallt und hat ihn schließlich neben das Pult gebettet, auf ihren Mantel aus Kaninchenfell, und hat ihm Kinderlieder gesungen und ihn in Schlaf gewiegt.
Und jetzt ging er vor dem Rollstuhl her und schrie.
Und die Äpfel fielen. Und ein Wispern war in den Kronen. Und der Aufprall der Früchte war hinterm Gekreisch und hinter dem Schreien. Und Su schob mich.

64.

Es ist die alte Sache: Der Mensch ist unvernünftig. Weshalb nur hat Adrien das in seinen Plänen übersehen können?
Der Mensch, schrie Mac, will sein Glück nicht, er will sein Paradies nicht. Jedenfalls nicht jenes, das man für ihn ausgewählt hat. Das wahre Paradies will er nicht. Daran vorbei rennt er. Er ist störrisch, geradezu eigensinnig.

Man wird ihn immer zu seinem Glück zwingen müssen, den Menschen. Zu seinem Wohl muß man ihn zwingen. Seinen Widerstand muß man brechen, zu seinem eigenen Nutzen. Brechen muß man ihn, züchtigen muß man ihn, zu seinem eigenen, nur zu seinem Vorteil.
Auswischen muß man ihn, wie eine Kreidezeichnung, lacht Mac, wenn sein Glück dies verlangt. Das haben alle Führer so gemacht, alle Pfaffen und Generale, alle die großen Vertreter des Volkes. Und alle wußten genau, wie man so etwas anpackt. Alle waren ihrer Sache sicher. Ihres Paradieses waren sie sicher.
Wie lumpig sind wir dagegen, Boos, wie absolut untüchtig im Retten all der widerspenstigen Seelen! Nicht einmal Mäuse fangen wir. Keinen Esel binden wir an; keinen schmieden wir an seiner Herrlichkeit, keinen an seiner Rübe fest. Laufen lassen wir alles; Wohltäter, das müssen wir zugeben, sind wir nicht. Werden wir nie sein, nie mehr.
Er lachte so sehr, daß sein Atem pfiff. Su mußte stillstehen und ihn verschnaufen lassen. Sie alle standen hinter mir. Neben meinem Ohr brummte Hanselmann. Mac schob am Karren herum während des Lachens, hielt einmal einen Arm über mich hin, berührte meinen Nacken, umfaßte ihn, schüttelte mich. Als wär ich eine Ratte, so schüttelte er mich. Und Su legte beschwichtigend ihre Hand auf die seine, redete leise auf ihn ein.
Ich spürte, daß er sich beruhigte. Sein Keuchen verebbte. Er schluckte. Er entschuldigte sich. Und er trat einen Schritt vom Karren weg, er machte eine seiner übertriebenen Verbeugungen gegen Su, nannte sie eine herrliche Frau, eine wunderbare Frau, und schrie, daß er eine Frau brauche, eine bad bad woman. Und dann ging er wieder ordentlich neben Su her, schob den Rollstuhl und fragte Adrien, was mit einem langen Lümmel zu machen sei; dort unten in der Unterwasserstadt mit einem langen Lümmel.
«Der ist tüchtig», sagte Mac, «tüchtiger als wir, konsequent, wertvoll geradezu. Der wird keine Schlampereien zulassen. Der wird auf Ordnung halten. Der wird niederknallen, was ihm in den Weg läuft. Nur nichts Halbes! Der wird sich nicht

daran hindern lassen, die Leute deiner Unterwasserstadt in den Genuß eines absoluten und endgültigen Paradieses zu bringen. Kompromißlos wird er sein in seiner Fürsorge und Güte. Weh dem Dreiviertelglücklichen, er wird ausgemerzt von ihm, dem Langen, wie ein ungenügender Bock. Ein unerbittlicher Jäger, wird er, der Lümmel, von der Heide wischen, was nicht vollkommen ist bis in die äußerste Zacke des Geweihs. Paradiese sind rein. Nur», lachte Mac, «er wird auch dich bald einmal beglücken wollen. Und er wird nicht dulden, daß du dein Glück verschmähst, jenes, das er dir zuzumessen sich entschlossen hat. Dankbar wirst du es anzunehmen haben. Und schließlich wird er, der Lange, am Schaltpult stehen und den lieben Gott spielen.»
Wir waren durch einen Wald gelaufen. Nur vereinzelt hatten ein paar Lichter durch die Stämme geblinkt, hatten sich ein paar Sterne durchs schwarze Laubwerk geschoben. Weit weg war ein gleichmäßiges und tiefes Rauschen. Manchmal vermischte es sich mit dem Geräusch eines Eisenbahnzuges, der auf dem jenseitigen Ufer des Sees entlang fuhr, manchmal wurde es vom Brummen eines Flugzeugs überdeckt. Da und dort bewegte sich Geäst, kam Schwirren auf und verlor sich wieder. Ein großer Schatten flog vorbei. Wir traten aus dem Wald heraus. Der Weg endete zwischen Bänken. Sie schlossen eine kleine Felskanzel gegen außen ab. Darunter, bis zum Dorf hinunter, mußten Rebberge sein.
Wir blieben stehen. Langsam rückten Scheinwerfer durch das Dunkel jenseits. Eine schmale Helle spiegelte über den See. Adrien schnaubte geringschätzig.
Man dürfe es einem Bankmann und Kampfflieger nicht verargen, sagte er, wenn er die Umsicht der Wissenschaft unterschätze. Einem Mann wie Mac müsse alles Zufall sein, bestenfalls Spekulation, mysteriös.
Der Zufall sei aber, sagte er, längst ein kläglicher Gefangener in den Netzen des Geistes. Tranchiert sei er, der Zufall; mit dem Wiegemesser des Nachdenkens tranchiert, in schöne, würfelförmige Klöße geschnitten. Und die Klöße seien in Schubfächer gelegt worden, Schubfächer übereinander und nebeneinander, endlos. Und die Schubfächer seien beschrif-

tet; jedes Schubfach eine Möglichkeit deines Zufalls sozusagen, lachte Adrien, eine Möglichkeit, die uns nicht mehr entwischt aus unsern Ordnungen, inventarisiert alles; und der, der das Inventar überwache, eifrig, der, der die Schubfächer ablaufe und beklopfe und berieche, unermüdlich, der, der vor den Tablaren herumlaufe wie ein rezeptversessener Apotheker, der heiße Computer.
Der lasse nichts durchgehen. Dem falle nichts unter den Tisch. Da ist alles drin in seiner Apotheke, da sind die schönsten Verrücktheiten eingeweckt ganz links; da sind selbst die Unsicherheiten aufgespießt und unter die Lupe genommen, rechts halt, rechts; da sind die Tricks katalogisiert und die Fallmaschen. Da läuft sich selbst ein langer Lümmel müde vor dieser Wand aus Schubfächern, da fällt auch der irgendwo in eine kleine Lade, selbst wenn diese Lade ganz hinten ist, dort, wo die Tablare im Dunst verschwinden, selbst dann.
Da ist keiner allein. Wie ein kleiner Käfer, sagte Adrien, krabble jeder unterm aufgespannten Rasternetz. Standortmeldungen würden laufend eintreffen; ein Lebenslauf sei nichts anderes als eine Stapelung von Koordinaten. Die Welt sei reduziert auf die Matrize. Der Gott der alten Narren, der Zufall Macs eben, die Wut und die Begeisterung, das besoffene, samenspritzende Ungeheuer, sei eingeschrumpft auf die windige unsichtbare Linie zwischen den Schubfächern und selbst für eine Spinne nicht mehr zu greifen. Dünn gemacht hat sich der, dein alter Gott, ist verduftet, sozusagen. Und da soll uns ein Lümmel Schwierigkeiten machen?
Er redete vom Spezialglas, das die Zellen der Unterwasserstadt bilde, ein Glas, das weich wie Gummi sich verforme und nach der Verformung langsam sich wieder zurückbilde zur ursprünglichen Gestalt. Das heißt, daß eine Zelle eine Zelle bleibe, selbst dann, wenn sie vorübergehend nachgebe. Nachgebe unterm Ansturm eines Rasenden, Eingesperrten. Denn, sagte er, es würde leicht sein, einen Mann total, wirklich total zu isolieren – falls das nötig sein würde. Nötig im Interesse der Unterwasserstadt, im Interesse der Mitbürger sozusagen, oder im Interesse des zu Isolierenden selbst.
Er brauche nicht zu erklären, sagte er, daß man je nach Bedarf

das Glas dunkel halten könne oder hell, daß man dadurch den Rasenden bloßstellen könne oder verbergen, bloßstellen zur Erheiterung der andern oder zu deren Einschüchterung. Je nachdem. Man habe seine Freiheiten. Als Wissenschaftler, im Bewußtsein seiner Verantwortung sozusagen, brauche man Entscheidungsfreiheit.
Im Zweifelsfalle überlasse man sie dem Computer, rief Mac. Aber man hörte nicht auf ihn.
Das sind Spintisierereien, sagte Adrien. In Wahrheit würde es gar nie zu einer Raserei irgend welcher Art kommen können, denn nebst Beruhigungsmitteln würde man auch Stimulantien in den Planktonkuchen mischen, ganz nach Bedarf. Stimulantien eben, die den Insassen stützen und heben würden, die seine Lust auf Schlaraffia entfachen würden, nach dem Leben aus der Dose, nach der Ananasschnitte Illusion.
Eingepackt in ein Windelpaket aus Herrlichkeiten würde jeder sein Leben genießen, sein und nur sein Leben. Und echter als dieses Leben könne kein Leben mehr sein.

65.

Schließlich, wenn alles Gute fehlschlagen würde, kenne man die Züchtigungen, erklärte Adrien.
Aber, wie gesagt, nur im äußersten Fall. Schon aus dem Grund nur im äußersten Fall, weil sich sonst eine eigentliche Sucht nach Züchtigungen entwickeln könnte. Der Mensch sei ein komplexes Wesen.
Er redete lange von der Sucht, die gerade jetzt um sich greife und die darin bestehe, daß Männer in den besten Jahren, ohne Rücksicht auf ihr Herz, auf ihr Aussehen, wie Verrückte die Berghänge hinaufrennen. Und von der Sucht, sich in Baderäumen kneten und schlagen zu lassen. Von jenen Frauen redete er, den Frauen der Professoren und Mittelschullehrer und Bauunternehmer, die stöhnend und dampfend vor ihrer Trainerin sich verrenken, die ihr Schwangerschaftsturnen hinter sich bringen und ihre Wehen simulieren, ältliche Damen, die schon lange über das geburtsfähige Alter hinausge-

kommen sind. Damen, die mit verkniffenen Gesichtern ihre Köpfe zwischen die Schenkel biegen, die sich gegenseitig herumstoßen, und die eifrig aneinander hochklettern, die sich anbrüllen lassen von der drahtigen, brustlosen Trainerin, sich alte Glucken nennen lassen, Faultiere, vollgefressene, die man den Schmer schon von den breitgehockten Hintern sich werde wegkneifen lassen, wegstrampeln lassen.
Los, los, ihr lüsternen Klatschweiber! eure Männer laßt ihr genußvoll sich kaputtschinden; tut auch etwas dafür! büßt ein wenig, schämt euch! Vor das Becken! schwingen, kreisen das Becken! machs nicht so billig, Wackelpudding, alter! Treppensteigen, bücken, und drei Runden! immerzu hüpfend! nicht schlappmachen! die Frau des Konrektors blamiert sich einmal mehr; bleiben Sie nicht zu weit hinter der Leistungsfähigkeit ihres Gatten zurück! ich warne Sie: Heere von Gymnasiastinnen drängen nach.
Oh, ihr faulen Luder, schreit die Trainerin und lacht, könnt ihr nie genug bekommen von der Quälerei?
Je eindeutiger die Qual, umso höher der Preis! Der Zulauf ist gewaltig. Schon aus diesem Grund muß ich den Stundensatz erhöhen, sagt sie. Das nächste Semester drei Damen weniger und fünfzig Prozent höhere Taxen! Reißt euch nicht so sehr drum, Bestien! Ich werde euch quälen bis aufs Blut! Striezen werd ich euch, ihr gierigen Viecher, einmalig, bis ihr herreist aus allen Hauptstädten Europas, um euch bei mir, nur gerade bei mir und bei niemand anderem so ausgezeichnet und abscheulich striezen zu lassen!
Was dieselbe Erscheinung sei, kicherte Mac, dieselbe Erscheinung wie das Flachsgarnspinnen, das Kaninchenhaarspinnen bei den Mädchen im Labor. Schlaraffia sei nicht gefragt. Seit Adam plage sich der Mensch herum. Die Plackerei sei sein schönstes Spielzeug. Es wäre geradezu unmenschlich, ihm dieses Spielzeug wegzunehmen. Falls man es trotzdem tue, würden sich bestimmt Entzugsschäden einstellen. Er, Mac, möchte jedenfalls gerade auch diese Verantwortung nicht auf sich laden.
«Ach», sagte Hanselmann, «was alles ihr herumschnorrt!»
Er war in die Wiese hineingegangen. Wir hörten ihn einen

Apfel kauen. Es krachte, wenn er in die Frucht biß. Und dann hörten wir, wie er während des Kauens ruhig sein Wasser abschlug, wie er wohlig ächzte dabei. «Die gottverdammten Luder!» brummte er. Wir hörten ihn die Hose zuknöpfen und über die Wiese wieder zu uns herkommen.
Manchmal stand er still, sah offenbar ins Geäst hinauf, tastete vielleicht nach den Äpfeln im Geäst, ließ den Apfel in die hohle Hand hineinbaumeln; oder er suchte mit seinen Füßen im Gras herum, spürte die Rundungen der Früchte im Gras, die kalten, feuchten Rundungen, strich mit der Sohle drüber hin, ertastete mit der großen Zehe die Vertiefung mit dem Stiel, die Mulde mit der Fliege. Was weiß ich. Möglicherweise sah er nur durch das schwarze Geäst hinüber ans andere Ufer. Vielleicht sah er die Sterne fallen, all die Sternschnuppen, ein goldener Regen am Horizont.
Adrien tat wie üblich gespreizt. Man würde auch diesmal die Fähigkeit der Fachwissenschaft unterschätzen, sagte er. Man habe offenbar noch immer nicht bemerken wollen, daß die Unterwasserstadt ein Fortschritt sei eben in dem, daß sie jedem sein rein persönliches Paradies zu geben vermöge. Wie immer sich einer dieses Paradies auch denke. Selbst wenn dieses persönliche Paradies eine ganze Menge höllischer Widerhaken haben sollte. Auch wenn es die Hölle selbst sein sollte. Bitte, werde man sagen, ganz nach Belieben! Bedienen Sie sich! Hölle oder Superhölle, das sind Nuancen. Horrorfilme kosten alle gleichviel.
Er kam ins Dozieren. Wissenschaft bedeute Offenheit, nicht Wertung, nicht Urteil. Und wer sage denn, daß in solch sonderbaren Gelüsten und Gewohnheiten nicht auch gerade fruchtbar zu machende Reiche sich manifestierten. Sich ankündigten, sich offenbarten, verbesserte er sich, als Hanselmann laut stöhnte. So sei denn nicht einzusehen, weshalb nicht gerade der lange Lümmel ein durchaus würdiges Glied in der neuen Gesellschaft der Unterwasserstadt werden könnte.
Er, sagte Adrien, er kenne den Langen viel zu wenig. Er würde sich jedenfalls nicht für berechtigt halten, über ihn zu urteilen. Möglicherweise liebe der Mann Motorradrennen,

möglicherweise halte er Engnisse nicht aus, müsse ausbrechen, und möglicherweise könne er deshalb nicht mitansehen, wenn Boos eingeschlossen bleibe in seiner Koje. Möglicherweise sei er versessen drauf, Boos aus seinem Verschlag zu locken, ihn aus seinen Hüllen zu schälen, aus all den nackten Damen und Bürschchen und Boxchampions. Möglicherweise sei der Mann fanatisch interessiert am Leben, wolle Boos leben sehen, wolle ihn heraushaben aus dem Papier, wolle ihn aus dem Ei schälen sozusagen. Wir unterschätzen ihn, diesen langen Lümmel. «Durchaus möglich», sagte er, «daß wir den Mann unterschätzen.»
«Ach», sagte Adrien, «dieses bißchen Nägelschießen, dieses Schraubenschießen, Luftbolzenschießen! Das alles ist höchstwahrscheinlich nur jugendliche Unbeholfenheit, gut gemeint, aber etwas falsch aufgemacht. Der», sagte er, «der will Boos vielleicht nur zum Leben reizen, will ihn aufreizen, wie man ein Dotter im Ei zum Leben aufreizt. Bauernmädchen, sagt man», lachte er, «Bauernmädchen stellen ihren Liebhabern ein Bein, zerren ihre Liebhaber an den Haaren, stoßen sie in die Mistgrube, wenn sie die Liebhaber auf sich aufmerksam machen wollen, wenn sie die Liebhaber wild machen wollen. Weshalb», fragte er, «weshalb soll ein langer Lümmel weltgewandter sein?»
«Seien wir nachsichtig», mahnte er. «Was wissen wir denn? Vielleicht ist der Herr ein kleiner Purist. Ein übereifriger Heiliger, ein Bilderstürmer. Vielleicht erträgt er das Undurchsichtige des Kiosks nicht, den Wust von Zeitungen und Zeitschriften, der Boos verdeckt. Ein Kerl eben, der Nischen und Kojen und Höhlen nicht verträgt. Der keine Geheimnisse erträgt, dem jeder dunkel und träg dahinschlummernde, dahinbrütende Schoß, dem alles Brüten überhaupt unerträglich ist. Ein zutiefst mißtrauischer Mensch eben. Ein wissenschaftlicher Geist, wenn ich so sagen darf. Ein Analytiker. Ein Sezierer. Eine Forschernatur.»
«Einer, dem das Leben erst erträglich ist», lachte Mac, «wenn er es aufgeschnitten hat der Länge nach und eingelegt in Spiritus.»
«Weshalb nicht.» Adrien las Steinchen auf, er bückte sich

mühsam, indem er die Prothese schräg nach hinten abknickte und sich seitwärts über das gesunde Knie nach außen drehte.
«Ein durch und durch sauberer Typus. Das ist genau das, was wir dort unten brauchen. Nur keine gärenden Innereien. Keine Eierstöcke. Keine Dichter!»
Er hielt sich, währenddem er sich bückte, an meinem Rollstuhl fest. Der Rollstuhl bebte leicht. Ich wußte nicht, zitterte Adrien vor Anstrengung, oder zitterte er, weil es schwierig war, das Gleichgewicht zu halten. Er warf die Steinchen in den Rebhang unter uns.
«Mit solchen Leuten kann man reden. Und falls Reden nichts mehr bringen sollten, züchtigen wir sie.»

66.

Wir gingen weiter. Im Osten, tief, stand der Mond. Die Schneefelder auf den Bergen dehnten sich; nüchtern und kalt. Adrien hatte sich einen Ast aus dem Gebüsch gelesen, hatte die dürren Zweige weggebrochen und hatte sich einen Stock daraus gemacht. Er schlug damit während des Gehens vor sich auf den Weg, stocherte in Laubhaufen, oder er hielt den Stock mit beiden Händen hoch, wiegte ihn hin und her, schwang ihn überm Kopf herum und sang während des Gehens zufrieden vor sich hin.
Ich dachte daran, was er von der Schubladenfront erzählt hatte, in der alle Möglichkeiten eingeschlossen sind in den Apothekerkästen. Ich dachte daran, daß sein Computer unablässig diese Kästen überprüfen werde, daß derselbe Computer die Leute in der Unterwasserstadt ununterbrochen ausmessen würde, und daß er die Ergebnisse vergleichen würde mit den Beschriftungen der Schubladen, mit dem Inhalt der Schubladen selbst, mit Adriens Programmen. Und daß er die Programme je nachdem anders steuern würde.
Für Adrien ist alles lösbar. Auch das Quietschen des Holzbeins. Er hatte sich an ein Bord gehockt, hatte sich von Mac die Hose hinunterziehen lassen, hatte sich das Bein weggeschnallt und spuckte nun ins Gelenk.

Das Quietschen hatte ihn geärgert. Es war tatsächlich unerträglich geworden. Wahrscheinlich hatte der Föhn, hatte die warme Luft das Leder im Gelenk ausgetrocknet, hatte die Schmierseife weggetrocknet, die Adrien ins Gelenk gestrichen hatte, um es geschmeidiger zu machen. Und die Seife war ausgeflockt, war weggeweht worden.
Wir warteten neben ihm. Hanselmann tappte in den Apfelgärten herum und suchte Fallobst zusammen. Die Arme verschränkt vor dem Bauch, so kam er langsam aus den Bäumen, hatte auf den Unterarmen Äpfel aufgetürmt, drückte den Bauch nach vorn, lehnte den Oberkörper zurück, stellte sich zwischen uns, damit wir von den Äpfeln nehmen konnten.
Adrien hatte sich hochgerappelt, drehte Mac seinen Rücken zu, ließ Mac in den Riemen herumnesteln, die das Bein hielten, die auch seine Hosen hielten, schimpfte auf die veraltete Konstruktion des Gelenkes und fragte während des Schimpfens, ob Hanselmann ein Messer dabeihabe, er, Adrien, möchte den Apfel doch lieber geschält essen.
Alles ist lösbar, sagt er.
Zufall gibt es nicht. Zufall ist Nachlässigkeit in der Vorhersage, eine unverzeihliche Nachlässigkeit, undenkbar für Adrien. Es gibt nur eine gerade Linie. Eine zwischen Ursache und Wirkung. Falls dies, dann das. Mehr braucht es nicht zum Verständnis der Welt. Reinstes neunzehntes Jahrhundert. Mißgriffe werden behoben. Selbst wenn es sich um verrückte Mädchen in Kaninchenjäckchen handelt. Auch die wird man unter den Daumen bekommen. Letzten Endes.
Ich weiß, er hat lange herumgedacht, um ein unfehlbares System von Züchtigungen bereitstellen zu können. Und ich weiß auch, er hat Martin damit beauftragt, die notwendigen Daten zu sammeln. Sie haben oft gestritten deswegen. Martin hat das alles eine ekelhafte Ausschweifung genannt, eine Bibliothek des Stumpfsinns, einen Verrat an der ursprünglichen Idee, was weiß ich.
Adrien hat nur verächtlich die Nase gerümpft und sich den Anschein gegeben, als würde er den Rotz hochziehen.
Auch jetzt dachte er daran. «Der hatte seinen Schädel», sagte er, und wir wußten sofort, wen er meinte. Su hielt den Karren

an und lauschte. Sie hatte ihre Hände von hinten auf meine Schultern gelegt. Und am Gewicht der Arme merkte ich, daß sie den Kopf auf die Arme gelegt hatte, daß sie das Gesicht dazwischen gelegt hatte. Daß sie kaum atmete, spürte ich, daß sie umzufallen fürchtete.
«Deshalb wohl ist er weggelaufen. Wird irgendwo Knoblauch züchten oder Makrelen. Wird auf seine Art die Menschheit retten wollen. Der Narr. Der Phantast. Eine Schande für mich, für die Hochschule; für die ganze Wissenschaft eine Schande, wenn einer ihrer fähigsten Leute alle Vernunft über Bord wirft sozusagen und sich darauf versteift, ein Narr zu sein.»
Wir gingen jetzt zwischen Äckern. Es war nirgends Wind. Die Luft stand still. Sie lag schwer in der flachen Mulde.
Ich wußte, daß Martin einer der ersten sein würde, an denen Adrien sein System der Züchtigungen erproben würde, sollte er je dazu in der Lage sein.
Ich dachte an jene Abende zurück, an denen sie vom Entzug der Totalschau gesprochen hatten.
Sie lachten noch zuerst, damals. Es müßte eine Erlösung sein, hatte Martin gemeint, wenn die Herrschaften in der Unterwasserstadt hin und wieder die Totalschau ausschalten könnten. Einmal keine Paraden, einmal keine Ansprachen des Stadtrates, keine Reitereien über die Steppe hin! Ruhe, nichts als Ruhe! Ferien vom Paradies sozusagen.
Sie schrien durcheinander dort auf der Treppe vor meinem Kiosk. Sie schrien sich in eine Art freudiger Taumelei hinein. Sie erwogen, erst durchaus nur zum Spaß, die Möglichkeiten der Dosierung. Und sie fragten auch gleich einmal, wem die Dosierung der Bilder, der Seligkeiten, oder wie immer man das nennen wolle, wem diese Dosierung zustehen solle.
Selbstverständlich, sagte Martin, selbstredend würde sie dem Wähler zustehen, jenem Mann in der Koje, der sein Paradies wähle, sein Hawaii oder sein Grönland. Genau so, wie er den Sommer wählen könne, genau so müsse er auch den Winter wählen können oder eben das Nichts. Aus. Ende Totalschau.
Aber Adrien hatte schon damals seine Theorie vertreten, die Seligkeit des Mannes sei erst dann vollendete Seligkeit, wenn

sie den Überdruß ausschließe. Und dies, meinte er, wäre nur dadurch zu erreichen, daß die Dame in Hawaii sich hin und wieder versagen würde, eben.
Folglich, sagte er, folglich müßte das Ausschalten der Totalschau nicht dem Mann überlassen bleiben, sondern müßte im Sinne dieses Versagens von außen her zu steuern sein. Das, sagte er, möchte er sich vorbehalten. Und er, Adrien, rieb sich vor Vergnügen die Hände. «Um das Glück vollkommen zu machen, spiele ich die Panne im Glück!»
Sie besprachen lachend alle die Spielarten durch, die ihnen gerade einfielen. Ich weiß noch genau, welche Abende es waren. Es muß vor sechs oder sieben Jahren gewesen sein. Es stand noch gar nicht fest, ob ihnen die Unterwasserstadt, die Totalschau je gelingen würden. Es war ein regnerischer Mai. Die Vögel taten wie verrückt. Die Tage gingen im Amselgeklage unter, sie standen mit Amselklagen auf. Und nächtelang lachten sie auf der Treppe über dem Gedanken, den kleinen Gefreiten, den Kegelstumpf und Stadtrat, auf sein Podest zu stellen, die Armeen vor ihm paradieren zu lassen, über Wochen hin, so daß der Gefreite auf seinem Podest einschlafen würde, daß er umfallen würde, schlafend, daß er aufwachen würde im Gedröhn seiner siegreichen Armeen, im Gebrüll seiner Helden, der Held seiner Helden. Und daß dann die große Panne kommen müßte. Daß kein Bild mehr da wäre. Trotz eifrigem Nummernwählen kein Bild mehr, trotz Stampfen und Schreien und Gegen-die-Wände-Rennen: kein Bild.
Und sie redeten davon, wie für einen andern Seligen, einen Tänzer vielleicht, die Musik so unerträglich laut und mitreißend werden könnte, daß er um Stille flehen würde, daß er hinknien und weinen und um nichts als um Stille beten würde. Und er würde seine Stille nicht bekommen. Stille, würde man ihm sagen, ist zu teuer. Zur Qual würde ihm seine Seligkeit.
Und so kamen sie auf die Qual ganz allgemein zu reden. Und Adrien, weil es Qual ohne Grund nicht gibt, nannte die Qual logischerweise Züchtigung. Doch: Züchtigung weshalb? Wozu?
Das schien ihnen vorerst keine Frage von Bedeutung zu sein.

Begründungen würden sich finden. Im Augenblick wollten sie nur an die Qual denken.
Martin fand, Qual müßte genug sein, wenn einer seine Koje sehen würde wie sie wirklich sei. Vier Wände, jede der Wände drei Meter lang, zwei Meter hoch. Glatte Wände. Und eine glatte Decke. Und ein glatter Boden, dem man kaum ansehen würde, daß es ein Kugelboden ist. Nur das. Ein Mann in einer Zelle. Grund genug, verrückt zu werden. Und falls das nicht zum Verrücktwerden reicht, könnte man dem Kerl den Blick den Korridor hinab gestatten. Zelle an Zelle gereiht. Genormt. Alle Zellen gleich. Gleich hoch und gleich breit. Die reine Demokratie. Hochgelobte Architektur. Hinauf die Zellen, hinunter die Zellen. Der schöne Terror des Wabenlebens. Genau hier kam Adrien auf die Idee, die Monotonie zu erforschen. Monotonie als ein Mittel, die Kerle seiner Zucht, wie er das nannte, kirre zu machen. Er redete von der Monotonie der Stille, von jener des Tons, jener des Bildes, jener der Tätigkeit, des Gehens, des Stehens, des Hinhörenmüssens. Er fand, daß es unnötig sei, dem Kerl einen Blick den Korridor hinab zu gestatten, daß es unnötig sei, den Kerl aus seiner Koje herauszulassen. Ebensogut könne man diesen Blick ein für allemal auf Band nehmen, könne ihn durch die Totalschau übermitteln, könne die Endlosigkeit des Korridors potenzieren, könne Korridor getürmt auf Korridor zeigen, hinaufgetürmt in den Himmel die Korridore, und hinter den Korridoren andere, neue, auf Scheiben gezogen wie die ersten.
Er, Adrien, beauftragte Martin, die Quartiere der Städte zu studieren, die preisgekrönten Taten der Städtebauer, die ganze Kreativität der Reißschiene, wie er das nannte, die erschütternde Überzeugungskraft des Rationalen. Die Architekten unseres Jahrhunderts haben zur horizontalen Wüste auch die vertikale hinzu entdeckt, schrie er fröhlich. Den Rachen der Trostlosigkeit haben sie erfunden, durch den wir unseren Züchtling marschieren lassen.
Wir werden einen heißen staubigen Tag machen. Die Sonne wird niederbrennen. Und der Kerl, dem wir eins heimzahlen wollen, der Kerl, den wir reif machen wollen für den Genuß unserer Seligkeit, den wir weich machen wollen ganz gleich

für was, dieser Kerl soll hinlaufen an diesen tödlichen Fassaden, an den glatten, spiegelnden, abweisenden, sterilen Fassaden, unten hin, im Staub soll er laufen, soll sich nach Wasser sehnen, nach Schatten, nach einem weniger grellen, flimmernden, wabernden Licht, nach Kühle soll er sich sehnen, nach der Grotte, nach Geborgenheit.
Und wir werden unerbittlich sein. Wir werden ihn im Licht lassen, in dieser Welt der Geraden, in der jede Ranke erstorben ist, aus der jede Krümmung herausgestrichen wurde, herausradiert wurde; in der makellosen Wüstenei werden wir ihn lassen, im Klatschen des Lichts, im Klatschen des Windes, im Flirren weithin. Und wir werden zusehen, wie der Kerl geht. Jeder Schritt wird ihm Mühe bereiten. Da wird kein leichtes und federndes Abrollen des Fußes mehr sein über Moose hin, über Lehmpolster hin. Da wird eine harte Fläche sein, die seinen Fuß wegstößt, die seine Erschütterung abweist und zurückwirft in ihn selbst. Da wird kein Geben und Nehmen sein, in das er hineinwächst.
Nur das Knattern wird sein eines Windes hoch oben, nur das Rauschen eines Windes; und dieses immer gleiche Licht wird sein, das seine Augen frißt. Und seine Schritte werden sein, unten an den Fassaden hin. Sein Keuchen wird sein, das zwischen den Fassaden widerhallt. Das Klopfen seines Herzens wird sein, das aus der Wüste dröhnt.
Und wir lassen die Sonne brennen.
Wir werden mit ihm auf das Klopfen seines Herzens hören und werden hören, wie es schneller wird, hastiger, unsicher. Und wir werden wissen, wann wir erreicht haben, was wir wollen.
Anketten werden wir ihn an die verdammte Glätte seines Quartiers.
Ich erinnere mich genau an jene Nächte unten im Treppenhaus. Adrien verschluckte sich vor Vergnügen. Er sprang auf den Treppenstufen herum, riß manchmal das Bein hoch, so, daß es schrill aufknarrte und quietschte. Und er schüttelte es lachend, wenn die Mechanik sich verklemmte und das Knie sich nicht mehr strecken lassen wollte, schlug die Faust darauf und schrie in einem fort, der Kerl, der durch die Wohnblocks

und Büroblocks marschieren würde, müßte eigentlich ohne Beine sein, oder er müßte zumindest Rollschuhe tragen, er müßte abgelöst sein vom Boden, ein Krüppel wie Boos, und er müßte mit seinen Rollschuhen, mit seinem Rollstuhl meinetwegen, nicht nur über die Betonfläche hinrollen, er müßte auch über die Fassaden hinrollen, müßte nicht mehr wissen, was oben, was unten sei, müßte durch einen endlosen spiraligen, spiegelglatten Tunnel kopfüber hineinrollen in eine riesige, immer weiter wegrückende Zielscheibe.
Und man müßte ihn schließlich mitten in der Scheibe mit einer Fliegenklappe leichthin zerquetschen können wie jede beliebige Fliege.

67.

Es tagte. Wir stiegen langsam über eine Weinbergtreppe nieder. Su und Hanselmann hielten den Rollstuhl und ließen ihn von Stufe zu Stufe gleiten. Ich konnte die Holderbüsche erkennen, die Haufen der Brombeeren, die über die Mauer hinwucherten. Ein Stück weit fuhren wir über einen Rebweg den Hang entlang. Wir kamen zu einem kleinen Wald, zu einem Tümpel im Wald, zu schilfbestandenen Gräben.
Es roch nach Regen.
Im Halbschlaf hörte ich Adrien davon reden, daß nur für jenen die Qual ganze Qual werden könne, der liebe.
«Du mußt einem Kerl etwas geben können, das er liebt; sonst ist es ihm gleichgültig, wenn du ihm die Sache wegnimmst», sagte er. «Du sollst lieben, sagt ein Gott, der dich quälen will. Jener Mann auf Hawaii schert sich einen Teufel drum, wenn sich sein Mädchen ihm versagt. Das Mädchen, das Versagen des Mädchens wird erst wichtig, wenn er liebt. Also müssen wir ihn dazu bringen zu lieben.
Und wenn er das Mädchen liebt, nehmen wir es ihm weg.»
Adrien kreischte fröhlich auf. Der Gedanke daran, wie er einen Kerl, der ihm ins Werk pfuschen wolle, wie er diesen Kerl stripsen wolle, sei herrlich, schrie er. Er lasse sich die Aktion Naturschutz nicht kaputtmachen. Die Seligkeit, die über all die hilflosen Narren kommen soll, die lasse er sich nicht von

irgend einem beliebigen Wirrkopf verderben. Auch von Martin nicht. Von dem schon gar nicht!
Und ich wußte, Su würde neben Martin liegen, getrennt durch eine unsichtbare, gallertige Wand.
Sie hätte Martin gestreichelt vorher, sie hätte ihn sein Ohr an ihren Leib legen lassen, und sie hätte ihn das Klopfen ihres Herzens hören lassen, das Klopfen des andern, des kleinern Herzens neben dem ihren. Sie hätte ihn erschrecken lassen, ob der kleinen, heftigen Bewegungen des Kindes in ihrem Bauch, sie hätte ihn hereingenommen in ihre Höhlungen.
Und sie würde nun getrennt liegen von ihm. Sie würde zu ihm hinsehen und würde sich zusammenkrümmen, sie würde sich dehnen und zusammenkrümmen in einem Schmerz.
Und er, Martin, würde ihr nicht helfen können. Ihr Stöhnen würde er hören, verstärkt, durch die Wand hindurch, ihr stoßweises Atmen würde er hören, das Rot auf ihren Wangen würde er sehen, ein fiebriges Rot, ihre verschwitzten Hände würde er sehen, würde sehen, wie sie sich um einen Bettpfosten krampfen, würde das Stöhnen hören und das Schreien. Und würde nicht hinkommen können zu ihr, zu Su.
«Oh, den werden wir ganz schön kirre machen», johlte Adrien. «Den werden wir kleinkriegen! Er liebt sie, er liebt sie! Und also werden wir ihn haben!»
Su war stehen geblieben. Sie stützte sich auf die Lehne hinter mir. Ihr Haar fiel in mein Gesicht. Adrien hüpfte herum und lachte. Er hüpfte an Hanselmann vorbei, an Adrien. Er hüpfte fröhlich vor dem Karren durch. Er trat heran und wollte Su ins Gesicht sehen. Er blieb einen Augenblick lang neben dem Karren stehen.
Und schrie dann auf.
Er lag im Tümpel, im Schilfrohr und schrie. Und sein Bein, das tote, ragte aus dem Schilf heraus, ragte in die Luft und zuckte. Die Mechanik ließ es auf- und zuklappen, warf den Lederstummel, der ein Schuh sein sollte, auf und ab. Und Adrien schrie, gurgelte, schlug um sich, schlug in den Schilf, schlug in den Schlamm und ins Wasser, fürchtete offenbar, im Tümpel zu ertrinken.
Sauf ab, dachte ich. Laßt ihn ersaufen.

Aber Hanselmann war anderer Meinung. Er kam heran. Er schnaufte an mir vorbei, nannte mich einen Trottel, einen elenden. Gebückt machte er zwei Schritte in den Graben hinab, in den ich Adrien gestoßen hatte, mit meiner rechten, der guten Hand. Er bückte sich zwischen die Schilfrohre und riß am Bein, das zuckte.
Über einen schreienden Adrien bückte er sich, hob einen noch immer schreienden Adrien heraus, einen, dessen Schreien überging in Wimmern, behielt Adrien auf den Armen, hielt dieses kleine und wimmernde Bündel vor sich hin, begann zu gehen und trug das Bündel Adrien voraus und in den Morgen hinein.
Wir folgten ihm nach. Mac hatte sich das Holzbein, das abgefallen war, über die Schulter gelegt. Sein Gesicht war klein, eine unscheinbare weiße Maske unterm Haarbüschel. Und Su stieß den Karren.
Oh, dachte ich, der Bauch ist groß. Wenn das Mädchen weint, werd ich seine Tränen nicht zu spüren bekommen. Sie werden auf den Bauch fallen, auf ihren herrlichen und schönen und heiligen Bauch.

68.

Adrien liegt krank. Er hat den Sturz in den Graben schlecht vertragen. Lungenentzündung, sagt Fräulein Hübscher. Gar nicht unbedenklich in seinem Alter, sagt es. Ach, Herr Boos. Jeden Abend geht es hinauf in Adriens Wohnung und fragt nach ihm. Und Anja schließt auf und berichtet. Eine erschöpfte Anja, sagt das Fräulein, eine sonderbar milde und fröhliche Anja, die, wie das Fräulein sagt, Adriens Nächte durchwacht, die ihn höher bettet, ihm den Schweiß wegwischt, die das Bettzeug glattstreicht und die ihm Tee einflößt. Eine Anja, denk ich, die dem Alten am liebsten ihre Brust geben würde, wie einem Kind die Brust geben, die ihn wiegen und hätscheln würde, falls das erlaubt wäre, falls der Arzt das zulassen würde.
Eine Anja ist das, sagt das Fräulein, die nun endlich weiß,

wozu sie da ist. Lachen Sie nicht, Herr Boos, so etwas braucht man. Jedermann weiß gern, wozu er da ist.
Gutgut, aber dann möchte ich doch den ganzen Schwindel nicht Tag für Tag hier vorgetratscht bekommen. Aufopferung und dergleichen! Wer ist bei jenen, die sich so besessen aufopfern, eigentlich das Opfer? Muß man sich unbedingt an der Erbärmlichkeit der andern gesundstoßen? Wer schlägt sich mit Aas den Bauch voll, fragt man. Weltverbesserer, Sektierer, Betschwestern? Oder Schriftsteller?
Hanselmann hat sich hier nicht mehr gezeigt. Er wird finden, ein Idiot meiner Sorte soll seine Sache allein machen. Einer, der glaubt, er könne wählerisch sein und wegschmeißen, was ihm nicht paßt, er könne Adrien in den Graben schmeißen mir nichts, dir nichts, so einer soll sich ruhig selbst helfen. So einer soll auf seinen eigenen Füßen stehen, falls er Füße hat, falls er kann demnach. Soll halt ein bißchen verhungern, unser Boos.
Auch Mac geht vorbei, schneller als sonst. Und er grüßt, ohne herzusehen. So wird er früher den Türschließer seiner Bank gegrüßt haben drüben in England oder in Kanada, was weiß ich, wenn er am Morgen an ihm vorbei die Treppen hinaufeilte, mit einem kaum sichtbaren Heben der Hand gegrüßt, mit einem etwas längern Augenschließen gegrüßt, mit einem Augenschließen, das die Nase noch länger und noch hochmütiger erscheinen ließ, edler jedenfalls.
Mein Boos, woher die Gehässigkeiten?
Er nimmt mich nicht mehr mit zu seinen Saufereien, Mac. Seit Wochen habe ich die Drogerie nicht mehr gesehen, nicht mehr die alten Weiblein, kaugummikauend vor dem Fernsehapparat, nicht mehr die Orgelpfeifen von Schnaps.
Ich gebe zu, das alles fehlt mir. Ich bin wie weggeschlossen im Kiosk.
Ich möchte wieder einmal den Glasperlenvorhang über meine Arme hinstreichen spüren, ich möchte die großen und kalten Augen des Drogisten auf mich gerichtet sehen, wenn Mac mich hineinstößt von der Gasse in den gewölbten Raum, und ich möchte den Lärm um mich haben, den Lärm des viel zu laut eingestellten Fernsehapparates.

Ich möchte wieder einmal in der Bahnhofhalle stehen gelassen werden, wenn Mac ins Haus mit den vielen Blondinen geht gleich nebenan. Ich möchte die kofferschleppenden, sich stoßenden, mühsam gebückten Leute um mich haben, ich möchte auf die Männer niedersehen, die auf den Bänken hingestreckt liegen, und ich möchte die drei großen und gelben Lichter der Lokomotive unaufhaltsam auf mich zukommen sehen.

Mac stößt mich nicht mehr hinein in den schmalen Korridor und den Korridor entlang bis zum kleinen, schmuddeligen Warteraum, der bis zur schwarzen Leiste in Kopfhöhe mit einer großblumigen Tapete ausgeschlagen ist und in dem die Mädchen mit kurzen, wehenden Hemdchen herumlaufen und puh machen. Puh, Mac, Lieber, wie bringst du Kälte herein! Dein Rollstuhl, Mac, ist ja Eis; dein Freund ist ja Eis. Wir werden uns alle den Schnupfen holen.

Mädchen, die sich zu einem Krüppel im Rollstuhl bücken und mit spitzen Fingern die verschneite Wolldecke von seinem Bauch nehmen und kichernd hinausrennen in den Korridor und die Wolldecke ausschütteln. Die sich über ihn neigen, von hinten her, und die prüfen wollen, wie leicht oder wie schwer der Rollstuhl sich schieben läßt, und deren Wärme man jetzt spürt, herstrahlen spürt aus dem Hemdchen, über die noch immer kalte Rücklehne des Rollstuhls her, die man im Nacken spürt und auf der Hand. Mädchen, die Tee bringen und aufs Abstellbrett des Rollstuhls stellen; eine Tasse Tee.

«Tee oder Kaffee?» fragen sie. «Herr Boos, nehmen Sie Zukker?» Mädchen, die sagen, Boos sei ihr Freund.

Weil Mac ein Freund ist, ein wahrer, ist auch Herr Boos ihr Freund, versteht sich. Man habe Zeit, sagen sie. Im Augenblick sei ohnehin wenig los. «Machen Sie es sich bequem, Herr Boos, so bequem wie möglich. Ungeniert. Ach, sei nicht so bescheiden, Papa; sei nicht so bekümmert, Papa. Du bist müde. Wenn wir etwas für dich tun können, sag es. Die Chefin ist großartig, wirklich. Für einen Freund hat man immer Zeit. O du, zier dich nicht! Du machst uns geradezu schlecht, wenn du dich so fürchterlich zierst, Papa.»

Nichts von alledem. Er geht vorbei, Herr Mac, der große Kriegsheld Seiner Königlichen Majestät, und redet kaum mit mir. Freilich, wenn er heimkommt, ist er angetrunken. Und er macht seine übertriebenen Verbeugungen.
Die Sekretärinnen haben ihr gutes Kleid angezogen, viel zu grell für die Arbeit, mit straffsitzendem Mieder, mit weitschwingenden Hosenstößen, und kommen mit ihren Chefs die Treppe herab, wollen mit ihren Chefs ausfahren zum Abendessen irgendwo am See, irgendwo unter ein Schilfdach mit roten Lampen und Kellnern und Flambiertischen und so Quatsch. Und Mac stellt sich, angetrunken, vor die Sekretärinnen hin, macht seine Holzpuppenbewegungen, läßt seinen faustgroßen Haarschopf nach vorn kippen und kräht: «Schön! Elegant! Wunderschön! Eine Königin! Eine schöne, eine wahre Majestät!»
Und er schwingt seine Arme auseinander und lacht sie an, seine Königin. Er tänzelt um sie herum, um die Majestät, steif, ein Holzmännchen, und macht seinen Kratzfuß. Er bejubelt sie, die Majestät, die ihre Helden kurz hält, so kurz, daß sie schließlich bei Senta oder in einer alten Dunkelkammer wohnen müssen. Die Sekretärinnen bejubelt er. Wie immer. Und er schreit sie unvermittelt an: «O Liebste! O Liebste! I need a very, very bad woman!» Er schüttelt sich vor Lachen. Und die Frauen, die nicht wissen, sollen sie erfreut sein oder ärgerlich, sehen verwundert auf ihre Chefs.
Die haben sich ein bißchen in die Brust geworfen. Die ziehen ihren Halbgott auf, den Helden und Beschützer. Doch, denken sie, da ist wenig zu holen. Ein Betrunkener, ein Krüppel offenbar, bringt nichts ein, ein Mann mit einem Gipskorsett. Schwierigkeiten bringt das bestenfalls, Scherereien. Immerhin eine Schande, daß man sich das gefallen lassen muß in unsrer Stadt, in unserem Staat. Und sie halten ihre Sekretärinnen untergefaßt, die Chefs. Sie haben ihren Arm auf die Hüfte der Frauen gelegt. Und sie spüren die Bewegungen der Hüfte in der Hand. Und sie geleiten die Frauen hinaus. Sie steigen mit ihnen über die Außentreppe hinunter zu den Wagen.
Mac lehnt erschöpft am Kiosk. Sein Gesicht ist naß, und er hält die Augen geschlossen. «Dreckweib», sagt er, «elendes, verfressenes Dreckweib.»

Ohne die Augen zu öffnen, zieht er die Zündholzschachteln aus der Tasche und spielt sein Spitfire-Spiel. Für England spielt er, für Europa, für die Freiheit. «Du wirst betrogen, Jugend Amerikas!» Und ein Bursche sitzt in der Kiste vor ihm, im kleinen Kreuz, dort in den Himmel gestellt, in der Zündholzschachtel sitzt ein Bursche, einer, den er noch nie gesehen hat und mit dem er redet, ohne Unterbruch.
«Bist in die Falle gegangen», sagt er. «Kleiner Narr. Und Mac wird dich festnageln dort oben für deinen Führer.» Er lehnt an der Theke, Mac, und schüttelt den Kopf. Der Schweiß perlt an seiner Schläfe, die Handrücken glänzen vor Schweiß. «Armes Kind», sagt er, «mein kleiner, dummer Junge. Was haben sie dir angetan? Wie holt man dich heraus aus dieser Scheißkiste? Ach die Teufel! Denen ist nichts heilig, nicht einmal die eigene Fratze.»
Viertelstundenlang redet er mit dem grauäugigen Jungen in der Messerschmitt, berät, was zu tun sei, um die Teufel daran zu hindern, weiterhin dumme Burschen in Kisten zu pressen und ihm, Mac, vor die Spitfire zu schicken. «Steig aus», sagt er, «Mac meint es gut. Steig aus und mach keine Umstände. Heb deinen Hintern aus dem verfluchten Zeug, laß die Kiste Kiste sein. Aber schnell, mein Guter, schnell.»
Er atmet mühsam. Er weint. Und dann sagt er mit einer andern, einer nüchternen Stimme zu mir herein, das gehe nicht. Man dürfe nicht wegschmeißen, was einem nicht passe, lieblos. «Du bist brutal», sagt er. «Ein Bauer bist, einer, der nicht zu kämpfen versteht. Ein fauler, bequemer Kerl bist, einer, der gleich seinen reinen Tisch haben will. Ohne Nachsicht. Boos, ich schäme mich. Ich schäme mich. Man schmeißt Adrien nicht in den Graben.»
Er hat die Sekretärinnen vergessen, die neben ihm die Treppe niedersteigen. Er lacht nicht mit den Krankenschwestern. Leise vor sich hinredend geht er weg.
Er straft mich. Und er tut das, indem er nicht zuläßt, daß ich mich mit ihm zu Tode saufe. Allein und bekümmert trinkt er seinen Schnaps. Und fällt nachher hin auf seine Manuskripte. Und das Fräulein Hübscher kommt und wird erschrecken und wird mit angehaltenem Atem hinknien zu ihm, wird ihm

über die Hand fahren und wird nochmals erschrecken, weil die Hand kalt ist. Es wird den Puls suchen an seinem Handgelenk, das Fräulein, wird ihn nicht finden, wird hastig herumsuchen an Macs Hals, an seiner Schläfe, wird klagen und wimmern und sagen, Mac trinke zu viel.
«Sie schaden sich, Herr Mac! Ach Gott, ein so guter Mensch!» Und es wird seinen Kopf ein bißchen anheben über die hingeknieten Knie, wird ihn ein bißchen aus den Manuskripten heben, wird Macs Haare zurückstreichen aus der Stirn, wird den Kopf eine Weile länger hochhalten, als ihm eigentlich richtig scheint, dem Fräulein, und bettet ihn wieder hin, kniet noch eine Zeitlang so, über Mac gebückt, hilflos, hat die Hand auf Macs Bauch liegen, auf seinem Gipspanzer, streicht ihm das Leibchen zurecht auf dem Gips, und wird sich schließlich aufrichten am Tisch, seufzend, mit vom Aufstemmen weißen Fingern.
Es muß lange stehen bleiben, auf die Tischplatte gestützt. Es wartet, bis das Blut zurückkommt und bis die Schwärze sich lichtet vor den Augen. Und dann zieht es seinen Mantel aus, das Fräulein, und breitet ihn über Mac.
Mac, der mich einen Bauer nennt. Und der im übrigen nichts mehr zu schaffen haben will mit mir. Eben.
Nur Su kommt oft. Sie streckt den Arm durchs Guckloch und berührt meine Wange.
Ich denke, das Mädchen muß sich auf die Zehenspitzen stellen, um mich zu erreichen. Es ist schwer geworden, schwerfällig. «Du bist da», sagt es. «Gut so.»
Su möchte mich hinübernehmen zu sich in die Waschküche; aber keiner hilft ihr. Und allein wagt sie mich nicht hinunterzufahren über die Treppe.
Am Morgen kommt sie jeweils gleich hierher. Ich kann sie über den Platz kommen hören. Noch niemand ist unterwegs außer ihr. Und ich sehe sie unten die Tür aufstoßen. Sie drückt sich herein, und sie schaut herauf zum Kiosk. Und der Kiosk ist unversehrt. Sie läßt sich gegen die Tür fallen, lehnt am Holz, neben der schweren Klinke, sie hält die eine Hand unter den Bauch, die andere drückt sie gegen den Hals. Lange verschnauft sie.

Sobald sie näherkommt, neige ich mich vor, damit sie mich sehen kann. Ich mache Licht und halte das Gesicht ins Licht. Sie soll wissen, daß mir nichts fehlt.
Wenn verkohlte Blätter auf den Stufen herumliegen, steigt Su schnell zwischen ihnen hoch. Sie scheint sie nicht zu beachten. Aber natürlich rechnet sie sich vor, daß der Lange dagewesen sein muß, daß er und der Laborant sich ein Vergnügen daraus machten, mir brennende Zeitungen vor der Nase herumzuschwenken, einmal mehr, und daß sie mir gedroht haben, den ganzen Kasten anzuzünden. «Eine hitzige Himmelfahrt, Boos, alter Lüstling, in all deinen brotzelnden Weibern, in all deinen jubilierenden Speckschwarten. Freu dich!»
Su weiß, wie der metallene Eckzahn des Lümmels glänzt. Sie kennt seine verlogenen, einschmeichelnden Versprechungen: «Endlich wird die große Befreiung kommen, Boos. Unser Reich blitzblank. Ausgekehrt all die Titten, all die Herzeigebürschchen, ausgekehrt die Auftrumpfer und Generale. Nur das goldene Ei wird bleiben. Ein letzter Rest deines stinkigen Unterstocks. Lobsinge, Boos, dem Herrn des Feuers!»
Su weiß, daß sie sich ans Guckloch drücken und lachend flüstern: «Auch diese kleine Hure wird mitfahren, Boos, diese Su. Auch wenn der Besenstiel sich biegt unter ihrem Bauch, deine Geliebte wird nicht lang auf sich warten lassen.»
Ach ja, die Gerechten finden immer Ungerechte, die zu rösten sich lohnt. Kennt man. Laß dich nicht bedrängen, Su! Du siehst, ich lache; trotz der verkohlten, herumwirbelnden Papierfetzen lach ich. Und du wunderst dich. Du wirst unsicher. Und deine Finger zittern.
Aber vielleicht zittern sie nur, weil du dich zu sehr strecken mußt, um hereinzureichen bis zu mir. Und schließlich gibst du dich zufrieden, redest dir ein, ich würde lachen, weil ich wieder eine Nacht mehr hinter mich gebracht hätte und weil ich deine Erleichterung sähe, deine Erleichterung, daß ich noch da bin. Und jetzt lachst du auch. Weshalb sollen wir nicht eine Minute zusammen lachen, Su?

69.

Su läßt dich nicht hungern, Boos.
Sie hat die Thermosflasche mit Kaffee auf den Zeitungsstapeln zurückgelassen, so, daß du die Flasche durchs Guckloch heben kannst. Sie hat dir zwei Brote hingestellt, mit Butter bestrichen, und gelbe Konfitüre ist auf die Butter gehäuft. Und auf dem Tellerchen, das sie dir über die Münzschale hereinschob, steht ein Ei. Es ist aufgeschlagen. Lange, dünne Brotstäbchen liegen daneben. Und der Geruch von Eidotter steigt um dich. Und du siehst die Gardinen, die im Wind wehen, die voll Sonne sind, und siehst Eva hinter den Gardinen stehen und hinausblicken auf die Baumkronen.
Ein Frühstück mit Eva, denkst du. Und du schließest die Augen. Hinter deinen Lidern dauert es, das Licht, das Leichte, das durchsonnte Grün. Es soll dauern. Du wirst den Mut finden müssen, Boos, an die Monate nach jenem Frühstück zurückzudenken.
An die langen Telephongespräche in der kleinen Wirtschaft wirst du denken, bei angelehnter Tür die Gespräche, und die Wirtin kam vorbei und holte eine Kiste Bier, holte Käse im Keller, was weiß ich, Wein vielleicht, kam vorbei, mehrmals, und sah dich prüfend an, sah wohl, daß du blaß warst, blaß unter deiner braunen Haut, hörte, daß du keine Stimme hattest, daß du kaum redetest.
Die Telephongespräche mit Eva. Mit einer Eva, die oft lang schwieg, die lautlos weinte und nichts zu sagen vermochte und nur dich bei sich haben wollte, zumindest am Telephon hinter den Bergen, hinterm Schnee dich bei sich haben wollte, und die, wenn schon nichts mehr gesagt werden konnte, schweigen wollte mit dir.
Da wird, Boos, Mut zur Großmauligkeit, da wird alles zur Grimasse; dann nämlich, wenn ein Zolldirektor nicht mit sich reden läßt und mit dieser verdammt lächerlichen und doch verdammt nicht lächerlichen Pistole durchs Haus steigt, nächtelang herumsteigt und ans Bett des Kindes sich hinsetzt und das Kind anstarrt und die Pistole nicht aus der Hand legt und einschläft, sitzend neben dem Kind, und wieder auf-

schreckt und in den Garten rennt, ums Haus rennt, immer mit dieser verdammt lächerlichen Pistole, und überzeugt ist, bis zum Irrsinn überzeugt, daß es sich verteidigen läßt mit Mord und Auswischen und Erpressen: das Glück. Das, was er Glück nennt.
Man soll, kurz gesagt, einem Zolldirektor, der seine Frau besitzt, nicht in die Quere kommen. Sag nicht: wenn schon. Todesverachtung ist fehl am Platz. Todessehnsucht ist zu bequem. Willst du, um deiner schönen Lasterhaftigkeit des Sterbenwollens zu frönen, das Kind Evas verderben? Willst du es zum Kind eines Mörders machen? Willst du ihm das an die Schuh hängen? Nichts ist einfach, Boos. Lösungen finden sich nur in Romanen.
Eingesperrt in eine kleine Zelle bist du, Boos, und hämmerst gegen die Wand. Und jene Frau, Evas Schwester, die du kaum kanntest, hat dir die Zelle nicht aufgemacht. Jene Frau, die in einem schmutzverkrusteten Auto angefahren kam, über Deponien her, über Pfützen, die auf dich zugefahren kam in diesem kleinen, schachtelgroßen Fiat, die aus dem Wagen stieg neben dir, die dich erkannt haben muß in deinem Ölzeug, die neben dir herging im Regen, über Rollbahngeleise hin, hinter Geräteschuppen, hinter der Schmiede und hinter der Lokomotivremise durch und wieder über Rollbahngeleise hin; die Raupenfahrzeuge kesselten vorbei, der Rauch schlug um euch, Schmutzfontänen deckten euch ein. Und ihr geht herum im Regen, in den Nebelschwaden, unter tropfenden Tannen, an ausbrechenden Lehmkratern hin, an tropfenden Wurzeln. Und die Frau sagt, sie könne verstehen; trotzdem, sie fürchte um dich, um alle fürchte sie. «Der läßt nicht mit sich reden. Das ist das einzige, was er vorzeigen kann. Das ist das einzige, was er nicht hergibt: Eva.
Ich wußte es immer», sagt die Frau. «Mach einem Hund den Knochen nicht streitig. Lassen Sie meine Schwester. Schweigen Sie.»
Obschon du nur diese wortlosen, diese tonlosen Telephonierereien hast, obschon die Berge zwischen euch liegen, Kette um Kette, Stock hinter Stock, und kaum ein Tal, obschon ihr schweigt, bittet man dich zu schweigen, Boos.

Eine kunterbunte Verrücktheit! Man müßte dir den Hals abschneiden, hast du gedacht. Man müßte dich mit einer Ladeschaufel totschlagen. Du bist, Boos, neben jener Frau in der Kantine gesessen und hast ihr zugeredet, hast gesagt, sie müsse etwas von der Suppe nehmen. Du, nein, du hattest keinen Hunger; die Frau aber brauche Suppe. Und du hast zugesehen, wie die Frau ihre Suppe verschüttete, wie ihre roten, vom Regen aufgeweichten Finger zuckten. Du hast gesehen, wie sie ihr Haar zurückstrich, das vom Regen strähnig geworden. Und du hast gesehen, daß ihre Kleider naß waren, klatschnaß und verdreckt.
Der Kantinenwirt sah herüber, und die paar Männer, die neben ihm am Schanktisch standen, drehten manchmal den Kopf. Man setzte sich hin an die Tische neben euch und stand wieder auf. Man stieß sich das Hemd in den Gürtel, man hakte den Hosenbund ein, man sah, währenddem man den Stuhl unter den Tisch rückte, auf die Frau nieder und ging hinaus.
«Ich werde Ihnen trockenes Zeug geben», hast du zu der Frau gesagt. «So geht das nicht.» Die Frau wurde jetzt von Kälte geschüttelt, trotz der warmen Suppe, trotz des Kaffees, über den sie weghauchte. Und du bist der Frau vorangefahren, hinunter bis zur Wirtschaft, hast sie auf dein Zimmer geführt, hast Unterkleider hervorgesucht, deine Unterkleider, hast ihr Hose, Wollsocken und Pullover bereitgelegt, das alles würde der Frau viel zu groß sein, und bist aus dem Zimmer gegangen. Du hast, als du der Frau dein Tuch zum Sichtrocknen gabst, hast du einen Augenblick lang in dieses fahle, eingefallene und klein gewordene Gesicht hinein gesehen. Und du hast vor der Wirtschaft gewartet, bis sie sich umgezogen hatte. Du hast eine Wolldecke auf den feuchten Autositz gebreitet und hast der Frau die Tür aufgesperrt, hast sie einsteigen lassen, wegfahren lassen.
Du bist hineingegangen in die Stollen und hast dich gewundert, daß deine Berechnungen stimmten, hast sie nachgeprüft, mehrmals, hast mitten im Rechnen eingehalten und hast von vorn begonnen. Du hast die Maßzahlen in den Instrumenten abgelesen, hast sie aufgeschrieben und hast das Instrument

gedreht und hast wieder abgelesen. Es rechnete in dir, automatisch. Durch all die verrückten Gedanken und Gedankenfetzen hindurch hat es gerechnet in dir. Und als du am Kamin saßest, abends, neben den alten, zwetschgenkauenden Weiblein am Kamin, und deine Maßbücher bei dir hattest, deine Tabellen, rechnete es noch. Und du hast auf den Anruf Evas gewartet.

70.

Es war im August. Vielleicht war es aber schon September. Ich weiß es nicht genau. In den Oberstaffeln der Alp war Schnee gefallen. Die Bäche flossen über die Wiesen. Das Wetter war klar geworden, und wir standen eine ganze Weile geblendet, Saluz und ich, als wir aus dem Stollen traten.
Die Nacht würde kühl werden. Man würde einen Jass machen, ein paar Polygonzüge nachrechnen, man würde sich zeitig hinlegen. Der Mond würde hereinhängen über die Gipfel. Man würde, bevor man sich legt, ein Glas mehr trinken, um nicht lang herumdenken zu müssen.
Wir stiegen hinunter zur Wirtschaft, hängten unsere Überwürfe in den Anbau, legten Helme und Schuhe ab und gingen auf unsere Zimmer.
Als ich in die Kammer trat, kam mir Eva entgegen. Ohne ein Wort zu sagen, drängte sie sich an mich. Erst meinte ich, sie müßte ohne ein Wort zu sagen auch wieder weggehen. «Das bist du? Du!» Ich schüttelte sie, ungläubig. Wahrscheinlich habe ich sie nahezu bewußtlos gepreßt. Ich wollte nichts als spüren, daß sie war, noch immer war.
Ich wollte sie riechen und einatmen und umschließen und schmecken und hineinnehmen in mich. Und es erschien mir ganz normal, daß ihr Gesicht naß war von Tränen, daß diese Nässe in meinem Gesicht war, daß sie eins machte aus uns. Erst als Eva sich von mir wegstützte und mich bat, sie etwas ruhen zu lassen, sah ich, daß sie zitterte.
Sie selbst drängte sich wieder an mich. Sie barg das Gesicht an

meiner Schulter, wühlte es gegen meinen Hals. Und sie schien jetzt wütend zu sein, weil sie die Beherrschung verlor. Sie klammerte sich an mich und weinte laut, wurde geschüttelt vom Weinen. Tief, dunkel, brockenweise brach es aus ihr herauf. Manchmal wurde sie starr, atmete nicht mehr, schien zu ersticken, schien an einem Würgen hilflos zugrunde zu gehen. Ich bekam Angst. Ich nahm ihr Gesicht in meine Hände, bog es von mir weg, ich nahm es wieder heran, ich versuchte sie herauszurütteln aus dem Krampf, bettelte sie an, närrisch, doch nicht soviel Weh zu haben, beschwichtigte sie gleichzeitig, sagte, sie möge sich ausweinen, wußte schließlich: das alles, das mußte heraus aus ihr, mußte weggeräumt werden. Ich wußte es und sagte es ihr, währenddem ich ihr den Rücken streichelte, und fürchtete mich doch.
Langsam wurde sie ruhiger. Ich hatte sie aufs Bett gelegt, mit den Schuhen, im Mantel, hatte mich neben sie gelegt, und nun kauerte sie in mir, eingekrümmt wie ein Embryo. Ihr Rücken preßte gegen meinen Bauch. Sie hatte meine Hand genommen und sich die Hand aufs Gesicht gelegt.
Sie war jetzt still. Nur hin und wieder wurde sie von einem Schluchzer durchbebt. Ich wartete. Sie hatte ihre Hände über meine Hand gelegt. Und sie hatte, wohl ohne es zu merken, einen meiner Finger zwischen die Lippen genommen.
Unvermittelt hob sie meine Hand weg und sagte, ich hätte Hunger. «Hast du gegessen?» fragte sie. «Ach, bin ich eine Göre!» schimpfte sie. «Ich halte dich vom Essen ab.» Und sie wollte, daß ich hinunterginge ins Restaurant und etwas esse. Sie würde warten, sagte sie. Sie brauche nichts. «Nein», sagte sie, »du würdest dich schön blamieren mit meinem Heulgesicht.»
Sie hatte sich aufgehockt. Sie fuhr mit einem Finger in meinem Haar herum. Sie hatte sich die Schuhe abgestreift und hatte sich über mich hinausgebückt aus dem Bett und hatte die Schuhe auf die Bettvorlage gleiten lassen. Nun saß sie da und schob die Zehen unter meine Schenkel. Sie würde mir etwas aus der Gaststube heraufholen, sagte sie. «Ich werd neben dir sitzen, wenn du ißest. Ich schau dir so gern zu.»
Sie redete schnell. Und ich spürte, sie versuchte fröhlich zu

sein. Ich ließ sie. Ich war froh, daß sie sich hatte freiweinen können.
«Komme ich ungelegen», fragte sie. «Ich frag gar nicht, ob du etwas vorhast? Ach Schatz, wartet da jemand?»
Sie wußte nur zu gut, daß niemand wartete; außer Saluz vielleicht. Ich sagte es ihr. Und sie wollte wissen, wie es Saluz gehe. Ich hatte ihr von ihm erzählt, so, wie man von den Dingen erzählt, die man das Jahr über macht.
«Und ihr spielt zusammen?»
Ich sagte, daß wir spielten, Saluz und ich. Und daß ich das Banjo hörte dabei. Ihr Banjo, meines.
Sie kletterte über mich hinweg aus dem Bett, zog den Mantel aus, wusch sich lange und umständlich das Gesicht, tupfte Haar und Augen trocken. «Häßlich», schimpfte sie. «Daß du sowas ansiehst!» Zeit hätte sie nicht viel; sie müsse noch in der Nacht wieder zurück. Der Zolldirektor komme morgen früh nach Hause.
«Vielleicht kommt er schon in der Nacht, und findet mich nicht.»
«Ich hole dir etwas», sagte sie entschlossen. Sie wollte hier sein diese paar Stunden, wollte nicht an etwas anderes denken. Auch ich sollte nicht daran denken.
In Strümpfen ging sie hinab in die Küche und brachte mir Suppe und Fleisch. Ihr Gesicht war rot geworden. Ich wußte nicht, war es vom langen Waschen rot, vor Freude und Aufregung, weil sie mir etwas zum Essen hatte holen können, oder war sie erschrocken, als ihr bewußt wurde, daß sie in Strümpfen im Wirtshaus herumlief. «Ich kompromittiere dich.» Aber das klang gar nicht nach Selbstvorwurf. Das klang schon eher lustig herausfordernd, stolz.
Ich aß. Noch nie hatte ich in meinem Zimmer etwas zu mir genommen. Eva hockte mit angezogenen Knien auf dem Bett und sah mir zu. Manchmal bückte sie sich her und ließ sich füttern. In der Fleischbrühe getunktes Brot, Kartoffelstücklein, Fleisch. Sie erzählte von der Fahrt, vom Kind, das sie bei der Schwester gelassen hatte; von den Augen der Schwester erzählte sie, davon, wie sie groß geworden waren, als sie sagte, sie würde schnell für eine Nacht weggehen, einen Arzt aufsu-

chen, eine befreundete Familie, erzählte davon, daß die Schwester langsam genickt hätte und ihr einen Gruß aufgetragen hätte, einen Dank, nochmals, für die trockenen Kleider, und daß die Schwester alles wußte.
«Auch er wird es wissen», sagte sie schnell. «Ich darf nicht. Verstehst du? Ich muß ihm sagen können, es ist nichts gewesen.»
Was sollte das heißen: ich muß ihm sagen können, es ist nichts gewesen. War das denn nichts?
«Ich kann ihm nicht ins Gesicht lügen, verstehst du?»
Arme Närrin. Was konnte ich tun? Hätte ich alles niederreißen und zertrampeln sollen?
«Verzeih», sagte sie, «ich mach dich nur elend.»
Unter uns war der Lärm der Gaststube. Einmal ging jemand an der Tür vorbei, trat ins Nebenzimmer, suchte herum, öffnete einen Schrank, verließ das Zimmer wieder, stieg die Treppe hinunter. Es mußte Saluz gewesen sein. Er hatte Eva wohl gesehen, als sie das Essen holte, oder die Wirtin hatte ihm Bescheid gesagt. Manchmal drang das Klingeln der Spielautomaten herauf. Das Gelächter deckte den Lärm des Fußballtisches zu.
«Schick mich weg», hatte Eva gesagt. «Ich bring es nicht über mich. Ich bin ein Egoist. Bitte schick mich. Ich sah dich. Ich weiß wieder: du bist da. Es geht mir gut, jetzt. Ich kann leben. Schick mich!»
Sie hatte ihre Arme um die hochgezogenen Beine geschlagen und die Stirn auf die Knie gelegt. Autos fuhren vom Vorplatz weg. Männer riefen sich zu. Ich konnte nichts verstehen. Das Fenstergeviert war blaß geworden, der Raum war fast dunkel.
Ich hatte mich vor Eva hingestellt, hielt sie an den Oberarmen fest und wiegte sie hin und her.
«Es ist Wahnsinn», sagte sie. «Komm.»
Sie warf die Decke zurück. Sie zog sich schnell aus. Sie wollte neben mir im Bett liegen und mich spüren. «Nur das», sagte sie. «Mehr nicht. Bitte, mehr nicht. O du, du hast recht, ich bin verrückt.»
Sie zitterte wieder. Und ich fürchtete, sie würde nochmals zu

weinen anfangen. Ich preßte sie an mich. Mußte ich da mittun? Was wollte sie ihm denn sagen, ihrem Mann? Daß nichts geschehen sei? Wer sollte das glauben? Sollte ich das? Wollte sie's? Mußte ich sie im Glauben lassen, daß sie recht hatte, daß man sowas sagen kann? Augenblicke lang war ein wildes und höhnisches Lachen in mir. Ich hatte den Wunsch, mit ihr irgendwo hinzugehen und zu sterben. Ohne daß der Kerl sich erst zum Mörder aufschwingen muß, dachte ich. Ich küßte sie.
Ich versuchte nicht, sie zu überreden. Es war mir klar geworden, sie brauchte etwas, das ihr die Möglichkeit gab, die Lüge zu einer weniger großen Lüge zu machen.
«Aber du», sagte sie. «Du quälst dich.»
Sie hatte sich wieder mit dem Rücken an mich gekuschelt. Sie hatte schlafen wollen; aber sie konnte nicht. All ihre Muskeln waren hart, verspannt. Sie sprang aus dem Bett: «Wie gemein ich bin! Ich muß dir einmal wehtun, einmal! und du wirst frei sein, erleichtert. Aber ich brings nicht über mich. Ich flenn herum und mach dich kaputt.»
Sie begann sich anzuziehen. Ich mußte jetzt doch lachen. Sie war eine kleine aufgebrachte Hornisse, ein zorniges Zopfmädchen. «Du sollst dich nicht herumstreiten mit dir, hörst du», sagte ich. «Du sollst freundlich zu dir sein, gut. Du sollst tun, was dir gut tut – und es tut auch mir gut. Das ist alles.»
Sie besah ihre verweinten Augen im Spiegel. Sie hob einen Arm und zog meinen Kopf neben den ihren. Sie sah mich aus dem Spiegel an. «Ach, sind wir Kinder!»
Sie schlief dann lang. Ihr Atem ging leicht. Selten, daß sie tief durchatmete und flüsterte im Traum. Sie hatte ihren Kopf auf meinen Arm gebettet. Die rechte Hand hatte ich auf ihre Brust gelegt. Ich hörte unten das Lokal ruhig werden. Ich hörte die Motorräder hinauffahren in die Barackendörfer, und ich hörte den Bach rauschen aus der Schlucht herauf.
Es schlug ein Uhr, als ich sie weckte. Sie wollte gleich zurückfahren. Ich hatte ihr versprechen müssen, sie zu wecken und fahren zu lassen. Sie wollte nicht, daß ich sie hinausbegleite ins Tal. «Morgen bist du wieder im Stollen, an der Arbeit»,

hatte sie abgewehrt, «du sollst nicht mit mir in der Nacht herumrennen.»
Sie würde auch sonst wenig schlafen, hatte sie gesagt. Und nach zwei Stunden Fahrt, gegen vier Uhr spätestens, würde es tagen.
Sie kniete neben mir. «Das tat wohl», sagte sie. «Aber nur mir. Ich weiß es. Ich bin scheußlich. Ich schlafe und laß dich nicht zu mir kommen.»
Ich versuche zu lachen. Ich sagte, ich sei zufrieden. Wenn ich irgend etwas gewünscht hätte, jemals, so möge man mir das nicht übel nehmen. Ein Kerl wie ich hätte nichts zu wünschen.
Sie sah mir ins Gesicht. Von oben herab sah sie. Sie bückte sich und küßte mich. Sie stieß ihre Fäuste neben mir in die Matratze: «Wie du redest! Wie du redest!» Sie schmiegte sich an. «Weshalb weinst du?»
Ja, sie hatte recht. Sollte man nicht fröhlich sein? Hosianna! Gott aller Christen, man liebt, du kennst das, man liebt so rein, so fein wie möglich!
«Es ist nicht gut», sagte sie, als sie im Auto saß und die Tür aufsperrte, mir das Gesicht hinhielt. «Ich habe alles verkehrt gemacht. Es ist nicht gut, ich seh es.»
«Du sollst nicht Unsinn denken», mahnte ich. «Du sollst auf die Straße achten. Du sollst, hörst du, nicht leichtfertig umgehen mit dir; man braucht dich. Ich kann nur sagen: man braucht dich.»
Sie lächelte. Sie fragte nicht, wie ichs meinte. Sie gab Gas und fuhr schnell weg.

71.

Saluz muß gesehen haben, daß Eva wegfuhr. Und er muß gesehen haben, daß ich nicht mehr zurückging auf mein Zimmer.
In zwei Stunden tagt es, sagte ich mir. In Hemd und Hose, so wie ich gerade war, in Sandalen stieg ich hinauf gegen die Deponien. Ich versuchte mir vorzustellen, welchen Teil des Tals

Eva wohl gerade durchfuhr. Zuerst hatte ich noch ihr Scheinwerferlicht in den Felsen gesehen, weit draußen einen Schein in den Wäldern. Aber dann waren andere Lichter gekommen, hatten Evas Licht überdeckt, und ich konnte schließlich nicht mehr unterscheiden, welches zu ihr gehörte.
Ich stieg an der Baustelle vorbei. Ich würde lange vor Arbeitsbeginn wieder da sein. Von der andern Seite der Schlucht her sah ich den Stollenlokomotiven zu. Ich sah sie über die beleuchteten Schüttungen wanken, hörte das Klirren und das Geratter auf den Schienen und hörte das Gestein niederprasseln in die Halden. Ich stieg den schmalen Weg gegen die Alpweiden hoch, einen Weg, den ich oft mit den Meßgehilfen gegangen war und auf dem ich mich auch in der Dunkelheit zurechtfand. Tief im Westen stand der Mond und beschien die Schneekuppen. Und so waren die Umrisse, die hellen Steine, die Stämme doch zu sehen.
Als ich durch die untern Alpen ging, tagte es. Ein paar Ziegen kletterten auf den Hütten herum, sahen über die Nesseln her. An den Abhängen hinter den Hütten hatte das Vieh lange, schmale Bänder getreten. Ich konnte jetzt die Lehmmulden deutlich erkennen. Von Grasbüschel zu Grasbüschel stieg ich weiter. Manchmal stachen mich Disteln. Die Lederriemen der Sandalen schützten mich nicht. Manchmal trat ich in einen Kuhfladen und rutschte. Die Füße waren naß vom Tau. Er war eiskalt. Weiter oben würde noch Reif liegen, wenn die Sonne mir nicht zuvorkam.
Ich wußte, Eva fuhr über Pässe, zwischen Schutthalden, Brockenhalden, und jenseits der Pässe die Täler hinaus. Über Hügel hin würde sie fahren, an Seen vorbei. Und würde ihr Kind holen. Es tat gut, in derselben Richtung zu gehen, in der sie fuhr. Ich fühlte mich wohl. Du bist leicht, sagte ich mir. Ein kleiner Schmerz war in den Augen querüber, aber das war nicht der Rede wert.
Sonderbar leicht ist das, sagte ich mir. Ach, beim Teufel, soll man nicht leicht sein? Soll man sich nicht leicht fühlen, bei soviel Vertrauen?
Ich kannte mich aus hier. Dort vorn auf jenen Bergkuppen

hatten wir unsere Nächte verbracht, Saluz und ich, hatten uns über die Täler hin unsere Funksprüche gesendet bevor wir einschliefen zwischen Legföhren. Jeder hatte noch eine Weile mit eingeschaltetem Gerät gewartet nach dem Gutnachtsagen, war froh, daß der andere nichts mehr sagte, nur da war, ins Gerät hineinatmete und wartete und damit zeigte, daß er da war. Und schließlich war das Knistern gewesen im Gerät und dann nichts mehr. Der Wind im Gras. Manchmal vielleicht, verweht, drang von tief unten herauf das Brummen eines Lastwagens. Manchmal war weit weg das Aufblinken eines Lichts. Sonst aber war nur Wind, und im Wind war das Geriesel fallenden Wassers.
Ich stieg mühelos. Die Hänge hatten jetzt das Grün und das Braun der Hochalpen. Überwachsene Felstrümmer türmten sich. Der Weg führte einem Rinnsal entlang in ein flaches Tal hinein. Mauleselmist war da. Überall büschelten sich niedrige, rotblättrige Pflanzen. Finken schwirrten. Hinter einem felsigen Durchstieg lag ein Seelein. Die Ränder waren schmutzig getreten. Ein Auge mit entzündeten Rändern. In einem starren Gesicht ein starres Auge. Über glatten, von Zacken durchstoßenen Kuppen begannen die Schneefelder.
Ein Falterpaar wirbelte vorbei, klein und eilig, wie aus Versehen hergeweht. Die Sonne hatte Kraft hier, sie drückte auf die Stirn. Von einem Joch aus sah ich einmal ins Tal. Tief unten lagen nun die Legföhrenwälder, faserten aus im Geröll, wechselten mit Grasbändern und Rüfen. Um mich war nur noch Stein.
Ich fühlte mich gut. Ich war ruhig; etwas wie Fröhlichkeit war da. Und ich redete mit Eva. Ich sprach ihr Briefe vor. Dochdoch, wehrte ich mich, ich übertreibe nicht, ich bin leicht. Tatsächlich. Ich wünschte, daß du ebenso leicht sein könntest wie ich. Höre, ich werde mir Steine in die Taschen packen, damit ich nicht wegfliege, daß ich kein Falterpaar werde, wirrwirr, und zwitschernd wegfliege.
Und ich hörte Eva lachen. Ein Hauch war in meinem Nacken wie von ihrem Lachen. Wenn sie mich von hinten umklammerte und meine Arme gegen meinen Leib preßte und lachte

und sagte, ich hab dich, dann hatte ich diesen Hauch im Nakken. Ich sah mich um. Esel, sagte ich mir. Weshalb Esel? Pack mich dazu, zu deinen Steinen, würde sie sagen. Ich möchte in deiner Tasche sein. Nein, würde sie sich schnell verbessern, doch nicht, lieber nicht.
Ich will nicht. Du sollst ohne Last sein. Du hast mir versprochen, leicht zu sein. Siehst du das Glimmern im Stein? Ach, sagt sie, ich bin zu schwer für dich. Viel zu fett bin ich. Ich esse wie ein Drescher.
Und ich würde sie nehmen und Huckepack herumtragen, würde mit ihr über Steine hüpfen und über Bäche, so leicht ist sie, so leicht sind wir beide, wirklich.
Wasser spiegelte. Steine und Erdschollen waren so zusammengelegt worden, daß das Wasser sich in einer Mulde sammelte. Milchpackungen lagen da, Senftuben, leergedrückte. Ein paar Schritte weiter stand ein kleines Steinhaus. Es war so klein, daß man es mit gestreckten Armen ausmessen konnte.
Unten mußte die Schicht längst eingefahren sein. Die Meßgehilfen würden auf mich gewartet haben, das wußte ich, würden die Instrumente aus der Bürobaracke geholt und bereitgestellt haben. Sie würden unsicher geworden sein während des Wartens und auch die Fluchtstäbe und Handfäustel und Bolzen hervorgeholt haben, die Stative mit den Meßlatten und den Leuchtmarken. Sie würden sich fragen, ob ich einen andern Treffpunkt vereinbart hätte. Ob sie mich mißverstanden hätten, würden sie sich fragen, oder ob ich wohl übersehen hätte, ihnen eine Anweisung zu geben. Ob ich krank sei?
Sie würden zu Saluz schicken, oder es würde einer hinunterfahren mit dem Motorrad zur Wirtschaft. «Hat er sich verschlafen? War ein Fest diese Nacht? Ist nicht seine Art, einer Sauferei wegen uns sitzen zu lassen. Oder ist er weggefahren? Ist da etwas geschehen? Ist ihm wer gestorben?»
«Aber das wüßte man», werden sie sagen. «Er hätte jemand beauftragt, uns Bescheid zu geben, hätte uns durch Saluz oder irgendeinen die Arbeit zuweisen lassen.» Man könnte die Deponie nachmessen. Man könnte die Kaverne überprüfen, den Ausbruch, oder den Schrägstollen.

Sie würden auf den Rollkarren herumsitzen, das wußte ich, und in die Sonne blinzeln und immer wieder einmal aufstehen von den Rollkarren und ein paar Schritte machen, sie würden an den Geräten herumhantieren, einfach so, würden sich schlecht vorkommen, weil sie unnötig herumstehen mußten, und würden zuletzt etwas übereifrig, drängelnd, aber erleichtert hinter Saluz hineingehen in den Stollen.
Ich lachte. Ich konnte die Sonne sehen in ihren zerfurchten Gesichtern, in den Mundwinkeln, wo der Kautabak in den Falten saftet. Die Sonne auf ihren verschmierten gelben Plastikhelmen konnte ich sehen, die zerschundenen Hände. Und ich konnte ihre Worte hören. Den Tonfall hatte ich im Ohr dieser einzelnen, schnell und abgehackt hervorgestoßenen Worte, die in der Helle hängenzubleiben scheinen, die immer fremd sind in der klaren und trockenen Luft.
Ich erzählte Eva von den Männern. Von der Art, wie sie mir ihre Zeichen gaben, wenn sie bereit waren weit weg, wie sie beiseite traten und mir die Sicht freigaben auf das Meßgerät, das sie aufgestellt hatten. Ich erzählte ihr von der Art, wie sie aßen, wie sie von den Frauen redeten, wie sie ihre kleinen, schlecht verschnürten Pakete auspackten, die von zuhause kamen.
Du machst mich eifersüchtig, sagte Eva, als ich erzählte, wie die Männer an der Sonne liegen, eine Bierflasche unter der Kniekehle. Du redest von ihnen, daß man eifersüchtig wird. Und sie schmiegte sich lachend an mich.
Sie sah über die Felsbrocken hinunter auf die Alp. Siehst du den Weg, sagte ich. Da sind wir hochgestiegen, zwischen den Abstürzen. Dort, jenen Wasserfall sahen wir von unten; nun, von hier aus, von oben, ist er nichts, ein kleines Blinken, ein Verwehen.
Ich fragte mich, wie sie auf den Vorplatz vor ihrem Haus fahren würde, ob der Zolldirektor da sei, ob sein Wagen in der Garage stehen würde. Was würde sie sagen? Was er?
Der Wind wehte stoßweise. Er rupfte am Hemd. Er flatterte. Man dachte, man müßte ihn sehen können, den Wind, so ruppig und wild war er. Kleine Wolken standen über den Gipfeln, pufften sich auf. Der Himmel war schwarz.

Schwarze Vögel wirbelten herein. Ein Ziehen war in der Höhe, ein Saugen.
Ich querte eine Zunge Schnee. Ich kniete hin, spürte die Kälte am Knie. Die Helle schmerzte. Ich berührte mit der Stirn den Schnee, ich stieß die Stirn in die Kälte, ich rieb mir den Schnee in den Nacken. Ich zog die Sandalen aus und ging barfuß. Ich legte mich in den Schnee hinein, auf den Rücken. Ich ließ die Kälte eindringen in die Hitze, in mich.
Ich sah den Himmel: Flirren, Kristallgitter. Gitter, die sich mit rasender Geschwindigkeit in den Himmel hineinbauten. Speerbündel und Sonne. Das Lecken der warmen Zunge, der Sonne im Gesicht. Ich schlief ein. Ich wachte auf. Ich fröstelte. Das Hemd klebte am Schnee, war naß.
Ich ging weiter. Ich schlug die Füße blutig. Ich zog die Sandalen wieder an. Ich lehnte mit dem Bauch gegen einen Steinblock und ließ mir die Sonne in den Rücken scheinen.
Ich hatte begonnen, Eva zu erklären, daß die Geschichte von Jonas durchaus möglich sei. Wunder sind möglich. Ohne die Arroganz der Wissenschaften sind sie durchaus denkbar. Sie fragte, was das sei, Wissenschaft, und ob es das gäbe. Sie lachte wie ein Bub. Und ich hatte ihr beizubringen versucht, daß es vielleicht kein Wal gewesen sei, bei Jonas, sondern ein Delphin. Verstehst du, ein Delphin.
Eva hatte sich eingehängt. Sie ging auf ihre leichte Art, gewichtlos, nebenher. Sie stieg von Stufe zu Stufe. Ihr Haar wiegte bei jedem Schritt. Ein Delphin? hier? fragte sie.
Ich wollte mich nicht verwirren lassen. Was wissen wir? sagte ich.
Der Mann fuhr auf dem Meer. Und andere fuhren mit, sagte ich. Es war Sturm, was weiß ich, und Jonas fiel ins Wasser. Es ist unwichtig, was war, wie es war. Die Männer haben es viel später erzählt und wußten es nicht mehr genau. Sie widersprachen sich. Jeder hat es anders gesehen. Sie meinten zu wissen, aber sie wußten nichts.
Wissenschaft, fragte Eva, ist das Wissenschaft?
Nein, höre, sagte ich, das alles ist unwichtig jetzt. Da waren Wellen, sagte ich. Und Jonas versank. Das Schiffchen wurde weggetrieben. Die Männer hatten zu tun, mit dem Sturm, mit

dem Schiff. Da war der Mast gebrochen, verstehst du. Sie konnten Jonas nicht halten. Es kommt oft vor, daß einer abgetrieben wird. Man versucht ihn aufzufangen, aber schließlich verliert man ihn. Man wird es seiner Mutter sagen müssen. Man wird es einer Frau sagen müssen. Falls man durchkommt, steht einem noch das bevor. Aber vorerst ist allein das Durchkommen wichtig. Wasserschöpfen, verstehst du. Nicht müde werden. Rudern. Sich festhalten. Ja.
Wie ein kleiner Bruder ging Eva neben mir her. Als wäre sie meine eigene Bewegung, so ohne Gewicht.
Ich hatte auf einem Felsvorsprung eingehalten und sah die Sonne tief in einem weißen Glast stehen. Ich hatte das Schlagen am Hals, hart, kantig, und ich hatte die Hitze in den Augen. Einen Silberdraht hatte ich von Schläfe zu Schläfe, auf den immer wieder ein Klumpen fiel.
Ich erklärte. Und Eva hörte, wie der Delphin Jonas hochschubste, drüben am Strand, auf die Steine schubste, was weiß ich, einen bewußtlosen Jonas jedenfalls. Da kann auch die Wissenschaft nichts dagegen haben, weißt du. Delphine schubsen ihre Jungen hoch, schubsen Ertrinkende hoch. Das stimmt. Das hat man gesehen.
Und was man sieht, lachte sie, ist Wissenschaft?
Sie war übermütig. Evas Lachen kräuselte die Wellen. Ein bißchen Licht lag auf dem Meer, schließlich, Abendlicht. Verstehst du, sagte ich, da wird man Jonas gefunden haben. Oder er kam zu sich. Ohne Beistand. Einfach so. Der Sturm hatte sich gelegt, und Jonas stand naß, in platschnassen Hosen in der Sonne.
Im Abendlicht, sagte Eva.
Ja. Die Männer hatten den Delphin gesehen. Von weit den Rücken des Delphins. Eine Flosse. Und da sie Männer waren, die etwas von Fischen wußten, wußten sie, daß der große Fisch den kleinen frißt. Ja. Verstehst du? Und der noch größere frißt den großen. Und der Wal, obschon er kein Fisch ist, ist der größte und frißt alle. Und so konnte es denn kein Delphin sein, es war der Wal, der Jonas fraß. Und ausspuckte demgemäß. An Land spuckte.
Ich verstehe, sagte Eva. Sie heuchelte. Sie tat listig und verschmitzt. Aber ich war ernst.

Irgendwann, sagte ich, hat man ja sehen müssen: Jonas ist da. Er geht ins Land hinein, in das trockene, vom Wind ausgetrocknete Land, und das Wasser rinnt aus seinen Hosenstößen, salzig, klebrig. Er mußte also ausgespuckt worden sein, hörst du. Wenn er gefressen wurde, wurde er auch ausgespuckt.
Dohlen stürzten an mir vorbei in die Tiefe. Ich wich so lang wie möglich den Schneefeldern aus, querte sie nur ungern. Sie waren steil und glitschig, und die Sandalen gaben kaum Halt. Ich kletterte über Felsbänder weiter. O ja, ich war sehr leicht. Und sehr froh. Das Meer gischtete in mir. In den Augen, den Ohren.
Ein Mann, der gefressen und an Land getragen und ausgespuckt wird, ist ein Wunder. Und deshalb ist er gottgefällig. Ist gar nicht anders denkbar. Er ist ein frommer Mann. Wenn man dir das lang genug sagt, glaubst du es zuletzt. Du bist fromm.
Ich? wunderte sich Eva; sie tat scheinheilig. Ich?
Das Wunder wird durch nichts kleiner. Auch wenns kein Wal war. Auch wenns ein Delphin war; wenns ein Programm war, eingebaut in den Delphin. Denn: wer machte es? Das Programm ist das Wunder, verstehst du.
Eva verstand nicht. Aber sie nickte. Sie wollte nichts sein. Auch nicht fromm. Ein Schaum höchstens, ein Flügel, ein Schmetterlingsflügel hätte sie sein mögen. Dazu vielleicht hätte sie sich hergegeben.
Man hat sich in eine Nische zwischen Felsen gehockt. Man hat die Sonne vor sich, gradaus. Die rote Sonne, die halbe Sonne. Keine Sonne. Das lumpige bißchen Rosa. Man hat das Knattern des Windes in sich, das Tosen. Meer. Man fühlt die Fieberschauer durch einen steigen. Man redet mit Eva, während man schon lange schläft. Und man hört ihr leises Lachen, weil man über die Wissenschaft schimpft, die Arroganz, die Spiegelfechtereien mit der Logik. Und die Logik ist ein Schiffchen, das auf und ab schwingt. Und der Mast ist zerbrochen. Und Jonas treibt im Meer.

72.

Saluz muß mir nachgestiegen sein.
Er hatte gesehen, daß ich gegen den Berg stieg. Und dann, am Morgen, war ich noch immer nicht im Zimmer. Ich war nicht auf dem Bau. Die Meßgehilfen warteten. Und er konnte ihnen nicht sagen, wo ich war. Er gab ihnen Anweisungen, hieß sie Dinge tun, von denen er annehmen konnte, sie wären nicht ganz überflüssig. Er ging mit ihnen in die Kaverne hinein und ließ die Profile, die Größe des Ausbruchs überprüfen. Da würden sie ein paar Stunden beschäftigt sein, dachte er.
Und gegen Mittag stieg er durch die Schlucht hinauf in die Alpweiden. Er hatte seinen Feldstecher bei sich, und er sah über die Weiden hinein in die Hochtäler. Er lief, er stand und suchte die Hänge ab. Die näherliegenden erst, die mit Föhren und Heidekraut überwachsenen, die mit Felsquadern überschütteten. Und er kam an den Ställen vorüber und fragte den Hirten.
Sie werden eine Weile miteinander geredet haben. Sie haben den Himmel betrachtet und haben gesagt, das Wetter halte sich, doch die Nächte wären kalt, reichlich frisch. Nichts für einen, der nur ein Hemd trägt. Und ich denke, Saluz ist den kleinen Bächen entlang nach hinten gegangen, ins Tal hinein, dorthin, wo keine Bäume mehr stehen, wo nur Felshänge sind, Geröllhalden.
Er muß mich gesehen haben.
Weit hinten im Mittagslicht, in einem Schneefeld ist ein Punkt. Und der Punkt rückt übers Schneefeld hin. Und im Feldstecher sieht man auch, daß das kein Tier ist. So bewegt sich kein Tier. Das muß einer sein, denkt man. Und, sagt man sich, das kann kein Tourist sein. Touristen gehen nicht allein über Schneefelder. Außer, wenn sie verrückt sind. Demnach muß das ein Verrückter sein, wird Saluz gedacht haben. Das ist Boos.
Und dann, Stunden später, hat er die Stapfen betrachtet im Schnee, die schon ein bißchen flachgeschmolzenen Stapfen in einem festen, zerfurchten, seifigen Schnee. Der trug keine Bergschuhe, sieht man. Der da ging in Halbschuhen, in San-

dalen. Der ist manchmal ausgerutscht. Der kommt nicht weit mit diesem Schuhzeug. Muß nasse Füße haben. Der friert. Und er, Saluz, hat gesehen, da hat einer die Schuhe ausgezogen und ist barfuß weitergelaufen, barfuß über die schräge Fläche, die glitschige Fläche mit den schneidenden kleinen Kronen aus ausgelaugtem Schnee, über den schmutzigen Schnee, den ziegelroten und braunen.
Saluz hat am Ende des Schneefeldes die Spur wieder verloren. Aber er hat nun doch gewußt, in welcher Richtung er weiterzusuchen brauchte. Erst gegen das Joch hoch, dann weiter der Flanke entlang. Vor Sonnenuntergang hat er mich nochmals im Fernglas gehabt, schon näher. Er wird, denk ich, gerufen haben. Aber ich habe nichts gehört. Er wird gesehen haben, daß ich nicht mehr schnell stieg. Und er wird sich ausgerechnet haben, daß er mich würde einholen können. Zudem, es würde Mond sein. Bei Mond kann man weitersteigen und weitersuchen.
Ich weiß nicht, ob ich aufwachte, als er bei mir war. Ich muß starkes Fieber gehabt haben. Sicher habe ich ihn, wenn ich im Fieber redete, erschreckt. Der ist nicht bei sich, muß er sich gedacht haben. Was mach ich mit dem da oben in der Nacht? Er wird mir erfrieren. Nichts ist da. Nur der Mond ist da. Der trostlos leer hereinhängende Gletscher, diese verdammt läppischen, unnützen Sterne. Und ein Mann ist da, der sich schwer macht wie ein Sack. Dem man nur mit Mühe die Jacke überziehen kann, die eigene. Und der einen schnellen Puls hat, der eine heiße Haut hat.
Mit Boos auf den Schultern steigt man ab. Ein bißchen Gemsjäger. Ein bißchen König der Bernina, Herrgott. Mühsam kommt man voran. Man hat das Schneefeld gequert. Die eigene Hitze ist um einen hochgestiegen, aus dem Hemd herauf, ist ins Gesicht gestiegen, und das Keuchen ist in der Hitze gewesen, der rauhe und schmerzende Atem aus einer heißen, aufgerissenen Brust. Dieser Boos ist einem denn doch zu schwer geworden, und man hat ihn hingestellt, hingelegt. Man hat versucht, ihn auf einen Stein zu setzen. Aber man hat ihn festhalten müssen, daß er nicht vom Stein kippt.
Blödsinnig, hat man gemurmelt, was du machst, was du der

Frau antust. Nun ja, hat man gesagt, geht mich ja nichts an. Und man hat sich gefragt, wie lange man das aushalten werde, diesen Boos auf dem Rücken. Manchmal schien Boos aufzuwachen; er spreizte dann bereitwillig die Beine, ließ sich wie ein Rucksack tragen. Das ging besser. Doch dauerte es nicht lange. Die Arme, die auf Saluz' Schulter gelegen hatten, rutschten weg, Boos hing schräg am Rücken, und Saluz mußte sich schnell hinsetzen.
Irgendwann kam man zum Hirten. Die Hunde werden gewütet haben, weckten den Hirten auf. Und er wird in die Nacht hinaus gefragt haben, was sei. Zusammen trugen sie mich in die Hütte.
Ich weiß nicht, wie ich hinunterkam ins Tal. Ich fragte nie. Und Saluz redete nie davon. Man wird ein Feuer gemacht haben. Man wird Hilfe geholt haben. Wahrscheinlich mußte ich mich erbrechen; ich weiß nicht. Ich weiß nur noch, daß einmal die Gesichter der Meßgehilfen über mir waren, die Gesichter der Mineure. Und sie sahen auf mich herab. Sie redeten zueinander. Ich wußte, daß sie von mir redeten. Und sie redeten so, wie Eltern über ein Kind reden, über ein ungezogenes Kind, ein schwieriges.
Ich wurde in Autos geschoben, liegend, auf der Bahre, ich wurde aus Autos herausgenommen. Einmal wurde ich lange unter Bäumen hingetragen. Jede Erschütterung schmerzte mich, machte den Schmerz noch größer, diesen sperrigen und kantigen Schmerz zwischen den Augen, zwischen den Schläfen.
Ein Schmerz mit scharf abgegrenzten Flächen war das. Mit rauhen und glatten Flächen. Mit glitschigen und seifigen Flächen. Und alle diese Flächen waren kantig. Sie stießen mich mit ihren Kanten. Ich ging über sie hin. Ich kroch mühsam über sie hoch. Ich hatte die Sandalen ausgezogen und mühte mich ab. Ich kroch auf den Knien. Mit den Händen zog ich mich weiter. Ich war auf der weißen, blendenden und manchmal rostroten Fläche. Und hatte ihre Kanten gleichzeitig in mir. Hinter jeder Fläche schob sich eine andere hoch. Nie würde das enden. Ein Meer von Flächen. Und kein Delphin war da und schubste mich.

73.

Da lag ich also. Es muß ein heißer Spätsommer gewesen sein. Und man muß viele Kranke gehabt haben. Eine Epidemie muß gewesen sein. Jedenfalls: man hatte Baracken in den Spitalpark gestellt. Alles war überfüllt. In den Korridoren lagen die Patienten. Man mußte sich mit Baracken begnügen. Man stellte sie unter die Bäume im Park. Man stellte sie rund um den Teich. Man suchte einen Schattenplatz für sie. Und der Spitalgärtner sprengte jeden Tag zweimal das Barackendach. Trotzdem war es heiß unter den dünnen Holzdächern, den Teerpappedächern, zwischen den dünnen Wänden.
In der Hitze lag man mit seinem Fieber. Eine Hitze in der andern. Drei oder vier Männer lagen im selben Raum wie ich. Ich wußte nicht, was ihnen fehlte. Ich wußte auch nicht, was mir fehlte. Man gab mir Kopfwehtabletten. Man besah das Fieberthermometer. Man ging ans Bettende und trug die Fieber in eine Tafel ein. «Das ist nicht schön», sagte die Schwester. «Das gefällt mir gar nicht.»
Man hatte von der Hirnhaut geredet. Ärzte waren da. Viel Weiß. Und man hatte mich aufgesetzt im Bett, hatte mich von vorn an der Schulter festgehalten und hat an meinem Rücken herumgetastet. Man hat gesagt, man steche ins Rückenmark. Einen Augenblick lang tue es sehr weh. Es tat nicht. Jedenfalls kann ich mich nicht darauf besinnen. Ich weiß nur noch, daß man mich schnell zurückbettete, daß man das Bett anhob am Fußende, daß man dort Klötze unterschob, denk ich. Und eine Schwester blieb neben mir, betrachtete mich aufmerksam. Immer wenn ich die Augen öffnete und über das Schneefeld, die stechende Helle wegblinzelte, war da das Gesicht der Schwester. Etwas zu schlaffe Wangen. Eine kleine rote Kugelnase zwischen den Wangen. Eine Drahtbrille. Eine Hand mit einem kantigen Ring dran.
Ich fröstelte trotz der Hitze. Ich krümmte mich zusammen im Bett. Ich zog die Decke hoch. Hin und wieder war die Hand der Schwester auf der Stirn. Und einmal, später, als ich auftauchte aus den Fluten, der Hitze und dem Frösteln und dem Schweiß, aus den sich übereinanderschiebenden Eisflä-

chen, einmal sah ich, daß der Stuhl neben dem Bett leer geworden war.
Es war Nacht. Aber es war nicht dunkel. Das Licht einer Laterne schien ins Zimmer, von außen her, von außerhalb des Fensters.
Ich konnte sehen, wo die Deckenplatten zusammengefügt waren. Die Fugen waren mit Latten übernagelt. Ich konnte die Fugen der Wandtäfelung sehen, die Äste im Holz, die großen verschmierten dunklen Augen des Holzes. Und ich konnte das Bett sehen zwischen meinem Bett und der hintern Wand. Und ich sah auch, da saß einer im Bett, hatte die Decke weggestrampelt, hatte die Beine angezogen und saß auf dem Kissen im Bett. Er trug eine Jacke oder ein jackenartiges Hemd; ich sah die breiten Umschläge an den Ärmeln, einen breiten, von einem dunkeln Strich gesäumten Kragen. Der Mann hatte den Kopf auf die hochgestellten Knie gelegt und sah zu mir her. Und ich konnte nun auch seine Hand sehen, die an einem Bein auf und nieder sich bewegte. Das Bein stand vom Mann weg und doch nah beim Mann. Ich konnte unter einem Strumpf das Knie deutlich sehen. Ich sah das Schienbein im dünnen Strumpf. Und ich sah die Hand des Mannes übers Knie streichen. Ich sah jetzt auch die Schwester hinterm Bein. Sie lehnte an der Wand. Sie mußte sich von der Wand abstoßen und wieder gegen die Wand zurückfallen lassen. Sie mußte ihre Hände im Rücken übereinander gelegt haben und sich mit den Händen gegen die Wand stützen.
«Gib acht», flüsterte die Schwester, «er ist wach.» Sie zog die Schürze übers Knie.
«Ach wo», sagte der Mann. «Und wenn schon. Der redet nicht mehr viel.»
Das Bein mit dem dünnen, schimmernden Strumpf wurde leicht bewegt. Aber es blieb. Steil aufgestellt im Bett nebenan blieb es.
Vielleicht war es jetzt, vielleicht später, ich weiß nicht. Ich tauchte auf und versank wieder. Ich hörte das Klatschen einer Hand. Metall schlug gegen Metall. Ein Bett schütterte. Erst sah ich einen Schlitten über Feld fahren, zwischen Bäumen durch. Jemand knallte mit der Peitsche. Das Pferdegeröll

klingelte. Nach langem erst wurde das Peitschenknallen zum Klatschen der offenen Handfläche gegen das Bettgestell. Einer mußte da liegen, so, daß ich ihn nicht sehen konnte, in einem Bett an der Wand gegenüber; mit den Füßen gegen mich mußte der liegen und an die Stange über sich schlagen. Ich hörte einen Mann sich räuspern und mit einer tiefen und brüchigen Stimme fragen, ob man wisse, wer der Neue sei.
Wahrscheinlich war das ich, der Neue. Es war mir gleichgültig. Das leise, flüsternde Gerede verflocht sich zu Buschwerk, zu Körben. Ein Stück eingeflochtener Zweig hatte sich aus dem Geflecht gelöst und stand mit einer scharfen, schrägen Schnittfläche aus dem Korb vor. Lange versuchte ich, den Zweig ins Flechtwerk zurückzubiegen. Es gelang nicht.
«Den andern kenn ich», sagte die rauhe Flüsterstimme. «Das ist der Metzger. Der ist fortgezogen von uns. Der hat sein Geschäft verkauft. In der Stadt hat er eine Pferdemetzgerei angetreten. Und jetzt liegt der hier. So geht das. Das ganze Geschäft hilft nichts. Da liegst du.»
Der Mann mit den angezogenen Knien hatte den Kopf gehoben. Er hatte eine Soldatenmütze aufgesetzt und sah jetzt gradaus.
«Was willst du?» fragte er. An der Art, wie er fragte, konnte man hören, daß die Frage nicht dem Mann mit der brüchigen Stimme galt, nicht dem Mann also, der unaufhörlich die Hand von unten gegen die Stange überm Kopfende des Bettes klatschte. Es war mir gleichgültig, wen er fragte. Seine Hand lag auf dem Knie der Schwester, die Hand hatte sich über dem Knie hin und her bewegt, als wäre das Knie ein Schneeball, als müßte der Schneeball geformt werden. Jetzt lag die Hand ruhig. Und jetzt war auch das Bett ruhig, das unter den Schlägen des Mannes zu meinen Füßen gerüttelt hatte, das Klatschen war nicht mehr. Alle diese unruhigen Hände waren ruhig geworden.
«Was machen Sie?» fragte die Schwester.
Etwas Weißes schob sich vor meine Augen. An den nackten Beinen sah ich, daß es ein Nachthemd war. Ein Nachthemd über nackten Beinen. Und da mußte ein Mann sein.
Der Mann über mir flüsterte. «Du hast das Messer», sagte er.

Er sagte es ohne Vorwurf, klagend. «Es ist das beste Messer, das ich habe. Du hast es genommen. Wohin hast du das Messer gelegt? Ein schönes, ein langes Messer. Ein gutes.»
Der Mann hatte sich zu mir gebückt. Ich hatte sein großes Gesicht gesehen, das kurzgeschorene, gerade abstehende Haar. Er suchte unter meinem Kissen. Er schob den Arm unter meinen Kopf. Er tastete mich ab. Er suchte unter der Decke herum. Er rollte die Decke gegen die Füße. «Das Kälberfell hast du auch. Ein gutes Fell. Ein schönes.» Er hielt die zusammengerollte Decke in beiden Armen und ging vorsichtig zur Tür.
«Was machen Sie?» fragte die Schwester.
Der Mann antwortete nicht. Er öffnete leise die Tür. Licht drang vom Gang herein. Er ging hinaus. Die Tür klappte zu.
«Laß ihn», sagte der Mann mit der Soldatenmütze. «Das macht er jede Nacht.»
Die Schwester hatte ihren Fuß vom Bett des Mannes genommen. Sie hatte sich von der Wand abgestoßen. Sie wollte offenbar weggehen, aber der Mann mit der Mütze hielt sie am Arm zurück.
«Eben», sagte sie. «Gestern Nacht fand man ihn unten an der Straße. Er stand an der Autobushaltestelle. Im Hemd stand er da, die Decke im Arm.»
«Siehst du», sagte der Mann. «Reg dich nicht auf. Man wird ihn zurückbringen.»
«Man wird sagen: Hast du nicht gesehen, daß er weglief?»
«Dummheiten!» sagte der Mann wieder. «Du warst draußen. Mußt du nie? Auch eine Krankenschwester muß. Und genau da ist er weggelaufen.»
«Jede Nacht», sagte der Mann, der sonst mit der Hand, mit dem Ring gegen das Bettgestell schlug. «Und läuft herum. Und sucht sein Messer.»
«Seitdem er hier ist», sagte der Mann mit der Mütze. «Nein. Seitdem der andere da ist. Seit der Hitze eigentlich. Seit es so heiß ist, läuft der herum und sucht. Das Messer sucht er. Und findet das Kälberfell. Und läuft weg damit.»
«Er ist Metzger», sagte der andere. «Denkt dran. Gebt dem ja kein Messer. Der murkst uns ab. Wie Säue murkst der uns ab.»

Die Schwester hatte gesagt, daß draußen der Teich sei und daß der Alte mit der Decke in den Teich laufe.
«Dann wird er wach», hatte der Mann mit der Mütze gerufen.
Unter der Tür hatte die Schwester nochmals hergeschaut. «Der ist», hatte sie gesagt. Sie hatte mit dem Zeigefinger an die Schläfe geklopft.
Man brachte den Alten zurück. Man nahm ihm die Decke ab und legte die Decke auf mich. «Gefroren hast nicht», sagte man. Man dachte offenbar, ich würde schlafen.
Der Alte kam an mein Bett und sagte auch jetzt, ich hätte sein Messer. Und er begann wieder zu suchen. Doch die Schwester führte ihn weg. «Dummes Zeug», sagte sie laut. Sie schrie beinah. Mit alten Leuten, die schlecht hören, redet man so. Sie stand an seinem Bett. «Da ist dein Messer. Leg dich hin! Da ist es.»
Der Mann mit der Mütze hatte schnell aufgelacht. Man hörte den Alten sich hinlegen, man hörte ihn sich drehen im Bett, hörte, daß er herumsuchte.
«Laß das endlich, verdammt!» maulte der Mann, der wieder mit der Hand ans Bettgestell schlug. «Kann man schlafen in dem verdammten Haus?»
«Jede Nacht so», sagte der Mann mit der Mütze ruhig.
«Man wird Sie anbinden», rief die Schwester auf den Alten hinab, der neben ihr herumsuchte. «Wenn Sie keine Ruhe geben, wird man Sie anbinden.»
«Der ist zum Verrücktwerden», sagte sie.
Ich schlief ein. Manchmal spürte ich die Hand des Metzgers, wenn er das Bett abtastete. Manchmal wurde es kühl. Er rollte die Decke zusammen und ging weg. Manchmal wachte ich auf. Die Sonne schien an die Wand neben mir. Oder das Fensterviereck stand hell in der Nacht. Ich sah den Mann mit der Mütze, mit angezogenen Knien, und ich sah die Schwester an der Wand lehnen und sich von der Wand abstoßen und wieder an die Wand zurückfallen lassen. Ich trieb auf Eisschollen, an denen ich emporkrabbelte. Und langsam, unmerklich, wurden die Schollen weniger steil, weniger hoch, weniger kantig.

Und dann, an einem Abend, erwachte ich an einem Geräusch, das ich noch nie gehört hatte. Es war ein dumpfes Schlagen, ein Hinundher-Wiegen, ein schweres Sichfallenlassen.

74.

Es war dämmrig. Aber ich konnte die Schwester gut sehen, ihr Bein, das sie aufs Bett gestellt hatte, den Mann, der seine Soldatenmütze tief in die Stirn gezogen hatte. Ich fühlte mich schwer und müde, aber ich vermochte mich doch aufzustützen und dorthin zu schauen, von wo das Geräusch kam. Ich sah dorthin, wo das Bett des alten Mannes stand.
Der Mann lag auf der Matratze. Er lag auf dem Rücken. Er hatte die Knie etwas angezogen, das Hemd war über die Knie nach oben gerutscht. Er bog den Kopf auf die Matratze zurück. Er hatte die Arme beidseits des Kopfes angewinkelt, so, daß die Hände nahe den Pfosten am Kopfende des Bettes lagen. Und er riß die Arme ruckartig nach unten. Das Bett zitterte. Ich sah, daß er ans Bett gebunden war.
Man hatte Lederriemen an die beiden Pfosten gebunden und um die Hände geschlauft. Und der Mann schlug in die Riemen und versuchte die Fesseln zu zerreißen.
Er wälzte sich hin und her. Er bog den Bauch aus und versuchte die Fersen in die Matratze zu stemmen. Aber es gelang ihm nicht. Auch um die Beine, gerade oberhalb der Füße, waren Riemen gebunden worden. Und auch diese Riemen waren an den Bettpfosten befestigt. Zwischen die vier Pfosten war der Mann gespannt und wand sich.
Ich konnte den Mann mit der brüchigen Flüsterstimme sehen, jenen, der sonst gegen die Kopfstange seines Bettes schlug. Die Hand hatte sich um die Stange gespannt, der Mann hatte sich hochgezogen und sah auf den Alten im Bett nebenan.
«Wird eine schöne Nacht», sagte er.
Der alte Mann wälzte sich langsam hin und her, krümmte sich zusammen, während er sich wälzte. Er blieb einen Augenblick ruhig, schien sich zu sammeln auf eine nächste Bewe-

gung hin und schlug dann mit beiden Armen gleichzeitig in die Riemen.
Er schwieg. Er ächzte nicht, er stöhnte nicht. Nur hin und wieder verschnaufte er eine Weile. Es war, als würde er eine schwere und schwierige Arbeit tun, geduldig. Er war ganz versunken in diese Arbeit. Er sah nicht weg. Er sah nicht einmal auf die Fesseln. Mit halbgeschlossenen Augen arbeitete er. Das Bett rüttelte. Manchmal rätschte eine Feder unter der Matratze, in der Matratze drin.
«Er gibt keine Ruhe», sagte der Mann neben der Schwester.
Ich legte mich zurück. Während des Einschlafens hörte ich die gleichmäßigen Schläge in die Riemen, das Schüttern des Bettes.
«Die Hitze, diese verdammte Hitze», sagte der Mann, der sonst seine Hand gegen das Bettgestell schlug. Er hob die Bettdecke etwas an. «Die lassen uns verrecken hier.»
Ich weiß nicht, wie lang ich schlief. Als ich wieder hinsah, war draußen das Licht angegangen. Im Licht, das vom Park kam, sah ich den Körper des alten Mannes. Es war ein kräftiger Körper. Die Muskeln spannten sich, wenn er sich herumwarf. Die Muskelbündel bewegten sich über den Leib hin. Das Hemd war hochgerutscht bis unter die Arme des Mannes. Und sein Leib glänzte. Er war schweißgebadet, der Alte. Und er riß noch immer ohne Laut, ohne Klage an den Fesseln. In gleichmäßigen Abständen schlug er seine Arme in die Riemen.
Die Schwester lehnte an der Wand. Sie redete leise mit dem Mann mit der Mütze. Und der andere, der gesagt hatte, er kenne den Metzger, der andere hatte sich auf den Ellbogen gedreht und sah dem Metzger zu. Alle sahen wir ihm zu.
Wir sahen, wie der Leib sich krümmte. Das Becken hob sich, die Schultern und die Füße stemmten gegen die Matratze, die Arme zogen an den Schlingen, der Mann hielt die Luft zurück vor Anstrengung, preßte, und ließ dann den Leib unvermittelt auf die Matratze fallen. Er drehte sich nach rechts, nach links, und stemmte das Becken hoch. Wir sahen das Haar in der Leiste, den Hodensack, den Penis sahen wir hin und her rollen.

Ich weiß nicht, wie lang das dauerte. Einmal hörte ich den Mann, den mit der Mütze, der mit angezogenen Knien dasaß, hörte ihn sagen: «Lang kann das nicht gehen. Drei Tage und drei Nächte. Und er ißt nicht.»
»Wie willst du dem zu essen geben?» fragte die Schwester. «Ich hab Angst, ihn loszubinden. Und zudem, er will nicht. Er hört nichts und will nichts. Nur das Messer, weiß Gott wieso, das will er.»
Ich sah, daß der Mann mager geworden war. Seine Arme mußten längst wundgescheuert sein, die Fußgelenke waren blutig und aufgeschwollen. Das Leintuch war blutig, zusammengeschoben. Die Haut war faltig geworden. Die Knochen standen eckig vor. Einmal waren Ärzte gekommen, waren am Bett gestanden, hatten den Mann angesehen, mit einem Lächeln, hatten sich schnell lächelnd umgesehen, waren auch um mein Bett gestanden, noch immer lächelnd, sahen die Schwester an. Und einer sagte: «Es ist gut. Übermorgen kann man ihn hinüberbringen.»
Ich wußte nicht, was sie meinten. Die Tage dämmerten vorbei. Wir sahen dem Metzger zu. In der Nacht stand die Schwester neben dem Bett des Mannes mit der Mütze. Hin und wieder schlug der andere seine offene Hand mit dem Ring gegen das Gestell. Es war gleichmäßig heiß.
«Kein Regen», sagte die Schwester. «Regen würde alles besser machen.»
Das Licht der Straßenlaterne fiel herein. Einmal hörten wir ein Kratzen an der Wand. Jemand flüsterte laut, erregt. Wir sahen einen Kopf über den Fenstersims steigen. Wir sahen, daß jemand das Gesicht gegen die Scheibe drückte und hereinschaute. Man hatte die Hände neben den Augen an die Scheibe gehoben und schirmte das Gesicht gegen die Helle ab, um besser sehen zu können.
«Der steht auf wem drauf», sagte der Mann mit der Mütze. «Was der wohl sucht?»
Wir hörten die Schuhkappen über die Wand kratzen, und wir hörten eine alte Stimme fragen: «Siehst ihn?»
Das Gesicht war keine zwei Armlängen über mir. Ich konnte es nicht erkennen. Es lag im Schatten. Ich konnte nicht einmal

sehen, ob es ein Männergesicht war, ein Frauengesicht, ob es jung war oder alt, ob es bärtig war, ob ein Schnurrbart da war. Ich konnte nur den Umriß sehen, diese ums Gesicht gelegten Hände und den Gupf eines kleinen, schmalkrempigen Hutes.
Die Schwester hatte das Bein vom Bett des Mannes genommen. Sie hatte aufgehört, sich von der Wand weg zu wiegen. Sie sah auf das Gesicht im Fenster. Die beiden Männer hatten sich gegen das Fenster gedreht und sahen ebenfalls zum Gesicht hin. Nur der Metzger arbeitete weiter, riß an den Fesseln, suchte sich zu befreien. Eifrig arbeitete er, ohne sich stören zu lassen, ohne einen Seufzer, ohne Klage.
«Da drin liegt einer», flüsterte man vor dem Fenster. «Und bewegt sich. Und kommt nicht los.»
«Boos?»
«Ich weiß nicht.» Das war die Stimme von Saluz. Er suchte mich.
«Siehst ihn?» fragte die alte Stimme. «Ich kann nicht mehr.»
Das Gesicht bewegte sich hin und her. Man konnte das Schnaufen hören. Dann war es weg. Man hörte den Aufsprung im Gras. Man hörte die Schritte durch den Park. Eilige Schritte.
«Was die wohl suchen?» fragte der Mann, der nun wieder unruhig ans Gestell schlug. «Ob sie den Neuen suchen?»
«Er sah den Metzger an.» Die Schwester atmete lang, erleichtert aus. «Was sich da alles herumtreibt!»
«Verrückt», flüsterte der mit der Mütze. «Wir sahen ihn an, und er sah den Metzger an.» Er schlug seine Mütze aufs Bett. «Eine Scheißerei, das. Zuletzt drehst du durch, in der Hitze.» Er beugte sich übers Bein der Schwester. Die Schwester schrie leise, unwillig auf.
«Beiß nicht!» schimpfte sie. «Du hast mir ganz schön weh getan.» Sie rieb an ihrem Bein herum. Sie hakte sich den Strumpf aus, rollte ihn übers Bein, besah sich das Bein. «Wirklich», sagte sie. «Siehst du?» Sie sahen das Bein an. Die Schwester rollte den Strumpf langsam wieder hoch, fuhr mit der Hand ins Haar des Mannes, kraulte im Haar. Nach einer Weile setzte er die Mütze wieder auf. Wir sahen hinüber zum Metzger.

Er wälzte sich noch, als man mich wegfuhr aus der Baracke.

75.

Die Nächte sind lang im Kiosk.
Ich versuche mich zu erinnern, und ich sehe ein, daß ich nichts mehr weiß.
Ob ich je etwas gewußt habe?
Das kleine Lämpchen brennt neben meiner Hand. Ich denke, Su schläft drüben über der Waschküche, über der alten Trotte. Und oben arbeitet Mac. Er schreibt Seite um Seite voll. Und seine Geschichte ist ihm schon lange alt geworden. Ein Abziehbildchen ist sie ihm geworden, das er immer wieder aufs Papier klebt. Ein trauriger Schmetterling ist seine Geschichte, einer, den er aufspießt.
Man sagt, Schmetterlinge verlieren den Staub von den Flügeln, wenn man sie fängt. Man soll sie nicht fangen. Man soll sie fliegen lassen. Man soll eine Hand hinaushalten in die klare Luft über den Hagrosen, soll einen Augenblick lang das Flügelschlagen, das Aufundzu-Klappen des Sommervogels spüren auf dieser Hand, und soll ihn fliegen lassen.
Laß ihn, sagte Eva. Er kommt wieder. Uns kommt er wieder.
Sie war so sicher, daß sie gar nicht darauf wartete, auf sein Zurückkommen.

Vierter Teil

Winter

Die frisch gebrochenen Äcker
am Waldrand.

Graupelgeriesel, und in der Krone
des Birnbaums
eine Mistel,
um die
der Frosthauch steigt.

76.

Die Gerechtigkeit ist ein rechter Winkel. Waagbalken und Zunge an der Waage.
Die Welt der Gerechten ist ein Gitter aus lauter rechten Winkeln. Eine endlose Aneinanderreihung von Kreuzen. Von Kreuzen oder von Rechtecken. Man könnte auch sagen, sie ist eine Aneinanderreihung von Quadraten und Rechtecken, von Zellen.
Und man hängt drin, in diesem Gitter. Aufgespießt im Kreuz ist man. Ein aufgespießter Schmetterling. Oder eingespannt ins Viereck ist man, in die Diagonalen des Vierecks gespannt, zwischen Bettpfosten und Bettpfosten und kommt nicht los. Gefesselt ist man in der Zelle; in die Koje gesperrt.
Ordnung ist ein Gitter. Vernunft ist ein Gitter. Die ganze Welt haben sie im Gitter gefangen, die Gerechten. Sie verfeinern das Gitter. Rationalisten sind sie. Und sie dulden nicht, daß irgend etwas sich im Gitter breit macht, etwas Fremdes. Sie dulden die Ranke nicht im Raster.
Schamlos ist, was sich nicht ans Gitter hält. Ranke, Liebe, Seele, Schöpfung, sagen sie, das sind Fiktionen. Das sind nicht einmal Worte. Wenn schon, sind es Peinlichkeiten, Blasphemien sozusagen.
Und man sieht den großen, quadratischen Daumennagel des Zolldirektors. Und der Daumen tastet durchs Gitter und bricht die Ranke weg.
Man liegt ausgespannt zwischen den Bettpfosten und denkt an das Messer des Metzgers. Gebt dem ja kein Messer, hat der Mann gesagt, der mit der offenen Hand gegen das Bettgestell schlug. Der murkst uns ab. Wie Säue murkst der uns ab.
Und man sieht den Metzger den Bauch eines Ausgespannten aufschneiden und sieht ihn die Arme bis zu den Ellbogen hineintauchen in die Eingeweide und die Eingeweide herausheben, die Träume.
Und die Träume sind alle aus rechten Winkeln gemacht. Holzstühle sind die Träume: rechte Winkel zwischen Bein und Sitz, zwischen Sitz und Lehne. Sperrige Träume. Und der Metzger füllt die ganze Baracke hinter sich mit Stühlen.

Und man sieht Eva hinterm Gitter. Man ist selbst hinter dem Gitter. Zwischen Eva und sich hat man das Gitter und das Glas der Isolierstation. Und Evas Schwester ist zurückgetreten vom Fenster. Sie wollte Eva allein lassen mit mir.
Du, hat man gesagt. Aber man hat das Wort nicht ausgesprochen.
Man hat es vielleicht gehaucht. Der Mund ist noch etwas vorgestülpt, die Lippen sind noch warm und rund, weil man «du» hat sagen wollen.
Und man sieht, Eva sagt dasselbe. Und auch sie spricht das Wort nicht aus.
Denn da ist ein Lautsprecher zwischen ihr und mir. Und man will sein Gekrächz nicht. Man will kein kratzendes Wort. Lieber will man ein stummes.
Man könnte diese etwas vorgestülpten Lippen ans Glas legen. Ich von da her, du von dort her. Und sie würden aufeinanderliegen, die Lippen, doch das Glas wär dazwischen. Man könnte auch die Hände, die flachen Hände, gegeneinander halten, und auch da wäre die Scheibe dazwischen, kalt.
Man will das nicht. Man bleibt stehen. Und man sieht sich an.
Da sind die Augen Evas. Die großen Augen. Und sie sind so nah und so groß, daß man ihren Rand nicht mehr sieht. Keine Wimper, nur Iris ist da.
Früher hätte man vielleicht nach der Farbe der Iris gefragt. Grau mit Grün. Oder Grün mit Gold. Oder Grau mit etwas Blau drin. Und Ocker. Etwas von einem Waldbach, hätte man gesagt, in den die Sonne scheint, unters Wasser.
Jetzt fragt man nicht nach der Farbe. Man sieht nur die Augen. Und man redet mit ihnen.
Du bist da. Gut, daß du da bist.
Ich bin da. Ich sehe dich; und ich sehe, auch du bist da.
Das ist gut.
Gut, ja.
Man braucht keine Worte, keinen Lautsprecher braucht man. Man hat die Augen. Diese Augen. Man kann hineinsteigen durch diese Augen ins andere und kann im andern herumgehen, und man weiß, was es meint.

Man paßt sich so genau ein ins andere, daß man das andere ist.
Jedes ist auch das andere; was braucht man da zu reden.
Er will nicht?
Du weißt es. Er gibt nichts her. Das ist sein Recht, sagt er.
Das ist seine Ordnung. Er gibt das Kind nicht, er gibt mich nicht. Das ist so, wie man sich weigert, ein Haus zu geben oder einen Tisch.
Ich verstehe.
Das Haus ist eine Schuhschachtel, aus lauter rechten Winkeln gemacht, aus lauter Gerechtigkeit, verschlossen und glatt ist es. Und da drin sind wir verpackt, das Kind und ich.
Er hat euch erworben. Er hat euch gesammelt. Ich weiß.
Er sitzt mit der Pistole neben dem Kind, neben mir. Wir sind seine Trophäen, weißt du. Seine Schmetterlinge sind wir.
Man wird getötet, daß man nicht weggehen kann.
Ich will nichts haben. Ich will nichts nehmen. Ich will dem Kind den Vater nicht nehmen. Einer, der tötet, ist kein Vater.
Ich will, daß es seinen Vater hat.
Er läßt mich nicht. Er hat mich aufgespießt.
Auch den Schmetterling aus Galiläa haben die Gerechten aufgespießt in der Mitte ihrer Gerechtigkeit. Weshalb soll man dich nicht aufspießen?
Red nicht so.
Und wenn du ein Kind hast, ein anderes, eines von mir? Können wir das Gitter aufbrechen?
Es wird sein Kind sein. Weil es nicht das Kind eines andern sein darf, wird es sein Kind sein. Selbst dann, wenn es deins ist.
Er wird nicht zulassen, daß es nicht sein Kind ist?
Genau so.
Du wirst vergewaltigt.
Ach. Wer nicht? Wer darf lieben?
Sei still.
Ich tu trotzdem.
Er legt deine Schenkel voneinander. Er läßt sich drein fallen.
Du sollst dich nicht quälen, hörst du. Ich quäl mich genug.
Nein, nicht wegen dem. Da ist alles tot in mir, verstehst du.

Wenn man die Berührung nicht mag, wenn man die Stimme nicht mag, wenn man den Geruch nicht mag, den Geschmack, dann ist alles tot an einem. Ich quäl mich, weil du daran denkst.
Ach, sagt man, und man hat vergessen, daß da eine Scheibe ist, das Glas der Isolierstation. Und man hat vergessen, daß man nicht redet, daß man nur in diesen Augen ist, in die hinein man sagt: ich habe müde Arme. Da ist keine Kraft mehr im Oberarm. Kann man einen erwürgen, wenn man keine Kraft hat?
Das sollst du nicht denken.
Man ist ganz hineingegangen durch diese Augen und geht herum in Eva. Da ist ein Kind in dir, sagt man.
Ein Kind?
Ist es sein Kind?
Es ist dein. Aber auch wenn es dein Kind ist, ist es seines. Und es ist meines. Und weil es meines ist, ist es dein.
Schwierig. Doch ich begreife.
Ist das so wichtig: deines, meines, seines?
Es ist nicht wichtig.
Unseres, das genügt. Deines und meines.
Es genügt. Es ist wahr. Es genügt wirklich.
Genügt es nicht?
Doch. Ich werde singen für das Kind.
Man macht es wie Mac. Man verflucht seine Arme, wie Mac sie verflucht, weil er den andern nicht erwürgte, den andern bei Senta. Man geht mit dem Kind hinaus. Mit dem Kind da in Eva geht man durch die Schrebergärten, durch jene, die tief in Eva sind, und man geht mit ihm durch die Nacht, die in Eva ist. Und man kniet neben den kleinen Karren hin und man schaut ins Gesicht des Kindes, das Evas Kind ist und Eva gleicht, das vielleicht mein Kind ist. Aber das ist jetzt schon nicht mehr wichtig. Man lacht mit dem Kind. Man hat sein Lachen gerade vor sich, man hat sein helles Haar vor sich. Und man hat das Gesicht aufs nasse Tuch des Kinderwagens gelegt und singt für das Kind.
Was singst du?
Und Eva ist ruhiger jetzt, nicht mehr so angespannt, nicht

mehr so verspannt, als ob sie Seile in sich hätte, als ob sie mit Seilen an die Bettpfosten gebunden wäre, diagonal.
Was singst du?
Oh, sagt man, man weiß es nicht. TRITTST IM MORGENROT DAHER, vielleicht. Oder etwas Englisches. Wie Mac. Der singt, weil das Kind keine Mutter hat im Augenblick, weil seine Mutter einen andern Mann hat, weil sie mit einem andern schläft. Wie Mac ist man. Man sagt, man werde etwas Lustiges singen.
Du kommst nicht drüber hinweg.
Dochdoch, schon. Laß mir Zeit. Ich schon.
Schatz, geliebter.
O ja, sagt man, ich werde ihm einen Turm bauen, dem Kind, innen in dir werde ich neben ihm knien und einen Turm um das Kind und um mich bauen, und wir werden beide im Turm sein und niemand kann uns mehr herausheben. Das Kind und ich werden über den Rand des Turms herausschauen, heraus auch aus dir. Und der Turm wird dir bis zur Brustwarze reichen.
Und der Turm wird fest sein, eine Burg? Eine, die keine Risse hat?
Ich weiß nicht. Ich werde dem Kind über dem Turm einen Himmel hinmalen. Einen Himmel mit lustigen Wolken, mit gekräuselten, weißt du. Und die Wolken werden langsam über den Turm hinziehen. Innen an dir werden sie ziehen, unter deiner Schulter hin, unter deinem Hals hin. Innen in dir wird ein Himmel sein und das Kind wird tief aus dir hinaufsehen in diesen Himmel.
Und da wird ein Baum sein?
Wenn du willst, ist da auch ein Baum. Ich werde einen Baum hinzeichnen.
Und du wirst die Schaukel in den Baum knüpfen?
Für das Kind, ja. Werd ich.
Und es wird schaukeln. Du wirst es anstoßen, und es wird schreien vor Lust, und sein Haar wird wehen, ganz gelb; es wird hin und her schwingen im Baum, in mir, und die Krone des Baumes wird leise beben.
Ja, sag ich. So. Ganz genau so. Alles andere ist nicht wahr.
O Gott.

Alles andere ist nicht wahr.
Du bist in mir, Geliebter.
Ja.
Ihr beide seid in mir.
Ich weiß. Ich sehe es. Ich spüre es. Ich bin in dir.
Gut so.
Gut so.
Kannst du schlafen jetzt? Kannst du lachen jetzt? Du sollst nicht weinen, wenn du lachst.
Weine ich?
Leb wohl.
Leb wohl.
Die Schwester ist gekommen und hat gesagt, der Herr sei schwach. Übermüdung sei zu vermeiden.
Man hat die Augen vor sich. Man sieht nur die Mitte dieser Augen. Und man sieht sie noch, wenn Eva schon lang gegangen ist.
So ist das. Nachher in der Baracke sieht man sie noch, im Gerede des Mannes mit der Mütze, des Mannes, der mit der Hand ans Bettgestell schlägt. Und das Bett des Gefesselten ächzt.
Man sieht sie. Hinter einem unabsehbar hohen Gitter, dem man entlangklettert, sieht man sie.

77.

Ich arbeitete wieder im Stollen.
Manchmal rief Eva an, erkundigte sich nach meiner Gesundheit, sagte, es würde ihr gut gehen. Soweit möglich gut.
Manchmal kam ein kurzer Brief, in dem sie schrieb, sie denke an mich. «Trag Sorge zu dir.»
Dann, nach Monaten, kam der Anruf von ihrer Schwester. Eva liege im Spital. Ja. Die Geburt mache Schwierigkeiten. Ob ich denn nicht wüßte. Der Mann sei weggefahren. Und sie, Evas Schwester, habe ein schlechtes Gefühl. Das könne so

nicht weitergehen. Ob ich kommen könne. «Kommen Sie schnell», sagte sie.
Eine Geburt, sagt man, ist das Natürlichste der Welt. Das ist keine Krankheit. Ein Vergnügen ist das. Ein anstrengendes vielleicht, aber doch.
Ich dachte an all das Gerede, das man zu hören bekommt. Während ich zum Auto lief, sagte ich Saluz, was zu tun sei. Das Essen hatte ich stehen lassen. Er reichte mir seine Brieftasche durchs Fenster. «Steig einmal aus und nimm etwas zu dir», sagte er. «Und ruf an, wenn alles gut ist.»
Ich habe nicht angerufen.
Die Empfangsschwester wies mich in ein Obergeschoß. In einem breiten, hallenden Korridor ließ man mich warten. Einmal kam ein Arzt vorbei. Er redete mich an, als ob ich Evas Mann wäre. «Wir versuchen alles», sagte er. Ich sah einen Augenblick lang in das Zimmer hinein, in das er ging. Ein weißer, gewölbter Leib lag zwischen Leuten, die herumstanden; die Beine waren über Gestänge gelegt.
Ich wußte nicht, war es Eva. Ich rechnete mir aus, daß es nicht gut stehen würde. Wenn sie mich nicht zu ihr lassen, steht es schlecht.
Vielleicht hätte ich trotzdem hineingehen müssen. Vielleicht hätte ich darauf bestehen müssen, sie festzuhalten, ihr zuzureden. Was weiß ich.
Was taten sie mit ihr? Operierten sie? Lebte das Kind? Hatten sie es aufgegeben?
Ich ging herum in diesem nackten Korridor. Die Schwestern hasteten an mir vorbei. Ihre Schuhe machten das scharfe, saugende Geräusch auf dem Linolboden. Die Kleider schlugen lärmig und geschäftig gegen die Beine. Ein großer, gläserner Wagen stand da, mit Emailschalen, mit Glaströgen, mit Mullbinden und Wattebäuschen vollgepackt.
Einmal sprang die Lifttür auf. Ein Mann mit Taximütze trat heraus. Und eine Schwester eilte ihm entgegen. Sie faßte neben dem Mann in den Lift hinein. Mit dem Mann zusammen stützte sie eine Frau, die beide Hände in den Schoß drückte, die mühsam, halb gestützt, halb gezogen, mit schleppenden Füßen, mit steifen und gegeneinandergepreßten Knien ein

paar Schritte gegen die nächste, offenstehende Tür hin tat. Kommen Sie! Kommen Sie! Ich sah das übergroße und schiefe, verzerrte Gesicht der Frau, das Fragende darin, den Schrecken, ich sah den offenen Mund. Und ich hörte etwas hinfallen. Und gleichzeitig hörte ich die Schwester rufen: «Da ist es ja schon!» Im selben Augenblick war auch das Quäken da.
Der Mann mit der Taximütze kam aus der Tür, ohne sie hinter sich zuzuziehen. Er schob die Mütze hoch, strich sich den Jackenärmel übers Gesicht. Er blieb im Gang stehen, nahm sich die Mütze vom Kopf, rieb den Mützenrand innen, rieb das Schweißband mit dem Taschentuch trocken. Er grinste mich an. Seine Ohren hoben sich am glänzenden und haarlosen Schädel, wenn er grinste. Er redete die Schwestern an, die an ihm vorbei zum Neugeborenen hineindrängten. Man drehte sich nicht einmal nach ihm um. Man rief, er möge unten warten, bei der Empfangsschwester. Lachend stieg er die Treppe hinunter.
Ich drückte den Kopf gegen einen Türpfosten. Ich wollte das Holz am Hinterkopf haben, wollte die Kante spüren, wollte, daß die Kante sich eingrabe in meinen Kopf.
Ich richtete mein Gesicht gegen das Zimmer, in dem ich Eva vermutete. Und ich rief leise ihren Namen, immer wieder. Ich versuchte alle Kraft, die ich in mir spürte, ich versuchte alle meine Gedanken zu bündeln. Ich versuchte sie auszurichten auf Eva hin. Ich versuchte sie hineinzuschicken zu Eva, Eva herauszuschälen aus dem Schmerz mit meinen Gedanken. Ich versuchte den Schmerz, ich versuchte Eva herüberzuziehen zu mir.
Die Schwestern liefen herum. Sie schauten an mir vorbei. Ich schlug den Kopf gegen die Kante.
Als man mich zu Eva ließ, es mußte nach Stunden sein, lag sie weiß im Kissen. Man hatte Schläuche ans Bett gehängt, Beutel mit Flüssigkeit. Eine Schwester stand neben dem Bett. Ein Arzt stand am Fußende des Bettes. An Evas Augen sah ich, daß sie mich erkannt haben mußte.
Ich nahm ihre Hand, hielt sie.
Ich weiß nicht, wie lang das dauerte. Die Hand war kalt. Der

Arzt war ans Bett getreten, hatte gehorcht. Die Schwester drehte mir schweigend ihr Gesicht zu. Ich verstand nicht, was sie wollte. Sie legte ihre Hand über Evas Gesicht. Als sie weglief, waren Evas Augen geschlossen.
Ich bin erst gegangen, als Evas Schwester kam und sich mit einem Aufschluchzen neben das Bett hinkniete, ihr Gesicht an Evas Schulter legte und Evas Namen flüsterte, mit einer tiefen und vorwurfsvollen Stimme fragte, Eva fragte, ob das habe sein müssen.
Ich ging aus dem Spital. Ich kann mich an nichts erinnern. Ich weiß nicht, wie ich die Treppe hinunterkam. Ich weiß auch nichts vom Lastwagen, der gefahren kam, als ich auf die Straße trat. Ich erwachte erst wieder, als Saluz neben mir saß, Saluz' Gesicht in einem Gewirr von Kabeln und Klebern, und er mir sagte, ich müßte mich darauf einrichten, ohne Beine zu leben.

78.

Adrien lebt. Anja hat ein Fest angekündigt, um seine Genesung zu feiern.
Man hat mich hinaufgefahren in sein Büro. Die kleinen und die großen Fernsehschirme waren eingeschaltet. Die Kontrollampen für die Totalschau leuchteten. Weinflaschen standen herum, Nüßchen, Schinkengipfel, an Zahnstochern aufgespießte Fleischklöße und Oliven, Fruchtsäfte.
Die Assistenten waren da, die Stadträte, Generale, der Verteidigungsminister und ein Architekt, Mädchen.
Adrien rannte aufgeregt zwischen den Pulten und Tischchen durch. Er hatte an Gewicht verloren, war blaß und dünn. Seine Prothese saß nicht mehr fest. Er mußte immer wieder einmal danach fassen und sie zurechtrücken. Mitten in die redenden Gruppen der Offiziere hinein fragte er, ob man Schinkengipfel möge oder Fruchtsaft, Essigfrüchte.
Der Architekt hatte sich an den Flügel gesetzt und spielte. Anja saß auf seinem Knie und spielte mit. Sie fischte während des Spiels mit der linken Hand Kirschen aus einem Schälchen,

hob die Kirschen an den Stielen hoch und nahm sie in den Mund. Sie drehte ihre Beine zwischen die Beine des Architekten hinein, sie näherte ihr Gesicht dem seinen. Er streckte die Arme beidseits an Anja vorbei und spielte lachend weiter. Sie hielt sich an ihm fest und gab ihm eine Kirsche von ihrem Mund in den seinen.

Er kaute. Unvermittelt bückte er sich in ihr Gesicht, hielt ihren Kopf fest, preßte sein Gesicht an ihres. Sie prustete, und sie zappelte mit den Beinen. Er mußte ihr den Kirschenstein gegen ihren Willen zurückgegeben haben. Sie faßte von hinten in sein Haar und schüttelte seinen Kopf. Er lachte und nickte, machte ein Zeichen zum Flügel hin, und Anja drehte sich gegen die Tasten, spielte gehorsam weiter.

Sie machten jetzt ernsthafte Gesichter und spielten sehr konzentriert. Sie machten einen Höllenlärm. Die Mädchen und die Assistenten mußten schreien, um sich zu verständigen. Der Architekt nahm die Pfeife vom Flügel, zündete lang mit einem Gasfeuerzeug in den Pfeifenkopf hinein, paffte. Er schob die Pfeife so in den Mund und hielt den Kopf etwas seitwärts, daß Anja nicht dagegen stieß.

Die Mädchen hockten zwischen den Beinen der Assistenten am Boden herum. Kaugummikauend rauchten sie ihre langen Zigaretten, hielten in einer Hand eine Zigarette, in der andern einen Zahnstocher mit einer Olive. Sie gaben sich den Anschein, als ob das Spiel sie nicht störe, als ob die Generale, die mit ihren hohen Hüten dastanden, die goldumwundenen Hüte sorgfältig unter die Arme geklemmt, als ob ihnen die prostenden Stadträte gleichgültig wären. Sie nickten und warfen ihre Haare zurück und hörten mit gerunzelter Stirn, was die Assistenten sagten. Sie bogen sich weg und lachten schnell auf, hörten dann wieder hin. Sie pafften den Assistenten ihren Rauch ins Gesicht, und die Assistenten wedelten den Rauch lässig fort, machten ihre leidenden Gesichter dazu, schlossen die Augen.

Anja trug nur ihren dünnen und durchsichtigen Schleier, den sie immer zu tragen pflegt. Sie löste sich vom Architekten, der weiterspielte, der sie einmal lachend und auffällig interessiert von oben bis unten ansah, der ihr, ohne einen Augenblick mit

dem Spiel aufzuhören, den warmen Pfeifenkopf, aufpaffend, aufrauchend in die Seite stieß. Sie tätschelte seinen Hals, bevor sie den Kranz aus Plexiglaskirschen und Papierlaub im Haar zurechtrückte und ein großes, mit Bonbons und Früchten gefülltes Füllhorn vom Flügel nahm, sich das Füllhorn auf die Schulter setzte.
Mit dem Füllhorn ging sie hinüber zu den Generalen und ließ sie in die Früchte greifen. Sie stand vor den Stadträten und bückte sich ein wenig zum Kegelstumpf, der sich seinerseits auf die Zehenspitzen stellte, um ins Füllhorn hineinsehen zu können. Er machte seinen spitzen Mund; er schien immerfort friedlich vor sich hin zu pfeifen. Nun wühlte er lange im Füllhorn, stieß mit dem Bauch gegen Anja und zog schließlich einen in rosarot und blau gestreiftes Papier gewickelten, mit rosarot und blau gefärbten Federchen bebuschten Lutschstengel aus dem Horn, drehte den Stengel gleich aus dem Papier, hielt ihn am Holzstiel hoch, schwenkte ihn johlend herum, steckte den glasig grünen und roten Stengel in den Mund, knüllte das Papierchen zusammen, machte eine Rose daraus, versuchte die Rose Anja an den Schleier zu stecken, bückte sich, als die Rose zu Boden fiel, hob sie auf, zog hastig den Speichel ein, der ihm beim Bücken neben dem viel zu großen Lutschstengel, neben dem Holzstiel aus dem Mundwinkel gequollen war, drehte Anja, die sich weggewendet hatte, zu sich her, schrie sie mit vollem Mund an, schrie in den Lärm hinein, sie soll sich bücken, hob ihr den Schleier weg, pappte ihr die Papierrose zwischen die Brüste, deckte schnell den Schleier drüber, daß die Rose nicht nochmals wegrutschen konnte, johlte und schrie lustig drauflos, stützte sich auf Anja und kletterte auf einen Stuhl, hatte sich das rot und blaue Federbüschchen ins kurze, steilauf stehende Haar gesteckt, stellte sich auf dem Stuhl in Positur, streckte den Bauch vor und schrie Kikeriki, Kikeriki.
Es tönte kläglich. Und es war ihm unmöglich, laut zu schreien, denn sein Mund war noch immer angefüllt mit dem Lutschstengel und mit Speichel. Feste seien rar, schrie er. Jedermann wisse, daß die Stadtkasse leer sei. Total. Aber die Wissenschaft, schrie er, und er verbeugte sich zu Anja hin, er

suchte Adrien, reckte sich, konnte ihn schließlich finden, rief
«da ist er ja», schrie weiter mit seinem vollen Mund, schrie
seinen Speichel über Anja hin, rief, nur die Wissenschaft dürfe
nicht darben, zumindest ihr Vertreter nicht, der das Glück
habe zu leben und dem man an dieser Stelle angelegentlich, er
verschluckte sich, nahm den Stengel schnell aus dem Mund,
schien vergessen zu haben, was er hatte sagen wollen,
schleckte ein paar Mal mit roter Zunge am Stengel herum,
dem man angelegentlich für sein Überleben danke, da ohne
dieses Überleben auch dieses gediegene Fest und die Bekanntschaft mit der entzückenden Frau Adrien dahingefallen wäre
und, wie man wisse, so manches, was einem lieb sei und wert.
«Undsoweiter, undsoweiter», rief der Architekt schnell. Er
lachte.
Die Stadträte waren an den Stuhl herangetreten, auf dem der
Kegelstumpf stand. Sie gaben ihm ein Glas. Sie stießen an mit
ihm. «Ausgezeichnet», sagten sie, «ausgezeichnet. Aber du
wirst jetzt nicht den ganzen Abend reden wollen, nicht wahr.
Zum Wohl denn. Zum Wohl.»
Sie drehten sich den Generalen zu, die ihre Hacken zusammenschlugen, sich mit quer hinausgestellten Ellbogen übers
Glas beugten, den Bauch einzuziehen versuchten dabei, offenbar Angst hatten, ihre Uniform zu besudeln, schließlich
ein bißchen väterlich schwadronierend zum Kegelstumpf
kamen, beim Anstoßen ihre gewaltigen Hintern über die
noch immer am Boden liegenden Assistenten und Sekretärinnen hinstreckten, mit dem kleinen Kegelstumpf da auf seinem
Stuhl anstießen, sich hastig die Hüte auf den Kopf setzten, um
zumindest einen Arm freizubekommen, und mit dem freien
Arm den Kegelstumpf stützten und ihm vom Stuhl halfen.
Einen Augenblick lang schwebte er so in den Armen der Generale, ein kleiner, dicker Engel mit Stoppelhaar, eine Putte
im Zweireiher, die in der einen Hand das leergetrunkene
Weinglas, in der andern den angelutschten Schleckstengel
hochhielt, sehr darauf bedacht, sich weder mit dem einen
noch mit dem andern zu beschmutzen, ein fetter Engel mit
dem Federbüschchen, der auch jetzt fröhlich Kikeriki schrie
und mir, so schien es, über die Köpfe der Generale her listig
zublinzelte.

Gewichtig, mit dem Körper bei jedem Schritt wackelnd und Kikeriki krähend ging er Anja voran und machte ihr Bahn, wies mit seinen kurzen Armen auf das Füllhorn hin, half Anja das Horn halten, als sie sich zu den Sekretärinnen und Laborantinnen, zu den Assistenten bückte, und grüßte lachend, den Zeigefinger grüßend am Federbüschchen, als der Verteidigungsminister ans Glas klopfte und auch eine Rede halten wollte.
»Psst», machte er. Und er zwinkerte zu seinen Kollegen hinüber, die sich in die Seiten boxten, die dicke Kerzen vom Schaltpult genommen hatten und die Kerzen, eine links, eine rechts, als Hörner hinter den Köpfen der Generale hochhielten, die nun die Kerzen gegeneinanderschlugen, Docht zu Docht, das Weiche ineinanderpappten, so daß aus zwei Kerzen eine wurde, diese eine waagrecht unter die Nase hielten, einen Schnauzbart draus machten und den Schnauzbart mit hochgestülpter Oberlippe zu halten versuchten. Was natürlich mißlang. Die Kerzen kollerten zwischen den Sekretärinnen herum. Die Mädchen kreischten. Und die Stadträte bückten sich zu den Mädchen und suchten zwischen ihnen, unter ihnen ihre Kerzen.
Der Minister fühlte, wie er sagte, sich geehrt und glücklich, daß er in diesem Kreise, einem vertrauten Kreis sozusagen, einen alten Freund, eine Leuchte des Geistes, der Heimatliebe, der wahren Heimatliebe, rief er mit zitternder Stimme, unter den Auferstandenen sozusagen feiern dürfe. Und er dürfe an seinen Vorredner anknüpfen und Gott dem Allmächtigen danken, daß uns, dem Staat, dem Widerstand gegen die Unbill der Zeit eine derart ausgezeichnete Stütze erhalten geblieben sei. Das Ministerium, rief er, werde immer voll und ganz hinter dieser Stütze stehen.
«Bravo», riefen die Assistenten. «Sehr gut!» Sie riefen es jedesmal, wenn der Minister eine Schnaufpause machte oder sich versprach oder, was trotz der kurzen Rede geschah, nicht mehr weiter wußte. Und sie klatschten, und die Mädchen klatschten lachend mit. Sie waren unverschämt und gaben sich den Anschein, als würden sie jeweils nicht wissen, daß die Rede weitergehen sollte. Die Generale machten ihre Bulldog-

gen- und Jagdhundgesichter, standen in Ruhestellung da, hatten ihre Hüte vor die Hosenlätze gesenkt und sahen über die Assistenten weg. Sie sahen auf die Stadträte, die noch immer herumkrabbelten und die Kerzen suchten, sie machten ihre runden Augen und schluckten leer.

«Ein schönes Fest», rief der Architekt vom Flügel her, «ein wirklich entspanntes, ein urgemütliches.» Er hatte während der Reden nur ganz leise, wie verträumt hin und wieder eine Taste angeschlagen, hatte erst zum Schluß wild in den Tasten gewühlt und saß nun lachend da, hatte sein verwegenes Lausbubenlachen und rief mit warmer, wohltönender Stimme: «Soviel Ehre, Adrien. Soviel Ehre. Und zu alldem lebst noch.»

Anja war zu uns gekommen, zu Su und mir. Sie hatte das Füllhorn auf das Bauchbrett abgestellt und schälte mir einen Pfirsich. Ich betrachtete die langen, schmalen Nägel, die sich unter die Pfirsichhaut schoben, ich hatte den blitzenden, breiten Diamant-Ehering, den sie heute trug, gerade vor mir. Und ich sah durch den Schleier die Perlenkette, die sie um die Hüfte gelegt hatte, zweimal rundum auf der nackten Haut, und die unterm Nabel geknüpft war und schwer niederhing in die Leisten. Sie schnitt mir mit einem Messerchen Schnitze aus dem Pfirsich, schüttelte den Saft von den Fingerspitzen und legte mir die Schnitze auf ein flauschiges Papiertaschentuch. Sie hatte Su gefragt, ob sie auch nehme; aber Su mochte nicht.

Su war müde. Und doch wollte sie nicht weggehen. Sie stand hinter mir und sah mit mir auf die Fernsehschirme.

Die Stadträte und ein paar der Generale hatte sich zwischen die Frauen und Studenten gehockt. Sie hatten sich untergefaßt und wiegten die Oberkörper im Takt hin und her, sangen Studentenlieder. Der Architekt spielte. Anja lief mit ihrem Füllhorn herum, der Kegelstumpf lief ihr voran und krähte. Und Adrien füllte aus Kartonschachteln kleine Teigfischchen in Schalen. Keiner sah auf die Bildschirme, die auf dem Schaltpult, die in den Regalen und Seitenwänden flimmerten. Keiner, denk ich, außer Su und mir.

Da liefen verschiedene Szenen gleichzeitig ab. Auf einem der

Schirme sah man Adrien durch lange Säulenhallen gehen. In
Bottichen lag Wasser. Ich wußte, das waren die Filteranlagen
der städtischen Wasserversorgung. Adrien ging von Bottich
zu Bottich und schüttete in jeden einen Löffel farbiges Salz.
Das mußte das Salz sein, das die Unfruchtbarkeit verhüten
soll. Manchmal flimmerte eine Schrift über das Bild. DIE
OPERATION LÄUFT. Ich wußte, was das zu bedeuten hat.
«Der Gauner», flüsterte Su. «Der Gauner.»
Auf andern Schirmen konnte man Rauch sehen, Dampf. Der
Dampf stieg aus den Kaminen des Spitals, er waberte durch
das Dach einer Bambushütte. Er stieg neben einer Moschee.
Kleine Zahlen am Rande des Bildschirms blinkten auf. Sie
zeigten die Stärke des Gifts an, das mit dem Dampf stieg und
das unfruchtbar machen wird, unvermerkt.
DIE OPERATION LÄUFT, blinkten die Bildschirme. Man
sah einen Mann auf einen andern einschlagen. Man sah einen
Reisbauern sein Feld pflügen. Man sah eine Frau einen Teppich weben. Man sah Leute in ein Flugzeug steigen. Und man
sah ein kleines Mädchens, das ein anderes, noch kleineres
Mädchen, das gestürzt war, von der Straße aufhob, man sah,
daß es sich zum kleineren Mädchen bückte und das Knie des
kleinen und weinenden Mädchens besah, daß es Speichel an
einen Finger nahm, ein Häufchen schaumigen Speichels, und
den Speichel auf das aufgestoßene Knie strich. Und man sah
Hunde an der Leine, die am Arm eines Mannes rissen, die
hineinbissen in den Arm.
Die Generale und Stadträte wiegten sich noch immer mit den
Mädchen und sangen Lieder. Sie bückten sich manchmal gegen die Assistenten, hatten sich aus der wiegenden Reihe frei
gemacht und spielten mit den Assistenten Fingerhaken. Sie
achteten nicht auf die Bildschirme, hatten offenbar gar nicht
bemerkt, daß es solche gab hier.
Auch die Assistenten achteten nicht darauf, auch die Mädchen nicht. Selbst Su schien jetzt zu schlafen. Ihre Stirn war
auf meine Schulter gesunken.
Sie hob den Kopf erst, als sie Martins Stimme hörte.
Gerade vor uns, auf einem großen Bildschirm, lag die Unterwasserstadt. Die ganze Küste hinab dehnte sie sich. Vielfar-

big, weich wie eine Schlange bewegte sie sich im Meer. Mit Trossen war sie verankert. Die Wellen spülten leicht aufschäumend drüber hin.
Man konnte die einzelnen Zellen gut erkennen. Sie waren durchsichtig, alle gleich groß und von gleicher Form. Und in jeder Zelle eingeschlossen war ein Mensch.
Die Zellen kamen näher. Und man konnte jetzt auch sehen, woher die Stimme Martins kam: In der Zelle, die in der Mitte des Bildschirms lag, ging er. Und er rief. Man konnte deutlich hören, daß er Su rief, ihren Namen, daß er sie gesehen haben mußte und ihr entgegenlief. Aber er lief an Ort. Und er lief von uns weg.
«Da bin ich ja», flüsterte Su neben mir. «Da.»
Ich fürchtete, sie würde aufschreien. Aber sie war sich offenbar bewußt, daß das nicht Martin wirklich war, daß es nur ein Abbild war, hineingespielt und wieder herausgespielt von Adrien aus dem Computer. Ein zusammengestückelter, synthetischer Martin war das. Doch man sah sofort, daß es ebensogut der wirkliche, lebendige Martin hätte sein können.
Einen Augenblick lang war selbst ich verwirrt. Was sollte das heißen? Dieser Martin rief Su und lief Su entgegen und lief doch von uns weg. Hieß das, daß er Su irgendwo anders sah, daß er sie irgendwo anders suchen mußte? Oder war ein Fehler in Adriens Programm? Hatte Martin, der richtige, ihm noch, bevor er wegging, eine Barriere in den Computer geschmuggelt, die bewirkte, daß letztlich alle Programme verkehrt ablaufen mußten? Auch das große Programm Naturschutz? Eine ganz verrückte Freude kam in mir hoch. Martin, das wußte ich, würde der einzige sein, der Adrien gewachsen wäre. Wo war er? Auf was wartete er? Was bereitete er vor? Hatte er die Programme so eingerichtet, daß während seiner Abwesenheit nichts Entscheidendes geschehen konnte? Blufte Adrien? Waren diese Leuchtschriften DIE OPERATION LÄUFT eine reine Aufschneiderei?
Wenn Adrien uns hätte treffen wollen, Su und mich, dann hätte dieser Bildschirm-Martin doch Su aus dem Schirm entgegenkommen müssen, letztlich dreidimensional, als ein Totalschau-Martin, und hätte Su in die Arme fallen müssen.

Und Su hätte nichts anderes umarmt als eine leere Hoffnung, ein Schemen.
Weshalb machte Adrien das nicht? Denn, daß er etwas gegen Su und gegen mich vorhatte, auch gegen Martin selbstverständlich, das war nur zu offensichtlich. Was wollte er?
Wir sahen, Martin rannte in seiner Zelle und rannte gleichzeitig durch einen Garten. Die Totalschau der Unterwasserstadt ließ ihm seine Zelle als Garten erscheinen. Zwischen Bäumen rannte er, zwischen schwingenden blühenden Zweigen, Kirschblüten. Wir sahen, rings um ihn schwebten Blüten in Totalschau, wehte Wind in Totalschau, flogen Bienen in Totalschau, schien eine Sonne in Totalschau.
Er rannte in die Tiefe des Gartens hinein. Nur Su und ich konnten sehen, daß er am selben Ort blieb, daß er in der Mitte seiner Zelle sich abmühte und daß die Gärten der Totalschau langsam über ihn hinweggespielt wurden, daß sie erloschen. Ins Dunkel hinein rannte dieser Martin.
So würde er, Adrien, allen in der Unterwasserstadt das Licht drosseln können, dachte ich. Über die Nacht würde er befehlen und über die Sonne, über die Luft. Alles würde er ihnen wegnehmen können, je nach Laune. Je nach Bedarf, wie er das nennt. Er würde ihnen die Farbe der Welt bestimmen, freudig oder grau. Das Vogelgezwitscher wär seinen Anweisungen unterworfen, das Geläute, das Rauschen des Wildbachs. Und über das Brot der Unterwasserstadt, diese Paste aus Plankton, würde er gebieten. Falls ihm das gefallen würde, würden sie alle, seine Auserwählten der Unterwasserstadt, die Auserwählten der Arche, die Stadträte und Generale und Sekretärinnen und Assistenten und Mechaniker und Hilfspolizisten, alle würden umsonst auf den Schnarrton zum Essen warten.
In der Ecke ihrer Zelle würden sie stehen, jeder in seiner Zelle für sich in derselben Ecke rechts hinten, dort, wo sonst beim Schnarrton die Planktonpaste aus der Düse hoch oben an der Decke tropft. Umsonst würden sie ihre Köpfe heben, ihre Münder umsonst weit öffnen, und umsonst würden sie, die Hände gehorsam im Rücken gefaltet, die Zunge herausstrecken und mit geschlossenen Augen drauf warten, daß die Paste

fallen würde, niederklatschen auf die Zunge, himbeerduftend, sahnig und schwer.
In seiner Gnade würden sie stehen. Er speist sie und tränkt sie, und er behütet sie. Er, der Allmächtige: Adrien.
In der verdunkelten Unterwasserstadt konnten wir sie jetzt tatsächlich deutlich erkennen, dieselben Offiziere, Mädchen und Räte, die da am Boden kauerten, schunkelten und Fingerhaken spielten, die Nüßchen aßen, sich in die Seiten zwickten oder sich ihre Yogaübungen vormachten, die sich bereitwillig auf den Kopf stellten und rote Köpfe bekamen, sich mit verschränkten Händen festhielten und andächtig Versenkung suchten, gemeinsam, eines im andern, was weiß ich. Jedes war eingefangen in Adriens Unterwasserstadt. Auf dem Bildschirm sahen wir sie. Jedes war in einer verdunkelten Zelle: Mädchen, Stadtrat oder General. Eine Figur war jedes, klein, grün angestrahlt in einer Box aus Rauchglas. Und ohne Rang und Ordnung waren sie aneinandergereiht, die Zellen für den Verteidigungsminister, für die Assistenten, den Kegelstumpf, die Laborantinnen.
Und man sah jetzt auch Adrien. Doch seine Zelle war hell erleuchtet. Sie war goldgelb und angefüllt mit Schalttafeln, Oszillographen und Schaltern. Sie war ganz hinten, am Ende der Unterwasserstadt. Und zwei Techniker standen neben Adrien, in weißen Mänteln, mit Rauchfässern. Weihrauchschwingende Techniker.
Und man konnte jetzt deutlich sehen, daß sich alle Figuren gegen Adriens Zelle hin verneigten, sich auf die Knie sinken ließen, mit der Stirn den Boden berührten, den Kugelboden, sich wieder aufrichteten und gegen Adriens Zelle hin sich in Bewegung setzten. Aber selbstverständlich ging jede Figur an Ort. Und jede ging für sich allein, eingeschlossen in ihrer Zelle.
Wir wußten, daß ein jedes, das da ging, seine eigene Totalschau hatte, daß es innerhalb dieser seiner eigenen Totalschau ging, und demzufolge in einer großen Prozession ging, auf Adrien zu, auf den Goldthron der Unterwasserstadt zu. Und jedes hatte in seiner Totalschau denjenigen Platz innerhalb der Prozession, der ihm angemessen schien.

Wie ein kleiner dicker himmlischer Knabe sah der Kegelstumpf sich vorausgehen, nackt, und verschmitzt seine Halleluja pfeifend, fröhlich den Lutschstengel hochhaltend in der einen Hand, das Weinglas in der andern, eine Weinlaubgirlande um den Bauch. Und gleich hinter dem Knäblein schritt der Verteidigungsminister. Obschon seine Zelle eingeklemmt war zwischen jener eines Assistenten und jener des Architekten, sah er sich hochaufgerichtet schreiten genau an der Spitze des Zuges. Von seinem Hut schwang eine lange Feder, seine Handschuhe hatten breite, übermächtige, weiße Manschetten, und er trug die Fahne; feierlich wehend war sie und schwingend und niederhangend von ihrem schwankenden Querstab.
Und dann die Gruppe der Generale. Selbstredend sah jeder sich besonders groß. Aber immerhin in der Gruppe sah er sich, immerhin seinesgleichen zugesellt. Und die ganze Gruppe versuchte sich leicht zu geben, ungezwungen, wie es Generalen an weltlichen Festen, an kirchlichen Feierlichkeiten zusteht. Nur nichts Martialisches! Man läßt sich herab zum Bürger. Man läßt sich aufs Knie vor dem gemeinsamen Gott. So man vorn ist. So man immerhin vorn ist und unter sich. Und man nimmt die Hand lässig und jovial an die Hutkrempe und grüßt freundlich links und rechts. Und man ist ernst, wenn es gefordert wird, ernst und unterwürfig und betresst wie ein Hotelportier und achtet auf die Falte am Knie beim Kniefall.
Und da waren selbstverständlich der Polizeirat, hoch zu Roß, und der Spitalrat war da, und der Baurat und alle die andern Stadträte, und die Assistenten in ihren Talaren, die zeigten, daß sie längst keine Assistenten mehr waren, daß sie würdig waren, voranzuschreiten den andern, dem Volk.
Alle gingen und schwitzten und mühten sich ab auf ihren Kugelböden und dachten wohl alle heimlich an den Planktonkuchen; an die Düse dachten sie, die oben war an der Decke ihrer Zelle, und die sie belohnen würde für all die Ehrfurcht und all den Kniefall; an den Tropfen dachten sie, schwer und himbeerduftend auf die weit vorgestreckte Zunge hingeklatscht.

Adrien lachte laut auf. Der Verteidigungsminister hatte eine Flasche Schaumwein geöffnet, und das Getränk schoß aus der Flasche und in die schunkelnden Generale hinein. «Verzeihen Sie!» rief der Verteidigungsminister erschrocken. «Ich wollte nur anstoßen. Auf ihre Gemahlin.» Adrien lachte noch immer unbändig.
Die Herren waren aufgesprungen und wischten sich den Schaum von den Hosen. Sie zogen die Mädchen auf die Füße und putzten an ihnen herum. Anja hatte sich an den Architekten gelehnt, hatte ihr Füllhorn auf die Schulter des Architekten abgestellt und sah träge herüber. «Nicht so ungezogen, Schatz», rief sie Adrien zu. «Er ist immerhin Minister!»
Sie lächelte mit geschlossenen Augen, als der Architekt den Beißer seiner Pfeife in den Schaumwein tunkte und ihre Brustwarzen damit betupfte. «Spielen wir!» rief sie aufmunternd. «Die Herren möchten tanzen.»
Su hatte mich zurückgezogen an die Tür. Offenbar wollte sie gehen. «Ich bekomme böse Beine», hatte sie gesagt. «Wenn das dauert, bekomm ich Krampfadern.» Sie versuchte zu lachen. Sie machte die Tür auf, als Martin nochmals auf dem Bildschirm erschien. Er rannte noch immer in seinem Garten. «Unsinnig», sagte Su. «Was das nur soll?»
Aber dann sahen wir, daß längs der Unterwasserstadt, längs all der Zellen eine andere, kleinere Zelle sich hinbewegte. Es mußte eine Art Liftkabine sein, eine, die sich waagrecht verschob. Und wir sahen jetzt, daß sie vor Martins Zelle anhielt. Wir konnten auch sehen, daß die gegeneinanderliegenden Wände der Zellen, jener Zelle also, in der Martin sich befand, und jener des Lifts, daß die Zellenwände zurückschnellten, wie nur Lifttüren zurückschnellen, und daß nun der Lift und Martins Zelle zusammen einen einzigen Raum bildeten.
Martin schien das nicht zu beachten. In beiden Zellen spielte die Totalschau ohne Unterschied und verwischte die Übergänge. So schien Martin auch nicht zu bemerken, daß er, während er noch immer rannte und nach Su rief, von seiner Zelle hinüberwechselte in den Lift. Hier wie dort war derselbe Garten, blühten dieselben Blüten, wehte derselbe Wind.
Su wurde unruhig. «Er hat etwas mit Martin vor, siehst du. O der Kerl, der Kerl!»

Ich wußte, daß sie Adrien meinte. Er war neben uns getreten und sah uns aufmerksam an. Manchmal leckte er schnell die Lippen. Er war ganz leise, wollte Su nicht erschrecken, wollte offenbar wissen, was sie dachte.
Wir hatten den großen Bildschirm vor uns, in dem wir auf die Unterwasserstadt hinabsahen, auf dem Martin lief. Und wir hatten nun auch, da, in dem Raum, wo wir uns selbst befanden, keine fünf Schritte von den Stadträten und Generalen entfernt, das leichte Schleiern einer Totalschau, die manchmal die Büchergestelle verdeckte, die Schalttafeln und die grölenden Assistenten.
Und diese Totalschau da um uns brachte auch Su und mir einen Garten voller Blüten. Paarweise saßen weiße Tauben auf den Zweigen. Und alle Tauben hielten einen Ölzweig im Schnabel, zu zweit einen Ölzweig. Und alle Tauben waren blind. Man hatte ihnen schwarze Gummikappen über die Augen gestülpt. Und neben uns keuchte Martin. Er rannte neben uns. Es war derselbe Garten, in dem Martin war, in dem auch wir nun standen, Su und ich. Und wir konnten demnach genau dasselbe sehen, was er sah. Und wir sahen mit ihm durch die Zweige nach vorn, sahen einen kleinen Pavillon, weiß, in weißen Blüten, vor einem blaßblauen See. Und im Pavillon winkte Su. Und wir wußten jetzt, weshalb er rannte. Er rannte auf Su zu, und langsam kam er ihr näher.
«Schatz», sagte Su neben mir. «Armer Schatz! wohin rennst du?»
Wenn dieser Schleier um uns sich lichtete, verweht wurde wie ein Fiebertraum, sahen wir wieder klar im Fernsehschirm die Unterwasserstadt, sahen Martin dort unten rennen, immer noch, in der Liftkabine, und die Kabine fuhr, währenddem er rannte, den Zellen der Unterwasserstadt entlang.
Wir sahen in die Zellen hinein. Sahen die Zellen mit den Assistenten und Stadträten. Und sahen zwischen Generalen und Laborantinnen eine Zelle mit einer alten, buckligen Frau. Sie war genau so gekleidet wie jene Frauen im Kamin südlich der Alpen. Und wie jene Weiblein schälte auch dieses Weib große, braune Erbsen aus dürren Schoten und schob manchmal eine Erbse in den Mund und kaute sie. Und sie hatte dieselben knochigen, harten Finger.

Und wir konnten sehen, daß Martins Kabine vor der Zelle der Alten anhielt, und daß sich genau wie vorhin die Lifttüren zurückschlugen, daß wie vorhin die Zelle der Alten mit der Liftzelle verschmolz und angefüllt wurde mit Kirschblüten und Wind und einem weißen Pavillon und einer Su im Pavillon, die winkte und nun nah war, und der Martin entgegenrannte.

Wir wußten und wir sahen, daß Martin statt des alten Weibes Su sah, daß er auf Su zurannte und sie endlich erreichte und in ihre Arme fiel, mit einem Aufschrei, einem wilden, erlösten.

Und wir sahen, daß er in Wirklichkeit die Alte in den Armen hielt, die knöcherne, bucklige, und sie küßte.

Im selben Augenblick lachte Adrien neben uns auf. Es war ein helles, scharfes Lachen. Und Su drehte sich ihm schnell zu. «Du Satan!» sagte sie und schlug ihm ins Gesicht.

Alles erlosch. Das Fernsehen, die Totalschau um uns; alle die kleinen Flimmerschirme löschten aus. Die Generale sahen verwundert her. Der Architekt ließ seinen Flügel und kam auf Su zu. «Kann ich etwas für das Fräulein tun», fragte er höflich.

«Ich habe die Dame kaum angesehen», wehrte sich Adrien. «Ich habe sie nicht berührt.»

«Wer redet denn von Vergewaltigung», rief lachend der Verteidigungsminister. «Hier ist jeder frei. Ausgenommen, er wünscht sich was. Meine Lieben, möchte denn jemand nicht vergewaltigt werden?»

Er war betrunken. Die Stadträte lachten aus vollem Hals. Der Kegelstumpf hatte drei Orangen genommen und jonglierte mit ihnen. «Ich! Ich!» schrie Anja ins Lachen hinein und drängte sich zwischen den Assistenten durch zu den Orangen hin, versuchte eine zu erhaschen. «Sagen wir uns alle du!» Sie fiel lachend zwischen die Generale.

Die Assistenten hoben ihre Hintern vom Boden, suchten Nüßchen, suchten auf dem Boden herum, suchten zwischen den Beinen der Mädchen. Sie schälten die Nüßchen aus den Schalen und warfen sich die Nüßchen zu. Sie sperrten ihre Münder weit auf und bewegten die Köpfe hin und her, so, als wären die Münder Fangnetze. Der Kegelstumpf jonglierte fröhlich weiter.

Adrien hatte die Tür aufgesperrt. Er machte eine kleine Verbeugung. Sein Bein knarrte kaum hörbar. Durch die Korridore fuhr Su mich davon.

79.

Ein Programm muß man haben.
Und einen Namen für das Programm.

Irgendeinen!

Freiheit! Ruhm!
Oder Gerechtigkeit!
Gerechtigkeit ist der beste.

Aber man könnte auch Veranda sagen
oder Krautstaude
oder Kulturphilosophie.
Egal.

Einen Namen einfach.

Und den Namen großgedruckt auf Transparenten
durch die Straßen tragen,
großgedruckt auf Zeitungsköpfen, Büchern, Büchsen,
großgedruckt an Hut und Kragen
durch die Straßen tragen,
in den Fußballplatz hängen,
riesig!
in den Boxraum.
in die Opera.

Und im Namen dieses Namens alles tun
was einem einfällt
oder gutdünkt,
oder amüsiert.

80.

Su lacht, wenn sie sich aus dem Bücken aufrichtet. Es ist ein belustigtes Lachen, eines, das zugleich um Nachsicht bittet. Das Bücken fällt ihr jetzt so schwer, daß sie kaum mehr die Schuhe zu binden vermag. «Wenn das dauert, lauf ich barfuß», lacht sie. «Wenn die Barfuß-Herrschaften nicht bald anmarschieren, werd eben ich barfuß gehen.»
Sie redet vom Kind als den Herrschaften. «Zwillinge?» fragt sie. «Oh», behauptet sie, «es können nie genug sein.» Sie ist übermütig.
Sie hat ein Bäumchen in die Waschküche gestellt. Hanselmann hat ein Loch in einen Holzklotz gebohrt, hat das Bäumchen drein gesteckt, hat das Bäumchen auf einen umgestürzten Wäschezuber gestellt.
Man hatte mich schon früh am Abend aus dem Kiosk geholt. Mac trug einen neuen Pullover. Wie üblich hatte er ihn einfach über die andern Pullover gezogen. Alle von Fräulein Hübscher gestrickt. Am Halsausschnitt konnte man die verschiedenen Muster und Farben übereinander sehen. Zuinnerst war das Korsett. Der Rand schmutzig und abgegriffen, nur dort noch weiß, wo ein Scherben Gips weggeschlagen war. Und rundum krauste die Watte.
Er war ganz aufgeregt. Offensichtlich war er froh, daß er mich wieder einmal herumstoßen durfte. Jetzt, hier in der Waschküche, wußte er nicht recht, was tun.
Su hatte auf dem hölzernen Trottenrand fünf Teller aufgereiht, hatte Tannenreis zwischen die Teller gelegt, Äpfel, Mandarinen. Sie legte Schinkenscheiben in die Teller und häufte Spargelspitzen drauf. Sie hatte Mac eine dicke Tube gegeben, und er ging langsam von Teller zu Teller und drückte Mayonnaise über die Spargel. Er zeichnete Herzchen, tupfte Sterne, etwas, das eine Rose hätte sein sollen.
«Für wen die Rose, Mac?» Er häufte Mayonnaise auf die Rose und behauptete jetzt, es sei das Matterhorn. Nicht Monte Rosa, das Matterhorn, lachte er.
«Fräulein Hübscher, heißen Sie Rosa?»
Das Fräulein hatte sich in einen Rohrstuhl gesetzt, hatte sich

eine Wolldecke um die Beine geschlagen und wiegte seinen Dackel auf den Knien. Es sah den Männern zu. Es beriet Hanselmann, der alte, blecherne Kerzenhalter zurechtbog und ans Bäumchen steckte. Und wie üblich rief es seine begeisterten Ahs und Ohs, sagte mit seiner rauchigen Stimme «wunderbar, sehr schön, wunderbar» und schimpfte fürsorglich mit dem Hund. Unvermittelt hob es den Hund von den Knien, stellte ihn auf den Boden, warf die Decke weg, scharrte ein bißchen mit den Füßen, weil es Mühe hatte, aus dem Rohrstuhl wegzukommen, und eilte zu Su hin. Es faßte Su am Ellbogen und sah sie fragend an.
«Es ist nichts», lachte Su, «bestimmt. Würden Sie bitte einen Augenblick dies hier festhalten.»
Sie reichte dem Fräulein die Thermosflasche, aus der sie Tee in Gläser gegossen hatte, gab dem Fräulein auch die Rumflasche und fuhr sich schnell mit der Hand übers Gesicht. Sie biß sich eine Weile auf die Lippen, stemmte die Hände gegen den Bauch, entspannte sich dann, schüttelte den Kopf. «Haben die Herrschaften solang gewartet, eilt es auch jetzt nicht. Ausgerechnet jetzt.»
Mac hatte sich Su zugedreht und sah sie verwundert an. Er sah das Fräulein an und Hanselmann. Und erwartete offenbar, daß irgendwer etwas sage. Aber das Fräulein gab Su die Thermosflasche und den Rum zurück und ging wieder zu seinem Stuhl, und Hanselmann war damit beschäftigt, einen Faden an einem Apfelstiel festzubinden und den Apfel ins Bäumchen zu hängen.
«Werden Sie sich nicht an den Kerzen versengen?» fragte Su. Sie strich sich eine Haarsträhne weg, die ihr lästig fiel. Sie fragte das Fräulein, ob es auch Rum möge. Und das Fräulein, das sich ächzend den Dackel wieder auf die Knie gehoben hatte, fragte zurück, ob das unverschämt wäre. Es müsse gestehen, sagte es, daß es sich hin und wieder einen Tee mache, und Rum dazu. «Nicht wahr, das ist gar nicht üblich?» sagte es. «Aber heutzutage! Alles ist ein bißchen anders.»
«Verdorben!» rief Mac. «O, I need a very very bad woman!»
«Nein», sagte Hanselmann. Er hoffe nicht, daß die Biester ausgerechnet jetzt herumflattern und sich am Feuer rösten

müßten. Er redete mit Su. Wie üblich hatte er gar nicht darauf gehört, was Mac und das Fräulein sagten. Er hätte die Viecher ohnehin erst im Frühjahr fliegen lassen. Wenn schon. Da hätten sie sich selber durchgebracht. Hier würde Adrien sie bestimmt wieder einfangen.
«Nein», rief das Fräulein erregt. «Nicht solang ich hier bin.»
Erst jetzt begriff ich, daß sie von den Tauben redeten. Und ich sah die Vögel auch. Su hatte sie vom Labor herübergeholt. Nun saßen die Tiere auf den Balken herum, oben saßen sie, auf dem Trottenbaum, auf den Preßklötzen, und hinten auf den Zubern. Manchmal nickte einer der Vögel, manchmal rückte einer ein bißchen seitwärts in der Reihe. Su hatte allen die Augenkappen weggenommen. Nun sahen sie aus dem Dunkel herab den Festvorbereitungen zu. Und es waren ganz gewöhnliche Tauben, graublau, stahlblau, einzelne waren braun. So sicher war das bei dem schlechten Licht, beim Schatten, in dem die Tiere saßen, gar nicht auszumachen. War auch unwichtig. «Nimmt mich beim Teufel wunder, was der nur wollte mit soviel Tauben?»
«Einsperren», sagte Mac. «Keine soll den Ölzweig bringen zur Arche Noah.»
»Idiotisch! Und den Regenbogen hat er wohl auch eingepackt?»
Sie lachten. Das Bäumchen brannte. Man hatte das elektrische Licht ausgedreht. Man begann zu essen.
Ich schob die Mayonnaise von der Spargel. Die verdammte Schmiere macht mir allemal das Essen kaputt. Mac summte mit vollem Mund vor sich hin. Das kleine walisische oder irische Lied summte er, das er früher über der Waschküche, hier über uns, Sentas Kind zum Einschlafen gesungen hatte.
Man hatte den Tee ausgetrunken, man fühlte sich wohl und schenkte sich Wein ein, trank sich zu. «Auf das Kind!» und man fragte, wie es heißen solle. Sie schrien durcheinander und lachten. «Martin», sagten sie, «weshalb nicht Martin?» Und Mac schrie, wir seien die heiligen drei Könige, Hanselmann, er und ich. Nur der liebe Gott fehle, Adrien.
Er, Mac, hatte sein hohes heiseres Lachen und tanzte in der Waschküche herum. Er tanzte um die alte Trotte und schrie

«Hosianna!» Schrie, nein, eigentlich sei das falsch, eigentlich müßte Boos den lieben Gott stellen, Boos, der so schön beinlos schwebe über allen Sünden der Welt. «Im Ernst, hat schon jemand einen lieben Gott mit Füßen gesehen? Boos ist ausgezeichnet; wie ein fetter, grimmiger Amerikaner schwebt er, wie ein Bombenwerfer, behäbig und schlecht gelaunt und selbstherrlich über den Städten. Das ist echt. Das ist prima. Ein schöner, griesgrämiger Sauerampfer-Jehova!»
Das Fräulein war vor Vergnügen aufgesprungen; war aber wieder in den Stuhl zurückgefallen. Schmerzlich verzog es das Gesicht. Es sei schlimm, sagte es, es werde seine Hämorrhoiden doch noch operieren müssen. Es schaute eine Weile andächtig in die Kerzen. Es streichelte den Dackel, legte ihm beim Streicheln die Ohren um den Hals und lobte ihn. Und dann sagte es, eigentlich müßte jetzt die Bescherung kommen.
Aber es hätte nichts zu bescheren, sagte es leise. «Nicht wahr, das ist auch nicht das Wichtigste.»
«Aber ja!» schrie Mac, «aber ja! Schaut nur!» Und er drehte sich. Er riß an seinem neuen Pullover herum und stellte sich vor den Christbaum hin. «Ich danke schön», sagte er. Er war zu schüchtern, dem Fräulein die Hand zu geben. Und das Fräulein war sehr verwirrt. Es streichelte aufgeregt den Dackel und flüsterte, das wäre nicht der Rede wert.
«Und für Herrn Boos habe ich nichts», sagte es kleinlaut. «Oder doch!»
Es begann den Stuhl hinter sich abzutasten, es suchte unter der Wolldecke. Es hob den Dackel von den Knien und machte sich mühsam aus dem Stuhl frei. Es bückte sich und zog eine Tasche unterm Stuhl hervor.
«Ich habe etwas», flüsterte es geheimnisvoll. Es war ganz fiebrig, das Fräulein, ganz darauf versessen, auch mir seine Fürsorge angedeihen zu lassen.
Es hatte einen zerknitterten Papiersack aus der Tasche gezogen. Ein Wollfaden hing aus dem Sack. Da drin mußte eine unfertige Arbeit sein, das sah man gleich, schnell verpackt, wie Frauen ihre Handarbeiten verpacken, die sie mit sich herumtragen. Und das Fräulein kam zu mir her. Es schwenkte

den Papiersack fröhlich. Es war dankbar, etwas gefunden zu haben. Und diese Dankbarkeit machte es ein bißchen breitspurig, ungewohnt sicher. «Ist noch nicht ganz fertig», sagte es, «aber ich werd's gleich fertigmachen.»
Es hatte etwas Gestricktes aus dem Sack genommen und mir aufs Rollstuhlbrett gelegt. Es hatte den Sack ausgeschüttelt und auf dem Bauch glattgestrichen, gefalzt.
Alle standen um mich, als ich das Bündelchen Wolle hochhob. Ich kann das schließlich auch tun. Ich habe eine Hand, die rechte. Die ist gut. Und das Bündelchen fiel auseinander. Und was ich da hielt, war ein Paar Socken. Ein unfertiges Paar. Das Fräulein hatte sie bestimmt für Mac stricken wollen. An einer Fußspitze schwenkte ein Faden hin und her, die andere Fußspitze fehlte noch.
Hanselmann lachte laut los, alle lachten. Erst sogar das Fräulein. Bis es einsah, weshalb das Gelächter war.
Erschreckt nahm es mir die Socken wieder weg, barg das Gesicht darin und stand hilflos, starr. Die andern lachten noch immer. Nur Mac kümmerte sich um das Fräulein. Es sei ein Goldmensch, sagte er immer wieder, ein herrlicher Mensch, der entzückendste Mensch aller Zeiten. Und er sagte das solange und tippte dabei dem Fräulein aufmunternd auf die Schulter, bis es den Kopf hob und sein verschmiertes Gesicht herdrehte und ergeben mitlachte.
Es ging dann alles sehr schnell. Su wurde unruhig, griff an den Leib, sah sich hilfesuchend um, sagte, man solle Ruth holen, Hanselmanns Frau, mußte sich am Rollstuhl festhalten, stöhnte, krümmte sich ein, ließ sich neben den Stuhl gleiten.
Ich hielt eine Zeitlang ihre Hand. Ihre Fingernägel gruben sich in meine Handfläche.
Schließlich drehte sie sich ruckartig weg. Ich konnte ihren Kopf ertasten. Ich faßte den Kopf von oben, ich hatte ihr Haar in der Hand, ich spürte den Schädel durchs Haar. Ich preßte die Finger ins Haar. Ich weiß nicht, ob das sinnvoll war. Ich wollte ihr nur Halt geben, Sicherheit, soviel wie möglich.
Das Fräulein stand noch immer und hielt sich die Socken ins Gesicht, preßte sie gegen den Mund. Hilflos jammerte es. «Meingott, meingott!» Es weinte vor Angst und Entsetzen.

Noch während Su aufschrie, durchdringend, wild, war auch schon das Klatschen da. Etwas platschte gegen Hanselmann, der bei Su kniete. Und dann hielt er das Kind hoch. Ein blutiger Beutel war das, und er rieß den Beutel auf, schälte das Kind heraus. Und er herrschte Mac an und sagte, er solle endlich Ruth holen, schnell jetzt, und Wasser.
Und wir hörten Mac über den Hof eilen, sein schnelles Getrippel hörten wir, seinen begeisterten, heisern Schrei. «Eiei! I need!» Und Su legte ihre Hand auf meine, beschwichtigend, und atmete still.
Erst als Ruth kam, machten sie Licht. Es war ihnen gar nicht eingefallen vorher. Die Tauben erschraken und flatterten ein bißchen herum, ließen sich wieder nieder. Wir sahen Ruth zu, wie sie das Kind versorgte, wie sie Su versorgte. Das Fräulein versuchte zu helfen, ungeschickt. Es hatte die Socken auf den Dackel geworfen, der verängstigt unterm Rohrstuhl lag.
Man bettete Su auf eine Matratze. Man hatte eine Decke geholt. Ruth sagte, sie würde hier bleiben für den Rest der Nacht. Man solle mich zurückbringen in den Kiosk. Und Hanselmann und Mac fuhren mich hinüber.

81.

Im Kiosk. Die Luft ist bis hier herein feucht vor soviel Frühling. Es ist warm draußen. Föhn. Die Nachtschwester wird zu tun haben. Es muß schön sein jetzt über die Hügel hin. Aber Mac hat keine Zeit. Er schreibt. «Du wirst betrogen, Jugend Amerikas!» schreit er ins Treppenhaus. Selten, daß er vorbeikommt. Nur Su war da, wie jeden Tag. Und sie hielt mir wie jeden Tag das Kind vors Guckloch. Und der Lange war da.
«Sieh dich vor, Boos», hat er gesagt. «Es gilt. Eine schöne Himmelfahrt. Mit Pauken und Schalmeien. Und aus den Ärschen deiner Germaninnen mach dir einen Dudelsack.»
Ich laß ihn reden.
Es ist dunkel. Ich werde die Lampe löschen. Die Korridore sind still. Auch jene hinüber in den Spital. Kein Türeklappen,

keine schnellen Schritte. Und doch spür ich, daß ich nicht allein bin.
Eine unruhige Helle kommt ins Dunkel. Ein Flackern ist da. Es erlischt. Es kommt wieder. Der Lichtschein macht die Treppe hell, hebt die Brüstung aus der Nacht.
Ich weiß, Eva, was das bedeutet. Es wird schnell vorbei sein. Nur Su wird erschrecken. Unser Kind, Eva.

Nachwort des Herausgebers

Der Herausgeber kann sich kurz fassen: Wie man weiß, war die Feuerwehr innert weniger Minuten zur Stelle. Es gelang, den Brand unter Kontrolle zu bringen, bevor er auf die Korridore übergreifen konnte. Trotzdem: für den Krüppel war es zu spät. Dabei ist zu sagen, daß die Feuerwehrleute nicht wissen konnten, daß im Kiosk jemand schlief. Die Schelle wurde nicht geläutet.
Nachzutragen wäre vielleicht noch, daß mir damals, als ich den Mülleimer vom Mädchen wegtrug, das sein Kind stillte, daß mir damals vier Männer begegneten.
Ich war schon weit unten in der Straße, als sie an mir vorbeirannten. Ich sah ihnen nach. Und ich sah, sie gingen in jenen Hof hinein, aus dem ich eben gekommen war.
Es waren drei alte Männer, die aufgeregt auf einen jungen einredeten. Ich erkannte Hanselmann, den Abwart, der mir beim Aufräumen geholfen hatte. Ein schmächtiger Mann war dabei, der hinkte und offenbar eine Prothese trug, und ein anderer mit einem steifen, tonnenförmigen Körper. Kerle fürs Fürsorgeamt, dachte ich damals.
Heute weiß ich es besser. Ich weiß jetzt auch, weshalb sie «Martin» riefen, «Martin kommt», und den jungen Mann vor sich in den Torbogen treten ließen.